भग्नमाटी

AF543260

मग्नमाटी

प्रतिभा राय

हिन्दी रूपान्तर
शंकर लाल पुरोहित

राजपाल

₹ 625

ISBN : 9789386534576

पहला संस्करण : 2019, दूसरा संस्करण : 2022

© प्रतिभा राय

MAGNMATI (Novel) by Pratibha Rai

(Hindi translation of Oriya Novel *Magnmati*)

मुद्रक : शिव शक्ति प्रिंटर्स, दिल्ली

राजपाल एण्ड सन्ज़

1590, मदरसा रोड, कश्मीरी गेट, दिल्ली-110006

फोन : 011-23869812, 23865483, 23867791

website : www.rajpalpublishing.com

e-mail : sales@rajpalpublishing.com

www.facebook.com/rajpalandsons

एक

पृथ्वी के उस आखिरी गाँव का नाम है बंदर।

गाँव से नाक की सीध में पूरब की ओर चलो, उससे आगे कोई गाँव-सांव नहीं। डेढ़ कोस की दूरी पर बहती है बाप-दादों के ज़माने की वह पुरातन महानदी की बेटी, देवी नदी। उसके दूसरी तरफ़ है अनन्त समुद्र। समुद्र के उस पार? फिर कोई गाँव दिखाई नहीं पड़ता, दिखता है क्षितिज की अनटूटी रेख पर चारों दिशाओं में फैला विशाल आकाश। आकाश में पेड़-पौधे, गाँव, घर-द्वार कुछ नहीं हैं, सिर्फ़ हैं तारे, बादल, बिजली और तूफ़ान। जहाँ पेड़ नहीं, मछली नहीं, माटी नहीं, वहाँ कुछ नहीं। क्या वहाँ गाँव बस सकता है कि आदमी आकाश का आसरा करेगा? आकाश में इतनी सहन शक्ति कहाँ जितनी धरती में है! आकाश रसातल में पटक देता है, धरती फैला देती है अपनी गोद। आकाश और धरती का तो यही नियम है। जीना कहो या मरना, आदमी को चाहिए ज़मीन। तभी तो आदमी का माटी से इतना गहरा लगाव है! चाहे जितनी ज़मीन हो, लालची इंसान का अभाव पूरा नहीं होता। तभी तो आदमी धरती पर अत्याचार करता है। माटी का सीना चीरने पर आदमी को मिलती है रोटी, कपड़ा और सिर पर छत। आदमी का माटी पर हक है, तभी तो वह मुँह बंद करके आदमी की इतनी ज़िद सह लेती है। माँ के स्तन को बच्चा दाँत से काट देता है तो क्या वह स्तन से दूध सुखा लेती है? बच्चे ने माँ को काट लिया तो क्या माँ बच्चे को फेंक देती है? हाँ, कभी-कभी असह्य होने पर बदमिज़ाज बच्चे के दूधिया गाल पर चिकोटी ज़रूर काट देती है। कहती है—"उफ्, कैसा जानलेवा बच्चा है!" इतने में बच्चे की रुलाई ही रुलाई...जिसका वर्णन मुश्किल। आँसू और लार मिलकर एक हो जाते हैं। वैसे, आदमी जब माटी पर अपने अत्याचारों की सीमा लाँघ जाता है, तब धरती की सहनशक्ति भी जवाब दे जाती है—धरती ज़रा-सी करवट बदले तो इतनी बड़ी

पृथ्वी पर आदमी की सारी कीर्ति सरसों के दाने की तरह बिखर जाती है। दिशाहीन होकर समुद्र चुल्लू भर पानी की तरह आकाश में उछल कर वापस पृथ्वी पर ही पछाड़ खाकर गिरता है, तब सबके ऊपर होने का आकाश का जो गर्व है, उसकी भी साँसें अटक जाती हैं, फिर आदमी बेचारा है ही क्या चीज़!

इंसान के लोभ की सीमा किसी को दिखाई नहीं देती, पर उसके अत्याचार की सीमा सबको दिखती है। उस लोभ से वह धरती पर पहाड़ खोदकर एक के बाद एक गाँव बसाता जा रहा है। बंदर गाँव कहो, अभयपुर गाँव कहो, या आस-पास के सारे गाँव कह लो, सब इस मानव के हाथ का कमाल ही तो हैं, लेकिन धरती पर ये मानव के अत्याचार के नमूने भी हैं।

पृथ्वी का यह आखिरी गाँव किसने बसाया, यह तो आँखों देखे परलोक निवासी पितरों में से कोई एक होता—तो बताता ! पर पृथ्वी पर पहली माटी किसने थापी थी, पहला गाँव, किसने, कब, कहाँ, बसाया, यह बात उद्धव क्या, कोई भी नहीं बता सकेगा।

कैसे बता पायेगा ?

पहले धरती या इंसान ? यदि धरती पहले है, इंसान बाद में, तो धरती का पूरा इतिहास वह कैसे लिखेगा। जो कुछ लिखेगा वह अधूरा होगा। पर धरती अपना इतिहास खुद लिखती जा रही है। अपनी भाषा में। पेड़ों पर, पौधों पर, नदी-सागर पर, आकाश-पवन पर। पर उसे सुने कौन ? सुने तो समझे कौन ? उद्धव के पिता उग्रसेन अपनी थोड़ी अकल लगाकर कहते—"धरती का इतिहास जानने के लिए अक्षर पहचानना ज़रूरी नहीं। मानव ने यदि पेड़-पौधों की भाषा समझ ली, चिड़ियों की भूख को पहचान लिया, नदी-समुद्र की नाड़ी को परख लिया, आकाश का गर्व परख लिया, हवा की साँस भेद ली, तो आदमी जीत गया। ऐसे आदमी को निरक्षर कह लें, पर मूर्ख नहीं कह सकते।" उग्रसेन बेहरा जीवन भर सब को पूछता रहा, "पहचानते हो अपनी धरती ? पढ़ी है पेड़-पौधों की भाषा ? कान लगाकर घड़ी भर सुना है पवन कौन-सा गीत गाता है ? वर्षा क्या कहती है ? क्या संदेश लेकर आए हैं मेघ ?" कौन उत्तर देगा ऐसे बौराये प्रश्नों का ? देता होगा तो शायद देता होगा घू-घू, जवाब-ज्वार-भाटे में उठता-गिरता बंगोपसागर।

बंदर गाँव के पूरब में बंगोपसागर और देवी नदी दोनों मुँह से मुँह मिलाये अनादिकाल से क्या बतिया रहे हैं, उसे मछुआरा-जालवाला केवट क्या कभी कान लगाकर सुन पाया है ? कान लगा कर सुनता कैसे ? बंगोपसागर कहता जा रहा है बंदर गाँव का इतिहास, देवी नदी गाती जा रही है गाँव के बनने की गाथा। कान

होने पर भी यह सब सुनने की फ़ुर्सत कहाँ है गाँव के कमेरू लोगों को। हर गाँव का छोटा-बड़ा इतिहास है, जैसे बंदर गाँव का है एक लंबा जगमगाता इतिहास। पर समुद्र को छोड़ कर वह इतिहास लिखा नहीं जा सकता। वैसे समुद्र के बिना कहाँ है ओड़िया का इतिहास?

बंदर गाँव के इतिहास की बात आने पर उद्धव के स्मरण में पहले अपने पिता उग्रसेन की बात आती है। माँ की भी याद आ जाती है। फिर याद आती—उद्धव के पिता के वंश की बुनियाद को लेकर माँ-बाप दोनों में रोज़ झगड़े की बात। फिर याद आते पति-पत्नी की कलह में आपसी समाधान करनेवाले उस ज़माने के सर्वज्ञाता साहाणी मास्टरजी। जो निरक्षर, पढ़े-लिखों के सब के 'मास्टरजी' थे। मास्टरजी मतलब, एक भरोसा। अकल गुम होने की घड़ी में जीने की एक राह!

उद्धव के पिता उग्रसेन उग्र स्वभाव के थे। जिसे राजवंशी कैवर्त का वंशगत लक्षण कहकर उग्र बेहरा दावा करता था। उग्र बेहरा के उग्र स्वभाव के कारण उसके नाते-रिश्तेदारों में अनेक शत्रु थे। पर उग्रसेन बेहरा कहा करते—"शत्रु से तो कोई आम केवट ही डरेगा, राजवंशी उग्रसेन क्यों डरेगा? क्या राजा शत्रु के डर से बिना राज्य जीते लौट आएगा?"

उग्र बेहरा की पत्नी, पति के सामने जुझारू औरत होने पर भी, दूसरों के लिए आरसा मीठे-से-मीठे स्वभाव की, अरबी की सब्ज़ी की तरह सबमें मिलनसार, ओस में रखी खीर की तरह ठंडी, सरल, मधुरिया औरत थी। घर के अंदर जितनी खपर-चपर, बाहर उतनी ही शांत, धीर, उतनी ही नरम। उद्धव की माँ उसके बप्पा को हमेशा कहती—"क्यों तुम बेकार में शत्रु बना रहे हो? ऐसा क्या है कि सब तुमसे डरेंगे? क्या सभी तुम्हारी बात को वेद वाक्य की लकीर मानेंगे?" औरों की तरह उग्रसेन बेहरा नामर्द न था कि औरत की बात पर उठ-बैठ करता। उसकी देह में ओड़िया कैवर्त राजा कालू भूयां का खून था। पता नहीं कितनी पीढ़ी पहले के हैं कालू भूयां। पाटी और खड़िया लेकर हिसाब लगाता तो जान पाता उग्र बेहरा। पर इसके लिए फ़ुर्सत निकालकर मास्टरजी से भेंट कर बुद्धि माँगनी पड़ती। लेकिन आलस के मारे अपने वंश-बुनियाद के बारे में इतनी पूछताछ नहीं की और फिर केवट-जीवन में इतनी फ़ुर्सत ही कहाँ? जब बार-बार झगड़नेवाली उद्धव की माँ उग्रसेन से उसके राजवंशी होने का प्रमाण माँग कर हँसी उड़ाती, उग्रसेन हार जाता। गुस्सा उतारने के लिए जाल और डोंगी लेकर समुद्र की ओर चल देता। लौटता दो-चार-आठ दिन बाद। उग्रसेन बेहरा हर बार प्रतिज्ञा करता कि मैं मास्टरजी के

पास जाऊँगा, कैवर्त जाति का इतिहास पता करना है। केवल भाई-बंधुओं का ही मुँह नहीं, झगड़ालू औरत का मुँह बंद करना भी क्या मर्दानगी नहीं?

आस-पास के दस मौजा में मास्टरजी का मतलब होता वासुदेव साहाणी। खादी पहनने वाले आदर्श मास्टरजी। घर था ओसकणा गाँव। शनिवार, रविवार, गरमी की छुट्टी, धानकटाई की छुट्टी होने पर ओड़िया जाति के इतिहास का वे गाँव-गाँव घूमकर प्रचार करते। मास्टरजी का संयुक्त विशाल परिवार है। इतना बड़ा परिवार उस इलाके में किसी का नहीं था। मास्टर की नौकरी में वे उस ज़माने में पाँच रुपल्ली पाते थे। उनके दूसरे भाई घर की खेती-बाड़ी देखते। मास्टरजी सारी तनख्वाह सब पर खर्च कर डालते। उनकी पत्नी और बेटे जो खाते, पहनते, बेरोज़गार भाई और उनके बच्चे, औरतें भी वही खाते, वही पहनते। एक साथ कपड़े का थान लाते, सब बच्चों के लिए एक जैसे कमीज़-पैंट बनवा देते। घर में तीस बच्चे। नये पैंट-कमीज़ पहनकर निकलते तो लगता मानो कोई पलटन है—"हाँ, पलटन बना रहा हूँ। आगे युद्ध होगा। ये ही लड़ेंगे। अंग्रेज़ों को दरिया पार भगाने के लिए पलटन चाहिए," मास्टर जी कहते।

छाता लिये हुए पैदल पहुँच जाते बंदर गाँव। धनुहर-बेलारी गाँव में उनके रिश्तेदार रहते थे। यह और वह गाँव तो एक ही सींव से जुड़ा है। बंदरेई देवी को बिना माथा टेके कैसे लौट जायें?

उग्रसेन ने बाप-दादा से सुना था कि वे हैं ताम्रलिप्त नामक देश के कैवर्त राजा कालू भूयां के वंशधर। पर वह ताम्रलिप्त देश कहाँ है, वहाँ जाकर उत्कल के केवट कैसे राजा बने, इसका इतिहास इस गाँव की केवट जाति नहीं जानती थी। उग्रसेन के बाप ने भी याद नहीं रखा था। अतः उग्रसेन बात-बात में पत्नी से कहता—"तेरे बाप ने मुझे क्या समझ रखा है? क्या मैं केवल मछली पकड़ने वाला केवट हूँ? मैं तो राजवंशी केवट ठहरा। तेरी भौजाई बांझ हुई, अतः मेरे बेटों से एक बेटा क्यों मामा के यहाँ गोद दे दूँ? राजवंशी केवट को देहरी, आम के पेड़ का लोभ दिखाकर तेरे भाई को, मेरे बेटे को पोष्यपुत्र बनाने की उम्मीद करना बेकार है।"

उग्रसेन की औरत ठहाका लगाती पति की बात पर और कहती—"तामर लिपत नाम का देश है कहाँ? क्या वहाँ कालू भूयां नाम के कोई राजा थे? कहाँ गया वह राज्य? कहाँ गया सिंहासन? आखिर जाल लेकर, मछली पकड़ना, बना राजकर्म और सिंहासन बनी नाव!" उग्रसेन ऐसी तीखी, चुभनेवाली बातों का कोई जवाब नहीं दे पाता। क्या जवाब देता? ताम्रलिप्त नाम का कोई गढ़ आस-पास

कहीं होने की बात किसी ने सुनी नहीं थी। जैसे था बिसुनपुर, पारादीप गढ़, गढ़कुजंग। कैसे नासमझ औरत को समझाता केवट? जब उग्रसेन के परदादा भीमा केवट ताम्रलिप्त देश छोड़कर मूलगाँव बंदर आये, तब उग्रसेन के बप्पा कालिया केवट की उमर पाँच या सात साल रही होगी। क्यों ताम्रलिप्त राज्य, राजा परिवार, कुटुंब-कबीला छोड़कर बप्पा बंदर गाँव लौट आए, बच्चे कालिया को ठीक से कुछ पता नहीं था।

बीते कल की जैसी बात उद्धव को याद आ रही है। उस दिन यों ही वंश-बुनियाद की बात लेकर उग्रसेन की घरवाली से बहस हो गई। बाहर मास्टरजी की आवाज़ आयी—"उग्रसेन घर पर हो?" उग्रसेन को केवल मास्टरजी ही उग्रसेन कहकर बुलाते। बाकी सारा गाँव उगरा केवट ही कहता। "हाँ, जी। पाय लागूँ!" कह उग्रसेन ने बाहर निकलकर प्रणाम किया। दाँतों तले जीभ दबाकर सिर पर पल्लू खींच भार्या सरक गई दरवाज़े से। मास्टरजी ने कहा—"सब सुना, उग्रसेन! बहू ठीक कह रही है। केवल राजवंशी कहने से बात नहीं बनेगी। गर कालू भूयां की बात कहते हो, तो कलिंग कैवर्त का इतिहास समझाये बिना यह जनानी समझेगी नहीं। औरत जात को छोटा न समझ। बात न समझने तक वह किसी के बहकावे में न आये। तुम क्या खुद जानते हो ताम्रलिप्त कहाँ था? कालू भूयां वहाँ का राजा कैसे बना?" उग्रसेन ने सिर हिलाते हुए कहा—"जी, मूरख आदमी ठहरा। गरीब केवट हूँ। रात बीतने पर नदी-समुद्र जाकर जीवहत्या करने पर कुटुंब का पेट पालता हूँ। इतिहास की बात मैं कहाँ से जानूं? जानकर लाभ भी क्या है?" धूल पोंछ कर मास्टरजी बाहर बरामदे में बैठने जा रहे थे, उग्रसेन की भार्या ने नाक तक घूँघट खींचकर चटाई लाकर वहाँ डाल दी।

मास्टरजी बोले—"बेटी! तुम भी बैठो। केवट जात मछली पकड़ती है, उसे अधम न गिनना। केवट तो देशभक्त जात है। अपने वंश का इतिहास जाने बिना तुम्हें सब दबा देंगे। यदि तुमने खुद को छोटा समझा तो तुम्हें कुचल डालेंगे राजा, ज़मींदार, महाजन। पहले कालू भूयां का इतिहास सुनो। तुम्हारे पति ने अगर कालू भूयां का वंशधर होने की बात बाप-दादा से सुनी है, तो झूठ क्यों होगी? वंश इतिहास नहीं बता पा रहा तभी तो तुम दबा देती हो। सबके सामने सिर उठाकर चलने के लिए इतिहास ही आदमी का बुनियादी परिचय है।"

केवट उग्रसेन मास्टरजी के सामने उधर बरामदे में बैठा। मास्टरजी जी आये हैं, यह देख कुछ और केवट वहाँ आकर इकट्ठे हो गए। मौसम कुछ गड़बड़ था, फिर उसके साथ ठंडी पुरवाई पवन से तूफ़ानी गंध आ रही थी। अतः केवट उस

दिन समुद्र या नदी में नहीं गये थे। बड़ा कटोरा भर पखाल भात खाकर सुस्ती का अनुभव कर रहे थे। मास्टरजी को देख कुछ ताज़ा हो आये। उग्रसेन के घर के बाहर सब जमा हो गए। मास्टरजी क्यों उग्रा के घर पर डेरा डाले हैं? धीरे-धीरे छोटी-मोटी भीड़ इकट्ठी हो गई। पढ़े-लिखे-अनपढ़ सब जमा हो गए। मास्टरजी को मौका मिल गया बुझते दीप को उकसाने का। एक दीप जलाने पर देश भर का अंधेरा नहीं छंटेगा। एक छोटे-से गाँव का अंधेरा भी नहीं छंटेगा। पर किसी के घर में दीप जलता है, यह बात जानकर कुछ लोगों का अपने घर में दीप जलाने का मन तो करेगा। एक के घर के सामने रास्ते से अंधेरा छंटेगा तो उसको देखकर और पाँच लोग एक उजाला भरा रास्ता क्यों न ढूँढ़ लेंगे।

मास्टरजी ने मौका देख कर कहा—"अच्छा हुआ। जाति का इतिहास सुनने का तुम लोगों में आग्रह है, जानकर बहुत खुशी हो रही है। आज शाम बंदरेईदेवी के चबूतरे के सामने सभा होगी। सांझ को त्रिनाथ मेला भी होगा। खूब जमेगा। तुम लोग जाकर आस-पास के गाँववालों को भी खबर कर आओ।"

मास्टरजी सभा करेंगे। फिर कभी न देखा न सुना, उन बाप-दादों की चौदह पीढ़ी का पुराण खोलेंगे। सबकी पुराण पोथी उनके पास है। किसी ने अविश्वास नहीं किया। अतः छांव ढले बंदरेई देवी के सामने मैदान में केवटों का भरपूर मेला लग गया। बासु मास्टरजी ध्रुव तारे की तरह एक जगह बैठ गए। कुछ हट कर सप्तर्षि मंडल की तरह पाँच-सात गाँव के आग्रही श्रोता आधा मंडल बना कर ताकते रहे। सामने घू-घू करती बह रही थी देवी नदी। उस पार सीमाहीन समुद्र। सबके आँख-कान खुले हुए थे। मास्टरजी के बगुले-से सफ़ेद झक दाँतों को धकेल कर निकले मंत्र स्वर ने देवी नदी की लहरों को काटकर धीरे-धीरे सागर की छाती को छुआ। शंखुआ मुहाने से होकर सागर की छाती से उठा नमकीन ज्वार देवी नदी की छाती को अपने आलिंगन में भर लेता है।

~

देवी नदी जहाँ मुहाने की ओर शंख का आकार लेकर आगे ही आगे बढ़ कर कुंडली बन बंगोपसागर में पड़ती है, वहाँ शंखुआ मुहाने के सीध में है गड़मरिचपुर। देवी नदी की एक शाखा है पटुवा नदी, कभी उसका नाम था बसंतपाटली नदी। उसी के मुहाने पर एक और गढ़ था हरिशपुर। अतीत में कलिंग के सौदागर सात समुद्र तेरह नदी पार कर देश-विदेश में व्यापार करते थे। क्या जल मार्ग से कभी कोई कैवर्तों की मदद के बिना यात्रा कर पाता? अतः कलिंग

का जो वैभव कभी बाहरी वाणिज्य से संभव था, वह कैवर्तों की नौयात्रा की दक्षता से ही संभव हुआ। कैवर्त केवल दक्ष नाविक ही न थे, वे साहसी, लड़ाकू नौसैनिक भी थे। वे जलपथ में जहाज़ों पर आक्रमण करने वाले जलदस्युओं का भी मुकाबला करते थे।

जो आठ गढ़ पूर्वी भाग में तट पर थे, उनके राजाओं को इसीलिए मुहान कुंभीर, मुहान-चौकिया की उपाधि दी जाती। वे राजा वीर कैवर्त नौसेना की सहायता से देश के बाहरी शत्रु और जलदस्युओं से रक्षा करते, अत: उन्हें ऐसी उपाधियाँ मिलीं। हालाँकि राजा को केवल उपाधि मिलती। जो मौत के मुँह में जाता वह अधम केवट कहलाता, क्योंकि वह प्रजा है। प्रजा की उपाधि कैसी? छोटे लोग सिर पर न चढ़ जायें! मास्टरजी की श्लेष भरी बातें केवट नहीं समझते, अत: मास्टरजी सहज स्वर में समझाते—"हालाँकि और थोड़े दिन की बात है! ये राजा-रजवाड़ों का शासन ज़्यादा दिन टिकने वाला नहीं। अंग्रेज़ शासन जिस दिन पूरा होगा, देखना राजा-ज़मींदारों के वंश-कुटुंबी की हालत बुरी होगी। दर-दर भटकते फिरेंगे ये अत्याचारी ज़मींदार वंश...मैं कहे देता हूँ!"

मास्टरजी की बातें केवटों को सुहानी लगतीं। राजा-ज़मींदार के भय से वे जो बात कह नहीं पाते, वह बात मास्टरजी ने कैसे कह डाली? हालाँकि तब गाँधी का आंदोलन शुरू हो चुका था। पर उससे केवटों का क्या होता जाता है?

कालू भूयां की बात अधूरी छोड़ दी, मास्टरजी आपने—उग्र बेहरा ने कहा। उसकी इच्छा थी कि कालू भूयां की बात गाँववाले मास्टरजी की ज़ुबान से सुनें। तब कालू भूयां के वंशधर के रूप में गाँववाले उसकी इज़्ज़त करेंगे। ज़मींदार के प्यादे कुछ डरेंगे। उसके परिवार पर जुलम कुछ कम होंगे।

मास्टरजी ने फिर शुरू किया—"तब ओडिशा साम्राज्य गंगा से गोदावरी तक फैला था। मेदिनीपुर था उत्कल के अंतर्गत। ताम्रलिप्त इसी कलिंग राज्य के अधीन मेदिनीपुर का एक प्रसिद्ध बंदरगाह शहर था। प्राचीनकाल से, अशोक के कलिंग पर अधिकार करने के बहुत पहले से, उत्कल के मयूरभंज राज्य के मयूरध्वज वंश के राजा ताम्रलिप्त पर राज करते थे। ताम्रलिप्त बंदरगाह से होकर उत्कल के सौदागर नौवाणिज्य कर देश-विदेश से धन-रत्न लाते। उसी ताम्रलिप्त को तामलुक भी कहा जाता था। बौद्ध युग के बाद पता नहीं किसका शाप लगा। मयूरध्वज वंश का लोप हो गया। तभी उत्कल तट से कैवर्त कालू भूयां ने ताम्रलिप्त जाकर सिंहासन पर अधिकार कर लिया। वे थे, ताम्रलिप्त के पहले कैवर्त राजा। उन्होंने उत्कल से 400 कैवर्त परिवार लेकर ताम्रलिप्त में बसवाए। यह कैवर्त वंश बढ़ते-बढ़ते

आठ हज़ार हो गया। समय बीतता गया। ओडिशा माटी के भाग्य के पन्ने पलट गये। 1568 ई. में गोहीरटिकरी लड़ाई में हारकर प्राण गंवाया ओडिशा के अंतिम स्वाधीन राजा मुकुंददेव ने। उन्हीं के साथ ओडिशा की स्वाधीनता का सूर्य अस्त हो गया। बाद में 300 वर्ष यहाँ शासन किया मुगल, अफ़गान, मराठों ने। उसके बाद दरिया पार से आयी थी व्यापारी जाति। अंग्रेज़ों के हाथ में केवल ओडिशा नहीं, सारे भारत का शासन था। इन शासकों द्वारा शोषित, लुंठित होकर स्वाधीनता प्रेमी वीर ओड़िया जाति का मेरुदंड काँप उठा। हमारे ओडिशा का विशाल साम्राज्य खंड-खंड कर बंग, बिहार, मध्यप्रदेश, मद्रास और तेलंगाना आदि प्रदेशों में शामिल कर दिया गया। ताम्रलिप्त बंदरपुर शहर ओडिशा से छिन्न-भिन्न होकर बंग देश में चला गया। उधर ओड़िया भाषी क्रमश: बंगभाषी कहलाने लगे।

इस तरह कभी गंगा से गोदावरी तक फैला विशाल उत्कल साम्राज्य खंडित हो गया। ताम्रलिप्त से कालू भूयां के वंशधर राजवंशी कैवर्त परिवार उत्कल लौट आये। ओडिशा के तटवर्ती इलाके में बस्ती बसायी। उनमें से एक परिवार रहा होगा उग्रसेन के पिता का।—''तो अच्छा उग्रसेन अगर तुम्हारे पिता तब पाँच वर्ष के रहे होंगे, जब दादा ने ताम्रलिप्त छोड़ा था, तो उम्र के हिसाब से यह उस समय की बात रही होगी।''

उग्रसेन ने कहा—''ठीक-ठीक! सत्तर या अस्सी साल की बात शायद होगी।''

मास्टरजी बोले—''केवल तुम्हारे परदादा ही नहीं अनेक ओड़िया स्वाभिमानी कैवर्त परिवार उस समय उत्कल लौट आकर इस समुद्र तटीय इलाके में बसे थे।''

मास्टरजी ने गहरी सांस छोड़ी! उग्रसेन बेहरा ने उन्हें प्रणाम करते हुए कहा—''मेरा मान रख लिया मास्टर जी आपने! कोई माने या न माने उद्धव की माँ अब मानेगी कि मैं कालू भूयां का वंशधर राजवंशी केवट हूँ। ससुर के घर-डीह के लोभ में पूर्वजों की ज़मीन छोड़ अपने छोटे बेटे उद्धव को गोद भेजने वाला आदमी उग्रसेन कैवर्त नहीं है।'' सदा खुद को छोटा समझकर अपने को गरीब 'उगरा' केवट कहकर परिचय देनेवाले अक्रूर के बापू के आज मास्टरजी के आगे सिर ऊँचा कर अपने को उग्रसेन कैवर्त कहकर संबोधित करने की बात लोगों से सुनकर उद्धव की माँ की छाती ज़रा दब गई, ''मेरे घरवाले ने कुछ गर्व कर लिया? गर्व गंजन नरहरि, गर्व न सहें काहारी। भागवत वाणी कभी झूठी नहीं हो सकती। माँ बंदरेई! मूर्ख केवट का दोष माफ़ करना।'' उद्धव की माँ ने चार-पाँच बार सिर धरती पर टिकाया देवी के नाम पर। पर अब वह मान गई उसका घरवाला है राजवंशी कैवर्त।

लेकिन गाँववालों ने सहज ही नहीं माना। हालाँकि उगरा केवट और उसके

बाप कालिया केवट को जिन्होंने देखा है, वे उनके मुँह सुनते आये हैं कि वे राजवंशी केवट हैं। पर सबूत कहाँ? कौन परवाह करता है इस डींग हाँकनेवाली बात की? रात बीतते ही अपनी-अपनी नाव लेकर समुद्र की ओर हमारे साथ मछली पकड़ने निकलते हैं, वे राजा हों तो भी हरिशपुर गढ़ के राजा की प्रजा थे। सूर्यास्त कानून (लगान न चुकाया सूर्यास्त तक तो घंटा बजा कर ज़मींदारी आनन-फानन में नीलाम करने का अंग्रेज़ी कानून था) के तहत लाहा (बंगाल की एक जाति) ज़मींदारों की प्रजा बने। उसके चौदह पीढ़ी में कोई कहीं राजा था, इससे किसी को न लाभ था न कोई डरता था।

उगरा केवट के चिरशत्रु हरि केवट ने कहा—"हाँ, माना कि कालू भूयां नाम के ताम्रलिप्त के कोई राजा थे। यह भी माना कि ओडिशा से छिन्न-भिन्न हो ताम्रलिप्त आज बंगदेश में मिल गया। ये बातें किताब में छपी, मास्टरजी ने पढ़ी हैं। झूठ कैसे होंगी? पर तू डींग मारनेवाला है, कालू भूयां का वंशधर, यह तो मास्टरजी ने नहीं कहा, न यह कहीं लिखा है। यह बात तो तू खुद बोल रहा है! सबूत कहाँ दिखा सकेगा?"

उगरा ने आँखें तरेरी—"सबूत हैं मेरे बापू! उसका नाम दिया गया 'कालू', अर्थात् कालूसेन। तुम साले गाँव के मूर्खों ने उसे कर दिया—कालिया! यदि हमारे वंश के पहले राजा का नाम कालू भूयां न होता, तो मेरे बापू का नाम 'कालू' कैसे होता? मेरे दादा भीमसेन ने अपने वंश की गरिमा रखने के लिए वह नाम दिया था, क्या इस बात पर विश्वास नहीं होता?"

ठहाका मार कर हँस दिया हरिया केवट, फिर बोला—"ठीक राजा का मगज पाया है, बे! इसकी सोच को देखो। तब तो फिर ठेठ मुसलमान कालू भी कालू भूयां का वंशधर है! और लो अब, ये आये ताम्रलिप्त से उग्रसेन कैवर्त राजवंशी!"

और कुछ ऐसे होते हैं, जो किसी के विरोधी तो नहीं, पर एक को दबाने पर खुश होते हैं, वे हँस पड़े हरिया की बात पर। कुछ ही देर में उगरा और हरिया गुत्थमगुत्था हो जाते। मोटे-सोटे हाथ दोनों को दो ओर से पकड़कर काबू कर चुके थे। हरिया छोड़ने वाला नहीं था। ठट्ठा मार कर पूछा—"क्या और कोई सबूत है?"

"हैं, हमारे बंधु-बाँधव आज भी हैं मेदिनीपुर में। उनके पुराने ज़मीन-जायदाद के पट्टे-पावती ओड़िया भाषा में हैं। इसका अर्थ है, वे ओडिशा के कैवर्त और कालू भूयां के वंशधर थे और मेदिनीपुर था उत्कल भूखंड का अंश।"

हरिया ने कहा—"अरे इस इलाके के कई लोगों के कुटुंब हैं मेदिनीपुर में। सब क्या कालू भूयां के वंशधर हैं? अच्छा उग्रसेन महाराज, आप की उपाधि भूयां

होनी चाहिए! बेहरा कैसे हुई, भई? इतना भर गाँववालों को समझा दो।''

उग्रसेन ने कहा—''असल बात याद करा दी तूने हरिया। हमारे पूर्वजों की उपाधि थी भूयां। हमारे पट्टे-पावती में काफ़ी समय तक भूयां लिखा जाता था। अभी भी पुराने पट्टे-पावती में से एक आध हैं। हरिशपुर गढ़ के ज़मींदार के प्यादे के चिढ़ा कर मेरे परदादा को भूआं-भूआं (बिलाव) कहकर पुकारने पर उन्होंने चिढ़कर कहा था—''आज से मैं भूयां नहीं बेहरा हूँ। अपने बेटों के नाम ज़मीन हस्तांतरित करते समय लिखा दिया बेहरा। देखेगा तू?'' उग्रसेन घर आकर जर्जर पेटी में से पट्टा-पावती निकाल लाया। पर पढ़ेगा कौन?

''छोड़ो! डींगें हाँकने से क्या मिलेगा? छोटे-बड़े सभी केवट अनपढ़ होते हैं। पट्टा-पावती में भूयां है या भूआं—कौन जाने?'' अतः हरिया कभी उग्रसेन केवट को उग्रसेन कैवर्त स्वीकार नहीं करेगा, घोषणा कर दी।

वंश गौरव का सूत्र पाने के बाद उगरा आसानी से दबने वाला नहा था। अगले दिन सुबह हरिया का हाथ पकड़ खींचखांच कर ले गया धनुहर बेलारी गाँव तक। मज़ा देखने वाले केवटों का झुंड जुट गया कीड़े-मकोड़ों की कतार की तरह। उगरा और हरिया के बीच चल रहे विवाद के समाधान हेतु मास्टरजी पट्टे का पन्ना पलटने लगे। सचमुच एक पुराने फटे पट्टे के कागज़ पर मिला—जलंधर भूयां! केवल उपाधि ही नहीं, नाम भी राजवंशी। इस इलाके में भला किस केवट का नाम जलंधर है? अर्थात् उग्रसेन केवट है कैवर्त राजा कालू भूयां के वंशधर, इसमें संदेह नहीं रह गया। ईर्ष्यालु हरिया का चेहरा सूखे छिलके-सा बन गया। उग्र केवट उर्फ़ राजवंशी उग्रसेन कैवर्त ने मास्टरजी को पहले से कम सिर झुकाकर प्रणाम किया और अपना पट्टा-पावती समेटकर, काँख में दबा कर गाँव लौट पड़ा। हरिया केवट की नज़र में क्रूर भाव उत्पन्न हो गया। कहा—''मैं कभी उगरा को अपने से बड़ा नहीं मानूँगा। उगरा का गर्व तोड़ूँगा।''

ऐसा विपरीत फल पाने की मास्टरजी ने कभी उम्मीद नहीं की थी। उग्र केवट के मन में आत्मविश्वास पैदा करके लाहा ज़मींदार से यातना पानेवाली प्रजा, जो साथ-साथ जीती-मरती थी, क्या उनको राजा-प्रजा दो भागों में बाँट दिया मास्टर जी ने। यह तो बड़े विषम संकट की बात हुई। केवटों में एका न रहे तो मुकद्दम, गुमाश्ते, ज़मींदार, प्यादा तथा मारु महाजनों द्वारा पहले से अधिक शोषित और अत्याचारी होंगे। हरिया की दुर्बुद्धि—उग्रसेन ठहरा उग्रबुद्धि और ठस्स। दोनों में पूर्व शत्रुता थी। आज की घटना ने दोनों के संपर्क को और तिक्त कर दिया। पर मास्टरजी ने कुछ झूठ तो नहीं कहा, न झूठ पढ़ा। सच बोलने में पीछे कैसे रहते?

मास्टरजी ने हरिया को बुला कर कहा—"सुनो हरि, महीने के आखिरी दिन मैं बंदरेई मैसा के चबूतरे पर केवट जाति के पूर्व गौरव की कथा सुनाऊँगा। उग्रसेन कैवर्त राजा कालू भूयां का वंशधर हो सकता है। पर समूची कैवर्त जाति तो कैवर्त श्रेष्ठ दास राजा की वंशधर है। कालू राजा भी तो दास राजा के वंशधर ही थे। अत: एक दृष्टि से देखें तो उत्कल के तटवर्ती इलाके के सारे केवट कालू राजा के सीधे वंशधर न होने पर भी दास राजा के वंशधर होने के कारण रिश्ते-नाते में सब के सब बंधु-कुटुंबी हुए। भला जो दास राजा के वंशधर हैं, उनके कालू राजा से परिचय की क्या ज़रूरत?"

"आखिर दास कौन हैं मास्टरजी?" हरिया ने आशा भरी नज़रों से मास्टरजी से पूछा। मास्टरजी बोले—"तुमने 'कैवर्त पुराण' नहीं पढ़ा? भले ही न पढ़ा हो, पर सुना तो है! उसमें कैवर्त जाति की गौरव गाथा और उत्पत्ति की कथा लिखी है। बिना पढ़े कैसे जानोगे? महीने के अंत में बंदरेई देवी के चबूतरे पर ग्राम सभा बुलाओ। गाँववालों को खबर कर दो। सांझ ढले तुम सब के चबूतरे के आगे जमा होने पर पढ़ा जांयेगा कैवर्त पुराण। पुराण पढ़े बिना वंश-बुनियाद का गौरव कैसे जानोगे? 'रामायण' को छोड़ दो तो राम कहाँ—या फिर भागवत छोड़ दो तो कृष्ण कहाँ? वैसे ही कैवर्त पुराण बिना केवटों की स्थिति कहाँ?"

~

डग भरते-भरते महीना पूरा हो गया।

सांझ ढले, दलबल के साथ हरिया केवट शंखुवा मुहाने के रास्ते देवी नदी के किनारे-किनारे बंदरेई ठकुरानी की पीठ के पास पहुँचा। उग्रसेन केवट भी राजा की तरह साफ़ा बाँध, अगली पंक्ति में बैठा। पास में बैठा उसका बारह वर्ष का बेटा अक्रूर जिसे कल तक लाड़ से बुलाया जाता था अकू। अब उसे बुलाता है अक्रूरसेन। बेटों के नाम के साथ राजा सूचक 'सेन' शब्द न रहे तो नहीं चलेगा। उसके पास छ: वर्ष का बेटा उद्धव सेन सयाने बच्चे की तरह पालथी मार हाथ जोड़े बैठा है। बेटों को अगली पंक्ति में बिठाने का खास कारण था कि वह राजवंशी कैवर्त है, तो बेटे युवराज वंशी कैवर्त कुमार। अगली पंक्ति में न बैठ वे प्रजा के बेटों की तरह पीछे कैसे बैठें?

मास्टरजी ने शुरू किया कैवर्त इतिहास—समुद्र की सृष्टि के युग से न हो, पर नाव सृष्टि युग से जल पथ से वाणिज्य कारोबार में ओड़िया सौदागरों का नाम था। जावा, सुमात्रा, बाली, बोर्नियो, मलयपुंज के साथ सुवर्ण द्वीप और पेगू में भी

ओड़िया व्यापारियों ने राज्य विस्तार किया था। कांबोडिया, ब्रह्मदेश आदि स्वर्णभूमि पर ओड़िया सौदागर ने राज सिंहासन अधिकार कर राजत्व भी किया। केवल इतना ही नहीं, कलिंग के सौदागरों ने प्रशांत महासागर पार कर चीन, जापान के साथ वाणिज्य संपर्क स्थापित किया। यह तो हुई पूर्व समुद्र की बात। पश्चिम समुद्र में अरब सागर पार कर कलिंग के सौदागर वाणिज्य के क्षेत्र में बने एकछत्र राजा। अफ्रीका महादेश के मैडागास्कर द्वीप में कलिंग के सौदागर वाणिज्य पोत लेकर पहुँच जाते। बारह-पंद्रह सौ वर्ष पहले ताम्रपर्णी द्वीप और कलिंग के बीच समुद्र पथ से चलता था हाथी वाणिज्य। ताम्रपर्ण द्वीप का नाम बाद में पड़ा लंका द्वीप। वहाँ कैवर्त कुल के दास राजा ने विंध्यपर्वत के अश्व लेकर राजा बन युगों राज किया। लंका द्वीप के श्यामहाथी जग विख्यात थे। लंकाई हाथी थे रावण, कुंभकर्ण की तरह विशाल आकार के और खूब बली। अत: कलिंग राजा लंकाई हाथी खरीद उत्तर भारत के राजाओं को विक्रय कर हाथी वाणिज्य में हाथी की तरह लाभवान होते। कलिंग के संग लंका द्वीप का संपर्क दास राजा के राजत्व के समय से ही शुरू हो गया था।

उत्कल उपकूल में तब थे ढेरों बंदरगाह। मसलीपट्टम, कोणार्क नगर, दंतपुर, चैत्र, ताम्रलिप्त, आड़जिटा, कलिंगापत्तन, चिलिका, पुरी, चरित्र, सुवर्णरेखा, हिजली, फिर कटक ज़िले के मरिचपुर, हरिशपुर गढ़ में था उत्कल का प्रसिद्ध बंदरगाह। वे बंदरगाह हालाँकि बंदर गाँव में आज नहीं है। यहाँ का बत्तीघर भी अब नहीं रह गया—पता नहीं वह कब ढह गया। नमकीन हवा लग-लगकर माटी हो गया। कभी इस बंदर के बंदरगाह से होकर सैकड़ों वर्षों तक बहिर्वाणिज्य चला। बंदरेई ठकुरानी की वंदना-पूजा कर उत्कल के व्यापारी-कुल के बुनियादी नाविकों के पूर्वजों ने बंगोपसागर में फैलाये थे अपने हाथों से बनाये कलिंग पोत। तब हरिशपुर का और ओडिशा के अन्य स्थानों का पाटवस्त्र कलिंग वस्त्र के नाम से प्रसिद्ध था और भारत के बाहर खूब परिचित था। कलिंग वस्त्र की माँग स्वर्णद्वीप और लंका द्वीप में इतनी प्रसिद्ध हो चुकी थी कि लंकावासी तमिल लोग वस्त्र कहने का मतलब कलिंग वस्त्र ही समझते। आखिर तमिल भाषाकोष में कलिंग शब्द का अर्थ वस्त्र के रूप में ही लिया गया है।

ये बातें मास्टरजी के मुँह से सुन सब चौंक हो गये। मास्टरजी बखानते गए—''समुद्र पथ से बली, वपुशाली आकाश जैसे हाथियों को लंकाद्वीप से कलिंग में लाने के लिए विशाल समुद्र की तरह वृहत्, मज़बूत पोतों का निर्माण कलिंग के बंदरगाहों में किया जाता। कलिंग के राजा खारवेल ने पांड्य राजा से हासिल किए

थे कई हाथी-पोत। उत्कलीय केवटों के पूर्वज ये पोत बनाते और समुद्र में चलाया करते। ऐसे पराक्रमी हाथियों को लंका द्वीप से खरीदने के लिए कलिंग के राजा एक बड़ा मोल चुकाते होंगे। क्यों न देंगे—तब उत्कल भूमि पर क्या न था? तब उत्कलीय हीरा तो जगत विख्यात था। दो हज़ार वर्ष पहले बेशकीमती उत्कल हीरे की बिक्री रोम नगर में होती। सागर पार दूर देश में वाणिज्य करने पहुँच वहाँ रह कर स्वदेशी चाल-चलन और सभ्यता का विस्तार करने वाले भारतीय वणिकों में ओड़िया आगे थे। अरब सागर और हिन्द महासागर तब माल से लदे विशाल जलपोतों द्वारा मंथित होते रहते। परंतु उत्कल के व्यापारी भले ही धन संपदा और पोतों के मालिक थे, पर दक्ष कैवर्त की मदद के बिना पोत निर्माण और जल यात्रा संभव नहीं होती। तब ढेरों उत्कल रणपोत हिन्द महासागर में उत्कलीय वाणिज्य की रक्षा के निमित्त पैंतरा भरते। केवटों के पूर्वज पोत निर्माता थे, पोत चालक थे और पोत रक्षक थे कैवर्त। वे देश-विदेश का भ्रमण कर पोत निर्माण करते, उत्कलीय यश पताका फहराते। अत: तुम सबको अपने वंश बुनियाद को लेकर गर्वित होना उचित होगा!''

केवट लोग उत्कलीय वाणिज्य की यशगाथा सुनकर गर्वित हुए या नहीं, यह जानने के लिए मास्टरजी ने सब के चेहरों पर नज़र दौड़ाई। छोटी-बड़ी मछलियों के मुँह को तरह निर्लिप्त सबके चेहरे एक जैसे दिख रहे थे। पर तब तक हरिया केवट का धीरज छूटने लगा। कहाँ गए कैवर्त आदि पुरुष 'दास राजा' और उनकी गरिमा—उत्कल के नौवाणिज्य से अब क्या मिलेगा? ठेंगा? नौवाणिज्य कारोबार के दक्ष कैवर्त नाविक तो पोत चालक, पोत रक्षक और पोत बनाने वाले थे। पर उनके भाग्यनिर्माता थे साधव वणिक। केवट को कैवर्त या नाव रक्षक कहने पर भी वह मालिक नहीं, रियाया है। केवट को नाविक कह दो तो भी वह वणिक नहीं, नाववाला है। अत: वाणिज्य-फाणिज्य की बात छोड़ मास्टरजी पहले दास राजा की बात कहें—हरिया ने माँग की। इधर बंदरेई देवी के सांझ के प्रसाद के लिए बच्चे जंगली बिलाव की तरह बैठे ताकते। पहले भोग लगा। सब थोड़ा-बहुत प्रसाद पा कर तुष्ट हुए। बच्चे प्रसाद पाकर अपनी-अपनी राह उड़न-छू हो गए। हरिया के चारों बेटे दूसरों के हाथ का प्रसाद झपट उड़न छू ! उग्रसेन का बड़ा बेटा अक्रूरसेन और छ: बरस का छोटा उद्धवसेन बैठे थे युवराज की मुद्रा में, धीर स्थिर। वे हरिया के आवारा छोकरों की तरह भोग प्रसाद छीना-झपटी में न थे। आलतू-फालतू बच्चों की तरह उलटा-सीधा व्यवहार कैसे कर सकते हैं? उग्रसेन

ने हरिया पर कटाक्ष कर इतना भर इंगित किया। उग्रसेन को आत्मसंतोष हो रहा था कि हरिया को उसने आहत किया है। यह बात मास्टरजी की नज़र से भी छुप न सकी। मास्टरजी ने इंगितपूर्ण दृष्टि से देखा संत नवघन दास की ओर।

~

देवी नदी के किनारे है बालीपटना गाँव, वहाँ के कैवर्त वैष्णव, संत नवघन दास को मास्टरजी ने खबर भेज बुलवा लिया था। कैवर्त पुराण बाँचने में नवघन दास थे पक्के। जीवन भर ढेरों मछली-केकड़े पकड़ने वाले नवघन वैष्णव धर्म अपनाने के बाद अब आमिष तो क्या, लहसुन-प्याज, पोई-लौकी तक पत्तल में नहीं लेते। नवघन माझी वैष्णव होने के बाद लिखने लगे नवघन दास। कुछ भी कहो जात तो मछली की कात (छिलके) की तरह मरने तक देह से चिपकी रहती है। मछली को ठाकुरानी देवी के पास पका कर प्रसाद चढ़ाने पर भी वह निरामिष में नहीं गिनी जा सकती । वरना वैष्णव होने के बाद कैवर्त वैष्णव, करण वैष्णव, गोपाल वैष्णव आदि क्यों कहते गाँववाले? करण वैष्णव तो महांति घरों में ब्याह तक नहीं करते।

बोरीकिना गाँव से आगे बायें हाथ, केनाल पार कर छोटा-सा गाँव पड़ता है। उसका नाम है नारदीया। वहाँ था एक करण वैष्णव परिवार। करण वैष्णव का अलग श्मशान भी था। अपनी जात का अपना श्मशान। श्मशान में भी जात-बेजात भेद! उस ज़माने में नारदीया गाँव में कायस्थ वैष्णों में एक थे बालकृष्ण दास। कर्म से भी पुरखे वैष्णव थे। वे ही जात-पांत भूल कर हरिजन नौकरों के हाथ का बना खाते। संगीत प्रिय ठहरे। संकीर्तन दल लेकर नाचते-गाते बंदर गाँव, बालीपटना, पंचपल्ली गाँव जाया करते रहे। उनके भक्त बनते-बनते नवघन कैवर्त वैष्णव बन गए। जीवन भर मछली पकड़ जीव हत्या करते रहे। पूर्वजों की वृत्ति। बातों में कहा करते—वृत्ति से पालते कुटुंब। फिर कहते—''पेट पाले, दोष न लगे।'' इसी नीति में अधेड़ हो गए नवघन वैष्णव। एक दिन अचानक मछली से मन उकता गया। बच्चे बड़े हो चुके थे। संसार की चिंता न थी। अधिकारी बालकृष्ण गुसाईं के सत्संग में आकर दीक्षा ली, माझीजी बन गए वैष्णव और नलियो के गाँव में निरंजन गद्दी के पास कुटी बनाकर रहने लगे। पर जाति को मन से निकाल न सके। कैवर्त पुराण बांचने का अभ्यास बालकृष्ण गुसाईं की कृपा से हो गया। बालकृष्ण गुसाईं ने नवघन को कान में मंतर देने के लिए पहला अक्षर सिखाया, पुराण भागवत पढ़ाई। कैवर्त पुराण पढ़-पढ़कर अपनी जाति के अतीत गौरव में खुद उद्‌बुद्ध होते नवघन गुसाईं।

पर इस मछली पकड़ने वाली केवट जाति को उद्‌बुद्ध नहीं कर पाते। रात बीतते ही जिसे हो पेट की फ़िक्र, मछली पकड़ने की चिंता, उसे अतीत गौरव में क्या मिलेगा? जाल और डोंगी जिसकी संपदा हो, शास्त्र पुराण को वह क्यों खोजेगा?

खैर मास्टरजी से खबर पाकर कैवर्त पुराण बगल में दबा नवघन दास बंदरेई के चबूतरे पर पहुँचे। प्रसाद पाकर बच्चे तो नीम अंधेरे में घर लौट गए। तलमाल वाले केवट बच्चे दिन भर नदी समुद्र संग ज़ोर आज़माइश कर सांझ डूबते ही दो मुट्ठी भात खाकर अंधेरे के डर से चटाई बिस्तर को जकड़ कौवे के कांव-कांव करने तक चुपके से सो गए सोंधी माटी पर। केवट बच्चे समुद्र से नहीं डरते—डरते हैं अंधेरे की राक्षसनी से। मगरमच्छ और समुद्री मछलियों से डरते नहीं—डरते हैं भूत, प्रेत, डायन से। क्योंकि मगरमच्छ व समुद्री जीवों से बचने की कला-कौशल धीरे-धीरे जान जाते हैं। मगर भूत-प्रेत, डायन-चुड़ैल से बचने का कौशल जीवन भर नहीं जान पाते। उनके बाप-दादा चौदह पीढ़ी को भी पता न था। यह पता होता केवल ओझा को—जो कभी-कभी जन्म लेते गाँवों में। हर गाँव में ओझा नहीं होते। दस-पंद्रह गाँव में खोजो तो कहीं कोई मिल जाते। भूत-प्रेत, ज़िंदा डायन, तरह-तरह की चुड़ैल, पिशाचनी, डायनों की संख्या जितनी, उतने ओझा होते कहाँ हैं? जैसे दस प्राणी के कुटुंब में पेट की भूख एक भात की हांडी सँभालती है, वैसे ही दस गाँव के भूत-डायन का उपद्रव एक ओझा सँभाल लेता है। मगर औरतें ही हैं भूत-डायनों का अखाड़ा। वे ज़्यादातर औरतों पर ही सवार होती हैं। गनीमत है! वरना भूत-डायन लगने पर मरद खेती-बाड़ी, नदी-नाले, समुद्र में जा पाते कैसे? मर्दों को कभी-कभी भूत लगता। नवघन दास को भूत न लगता, यह सच है। पर भूत उन्हें बुला कर ले गया दो-चार बार मछली पकड़ने, आधी रात में नींद से उठा भूत कहता—चल चलकर इसके-उसके पोखर से, गड़िया से, नदी-नाले से मछली पकड़ लाएँ। आधी रात, सूना पहर, बड़ा हिस्सा लेने को राजा के प्यादे, ज़मींदार के प्यादे तब नहीं होते थे। अत: बच्चों की थाली में बड़ी-बड़ी मछली की तरकारी पड़ती। इसके चलते नवघन तैयार कैसे नहीं होता?

कई बार नवघन माझी आधी रात में जाल लेकर निकला है। आगे-आगे भूत—पीछे-पीछे रस्सी से बँधी गाय की तरह नवघन। हर बात का एक ही उत्तर देता वह निगोड़ा भूत-नवघन कहता —"क्यों भई, तू दीना बेहरा है तो? ऐसी उमस भरी अमावसी रात में सिर पर पगड़ी क्यों बाँध रखी है, कुछ पहचानने में ही नहीं आता।"

"हूँ!" भूत का हुमहुमाता-सा जवाब।

"और क्या हालचाल है?"

"हूँ...हूँ...ऐं!"

"ज़मींदार के उस प्यादे का किसी दिन सिर फोड़ दूँगा ! बहुत जुलुम करता है। बहू-बेटियों पर नज़र डालता है!"

"हूँ!"

"आज कैसे आधीरात में मछला पकड़ने को मन किया?"

"हूँ...ऐं.."

"क्यों दीनबंधु, नींद नहीं टूटी? मछली कैसे पकड़ेंगे? हर बात में...हूँ...ऐं..."

"हूँ...ऊं.।" बड़े-बड़े डग बढ़ाता भूत पोखर की ओर बढ़ता। इसके बाद पोखर; नदी या नाले से मछली पकड़ते। अंधेरे ही अंधेरे में भूत मछलियाँ नवघन को थमा देता। जाल फेंक डग भरता घर की ओर चल पड़ता। पीछे-पीछे मछली का बोझ लादे मस्ती में होता नवघन। गाँव के छोर पर इमली के पेड़ तले अंधेरा गहरा—एक दम स्याह! वहीं छू मंतर कर छाया गायब हो जाती। तब नवघन को पता चलता कि मछली पकड़ने वाला संगी दीना बेहरा नहीं था। कोई परिचित भूत था। फिर वह सीधे भागता घर की ओर। मछली आँगन में पटककर चित पड़ जाता। होश गायब! किसी गाँव से ओझा को बुलाया जाता, तब वह ठीक होता। दो-एक दिन नवघन मछली पकड़ने नहीं जा पाता। फ़ायदा इतना ही होता कि बच्चे भी बड़ी मछली का शोरबा खा-खा सू-सा करते।

लगे भूत। इसमें हर्ज क्या है? भूत लगने से कठिन से कठिन काम हो जाता है। इस संसार में किसे भूत नहीं लगता? किसी को ज्ञान का भूत, किसी को धन का भूत, जिसे भूत न लगे, समझो वो निकम्मा है। वह दूसरों का मुँह ताकते बैठा है। कभी-कभी भूत संग मिलकर नवघन माझी बैंगन की क्यारी में पानी दे देता तो पोखर सूख जाता। मगर दीक्षा लेकर नवघन माझी से नवघन दास बनने के बाद भूत उसके पास नहीं फटकता। नवघन दास को भी आधी रात बड़ी मछली पकड़ घर लाने की ज़रूरत न पड़ती। बच्चे बड़े हो गए। जैसा पकड़ेंगे वैसा खायेंगे। नवघन क्यों बूढ़ा होने तक बच्चों के मुँह में निवाला देता रहेगा। ये बात एक दिन अचानक आ गई मन में तो नवघन वैष्णव बन गया। लोगों ने कहा—"यह एक और तरह का भूत लग गया नवघन को।" नवघन दास सुनता, मन-ही-मन कह देता—"हाँ यह है वैष्णव भूत, परम भूत, एक बार यह भूत लगने पर फिर छोड़ता नहीं, क्योंकि वैष्णव भूत उतारने के लिए उस तरह का परम वैष्णव ओझा इस इलाके में कोई पैदा नहीं हुआ। वैष्णव भूत बन जो लगते हैं, उनके सिवा वह

भूत छुड़ाने की ताकत दूसरे किसी में नहीं होती। और किसी ओझा में इतनी हिम्मत है जो भगवान को भगा देगा? उससे पहले ओझा खुद उस भव-सिंधु में डूबता-उतरता रहेगा!''

मास्टरजी के इशारे पर वैष्णव नवघन दास ने सात पर्त मैले कपड़े में लिपटी ताड़पोथी 'कैवर्त पुराण' खोली। माथे से लगाकर प्रणाम किया पोथी परमेश्वर को—अक्षर महाप्रभु को! निपट मूर्ख केवट समूह ने पोथी महाप्रभु को प्रणाम किया—नवघन वैष्णव ने भी अब पोथी पाठ शुरू किया। नवघन का सुन्दर गला मिश्री की डली की तरह मोटा होने पर भी पंचामृत की तरह मीठा है। वह गंजेड़ी, भंगेड़ी तक का नशा छुड़ा देता है। पर असल गंजेड़ी का नशा नहीं छूटता—झूमता-पोथी पाठ और जमा देता। अच्युतानन्द कृत 'कैवर्त गीता' को प्रणाम कर नवघन दासजी मीठे-मोटे स्वर में लय लेकर द्वितीय अध्याय में दास राजा का जन्म वृतांत शुरू कर रहे हैं—

''हइ किरीटी श्रीपति ... ई ...ई
सकल दिअ हेजाई ... ई ...ई
कर्णधार कइबर्त र जन्म .. अ...अ
श्रीमुख रे देबा कहि ...ई...ई।
प्रलय जले से कर्णधारं कु ..... उ....उ।
कर्णमूलु, जात कोलू ... ऊ ....।
ताहाकु नृपति करिबु बोलिण ... अ।
श्रीमुख रे आज्ञा देलु ... उ ...।
श्रीमुख रे आज्ञा देलु .... उ ....।''

इतना गा लेने के बाद दास जी ने कैवर्त को सँभालने की चेष्टा की—तुम्हें तटवर्ती गंवार लोग केवट कहते हैं पर तुम प्रभु रामचंद्र के कान के मैल से जन्मे हो। प्रलय जल में विश्व नियंता स्वयं भगवान ने वट पत्र पर शयन किया था। प्रलय की उत्तुंग लहरें वट पत्र को दोदुल्यमान करने लगीं। भगवान की योग निद्रा टूटी। प्रभु क्या वास्तव में सो जाते हैं नींद में? यदि प्रभु नींद में चले जाते हैं तब विश्व को कौन सँभालता है? अतः प्रभु जागते सोते हैं। कुछ न देख भी सब देखते हैं। प्रभु ने देखा प्रलय तांडव से जीव मानव स्तंभीभूत जड़ और निष्प्राण हो गया ! अतः प्रलय रोके कौन? वट पत्र को स्थिर, स्थितप्रज्ञ करे कौन? सब

भगवान पर छोड़ देने का अर्थ क्या कोढ़ी बन बैठ जाना है? कौन है वह मानव जो प्रलय जल से उद्धार करने वाला कर्णधार बनेगा?

तब तक कैवर्त जाति का जन्म नहीं हुआ था। प्रभु ने अपने कान के नीचे से चंदन की पर्त निकाली, उससे पुरुष का निर्माण किया। जीवन्यास दिया। प्रभु के श्याम रंग से रंजित चंदन से एक कृष्णकाय सबल, साहसी, पराक्रमी, सत्यनिष्ठ पुरुष ने जन्म लिया। वह था दास कैवर्त। वह पुरुष प्रभु के चरणों में घुटनों के बल बैठकर हाथ जोड़कर बोला—"प्रभु, मैं कौन हूँ? मेरे जन्म का उद्देश्य क्या है? क्या कर्म करने के लिए तुमने मुझे जन्म दिया? आदेश करें—मैं जान लगा कर पालन करूँगा। महती कार्य में इस अकिंचन की सेवा की ज़रूरत होने पर जीवन सार्थक मानूँगा...!"

प्रभु ने उस पुरुष के केश स्नेह से सहला दिये। सागर तरंगों की तरह वे केश नील घन कुंचित होकर शोभित हुए। प्रभु ने कहा—"तुम कर्ण मूल से जन्मे हो, अतः कैवर्त कहलाओगे। तुम कान के किनारे से जन्मे अतः प्रलय काल में कर्णधार बनोगे। तुम्हीं आंदोलित वटपत्र को स्थिर करोगे। तुम मानव जाति की सेवा करोगे। अतः तुम्हारा नाम रखा दास। जो देवताओं के पास दासानुदास के रूप में जगत का मंगल करता है, वह है वास्तव में राजा। अंत में तुम राजा होगे। और दास राजा के रूप में जाने जाओगे।" प्रभु के मुँह से ऐसा सुनकर शक्तिशाली पुरुष ने पतवार लेकर वटपत्र को स्थिर किया। परंतु पतवार थामने की दशा में वह भाव मग्न हो गया। उसे बाह्यजगत का होश ही न रहा। इसी दौरान राघब बालिया (एक मछली) दास राजा को निगल गई। भगवान ने तब राघब बालिया का पेट चीर कर दास राजा को बाहर निकाला। वह कुछ भी जान नहीं पाया। प्रभु दास कैवर्त से कहते हैं—

तुम्हें निगली जो मछली सो तेरी बैरी।
इसे मारना जन्म-जन्म में अवतारी।।
तेरे स्वगोत्री जाति-कुटुंब के लोग।
सभी यह जीव मार कर भरेंगे पेट।।

केवटगण कैवर्त गीता सुनकर तब तक दास राजा के वंशधर कैवर्त पुरुष में रूपांतरित हो चुके थे। पर हरिया केवट का मन संतुष्ट न हुआ। हाँ, दास कैवर्त प्रभु के कर्णधार से जन्म की बात पर तो विश्वास हो गया, पर दास कैवर्त राजा बने कैसे और कब? केवट से कैवर्त होने से तो नहीं होगा, राजवंशी कैवर्त होने

पर ही तो कालू भूयां के वंशधर राजवंशी कैवर्त उग्रसेन के संग टक्कर देना संभव होगा? वरना उग्र के गर्व की सीमा नहीं रहेगी। हरिया ने उत्तेजित हो पूछा—"नवघन दास जी महाराज! अभी वह भक्ति-फक्ति, सेवा-फेवा की बात छोड़ें। देवमानव सेवक दास कैवर्त कैसे राजा बने, यह क्यों नहीं बताते? कहाँ था उनका राज्य? किसने उन्हें राजा बनाया?" बासू मास्टरजी हँस पड़े। कहा—" सबर करो हरिबंधु कैवर्त! केवल राजवंशी होने का प्रमाण मिलने से बात नहीं बनती। राजा जैसा कर्म भी करना होगा। नवघन दासजी का कैवर्त गीता बाँचना पूरा होने से पहले आप राजा बनने हेतु पगड़ी बाँधने लगे! थोड़ा धीरज रखकर सुनो, पोथी क्या कहती है?" हरिया समेत सब धीरज धर बैठे रहे।

नवघन वैष्णव ने हरिया का संदेह मोचन कर कहा—"भाइयो, सुनो! दास कैवर्त की भक्ति और सेवा पर प्रसन्न हो गए भगवान। उस वटपत्र के अग्रभाग को बलवान अश्व में परिणत कर दिया। विश्वकर्मा कारीगर को बुला कर उनसे सुन्दर नौका का भी निर्माण कराया। दास राजा को आदेश दिया—"सुनो दास, यह अश्व आज से तुम्हारा वाहन होगा और इस नौका को अपने वाणिज्य कार्य में लगाना। इस अश्व का नाम है 'वासुली'। यह तुम्हारा वाहन होने पर भी कैवर्त वंश का इष्टदेव होगा। चैत पूर्णिमा को इसकी पूजा होगी। इस 'वासुली' अश्व को लेकर तुम नाव खेकर सिंहल द्वीप जाओ। सिंहल के राजा के कोई पुत्र नहीं है, अत: हाथी स्वर्ण-कलश लेकर राज्य भर में घूम रहा है। राजकीय पुरुष न मिलने के कारण वह किसी के मस्तक पर तीर्थ जल नहीं उँड़ेल रहा। तुम वहाँ जाओ। हाथी तुम्हारे मस्तक पर स्वर्ण कलश का तीर्थ जल उँड़ेलेगा। तुम सिंहल द्वीप के राजा बनोगे।" प्रभु की बात मानकर दास कैवर्त सिंहल द्वीप गए, हाथी ने उनके मस्तक पर कलश जल उँड़ेल दिया, सिंहल के राजा बने दास कैवर्त। मत्स्यरूपी प्रभु का शृंग ही बाद में सिंहल द्वीप बना। इसको घेरे हुए है अनंत समुद्र। पश्चिम में कर्णाट, दक्षिण में हिंगुलाट, पूर्व दिशा में है जंबूद्वीप। इन सभी द्वीपों में उत्कल के व्यापारी आना-जाना करेंगे। तुम सिंहल में रह उत्कलीय यश पताका फहराओगे। उत्कल का माहात्म्य प्रचार करना।" उग्रसेन ने कहा—"दास राजा तो रह गए सिंहल में, वहां उन्होंने सिंहली लड़कियों से शादी की और युगों राज किया। हम ओड़िया केवट उनके वंशधर कैसे बन गए?"

"बात पते की पूछी उग्रसेन ने! सुनो—यह मैं मन से नहीं कह रहा हूँ—कैवर्त गीता में वर्णित है। आप जानते हैं महानदी की कितनी शाखा-उपशाखा हैं। कितने छंद बंध में रखा उत्कल को। महानदी को साधारण नदी न समझना। महानदी

है विष्णु अंशी एक राजा की पटरानी। तुमने नदी रूपी महानदी का रूप देखा। अब नारी रूपी महानदी के रूप का वर्णन करता हूँ—दासजी सरस सुन्दर स्वर में गाने लगे--

"रूप यौवन उसका प्रस्फुटित दिखता।
आंवला ले कर जूड़े में लगाये।।
ललाट सिंदूर बिन्दू भ्रूलता कमान।
गंड स्थल मकरी खेलना पुत।।
तिल पुष्प जिता नाक में जड़ित बसनी।
बिंब अधर पर शोभित होता पुनः।।
मुक्ता की माला ऊपर झूल रही।
महक खिली उर पर शोभित हो रही।।
बांह में बाजूबंद कर में स्वर्ण की चूड़ी।
अमूल्य मुंदरी अंगुलियों में है जड़ी।।
नूपुर बाजते बला रुनझुन होते।
मदन मद में बाला कटाक्ष करती।।
सुगठित तनु अपूर्व शोभाराशि।
विवेक खो दे पुरुष, देख कर वह रूपसी।।

सातवें अध्याय से इतना पढ़ नवघन दास विवेक खो चुके कैवर्त पुंस कुल को देखकर मुस्करा उठे और कहा—"महानदी की नदी के रूप में भी तुम इस वर्णन की छटा देख रहे हो। अत: युगों से तुम नदी की माया में फँसे हुए हो। नारी रूपी महानदी के गर्भ से और विष्णु अंशी राजा के औरस से पैदा हुई गिरिमा नाम की एक कन्या। वह कन्या बनी दास राजा की पटरानी। उनके दो पुत्र हुए। हीरार्णव और नीलार्णव। दास राजा की छोटी मत्स्य रानी के गर्भ से एक पुत्र हुआ मत्स्यराय और कन्या मत्स्यवती। गिरिमा पटरानी ने निन्यानवे पुत्रों को जन्म दिया। ऐसे फैल गए दास राजा के वंशधर कैवर्त कुल, महानदी की शाखाओं में फैले इलाके में। उस दास राजा के त्रेतायुग में भी रामभक्त कैवर्त हुए। यह दास राजा का जन्म-जन्मान्तर नहीं है, यह सारे कैवर्त कुल के जन्म-जन्मान्तर की कथा है।

इधर सिंहल का दास कैवर्त राजा बन शासन करता रहा। लंबे अर्से तक अश्व राजा का विश्वस्त वाहन रहा। अश्व के मरने पर उसकी आत्मा लक्ष्मी रूप लेकर रोने लगी। दास राजा तथा कैवर्त कुल छोड़ कर जाना नहीं चाहता था अश्व।

दास राजा समझ गए कि अश्व कैवर्त कुल की भाग्य लक्ष्मी है। अतः कैवर्त कुल की इष्टदेवी के रूप में पूजा पाना चाहता है। तभी प्रभु की आकाशवाणी सुनाई पड़ी—

''इसे पूजना जन्म-जन्म अवतार ले
इसका नाम है अश्वनी वासेली।।''

इतना कह नवघन वैष्णव ने कैवर्त गीता में डोर बाँध माथे पर लगा लिया। कैवर्त गौरव सुनने के बाद वहां मौजूद सभी ने माँ बंदरेई को सिर झुका कर प्रणाम किया। फिर सब एक-एक कर घर लौटने लगे। पोथी में डोर बाँधने के बाद उग्रसेन ने प्रश्न किया—''यदि सब दास राजा के वंशधर हैं तो केवट जात में यह ऊँच-नीच, इतना जातिभेद कहाँ से आया? तब तो केवट कहने से एक जात-राजा जात! इसमें भेद कहाँ है? दासजी?''

मास्टरजी ने उत्तर दिया—''भ्रम सारे मन के भ्रम से होते हैं। वृत्ति से जाति की उत्पत्ति हुई। इसमें कोई ऊँच-नीच नहीं। ऊँच-नीच तो आदमी ने बनाया है, प्रभु ने नहीं बनाया। जिसने खेती की वह हुआ किसान कैवर्त। लाई, मुड़ी, उखड़ा, चिवड़ा बेचकर जो पेट भरता है वह हुआ लाईवाला कैवर्त। पोत में बैठ, वाणिज्य करने जो गया, वह हुआ नाविक, जो जाल लेकर मछली पकड़ने गया, वह बना मछुआरा, नाववाला। ऐसे व्यवसाय-धंधा बढ़ा। जातियाँ बढ़ीं, भेद-भाव बढ़ा। परंतु ''बारह भाई, तेरह गोला, वैष्णव बनने पर जात न रहा।''

तुम सब प्रभु के कर्ण के मैल से जन्मे हो, विपदा का कर्णधार है कैवर्त। कोई तुमसे नहीं बचेगा, अतः तुम हो कैवर्त। अगर सारे भेदभाव भूल कर तुम गाँधी के 'गोल' में शामिल होगे, अंग्रेज़ जाति, राजा, ज़मींदारों का दल तुम से पार नहीं पा सकेगा। तुम हो देशभक्त जाति। तुम सब अपने-अपने अंदर कलह छोड़, गाँधी के आंदोलन में शामिल होगे, मुझे पूरा विश्वास है। खैर, रात हो गई, गाँधी भागवत तुम लोगों को फिर कभी सुनाऊँगा।'' कैवर्त गीता सुनने के बाद हरिया के मन में उग्रसेन बेहरा पर गुस्सा या ईर्ष्या न थी। उग्रसेन में भी पहले वाला अहंकार नहीं रह गया। एक दिन राजा था कैवर्त, आज प्रजा है। समग्र केवट कुल एक नाव के यात्री हैं—नदी-समुद्र पर आश्रित हैं। तो फिर राजा-प्रजा का भेद क्यों?

~

नदी से समुद्र और समुद्र से नदी के बीच विशालता और क्षुद्रता का फ़र्क बड़ा जाल और छोटा जाल के फ़र्क से अलग हो सकता है। परंतु उद्धव के लिए

बंदर और अभयपुर दोनों गाँव के रास्ते, धूल माटी के खेल, गौरैया, बहूचोरी के खेल, डालमकड़ी आदि एक जैसे हर्ष और अंतरंग भरे थे। माँ जब थी, उनके संग ननिहाल जाना, संगी-साथी, गाँव-गली याद आने पर लौट आना। उद्धव को लगता, माँ की गोद से मौसी की गोद में आने जैसी मौज है। माँ को फुर्सत होती, उद्धव को पाठशाला से छुट्टी मिलती, ननिहाल जाना उद्धव के लिए मीठे पानी की मछली के स्वाद-सा अनुभव होता। ननिहाल में जितने दिन रहो, मौज ही मौज है माँ के पीहर में रहने तक उद्धव को गाँव वापस आने का मन ही नहीं करता। ठाकुरजी से कहता, और कुछ दिन ननिहाल में रह जायें। छोटे मामा मेघनाद के साथ उसकी कुछ ज़्यादा ही पटती। कभी-कभी छोटे मामा पाँच-छः साल के उद्धव को डोंगी में बिठा बीच समुद्र में पहुँच जाते! उद्धव को डर लगता समुद्र की लपलपाती जीभ देख। पर उस डर में भी एक दु:साहसी भय भ्रांतिहीन बुनियाद का रोमांच होता। माँ उसके लौटने की राह ताकती समुद्र किनारे पिंडली तक पानी में अचल खड़ी होती। मानो काठ की बनी बासुली देवी की मूरत है। आँखों में उद्धव के लिए निष्ठापूर्ण प्रार्थना, ढेर सारा स्नेह होता। मेघा मामा दूर से माँ को यों काठ बना देख किनारे लौट आते, मरी मछली की पूँछ पकड़ फेंकने की तरह पतले उद्धव की पतली चिड़िया-सी बाँह पकड़ फेंक देता गीली रेत पर समुद्र किनारे। कहते—"ले, अपने बेटे को, नमक की पोटली बना कर सेंक। उसकी जान को डिबिया में बंद कर डरपोक बना कर रख! तेरे कारण जीजी! उद्धव एकदम नाकारा होकर रह जायेगा। न खेत का, न जाल का, न पेड़ का, न मछली का। अच्छा बता, केवट बच्चे की पाठशाला तो समुद्र है, नाव-पतवार है पाटी-चौक-खड़िया, केकड़ा और मछली अक्षर हैं। यह सब कब सीखेगा?" तब उद्धव नीचे ताकता तो भीगी रेत और ऊपर देखता तो माँ की भीगी पलकें!!

माँ का पल्लू पकड़ ढेंकी से लेकर चूल्हे तक, गुहाल-गोबर से लेकर मछली और सूखी मछली तक होती उद्धव की दुनिया। पर मेघा मामा की डोंगी और आँखों की अनपहुँच दूर तक लहराता अथाह समुद्र उद्धव की छोटी दुनिया से पता नहीं कितना बड़ा था। गाँव के खेल के मैदान से कहीं अधिक सुखदायी था। पर माँ के असमय मरने के बाद ढेंकी, चूल्हा, गुहाल-गोबर, मछली-सूखी मछली भरा आँगन उद्धव को सुखदायी नहीं लगे। ननिहाल ने बाँहें पसारकर बुलाया। 'माँ नहीं' का दु:ख भुलाने की एकमात्र दवा थी मेघा मामा—मेघनाद मंगवाल। काले कजरारे बड़े-बड़े फूले चेहरे पर बड़े चक्र-सी आँखें। घुँघराले केशों में चमकता करंज का तेल, तेल पर धूप की कंघी चमचमाती होती। मेघा मामा गाँव भर में

सबसे आकर्षक कद्दावर जवान थे! उद्धव लगता था उनके बेटे जैसा। अनेक कुँवारी केवटनी शिवचतुर्दशी का व्रत रखतीं मेघा मामा से ब्याह करने के लिए। मगर मेघा मामा कन्या ढूँढ़ते रहे। बहुत मीन-मेख निकालने वाले थे। पता नहीं किस राजकुमारी को ढूँढ़ कर लाते नाना। बड़ी मामी को ज्योतिषी, गणक, वैद सब ने बांझ घोषित करने के बाद मेघा मामा के लिए नाना कन्या ढूँढ़ने में और भी सतर्क हो कन्या पर कन्या देखते रहे। भोर में एक के बाद एक तारा बुझने की तरह और आकाश में सूरज की अमित हँसी की तरह, मेघा मामा बाडुआ भूत (कुँवारा भूत) बने फिरते, कन्या एक के बाद एक आतीं, पर प्रस्ताव बढ़ने से पहले खत्म हो जाता। क्योंकि एक भी कन्या पूरी तरह खरी न उतरती मेघा मामा की कन्या-छोड़ राशि पर। इसके बाद कन्या ढूँढ़ने के बदले नाना तगड़ा ज्योतिषी ढूँढ़ने लगे। जो वर-कन्या की कुंडली को अपने ज्ञान-महिमा के बल पर मिलान कर ब्याह पक्का करा दे और मेघा मामा के अनंत भविष्य का शंख फूँक सभी अरिष्टों का खंडन कर सके। ऐसे पंडित मिले, मगर ब्याह का योग बने तब तो।

उग्रसेन उस दिन समुद्र से लौटा ही था कि खबर आयी—छोटा साला मेघनाद समुद्र में लापता हो गया। तीन दिन बाद लाश मिली पाँच मील दूर समुद्र की बालू पर। तूफ़ान के आने का अंदाज़ हवा की गंध से लग चुका था, लगा कुछ केवट उस दिन समुद्र से लौट आये, पर मेघनाद का कैसा गर्व था। कहा—

"क्या समुद्र राजा है? कि सब उसके आगे हाथ जोड़ खड़े होंगे। बाँहों में बल रहते-रहते, हाथ में पतवार के रहते, तैराक मेघनाद ये उड़ते-फिरते छोटे-बड़े तूफ़ानों की परवाह नहीं करता। समुद्र की चमक-धमक की परवाह भी नहीं करता।" अतः वह लौटा नहीं। कई बार पहले भी ऐसा किया है मेघनाद ने। समुद्र में गायब हो जाता। तीन-चार दिन बाद फिर लौट आता। एक बार तो महीने भर बाद लौटा था। लौट कर कई रोमांचक कहानियाँ फैला दी थीं। आधा सच आधा गनगढ़ंत। बड़प्पन दिखाने के लिए नहीं, गाँव में एक मधुर सनसनी फैलाने की खातिर। डरपोक छोकरे रोमांचित हो रहे हैं, तो हों। इनमें ही निकलेंगे कई रोमांचक केवट नायक। केवट बच्चा पानी से डरेगा तो व्यवसाय डूब जायेगा। यह था मेघनाद का डींग हाँकने का मकसद।

छोटे बेटे मेघनाद का शव मिलने का अर्थ है बड़े बेटे अंगद के जीवित रहने पर भी नकुल मंगवाल के वंश का डूबना। बड़ा बेटा अंगद यदि निःसंतान रह गया तो नकुल की पाँच-पाँच बेटियों के बीस-बीस बेटे हों, तब भी मंगवाल का वंश तो डूब ही गया। कहते हैं—

"बेटे का बेटा पोता। स्वर्ग में दीप जलाता है।"

पर अब यह दीप कौन जलायेगा! तब एक उपाय है। अंगद अपने भांजे उद्धव को बेटा बनाकर लाये यानी गोद ले ले, तो वंश बच जायेगा। माना कि बेटा अपनी स्त्री के पेट से होता है और भानजा बहन के पेट से हुआ है, पर एकदम पराया तो नहीं है। पूरा रक्त न सही, नकुल मंगवाल के वंश का आधा रक्त तो बहता है भांजे की देह में। फिर उद्धव का चेहरा भी मेघनाद के चेहरे से इतना मेल खाता है, लगता है जैसे छोटा मेघनाद ही है। साले के मरने की खबर पाकर उग्रसेन बेटे को लेकर ससुराल में आये। एक साल में बूढ़े-बुढ़िया दोनों पर दो बज्र प्रहार हुए। उधर बंदर गाँव में उग्रसेन की पत्नी, मंगवाल की बेटी अकाल में उसी साल पेट से थी तभी मर गई। इधर मेघनाद सरीखा गबरू जवान समुद्र में गया। मानो कोई अभिशाप लगा हो। नकुल ने आस की थी, मेघनाद की जो दुल्हन आएगी, वह पाँच-पाँच बेटों को जन्म देगी, पाँच पांडव!

विधाता का दंड टालने की शक्ति मानव में नहीं। पर दैवी दंड सहने की शक्ति मनुष्य में होती है। सहकर विधाता को दिखाना पड़ता है कि बज्र प्रहार को टालने की शक्ति भी उन्होंने मनुष्य को दी है। बूढ़ा-बूढ़ी महीने भर खाट पर पड़े रहे। फिर झाड़-झूड़ कर उठे। भात-रोटी खायी, मछली-सूखी मछली, साग तरकारी की भी ज़रूरत पड़ी। हालाँकि कमर झुक गई थी। छाती खोखली हो गई थी। जैसे किसी ने कलेजा निकाल लिया हो। आदमी का हड्डियों का ढांचा चल-फिर रहा है। उद्धव मामा के घर बेटा बन कर आने पर भी, वो दोनों खोखले रह गए। बूढ़ा तो कुछ बोला ही नहीं तब से। खामोश हो गया और झट चल बसा।

छः साल का उद्धव ननिहाल में मेघा मामा की अनुपस्थिति में उन्हें याद करता रहा। वह मामा की मौत को इतना नहीं समझ सका। मामा-मामा कहते हुए ढूँढ़ता फिरता, फिर खुद ही भूल गया। बड़ी मामी ने गोद में बिठा लिया। उसने कंडों में भुनी मछली के बीज देकर कहा—

"बेटे, उद्धव! मुझे मामी नहीं, माँ कहा कर! बड़े मामा को कहना बाबा।...समझे? तू हमारा इकलौता बेटा है! जो माँगेगा, दूँगी। तेरा बटाईदार कोई नहीं है? बासुली देवी ने सारे रास्ते बंद कर दिये हैं।"

जब उग्रसेन का उद्धव को साथ लेकर गाँव लौटने का मन किया, तब मामी ने खुल कर कहा—

"कब से मन था, उद्धव को गोद लेने का, पर दो बातें राह रोके रहीं। पहली तो जीजी इसे नहीं छोड़तीं! क्योंकि यह उनका लाड़ला छोटा बेटा उनकी जान है!

दूसरी बात है मेघा को बाल-बच्चे होने की उम्मीद थी। सभी मेरी तरह अभागिन बाँझ नहीं होते।''

मामी मुँह ढांप फफक उठी। उग्रसेन भी रो पड़ा। इस संसारी आदमी का कितना दु:ख! स्त्री विच्छेद का दु:ख, छोटे साले की मौत का दु:ख, बड़ी सलहज के बाँझ होने का दु:ख, उद्धव को सदा के लिए छोड़ने का दु:ख। ये सब दु:ख मिलने पर छाती फट जाती है। मगर उग्रसेन सोच रहा था मरद की छाती है। अत: पहाड़ जैसे दु:ख भी उसमें समा जाते हैं। जीवन तो दु:खों का एक-एक पहाड़ है! सलहज के दु:ख में विगलित उग्रसेन की ज़बान से निकल पड़ा—''तथास्तु'' का वरदान। उग्रसेन ने कहा—''सुनो, मन मारने से कोई लाभ नहीं। आज से उद्धव तेरा बेटा हुआ। बिन माँ के बच्चे को मामी से माँ का नेह मिल जाएगा। यह उसका भाग्य है। मेरा भी। क्या मैं गोद में बिठाकर उसे माँ का प्यार दे सकूँगा? सृष्टि का प्रलय होने पर भी, जब तक नदी-समुद्र हैं, केवट अपने हाथ-पाँव समेट कर क्या बेटे को माँ की तरह लाड़-प्यार कर पायेगा?''

लौटने से पहले बापू उग्रसेन उद्धव को गले लगा कर काफ़ी रोया। जाते-जाते कह गया—''मामी के पास रह। फिर आऊँगा...अच्छी पाठशाला में पढ़ोगे। मामा-मामी का लाड़ला बनकर रहोगे। कोई अभाव न होगा। बंदरेई, मरिचेई माँ के पास मेला महोत्सव होने पर मैं आकर ले जाऊँगा...मेरे लाड़ले, मन में दु:ख न कर कोई...यहाँ इकलौता लाल, सबका लाड़ला बन कर रह!''

उद्धव उस दिन से ननिहाल का ही नहीं, समूचे गाँव अभयपुर का लाड़ला बेटा बन गया...! अभयपुर गाँव के कागज़ात में उसका नाम दर्ज हुआ—उद्धव मंगवाल, पिता—अंगद मंगवाल, साकिन अभयपुर, पंचायत—आंबीकी, ब्लॉक—एरसमा, ज़िला कटक।

अब तो ज़िले टुकड़ों में बँट गए हैं। अत: उद्धव मंगवाल कटकिया से जगतसिंहपुरिया बन गया।

~

जिस दिन खबर आयी कि बापू ने एक और ब्याह कर लिया है, उस दिन उद्धव का गाँव से जन्म का रिश्ता कट गया। पता नहीं क्या हुआ, बालक उद्धव उस दिन मामी की छाती में मुँह छिपा कर माँ-माँ कह खूब रोया। मामी की छाती उस पुकार में भर गई। उद्धव को चूमते-चूमते मामी मालती ने कहा—''मेरे लाड़ले,

मेरे धन, मेरे गले के हार, रो मत, मैं हूँ। मैं तेरी माँ हूँ, तुझे किस बात का गम, मैं हूँ तो तेरी माँ...।''

उद्धव ने मामी की मोटी साड़ी के पल्लू में माँ की गंध सूँघने की कोशिश की और फिर निराश होकर माँ को बिसूरने लगा। बच्चा उद्धव बौरा कर सोचने लगा, माँ बच्चों को पेट से निकाल, अपने से अलग कर, छाती में कलेजे के अंदर भींच कर क्यों जकड़े रहती हैं? फिर अकाल में मरकर, राख होकर छोटे बच्चों को मौत का दुःख क्यों देती हैं? माँ की माटी की काया से प्राण उड़ जायें, पर माँ के मरे कलेजे से जीवंत बच्चे सहज ही छूट नहीं पाते, माँ शायद यह बात न जानने के कारण ही मर-खप कर राख हो गई।

माँ के मरे कलेजे में रह कर उद्धव बना अगंद मामा का गोद लिया बेटा। मामी ने उसे गोद लेकर लाड़ किया, उसे 'माँ' कहने को समझाया। क्या सचमुच मामी को 'माँ-माँ' कहने से माँ के मरने का दुःख भूल जाऊँगा? मामी के हृदय के प्रेम को तौलने के लिए उद्धव का बालसुलभ मन छटपटा उठा। उद्धव मामी की भारी छाती को एक लय में देखता रहा, माँ को भुलाने की जितनी कोशिश की, मामी उतनी याद आती रही। याद आया माँ की छाती का नेह, माँ की छाती की गर्माहट वाला उष्म स्तन, उद्धव के लिए पाँच वर्ष तक झरता वह महुवा अमृत!

मामी उद्धव का आँसू भरा चेहरा चूमती रही। उद्धव को मामी का चेहरा माँ की तरह दिखा। उद्धव को लगा, वह माँ की छाती में मुँह रखकर लड़िया रहा है। मामी की छाती में मुँह रख उसे माँ समझ छाती पर से साड़ी खींच ज़िद की— मामी! मुझे दुदु दोगी? माँ जैसे मुझे दुदु देते-देते चिवड़ा कूटती, तुम वैसा करोगी? तुम मुझे दुदू दोगी तो मैं माँ कहूँगा, वरना नहीं, कहे देता हूँ...'' उद्धव ने ज़िद में साड़ी छाती पर से खींच ली।

शिशु उद्धव की निष्पाप ज़िद के आगे अचानक मामी ने कसकर ज़ोरदार थप्पड़ मारा। बच्चे को खुद से अलग कर दूर धकेल दिया, घृणा से मुँह बिदका कर कहा—''छिः आवारा छोकरा! जा बाहर जा, मेरे सामने से। बूढ़ा होने को आया, छिः छिः यह कुल का उद्धार करेगा? नहीं चाहिए तुम से 'माँ' सुनना। मैं बांझ हूँ...बाँझ-बाँझ, जा निकल!'' छः साल के उद्धव ने मामी से थप्पड़ खाकर होश खोया नहीं, होश पाया। ब्रह्मज्ञान हुआ। मामी ने मारा इस पर वह चीखा-चिल्लाया नहीं। स्तब्ध रह गया। उसे लगा बहुत बड़ा अपराध कर बैठा है। अब ननिहाल में रहना सहज न था। मगर बंदरपुर गाँव में बापू के पास लौटने का रास्ता भी न था। वहाँ थी सौतेली माँ—वह मामी से भी बढ़ कर...।

मामी छाती पर फिर से साड़ी सहेज कर दनदनाते हुए बाहर आ गई। मामा को आवाज़ दी—"अजी...सुनते हो...इधर आना। तुम्हें कहे देती हूँ—इस आवारा छोकरे को लेकर पाठशाला में छोड़ो। बड़ा होने पर तुम्हारे संग समुद्र में जायेगा। घर में रहा तो मेरे पीछे पड़ कर एकदम बिगड़ जायेगा। कुल को रखेगा नहीं, डुबो देगा। आज से इसे कब्ज़े में न रखा तो यह काले कान्हा को भी पीछे छोड़ देगा।"

बस, और व्याख्या नहीं की मामी ने। कोई अपराध किया है, ऐसा सोच, चुपके से बाहर चला आया उद्धव। सांझ ढले तक हंसुवा नदी के किनारे बैठे-बैठे माँ को याद कर खूब रोया। नमकीन ज्वार में अपने निष्पाप बालपन को उँड़ेल दिया। वह बड़ा हो गया।

~

बहुत-सी बातें खो जाती हैं, भुला जाती हैं। पर माँ खोती नहीं, बापू खोते नहीं, खोता नहीं जन्मभूमि और पीछे छोड़ आया गाँव। उद्धव को याद आता बचपन का अनबिसरा अतीत। माँ का नथ पहने साफ़-सुथरा चेहरा याद आता। सूरज उगता, मुर्गे बांग देते, उद्धव की नींद टूटते न टूटते माँ के पाँवों की ठक-ठक में पायल की छन-छन ढेंकी के पीछे बजती। साथ में धप-धप बरामदे में से चिवड़ा कूटने का शब्द आता। उद्धव, माँ की गोद की ऊष्मा की खोज में चटाई पर की कथरी टटोलता, वैसे ढेंकी के पास ताज़ा चिवड़ा से मिठास भरी ऊष्मा आती रहती। अपनी उनींदी आँखों से आंगन पार कर ढेंकी तक पहुँच जाता। "माँ मुझे अकेला क्यों छोड़ा!" आँख मलते-मलते ज़ोर-ज़ोर से रोने लगता।

केवट बस्ती में आधे लोगों की नींद मुर्गे की बांग पर टूटती। आधे लोग जागते ढेंकी की आवाज़ पर और कुछ आलस तोड़ते उद्धव की रुलाई से। माँ के पांव थम जाते। बेटे को गोद में उठाकर, आँसू पोंछ, बायीं गोद में ले फिर पांव ढेंकी पर रखती। छान से झूलते फाँस में दाहिना हाथ डालती और बायीं काख में बेटे को छाती पर लटका कर देवी सवार होने की तरह फिर चिवड़ा कूटने लगती, धप-धप, धप-धप! काकी-ताई धान उलट पुलट करतीं। कूटा हुआ चिवड़ा निकालतीं खूब सलीके से। इतनी तेज़ गति से ढेंकी पर हाथ चलता है कि ढेंकुली के मुँह पर लगा डंडा हाथ पर पड़ते न पड़ते हाथ दगा देकर ढेंकी के ऊखल से बाहर आ जाता। कितने जन्म का अभ्यास है गाँव की औरतों का। माँ के पाँव की करामात ज़्यादा है या काकी के हाथ की करामात ज़्यादा है, उद्धव ठीक से जान न पाता। छान पर लटकती रस्सी को पकड़ माँ फुर्ती से बेटे को इस गोद से उस गोद में

बदल लेती और इसके साथ ढेंकी के छोर पर भी पांव बदलती रहती। इस कौशल से माँ का चिवड़ा कूटना जारी रहता पौ फटने तक। उद्धव को माँ की गोद में झूलने-सा लगता। माँ की नरम गरदन से दोनों बाँहें फँसाए वह प्रतीक्षा करता, दुर्लभ घड़ी की। माँ केवल पांव को इधर-उधर नहीं करती—पाँव के साथ हाथ भी बदल लेती। इस क्रम में माँ की छाती से पसीने में भीगा छोर एक ओर खिसक जाता, उद्धव को समुद्र मंथन से अमृत कलश मिल जाता, इसके लिए माँ अपने हाथ बदलती रहती और उद्धव बगुला भगत-सा ताकता रहता। दो कतार दाँत उगे मुँह से उद्धव माँ की सांवली छाती के अमृत कलश पर अपना मुँह थाप देता बेधड़क। बिना मुँह धोये अमृत पीता जाता—"अरे-जान लेवा छोकरा, कितना दाँत चुभो रहा है, कब दूध पीना छोड़ेगा!" कहकर माँ हलके से झिड़कती तब तक थन को उद्धव कटमटाता रहता। बस, इतना ही था सुबह से सारे दिन के लिए चंगा रहने का पथ्य, बिन मुँह धोये जलपान...। माँ भी जानती उद्धव का सुबह का प्रसाद क्या है। पर माँ को कहाँ फ़ुर्सत थी कि बासी बिस्तर में आराम से लेट, बेटे को गोद में ले दो घूँट दूध पिला देती। माँ ढेंकी के पास खड़ी होकर चिवड़ा कूटने के साथ बेटे को छाती से लगा जी भरकर दूध पिलाती! दिन भर का काम-धंधा शुरू करने से पहले। ढेंकी पर पांव बदलते समय माँ की इस गोद से उस गोद तक जाकर चमगादड़ की तरह माँ की छाती से लटक मुँह ही मुँह दूध पीने में खूब मज़ा आता उद्धव को। माँ की छाती से लटक बंदरिया के बच्चे को भी वैसे ही मज़ा आता होगा। पर बंदरिया का बच्चा उद्धव से ज़्यादा भाग्यवान है। क्योंकि बंदरिया के बच्चे की माँ को चिवड़ा कूटने से लेकर खाना बनाना, लकड़ी-घास लाने तक घरबारी के काम नहीं करने पड़ते। बच्चे को हटाकर बंदरिया माँ को अपने सास-ससुर, पति-देवर के काम-धंधे नहीं करने पड़ते। बंदरिया सास को बहू पर हुक्म चलाते किसी ने नहीं देखा। दिनभर बंदरिया का बच्चा माँ की छाती पर चमड़ी से चिपटे जूँ की तरह खुद उछलना न सीखने पर भी इस पेड़ से उस पेड़ उछलता रहता। बंदरिया माँ डाल पर बैठी कितनी सहजता से बच्चे की देह की चमड़ी से जूँ निकाल टकाटक मुँह में डालती, उद्धव देखता और हुलस उठता। वैसे ही माँ की गोद में उद्धव को भी ढेंकी कूटने का गर्व होता। चिलचिलाती दुपहर में माँ को कुछ फ़ुर्सत मिलती तो उद्धव के मनौती में रखे घुँघराले बालों की जटा हटा कर उनमें चलते-फिरते चींटे, लीख, जूँ, गाय के झुंड की तरह बालों से चिपकी मरी लीखों को खूब कायदे से, खूब होशियारी से जूँ मारते और नाखूनों से खींच लाती। हूं...हूं कर माटी के फ़र्श पर टप-टप टपकाती जाती। उद्धव को उस दुपहरिया

में मीठी-मीठी नींद आने लगती। फ़र्श पर माँ की तूली-सी अँगुलियों से जूँ के ताज़ा रंग से रंगोली सी बन जाती। कहते हैं एक जूँ के खून से हज़ार जूँ जन्म लेती हैं—यदि बालों में जूँ मारें तो। धरती माता के रक्त सोख लेन के बाद जूँ वंश के बढ़ने का रास्ता नहीं रह जाता—ऐसा माँ का कहना है। फिर भी जूँ बढ़ती रहती है उद्धव के भाई-बहन सबके बालों में। गाँव भर के बच्चों, औरतों के बालों में भी।

दूध पीकर मन भरने पर उद्धव खुद ही माँ की कोख से उतर आता। ढेंकी से कुछ हट कर बैठा रहता। बरामदे में उठती-गिरती ढेंकी के साथ-नज़र उठती-गिरती। बापू के भात, मछली भाजा खाते समय जैसे पुसी बिल्ली बापू की मछलीवाली कटोरी पर नज़र रखती, भात का कौर मुँह में लेते समय ऊँचे-नीचे नज़र करती रहती, ताल बनाये रखती। उद्धव बिलाव-सी नज़र साधे रहता कि कब ताज़ा चिवड़ा निकलेगा और कटोरी भरेगी गरम, मीठे रोहू के छिलकों की तरह बादामी रंग के चिपटे-चिपटे ताज़ा चिवड़ों से।

उद्धव की लालची नज़र लगाये बैठने को देख जलकुकड़ी काकी शूल-सी बात कहती—"रे...क्या बिना मुँह धोये खायेगा? आँखें भरी हैं कीचड़ से जीभ पर मैल जमा है ! छिः छिः इतना बड़ा होकर भी इतना गधा है, कुछ नहीं करता!"

बच्चे को प्यार करने वाली जिठानी कहती—"नन्हे बच्चे का क्या मुँह धोना? नन्हा तो माँ के दूध से दाँत घिसता है, दूध से कुल्ला करता है, ताज़ा चिवड़ा से जीभ सफ़ाई, माँ, काकी ताई के चूमे से मुँह की सफ़ाई, आँख साफ़-सुथरी। दे, उठा रे उद्धव, जल्दी कटोरा ला, ताज़ा चिवड़ा खाकर खेल! बापू मछली लायेंगे तो फिर गरम भात खाना।"

उद्धव कटोरा लाता, फूँक-फूँक कर ताई भूसी उड़ाती, मुट्ठी भर कर कटोरा भर देती। उद्धव की माँ पूछती—"गुड़ खायेगा रे नन्हे? मेरे छौने, लाडले, बस थोड़ा और रह गया है। तब तक कुछ-कुछ चबाते रह। मैं ढेंकी से छुटकारा पाकर आती हूँ। मटकी से गुड़ निकाल दूँगी।" उद्धव एक-एक कर चिवड़ा चबाता। बिना मुँह धोये माँ के हाथ से गुड़ मिलेगा, अतः माँ के पांव पर नज़र रहती। आँख पांव से मुँह तक तैरती रहती। पांव से पिंडली, पिंडली से कमर, कमर से छाती के भरे थन, थनों से गले की कंठी, कंठी से माँ की सांवली चिबुक पर खुदे गोदना का दाग। उसके ऊपर माँ के हँसमुख पान खाये अधर, अधरों के कोने में वात्सल्य झरता नीरव लाड़, चिपटी मछली-सी नाक में नथ, पूए की तरह माँ के चिकने-भरे गाल, महुराली मछली-सी माँ की आँख, दूज के चाँद-सी भौंहें, उगते

सूरज-सी है भौंहों के बीच गोल सिंदूर की बिंदी, उसके नीचे गोदने का दाग। सबसे ऊपर समुद्र की लौटती लहर-से लहराते घुंघराले केश। आखिर में पके खीरे की फांक से उझकते लाल पेट की तरह घुँघराले केशों के बीच पतली सिंदूर की रेखा। वहाँ आँख थिर रह जाती। कान में कर्णफूल, कानों में कनपासा, बाहु में बाजूबंद, भरे-भरे हाथों में चाँदी के पेंच, बटफल! कुल मिलाकर माँ दिखती साक्षात् देवी की तरह। वाकई देखते-देखते माँ देवी बन गई। अब वह बोलती नहीं, जवाब नहीं देती। हाड़-मांस के शरीर में माँ को देखना संभव नहीं हो पाया। केवल सुमिरन कर सका।

आँख मूँदकर 'माँ-माँ' कह दुःख जताना पड़ा। जैसे कि वह गंगा माता के मंदिर में, शारला माता के मंदिर में दुःख जताता है, वैसे माँ के जाने के बाद बापू अचानक बूढ़े हो गए। उद्धव भी ननिहाल आकर बच्चे से बड़ा हो गया। अब छोटा न रहा। मामी को आँख उठा न देख सका वह। किसी औरत की भरी छाती पर नज़र नहीं कर सका। मामी को कभी भी 'माँ' कह न सका। मामी 'मामी' ही रह गई। हालाँकि मामा को वह 'बापू' कहने लगा। मामा बापू से बढ़कर लाड़ करता था उद्धव को।

उस दिन उद्धव को मामा पाठशाला छोड़ आया। कहा—"मास्टरजी! यह छोकरा आपकी हिफ़ाज़त में रहे। पहले की पढ़ाई जला कर खा चुका है। दुबारा अ-आ लिखे। घर में आवारा हो रहा है। नदी-समुद्र जाने की उमर होने पर मैं पाठशाला से ले जाऊँगा। मेरे पीछे यह लायक न बना तो इतना बड़ा संसार कौन सँभालेगा?"

जिस दिन उद्धव अभयपुर पाठशाला के बरामदे में बैठा, उस दिन लगा कि बंदर गाँव के इतिहास से नाम पूरा कट गया है। देवी नदी की लहरों से उसकी छांव खो गई। बंदर गाँव में था तो ननिहाल जितनी बार आता, अब वह अपने गाँव बंदर उतनी बार नहीं जा सका। अभयपुर के मंगवाल कुल का वह आस-भरोसा बन गया है। बेफ़िक्र घूमने-फिरने और सैर-सपाटा करने का समय न था उद्धव के पास।

दो

पूरब में कदम बढ़ाते ही समुद्र, उत्तर-दक्षिण दोनों दिशाओं में दो बाँहें फैला कर बाँधे हैं महानदी और उसकी बेटी देवी नदी—इन दो धाराओं के बीच आशा-निराशा की अँगड़ाई लेकर, समुद्र में बासी कपड़े खंगाल, पीढ़ी-दर-पीढ़ी वंश-बुनियाद के बारह हाथकेश को सुख-दुःख की डिबिया में बंदकर अनजान आगामी भविष्य के नदी जल में धोकर जो कुछेक गाँव साल के बारहों महीने हरे-भरे रहते हैं, उस देहाती इलाके का नाम है एरसमा, ज़िला जगतसिंहपुर। उन दिनों के पूर्वी तटवर्ती कटक ज़िले के चार हिस्से हो गए। उनमें एक हिस्सा है जगतसिंहपुर। कभी इसका नाम था हरिद्रावसना। काठजोड़ी नदी की बेटी अलका नदी के किनारे पर पूजित हैं हरहर महादेव सोमनाथ, निजीगढ़ में पूजा पा रहे हैं श्रीजगन्नाथ महाप्रभु अर्थात् हरि के मंदिर की आरती ध्वनि में हरिद्रावसन नाम सहज ही हरिहरपुर बन गया। यहाँ की समृद्धि और संस्कृति से सभी लुभाकर हैं। धनधान्य, व्यापार-वणिज, वस्त्र शिल्प की कला-कारीगरी से मुग्ध होकर फिरंगी व्यापारियों ने हरिहरपुर में ओडिशा की पहली वाणिज्य कोठी स्थापित की थी। फिर बाद में नाम बदल कर रखा जगतसिंहपुर।

फिरंगियों की निगाह में यह इलाका राजकीय-संस्कृति और संपन्नता से भरा था अतः इसे जगत में सिंह नाम दिया गया। इस ज़िले में सागर तटीय क्षेत्र में दो फ़सली वाले गाँव, बरसात और सूखे हर ऋतु में वर्ष में बारह महीने कभी रबी और कभी खरीफ़ की हरियाली फैली रहती है। इसलिए लोगों का कहना है कि यह उत्कल की 'भातहाँडी' है। यहाँ के लोग शिक्षित हैं, तेज़ दिमागवाले हैं, देश-विदेश में प्रतिष्ठित हैं! और फिर ओडिशा के आदिकवि सारलादास की जन्मभूमि यहीं है, इसलिए कुछ तो कहते हैं यही है ओडिशा की भागवत टुंगी और ओड़िया साहित्य का जच्चाघर। उस जगतसिंहपुर धरती का एक खंड उर्वर क्षेत्र है एरसमा।

कटक शहर को जिन दो नदियों महानदी और काठजोड़ी ने घेर रखा है वे दो शाखाओं में बंटकर अर्घ्यथाली की तरह थामे हुए घेरे हैं सागर संगम स्थल पर एरसमा के विस्तृत गाँवों को। मगर कटक से बह आती काठजोड़ी नदी को यहाँ देवी नदी किसने और कब, क्यों कहा, यह कोई नहीं जानता। मछुवारे लोग नदी को देवी मानकर पूजते हैं, अतः काठजोड़ी यहाँ देवी बन गई होगी—यह उद्धव का विश्वास है।

महानदी, काठजोड़ी, देवी नदी, अलका नदी, हंसुवा, सांवलिया, किसी नाम से कहो, नदी है माँ और समुद्र बाप है। माँ-बाप के लाड़ से जगतसिंहपुर ज़िला, एरसमा ब्लॉक आंबीकी पंचायत में नौ नदियों के मेलजोल के बीच समुद्र किनारे वाला छोटा-सा गाँव है अभयपुर। एरसमा के कई निचले इलाके के गाँव विशाल समुद्र में पाँव पखारते रहते हैं। गाँव से समुद्र निकला है या समुद्र से गाँव, जल्दी से पता नहीं चलता। समुद्र से हाथापायी करते, बराबरी करते, समुद्र से सटकर कई-कई छोटे गाँव, हालाँकि जन्म से समुद्र के इतने करीब न थे। समुद्र और गाँव के बीच झाऊ, बनी, हेंताल, जेवट, केवड़े-केतकी के विस्तृत जंगल थे। जटाधारी मुहाने की रखवाली करता जटाधारी जंगल और धोबई जंगल थे गाँव और जंगल के बीच भरोसेमंद पहरेदार। ये दोनों जंगल गाँव की रखवाली करते ताकि समुद्र कोई हरकत न कर बैठे। गाँव को वह डर-भय न दिखावे। गाँव-समुद्र की आँख-मिचौनी में जंगल थे समुद्र के साथ आँख पर पट्टी। पमुद्र गाँव की ओर हाथ बढ़ाता, मगर छू नहीं पाता। पट्टी भेद कर गाँव भिगो देता और बौराया हुआ लौट जाता। आह...कितना रोमांच था समुद्र के साथ आँख मिचौनी खेलने में! जैसे उद्धव के पूर्वज बंदर गाँव से ताम्रलिप्त गए थे, ताम्रलिप्त से बंदर गाँव लौट आए थे। जैसे सागर की उफनती लहर लौट जाती है समुद्र छोड़ कर, समुद्र से विच्छिन्न हो लहरों से कुछ अंश रुक जाता है तट पर—गीला करके, वैसे ही उद्धव बंदर गाँव से छिटक आकर ननिहाल में वंश बचाने की खातिर अभयपुर गाँव में ही बूढ़ा हो गया। समुद्र में हिलोरें खाने की तरह उद्धव मंगवाल जीवन में सुख-दुःख, मिलन-विदाई को भोग कर इस गाँव से उस गाँव के बीच जीवन की लहरों में तैरता रहा। बंदर गाँव की देवी नदी, अभयपुर गाँव की हंसुवा नदी सब उसके लिए पवित्र महानदी हैं। पर बचपन में उद्धव सबसे ज़्यादा चाहता था मीलों लंबे फैले, लूना जंगल को। जंगल के वन-जंतु और पशु-पक्षी उसके खेल के साथी थे। जब उद्धव के बापू उग्रसेन बेहरा मेघा मामा की मौत की खबर पाकर छोटे बेटे उद्धव को लेकर नदी में नाव चला कर आये, उस दिन उद्धव को पता नहीं था कि अभयपुर के साथ नियति की डोर बँध गई है, हमेशा के लिए। बंदर गाँव में बच्चा उद्धव समुद्र

गर्जन से डरता था—ननिहाल में जवान होने के बाद उल्टे समुद्र को डराने लगा। वह भय दिखाता समुद्र को। समुद्र को साधने के लिए अनेक असाध्य साधन किये उद्धव ने। बंदर गाँव में वह छः साल का आखिरी बच्चा था—माँ का लाडला। दुधमुँहा बच्चा! अभयपुर में वह था मामी का गोद लिया बेटा, नाना का वंशरक्षा करने वाला बेटी का बेटा—नाती। दो-दो कैवर्त वंश की मर्यादा रखने वाला कुलदीपक था। शासन-अनुशासन, गीता-भागवत के नियमों में बगुला-सा दुबला—डरपोक उद्धव अभयपुर गाँव में बच्चे से बन गया मज़बूत, कद्दावर, निर्भय गबरू जवान। अब हो गया बूढ़ा—पर सामने दस जवान मुक़ाबला नहीं कर सकते। कौन कहेगा कि उद्धव तीन कोड़ी दस से चार बरस कम का है? शंख की माँ को आज कुछ हो गया, तो कल उद्धव को नई कनिया मिल जायेगी। हँसी में भी कोई उद्धव से कह देता तो वह शर्मा कर कहेगा, "खैर, वो मज़ाक छोड़! इतने ही हितैषी हो तो मेरे वेणुधर के लिए मन लायक कनिया खोजो। रह जाएगी मेरी सबसे छोटी बेटी गिरिमा। पता नहीं पोती अलका, देवी, पोहला के लिए विधाता ने उनके लायक वर गढ़ कर कहाँ रखा है? आजकल के छोकरे तो थोथे खोखले नारियल की तरह बाहर चिकने अंदर खोखले! गाँव-गाँव में अब कॉलेज खुल गए हैं। एक बार कॉलेज की ज़मीन छू लो, फिर न जाल उठायेंगे न खेत जायेंगे। बस बेकार, आवारा, हुड़दंगे, कामचोर, नालायक। बच्चों को दोष देने से क्या होगा? माँ-बाप उन्हें क्या खिलाते-पिलाते हैं, सिखाते हैं? मंत्री-मास्टर सब पैसे के गुलाम हैं। जहाँ ज़्यादा पैसा वही व्यवसाय करो—खानदानी व्यापार डूबे तो डूबे। बप्पा और चाचा ने बच्चों के कान में यही मंत्र फूँकना शुरू कर दिया।"

ताज्जुब है—उद्धव के लिए सोलह आने सच—गाँव में किसी के घर ढेंकी नहीं कि ढेंकी वाली कोठरी नहीं। गाँव-गाँव में धान कुटाई, चिवड़ा कुटाई के लिए हॉलर घूमता है धाँय-धाँय। लोग नाइलॉन कमीज़, रिबन, साड़ी को चाहने लगे थे। अब नाइलॉन चिवड़ा और नाइलॉन चावल, मूँग, नाइलॉन उड़द के शौकीन हो गए हैं। धान कुटाई का हॉलर ऐसा छीलता है अनाज को कि चावल-चिवड़ा का बीज भर बचा रहता है। ऊपर के खोल के साथ उसका सार अंश भूसी में मिलकर गाय-गोरू के पेट में चला जाता है। गोरू बलवान, आदमी निर्बल। बच्चों को दोष क्यों? अब तो दशाह शुद्धि में ब्राह्मण भोज में दही-चिवड़ा की जगह पूरी, खीर, रसगुल्ला-तरकारी खाने पर खूब ज़ोर रहता है। ढेंकी कुटा चावल-चिवड़ा गले नहीं उतरता। पहले जो चीज़ें गले उतरतीं, अब क्यों नहीं उतरतीं, किसका कसूर है? गले का या चीज़ों का! उड़द-मूँग पर मशीन की छाया ऐसी कि मूँग-

उड़द पहचानना मुश्किल हो गया। गाँववालों को ढेंकी और ढेंकी कुटे चावलों में ज़्यादा गंध आती है। दस गाँव घूम आओ सौ रुपये में ढेंकी कुटे चावल या चिवड़ा पाव या आधा सेर भी नहीं मिलेगा। गोरू के मुँह में भूसी-कुंडा मीठा लगता होगा, पर आदमी की ज़बान पर मशीन कुटा चावल-चिवड़ा भूसी-सा लगता है। उपाय क्या है ? लोग मशीन कुटा चावल खरीद कर खाने को बाध्य हैं।

पर उद्धव ने न ढेंकी छोड़ी न ढेंकी कुटे चावल-चिवड़े। ढेंकी कुटे भात और लाल चिवड़ा में जो स्वाद है, मशीनी चावल, चिवड़े में वह मिठास कहाँ। स्वाद ही नहीं, ताकत भी है उसमें। चावल-लाल चिवड़ा, काला गुड़। जब गाँव का मोटा-गाढ़ा कत्थई दही, गेरुवा रंग का टुकड़ा-टुकड़ा छेना, जूही फूल की पंखुड़ी की तरह सफ़ेद नारियल कोरा, गोरी कन्या की छोटी-छोटी बिंडली-सी पाटकपुरी केला, एक साथ मीसकर कटोरा भर खा लो, जो तृप्ति मिलती है, वह पूड़ी-जलेबी, बड़ा-गुलगुला या बासी पावरोटी में कहाँ? उद्धव कभी-कभी रात में भात न खाकर कटोरा भर दही-केला वगैरह मिला कर चिवड़ा खाता है, गला मिठास में तर हो, भर जाने पर मिरच-नमक लगा कर खाने के बाद पसरकर सो जाता है चटाई पर। फिर मीठी-मीठी नींद। मीठे खर्राटे, मीठा बड़बड़ना। शंख की माँ कहा करती है कि उस दिन उद्धव की साँसों से, जमुहाई से, खर्राटों से, छींक से, खाँसने से, बड़बड़ाने से दही, छेना, गुड़, पके केले की मीठी महक निकलकर घर भर में फैल जाती है। उद्धव के सब बच्चों में भी लाल चिवड़ा चकटा का लोभ है। इसलिए सब एक से बढ़कर एक धनुर्धर रथी असल केवट हैं। बाकी गाँव के छोकरे निकम्मे, थोथे। दोष उनका नहीं, नाइलॉन चिवड़ा-चावल का है।

आज भी 'चिवड़ा चकटा' परोस दो, उद्धव को माँ याद आ जाती है बाला बटफल, कड़े पहने सांवला, भरे-पूरे, काम वाले हाथों में पीतल के तसले में चिवड़ा में सब मिलाकर। सब बच्चों को खूब-खूब देती है। उद्धव ठहरा सबसे छोटा, फिर उसके ऊपर वाला एक भाई यमराज का ग्रास बन चुका था, छोटा था तब शरीर में खून न था, अतः माँ उसे 'चिवड़ा चकटा' कुछ ज़्यादा ही देती। आखिरी निवाला देते समय सब पोंछ छोटा निवाला बनाकर देती तो उद्धव मुँह कुछ ज़्यादा ही खोल चौड़ा कर लेता, निवाले के साथ अँगुली भी चली जाती, दबा लेता दाँतों से। हर बार यही तमाशा। माँ हर बार अँगुलियाँ निकालकर दाँत के निशान देख विचलित हो उठती—"यह छोटा एक दिन मुझे ही खा जायेगा! अरे, क्या और खाओगे, थोड़ा चिवड़ा और मीस देती हूँ। मेरे हाथ को क्यों काट रहे हो ? क्या इन अँगुलियों में इतनी मिठास है ?"

सच उस दिन उद्धव को चिवड़ा खिलाते-खिलाते माँ को प्रसव का दर्द होने लगा। आखिरी निवाला हड़बड़ी में उद्धव के मुँह में दिया कि उद्धव ने काट लिया —"उफ्, यह छोटा मुझे खायेगा, तब शांति पायेगा!" कमर पकड़ वह खड़ी हो गई। फिर उसी पीड़ा से चल बसी। तब उद्धव को पक्का विश्वास हो गया कि वह माँ को खा गया! एक साथी ने बताया—"बच्चों के दाँत में विष होता है।" उद्धव के दाँत का विष माँ के शरीर में चला गया और पेट के बच्चे को मार गया। मरा बच्चा प्रसव नहीं कर पायी, मर गई। अब बुढ़ापे में भी उद्धव को अपराधबोध सालता है—उद्धव यदि तब कंगाल की तरह चिवड़ा चकटा के लोभ में माँ की अँगुलियाँ न काटता, तो माँ अब तक जी रही होती शायद। उद्धव की माँ की माँ, नानी बेल बुढ़िया अगर अस्सी तक जी सकी, तो उद्धव की माँ 4 कोड़ी (अस्सी साल) क्यों न जीती! उद्धव की स्मृति में माँ हालाँकि ज़िंदा चिवड़ा-चकटा, भात, तरकारी, पिठऊ, पना में अखंडराज कर रही है।

रावेणा धान (मोटे धान) का भाप भरा लाल भात ऊँची किनारे वाली काँसे की थाली में मंदिर-सा बनाकर परोस दिया करती थी माँ। परोस देती मूँग, अरबी, सहजन के पत्ते मिला डालमा (दाल) साथ में आधा कटोरा सरसों और मछली की तरकारी या फिर भुनी हुई सूखी मछली की चटनी बस, इतना ही काफ़ी होता।

आज भी याद आने पर जीभ से लार टपक आती है। हालाँकि अब भी उद्धव के घर में ढेंकी कुटे चावल का भात बनता है। सहजन के पत्ते, अरबी, मूँग का डालमा, मछली का बेसर, सूखी मछली की चटनी, सब होता है। पर उसमें माँ के हाथ की महक नहीं, माँ के पकाने वाला स्वाद नहीं। उद्धव के दस बच्चों की माँ 'शंख की माँ' अच्छा पकाने वाली है, वह खाते-पीते घर की बेटी ठहरी, काम में खूब होशियार। पर उसके हाथ की महक अलग है—उसके पकाये खाने का स्वाद भिन्न है। माँ तो माँ होती है, घरवाली, घरवाली होती है। औरत जात बड़ी विचित्र है। माँ के रूप में एक चरित्र—स्त्री रूप में एक दूसरा चरित्र। औरत का चेहरा उसके बच्चा होने पर इतना अलग दिखता, उद्धव को विश्वास नहीं होता कि दोनों ही औरत हैं। पर माँ और औरत में एक बात में मेल रहता है। वह है मर्द जाति को वश में रखना, मर्द की नाक में नकेल डालकर रखना! आगे-आगे औरत-पीछे-पीछे मरद। नाबालिग बेटा हो, या साबालिग मर्द, औरत के पास सब चूहा हैं। इतना होने पर घर बैकुंठ समान है। वरना घर नहीं, रणभूमि! हालाँकि यह मानना होगा, औरत जात की घरेलू बुद्धि घर-तोड़ जैसी लगती है, कभी-कभी घर टूटता भी है। मगर मर्द अगर औरत की बेखातिरी करता है, तो वह घर टूटता

नहीं, उजड़ जाता है। घर, घर नहीं रह जाता, बड़े-गुलगुले की दुकान बन जाता है।

माँ और औरत के हाथ से बने भोजन की तरह माँ और औरत के बोल भी भिन्न लगते हैं। माँ की मार से दर्द होता है, पर जब वह गोद में खींच लेती है तो आँसू नहीं सूखे होते कि वह चोट भूल जाता है। पीटने के बाद माँ का लाड़, नेह उफने दूध की तरह उफन पड़ता है। अधिक मीठा लगता है वह नेह, वह लाड़। पर मर्दानगी के गरूर के कारण औरत की मार से आँखों से आँसू नहीं बहते यह सच है, पर हांड बचते हुए भी मांस पिघल जाता है। औरत पिटाई करने के बाद वह प्राण दे दे तो भी मार के दाग और उसकी वह जलन नहीं मिटती। वरन मरद को कड़वी बातें सुना कर फिर यदि कहेगी—''ठीक है, सारी भूल मेरी है। दोष क्षमा करो!'' वह हँस दे, वह हँसी आग का लुआठा बन जलन को और कोंच देती है। मिज़ाज को और उकसा देती है। औरतों के कई रूप उद्धव ने देखे हैं। नानी, ताई, मामी, पत्नी, नदी उस पार वाली सपन कन्या हेम, अपनी बेटियाँ चारु, तरु, मरुवा, कारु। इनमें सबसे मीठा, मधुरिया रूप बेटी का है।...ना..ना दोहिती, पोती का है। उफ् दोहिती, पोती से बढ़ कर मीठा संसार में कुछ नहीं। उद्धव को आठ-आठ दोहिती, पोती हैं। बेटी की बेटी...बेटे की बेटी...दोहिती, पोती हैं। वह कोई नाम याद नहीं रख पाता। मुँह में जो नाम आया, उसी नाम से पुकार देता है उनमें से कोई-सी एक डाब की कच्ची गिरी-सी कोमल स्वर में 'ओ' कहती— उद्धव दोहितियों को कई नाम से पुकारता...काईच (चिरमी), पोहला, (मोती), कौड़ी, सिवली (सेवार), लहरी, शामुका (घोंघा), लवणि, कुंई, तराट। कभी आवाज़ देता—गेंडा, कोचिया, गुआचिपी, केरांडी, दंडकिरी, कइंछ, बेंग, चेंग, इर्लिसि...चिंगड़ी...(मछलियों के नाम हैं)। सब में दादा-नाना का लाड़ ऐसे घुला होता, कि बच्चे समझ नहीं पाते, कि दादा-नाना नाराज़ हैं या खुश। उफ् कितना मोह, कितना बंधन है इन दोहितियों, पोतियों में!

औरत जात सचमुच में एक छंद का जाल है। माँ, औरत, बेटी, दोहिती सब तरह-तरह के फंदे बिछाकर बेघर मरद को घरेलू बना दें। जैसे जगर मछली के लिए जगर फंदा, बलंग मछली के लिए बलंग फंदा, वैसे ही माँ का फंदा, पत्नी का फंदा, नातिन का फंदा! हाँ, उद्धव के लिए मामी भी एक फ़ंदा है। बंदर गाँव में माँ फंदा काट कर चल बसी। बाद में मामी का फंदे, उद्धव फंदे में पड़ा। फिर पड़ा अभयपुर गाँव के फंदे में। गाँव का एक फंदा नहीं, सैकड़ों फंदे। किसे काटे? भारत मंडल, भुजंग गिरि, कपिल प्रधान, मथुरी साहू, भागवत भोई, मंत्री मल्लिक,

भार्जन मल्लिक, डंबरू गोछायत, मार्कंड गोसांईं, नर्कूराउतराय, सेक गुलाम मुस्तफ़ा, गाँधी दास, कुंडल पंडा, पंथुरी गुसाईं, बांछू तरई, टहली महांति, दानकर्ण मिस्सर, कौन अपना—कौन पराया—फिर भी सब एक-एक फंदे हैं। मरद फंदा, औरत फंदा की तरह यह एक-एक इतना सूक्ष्म नहीं। मरद फंदे से ज़्यादा सख्त गाँवभर के कई माँ, मौसी, काकी, बुआ फंदा। आदमी एक सख्त मकड़ी है। चारों ओर संपर्क का जाल खुद बुनता है—फिर खुद उसमें फँसता है। छटपट जीवन फंदा बुनता चले। फंदा काट निकलने की सोचे, तब तक दस फंदे और बुन लेता है। खुद जाल बुननेवाला, खुद ही मछली! बड़ा अजीब है यह मानुष जीव!

उद्धव मंगवाल जैसे मामूली आदमी के लिए अभयपुर जैसा एक छोटा गाँव-सा गाँव है एक विराट पृथ्वी। घर से दूर भागनेवाले लोग, यह पृथ्वी छोड़कर कहाँ जायेंगे? उद्धव भी बेटा बनकर आया तब से अभयपुर की धरती छोड़ कहीं जाने की सोच नहीं पाया। अभयपुर गाँव, गाँव की धरती। हवा-पानी, सुख-आनन्द, आपद-विपद सबको इतना प्यार करता कि उसने मर कर इसी गाँव के श्मशान में जल कर, राख होने का मन बना लिया है। यदि कहीं अन्यत्र रास्ते में गिरकर प्राण चले गए तो उसकी मृत देह मशान का फ़र्क जान लेगी। इधर बंदर गाँव से भी उद्धव का संपर्क कटा नहीं। बापू, भाई, बहन, गाँव के संगी-साथी, देवी नदी, शंखुवा मुहाना, माँ बंदरपुरेई, मरिचेई देवी से क्या रिश्ता टूट सकता है? आकाश की ओर डाल फैलने पर पेड़ क्या माटी से संपर्क काट सकेगा? समुद्र में मिलने पर नदी क्या पहाड़ से संपर्क तोड़ सकेगी? अतः बापू के जाने के बाद भी बंदर गाँव से रिश्ता खत्म नहीं हो पाया। भाई-बहन अपने-अपने काम में, सुख-दुःख में दिन गुजार रहे हैं, किसी से ममता का बंधन नहीं टूटा। महीने दो महीने में डोंगी खोल देता, मन की मौज में गीत गाता हौले-हौले बिना ज्वार वाली तिथि में समुद्र ही समुद्र से जाकर बंदर गाँव पहुँच जाता, छोर पर बंदरपुरेई देवी के आगे, शंखुआ मुहाने पर। फिर खुली रस्सी पर खड़ा हो समुद्र की खुली छाती से छलांग मारता देवी नदी की संकरी छाती पर। फिर नदी का पेट चीरकर डोंगी पहुँच जाती गाँव में। उस ओर घाट पर पहुँच जाती। अब डोंगी बाँधकर बंदरपुरेई माँ के आगे माथा टेक पहुँच जाता गाँव के अंदर। तब वह भूल जाता कि इस गाँव के खाते-बही में उसका नाम नहीं है। फिर दिन ढलने से पहले घर की ओर लौटते बैल की तरह डोंगी चला देता नदी ही नदी होकर समुद्र की ओर—धीरे-धीरे तैर जाता समुद्र के रास्ते से आंबीकी पंचायत के काकण गाँव के सामने जटाधारी मुहाने तक। मुहाने के कब्ज़े से डोंगी फिसल कर चली जाती घर की ओर जानेवाली बैलगाड़ी-

सी हंसुंवा नदी की छाती पर। नदी के रास्ते जा पहुँचता उद्धव घर के सामने घाट तक—अभयपुर के किनारे। घर रह जाता थोड़ी दूर। बाड़ी में जुड़वां इमली के पेड़ की संधि में अंधेरा तब खेल रहा होता। जन्म धरती बंदर गाँव की छवि तब तक भूली न होती, सामने खड़ा समूचा गोद में भर लेता बाकी जीवन का—अतिप्रिय गाँव अभयपुर। उसके इहकाल-परकाल सबकी हकदार है गाँव की पवित्र माटी!

~

जिस गाँव को हमेशा समुद्र का भय रहता है, उस गाँव का नाम किसने रखा अभयपुर? गाँव में समुद्र का गरजन सुनाई पड़ता, नदी में मछली कुलाचे भरे तो गाँव के रास्ते से दिखाई पड़ते हैं, मछली के छिलके, उसकी जाति और उसकी आकृति, शायद समुद्र गर्जन सुन किसी डरपोक बच्चे को माँ ने कहा होगा—

'भय किससे, डर किससे। ठाकुरजी चौबाहु हैं जिसके।।''

माँ की अभयवाणी भेद गई होगी डरपोक गाँव के अंदर तक और गाँव का नाम हो गया होगा अभयपुर। कभी यह गाँव आंबीकी गाँव का एक हिस्सा था। बड़ा गाँव टूट कर छोटे-छोटे गाँव बन गए, फिर भी नदी, नाले, समुद्र, जोहड़ सब गाँठ लगे होने की तरह इस अंचल के गाँवों को पल्लू में गाँठ बाँधकर एकत्र रखा है। फिर हिस्से-हिस्से भी किये हैं। महानदी से शाखायें निकलकर साठ के करीब ज्वारीय नदीधार बन गई इस इलाके का अन्नक्षेत्र। अभयपुर गाँव के केवट ही नहीं, गैर केवट भी नदी, नाले, समुद्र पर निर्भर हैं। वैसे कहा जाये तो अभयपुर गाँव केवट गाँव है। पर अभयपुर, पाकिस्तान टोला, लवणिपुर, कुंजबेदी, फिरंगी टोला, जपनगरी, नगरीघाट, चंदनपुर, कियादा, शोभनपुर आदि गाँवों को मिला दें तो इस इलाके में छत्तीस जाति के लोग मिलजुल कर रहते हैं। ब्राह्मण, नाहक (ज्योतिषी), खंडायत (क्षत्रिय), प्रधान, किसान, बढ़ई, हलवाई, लुहार, कुम्हार, थटारी, तंती, तेली, नाई, नियारी केवट, विली केवट, कांडी, धोबी, चमार, बावरी, कंडरा आदि सब रहते हैं अपनी जाति-प्रथा, नीति नियम को मानकर। फिर भी केवट ही ज़्यादा हैं। इसलिए केवट इस गाँव में मुखिया हैं।

समुद्र तट के गाँवों का स्वभाव तट की रेत की तरह मिलनसार है। अहंकार शून्य, सरल स्नेह गाँव हैं। गाँवों में घर, घर में कुटुंब। कुटुंब में भाई-भाई साथ रहने की तरह पास-पास गाँव बसाने में सुख-दुःख, सूतक-मृतक, ब्याह-सादी, पर्व-त्योहार एक साथ भोगते हैं। एक घर में छौंक लगे तो दूसरे के यहाँ महके।

एक के घर मुरदा पड़ा हो, दूसरे के घर का चूल्हा बंद। इस घर में कुँआ-कुँआ हो, उस घर में जच्चा के पथ्य के लिए बैंगन और सहजन की फली तोड़ी जाती। केवट-गैर केवट, गरीब-अमीर सब के घर एक जैसे होते हैं। सब कच्चे घर, माटी की दीबार, पुआल का छान-छप्पर। गाँव के पास जंगल काट गाँव के बढ़ई के हाथ लकड़ी से सरल पट्टे वाले किवाड़, एक तरफ़ खुलते हैं, बंद होते हैं। ठीक यहाँ जीते-मरते आदमियों का शहर-बाज़ार से हट कर एक तरफ़ा जीवन जीने की तरह। इन गाँवों में मुख्यमंत्री का जाना तो दूर, कभी किसी मंत्री ने भी कदम नहीं रखा।

प्रायः सारे कुटुंब एक ही अहाते में रहते हैं। उद्धव का घर न बड़ा है न छोटा। मझले आकार का घर। दोनों ओर दो बड़े-बड़े कमरे। बीच में आँगन। बाहरी रास्ते से अंदर आने के लिए, पिछवाड़े बाड़ी में जाने के लिए दो कमरे हैं, जो खुला घर कहलाता है। अहाते के आखिरी छोर पर एक ओर ढेंकी-घर छप्पर वाला। दूसरी ओर रसोई घर है। बाहर रास्ते से घर में आते समय 'खुला-घर' होता है गाय गुहाल (गोबाड़ा)। पर केवट जात खेती प्रिय न होकर मछली प्रिय होती है। अतः गोरू कम ही पालते हैं। इसलिए खुले घर में उद्धव रहता है। उद्धव के दो बैल हैं। ढेंकी घर के पीछे गुहाल बनाया है उद्धव ने। उद्धव की चार बेटियों में तीन चारु, तरु, मरुवा ब्याही जाकर भी बाल-बच्चे लेकर आधे समय मायके में ही रहती हैं। उद्धव ने बेटियों को आस-पास के गाँवों में ही ब्याहा। तीसरे जंवाई को छोड़ बाकी जंवाई उद्धव के साथ मिल कर मछली पकड़ते हैं। तीसरे का घर पारादीप के पास षंडकुद गाँव है। वह बड़ी कंपनी में काम करता है। बेटी-जंवाई, दोहिता-दोहिती की चहल-पहल उद्धव के घर में बराबर लगी रहती। शंखधर, चक्रधर, गदाधर, पद्मधर, भाग्यधर और वेणुधर में चार बेटों का ब्याह कर दिया। औरतें बड़ी गृहिणी हैं। मायके ज़्यादा नहीं जातीं। सास के साथ मिलकर पास की हाट में सूखी मछली बेचने से लेकर बाहर के सारे काम में पूरे ध्यान से जुटी रहती हैं। पोता-पोती ढेर भर जब पर्व पर जुटते हैं, बेटे-बेटियों के बच्चे जब एक साथ आंगन में होते हैं, गाँव के छोर पर तालाब में मछली जैसे कलबलाते फिरें। नाती-नातिन को गोद में लेकर लाड़ करने का उद्धव के पास समय नहीं होता है। उसकी घरवाली 'शंख की माँ' को भी फ़ुर्सत नहीं। उद्धव के मछली धंधे से शंख की माँ का सूखी मछलियों का धंधा ज़्यादा है। घर में जितना भी अभाव हो, भाव भी कम नहीं। अभाव के बारे में सोचने को काम वालों को फ़ुर्सत ही कहाँ? फ़ुर्सत निकालने पर भी ये जी के जंजाल बच्चे अपने भाव सुना कौवे के घोंसले में धामण

सांप घुसने की तरह सुबह से सांझ तक चिल्लपौं मचाए रहते हैं। यह आंगन कभी मानुष बिना खांय-खांय सूना पड़ा था। आदमी कहो तो उद्धव के नाना नकुल, बेल नानी और छोटे नाना, छोटी नानी, अंगद मामा और बिन बच्चों वाली मामी। नाना नकुल मंगवाल के नीचे चार भाई बचपन में चल बसे। रोगग्रस्त सबसे छोटे नाना के बच्चे भी छोटी उमर में चल बसे।

उद्धव कुल की रक्षा करने बेटा बनकर आया था, तभी आज आँगन में बाल लीला हो रही है। यह बात कहती नानी बेल बुढ़िया। पोपले मुँह से नेह में पान का पीक बहने लगता। नाना नकुल को ठीक से नहीं दिखता, पर कान तेज़ थे मरने तक। बच्चों के संग बच्चे। सौ साल जीये। मेघा मामा का धक्का सह न पाये। दर्द से जल्दी चले गए। नानी भी सौ साल जीतीं। उसने भी नाना के बाद अनायास आँखें मूँद लीं। अब उद्धव के घर में दो-दो बूढ़े हाथ पाँव बाँधे बैठे हैं। उद्धव के छोटे नाना और अंगद मामा, उन्हें उद्धव पुकारता बापू कहकर! हालाँकि मेहनत वालों का घर, खास कर केवटों में बूढ़ा जैसा कोई नहीं होता। तीन कोड़ी हो या चार कोड़ी, यदि मछली पकड़ने जा पाता है, समुद्र से जूझ पाता है, तूफ़ान का सामना कर पाता है, हिल्सा के झुंड को वश में करके नदी से छान लेता है तो उसे बूढ़ा कहने को किसी में साहस नहीं होगा। उमर से कोई बूढ़ा नहीं होता। इस उद्धव की ही उमर लो, तीन कोड़ी छह अर्थात् छियासठ साल हो गई है। शंख की माँ गुस्से में अंट-संट बकती है। ऐसा बकती है कि चोर चंडाल भी न सुने। पर 'बूढ़ा' कभी नहीं कहा, क्योंकि उद्धव कभी थककर बैठा नहीं—बुढ़ापा नहीं दिखाया। मछली पकड़ने वाले दल में आज भी उद्धव आगे है। आज भी संगी पाने पर उद्धव डोंगी बना देगा। वह अकेले ही समुद्र, नदी में चला जाता है। आज भी एक-एक समुद्री तूफ़ान को सीधा कर देता है। नदी, समुद्र और तूफ़ान का सामना करने में उद्धव के आगे पाँच गाँव के छोकरे टिक नहीं सकते। अत: वह बूढ़ा नहीं है। एक अरसे से उसके मामा, नाना पंचायत में हाथ जोड़ कह चुके हैं कि वे अब मछली पकड़ने वाले दल के साथ समुद्र-नदी में जाने में समर्थ नहीं। वे बूढ़े हो चुके हैं। अत: दलबद्ध मछली पकड़ने से उन्हें अलग छोड़ दिया जाये। 'सोलह भाई सभा' ने बैठकर विचार किया। उद्धव के घर के दो बूढ़ों को 'घरबूढ़े' घोषित कर दिया बस, उसी दिन से उद्धव बन गया घर का 'मुखिया'। इन दोनों को सामूहिक मछली पकड़ाई से हिस्सा नहीं मिलता, न ही गाँव का चंदा-चिट्ठा देना पड़ता। बस, बैठे-बैठे दो वक्त खाकर नाती-पोतों के संग खेलकूद में दिन बिताते हैं। दो-दो घर बूढ़ों का पेट भरना हँसी खेल नहीं। कमाई शून्य,

खुराकी में कमी नहीं। इसका उद्धव को कोई अफ़सोस नहीं था। कामगर हाथ थक जाने से यदि खाने वाला पेट बंद हो जाता तो गाँवों में इतने बूढ़े छटपट होकर न मरते। उद्धव धर्म को देख दोनों बूढ़ों, दो निकम्मी बुढ़ियों और मामी का पेट भरता है। सब नहीं करते ऐसा। बड़ी स्वार्थी है यह दुनिया।

अब उद्धव के सबसे छोटे दो बेटे बड़े हो चुके हैं। पर मछली पकड़ने पानी में नहीं जाते। एक का मन है नौटंकी में जाने का, दूसरे का मन सेना में भरती होने का। गाँव में क्या कम नौटंकी है या कम युद्ध है? भूख, रोग, तूफ़ान, बाढ़, सूखा हर बरस छोटे-बड़े तूफ़ान से लड़ते-लड़ते जी रहे हैं इस इलाके के लोग। क्या लड़ने के लिए अब बाहर का शत्रु और युद्ध क्षेत्र खोजना ज़रूरी है? फिर नौटंकी तो जारी है टाउटर, मुनाफ़ाखोर, खल लोगों की। राजनीति वालों का तमाशा जारी है। नौटंकी के लिए क्या यात्रा दल में शामिल होना ज़रूरी है?

चौदह वर्ष का होते ही उद्धव मंगवाल बेटों को ले जाकर पंचायत के सामने खड़ा कर देता। गाँव के मछली पकड़ने वालों के दल एकत्र हुए थे। उद्धव ने यथासंभव छात्रों को अनरसा और मीठी खील बाँटी थी। गाँववालों के समक्ष बेटों को सौंपने का पर्व खत्म होते ही उद्धव के बेटे गाँव में समर्थ लोगों में गिनने लायक हो गए थे। गाँव के ज़िम्मेदार सदस्य के रूप में मछली पकड़ने वाले दल में वे शामिल हुए। गाँव के भले-बुरे, पर्व-त्योहार, चंदा-चिट्ठा उन पर लागू होगा। केवल चौदह साल का होने पर सिर सँभालने लायक होगा, ऐसी बात नहीं है। अगर नाव, जाल, नदी-समुद्र को काबू न करे, मछली न पकड़ सके, तो किसी काम का नहीं। खील मिठाई व घी की मिठाई खाने पर भी गाँववाले उसे दायित्ववान आदमी में नहीं गिनेंगे, सिर उठाने लायक भाई में नहीं गिनेंगे, मछली पकड़ने वाले दल में शामिल नहीं करेंगे।

उद्धव ने हालाँकि सब बेटों को अक्षर पहचानना नहीं सिखाया पर एक-एक को नदी-समुद्र में मछली की पहचान करायी—मछलियों का स्वभाव-चरित्र पढ़ाया। मौसम, योग, ऋतु मुताबिक मछलियों की मति, मिज़ाज, ऋतु मुताबिक नदी-समुद्र में यातायात की गतिविधि-मछली के छिलके, पूँछ, पंख, आँख, तैरने की चतुराई, तड़क-भड़क के रंग-ढंग, मछलियों के रंग-रूप, स्वभाव, चरित्र, ऐसे कायदे से सिखाये कि शास्त्र-पुराण के पन्ने न देख भी पुरोहित पंडितजी जैसे अनवरत गाते जाते हैं, 'गीता', 'भागवत' के श्लोक, ठीक वैसे ही समुद्र-नदी को देखें बिना उद्धव के बेटे गाते मछलियों के नाम, गाँव, रूप-रंग, चरित्र। उद्धव को ताज्जुब होता है कि उसे दस-पंद्रह नाती-पोतों के नाम याद नहीं रहते हैं, पर मेरे

बेटे अनथक गा जाते हैं साठ से अधिक मछलियों के नाम। वर्णन कर जाते हैं उनके रूप-गुण। हालाँकि मछलियों के नाम उद्धव को भी कंठस्थ हैं। नाती-पोतों के नाम में गलती हो सकती है, पर मछलियों के नाम में गलतियाँ नहीं होंगी। केवट का बच्चा अगर मछलियों का नाम भूल गया तो ईश्वर का नाम जपने से भी उसका भाग्य नहीं बदलेगा। वह नाव भर कर नदी-समुद्र से मछली लेकर लौटने की बात झूठ है। तब खाली नाव लेकर लौटेगा मछली लेकर नहीं। मछली जायेगी अपनी राह, जाल तैरेगा अपनी राह। नाव बहती रहेगी अपनी राह। मछली को पहचान कर, उसकी ऋतु जानकर, उसके स्वभाव-चरित्र को पढ़कर अलग-अलग जाल बुनने में उद्धव उस्ताद था। प्रत्येक मछली का उसके ही अनुरूप फंदों वाला जाल, वरना बाप-बेटे रात भर जागो, मछली का जाल खाली! हिल्सा मछली के लिए हिल्सा फंदे, जगर के लिए जगर फंदे, बलंग के बलंग फंदे हैं। झुंड में अलग तरह की मछली दिखे और नाव में जब वैसा फंदा न हो, तब केवट हताश होकर तरह-तरह से उनका बेफ़िक्र तैरना देखने के सिवाय और कुछ नहीं कर पायेगा। फिर अगले दिन उनके लिए उसी फंदे का जाल नाव में लेकर जाएगा तभी उन मछलियों को काबू कर पाएगा। जितनी प्रकार की मछली, उतने ही प्रकार के फंदे आदमी कहाँ से लाये? दैव-विधाता से क्या आदमी कभी पार पा सकता है? बड़ी मछली की बजाय छोटी मछलियों को साधना कष्टकर होता है। हाथोहाथ प्रमाण हैं उद्धव के सबसे छोटे बेटे भाग्यधर और वेणुधर। साथ में छोटी गिरिमा। चारों बड़े बेटे बाप के चेले हैं, बड़ी तीन बेटियाँ माँ के वश में हैं। मगर दोनों छोटे बेटे तो उद्धव से भी टेढ़े हैं। सबसे छोटी बेटी गिरिमा अपनी माँ से बित्ते भर ऊँची है...। एकदम हुड़दंगी छोरी!

हालाँकि इसमें उद्धव का दोष ज़्यादा है। उद्धव ने दोनों छोटे बेटों और बेटी को मछली या सूखी मछली की न पहचान करा अक्षरों की पहचान क्यों करायी? मछली जितनी सयानी हो, जितनी चंचल हो, असली केवट के हाथों बच निकलना कठिन है। कोई 'न वर्तति' इसलिए तो केवट जाति 'कैवर्त' नाम से विख्यात है। पर अक्षरों से केवट तो क्या पूरी मानव जाति नहीं 'बच' सकी आज तक। आदमी अक्षर को काबू में नहीं करता, अक्षर आदमी को अपने काबू में करता है। पर नीम हक़ीम खतरे जान होता है। जैसे भाग्यधर कहता है पतवार नहीं उठायेगा। बाँसुरी, हारमोनियम थामेगा। वेणुधर कहता है समुद्र की ओर नहीं जायेगा, वह फ़ौज में भरती होगा। उसकी ज़िद है—वह तूफ़ान से नहीं जूझेगा, पाकिस्तान से जूझेगा। उद्धव युद्ध के बारे में थोड़ा बहुत जानता है। पर आजकल के छोकरे न तो युद्ध

के बारे में जानते हैं न समुद्र के बारे में? केवल नगद नारायण जानते हैं, मौज मजलिस करना जानते हैं। तभी अपने कुल का धंधा छोड़कर कोई नौटंकी में तो कोई व्यापार में चला गया। फ़ौज में जाना हालांकि देश का काम है। इसमें यश है। उद्धव की ससुराल चंदनपुर का पाइक छोकरा विक्रम बलवंतराय फ़ौज में गया है, केवल पैसों की खातिर नहीं, देश के लिए। क्योंकि वह पाइक बच्चा है। खून में रणहुंकार है। पर केवट बच्चा वेणुधर मंगवाल किस खेत की मूली है? गिरिमा बेटी होते हुए भी बेटों की तरह बातें करती है। बापू से बहस करती है—"केवट घर की बहू-बेटी अगर हाट-बाज़ार में जाती हैं, व्यापारियों से मोल-भाव करती हैं, तो केवट लड़की पतवार क्यों नहीं उठायेगी! वास्तव में केवट मछली पकड़ता है, मगर केवटनी मछली को बेहतर पहचानती है। तरह-तरह की मछली चुन कर अलग कर सुखाने का काम तो वही करती है। भाकुर मछली का सिर, हिल्सा की पूँछ और रोहू मछली का धड़ ज़्यादा स्वादी होता है। यह बात केवट की जीभ जितना जानती है, केवटनी का स्वाद पकाने वाला मन ज़्यादा पहचानता है। किस मछली में कितना नमक डालकर सुखाना है, यह केवट क्या जाने? केवट तो हुड़दंगा है, केवटनी धीर-थिरमति है। केवल मछली पकड़ने से तो बात पूरी नहीं होती। उसे सूखी मछली बना संचय-सहेज कर रखना, मछली की जाति के मुताबिक पकाना, परोसना है असल काम। मसाला तो चाहिए, पर हर मछली में हर मसाला नहीं पड़ता। हर मछली का स्वाद एक जैसा नहीं होता। हर मछली देह के लिए हरदम एक जैसा हित नहीं करती। कब कौन-सी मछली सुहाती है, यह बात केवटनी जानती है अपने अनुभव से। शंख की माँ तो सिर्फ़ सूखी मछली बनाना ही नहीं जानती है, वह कविराज भी ठहरी। जच्चा हो या बीमारी भोग कर कोई उठे, कोऊ भागुर, शेवर, गड़ीसा, महुराली सब ठीक है, अरुचि छुड़ाती है, बीमारी फिर नहीं आये उसका उपाय करती है। खून बनाने वाली मछली तो भागुर है। बच्चों के लिए एकदम उत्तम भोजन। बूढ़ों के लिए ठीक है चीतल, फली, चाँदी, भेक्टी, खुरांटी, पनीली आँखवाली मछली। एक ही काँटा बीच में—छोटा काँटा नहीं होता इसलिए मोतियाबिंद और पोपले मुँहवाले दोनों के लिए ठीक है। गले में काँटा लगने का भय नहीं रहता। पर ये मछली फीकी मछली हैं—स्वाद कम होता है। बालिया मछली में छिलके नहीं होते न ही पतले काँटे, पर बड़ी स्वादवाली होती है। मुँह पर रखो तो मक्खन-सी पिघल जाती है। पर करें क्या! ये मछली कुछ वायु दोष करती हैं, वात रोगी के लिए कतई ठीक नहीं। उद्धव तो बालिया मछली के लिए पागल रहता है। पर शंख की माँ का एक पांव फीलपाँव हो फूल गया है, अतः

घर में बालिया मछली का प्रवेश निषिद्ध है। केरांडी मछली तो मछली के रूप में बेकार है। मगर तीखी सूखी मछली बनाने हेतु खूब उत्तम है। केरांडी मछली बच जायें तो शंख की माँ सरसों पीसकर 'पत्तर भुना' ऐसा बनाती है, एक साथ कटोरा भर पखाल भात खा लो। रोहू, भाकुर, काली बांहली, मिटकाली, पोटेई वगैरह हैं बड़े लोगों की मछलियाँ। उन मछलियों के लिए जीरा, अदरख, गरम मसाला चाहिए। मगर शंख की माँ किसी दिन हल्दी पानी में, किसी दिन जीरा पानी में, किसी दिन पिसे सरसों के पानी में छोड़ देती है अधपकी मछली को। चुटकी भर तेल हो तो तवा में मछली की भुँजड़ी बन जाती है। मछली के टुकड़ों के चारों ओर ललाई छा जाती है। मछली का सिर अरवी, कच्चा केला डालकर मौके-बेमौके के लिए महुर बन जाती है। तोड़ी, गंगतोड़ी, खुरांटी मछलियों में वेणुधर का लोभ ज़्यादा है। मगर झींगा में लोभ है भागू का। बाकी सबको जब जो मिल जाये, कोई बात नहीं। केवल गिरिमा का लोभ है भेक्टी, पोटेई, हिल्सा, खैंगा मछली पर। नमकीन पानी और मीठे पानी की मछली में होड़ हो तो गिरिमा के पास नमकीन पानी की मछली जीतती है। बिना नमक के ही नमकीन पानी की मछली की भुँजड़ी बन जाती है। उद्धव की सब बेटियाँ मछली पहचानती हैं, मछली सुखाने को फैलाती हैं। माँ से बढ़कर हैं वे खाना बनाने में।

मगर ये छुटकी गिरिमा मछली पहचान लेती है, पर पकाना नहीं जानती। पकाने में कोई रुचि नहीं। उसका आग्रह है मछली पकड़ने में। बापू के साथ नदी-समुद्र में जाकर मछली पकड़ने या नदी-समुद्र के साथ जूझने में कमर कसकर तैयार रहती है। उद्धव उसे कैसे समझाये कि धर्मनाव में औरत जात का मंगवाल बन कर समुद्र जाने का नियम नहीं है। छपाक से जाल फेंक केवटनी का मछली पकड़ना शास्त्र, पुराण, इतिहास-भूगोल किसी नियम में नहीं। केवटनी लंबे जाल में मछली पकड़ सकती है, पंक में से रता, कऊ, केकड़ा आदि मछली पकड़ सकती है, बाकी जाल फेंक मछली पकड़ना मरदों का काम है। मर्दानी ऐंठवाली गिरिमा यह माने तब तो!

उद्धव का ध्यान तोड़ पीछे से किसी ने आवाज़ दी, मानो आदेश है—'' 'बाबा' मछली पकड़ने नहीं चलना? मैं आपके संग चलूँगी! मन बहुत करता है, लड़की हुई तो क्या कसूर कर दिया? पहले गाँव में बेटियाँ पढ़ाई नहीं करती थीं, अब पढ़ने लगी हैं। पहले केवटनी समुद्र में नहीं जाती थी, मैं समुद्र क्यों न चलूं? मैं समुद्र से अलग होकर क्यों रहूँ? मगर आपकी नानी बेल बूढ़ी भी कहती हैं, वे समुद्र जाया करती थीं। नदी जाया करती थीं, नाव चला कर अपने पीहर जाती

थीं। आप ही तो ये बात कहा करतीं, मैं उनसे निकम्मी कैसे हो सकती हूँ?"

उद्धव ने मुड़कर देखा—सामने है महानदी की लाडली बेटी गिरिमा!

समुद्री सेवार की तरह चिकना-चुपड़ा सांवला रंग। भूरी-भूरी करीने से गढ़ी देह, मलय छूने जा रहे नये पत्तों का लावण्य, खिल रहे फूलों सा पवित्र, समुद्र की लहरों-से लहराते घने अंधकारमय केश, चाँद-सा सदा हँसमुख चेहरा—पानी में तैरती डोंगी-सी बहती-बहती लंबी आँखें-भंवरे की तरह सदा गुनगुनाती, बात करती गीत गाती। मधु खोजती आँखों की पुतलियाँ नदी के पानी में भँवर बनाने जैसे गाल पर तैरती गहरी मुस्कान। नकबेसर पर चमकती सोन मछरी, कान में नीम की सींक, गले में काले धागे में गुँथी चाँदी और लाल पत्थरों की माला! बेतरतीब केशों में हड़बड़ी में बाँधा जूड़ा गरदन के नीचे तक झूलता। चेहरे पर केशों की दो लटें फरफराती रहें। लाल-काले डोरिया, कुंभ वाली साड़ी कमर में खोंस, उद्धव के आगे जो सोलह साल की धीवर कन्या खड़ी होकर समुद्र के साथ जूझने का आह्वान कर रही, वह मामूली केवट कन्या न थी, वह थी कलिंग कन्या कारुवाकी, जिसने चंडाशोक के साथ युद्ध किया था, धर्माशोक की छोटी रानी बनी थी। उसका ओड़ियानी तेज, ओज, उत्कली रूप-शोभा देख अशोक ने कलिंग पर आक्रमण किया बताते हैं। यह वही केवट राजकन्या कारुवाकी है! बस, इस काल और उस काल में जितना फ़र्क है। उतना ही फ़र्क उन दोनों में रह गया।

उद्धव की भावना अगर बाहर सुनाई देती, लोग ठहाका मार कर हँसते, कहते—"कहाँ कारुवाकी रानी, कहाँ उद्धव की छोटी बेटी गिरिमा केवटनी!" परायी बेटी पर लोग नाक-भौंह सिकोड़ेंगे—लेकिन किस बाप की गिरिमा तो उस बाप की है जो ठाकुरानी की जैसी बेटी रानी जैसी नहीं दिखेगी!

चारु, तरु, मरुवा ने कभी पाठशाला में पांव नहीं रखा। पंद्रह साल की होते न होते हाथ पीले कर दिये। पराये घर पहुँच गयीं। हाव-भाव सब शंख की माँ की तरह, कभी-कभी तीनों का स्वर भी माँ के स्वर जैसा तीखा सुनाई देता। पहले केवट बस्ती में पढ़ाई-लिखाई का माहौल नहीं था। मगर भागू के जन्म के समय केवट बस्ती वाले बच्चे भी स्कूल जाने लगे। गाँव में उच्च प्राथमिक स्कूल खुला। छोटे-बड़े भाई-बहन पाटी-खड़िया लेकर स्कूल चले। जब गाँव के स्कूल में गिरिमा का नाम लिखवाया गया, गाँव के छोर पर बूढ़े बरगद की तरह डटकर बैठे द्रोण मास्टरजी ने पूछा—"बेटी का पूरा नाम क्या है मंगवाल?" केवट कन्या का पूरा नाम? यह भी बदल जाता है पराये घर जाने के बाद। अमुक बहू, फलां की भार्या, उसकी माँ...बस ज़नानी का इतना ही नाम काफ़ी है। बापू का दिया नाम केवल

बसंत में कुहू-कुहू तान की तरह ढाई दिन का होता है। उद्धव ने बेपरवांही में कहा—''मेरी तीन बेटियों के नाम चारु,तरु,मरु हैं। महानदी में जिस साल भारी बाढ़ आयी थी, उस साल इस बेटी का जन्म हुआ था। अतः नाम रखा 'महानदी की बेटी गिरिमा!'

चार-चार कन्या रतन-पराया धन, बाप के सिर का बोझ हैं! मास्टरजी ने सोच कर कहा—''नाम बड़ी बहनों के संग मेल नहीं खाता। इसका रखो कारु-कारुकला...वाह! बेटी के लिए अच्छा नाम मिल गया रे उद्धव!'' उद्धव चिहुँक उठा— ''कला! मेरी बेटी तो सांवरी है! कला! कारुकला नाम लिखने से लोग समझेंगे कि मेरी बेटी काली है!''

मास्टरजी हँसते हुए बोले—''उत्कृष्ट कला का देश है, अतः हमारे राज्य का नाम है उत्कल! कारुकला का अर्थ है...'' मास्टरजी को बात पूरी करने न देकर, उद्धव बोल उठे—''और कुछ भी लिखें, कला-फला न लिखें, मास्टरजी! कुछ भी हो लड़की सांवली है, मेरी सांवली को काली क्यों कर रहे हैं!''

मास्टरजी ने इस नासमझ केवट की बात पर शायद बिगड़ कर कहा—''तो कोई नाम बोलो—मैं लिख देता हूँ। मुझे अगर लिखने को कहोगे तो लिखता हूँ कारुकला! कितना सुन्दर अर्थ...'' मास्टरजी की बात पर कान न देकर उद्धव ने हड़बड़ी में कहा—''मास्टरजी, लिख दो कारुलता देवी...कारु...''

मास्टरजी असंतुष्ट हो उद्धव की ओर देखने लगे। नाम मन को न भाया। कहा—''नाम मन को नहीं जँचा!'' कहा, ''कैवर्त पुराण से चुन कर बेटी का नाम दिया महानदी की कन्या गिरिमा—अच्छी बात है। इसी नाम से घर में बुलाना। इसका ठीक नाम कलिंग इतिहास से चुन कर देता हूँ कारुवाकी! तेरी भी बात रही, मेरी भी। तेरी बेटी के नाम के साथ 'कला' शब्द नहीं लगा। सांवली बेटी को कोई काली नहीं कहेगा। कारुवाकी की बात तुम्हें पता नहीं। वह थी कलिंग की कैवर्त राजकन्या—कलिंग युवरानी—मगध की महारानी!

''सुन्दर होना राजकन्या के लिए विशेष गुण नहीं। पर कारुवाकी के जैसी एड़ी से चोटी तक एकदम सुन्दर करोड़ में एक होती है। करोड़ में एक सुन्दर होना बड़ी बात नहीं। कारुवाकी रूपशोभा के साथ शस्त्र शास्त्र में निपुण थी। नौ चालन और अस्त्र चालन में खूब निपुण थी। अतः कारुवाकी के रूप-गुणों की चर्चा मगध नरेश अशोक के कानों तक पहुँची। पूर्व में अविजित कलिंग पर आक्रमण कर अशोक विफल हो चुका था। कारुवाकी ने फिर कलिंग को अधीन करने की आशा अशोक के मन में जगा दी। कलिंग के चित्रकार द्वारा अंकित कारुवाकी का अद्‌भुत चित्र

अशोक को दिखा उनके मन में कारुवाकी को पाने की अदम्य कामना उपगुप्त ने जगा दी। राज्यजय से राजकन्या को जीतने की कामना हर युग में, हर पुरुष में बलवान रही है। वैसे भी वह पुरुष दिग्विजयी महाराज अशोक थे, वह राजकन्या थी अपूर्व लावण्यवती, वीर नारी साहसी कारुवाकी। किंतु कारुवाकी को जीतने की कामना उस दिन बाधित हो गई जिस दिन खबर आई कि कलिंग के राजकुमार ने कारुवाकी को युवरानी बना लिया। कारुवाकी के परिणय की खबर पर अशोक उदास हो गए। अशोक के लिए क्या कभी शोक में अभिभूत होकर लक्ष्य पथ से हट सकना संभव है? कारुवाकी को पाने की प्रतिज्ञा जैसे भी हो कलिंग जीत कर पूरी करनी है। विराट सेना लेकर अशोक ने आक्रमण कर दिया। कलिंग के वीर योद्धाओं ने प्रतिआक्रमण किया। प्राण भय से पलायन करने की बजाय एक लाख कलिंग सैनिकों ने अपना बलिदान दिया। लाखों सैनिक हताहत हुए। डेढ़ लाख बंदी बना लिए गए। कलिंग राजा एवं युवराज युद्ध में पराजित हुए। फिर वीरांगना युवरानी कारुवाकी ने प्रत्यक्ष युद्ध में भाग लिया। अशोक कारुवाकी के अपूर्व सौंदर्य, रण कौशल पर मुग्ध हो उठे। असीम साहस पर स्तंभित हो गए। सेना कम थी। वीरांगना को पराजय का मुँह देखना पड़ा। अनाथ शिशु, पति खोयी रमणियाँ, पुत्र खोयी अभागिनी माँयें,...इनके क्रंदन के बीच जन्मभूमि से विदा हुई हाल ही में पति को खो चुकी कारुवाकी। अपने अपार सौंदर्य को धिक्कार रही थी। इसी से तो खून की नदी बही, ऐसे सौंदर्य का मूल्य क्या है?

''सौंदर्य में अपार शक्ति है। वह हिंसा को अहिंसा में, युद्ध को शांति में, घृणा को प्रेम में परिणत कर सकता है। न्यग्रोध, उपगुप्त आदि सैनिकों की मध्यस्थता से कारुवाकी ने उदात्त स्वर में घोषणा की—'हिंस्र, रक्त पिपाषु चंडाशोक को मैं पति रूप में कतई स्वीकार नहीं कर सकती। प्राण देने पड़ें तो भी भय नहीं। कलिंग के लाखों अमूल्य जीवन से मेरा जीवन क्या ज़्यादा मूल्यवान है? आँखों के आगे लाखों प्रियजनों की मृत्यु देखने के बाद मृत्यु से और कैसा भय? अत: अशोक अपने हाथों से मेरा वध करें, जो हाथ कारुवाकी से प्रेम भिक्षा को फैले हैं! कारुवाकी का रक्त और लाखों सैनिकों का रक्त अलग-अलग नहीं, एक है। कारुवाकी अपने रक्त से चंडाशोक को नहलाने में कुंठित नहीं। कारुवाकी के हाड़-मांस के लिए अशोक ने इतना बड़ा नरसंहार किया, तो उसी कारुवाकी के प्राणहीन पिंड पर अशोक प्रेम की विजय पताका फहरा सकेगा क्या? यह बात अशोक अपने विवेक के भगवान से पूछें!' नरसंहार के वीभत्स दृश्य से अनुतप्त करुणादग्ध अशोक ने पूछा—'कारुवाकी का प्रेम पाने के लिए अशोक को क्या करना होगा?'

" 'हिंसा का त्याग! स्वधर्म के पथ पर न आने तक कारुवाकी चंडाशोक से विवाह नहीं कर सकती!'

" 'चंडाशोक प्रेम और अहिंसा के मार्ग पर चल कर धर्माशोक बनेगा, देवी!' चंडाशोक ने कह दिया। कारुवाकी बन गई अशोक को युद्ध से शांति, हिंसा से अहिंसा, घृणा से प्रेम के यात्रापथ की प्रेरणा। कलिंग के कैवर्त की कन्या कारुवाकी की प्रेरणा से अशोक बौद्ध धर्म में दीक्षित होकर 'धर्माशोक' बन गया। तब कारुवाकी ने उसे वरण किया। वह थी अशोक की दूसरी महारानी। इनके पुत्र का नाम था 'तिबर' अथवा 'धीवर'।" द्रोणमास्टरजी भावविभोर बने कारुवाकी उपाख्यान कहते रहे।

सारी बात उद्धव को याद आ गई। उसने सुना था, उदयगिरि की रानीगुफ़ा में एक चित्र बप्पा ने देखा था। उद्धव की माँ के मरने के बाद उग्रसेन, गाँधी आंदोलन में कूद पड़ा, भारत छोड़ो आंदोलन के दिनों में फिरंगी सैनिकों ने उसे बाँधकर चंदका जंगल में छोड़ दिया था, बाघ के मुँह से बचकर जंगल ही जंगल होते उदयगिरि पहुँचा, पहाड़ की तलहटी में। ऊपर मंदिर शिखर देख प्रसाद की आशा कर पहाड़ पर चढ़ने लगा। तब उद्धव के बापू उग्रसेन बेहरा ने उस चित्र को देखा था। अशोक की सेना बलपूर्वक कारुवाकी का अपहरण कर मगध ले जा रही है। पत्थर के सीने पर। उद्धव का मन कह रहा था—अपनी बेटी का नाम स्कूल खाते में कारुवाकी लिखवा देगा। पर बेटी के लिए इस इलाके में वर कहाँ मिलेगा? गिरिमा को कारुवाकी का नाम दे देने से इस गाँव के मछुवारे, जालवाले की भार्या नहीं हो सकेगी! उसके लिए चाहिए कलिंगपुत्र, जो पति और मिज़ाज में होगा राजकुमार। वरना कारु के लिए चाहिए धर्माशोक। अर्थात् कारु गाँव की पहली अनब्याही कन्या रहेगी। शंख की माँ यही हिसाब कर बार-बार कहती—"मैं गांठ बाँध कहती हूँ, बेटी को जो अक्षर सिखाने के लिए कमर कस ली है, देखना केवट छोकरे को शादी के लिए पसंद नहीं करेगी। वह कुंवारी रह जायेगी—रहेगी—कहाँ से बनाओगे उसे धनुर्धर राजकुँवर?"

गुनगुना कर उद्धव कहता—"करता धरता मैं हूँ...मुझ बिन दूजा कौन है? शंख की माँ, उद्धव केवट कुछ नहीं करता। केवल निमित्त मात्र है। किसी में भी उद्धव का हाथ नहीं। ऊपरवाला जैसे नचायेगा वैसे नाचेंगे। पर मास्टरजी की छड़ी के आगे उद्धव क्यों नाचेगा? मैंने चुन-चुन कर जो नाम दिया है, वह क्या बुरा है? केवटनी होती ही है नदी की प्रिय! महानदी की बेटी गिरिमा तो केवटनी है। उसे कलिंग कन्या कारुवाकी बनाने से उद्धव कहाँ से राजकुमार लायेगा?"

उद्धव ने साफ़ कह दिया—"मास्टरजी जी सोच-विचार कर ज्योतिष ने जो

नाम दिया, उसे बदलना ठीक नहीं। गरीब केवट की बेटी को धीवर राजकुमारी कहने से उसके बाप को क्या मिलेगा? मेरी बेटी महानदी की शाखा नदी हंसुवा किनारे जन्मी है। अतः नाम रखा गिरिमा! हम नाम भले ही बदल दें, जन्म कुंडली तो नहीं बदल सकते। कलिंग युद्ध छिड़ गया, लाखों कलिंग सैनिक मरे, दया नदी का पानी अनाथ स्त्रियों के काजल भरे आँसुओं से काला हो गया। कलिंग राज्य श्रीहीन हो गया। राजकुमारी गुणवती, रूपवती, बुद्धिमती होने पर भी राज्य में केवल उनके लिए कितना अमंगल हो गया! अतः मेरी बेटी का वैसा नाम क्यों लिखूँ? मेरी बेटी तो गिरिमा—महानदी की बेटी है—खास केवटनी—केवट कन्या केवट ही बनी रहे। अब तो कोई राजा भी नहीं है, राजकुमारी बनने से क्या लाभ?''

~

भोर का पहर—

सुबह की हवा ने गंभीर आकाश के पसीने भरे माथे से तारों को एक-एक कर बुझा दिया है। झिपिर-झिपिर बारिश में बासी मुँह धोकर भोर का तारा तेल घटती दीपशिखा की तरह टिमटिमाता जल रहा है। केतकी-वन के बीच पगडंडी में समुद्र की ओर जाने की राह है। बासी मुँह झुटपुटे अंधेरे रास्ते में बगुले की तरह ध्यान में रखकर चल रहा था केवट दल।

यह जो केवट दल भोर होने से पहले, मुर्गा बांग देने से पहले, भोर का तारा डूबने से पहले बरसाती मौसम में भूत सवार होने की तरह नदी-समुद्र की ओर निकल पड़ते हैं, वे बाहर दिखते हैं एक जैसे। मानो एक ही जीवन जी रहे हैं सारे केवट। पर नहीं—उनका सुख मेल खाने पर भी, दुःख में सब बेमेल हैं। सिर पर छप्पर, पेट में भात, मुँह में साग-सब्ज़ी मीठे-सीठे, देह पर कपड़ा—ये हैं इनका सुख। पर कौन कैसे दुःख संताप भोगता जा रहा, यह किसी को नहीं दिखता। दुःख ऐसा डूबा चुप शैतान है, पाजी है कि दिखता है सूत भर, ज़्यादा भाग अदृश्य रह हाड़-मांस आयु सब नोंचता रहता है, निरंतर। दुःख दिखाने से लाभ क्या? वह अपनी जगह रहेगा ही रहेगा, केवल आह, च्...च्...दया सहानुभूति, इनसे दुःख कम नहीं होता, बढ़ता है, आदमी को और दबा देता है। आँखों में पड़ने लायक थोड़े-से सुख की तरह प्रायः एक जैसे दिखते घर हैं। अंदर कितनी समस्या, कितने दुःख, कौन इनकी खबर रखता है? इन गाँवों में सब से अधिक दिखाई देने वाली बात है—तुलसी चौंरा और गोरू बाँधने के खूँटे। तुलसी चौंरा में तुलसी पौधे, सिंदूर के टीके समान हैं। माटी घर हो तो भी किसी-किसी के

यहाँ पक्का तुलसी चौंरा या फिर महांति और खंडायत लोगों के बाहरी बरामदे में पुरानी पालकी रखी है। इससे पता चल जाता है कि यह संपन्न बुनियादी घर है। गाँव में छोटा पर सर्वसाधारण बड़ा पोखर। नाम उसका—पारिपोखर! वहीं पिंड-तर्पण, शुद्धीकरण होता है। मानो पोखर खुदा है अशौच से पार होने के लिए। पोखर के इस पार गोचर, उसके उधर श्मशान भूमि है।

गाँव में ठाकुर-ठाकुरानी का मंदिर जैसे ज़रूरी है, वैसे ही ज़रूरी है श्मशान। ठाकुर मंदिर में प्रवेश निषेध हो तो चलेगा पर श्मशान में प्रवेश निषेध हो तो कैसे चलेगा? गाँव के छोर पर कूड़े के ढेर की तरह बीच-बीच में एक-एक नीची घर-बाड़ी, भेद-विभेद के कारण झुंड-झुंड अपनी बस्ती को अपना लिया है। कोई न कहे तो भी दूसरे गाँववाले जानते हैं कि वे अछूत हैं। कुछ घर बावरी, कंडरा, डोम, पाण, चर्मकार आदि आज भी अस्पृश्य कहे जाते हैं, गाँव से अलग-थलग पड़ जाते हैं। हालाँकि लोग अब उन्हें अछूत नहीं मानते। हरिजन कहते हैं। केवट को कैवर्त कहना जैसा है, अछूत को हरिजन कहना वैसे ही है। अर्थ एक है। गैरकानूनी होने पर भी गाँव में मंदिर में प्रवेश इन्हें निषिद्ध है। बाहर से प्रणाम करके पूरा जीवन बिता देते हैं। पर उन्हें मशान निषेध करने का किसी में दम नहीं। क्या घर में मुर्दा रहेगा? पर बावरी, कंडरा अपने मुर्दे कुछ दूर जलाते हैं। हरिजन का असवर्ण धुवां सवर्ण धुवां में मिलने पर कहते हैं, वर्णसंकर आदमी पैदा होते हैं। यह बात वंशानुक्रम से गाँववालों को गुसाईं महाप्रभु कह कर जताते आये हैं। गाँव में हरिजन गोष्ठी बड़ी सवर्ण अनुगत जाति है। मशान के सहारे थोड़ी-सी 'हरिजन चिता स्थल' छोड़ दिया है दयालु गाँववालों ने। ब्राह्मण, कायस्थ, खंडायतों का महाश्मशान दिख जाता है अलग। क्योंकि उधर जगह-जगह समाधि स्थल बने हैं। अधजली लकड़ियों, चीथड़ों, टूटी हंडियों के बीच समाधियाँ दिख जाती हैं, यमदूतों के बीच देवदूतों की तरह, निराशा के अंधकार में आशा किरण की तरह, मौत के राज्य में अमरत्व की तरह। सवर्णों की घुटनों तक ऊँची चूने से पुती समाधियों को हरिजन आते-जाते सिर झुकाते हैं। जैसे सिर झुकाते हैं गाँव में देवी-देवताओं को। क्योंकि इन समाधियों में सवर्ण सामंतों के प्रेत वास करते हैं। केवट जाति, बावरी, दुसाधों की तरह उत्कट असवर्ण नहीं कहलाती। मझमझौले। देवता को छूने की अनुमति न हो चाहे, देवल में जाने से रोक नहीं।

पर उद्धव जानता है—जल में जन्म लेकर भी जैसे मछली की अलग-अलग जात हैं, वैसे स्थल पर जन्मे दो पैर वाले मानुष की एक जात है—सवर्ण-असवर्ण, समाज का बनाया एक-एक पुट है। उस पुट के नीचे आदमी का सुख-दुःख, भूख-

प्यास, ईर्ष्या-द्वेष, प्रेम-क्रोध सब एक जैसे हैं। ब्राह्मण की आँख के आँसू नमकीन, चमार के आँसू क्या अनमकीन हैं? बात ऐसी नहीं। केवट इतना समझता है, तभी तो केवट की 'धर्म नाव' में जात-पांत का भेद नहीं। अगर ब्राह्मण और हाड़ी-पाण दुसाध के बैठने पर डूब जाती, तो पता चलता कि इनके बैठने से नाव मैली हुई या अपवित्र? पाप लगा, डूबी। मंदिर की आरती और सांझ पहरवाली सियार की हूँवा-हूँवा भी बिना भेदभाव के सबको सुनाई देती है या नहीं? भागवत गद्दी पर कुंडल गुसाईं के भागवत पढ़ने पर उनका स्वर लहरा-लहरा कर सबको सुनाई पड़ता है या नहीं? यहाँ तक कि पाकिस्तानी पठान गोलमस्ता के कानों में भी मंदिर की घंटी सुनाई पड़ती है। मतलब है, मनुष्य मात्र एक समान है।

इधर-उधर की सोचता हुआ केवट दल के आगे-आगे उद्धव मंगवाल बड़े-बड़े डग भरता पहुँचा गाँव के पूरब छोर पर मंदिर तक। गाँव के सभी घरों से कुछ ऊँची पिंडी पर थाक-थाक शिखरबंध वाला, कच्चा घर। यह है अभयपुर का सबसे बड़ा देवल। लक्ष्मीनारायण की पीतल प्रतिमा, मदनमोहन की काठ खुदाई की गई मूर्ति और श्रीजगन्नाथ-बलभद्र-सुभद्रा की काठ की मूर्ति उसी मंदिर में पूजा पाती हैं। वहीं एक कच्चे घर में विमान पर लाल पाट वस्त्र ढंकी ताड़पोथी में जगन्नाथ दास की भागवत पोथी की पूजा होती है। वह है भागवत गादी! हर रोज़ कुंडल पंडा गुसाईं तीनों देवों की पूजा करते हैं, सांझ में वे बांचते हैं भागवत। परंतु देव और भागवत को छूने की मनाही है। चमगादड़ों को गादी छूने की मनाही नहीं। देवों की पीठ पर बीट करना भी मना नहीं। क्योंकि वे इतर जीव हैं। पाप-पुण्य का उन्हें ज्ञान नहीं। रोके से भी नहीं मानेंगे। पर कुछ आदमी ब्राह्मण गुसाईं को मानते आ रहे हैं। अतः अछूत रहते आये हैं। एक तरफ़ हट कर दस हाथ दूर से खड़े रहें पंडितजी के निर्देश पर।

मंदिर के अहाते में बकुल वृक्ष के गाढ़े नीले पत्तों की संधि से अभी स्याह अंधेरा छूटा नहीं है। छोकरों की आँख से भोर की खुमारी नहीं छूटी। फिर भी चल पड़े हैं उद्धव मंगवाल के पीछे-पीछे। वह उनका मंगवाल है। बासुली के छान-छप्पर वाले घर में वह उनका गुसाईं है। गाँव के छोर पर खेत में खेत की माँ ठाकुरानी है। पाँच सिंदूर पुते पत्थर हैं, खेत बाबा खेत ही खेत फिरते हैं—फ़सल का हानि-लाभ देखते हैं। बिल बाबा और बिल माँ कोप करें तो सूखा या फिर बाढ़ बतास होगी ही होगी। इन्हें छोड़ कर गाँव के छोर पर बरगद के नीचे माटी के हाथी-घोड़ों के बीच पूजे जाते हैं ग्रामदेवता—थानपति। बिन मुँह धोये, बिना नहाये सबको प्रणाम कर जल्दी-जल्दी केतकी वन पार कर नदी किनारे की ओर बढ़ रहे हैं।

मौसम, योग, भाग्य—तीनों का सुमेल एक साथ न हो तो मछली अच्छी नहीं मिलती। फिर नदी-समुद्र तो सब के हैं। जो पहले मछली पकड़ने जाता है, पहले झुंड की मछली पकड़ता है। उसे कौन पकड़ेगा?

आज की हड़बड़ी का विशेष कारण है। सांझ डूबते न डूबते गाँव के छोर पर चबूतरे पर पंचों की सभा है। बड़ा फ़ैसला हो रहा है। समस्या जटिल है। अतः केवटों के पंच रहेंगे, कुंजवेदी गाँव के द्रोणवीर मास्टरजी और अभयपुर के पाकिस्तानी टोला के गोलमस्ता उर्फ़ शेख गुलाम मुस्तफा। और होंगे बंदान गाँववाले कुंडल पंडा और शोभनपुर गाँव के गाँधी दास तथा आंबीकी पंचायत समिति के चेयरमैन, सरपंच और अनेक लोग।

ब्राह्मण इलाका ऐसा है कि इधर जकड़े हैं नदी को, उधर समुद्र को, फिर इधर ब्राह्मण को उधर पठान को पीर के पास हिन्दू लोग शीरनी की मनौती करते हैं। दुर्गापूजा—भागवत उद्यापन, अष्टप्रहरी, पूर्णिमा-पर्व में गोलमस्ता बनता है मुखिया। मास्टरजी कहते हैं—देश स्वाधीन होने पर अखंड भारत के दो टुकड़े हो गये। पर खंडित भारत में अखंड भारत अगर कहीं है तो वह है जगतसिंहपुर ज़िले के एरसमा ब्लॉक के आंबीकी पंचायत के इन छोटे-बड़े मुहल्लों को मिलाकर अभयपुर गाँव में। इस इलाके में गाँव-गाँव में ऐसे कई अखंड भारत हैं। क्योंकि यहाँ मिलजुल, शांति-चैन से रहते हैं भारतवासी, पाकिस्तानवासी, बांग्लादेशी। हाथ की पाँच अँगलियों की तरह कुछ-कुछ हट कर हैं, फिर भी बीच में कोई घेरा नहीं है। गाँव के भले-बुरे में हाथ की मुट्ठी की तरह सब बँधे रहते हैं, ओड़िया, बंगाली, हिन्दू, मुसलमान, पाकिस्तानी, बांग्लादेशी। अपने-अपने विश्वास के अनुसार पर्व-त्यौहार, नाच-गीत गाते हैं, खुली अँगली की तरह रीति-रिवाज़ अपनी इच्छा के अनुसार। सारी दुनिया में हिन्दू-मुसलमान युद्ध होते हैं। आंबीकी पंचायत के अभयपुर में कोई युद्ध नहीं होता है। अतः सब निर्भय होकर युगों से यहाँ रहते आये हैं। युद्ध, मारकाट, हिंसा का भय होता तो गाँव का नाम 'अभयपुर' न होकर 'भयपुर' होता। 'अ' अक्षर से अखंड, अभय, अनंत...अक्षर अमर और अमृत हैं। अनंत का स्मरण कर उद्धव ने प्रणाम किया, बड़े-बड़े डग भर बुढ़ापे को पीछे रख, छोकरों को पार कर गया। सुहागन घाट, मंगुला पुन्नाग पेड़ के नीले पत्तों की संधि से बाल सूर्य का मुस्कराता चेहरा दिखाई दिया। बूढ़े का जोश देख कर बाल सूर्यदेव खिलखिला कर हँस रहे थे।

~

प्राणों की बलि देकर स्वाधीनता हासिल करने पर देखा गया कि देश के दो टुकड़े हो गए। देश के टुकड़े होने का अर्थ है परिवार टूटना, घर बिखरना। बाप-बेटा, भाई-बंधु, कुटुंब सभी रो-रोकर कौन कहाँ बिछड़ गए, इसका हिसाब किसी के पास न था। आधा परिवार भारत में, बाकी आधा पाकिस्तान में। पाकिस्तान में रह गये कितने ही हिन्दू परिवार और भारत में रह गए कई मुसलमान परिवार। अत: वैसे कहें तो पाकिस्तान में रह गया एक टुकड़ा भारत, भारत में रह गया एक टुकड़ा पाकिस्तान। ऐसा ही एक टुकड़ा है पाकिस्तानी टोला—भारतवर्ष में, ओडिशा राज्य में जगतसिंहपुर ज़िले के एरसमा ब्लॉक की आंबीकी पंचायत में, अभयपुर गाँव के पश्चिम में आखिरी छोर पर।

पाकिस्तान से कुछ मुसलमान और कुछ बंगाली परिवार आकर बस गए थे, खुद-ब-खुद बस्ती का नाम हो गया पाकिस्तानी टोला। तब था पुराना भारत—नया पाकिस्तान। राज समस्या खड़ी होने के कारण—अनेक मुसलमान परिवारों के साथ गोलमस्ता उर्फ़ शेख गुलाम मुस्तफा बाल-बच्चों को लेकर पाकिस्तान से आकर भारत में बने हैं शरणार्थी। प्रधानमंत्री जवाहर लाल नेहरू ने सात सप्ताह रखवाया था, राणाघाट हावड़ा शरणार्थी कैंप में। रजिस्टर्ड शरणार्थी के रूप में उनको स्वीकृति मिली। उसके बाद यायावर की तरह अमर्दा, बालेश्वर कैंप में रहे, सब बिखर गया।

गोलमस्ता और साथ के कई परिवार सागर ही सागर से इस इलाके में आ गए। तब गोलमस्ता की उमर क्या रही होगी? बीस-पच्चीस के आस-पास। वह इलाका 'वनराई और हेंताल वन' (समुद्र का पानी रोकनेवाले पौधे) से भरा था। ताड़, खजूर, केवड़ा, केतकी के अनायास मिले-गुँथे जंगल। दिन में मस्त हो फिरते बराह, सियार, हिरण, गीदड़, वनमुर्गा और भेड़िये। इस हाल में जंगल काट कर ज़मीं आबाद कर घर खड़े करने हेतु अनुमति का इंतज़ार नहीं कर पाता आदमी। अत: आदमी के हाथों प्रकृति नष्ट हो गई। प्राकृतिक नियम से आदमियों की संख्या बढ़ने लगी। इस तरह अब इस इलाके में दो सौ घर मुसलमानों के हो गए। मगर गोलमस्ता गर्व से कहता है—हम रजिस्टर्ड शरणार्थी हैं! अत: इस धरती पर हमारा भी हक है। हम पाकिस्तानी टोले में रंहते हैं, पर खांटी भारतवासी हैं।

उन्नीस सौ उनचास के तूफ़ान में कुछ बंगाली, बांग्लादेश के मैमनसिंह ज़िले से भाग आये, सागर किनारे-किनारे जंगल काट इस इलाके में बस गए। बाद में जयबांग्ला पाकिस्तान से अलग हो गया। मगर गरीबों का दु:ख बढ़ा, कम नहीं हुआ। सन् 1971 में पाक सेना के अमानवीय अत्याचारों से पूर्वी पाकिस्तान से एक करोड़ शरणार्थी आ गये। सारे भारत में फैल गए। जगतसिंहपुर एरसमा इलाके

में अनेक बांग्लादेशी आ गए। एक अरसे से ऐसे पाकिस्तानी-बांग्लादेशी घर-बार बसा कर रह रहे हैं। अपने घर में आग लगे तो पड़ोस में सिर छिपाने की रीत है। आदमी जीने के लिए यह सब करता रहा है आदिकाल से। मगर गोलमस्ता का कहना है—"वे गैरकानूनी नहीं घुस आये। रहना हो तो गोलमस्ता की तरह रजिस्टर्ड शरणार्थी बन कर रहो। तब जाकर जंगल, जल, ज़मीन सब में तुम्हारा हक होगा। पर जो बंगाली मुसलमान या हिन्दू, पाकिस्तान और बांग्लादेश से अब भी आ रहे हैं, भारत में चारों ओर बेसहूर के पौधों की तरह फैल रहे हैं, वे लोग क्या घर-बार, बंधु, कुटुंब, धन-संपदा, देश-धरती छोड़ कर अपनी खुशी में भागे आ रहे हैं ? उनका दु:ख उनके सिवा और कोई नहीं समझ पायेगा। जिसने देश नहीं छोड़ा, वह कैसे समझेगा कि देश छोड़ने का दर्द क्या होता है ?" गोलमस्ता यह जानता है, क्योंकि यह दु:ख उसने भोगा है। यह दु:ख साल-दो साल का नहीं। वह जीवन भर का दु:ख है—एक पीढ़ी का नहीं, पीढ़ी-दर-पीढ़ी का दु:ख है। संपत्ति हस्तांतरण की तरह वह दु:ख बाप से बेटा, बेटे से पोता तक हस्तांतरित होता है—संपत्ति भले ही छूट जाये, देश छोड़ने का दु:ख नहीं छूटता। नई जगह जीवन संघर्ष करते-करते पीछे छोड़ आए माटी और रिश्तों के लिए मन में पुराने दु:ख की बुनियाद काँटा बन चुभती रहती है। पर भारत, पाक, बांग्ला—सब तो 52 साल पहले समूचा भारत था—52 साल पहले पाकिस्तानी, बांग्लादेशी, सबने भारतवासी के रूप में एकजुट होकर गोरों के खिलाफ़ लड़ाई लड़ी थी। सबने अपना खून बहाया था, जान की बाज़ी लगाई थी। मगर आज, भारत, पाकिस्तान, बांग्लादेश—भाई-भाई में मार काट! यह बात गोलमस्ता को देश विभाजन के दु:ख से अधिक दु:ख देती है। मगर एरसमा, जगतसिंहपुर इलाके में जितने पाकिस्तानी, बांग्लादेशी रजिस्टर्ड और गैरकानूनी शरणार्थी हैं, उनमें और स्थानीय हिन्दुओं के बीच कभी धर्म और देश को लेकर खून खराबा नहीं हुआ। होगा भी क्यों ? वे तो अब भारतवासी हैं। ख़्वामख़्वाह क्यों लड़ेंगे ? गोलमस्ता के जीते जी ऐसा नहीं हो सकता।

अभयपुर गाँव के छोर पर मंदिर-मस्जिद पास-पास दीवार एक होने से जुड़वां भाई बने खड़े हैं। इस बस्ती में गोलमस्ता है मुखिया वार्ड मेंबर! वह पूरी तरह ओड़िया है। हिन्दी, बंगाली, उर्दू, ओड़िया मिली-जुली एक विचित्र भाषा में इस इलाके के मुसलमान बातचीत करते हैं। वह बोली ही बता देती है कि गोलमस्ता और उसके परिवारवाले पाकिस्तानी टोले में रहते हैं, फिर भी वे पाकिस्तानी नहीं, भारतवासी ही हैं। वे जगतसिंहपुरिया ओड़िया हैं—आंबीकी मुसलमान हैं। इस इलाके में बंगाली-ओड़िया मिलवा तरकारी हैं। बंगाली ओड़िया ब्याह इस इलाके

में नई बात नहीं। मगर पाकिस्तानी बंगाली, बांग्लादेशी बंगाली और मेदिनीपुरी बंगाली में अंतर है। जितने ओड़िया-बंगाली ब्याह होते हैं सब मेदिनीपुरी बंगाली के साथ, क्योंकि वे भारतवासी हैं। कभी मेदिनीपुर ओडिशा का हिस्सा था। मगर मुसलमान-हिन्दू विवाह इस इलाके के इतिहास में आज तक नहीं लिखा गया। यहाँ मुसलमान के लिए हिन्दू, हिन्दू के लिए मुसलमान जान दे देगा, मगर विवाह के मामले में जान लेने में पीछे नहीं हटेंगे। जैसे लड़के-लड़कियाँ बिन पढ़ाया पाठ सीख जाते हैं, वैसे ही यह गूढ़ बात यौवन छूते ही जान लेते हैं। अतः कभी अनर्थ नहीं हुआ। इस इलाके में इतने बंगाली हैं कि बंगाली चाहे अच्छी ओड़िया न बोल पायें, ओड़िया अच्छी बांग्ला बोल लेते हैं। उद्धव मंगवाल तो भैरव माझी और भारत मंडल के साथ बांग्ला में ही बात करता है। जो भी सुनता, सोचता कोई बंगाली है। गढ़ हरीशपुर, पद्मपुर, पातुआ, घासुआ, बंदाण, आंबीकी, कियादा, नगरीतुठ सब जगह बंगालियों का राज है।

माटी सबकी है, देश सबका है। केवल धनी गरीब का फ़र्क विवाद पैदा करता है। मगर इस इलाके में राजा से लेकर वर्धमान के ज़मींदार तक कोई कितना राज करे, केवट ठहरे इस सारे सागर तटीय इलाके के मुख्य और मूल बाशिंदे, मूल राजा। पहले सागर—फिर मछली—फिर केवट। इस क्रम में केवटों का आविर्भाव इस इलाके में अत्यंत प्राचीनकाल से है और इसी लिहाज़ से केवट इस इलाके के पूर्वज हैं।

यह इलाका केवल सागरमय नहीं, केवटमय भी है। सागर के किनारे-किनारे उस काल की बनी, हेंताल वन की तरह जिधर देखो केवट वन। कभी इस इलाके में धोबेइगढ़, कुजंगगढ़, आंबीकीगढ़ (तालगढ़), आलीगढ़, कांकड़ियागढ़, कालादीपगढ़, रेमितागढ़, पल्लीगढ़ (नुआगढ़) आदि जो आठ गढ़ थे, उनमें से पहले छः गढ़ केवट राजाओं द्वारा शासित थे। रेमितागढ़, नुआगढ़ गोखा राजा द्वारा शासित हुए। बाद में तालचेर और ढेंकानाल क्षत्रिय राजाओं द्वारा शासित हुए। प्रजा होते हुए भी केवटों का आधिपत्य अर्से तक बना रहा। सेंढ़ राजा के ज़माने में, वर्धमान राजा के समय में, यहाँ तक कि अंग्रेज़ों के काल में केवटों की जो मर्यादा थी, वह देश स्वाधीन होने के बाद फिर नहीं रही। केवटों की आर्थिक स्थिति भी खराब होती गई। आगे घर-गृहस्थी कैसे चलेगी, सो देवी-बासुली ही जानें।

मर्यादा-अमर्यादा की बात छोड़ो। उद्धव की चिंता रुकी है अपनी पुरानी डोंगी के पास। डोंगी है केवट की असल मर्यादा। उद्धव की अपनी डोंगी को बीस से ज़्यादा साल हो गए। जब उद्धव के मामा के एक-एक बाल सफ़ेद होने लगे थे,

उन्हीं दिनों नौका को उद्धव और मामा अंगद मंगवाल ने मिलकर एक महीने मेहनत कर बनाया था। महीने भर बूढ़ा बैठा-बैठा भूल-ठीक देखता रहा। अपने हाथों से बनायी नाव है, तभी इतनी मज़बूत है! बढ़ई को मजूरी देकर बनवाओ तो लकड़ी सहित उस ज़माने में पड़ता चार कोड़ी दस रुपये (90 रुपये)। बढ़ई लेता एक जोड़ी धोती, साथ में महीने भर की खुराकी भी देनी होती। उद्धव इतना पैसा कहाँ से देता? फिर उद्धव जैसा आदमी बंदरपुर गाँव की नींव पर खड़ा है। बाप-दादा चौदह पीढ़ी से नौका बनाने में जगविख्यात थे। उसने सुना है—देखा है नाव कैसे बनती है। बड़ा होने के बाद बीच-बीच में अभयपुर से बंदरपुर गाँव जाकर नाव बनाने की विद्या भी सीखी है। उद्धव हो गया इस गाँव का सबसे दक्ष नाव बनाने वाला केवट। इस गाँव के बढ़ई—महारणा भी उससे सलाह लेते हैं। पर उद्धव के बेटों में कोई नाव बनाने में दक्ष नहीं हो पाया। दोष उनमें नहीं, उद्धव में है। बाप ने यदि बेटों को राह नहीं छोड़ी, बेटे क्या करेंगे? उद्धव की हाथ से बनी नाव और डोंगी दोनों इतनी मज़बूत थीं, बेटों को नाव या डोंगी बनाने की ज़रूरत ही नहीं पड़ी। एक नाव यदि हिल्सा के झुंड के पीछे लगती है, एक तो नहीं, कम-से-कम दस-बारह आदमी माल ढोने वाले, पकड़ने वाले, जालवाले, डांड वाले चाहिए। उद्धव के चार बेटे, स्वयं उद्धव और गाँव के कुछ लोग मिलकर हिल्सा की ऋतु में कोठधरा (सामूहिक मछली पकड़ने का अभियान) पर निकल पड़ते। अत: एक और नाव की ज़रूरत नहीं पड़ी। पहले की तरह नाव बनाने की लकड़ी भी आसानी से नहीं मिलती। सागर तट की जंगल की ज़मीन साफ़ कर जिसका जितना मन किया, एकड़ की एकड़ जबरन दखल करके बैठे हैं।

नई नाव बनाने की ज़रूरत हो गई, मगर जीवित पेड़ पर चोट करने को हाना (कुल्हाड़ी) ही नहीं उठते। अत: इस एक नाव की मरम्मत करते-करते युग बीत गया। मगर अब नाव बनानी होगी। मेरा समय तो बासुली की कृपा से मज़े में पार हो गया। बेटों का ज़माना कैसे बीतेगा। दम रहते-रहते नाव बनाने के लिए वह जुगाड़ कर रहा था। केवल मंगुली पंडितजी के शुभ घड़ी देख कर बताने की बात है। इसी मौके में बेटों को भी नाव बनाना सिखा देगा।

सुना है कहीं कोई घमासान युद्ध छिड़नेवाला है। युद्ध छिड़ता है, छिड़े। मगर वेणुआ उसमें नहीं शामिल होगा। पता नहीं विक्रम बलवंत राय कहाँ है? कैसा है?...जहाँ है लड़ता रहे—चाहे वह गाँव न आए, पर फूलमालाओं से लदकर हवाई जहाज़ में न आये। उद्धव इतना जानता है, इस इलाके में जो युद्ध में शामिल होते हैं, अच्छी कमाई करते हैं। रेल के साधारण डिब्बे में बैठ आना-जाना करते

हैं, जब तार मिलता कि माँ मर रही है, तब भी हवाई जहाज़ में आने को पैसे पूरे नहीं पड़ते। हालाँकि उनमें कुछ हवाई जहाज़ से लौटे हैं फूलमाला में सजकर, पर जीवित नहीं, मर कर। युद्ध में प्राण देनेवाले निचले स्तर के सैनिक को हवाई जहाज़ में उड़ने का अवसर मिलता है। वह भी मुफ़्त...। खुद पर बीतती है तब आदमी का असली रूप मालूम पड़ता है। उद्धव मंगवाल के भागवती मन और विवेक की बात आंबीकी पंचायत में सबको थोड़ा बहुत मालूम है। बहुत निःस्वार्थी, देशप्रेमी, परोपकारी, साधु स्वभाव का केवट है। मगर उद्धव को उसका अंदर वाला असल स्वार्थी रूप ऐसे समय में दिख जाता है, वह स्वयं अपने आगे संकोच में भर जाता है।

अतीत में युद्ध के समय में राजा की सेनाशक्ति थे केवट। उद्धव के पूर्वज बंदर गाँव के केवटों ने कभी पुर्तगीज़ डाकुओं के आक्रमण से अंग्रेज़ व्यापारियों की जान बचाई थी।

वैसे देखा जाय तो उद्धव के पूर्वजों के कारण ही अंग्रेज़ों ने ओडिशा में प्रवेश किया और वाणिज्य कोठी बसा कर ओडिशा पर शासन किया। वरना पुर्तगीज़ डाकुओं के हाथों उस दिन आठ गोरे सा'ब जलसमाधि पा जाते। केवटों के इस दुःसाहस और दुर्द्धर्षता के कारण कुजंग इलाके में केवट संप्रदाय को कुजंग राजशक्ति की पृष्ठपोषकता मिली। इस इलाके में नदी-नालों से मछली पकड़ परिवार चलाने का अधिकार केवटों को मिला था। तब सेंढ़ राजा थे कुजंग के स्थल भाग के राजा, मगर केवट थे सारे जल भाग के राजा। राजा की तरह जीते वे लोग। नदी-नालों में खूब मछलियाँ थीं। मछलियाँ पकड़ना वंश परंपरा में इन्हीं का एकाकी अधिकार था। राजा भी केवटों के लिए इतने उत्पीड़क न थे। अतः केवट थे राजानुगत और देशभक्त। हालाँकि पर्व-त्यौहार, सुनिया (ओडिशा में नववर्ष का दिन), दशहरा, विवाह आदि शुभ अवसरों पर केवट लोग राजाओं को भर-भर टोकरी मछलियाँ भेंट करते थे। उसमें केवट का आत्मगौरव भरा होता। राजा भी केवटों को उचित मर्यादा देते, सम्मान करते। राजा-प्रजा के बीच सौहार्द में केवट का जीवन निरंकुश था।

मगर केवट के गौरवमय, आनंदमय जीवन में अंकुश लगाया अंग्रेज़ों ने, जिन्हें केवटों ने बचाया था। अंग्रेज़ शासक बनने के बाद राजाओं की क्षमता और स्थिति लोप हो गई। राजा बने अंग्रेज़ों की प्रजा। राजाओं की धन-संपदा के मालिक बने अंग्रेज़। थोड़ी बहुत अस्थावर संपत्ति अंग्रेज़ सरकार ने राजा के भोग के लिए छोड़ दी। उसकी आय पर राजाओं को 'कर' देना पड़ता। राजा बने करदाता। उद्धव की

आँखों देखी बात न सही, कानो सुनी है। सुना है कुजंग के सेंढ़ राजा चंद्रध्वज थे स्वाधीनचेता और स्वाभिमानी। अंग्रेज़ों को समय पर कर नहीं दे पाए और खुर्धा राजा के साथ मिलकर अंग्रेज़ों के विरुद्ध युद्ध घोषणा कर दी। अंग्रेज़ों को ओडिशा पर शासन का एक साल ही हुआ था। इधर चंद्रध्वज सेंढ़ के शासन का भी पहला वर्ष था। इस राजा के दु:साहस को धृष्टता मानकर अंग्रेज़ शासकों ने चंद्रध्वज को और खुर्धा राजा को बंदी बना कर कटक के बाराबाटी किले में जेल में डाल दिया।

उद्धव की बात सुनते-सुनते बैलगाड़ी में जुते बैलों के पीछे बैलगाड़ी की तरह केवट दल जल्दी-जल्दी उद्धव के पीछे राह चल रहा था। इधर उद्धव मंगवाल की स्मृति में अतीत खड़ा होकर कैवर्त्य महात्म्य कहता जा रहा था।

उद्धव की बातों में होती रसिकता। जब नदी के प्रवाह में नाव बह चलती, मछलियों के झुंड के साथ-साथ जाल बहता चलता, तब बाप-बेटे, बड़े-बूढ़े के बीच की रोक-टोक भी बह जाती है। हिल्सा के झुंड के पीछे बड़ी नाव को तो सुबह से शाम हो जाती नदी-सागर में। समय काटने में बाप-बेटे के बीच कई रंग-रस भरी कहानियों का पिटारा खुल जाता। हँसी-मज़ाक भी होता। घोड़ानाच वाले गाने का उतार-चढ़ाव होता। बेटे पारी थाम ऊँचे स्वर में गाते, बाप गायक बने उतार के स्वर में स्वर छोड़ देते नदी धार के पीछे-पीछे। कभी-कभी अंट-संट बातें भी होतीं। नदी-सागर में यह सब चलता है। गुस्से में तो हर आदमी बेकाबू हो जाता है। कान न सुन सकें ऐसी बातें कहता बेटे को, बेटा कहता बाप को। बस उसी घड़ी। गुस्सा उतरने पर बाप रहता है बाप, बेटा रहता बेटा। बाप की उपेक्षा कर कुछ करना सहज नहीं। उद्धव के बेटे भी नदी में उतरे बाप के साथ-साथ घर लौटते पिता के आगे चूहे बन जाते। मगर यदि मछली पकड़ते समय बेटे या छोकरे केवट बहकते या मछलियाँ भाग जातीं, अनुभव के लिहाज़ से उद्धव बिगड़ कर ऐसी अश्रव्य भाषा में गालियाँ बरसाता कि धनुर्धर जवान बेटे नदी में छलांग लगा जान दे दें! मगर केवल बेटे मुँह बंद कर सह नहीं लेते, सब छोकरे केवट भी सह लेते। बाप के अनुभवी मगज से बाढ़ की तरह बह आती गालियाँ न सहें तो जाल, पतवार, डांड थामने वाले हाथ सीधे नहीं होते। यह बात पीढ़ी-दर-पीढ़ी केवट जाति मानती आयी है।

बेटे पदिया ने पूछा—"हाँ! इससे क्या हो गया? चंद्रध्वज सेंढ़ तो अंग्रेज़ के फांस में पड़े, फिर छूटे कैसे?" उद्धव के कदम ही नहीं, भावना में भी तेज़ी थी—व्यग्र था कि नदी से समय पर लौट पंचों की सभा में सही वक्त पहुँच जाये। पदिया पर चिढ़ते हुए कहा—"यह बात हज़ार बार सुन चुका है और कितनी बार सुनेगा?"

मछलीवाले दल में एक ने कहा—"आज मछली दल में नया शामिल हुआ है, अइंठू माझी का पोता कोदंड माझी। वह कैसे जानेगा कि कुजंग के सेंढ़ राजा को कैवर्तों ने कैसे अंग्रेज़ों के चंगुल से बचाया था। बार-बार नये मछुवारे छोकरे दल में आये और हर बार आप यही बात कहे जा रहे हैं...उद्धव ताऊजी..."

उद्धव ने मुड़ कर देखा। कच्ची मूंछ वाले छोकरे कोदंड में कुतूहल भरा है सुनने को! बड़े-बड़े खरगोश-से कान खड़े किये हैं कुछ मज़ेदार बात सुनने के लिए। कोदंड का बापू पिछले साल समुद्र में लापता हो गया। अब 18 साल का कोदंड अपने बापू का दायित्व सँभालेगा। उद्धव को मेघा मामा की बात याद आ गई। याद आयी बेटे गदाधर की बात—जो कुछ साल पहले समुद्र में गया था, जिसकी बात उद्धव की याददाश्त में अतल गहरे में दबी है। गहरी सांस छोंड़कर उद्धव ने फिर दोहराई—वही पुरानी बात।

पेड़ की ओट से उठ रहे उगते सूरज को प्रणाम करते-करते उद्धव ने कहा—"राजा बंदी हो गए! क्या केवट बैठा मछली पकड़ता? सृष्टि के आरंभ से केवट राजभक्त है, देशभक्त है। राजा के बंदी होने की खबर सुनकर केवट बड़े दुःखी हो गए। उपाय सोचने लगे—कैसे राजा को छुड़ा लायें। तुरंत बनाई गई एक सोलह डांडवाली बड़ी नाव। नाव बहुत लोभनीय बनी थी। लंबी-चौड़ी, गहरी—हर बात में अन्य नावों से बढ़ कर थी। चार लोग डांड वाले, उनके साथ एक मंगुवाल—और नौका चलाने में कुशल चुनींदा सोलह पतवार खेनेवाले केवटों ने नाव कटक के पास महानदी में पहुँचाई। अंग्रेज़ राजा को खबर दी गई—नई नाव बिक रही है। चाहें तो खरीद सकते हैं। अंग्रेज़ राजा खुश! नाव ज़रूरी थी! केवल मछली पकड़ने के लिए ही नाव ज़रूरी नहीं होती। उस ज़माने में सामान लाने-ले जाने के लिए भी नाव चाहिए। फिर केवट प्रजा को नाविक बनाकर महानदी में जल विहार भी हो सकता है। मेम साहिबाएँ खुश होंगी। राजधानी कटक में उनका समय अच्छी तरह कटेगा। वरना वहाँ अंग्रेज़ रानियों की मौजमस्ती के लिए है ही क्या? वाह, केवट काले और मूर्ख भले ही हों, राजारंजन की दृष्टि से उत्तम प्रजा हैं। नाव के दाम और कुछ बख्शीश दे दो, भविष्य में काम आयेंगे। अंग्रेज़ राजा का मिज़ाज खुश हो गया केवटों के प्रस्ताव पर।

पर नाव की कीमत लगाएगा कौन? केवट के मूर्ख दिमाग में होता ही क्या है? केवल स्याह काला, कुंचित केश, जिसके नीचे मस्तिष्क जैसी चीज़ सड़ने को बाध्य है। केवटों से पूछा गया—"क्या कीमत है? सोच कर बोलो!"

"नाव हमें रोज़ी-रोटी देती है। हम नाव को देवता कहते हैं। नाव को

लेकर मोल-भाव नहीं करते। राजा के सिवा नाव का मोल कोई नहीं कह सकता। एक मात्र हमारे राजा नाव की चाल, क्षमता और निर्माण कौशल परख कर मूल्य तय करेंगे, नाव बिकेगी वरना धर्म नाव नहीं बिकेगी।''

''ठीक है राजा को आने दो। नाव देख कर मोल कहें। लाओ, बंदी को लाओ...'' अंग्रेज़ राजा ने आदेश दिया।

''बंदी को लाने से बात नहीं होगी। राजा को लाना होगा। राजा के हाथ-पाँव खुले न हों तो लकड़ी अच्छी बुरी, जुड़ाई में पुट असली है या ठगी है, काम पक्का या कच्चा है, परखेंगे कैसे? एक बात और है। राजा की नज़र में यह नाव संतोषजनक है या नहीं! यह जानने पर ही नाव बेचेंगे।'' मंगवाल ने साफ़-साफ़ कह दिया।

''ओह! नाव का मोल करने यहाँ राजा की ज़रूरत पड़ती है! वह राजा फिर करेगा अंग्रेज़ों के खिलाफ़ षड्यंत्र! केवटों के बीच नदी-नालों के राज्य में रहकर, नावों का मोल लगा, मछली की भेंट पाकर, शांति से रहना इस राजा के लिए उचित होता। मगर कनिका राजा और खुर्धा राजा से सलाह लेकर अंग्रेज़ों के विरोध में षड्यंत्र कर घोर अपराध किया है। सिर मुंड़ाते ओले पड़े! गोरे सिर पर ओले न पड़ें तभी तो वे हैट लगाते हैं!—अंग्रेज़ राजा गुस्से में भर गए। मगर नाव खरीदने के लोभ में गुस्सा हैट तले दबा रखा।

''अच्छा...अच्छा लाओ उस बुल (सेंढ़) राजा को! नाव का मोल लगा कर फिर उसे बंद कर दो जेलखाने में। नाव बड़ी लुभावनी है! बहुत काम आयेगी। छोड़ी नहीं जा सकती।'' अंग्रेज़ राजा ने हुकम जारी किया, चंद्रध्वज सेंढ़ को लाया गया। वे नाव में बैठे। साथ में रखवाली करने दो गोरे सिपाही थे। केवट नाव चलाने का कौशल दिखा कर तेज़ी से नाव चला कटक सीमा पार कर गए। गोरे सिपाही बंदूक उठायें उससे पहले आठ-दस गावदी केवटों ने उन्हें उठा कर नदी में फेंक दिया। हवा की तरह नाव चला कर पहुँच गए कुजंगगढ़। राजा चंद्रध्वज की मुक्ति पर जय-जयकार हुई। केवटों की जीत हो गई।

अपनी जान की बाज़ी लगाकर चंद्रध्वज राजा को अंग्रेज़ों से मुक्त कराने का उपकार नहीं भूले। अंतिम सेंढ राजा विद्याधर सेंढ़ के शासनकाल में केवल केवट वंश की नहीं, राजवंश की भी आर्थिक दशा दयनीय हो गई। उनके समय में ओडिशा में अभूतपूर्व अकाल पड़ा। 1866 ई. में 'न-अंक' अकाल ने कुजंग राज्य को भी तहस-नहस कर डाला। लोग पेट की भूख से छटपटा कर कुजंग छोड़ कर चले गए। कुछ तो भूख से मर गए। अकाल के अंत में खेती-बाड़ी के लिए

किसान नहीं मिले। राजकोष खाली हो गया। राज परिवार का खर्च कम होने वाला न था, राजा की मजबूरी यह थी कि अकाल उन्हें आम जनता की तरह पेट का कष्ट या खर्च की कमी नहीं सिखा पाता। विद्याधर सेंढ़ इस समय ऋण में डूब गए। राजा के अनुरोध पर शासन ईस्ट इंडिया कंपनी ने अपने हाथ में ले लिया। फिर भी राजा का ऋण नहीं उतरा। राजा अंग्रेज़ सरकार को निर्धारित दर पर निर्दिष्ट समय पर कर नहीं दे सके, वर्धमान की रानी ने 1868 के सूर्यास्त कानून के बल पर केवल पचास हज़ार रुपये में ज़मींदारी खरीद ली। तब कैवर्तों की दशा भी दयनीय थी। अपनी दशा से उदास होने पर भी राजा विद्याधर सेंढ़ पूर्व उपकार और विश्वस्त राजभक्ति का प्रतिदान देना नहीं भूले। राज्य हाथ से निकल जाने से पहले राजा ने कुजंग राज्य में नाविक और मत्स्यजीवी केवट वंशधरों को राज्य की सभी नदियों में मछली पकड़ कर जीविका निर्वाह के लिए 'साहेरपेंठ मछली दिया' नामक यावत चंद्रार्क एक स्थायी पट्टा वार्षिक 500 रुपये राजस्व में 1861 में दे दिया। जिससे कि कुजंग इलाके की 60 नदी-उपनदियों पर केवटों का मालिकाना हो गया। मगर विद्याधर सेंढ़ की अंतिम परिणति बहुत दुःखद हुई। देवोत्तर ज़मीन पर गोरे शासकों के बदले अपना अधिकार रहे और देवी देवताओं की सेवा में अड़चन न पड़े इसके लिए अंग्रेज़ राजा के विरुद्ध एक मुकदमा किया। मगर भाग्यदेवी अनुकूल न थी। राजा मुकदमा हार गए। देवी-देवताओं की पूजा-अर्चना, प्रसाद के लिए एक बीघा भी ज़मीन नहीं बची। कटक कचहरी से पाराद्वीप गढ़ महल लौटते समय विवादग्रस्त राजा ने रास्ते में ज़हर खा लिया। सेंढ़ शासन का सूर्यास्त हो गया। कुजंग राज्य एक ज़मींदारी बन गया। अब राजानुगत कैवर्तों की एक नई दुर्दशा शुरू हो गई।

स्वाधीनता के बाद 1952 में ज़मींदारी खत्म होने के साथ केवटों का जंगल के द्रव्यों और जंगल पर से अधिकार खत्म हुआ। डोंगी बनाने के लिए जो लकड़ी राजा के ज़माने में उन्हें मुफ़्त मिलती थी, बंद हो गई। हालाँकि कुछ लोग चोरी की लकड़ी से नाव बना लेते हैं। उनका तर्क है—जो चाहता है जंगल काट कर कई एकड़ खेती की ज़मीन बना लेता है, चिंगड़ी मछली के लिए घेरी बना लेता है, धनी हो जाता है, गरीब केवट का ईमानदार बने रहना कहाँ का न्याय है ?

उद्धव जानता है भारत मंडल, भैरव माझी, रणवीर माइति, अजय मना आदि बंग शरणार्थियों के बारे में ऐसी बातें कही जाती हैं। इस इलाके के ब्राह्मण, कायस्थ, खंडायत, क्षत्रिय जाति के बच्चे गैरकानूनी जंगल काट कर नोट कमाते हैं, उनकी ओर इशारा करके ये बातें कही जाती हैं। केवल शरणार्थियों को दोष देकर क्या

लाभ? इस बारे में कौन दूध का धुला है? पर भैरव माझी पर चोट ज़्यादा है। किसने उसके घर में पाँव नहीं रखा? किसने उसके आगे भले-बुरे समय में हाथ नहीं फैलाया? वह धनी ही नहीं, मानी भी कहलाता है। फिर भी लोगों की ईर्ष्या कम नहीं हुई, पर वह इनकी तिल भर भी परवाह नहीं करता। माझी के संग उद्धव की गहरी पटती है। मंडल का जीवन नदी की सीधी धार नहीं है...कितने बांके, मोड़, घाट-बेघाट हैं—कितने सातकोसी, दसकोसी भँवर हैं...ठीक उद्धव के बेतरतीब जीवन की तरह!!

तीन

पद्मा नदी की एक मधुरिया शाखा नदी का नाम है मधुमती। पेड़ से शाखा प्रशाखा निकलने की तरह मधुमती बहते-बहते तीन भाग हो गई—तीन शाखा नदी बन गई —हरिणघाटी, बांगरा और मार्जती। हरिणघाटी, बांगरा, मार्जती और बूढ़ी खाल जैसी और कई छोटी-छोटी नदियों-उपनदियों के घेरे में जकड़े हैं—मकड़ी के जाल में फँसी मक्खी की तरह कई-कई गरीब, छटपटाते पूर्वबंगी गाँव। पाकिस्तानी गाँव कह लें—बांग्लादेशी गाँव कहें—सब की मूलभूमि है भारत। स्वाधीन भारत विभाजन के बाद पाकिस्तान का चौथाई बना पूर्व पाकिस्तान—जय बांग्ला मुक्ति संग्राम के बाद उसका नाम पड़ा बांग्लादेश।

उस काल के पूर्वी पाकिस्तान के खुलना ज़िले की नदियों-उपनदियों के सौंदर्य के बीच बसे एक गाँव में भारत मंडल का जन्म हुआ था। भारत मंडल के पिता का नाम था हिमाचल मंडल। मगर भारत मंडल ने अपने सात बेटों के नाम रखे हैं : सारलादास मंडल, बलराम दास मंडल, जगन्नाथ दास मंडल, अनंत दास मंडल, उपेन्द्र भंज मंडल, उत्कलमणि मंडल, मधु बाबू मंडल। उसकी तीन बेटियों के नाम हैं मधुमती, मार्जती और पद्मा। भारत मंडल के बेटे-बहू, बेटी-जंवाई, पोते-पोती का सागर की तरह वंश विस्तार हुआ। वैसे कहा जाय तो इस गाँव में सबका वंश सागर-सा है। यह इलाका भारत मंडल के लिए मधुमती-मार्जती के आलिंगन में बंधा बांग्लादेश के खुलना ज़िले का हँसी-खुशी वाला लाड़-प्यार भरा छोटा गाँव नहीं है। वह तो छूट गया पता नहीं कितनी दूर, मानो एक देश के उस पार नहीं, एक जन्म के उस पार है। खुलना छोड़ना, गाँव छोड़ना, देश छोड़ना आज सन् उनचास से निन्यानवे हो गया, पूरे दो कोड़ी दस बरस! भारत मंडल गबरू जवान से बन गया अधेड़ और अब ठेठ बूढ़ा। देखते-देखते आदमी की उमर, तेज, सपने सब कैसे तेज़ी से चले जाते हैं—कहाँ जाते हैं? फिर कहाँ से आते हैं? वह जगह पता होती तो मंडल जैसे भी हो छीन लाता अपनी जवान

देह, गबरू जवानी और अपने हृदय के अनकहे सपने।

भारत मंडल की उम्र अठारह थी, जब वह महात्मा गाँधी की जय, भारत माता की जय कह कर गाँधी आंदोलन में जुट गया था। उसके जिगरी दोस्त हैदर अली ने भी साथ में स्वर मिलाया था। हिन्दू-मुसलमान ने एक स्वर में भारत माता और गाँधी महात्मा की जय-जयकार की थी। मगर जिसके लिए वे पागल बने नारे देते फिरे और जान की बाज़ी देने को तैयार थे, वह लक्ष्य साधन होने के अगले दिन से पता नहीं क्या हो गया, भारत माता की जय बोलना तो दूर, नाम लेना भी उसके गाँव में निषिद्ध हो गया। हैदर अली का स्वर भी ताज्जुब है, एकदम बदल गया। भारत मंडल के मगज में कुछ नहीं आ रहा। पूर्वी बंगाल, खुलना ज़िला, उसका गाँव, पद्मावती, मधुमती, हरिणघाटी, मार्जती नदियाँ—कोई तो अपनी जगह से तिल भर नहीं हटीं, फिर वे अपनी जन्मभूमि भारत से अलग कैसे हो गईं ? उसका सोलह सौ मील दूर वाला गाँव पाकिस्तान के साथ कैसे जुड़ गया ? अब यह पाकिस्तान फिर क्या है ? आज तक कहाँ था ? भारत मंडल अवाक् हो गया यह देख कर। बहुत दिन के अभ्यास के कारण मुँह से निकल ही गया—भारत माता की जय, महात्मा गाँधी की जय। उस दिन पिता और दादा ने सतर्क करा दिया—"अब पाकिस्तान की जय बोलो। भारत तो अपने दुश्मन का देश है।"

"शत्रुदेश! वह भी जन्मभूमि भारत!" पूछा भारत ने।

"शत्रु, हाँ—शत्रु कहीं और होता है क्या ? वह तो माँ के पेट से ही है। भारत-पाकिस्तान एक पेट के दो भाग हो गए हैं। बीच में बाड़ पड़ी है—सीमारेखा! जबकि पहले बंग-भंग होकर देश में एक राजनैतिक विभाजन हो चुका था। मगर पूर्व बंग-और पश्चिम बंग के बीच सांस्कृतिक और भावगत रिश्ता था अटूट। स्वाधीनता के बाद पूर्व बंग पाकिस्तान के अंतर्गत आने से वह संबंध भी टूट गया। विभाजन के बाद विभाजन ही मानो एक देशप्रेमी बंगाली जाति के भाग्य में लिखा था।"

पद्मा नदी उस छोटे-से देश को दो भागों में बाँट कर बह रही थी। मगर जन्ममाटी को प्रेम करने वाले देशप्रेमियों के सपने, भविष्य, परिवार और छाती, कलेजे को दो टूक नहीं कर दिया था, जो किया, खून बहा, प्राणों की बलि देकर हासिल की स्वाधीनता। उफ् कितने दंगे, फसाद, गृहत्याग, नारी पर पाशविक अत्याचार, जन्मभूमि त्याग के करुण दृश्य देखे हैं भारत मंडल की मौन तरुण आँखों ने। कई कारणों से घर, गाँव, पद्मा नदी का नेहबंधन, धन-संपदा, परिवार छोड़ कितने हिन्दू भारत चले आये, इसका कहीं हिसाब है! आज भी प्रतिदिन पूर्वी बंगाल से सताये

जाकर हिन्दू-मुसलमान भारत आ रहे हैं। कहाँ है उसका हिसाब? उस दिन विभाजन के फलस्वरूप अत्याचारित गृहत्यागियों में था भारत मंडल, उसके पिता हिमाचल मंडल काका शंकर मंडल बाबा नेपाल मंडल, माँ, ताई, भाई-बहन। दादा काशीनाथ मंडल और दादी घर का मोह छोड़ नहीं सके। रह गए उसी पाकिस्तान द्वारा अत्याचारित गाँव में। हिमाचल मंडल भी घर में ही रह जाता। मगर बीस बरस के बेटे भारत का नाम बदल कुछ और नाम रखने को बाध्य किया गया। इसके लिए पूरे परिवार पर अत्याचार हुए, हिमाचल मंडल अपने परिवार के साथ घर छोड़ कर चल पड़ा। हालाँकि तब पाकिस्तानी मतवाद और पाक सरकार की हिन्दू विरोधी हिंस्र नीतियों के कारण सामाजिक-आर्थिक स्तर पर कई हिन्दुओं की तरह हिमाचल मंडल का परिवार भी शोषित, अत्याचारित होने की नियति में परिणत हो चुका था।

पूर्व बंग में तब तक रोटी-कपड़े की घोर कमी दिखाई पड़ी। खाद्य पदार्थों की कमी से कीमतें बढ़ने लगीं। चावल एक मन बीस रुपये से 60-70 रुपये हो गया। गाय का दूध एक आना सेर की जगह बारह आना एक रुपया तक पहुँच गया। तेल, नमक, प्याज, मिर्च सब अनोखे हो गए। भोर होते ही जैसे सूरज की किरणों की कमी नहीं होती, पूर्व बंगवासियों के लिए पद्मा नदी में मछली का अभाव न था। पर मछली भी बंगालियों के लिए दुर्लभ हो गई। मछली बिना भूखे पेट में कौर जा सकता है, मगर नमक बिना? ऐसी अवस्था हुई कि गरीब लोगों के लिए बिना मछली ही नहीं, बिना नमक के भात खाने के सिवा कोई चारा नहीं था। लोगों को आशंका थी कि 1943 के बंगाल के अकाल की तरह का अकाल सामने आ रहा है। फिर आयेगी महामारी। अभी है अनुशासनहीन पाकिस्तानी हुकूमत, जहाँ हिन्दू अपराध न करके भी दोषी होता है, मुसलमान हिन्दू का वध करके भी दंड नहीं पाता है। जहाँ शासक और विचारक विचारहीन कार्य के पुरोधा बन गए हैं, वहाँ हिन्दू को न्याय की उम्मीद कहाँ? पुलिस कानून का रखवाला होकर भी न होने के समान है—इन सबका नियंत्रण कर रहे थे राजकर नामक मुस्लिम वालेंटियर फ़ोर्स। हिन्दू अपने धर्म पर्व त्यौहार मनाने से डरने लगे। घर में पूजा के समय शंख फूँकना, घंटा या घंटी बजाने की भी हिम्मत नहीं होती थी। हिन्दू की धार्मिक स्वाधीनता और अपनी बहू-बेटियों की मर्यादा खतरे में पड़ गई। रोज़ाना असहाय, गरीब हिन्दू परिवार देश छोड़ कर भारत आने लगे। सीमा नियमों के अनुसार कोई दस रुपये से ज़्यादा नहीं ले जा पाता था। वो दस रुपये लाना भी भारत मंडल के पिता हिमाचल मंडल के भाग्य में नहीं था।

उन अभागे बेघरवालों को पहले शरणार्थी नहीं कहते थे। वे लोग थे

'वास्तुत्यागी'। आशा थी कि हालात बदलने पर ये लोग अपने घर लौट जायेंगे। मगर इन्होंने फिर लौटने का नाम भी नहीं लिया। शरणार्थी बन रह गए भारत के विभिन्न प्रदेशों में। हिमाचल मंडल को मगर उम्मीद थी कि हालात बदलेंगे और वह वापस लौटेगा। उसके लिए जन्मभूमि के आकर्षण से भी बढ़ कर था पद्मा नदी का आकर्षण। मगर पता चला कि पाकिस्तान के शरीयत कानून के मुताबिक शासन चलेगा। फिर खबर आयी कि बेघर हिन्दुओं की संपत्ति मुसलमान असामाजिक लोगों ने दखल कर ली है। अत: मंडल जैसे कई शरणार्थी देश लौटने का सपना छोड़ बैठे।

हालाँकि इतने शरणार्थियों को हमेशा के लिए बसाना भारत के लिए बड़ी समस्या थी। अतिथिपरायण भारत सरकार ने मानवीय दृष्टि से विचार कर शरणार्थियों के बसाव की व्यवस्था की। केंद्र सरकार की नीति के अनुसार राज्यों ने शरणार्थी बसाव का दायित्व लिया। उस समय ओडिशा सरकार ने भी पंद्रह हज़ार शरणार्थियों को बसाया। हिमाचल मंडल परिवार सहित प. बंगाल सरकार के शरणार्थी कैंप में गया। प. बंगाल सरकार ने पहली किश्त में दस लाख लोगों को आश्रय दिया था। हर शरणार्थी परिवार को ऋण के रूप में कुछ आर्थिक सहायता करार के अनुसार मिली। वह धन तीस वर्ष में लौटाना था।

हिमाचल मंडल और उसका बीस वर्ष का जवान बेटा भारत मंडल कलकत्ते के हुगली बंदरगाह में 'डंकीमैन' के पद पर नौकरी करने लगे। पीठ पर माल उठा कर गधे की तरह रात-दिन मेहनत करते। अंग्रेज़ों ने तभी इस पद का संक्षिप्त नाम रखा 'डंकी'।

हिमाचल मंडल और भारत मंडल की तरह बरिसाल के धनुमंडल और अन्य कई पूर्व बंगी शरणार्थी 'डंकीमैन' पद पर रहकर गुज़ारा करते थे। डंकी का अर्थ गधा समझते, इससे क्या आता-जाता? अत: खुद को 'डंकीमैन' कहने में कोई संकोच न था। कुछ उपकूली भूमिहीन ओड़िया भी इस पद पर थे। पर उनमें कोई इसका सही अर्थ नहीं जानता था। आदमी कुली का काम करे, उसे 'कुली' कहें तो कष्ट नहीं होगा। मगर वह माल उठाता है, उसे 'डंकी' कहोगे तो क्या उसे कष्ट नहीं होगा? ओड़िया लोगों को यह 'डंकी' शब्द बहुत कष्ट देता था। गाँव आते तो किसी को नहीं बता पाते कि वे 'डंकी' पद पर हैं। यहाँ तक कि साथ सोनेवाली घरवाली को भी अपनी पदवी का नाम नहीं बताते थे। पोखर घाट पर कलकतिया पति द्वारा लाया सस्ता सुगंधित साबुन लगाकर, कंगन मांजते समय 'मेरे पति कलकत्ते में डंकी बने हैं' अगर यह बहादुरी के मारे कह दे तो स्कूली

छोरे-छापरे उसे बाज़ार के बीचोबीच गधा-गधा कहकर चिढ़ाते! गाँव से अलग निकाल कर प्रायश्चित करने की बात क्या नहीं कहते! पर इस पदवी का नाम कुछ भी क्यों न हो, तनखा तो मिल जाती है महीने के अंत में! गरीब का गुज़ारा हो जाता है— गरीब का भला क्या मान-अपमान, पद-पदवी की क्या ज़रूरत? तभी पता चला कोई दयालु पोर्ट अफ़सर 'डंकी' शब्द बदलने की बात पर विचार कर रहे थे। ऐसी अपमान सूचक पदवी को बदलने के लिए ओड़िया या पूर्वीबंगी डंकियों ने कभी दरखास्त देने की बात नहीं सोची, क्योंकि वे जानते थे अंग्रेज़ों की ज़बान से जो एक बार निकल गया, हमारे देश में वह वेद वाक्य बनकर रहेगा। डंकी शब्द की जगह दूसरा शब्द व्यवहार का प्रस्ताव पोर्ट अफ़सर ने दिया। मगर अनुभवी ट्रेड यूनियन लीडर ने इसमें रुकावट डाली। पूछा गया—"अर्से से डंकीमैन पदवी पर रह कर हम जीविका निर्वाह करते रहे हैं। आज हमारी पदवी का नाम बदलने की ज़रूरत क्या है? इससे क्या डंकियों को कोई आर्थिक लाभ होगा? यदि आर्थिक लाभ ही नहीं, तो फिर इतनी प्रिय डंकी पदवी को क्यों छोड़ें? दयालु अफ़सर को कोई भीतरी लाभ न था, इतने दिन की प्रचलित पदवी का नाम बदलने में परिचित संकट जैसी समस्या क्यों खड़ी कर रहे हैं?

'डंकी' शब्द के परिवर्तन से कोई आर्थिक भत्ता या अधिक वेतन देना संभव नहीं। यह बात जब अधिकारियों ने जता दी तो घटना ने आंदोलन का रूप ले लिया। डंकी के पक्ष में एक दल और डंकी के विपक्ष में दूसरा दल बना कर डंकियों में संघर्ष शुरू हो गया। पहले इस डंकी विलोप चिंतन को जिन डंकी प्रिय अफ़सर के उर्वर मस्तिष्क ने समर्थन दिया, उनके प्रति दंड विधान करने की माँग उठी। परिस्थिति काबू से बाहर चली जाने के डर से कुछ ओड़िया नेता और हिमाचल मंडल, भारत मंडल और बरिसाल का धनु मंडल आदि शरणार्थियों ने डंकी पदवी की माया और चाकरी का मोह छोड़ कर अन्यत्र पलायन करना तय किया। तभी प. बंग के दस लाख शरणार्थियों को बसाने हेतु स्थान की कमी पड़ी, कुछ शरणार्थियों को स्थानांतरित करने पर विचार किया गया। कृषिजीवी और मत्स्यजीवी समुदाय के पूर्वबंगी शरणार्थियों की जीविका अर्जन हेतु अंडमान निकोबार द्वीप अनुकूल होंगे। यह सोच कर शरणार्थियों की इच्छा और विरोध के बावजूद दो हज़ार शरणार्थी अंडमान भेज दिये गये। उस सूची में हिमाचल मंडल, भारत मंडल और उनका परिवार तथा बरिसाल का धनु मंडल परिवार भी था।

अंडमान में धान और मत्स्य थे। अत: बंगाली का प्रिय खाद्य कम नहीं पड़ता। मगर वहाँ बांग्ला संस्कृति न थी। बंगाली जाति संस्कृति संपन्न ही नहीं

है, घोर संस्कृति पागल भी है। मछली-भात बिना वे जी लेंगे, मातृभाषा बांग्ला, रवीन्द्र साहित्य और संगीत, काज़ी नज़रुल और बांग्ला संस्कृति के बिना जी नहीं सकेंगे। बंगाली जाति के भाषा स्वाभिमान और जातीय स्वाभिमान की कोई तुलना नहीं। हिमाचल मंडल बहुत संस्कृति प्रेमी था। अंडमान नहीं जाना, यह पक्का विचार कर बेटे भारत मंडल और परिवारवालों को लेकर रातोरात जल पथ से तटवर्ती ओडिशा की ओर आ गया। नदियों से भरे एरसमा के सागर तटवर्ती अरण्य काट कर अभयपुर गाँव में अपने लिए आवास और खेती हेतु कुछ ज़मीं आबाद कर ली। हिमाचल मंडल ने ओड़िया लोगों से जान लिया कि कुजंग, एरसमा जगतसिंहपुर में लंबे अर्से से बंगाली (प. बंगाल वाले) घर-द्वार बनाकर रहते आये हैं। उस इलाके में बंगाली राजत्व अंग्रेज़ों के सूर्यास्त कानून से शुरू हो गया था। तभी विश्वकवि के बड़े भाई ने एरसमा की पंडुवा ज़मींदारी खरीद ली थी। विश्वकवि एरसमा इलाके में प्राकृतिक सौंदर्य पर विमोहित हो गए थे। अपने पंडुवा आवास में उन्होंने काफ़ी समय बिताया था, अर्थात् एरसमा में एक रवीन्द्र विरासत थी। विश्वकवि के चरण वहाँ पड़े थे, अत: वह धरती हिमाचल मंडल के लिए तीर्थभूमि जैसे थी। अत: ऐसा राज्य जिसने विश्वकवि को विमुग्ध कर दिया, भारत मंडल के पिता हिमाचल मंडल के लिए वह श्रेष्ठ आश्रय स्थल था। बंगाली ओड़िया शांतिपूर्ण सहावस्थान का एक साक्षात् निदर्शन था एरसमा का स्नेहिल परिवेश!

पद्मा नदी के देश से आये हिमाचल मंडल जैसे बंगालियों को सागर, नदी, बाढ़, तूफ़ान, समुद्री आँधी आदि का डर-भय या परवाह न थी। अत: सागर की गरज-तरज, माटी की दीवारों और छान-छप्पर को डराते-धमकाते हिमाचल मंडल और उसके परिवारवाले चैन से सो पाते थे। वे पूर्व बंग में नदी की धमक-चमक के आदी थे। उनकी तिल भर परवाह नहीं करते। बाढ़, आँधी, समुद्री तूफ़ान प्रकृति की छोटी खाँसी थे। इनको हर साल वे चुटकी में उड़ा देते। प्रतिवर्ष जीवन में हानि-लाभ झेल जाने की पथरीली छाती भी उनकी थी। अत: इस इलाके में तूफ़ान को वे तिल भर भी खतरा नहीं माना करते। जंगल काटकर एक-एक धान बुनकर बोरी की बोरी पैदा कर लाते। पनकौवों की तरह नदी-सागर में डुबकी लगाकर मछली पकड़ लाते। अमीरी की कोई लालसा न थी—मौका भी न था। क्योंकि मछली महाजन और खेती महाजनों के द्वारा वे काफ़ी शोषित होते। यह शोषण भी उन्हें चींटी काटने से ज़्यादा नहीं चुभता। क्योंकि तीन वर्ष पाक सरकार के हृदय विदारक अत्याचारों और शोषण की तुलना में वह तो कुछ भी नहीं था।

हिमाचल मंडल जानता था कि दुनिया के किसी कोने में चले जाओ, व्यापारी,

साहूकार और राजनैतिक साहूकारों के शोषण से मानव जाति मुक्त नहीं। शोषण मुक्त पृथ्वी यदि कहीं है—वह परलोक में है, इह लोक में नहीं। जिधर जाओ दुनिया में हर जगह शोषित-शोषक होंगे। शोषण का रंग बदलता है, शोषित का रंग नहीं बदलता। शोषित सदा से नीरक्त, आधापेट, अधनंगा, मेहनतकश हैं! अत: वैसे देखें तो हिमाचल मंडल और अन्य शरणार्थी परिवार एरसमा आकर चैन से थे। यहाँ उनकी बहू-बेटी मज़े में आवाजाही करती हैं। वे बंगीय पर्व-त्यौहार अबाध मनाते हैं। स्थानीय लोगों के साथ बांग्ला में बातचीत कर पाते हैं। ''यहाँ रह कह हमारे साथ बांग्ला में क्यों—यहाँ की भाषा में बोलना सीखो''—यह कहकर उदार निर्लिप्त स्थानीय लोग कभी प्रतिवाद नहीं करते। वरन गंवार-निरक्षर स्थानीय लोग सुन-सुन कर बांग्ला सीख लेते। बंगालियों के साथ टूटी-फूटी बांग्ला में बातें कर बंगाली पड़ोसियों को खुश कर देते। मिदनापुरी बंगाली तो इस इलाके के स्थानीय लोगों को पार कर जाते। फिर चिंता क्या? बंगोपसागर तट भूमि पर झाऊ, हेंताल, वनी, केतकी वन लोप होकर बंगाली वन अबाध बढ़ रहा है। इसका स्थानीय लोगों के पास जवाब न था, उपाय न था या परवाह न थी। बांग्ला-ओड़िया संस्कृति का समन्वय हो या न हो, बंगाली ओड़िया विरोध भाव लगभग नहीं था।

युवक भारत मंडल, देवी नदी को पद्मा नदी मानकर खुश था। हँसुवा, सांवलिया, नौ नदियों को पद्मा नदी की शाखायें कहकर मन बहला कर जीता है। मगर जम्बू (पाराद्वीप के पास छोटा-सा तटवर्ती गाँव) में रहनेवाले प. बंग के शरणार्थी निधि चाँद की बेटी रेणु को, कभी बरिसाल से भाग अंडमान को चालान किये शरणार्थी धनु मंडल की बेटी बेलारानी मान कर छाती के अनदिखे घाव को सुखा नहीं पाया। रेणु है भारत मंडल की पत्नी। उसके दस बेटे-बेटी की माँ। पैंतीस साल के विवाहित जीवन के सुख-दु:ख की साथी। मगर बेलारानी उसकी क्या थी? क्या नाम देगा बेलारानी के साथ अपने रिश्ते को?

शरणार्थी कैंप में साल भर साथ रहने के दौरान कई शरणार्थी परिवारों के साथ हिमाचल मंडल के परिवार का जो संपर्क था, धनु मंडल की सोलह साल की बेटी बेलारानी के साथ हिमाचल मंडल के बीस वर्ष के बेटे भारत मंडल का रिश्ता कुछ ज़्यादा गहरा, ज़रा अलग था। कोई बातचीत नहीं थी। केवल आँखों ही आँखों में भावों का लेन-देन होता। आँख की भाषा कैसे सुनाई देती हृदय को? अजीब लीला है विधाता की! शरणार्थी जीवन के दु:ख के दिन, सब कुछ गंवाने के हताशा भरे दिन, सामने कुछ सोच न पाने के अनिश्चित दिनों में कई शरणार्थी युवक-युवतियों के हृदय में बिना बोले ही पता नहीं कैसे गाँठ बँध गई—सहज ही। सब

खोकर भी सब पाने का भाव गद्‌गद कर झर जाता सबके अनजाने। मुँह खोल कहने या तरुण सपने को सच करने का दु:साहसी कदम उठाने का समय न था। वह समय आता, अवसर आता, सपना सच होता, यदि हिमाचल मंडल और धनु मंडल का परिवार एक जगह टिकता, बाकी का जीवन साथ बिताता। जब माँ-बाप की गृहस्थी के पक्के सपने बीच दरिया में डूब-उतरा रहे थे, तब बीस वर्ष का बेटा और सोलह की बेटी के उफनते सपने को कौन पूछता है ? कौन महत्त्व देता है ?

किसने किसे वचन दिया तेरे बेटे से मेरी बेटी, मेरी बेला से तेरा भारत ? केवल भारत को जब पता चला कि धनु मंडल अंडमान भेजा जा रहा है, तो पिता से कहा —''मैं सोचता हूँ कि हम भी धनु मौसा के संग अंडमान चले जायें। सरकार ने सूची बनायी है। हमारा इनकार करना ठीक नहीं होगा।'' हिमाचल मंडल के दिमाग में तब कई दुश्चिंताएँ भरी थीं। गैरकानूनी ओडिशा आना—वहाँ अपने हाथों से मेहनत कर गैरकानूनी रूप से रहना। खूब चिंता और द्वंद्व की बात थी। मगर जवान बेटा बाप को समर्थन करने की बजाय ऊदबिलाव के संग वनविलाव हो उठने की तरह अंडमान जाने की सोच रहा है। एक बात कही हिमाचल मंडल ने—''अंडमान जायेगा ? जा भाग...वहाँ खा-पी कर जानवर की तरह जीना। वहाँ बंगाली नहीं बंदी बनकर जीना। अंडमान आदमियों की जगह नहीं, अपराधियों की जगह है। क्या तू कोई मुज़रिम है, देशद्रोही है, चोर है ? चल भाग यहाँ से !'' भारत मंडल समझ गया। फिर अंडमान की बात कभी मन में नहीं ला सका। मगर बेला की बात मन से पोंछ न सका। बस, बेलारानी अपनी जगह बनी रही। जीवन अपनी राह बह गया। कोई नई बात न थी। सृष्टि के प्रारंभ से सारे भारत और सारे बेलारानियों के आँख मिलन के गीत किताबों में नहीं लिखे गए—मन-ही-मन गुनगुनाये जाते रहे हैं— संसार के ताप से मर-खप जाने तक। भारत ने मन को समझाया—कौन जाने—आँखों की भाषा कितनी सच है—कितनी झूठ! बेलारानी के मन की बात उसने नहीं सुनी—वह तो इकतरफ़ा हवाई किले बाँध रहा था।...छोड़ो वो सब... !

मगर बेलारानी के मन की बात स्पष्ट उसी दिन हो गई जिस दिन बेला ने डबडबाई आँख से कैंप में माँ से कहा—''बापू से बोलो—हम अंडमान नहीं जायेंगे। वहाँ बंगाली नहीं टिक सकते। हम ओडिशा भाग चलें। ओडिशा तो बंगदेश की जुड़वां बहन-सा खूबसूरत है। रहन-सहन लगभग समान है। हिमाचल मौसा ओडिशा भाग रहे हैं। हम भी मिलकर...'' माँ कुछ कहती इससे पहले ही बेला

के बापू धनु मंडल खौल उठे—''मैं कोई चोर-डाकू हूँ? जो छुपकर गैरकानूनी तरीके से भाग चलूँ? जंगल काट कर पराई धरती पर बस जाऊँ? सदा गैरकानूनी जीवन बिताऊँ? बाल-बच्चे सब गैरकानूनी बाशिंदा बन कर जीवन बितायेंगे! हम रजिस्टर्ड शरणार्थी बनकर सीना तानकर अंडमान जा रहे हैं। वहाँ बंगाली न हों—मैं शर्त लगा कर कहता हूँ—एक बंगाली परिवार को अफ्रीका के जंगल में छोड़ दें—वहाँ बंगाली जात जड़ें गहरे जमा लेगी। अफ्रीकी वन बनेगा बंगाली वन। वहाँ के बाघ-भालू भी बांग्ला में दहाड़ेंगे। क्योंकि बंगाली जात अपनी भाषा और संस्कृति को जीवित रखना जानती है। कुछ दिन में अंडमान वाले हमसे बांग्ला में बोलेंगे। अपना जातीय स्वाभिमान और भाषा स्वाभिमान उनके लिए ईश्वर विश्वास-सा पवित्र और दृढ़ है। क्या ईश्वर को इन्सान छोड़ पाता है? क्या ईश्वर कभी डूब जाएँगे? तुमि सेखाने बी.ए. करबे! कई बंगाली परिवार साथ जा रहे हैं। बंगाली परिवार बढ़ेंगे...फैलेंगे...बंगाली जीवित रहेंगे—मैं कहे देता हूँ। यह भी बता देता हूँ—पूर्व बंग इन बंगालियों के लिए, बंगाली भाषा—स्वाभिमान को लेकर एक दिन इस्लामी देश पाकिस्तान से अलग होगा।'' बांग्लादेश की मुक्ति की बात उस दिन पता नहीं कैसे धनु मंडल के मुँह से निकल गई। बेलारानी जानती थी कि उसके बापू ने भारत के स्वाधीनता संग्राम में भाग लिया था। कुछ समझे या न समझे—राष्ट्रीय स्वाभिमान क्या चीज़ है, वह जानता था। मगर बेटी का मन समझ न पाया। बेलारानी डबडबाई आँखों से देखती रही बापू की ओर। उत्तर न था। ज़रूर बापू को उन आँसुओं ने हिला डाला होगा।

उसने डांटा—''ओडिशा भूत माथाए सबार हलोकेनो, किसेर जन्य? कि आछे सेखाने? पूर्बबंगेर मतन ओइ दारिद्र्य, बाढ़, अकाल, झड़, वाताश, महामारी, अशिक्षा...''

बेला रोते-रोते दूर चली गई। आँसू पोंछते-पोंछते डेरा उठाने पोटली बाँधने लगी। कच्चे सपने की पोटली बाँध-बूँध छाती के खाने में खोज न पाने की जगह रख दिया। कठोरता के ताले में बंद करके चाबी खो दी।

जानता था, सब जानता था भारत। उसकी बहन रूपा बेला की सहेली बन गई थी। भारत भैया के सामने कहते-कहते रूपा फिर फफक उठी। भारत भी सुबकने लगा। आँख से नहीं हृदय में। हृदय की फफक में आँख से खून उतर आता है। रूपा जानती थी। भाई को दिलासा देने के लिए कहा—''भाई, बेला ने कहा है—इस जन्म में जो संभव नहीं हुआ, अगले जन्म में...आदमी सात जन्म शरणार्थी बन कर जन्म नहीं लेता।'' तब तक बेला माँ-बाप के साथ अंडमान के लिए रवाना

हो चुकी थी। विदा के समय दोनों के पिता गले लगे, दोनों की माँ भी गले मिलीं। दोनों सहेलियाँ भी गले लगीं। परस्पर की मंगल कामना की। पर प्रेमी युगल को वह सौभाग्य नहीं मिला। एरसमा से अंडमान की दूरी दोनों के बीच अथाह सागर बनी थी। इधर बंगोपसागर, उधर बंगोपसागर, बीच में पता नहीं कितने जन्म का अंतर आ गया। आज बेलारानी का चेहरा भारत की याद में धुँधला-धुँधला हो गया। पर बेलारानी की डबडबाई आँखें-चमकीले सपने-झलमल प्रेम भरी निरीह निष्पाप मीन आँखें हँसुवा नदी के पानी में अभी तक तैर रही हैं। एरसमा के अभयपुर से जिधर भी देखो सिर्फ़ पानी ही पानी और बेलारानी की आँखें। यादें पकती नहीं, बूढ़ी नहीं होतीं, मरती नहीं। पद्मा नदी की स्मृति और बेलारानी की स्मृति ज़िंदा मछली-सी ताज़ा-सुन्दर-रक्तिम स्मृति। कुछ मिलने की उम्मीद नहीं है। सिर्फ़ बिसूरने में एक पीड़ादायक पवित्र आनंद मिलता है। इसी का नाम प्रेम है, भालोबासा!

बेलारानी भारत मंडल की बीवी नहीं बनी तो भारत का जीवन अधूरा रह गया हो, ऐसा नहीं कह सकते। वह अपनी बीवी को नहीं चाहता, ऐसा कहने को दूसरे का क्या, उसकी अपनी जीभ भी न उलटती। फिर भी उसका जीवन हर तरफ़ से भरापूरा है—सो भी हम नहीं कह सकते। आकाश में जितने तारे खिलते हैं, उससे कहीं अधिक खिलने की जगह होती है, तो क्या आकाश को अधूरा कहेंगे या पूरा? जीवन है आकाश जैसा, न पूरा है न अधूरा। कभी निर्मल—कभी तूफ़ान—कभी चिलचिलाती धूप—कभी मेघ भरा आकाश। कभी पूरा चाँद—कभी आधा चाँद— कभी अमावस का स्याह अंधेरा। पूरा हो या आधा, जीवन किसे प्रिय नहीं? फिर भी भारत मंडल कभी-कभी सोचता उसके जीवन में जो अनकहा अधूरापन रह गया, बच्चों के जीवन में न रहे। मगर कितना भोला होता है इन्सान। उसके बच्चे क्या इस संसार से बाहर हैं? उनके जीवन में अधूरापन बिलकुल नहीं होगा। ऐसा कैसे हो सकता है? उसने बच्चों का पेट कभी अधभरा नहीं रखा। पर मन पर बाप होने का ज़ोर कहाँ जो वह कहेगा—"इतने से ही मन बहलाओगे।" नासमझ है—मन तो आजन्म असंतुष्ट है। बाप-दादों के समय संतुष्ट हुआ है न ही पोते-पड़पोते के ज़माने में संतुष्ट होगा।

भारत मंडल की इन बातों से कभी-कभी मन में बड़ा सुकून मिलता—तभी उद्धव का उसके संग इतना रंग है, नदी-सागर के किनारे राह चलते-चलते बेलारानी की बात भारत मंडल कई बार उद्धव के आगे कह चुका है। जब बेलारानी की बात आती भारत मंडल बीस साल का जवान हो जाता। उस दिन नाव मछलियों से भर जाती। अब डूबी कि तब डूबी।

सामने सागर-बेलारानी की बात सुनते-सुनते सुबह का रास्ता खत्म हो गया। अब गुज़ारे के लिए सागर के साथ ज़ोर-आज़माइश। राह खत्म हो जाती है बात पूरी नहीं होती—स्मृति पूरी नहीं होती। जीवन ऐसे ही आधा-अधूरा—गहरी साँस छोड़ कर छाती हल्की कर दी उद्धव ने—अब हाथ में हिम्मत भरकर नाव खेनी है, बाकी का जीवन—खुली नाव की नियति कौन जानता है?

~

देखते-देखते चैत बीत गया। गाँव में महुवा की पुलक-महक बिखेर मधुमास चैत ने सुख दिया—दुःख भी दिया। सुख इसलिए कि इस बार चैत परब धूमधाम से मनाया गया। दुःख इसलिए कि दासराज के ज़माने से चला आ रहा केवट का आदिकाल का घोड़ा नाच इस परब में नहीं हुआ। घोड़ा नाच और घोड़ा मेलन इस इलाके में कब से है! अब के छोकरे घोड़ा नाच पसंद नहीं करते। घोड़ा नाच ही तो केवट को केवट के रूप में परिचित करा देता है। अरे, बाबा, केवट को यदि केवट के रूप में पहचान लिया, केवट को आपत्ति क्यों? घोड़ा नाच बंद करने पर केवट को क्या लोग ब्राह्मण, बनिया, क्षत्रिय मानेंगे? मनुष्य की देह की छाल है उसकी जात। छाल छील दो तो नई छाल निकल आती है। सांप केंचुली छोड़ने पर भी सांप बना रहता है, बाघ नहीं बन जाता। कोई कुछ भी व्यवसाय करे, आजकल उसकी जात नहीं डूबती। इस इलाके में उद्धव मंगवाल, भारत मंडल, भैरव माझी केवट हैं, सो मछली का व्यापार करते हैं—ऐसी बात नहीं, मछली का व्यापार तो ब्राह्मण गुसाईं, कुंडल पंडा करते हैं, क्षत्रिय कपिल प्रधान, सरपंच कुंपनी स्वाईं, चेयरमैन टहली महांति, खेतिहर बांछू तरई, तेली मथूरी साहू, चमार-धोबी-बेहरा, खद्दरधारी, गैरखद्दर वाले, मंत्री, पूर्व मंत्री, अघर-द्वारी सब, सब करते हैं। जात-गोत्र पूछने की ज़रूरत नहीं, क्योंकि सब व्यापार में केवट हो गए हैं। उद्धव, भारत मंडल, भैरव माझी आदि बाप-दादा चौदह पीढ़ी से वंश-बुनियाद में जो केवट थे, वे अब हो गए गरीब केवट। ब्राह्मण, कायस्थ, क्षत्रिय, नेता, समाज सेवक वगैरह उच्च वर्ग के मछली व्यापार में जो हैं, वे अब धनी केवट हैं। अतः केवट में अब कुजंग, एरसमा, इलाके में कुल जमा दो वर्ग हैं। धनी केवट-गरीब केवट। घेरी केवट, जालवाले केवट। जिसके घेरा नहीं वह आदमी में नहीं गिना जाता!

जाल वाले केवट गरीब केवट होते हैं। बाप-दादा के ज़माने से जाल और डोंगी लेकर जान की बाज़ी लगा नदी सागर से मछली पकड़ते हैं। मछली घाटी में धूप-बरसा खाकर पड़े रहते, मछलियों के झुंड की ओर निगाह किये। मछली

पकड़ व्यापारियों को सस्ते में बेच, अभावी बहुकुटुंबी संसार में गुज़ारा करते हैं। मगर ऊँची ज़ात के धनी केवट पहले ट्रालर डालकर मछली पकड़ सागर से रुपये छान लाते हैं। इसमें नुकसान हुआ तो अब बना डाली है झींगा घेरी।

हर साल पूर्णिमा आने पर उद्धव हसुवा नदी की खिलखिलाती चैती लहरों को देख-देख अतीत को सुमरन करता। वह तो मंगवाल है। चैती घोड़ा नाचते-नाचते उसके दरवाज़े आने पर उसे गर्व होता कि वह जात का कैवर्त है—दास राजा का वंशधर है। चैती घोड़ा मात्र बाँस की खपच्चियों का बना मुखौटा पहने खेल का घोड़ा नहीं। इस घोड़े में आत्मा है। उसकी एक विरासत है। चैती घोड़ा केवट का भाग्यलक्ष्मी है—इष्ट देवता है। यह बात अब के रिफ़ाइन चावल, नाइलॉन चिवड़ा खानेवाले केवट छोकरे नहीं समझते। अब के छोकरे सिनेमा या ऑपेरा में मिल अधनंगे नाच करने में लाज-शरम नहीं करते। मगर इष्टदेवी का आशीर्वाद पाने के लिए पूर्वजों का घोड़ानाच करने में उन्हें लाज आती है। जगतसिंहपुर के वासु रथ की 'माँ शारला ऑपेरा पार्टी' में अब शामिल हुआ है भैरव माझी का छोटा बेटा कार्तिक माझी। भारत मंडल ने सबसे छोटी बेटी पद्मा के लिए जंवाई बनाने के लिए उसे ध्यान में रखा था। कार्तिक बी.ए. फ़ेल है। चाकरी ढूँढ़-ढूँढ़ हताश हो गया। मछली या खेती की ओर मन नहीं किया। पढ़ाई की है। मूर्खों का काम क्यों करे? पिता ने जितना भी समझाया, नहीं माना। "अरे पगले ब्राह्मण, बनिये, क्षत्रिय घरों के बी.ए., एम.ए., इंजीनियर, ओवरसीयर छोकरे तो झींगा घेरी बना लाखों रुपये के मालिक हो गए।" "मछली व्यापार में क्या धरा है? दे, लाख रुपये दे, एक बड़ी घेरी बनाता हूँ, मोटर साइकिल लाता हूँ। ठाठ से झींगा का कारोबार करूँगा। दे सकोगे?"

"ना—वो हमारे भाग्य में नहीं। हम केवट जात हैं। नदी नाले हमारे हैं। हम तो लंगोटी मार जाल फेंकते हैं नदी, सागर में जान की बाज़ी लगा कर मछली पकड़ेंगे। खाते समय आधापेट—पीठ नंगी! यही है केवट वंश की बुनियाद?"

सचमुच मछली पकड़ने को लात मार, बाप की उपेक्षा कर, ऑपेरा में शामिल हो गया कार्तिक। बाप का नाम डुबोया। बाकी पाँच बेटे मूर्ख थे अतः बाप के साथ मिलकर खेती करते, मछली पकड़ते और पाँच केवटों की तरह जीते। पद्मपुर, गढ़ आदि गाँवों में पश्चिम बंग के बंगालियों की भीड़ लगी है। पाँच बहू लाया है माझी उस गाँव से। ये छोकरा किसी नचनी को कहीं से उठा लाया लगता है। भैरव माझी उसे बेटे की गिनती में नहीं मानता। वो तो अपने आप तीसमारखाँ है।

भारत मंडल फिर भी आस बाँधे है। उसकी पद्मा कोई पढ़ा-लिखा केवट

पाए तो भारत मंडल को खुशी होगी। पद्मा इतनी सुन्दर है, ठीक पद्मा नदी सरीखी! उससे बड़ी मधुमती और मार्जती हैं। उन्नीस-बीस हैं मगर हर बात में पद्मा से कम हैं। भारत ने बेटों के ओड़िया नाम दिये हैं—क्योंकि ओडिशा ही उनका भाग्य है। बेटे खांटी ओड़िया हैं। वह अच्छा है। जैसा देश वैसा भेष! मगर बेटी! वो तो पराया धन है। क्या पता मेदिनीपुर या पश्चिम बंग के किस गाँव में उसका दाना-पानी लिखा है। पूर्व बंग का सवाल नहीं। बांग्लादेश स्वतंत्र होने के बाद हिन्दुओं पर मुसलमानों के अत्याचार कम नहीं हुए। सीमा पार कर प्रतिदिन शरणार्थी दल आ जाते हैं। इधर के नेतागण ने वोटों के लोभ में उन्हें गैरकानूनी ढंग से बसा लिया। वोटर लिस्ट में नाम चढ़ा दिया, चिरकुट थमाकर वोट जीत लिए काम फतेह! बेचारा शरणार्थी न इस किनारे का रहा न उस किनारे का। उनको इस इलाके के आदमी जैसा कोई नहीं मानता। नेता बस वोटों का माध्यम मानकर फ़ायदा उठाते, इधर के बाशिंदे के रूप में गिनने की कोई व्यवस्था नहीं की है। इधर स्थानीय लोगों की आँख में काँटे बने हैं, परिवेश वालों के लिए घृणित हैं। इधर शरणार्थियों की हालत दयनीय बनी हुई है। दोनों बड़ी बेटियों को मेदिनीपुरी के बंगाली परिवारों में ब्याह दिया। लाडली छोटी पद्मा को भैरव माझी के घर में देकर आँखों के आगे रखने की बात रखी थी भारत मंडल ने। छोकरा नाटक कंपनी के साथ कलकत्ता, मेदिनीपुर, गुजरात, सूरत फिर रहा है। देखा जाय बेटी के भाग्य में क्या लिखा है! वैसे उद्धव मंगवाल ने मध्यस्थ बनकर भैरव माझी के बेटे के साथ अगहन तक पद्मा का ब्याह करवाने का वचन दिया है। कुछ रुपये-पैसे जुगाड़ कर लेता तो बात पक्की करा देता। जंवाई मोटरसाइकिल खरीदना चाहता है, खरीद ले। घेरी बाँधेगा, बाँधे। नाटक-तमाशा छोड़कर पद्मा के साथ घर बसाये। साथ रहे।

उद्धव का बेटा भाग्यधर और भैरव का छोटा कार्तिक साथ-साथ कोठी कॉलेज में पढ़ते थे। कार्तिक बी.ए. फ़ेल, भाग्यधर इंटर पास। चंदनपुर गाँव का विक्रम बलवंतरा भी उनके साथ पढ़ता था। तीनों जिगरी दोस्त थे। कार्तिक और भाग्यधर बचपन से सुर मिलाकर घोड़ानाच के साथ-साथ ऊँचे स्वर में ऐसे गाना गाते थे कि उड़ती चिड़िया भी गीत सुनने को रुक जाती। डायन भी खून चूसना भूल जाती ऐसी मीठी आवाज़ थी। मिसरी से भी बढ़कर—मगर भाग्यधर को उद्धव ने नाटक दल में जाने को नहीं छोड़ा। ऑपेरा मालिक साले कसाई से भी बढ़ कर होते हैं। बड़े खून चूसने वाले कंजूस! मेहनत कराते हैं गधे की तरह। वेतन की बात न कहना ही ठीक होगा! छिः! बस नाम भर को! सर्कस में जंतु अच्छा खाते हैं वरना नाचेंगे नहीं, सोयेंगे। बात नहीं मानेंगे। मगर ऑपेरा पार्टीवाले खाते हैं, घास-गोबर,

नाचते हैं बाघ, भालू से बढ़कर। उनकी हालत सर्कस के जंतु से भी गयी-बीती है। पता नहीं इस छोकरे को नाटक से क्या सुख मिलता है? आजकल की नाटक पार्टी में एक कच्चा सुख है। क्योंकि इनमें छोकरी शामिल हो गई हैं। अब छोकरे नकली लड़की बनकर दर्शकों को आकर्षित नहीं कर पाते। छमछमाती ज़िंदा छोकरी थेई-थेई नाचती हैं। उनके संग नाटकवाले छोकरे हँसी-ठट्ठा करते रहते हैं। बिना किये चारा भी नहीं। आग के पास कीट-पतंग कैसे सँभाले? ख़ैर, जो करें, गिरकर जलभुन कर न मरें। घर की बुनियाद में कालिख न लगायें। छोकरी संग हें-हें, फें-फें कर नाटक करते हैं, करें। घर लौटकर जात-गोत्र, खानदान देखकर अच्छे घराने की लड़की को घरवाली बना लायें। मर्द छोकरा तो पीतल की हँडी है। गरम हुआ तो स्याह पड़े, पड़ने दो। फिर ठंडा होने पर मांज-धो साफ़ कर दो, वैसे का वैसे ही चमके! लड़की तो ठहरी माटी की हँडी। एक बार चूल्हे पर चढ़ाओ, जूठी हो गई तो फिर फेंक दो। किसी के काम नहीं आती। छूत की बन जाती है। ख़ैर, भैरव माझी के बेटों को बेराह चलते तो किसी ने नहीं देखा। कार्तिक माझी अन्य पाँच आवारा छोकरों की तरह ऑपेरा पार्टी की छोरियों के साथ हें-हें, फें-फें नहीं करता होगा। यह बात उद्धव को साफ़-साफ़ दिख रही थी।

चौपाल पर बैठा उद्धव सिहराती हवा में आकाश-पाताल की बेकार की बातें सोचता रहा। वह सुन पा रहा था उस ज़माने के घोड़ानाच के गीत का उतार-चढ़ाव। उद्धव मंगवाल ने खुद ऊँचा-नीचा कर घोड़ानाच के गीत को सुर दे गुनगुनाना शुरू किया—और प्रतीक्षा करता रहा सबकी। सब इकट्ठे हों तो सभा शुरू की जाए।

घोड़े का मुँह आँकनेवाले कुजंग के प्रसिद्ध चित्रकार ने किस ज़माने में रंग लगाकर घोड़े का मुँह बनाया था जो आज भी ग्रामदेवी के मंदिर में पूजा जा रहा है। अब तो घोड़े का मुँह बनाने वाले चित्रकार भी कहाँ रहे? यह मुँह गया तो बासुली का मुँह छुप जायेगा। मंगवाल का ज़माना पूरा होने जा रहा है। वह कैवर्त संस्कृति को कब तक सिर पर उठाये रहेगा? मन को जितना समझाओ, चैत पूर्णिमा की रात बहुत सूनी-सूनी लगती है उद्धव मंगवाल को, मानो बेसुरा चैत जल्दी खत्म हो जाये। वैसे धर्म, कर्म, नीति नियम समाप्त हो रहे हैं। अधर्म, अकर्म, अनीति और पाप इन चार पाँवों पर कलियुग खड़ा है।

दूर से दिखाई दिए, कलियुग को दोनों हाथों से हटाते हुए खेत के बीच पतली पगडंडी पर डग बढ़ाते आ रहे हैं, शोभनपुर गाँव के सर्वोदय नेता गाँधी दास। उन्होंने गाँधी को देखा नहीं था, मगर लग रहे थे गाँधी महात्मा नाटे थे, पर गाँधी की तरह।

गाँधी दास की टाइटल गाँधी नहीं है। पिता का दिया नाम है गाँधी। इस नामकरण के पीछे जो रक्तरंजित इतिहास है उसने केवल इस इलाके को ही नहीं या भारत को ही नहीं, सारे विश्व को एक दिन शोकाभिभूत कर दिया था। आज भी गाँधी दास को देखकर इस इलाके के पुरखे स्वाधीनता संग्रामी लोग उस हृदय विदारक घटना को याद कर विषाद में डूब जाते हैं।

गाँधी दास के पिता सुबल दास नैष्ठिक गाँधीवादी स्वाधीनता संग्रामी थे। महात्मा गाँधी की ओडिशा यात्रा के समय उन्होंने गाँधी के साथ पदयात्रा की थी। 1930 ई. की बात है। ब्रिटिश सरकार ने भारत के समुद्र किनारे नमक बनाना निषिद्ध कर दिया था। कानून बना दिया—गरीब-अमीर सब विलायत से आने वाला ऊँची दर का नमक खायेंगे। देश में जली विद्रोह की आग। गाँधी महात्मा की आवाज़ थी—ब्रिटिश कानून तोड़ कर नमक बनाओ। अरब सागर के तट से लेकर बंगोपसागर तट तक फैल गया महात्माजी का आह्वान। जाग उठे देशभक्त भारतवासी। अरब सागर के तट पर दांडी में नमक बनाने के लिए गाँधी ने दांडी यात्रा की। हज़ारों नर-नारी दांडी यात्रा में शामिल हुए। ठीक उसी समय पूर्वी तट पर सागर किनारे के गाँव एरसमा ब्लॉक के सिहा, सुनाबेदी, हीराडीह, पंचपल्ली, गोड़ा, हरीशपुर, चटुवा, शोभनपुर, अभयपुर और भी कई गाँवों में नमक बनाने का आंदोलन तेज़ हो उठा। उस आंदोलन के अगुवा नेताओं में थे सागर तट के गाँव शोभनपुर वाले सुबल दास। पुरुष लोग नमक के खेत से नमक मिली मिट्टी लाते, औरतें मटके में पानी भर पानी में उस माटी को मिलातीं, उस पानी को आग में उबाल कर नमक बनातीं। यह थी गरीब की रोज़ी-रोटी, उनके लिए हाट से नमक खरीद कर खाना संभव नहीं था। सत्याग्रही उस नमक में मुट्ठी भर कागज़ की पुड़िया में बाँधकर पैदल कटक तक पहुँच जाते। शहर की गलियों में चुटकी-चुटकी नमक बाँट कर आंदोलन को ज़िंदा रखने के लिए कुछ-कुछ चंदा माँगा करते थे।

कटक के देशप्रेमी लोग जिस दिन गाँधी नमक नहीं पाते, चिंता हो जाती, ''ओह! आज गाँधी नमक नहीं मिला! दासजी क्या ब्रिटिश सरकार के हाथ में पड़ गए? आंदोलन विफल तो नहीं हो गया।'' एक दिन की बात है—इस नमक की पुड़िया को झोले में भर कर दासजी के नेतृत्व में सत्याग्रहियों का जत्था 'महात्मा गाँधी की जय', 'भारत माता की जय' बोलता हुआ बड़े जुलूस में निकला था कटक के लिए। सिहा लूणपाट से एरसमा तक रास्ते पर लोकारण्य। तभी मजिस्ट्रेट साधव मिश्र जुलूस के आगे घोड़े से उतर गए—'बंद करो ये नारे! फेंक दो ये नमक की पुड़िया।' दासजी की उमर भी क्या रही होगी सत्रह या अठारह। ठिठोली

कर जवाब दिया—"नमक की पुड़िया तेरे लिए ले जा रहे हैं। सत्याग्रहियों से बच निकलने के लिए घोड़े से गिरकर उस दिन तुम घायल हुए थे। देह से पीड़ा मिटी न होगी! अब ये घोड़ा भी सत्याग्रह कर तुम्हें लात मारेगा। अतः देह का दरद मिटाने के लिए काफ़ी नमक की पुड़िया की ज़रूरत होगी। साधव पंडित जी! आप तो गुसाईं जात हो! विलायती नमक से पीठ सेंकने से ब्राह्मण जनेऊ अपवित्र नहीं होगी? इसलिए आपके लिए ये मोटा नमक लाए हैं!" सुबल दास पर साधव मजिस्ट्रेट की बहुत दिनों से खीझ भरी थी। फिर वे ब्रिटिश सत्ता के नमक-सच्चा अफ़सर ठहरे। ऐसा अपमान सहते! सत्याग्रहियों पर लाठीचार्ज का हुक्म दे दिया। आँख मूँद कर लाठियाँ बरसाने लगे। जान बचा कर निरीह जनता इधर-उधर भागी। बचे रहे कुछ सत्याग्रही।

किसी का सिर फटा, किसी का पाँव टूटा। मगर नमक भरा झोला नहीं छोड़ा सुबल दास ने। 'भारत माता की जय! महात्मा गाँधी की जय' के नारे गूँजते रहे। पुलिस थक गई। एरसमा धरती सत्याग्रहियों के खून में रंग गई। सुबल दास की एक टाँग टूट गई। उस दिन से वे लंगड़ दासजी के नाम से प्रसिद्ध हो गए। मगर स्वाधीनता संग्राम से पीछे नहीं हटे। सन् 1930 से 1942 तक लंगड़ दास ने सात बार जेल काटी। उनका बड़ा बेटा है गाँधी दास। वह जन्मा था 30 जनवरी, 1948 को आधी रात में। गाँववाले समझ गए कि बारह बरस बांझ रह कर सुबल दास की घरवाली ने आधी रात में बेटे को जन्म दिया है। मगर सुबल दास खुशी में नाच उठने की जगह रोने लगे। बात क्या है? क्या सुबल दास की घरवाली बेटे को जन्म देकर मर गई? वहाँ पर उपस्थित द्रोणवीर मास्टर ने जवाब दिया—"ऐसा होता तो दुनिया में प्रलय नहीं आ जाती। कई औरतें जच्चाघर में मर जाती हैं। यह नई बात न थी। हाय, राष्ट्र के पिता महात्मा गाँधी की एक नालायक ने गोली मार हत्या कर दी! सुबल को कैसे हिम्मत बँधाएँ," मास्टरजी खुद ही फूट-फूट कर रोने लगे। सुबल दास ने रोना रोक मुट्ठी बाँधकर कहा—"हत्यारे को एक ओड़िया माली दबोच बैठा! हत्यारा पकड़ा गया है! मैं होता तो उसे वहीं खत्म कर देता!"

मास्टर ने कहा—"तुम इतने निर्बल हो, सुबल दास! ऐसी बात कहते हो! तुम तो गाँधी के शिष्य हो! हिंसा का उत्तर हिंसा—ये ही बात गाँधी कह गए? गाँधी तो गोली खा गिरने से पहले कह गए—हे राम! हत्यारे को क्षमा करना! सुनो, दासजी! गाँधी मरे नहीं...गाँधी मरते नहीं। वे क्या हम-तुम जैसे मामूली इन्सान थे कि गोली खाकर मर जायेंगे? गाँधी तो पैदा हुए तुम्हारे घर। अब सैकड़ों हज़ारों गाँधी जन्म लेंगे। घर-घर में। एक गाँधी को मारोगे, दो को मारोगे—फिर?

हा...हा...हा.. गाँधी अमर रहें—महात्मा गाँधी की जय!'' द्रोण मास्टर पागल की तरह ठहाका लगा उठे, फिर छोटे बच्चे की तरह रो पड़े।

बेटे के नामकरण पर सत्यनारायण पूजा नहीं हुई। गाँधी पूजा हुई। गाँधी फ़ोटो पर फूल चढ़ाये गए—धूप, दीप, नैवेद्य अर्पित हुए। नामकरण की घड़ी सारे नाम नकार कर घोषणा हुई—''जन्मपत्री में बेटे का नाम लिख दो—सुबल दास का बेटा गाँधी दास!''

उस इलाके में ऐसा नाम किसी और का नहीं था—गाँधी दास ने महात्मा गाँधी को नहीं देखा। बस, सुना है। बचपन से सुनता आया है—पिताजी से—जो देखने से बढ़कर है। स्कूल में गाँधी का ऐसा सटीक चित्र आंका—पुरस्कार मिला था। बड़ा होने पर खुद को गाँधी के रूप में सजाया है। केवल रूप में नहीं, गाँधी नीति का अनुसरण कर अपने नाम की सार्थकता प्रतिपादित करने की चेष्टा की है। इस इलाके में असवर्णों के मंदिर प्रवेश, दहेज प्रथा के विरोध, नशाबंदी, विधवा विवाह, नारी शिक्षा आदि समाज सेवा के काम में लगाया खुद को गाँधी दास ने। अपनी खेती है। सुख-दुःख से संसार चल जाता है। सुबल दास के बाद गाँधी दास इस इलाके के एक मुखिया कहे जाते हैं। केवटों के मछली पकड़ने का अधिकार, मछली महाजनों के शोषण के विरोध में भी लड़ते आये हैं। आंबीकी गाँधी के रूप में इस इलाके में परिचित हैं। सांवला, ठिंगना-सा आदमी। गाँधी की ऊँचाई के मुकाबले बहुत कम। मगर चेहरे का गठन गाँधी के ढाँचे पर बना है। गाँधी के मृत्यु दिवस पर इनका जन्म है, अतः इलाके भर के लोगों का ख़याल है कि शायद गाँधी ने एरसमा की धरती पर जन्म लिया है। आँख, कपाल सब पर गाँधी की छाप दिखती है। खाली देह पर खादी की चादर, घुटने न छुपने लायक धोती, पाँव में चप्पल का जोड़ा, कमर झुकी न होने पर भी हाथ में एक मज़बूत-सी लाठी। मगर गाँधी दास का सिर गाँधीजी की तरह गंजा नहीं है—गंजा दिखाने के लिए सदा चिकनी चाँद मुड़ाये रखते हैं। आँखें खराब हैं या नहीं क्या मालूम? मगर गाँधी दास गोल-गोल गाँधी चश्मा हमेशा लगाते। जाड़े, धूप, बरसा—हमेशा एक ही पोशाक। चलते समय पाँव ऐसे लंबे डग भरते कि लगता नाटा गाँधी दांडी यात्रा पर निकल पड़ा है। नमक बनाना खत्म नहीं हुआ, स्वाधीनता संग्राम जारी है...

जाति में मूलतः सुबल दास थे स्वाईं। उन दिनों गाँधीजी पदयात्रा पर पुरी आये थे। गाँधी ने हँसते हुए उन्हें कहा—''तुम सुबल स्वाईं—अर्थात् भगवान! तुम जैसे देशप्रेमी साहसी युवक भारत के वास्तविक भाग्यविधाता हैं। मैं भारत माता

का मामूली दास हूँ। अत: मेरा नाम है मोहन दास। तुम लोगों के बिना मेरी शक्ति कहाँ? तुम लोगों ने ही मोहन दास को गाँधीजी बना दिया है।'' उस दिन सुबल स्वाईं ने अपनी 'स्वाईं' उपाधि छोड़ दी, वहीं पर। हाथ जोड़ कर कहा—''बापूजी! मैं आज से सुबल स्वाईं नहीं, सुबल दास हूँ। आप देश के दास हैं, मैं आपका दास हूँ। आप जहाँ भी रहें, देश सेवा करके मैं आपकी सेवा ही करूँगा। आपकी चरण धूल लेकर प्रण करता हूँ।'' महात्माजी ने सुबल को अपनी चरण धूलि लेने का अवसर नहीं दिया—उन्होंने उसे बांहों में भर सीने से लगा लिया। गद्गद होकर कहा—''तेरी चरण धूल और मेरी चरण धूल में कोई फ़र्क नहीं है। सब तो धरती माँ की पवित्र अंगरज हैं! जन्मभूमि भारत की माटी पर मोहन दास और सुबल दास एक हैं—यहाँ छोटे-बड़े का सवाल नहीं।''

महात्माजी के उस आलिंगन के स्पर्श ने सुबल दास को जीवन भर उद्‌बुद्ध किये रखा। गाँधीजी के तिरोधान के बाद भी सोते, जागते, सपने में गाँधीजी के स्पर्श का अनुभव कर पाते थे। देश स्वाधीन होने के बाद सुबल दास ने तत्परता से देश सेवा में मन-प्राण उँड़ेल दिया। सक्रिय राजनीति से दूर रह कर उन्होंने गाँधीजी के रचनात्मक कार्य में मन लगाया। बाद में विनोबा के आदर्श से अनुप्राणित हो भूदान आंदोलन में शामिल हुए। जीवन भर सर्वोदय कार्यकर्ता बने रहे। सुबल दास अपने ज़माने में एरसमा गाँधी थे। उनका पुत्र गाँधी दास अपने ज़माने में उत्तराधिकारी बन अब इस इलाके में आंबीकी गाँधी कहलाता है।

~

आम के पेड़ पर इमली नहीं लगती। एक पेड़ के सारे आम एक जैसे मीठे या रसीले भी नहीं होते। एक ही पेड़ का कोई फल फीका, कोई खट्टा लगता है। सुदाम स्वाईं और सुबल दास एक ही माँ के पेट से जन्मे भाई, एक डाल की दो शाख हैं। मगर बड़ा भाई सुदाम यदि खट्टा आम है तो छोटे भाई सुबल हैं रसाल मीठे आम। दोनों भाइयों का विपरीत चरित्र होना कोई नई बात नहीं। जिन्होंने रावण और विभीषण के चरित्र सुने हैं, वे सुदाम स्वाईं और सुबल दास को देख अचंभित क्यों होने लगे?

मगर बड़े भाई सुदाम ने अपनी दुनियादारी की अकल लगा कर माँ लक्ष्मी को थामे रखा था। सुबल दास इधर गाँधी आंदोलन में डूबे थे, सुदाम स्वाईं थे अंग्रेज़ों के समर्थक ज़मींदार के प्यादे। अंग्रेज़ों के ज़माने में ज़मींदार की छत्रछाया तले रह कर वे चैन से थे। अत: ज़मींदार की जी-हजूरी करने के साथ-साथ अंग्रेज़ों

के भी समर्थक थे। दोनों में मतभेद का कारण गाँधीजी थे। आगे चल कर सर्वोदयी विनोबा दोनों भाइयों के बीच दीवार बनकर खड़े हो गए।

सुबल दास की गाँधी नीति और सरलता का सुयोग लेकर पैतृक संपत्ति पर सुदाम ने अपना अधिकार जमा लिया। अंग्रेज़ शासन की आखिरी घड़ियों में उनके पहले बेटे का जन्म हुआ। उस ज़माने में अंग्रेज़ों को देवता मान कुछ लोग बच्चों के नाम साहेब, कलक्टर, मजिस्टर आदि रखा करते थे। सुदाम जानते थे कि ईस्ट इंडिया कं. साहबों का बाहुबल है। अत: उस नाम पर बेटे का नाम 'इंडिया स्वाईं' रखने का मन बनाया था। मगर एक अंग्रेज़ी समझने वाले शुभेच्छु पार्षद ने कहा—'' 'इंडिया' का मतलब भारत है। बेटे का नाम भारत रखने का मतलब तुम भारत प्रेमी हो। यानी गाँधी के समर्थक हो। अंग्रेज़ बहादुर की कोप दृष्टि पड़ सकती है। बेटे को कोई दूसरा नाम दो।''

सुदाम स्वाईं को बेटे का नाम चुनने के लिए कहीं दूर नहीं जाना पड़ा। इंडिया नाम हटा कर जन्मकुंडली में नाम लिखाया—'कुंपनी स्वाईं'। बाद में मूर्ख गंवार लोगों की ज़बान पर कुंपनी स्वाईं कहलाये कुंपनी स्वाईं! मगर कुंडल पंडा अपनी विचक्षण अनर्थ बुद्धि से कुंपनी स्वाईं को बुलाते कुंपी स्वाईं कह कर! दरअसल कुंपनी स्वाईं थे महा कंजूस!

ज़मींदारी उच्छेद के बाद, पिता के गुज़र जाने पर कारोबार के ज़रिये कुंपनी स्वाईं ने गरीब-गुरबा की संपत्ति हड़पने में नाम कमाया था। इसी कारण चचेरे भाई गाँधी दास के साथ उनका साँप-नेवले का रिश्ता रहता। बड़े अंश का बड़ा भाग के बहाने उन्होंने बाप-दादा के ज़माने की समूह संपत्ति से अस्सी भाग दबा रखा था। गाँधी दास कहते—''चाहे संपत्ति सारी ले लो तुम, ज़मीन में मेड़ खड़ी न करो। आंगन में दीवार न उठाओ। एकान्नवर्ती परिवार में जन्मे, मरे पूर्वजों की आत्मा इससे कष्ट पायेंगी। हमारे हाथ से पानी भी नहीं लेंगे वे। खासकर पिताजी की आत्मा दु:खी होगी।'' मगर कुंपनी स्वाईं ने गाँधी दास की तिल भर परवाह नहीं की। तीन हिस्सा अपनी ओर रखकर दीवार खड़ी कर दी, खेत में मेंड़ उठा दी।

कुंपनी स्वाईं संपत्ति का बड़ा हिस्सा मार बैठे थे इस का दु:ख न था। आंगन में दीवार बनी, चूल्हे-चाकी अलग हुए, खेत में मेंड़ बनी, इन बातों पर गाँधी दास मर्माहत हुए। इस ज़माने में भी गाँधी दास गाँव-गाँव घूम कर न्याय-इन्साफ़ कर भाई-भाई में मार-फ़ौजदारी का समाधान करते थे। आजकल के स्वार्थी लोगों को एकान्नवर्ती परिवार के मूल्यों पर बताते, समझाते। कहा करते—''जैसे देश के लिए एकता बल है, वैसे ही परिवार के लिए एक चूल्हा बल है। आपदा-विपदा

में कितना भरोसा रहता है!'' मगर कुंपनी स्वाईं ने वंश की बुनियाद पर कालिख पोत दी—वह अलग हो गया। गलत तर्क देकर भाई की संपत्ति दबा ली। गाँधी दास ने कोर्ट-कचहरी नहीं की। कह दिया—"भाई संपत्ति ले गये, यह सच है। भाग्य नहीं ले सकते। मैं अपना आदर्श और भाग्य नहीं छोड़ सकता। एक दिन आयेगा जब भाई अपनी गलती समझेंगे। इस धर्म आंगन से दीवार हटेगी। पवित्र धरती से मेंड़ मिटेगी। हम द्रोनों भाई मिलकर एक होंगे।'' कुंपनी स्वाईं के बेटे अमानुष होने चले, एक दिन संपत्ति को लेकर सिर फुटौवल होंगे। बाप से अलग होकर पूर्वजों की आत्मा को कष्ट देंगे—सब को यह साफ़-साफ़ दिख रहा है। मगर यह सब कतई दिखाई नहीं पड़ा स्वार्थ के अंधे कुंपनी स्वाईं को।

कलियुग में सभी एक-एक धृतराष्ट्र हैं! मगर कुंपनी स्वाईं तो धृतराष्ट्र का भी दादा है, यह बात वह सरपंच बना तब से कुछ मामलों में स्पष्ट हो गई। पिता के नाम की सार्थकता रखते हुए कुंपनी स्वाईं के दोनों बेटों ने कई-कई कुंपनी खोली। आस-पास के अधपढ़ बेकार छोकरों को ठग कर छोड़ दिया। सरपंच होने के बाद कुंपनी स्वाईं के पास पैसों की कमी नहीं रही। साथ में पद और क्षमता ने मिलकर उन्हें नामी प्रपंच बना दिया। इसी कारण कुंपनी स्वाईं को अपना भाई कहने में भी गाँधी दास को संकोच होता। मगर बड़े भाई को संस्कारगत मान और मर्यादा देने में कमी नहीं रखी। कुंपनी स्वाईं सरपंच होने के बावजूद गाँधी दास की इस इलाके में जितनी इज़्ज़त थी उतनी खातिर कुंपनी स्वाईं की न थी। गाँधी दास पर कुंपनी स्वाईं का असल गुस्सा इसी बात पर था। जिसका प्रतिकार गाँधी दास के पास न था। गाँधी दास अगर चुनाव लड़ते तो सरपंच ही क्या, एकदम मंत्री बन जाते। इसमें किसी को संदेह न था, मगर गाँधी दास में मंत्री पद के लिए रत्ती भर भी लोभ न था। वे सिर्फ़ जानते ही न थे, ठोक बजा कर कहते भी कि मंत्री बनने में कितनी नीति, आदर्श और आखिर में चरित्र की बलि देनी पड़ती है। उस ज़माने के जैसे मंत्री आज के मंत्रिमंडल में कहाँ हैं? लाल बहादुर शास्त्री जैसा मंत्री आज के मंत्रिमंडल में ढूँढ़े नहीं मिलेगा।

गाँधी दास खेत ही खेत होकर छोटे नाटे पैरों से बड़े-बड़े डग भरते गाँव के छोर पर बरगद के पेड़ के तले चबूतरे की ओर जा रहे थे। गाँधी दास के न पहुँचने तक सभा शुरू नहीं होती। क्योंकि गाँधी दास जात में कैतर्व न हों मगर अभयपुर कैतर्व उन्नयन समिति के थे कर्णधार। उनके अधपढ़े होने पर भी उनसे ज़्यादा पढ़े-लिखे भी उनकी विचार-बुद्धि की तारीफ़ करते।

लोगों का विश्वास है, उद्धव मंगवाल जैसे धर्म नाव का छोर रोके है, गाँधी

दास वैसे ही न्याय तराजू का दंड थामे हुए हैं। जाति, धर्म, अपने-पराये के मामले में तराजू में तिल भर उलट-पलट नहीं होता गाँधी दास के दरबार में। छोटे किसान बांछू तरई, मंगलू विश्वाल, भैरव माझी, भारत मंडल, उद्धव मंगवाल, यहाँ तक कि ब्राह्मण गुसाईं कुंडल पंडा से लेकर आस-पास के गाँव के मुखिया लोग भी शोभनपुर के गाँधी दास की इज़्ज़त करते हैं। द्रोणवीर मास्टरजी, जिन्हें कुजंग, एरसमा इलाके में लोग हर बात में मास्टर मानते हैं, वे भी गाँधी दास के विचारों के कायल हैं।

दो तरफ़ की दो मेंड़ों से पानी की धार की तरह आकर गाँधी दास के संग डग मिलाये भारत मंडल और बांछू तरई। गाँधी दास इनसे उमर में छोटे हैं, मगर विद्या-बुद्धि में बड़े कह कर ये लोग उनको मानते हैं। हाईस्कूल का आखिरी छोर छोड़ कर पिता के साथ भूदान आंदोलन में कूद पड़े थे गाँधी दास। मगर उनका ज्ञान और विचार अब के कॉलेज से बी.ए.,एम.ए. पास लड़कों से कहीं बहुत ऊँचा था। गाँव-गाँव में छोकरे नकल (कॉपी) कर बी.ए., एम.ए. कर किसी काम के नहीं रहते। केवल बेकारी समस्या बढ़ाने के पक्ष में वे न थे। अतः गाँधी दास के बड़े बेटे भूदान दास ने जब बी.ए. में दो-दो बार धूल चाटी, गाँधी दास ने आदेश दिया—"पोथी-पन्नों पर डोर बाँध दे, खेती-बाड़ी में मन लगा!" भूदान ने भी बाप-दादा के आदर्श के अनुसरण में कभी नकल नहीं की, न वह बी.ए. कर पाया। कुछ दिन तो गुरुमणि ने खेती में मन लगाया। वह छोटे किसानों का दुःख समझने लगा। अपने इलाके की उन्नति के लिए बड़ी-बड़ी योजनाएँ फ़ेल हो गईं। बात-बात में फ़ेल की बातों से भूदान का मगज पक्का हो गया। अचानक उसने अपने पिता आंबीक गाँधी—गाँधीदास को ही दोष नहीं दिया, उसने अपने दादा एरसमा गाँधी, सुबल दास और राष्ट्रपिता महात्मा गाँधी को भी दोष दिया। अपने नाम पर घोर प्रतिक्रिया व्यक्त की थी कॉलेज में पाँव देते न देते। कहते हैं थोरिया टोला (कटक) के भूदान ऑफ़िस में बैठ माँ रमादेवी के संग चर्चा करते समय खबर आयी कि एरसमा गाँधी सुबल दास के बेटे गाँधी दास को बेटा हुआ है। कहते हैं माँ रमादेवी ने कहा—"अपना पोता ही वास्तव में स्वाधीनता का रक्षक बनेगा। उस पीढ़ी के बच्चे स्वराज का अर्थ समझेंगे। अतः नामकरण के समय कोई बड़ा काम करो ताकि इलाके के भूमिहीन लोग उपकृत होंगे। उन्हें आत्मनिर्भर बनाने के कुछ कार्यक्रम हाथ में लो। बेटे-पोतों को तुम्हीं दिशा दो। हालात बदलेंगे।" माँ रमादेवी जगतसिंहपुर की बहू हैं। त्यागी गोपबन्धु चौधरी की पत्नी! उत्कल गौरव मधुसूदन बाबू की भतीजी! गोपबन्धु चौधरी ने कभी ब्रिटिश सरकार के अन्याय के खिलाफ़ डिप्टी मजिस्ट्रेट की चाकरी छोड़ दी थी। देश सेवा के लिए

उत्सर्ग हो गए। गाँधीजी के बाद सुबल दास उनके शिष्य बने। अत: माँ रमादेवी की बात शिरोधार्य कर पोते के नामकरण पर सत्यनारायण पूजा तक नहीं करायी। आडंबर या भोज का सवाल न था। कई दिनों से उनकी बाड़ी के पास हरिजन परिवार रहता था। खेती-बाड़ी का अपना काम कर गुज़ारा कर लेता। नाती के उत्सव पर अपनी ज़मीन में से कुछ उसके नाम लिख दी। वही थी पोते के नामकरण की पूजा। ऐसा नाम किसी ने नहीं सुना। 'भूदान' नाम सुन सबने वाह-वाह की। बाद में भूदान का माइनर स्कूल में जब नाम लिखवाया, कुछ आवारा छोकरों ने पूछा—"अरे! भूदान, बहन का नाम क्या चरखा रखा है? सुना है तेरे दादा लिख गए हैं कि तेरे भाई का नाम 'खादी' होगा! क्या सच है?"

भूदान नाम रोज़मर्रे में 'भूदा' बन गया। साथी चिढ़ाते—भूदा-भूदा...भौंदा-भौंदू!! माँ-बाप बच्चों के नाम में भी अपने सपने और आदर्श की मुहर लगाते हैं। तब वे नहीं सोचते कि बच्चे समझदार होते ही उनके स्वप्न और आदर्श का मोल चुकाने के लिए कभी तैयार नहीं होते। भूदान की अपने बापू और दादाजी से कई शिकायतें थीं। इतनी ज़मीन बावरी के नाम कर दी? वह बन गया मन-ही-मन बड़ा। अब वह किसान है। वह क्यों गाँधी दास की खेती-बाड़ी में मजूरी करेगा? अब खेतों में काम करने वाले मजूर नहीं मिलते। इधर गाँधी दास ने भूदान यज्ञ से बचाकर जो ज़मीन सहेज रखी है, वह बटाईदारों की दया पर निर्भर है। गाँधी दास के लिए धान साल भर पूरा नहीं पड़ता। रोज़गार धेले भर नहीं। जीवन भर नेतागिरी करते रहे। पैसे तक का लाभ नहीं। उपार्जन में-लोगों का आदर, सम्मान, खातिरी है। पर इसमें पेट नहीं भरता। घर-संसार का अभाव पूरा नहीं होता। कॉलेज छोड़ने के बाद गाँधी दास के पास भूदान ने माँग की—"मुझे रुपया दो, झींगा घेरी करूँगा। लाभप्रद व्यवसाय है। जल्दी हालत बदल जायेगी। कुंपनी ताऊजी के बेटे एक पर एक घेरी बान रहे हैं—हम क्यों न करेंगे?"

गाँधी दास टूट जाएगा पर झुकेगा नहीं। जवाब दिया—"मेरा बेटा झींगा व्यवसाय करे, मेरे सिद्धांत के खिलाफ़ है। इस इलाके में गैरकानूनी झींगा पालन से समुद्र किनारे के जंगल नष्ट हो रहे हैं। पर्यावरण खतरे में पड़ गया है। मैं पर्यावरण के लिए लड़ता रहा। गैरकानूनी घेरी तोड़ने के लिए जन्मत जगाता रहा और मेरा बेटा होकर...!"

"तो आप का बेटा होना मेरा दुर्भाग्य है! आप-जैसे माँ-बाप की संतान होना युग-युग में भविष्य की उन्नति में बाधक है। तो अब मैं करूँ क्या? आपने पिता के रूप में क्या रख छोड़ा मेरे लिए? क्या जमा है?"

"मेरे संचय में साधुता है, आदर्श है, लोक श्रद्धा है। तू भी ऐसे काम कर। करोड़ों में एक बन कर निकलेगा। क्योंकि शुद्ध जनसेवा नहीं रह गई कहीं। सबके मूल में कुछ-न-कुछ स्वार्थ है," गाँधी दास ने उत्तर दिया।

बेटे ने कहा—"तो एक स्वयंसेवी संगठन बना रहा हूँ। इतना जानता हूँ, आप जैसे आदर्श समाजसेवक एन.जी.ओ. से जुड़े होंगे, तो देश-विदेश से पर्याप्त सहायता आयेगी। इतनी कि हम गाड़ी में घूमेंगे। फिर घर बना सकेंगे। हर वर्ष आंधी-तूफ़ान, बाढ़-सूखे का डर न होगा। जी जान से एन.जी.ओ. का काम करूँगा। आप होंगे डायरेक्टर। कुछ स्थानीय पढ़े-लिखे लोगों को साथ में शामिल करें—थोड़ा वेतन देने पर या दो वक्त की रोटी पर भी हमारी संस्था में काम के लिए मना नहीं करेंगे। कई गैर सरकारी संस्थायें खूब मज़े में व्यावसायिक बन गई हैं। मुझे उनकी खबर है। बस, आप राज़ी हो जायें।"

इस स्पष्टवादी, हुड़दंगे, उद्दाम छोकरे को क्या जवाब दें गाँधी दास? विदेशी द्रव्य वर्जन कर गाँधी दास के बाप-दादा ने सत्याग्रह किया था। आज उनके पोते समाज सेवा के नाम पर विदेशी धन से लखपति बन रहे हैं। समाज सेवा अधिकांश के लिए रावण का पद्मवेश है। गाँव के निरक्षर अज्ञानी लोग बोरी भर धान के बदले बोतल भर तेल पा जाने पर भी निहाल हो जाते हैं। पढ़े-लिखे युवक सब जान कर भी चुप हैं। प्रतिवाद करें तो काम से बरखास्त कर दें या बायें हाथ की चुटकी की तरह उड़ा दें। जिस संस्था में जायें, बात वही। उनके पीछे कौन-सी मोटी तनखा की नौकरी पड़ी है? जो चिल्ला कर कह सकें—"तुम हमारा शोषण कर रहे हो, सहायता देने वालों को ठग रहे हो!!"

फिर भी कुछ गैर सरकारी संस्थायें हैं, जो समाज सेवा को लाभदायक व्यवसाय नहीं बना पाये, पर इन छोकरों को तो भवन-मकान, गाड़ी-घोड़ा ने पागल बना रखा है। पैसे कमाने के साथ काफ़ी अपयश कमाना ही लक्ष्य हो गया। पर इस युग में अपयश, निंदा, हथकड़ी पड़ने की किसे परवाह है? जहाँ बड़े लोगों के कई-कई मुकदमे चल रहे हैं, वे ही मुँह खोल नेता बनने के लिए वोट माँगने घर-घर फिर रहे हैं, वहाँ ये अधभूखे, दरिद्र, पढ़े-अनपढ़, बेकार युवक सच्चाई से धनी बनने की कष्टदायी साधना क्यों करेंगे? निंदा अपवाद से डर कैसा? नर्कु राउतराय के नाम पर दो मर्डर केस हैं, जबकि वह चुनाव जीत कर मंत्री बना! सुबल दास का पोता, गाँधी दास का बेटा भूदान दास सबसे अलग है या नहीं? वह समझता ही नहीं, तो गाँधी दास उसकी हाँ में हाँ मिला देगा? गाँधी दास प्रत्यक्ष राजनीति में नहीं उतरे, इस दुर्नीति से डर कर! नीतिनिष्ठ रहो तो राजनीति यज्ञ में

बलि होना ही सार है, यह बात गाँधी दास पूरी तरह जानते थे। आजकल एन.जी.ओ. बनाते ही लोग तिरछी नज़र से देखते हैं। फिर सह पायेंगे, विरोधियों के कटाक्ष? खास कर कुंपनी स्वाईं तो माँ के पेट से ही दुश्मन बना हुआ है। जी भरकर बुराई करेगा। बेटे की ओर देख गाँधी दास ने कहा—

"एन.जी.ओ. कह कर कोई दुर्नीति और शोषणकारी संस्था नहीं बना पाऊँगा। मेरा बेटा होकर वैसा बदनामी धंधा नहीं करना!"

"तो क्या करूँ?" बेटे का तल्खी भरा प्रश्न।

"सुख-दुःख में इलाके के अनेक लोग जीवनयापन कर रहे हैं। तू भी वैसा ही रह। दिन में दो वक्त पेट तो भरता है," गाँधीदास ने दो टूक शब्दों में कह दिया। भूदान ने और दृढ़ होकर कहा—"सुख-दुःख में नहीं, दुःख ही दुःख में जल जाने की बात कह रहे हैं आप। आपका और कुछ हो या न हो, एक नाम भर है। लोग आपकी इज़्ज़त करते हैं। आधी भूख इसी में मर जाती है आपकी। घर कैसे चलता है, कभी सोचा है? छः पेट भरते हैं या नहीं, कभी पता किया? क्यों पूछोगे? आप तो सदा दूसरे के दुःख में दुःखी रहते हैं। घर में चार-बच्चे अनपढ़ रह अधपेट जीते हैं, वे तो आपके खुद के बच्चे हैं। उनके लिए प्राणों में दुःख होगा, आपका यश कम नहीं होगा। लोग स्वार्थी नहीं कहेंगे। माँ की बीमारी बढ़ रही है। इलाज के पैसे नहीं हैं। ये सब कभी सोचा? हाँ, इन बातों का उत्तर आपके पास है। कह देंगे-'भारत के हर सच्चे आदमी की यही दशा है।' तो मैं पूछता हूँ—'गरीब लोग लाचार होकर सच्चे होने को बाध्य हैं, या फिर सच्चे लोग गरीब होने को बाध्य हैं? आदमी सच्चा होकर क्या आदमी की तरह जी नहीं सकता? यह बात आपने कभी नहीं बतायी, बापू। एक एन.जी.ओ. सच्ची और निष्ठावान रह कर अपने प्रतिष्ठाता को आदमी की तरह जीने में सहायक होगी, इसमें हर्ज ही क्या है? क्या सच्चे होने का अर्थ है गरीबी का जयगान करना'?"

बेटे की बात का उत्तर नहीं दे पा रहे गाँधी दास। कुछ क्षण चुप रहे। फिर कहने लगे—"आजकल एन.जी.ओ. का नाम सुनते ही लोगों की धारणा बदल जाती है। तुमने कैसा लक्ष्य लेकर संस्था बनाने की सोची है?" भूदान का उत्तर सुन गाँधी दास चौंक उठे। जिसे वे बुद्धू, भोंदू, नालायक समझते रहे, उसके मगज में इतनी बातें भरी थीं, गाँधी दास ने नहीं सोचा था।

"गैर कानूनी झींगा घेरी उठा कर लूना जंगल लगाने की योजना हाथ में लेने पर इलाके के गरीब-मजूरों को कुछ साल काम मिलेगा। साथ में पर्यावरण की सुरक्षा होगी। इसमें तटीय गाँवों को आँधी और समुद्री तूफ़ान से बचाने का

उपाय भी है। जंगल की घेरी चाहिए। गैर केवटों का नदी पर से बेमतलब हस्तक्षेप बंद करना होगा। इससे केवट भी उपकृत होंगे। इस योजना को लागू करने के लिए जो एन.जी.ओ. होगी, उसमें केवल केवट ही शामिल नहीं होंगे। जाति, संप्रदाय, वर्ण, राजनीति दल से हटकर सारे एरसमावासी शामिल होंगे। यह एक केवट सुरक्षा संस्थान होगा, सामुद्रिक भूमि सुरक्षा अभियान होगा। भूमि सुरक्षा होने पर इस इलाके के गाँवों की रक्षा होगी। इससे किसी का नुकसान नहीं होगा।''

भूदान दास ने अपने सपने का मानचित्र बापू के सामने रखा। उत्तर की प्रतीक्षा में चुपचाप खड़ा रहा। गाँधी दास ने बेटे की ओर देखकर अपने पिता का स्मरण किया। यह तो भूदान की भूमि का सपना नहीं है। पिता का सपना है, महात्मा गाँधी का सपना है। गाँधी के आह्वान पर इलाके के लोग इस धरती पर नमक बना कर, राष्ट्रीय स्वाभिमान का परिचय देने के लिए पागल हो उठे थे। आज उनके बेटे-पोते माटी को लेकर वासना पूरी करने के लिए पागल हो रहे हैं। जबकि मेरा अधपढ़ बेटा भूमि रक्षा का सपना देख रहा है। भूदान नामकरण के साथ भूरक्षा के सपने के साथ जन्म-जन्म के संपर्क को प्रमाणित कर रहा है मेरा कुलदीप। कभी इसी बेटे का भविष्य अंधेरा दिखता था। पर बेटे की आँखों में सपना नहीं देखा। अपने बुढ़ापे में कमज़ोर निगाहों में बेटे के सपने देखकर हताश होना नई बात नहीं। पर मेरी आँखों में गाँधी प्रचक्षु रहते-रहते उत्तर पीढ़ी का रास्ता कैसे नहीं देख सका ? गाँधी दास का अहं लेकर बेटे का रास्ता रोके इतने दिन खुद प्रतिबंधक बना खड़ा रहा, इतना भी न समझ में आया ? शायद इस दृष्टि से हर पिता एक-एक गाँधी दास है। उनकी लीक पर बेटा चले वे यही चाहते हैं। पर लीक पर मोटरगाड़ी, रेल चलने लायक रास्ता भी बने, यह बात कैसे समझ न सके। बेटे को अयोग्य, नाकारा कहता रहा। लीक पर बैलगाड़ी चले, कोई बाधा नहीं। जिस बेटे का सपना ज़मीन से आसमान तक व्याप्त है, वह अपना रास्ता खुद बनाये! बाप है अतः कुछ रास्ता हाथ पकड़ चला दे, पिता की तरफ़ से इतना होना काफ़ी है। इतनी बात गाँधी दास वगैरह कैसे नहीं समझ पाते ? उद्धव मंगवाल ने छोटे बेटे को युद्ध में नहीं भेजा। वह बेकार बना फिरता रहा। एरसमा गेट पर बेणुवा अब अस्थायी नौकरी पा सका है—गेटचौकीदार! भैरव माझी का बेटा कार्तिक नौटंकी में शामिल हो गया, भैरव का दुःख बहुत हो गया। गोलमस्ता का नाती अलवर कह रहा था—विक्रम की तरह युद्ध में शामिल होगा। गोलमस्ता अपने अनुभव की पूँजी उलीच-उलीच कह रहा था—''देश विभाजन पर भारत-पाक किसी का भला नहीं हुआ। दोनों ने क्षति सही—अब भी सह रहे हैं। पर हिन्दुओं

से ज़्यादा क्षति सह रहे हैं मुसलमान। मुसलमान भारत में जितने मज़े में हैं, पाकिस्तान में वैसे नहीं हैं। भारत में उन्हें जो व्यक्ति स्वाधीनता मिली है, पाकिस्तान में वह नहीं। परंतु भारत धर्मनिरपेक्ष होने पर भी मुसलमान संख्या लघु होने के कारण सदा हीनभावना के शिकार हो रहे हैं। पाकिस्तान के आतंकवादियों द्वारा भारत विरोधी कार्यों के कारण भारतीय मुसलमान बराबर संदेह के घेरे में आ जाते हैं, ऐसा मुझे लगता है। भारतीय देशप्रेमी जवान के रूप में यहाँ के मुसलमान जवानों द्वारा पाक सेना को मार गिराने के अनेक उदाहरण हैं। सीमा के उस पार मेरे भाई-बंधु कुटुंबी रह गए। खून के रिश्ते में बँधे कुछ लोग हैं। पर देश के आगे खून का रिश्ता तुच्छ है। इतना देशप्रेमी हो सकेगा तू? अतः सेना में न जाकर यहाँ वीरता दिखा, देश सेवा कर।'' अब देखो, पिता के साथ वह खोमचा लेकर गाँव-गाँव फिरता है। हाट की पारी में दुकान लगा कर बैठता। पराधीन भारत में गाँधी दास के बाप-दादा जवान थे। गाँधी हवा में अंग्रेज़ों के खिलाफ़ उठे। असंतुष्ट उत्तेजित इस युवक पीढ़ी ने ही देश को स्वाधीन करने में मुख्य भूमिका निभाई। पर स्वाधीन भारत में आज युवा पीढ़ी असंतुष्ट है पिता के विरोध में, प्रवीण पुख्ता लोगों के विरोध में। देश में जो चिंताजनक घटनाएँ हो रही हैं, उसके विरोध में युवावर्ग विद्रोह का मार्ग खोज रहा है। असंतुष्टों को रास्ता न छोड़ने पर वो गलत राह पर जाने को बाध्य हो रहे हैं! अपने देश में अगर अपनी इच्छा से, अपनी रुचि अनुसार नौकरी न मिली, तो परदेश जाकर स्वाधीनता बेचने को बाध्य होंगे।

गाँधी दास ने बेटे का रास्ता छोड़ दिया—''जो करना है, कर। तेरी इच्छा। मुझे इन सबका कोई ज्ञान नहीं।'' इस उत्साह में सभास्थल पर पहुँचने के लिए युवक की तरह तेज़ कदमों से आगे बढ़ गए गाँधी दास। मानो गाँधी दास नहीं—भूदान दास आगे ही आगे चलता जा रहा है।

चार

साल निन्यानवे, मई माह पूरा होने को है।

"कारगिल में युद्ध छिड़ गया! इधर किसी को चिंता ही नहीं। उधर हमारे बच्चे गोली खा कर मर रहे हैं, तुम लोग कैसे आदमी हो—मछली-भात खाने के लिए मरे जा रहे हो! एक दिन समुद्र में न जाकर बैठ कर सोचो कि युद्ध क्यों छिड़ा? क्या करने से यह युद्ध नहीं होगा? हमारे बच्चे गोली खा कर इस आधी उमर में नहीं मरेंगे! भात-मछली खाकर पूरी उमर पार करके मरेंगे!" कुंडल पंडा ने खबर की उदार ढंग से घोषणा कर दी।

"युद्ध क्यों छिड़ा? कारगिल का शैतान आया कहाँ से? हमारे बच्चे उसका क्या खा रहे हैं? क्या कुछ उधार ले रखा है?" केवट निरीह मछली की तरह टिमटिमाती आँखों में आपस में बतियाने लगे। वे प्रतिदिन इस निगोड़े पेट के लिए समुद्र के साथ, नदी, आँधी, तूफ़ान, बाढ़ भूख के साथ कितनों-कितनों से सदा युद्ध करते हैं। युद्ध आदमी की नियति है। जीवन जीने के लिए कितने ही युद्ध करने पड़ते हैं। जो युद्ध नहीं करता, वह मरता है। पर यह जो युद्ध छिड़ा है, बार-बार होता रहता है, वह जीने के लिए मरना है। उसमें केवल लड़ते रहो। इस युद्ध में शत्रु पक्ष के ही नहीं मरते, दोनों पक्ष के मरते हैं। विनाश है इस युद्ध का धर्म। विनाश काल उपस्थित होने पर तो युद्ध छिड़ेगा ही छिड़ेगा। तो फिर बेमतलब क्यों होता है युद्ध?

कुंडल पंडा के गोल-मटोल चेहरे पर बारह तरह के मिले-जुले संप्रदाय की पचास जोड़ी आँखें टिकी हैं। कुंडल पंडा कुछ सकपका गए हैं शायद। कारगिल में युद्ध छिड़ने की बात सुनी है—पर कारगिल है कौन? कहाँ रहता है? क्यों युद्ध होता है? ये सारी गहन बातें वे नहीं ही जानते। जानने से क्या होगा।

क्या? अपने द्वारा उठाये प्रसंग को टालते हुए पंडा ने कहा—"युद्ध तो होता

आया है—दुनिया के आरंभ से। क्या देव-दानव युद्ध नहीं हुआ? राम-रावण युद्ध नहीं हुआ है? बाली-सुग्रीव युद्ध के अलावा कौरव-पांडवों में युद्ध हुआ है। छोटे-बड़े युद्ध धरती पर कहीं-न-कहीं चलते रहते हैं। आदमी-आदमी में, ज़मीन-जायदाद, नारी और देवी-देवताओं के लिए खींचातानी लेकर युद्ध होते रहे हैं। अतः यह न पूछो कि युद्ध क्यों होता है? सतयुग, त्रेता, द्वापर—हर युग में युद्ध हुए हैं। तो कलियुग में क्यों नहीं होंगे? मगर एक बात है—पहले युद्ध होता था धर्म की रक्षा के लिए, दुष्ट दलन के लिए। अब हर युद्ध कोई धर्म युद्ध नहीं होता, अधर्म युद्ध भी होता है। घोर कलियुग है। घोर कलि है। ओड़िया के भक्त कवि अतिबड़ी जगन्नाथ दास ने *भक्ति चंद्रिका* में इस बारे में लिखा है।''

~

''सुनो सभी। इस युद्ध को रोकने के लिए एक यज्ञ हो...तभी यह युद्ध बंद होगा,'' कुंडल पंडा ने कहा।

''बच्चों की रक्षा होगी। मछली-भात खाकर डकार लेंगे।''

कुंडल पंडा की सारी बातें यज्ञ पर आकर पूरी होती हैं। मछली-भात में यज्ञ संपन्न होता है। साल के बारह महीने केवल पंचक पाँच दिन छोड़ दें, पंडाजी 360 दिन मछली खाते हैं। जबकि कुटुंब में कोई मृत्यु होने के समय बड़ी मुश्किल से आमिष निषेध पालन करते हैं। अतः उनका असली नाम बालू पंडा या नालू पंडा, मनू पंडा या धनू पंडा हो चाहे, मछली-भात खाने वाली यह गोल मोटी तोंद देख कर लोग इसी तर्ज पर हँसी में कुंडल पंडा की जगह सम्मानार्थ कुंडे कहने लगे, क्योंकि कान में कुंडल भी तो है। बाप का दिया नाम डूब गया। कुंडल पंडा नाम प्रचलित हो गया। अब पूछो तो कुंडल का असली नाम कोई नहीं बता सकेगा। बंदाण गाँव में घर है। कोई कहता बांग्लादेशी, कोई कहता मेदिनीपुरिया बंगाली है। मगर कुंडे जनेऊ छूकर सौगंध खाकर कहते—''मैं खांटी ओड़िया हूँ! हमारे गाँव में मेनिदीपुरी बंगाली ज़्यादा हैं, अतः उनको भी सभी बंगाली समझते हैं।'' खैर, बंगाली, तेलुगू, ओड़िया कुछ भी हो, ब्राह्मण है एक जाति। संस्कृत श्लोक बोलते तो पुरोहित बन सकते। यज्ञ-पूजा कर गाँवों का अनिष्ट दूर कर सकते। अतः कुंडल पंडा को बंगाली या ओड़िया कह कोई पालागी नहीं करता—ब्राह्मण मानकर सब प्रणाम करते हैं। पाकिस्तानी पाड़ा के पुरखा पठान शेख गुलाम मुस्तफ़ा भी उन्हें सलाम करते हैं। कुंडल पंडा से किसी बात में कम नहीं। उसको भी पंडा के जैसे हिन्दू शास्त्र-पुराण कंठस्थ हैं, वैसे ही गोलमस्ता को 'कुरान' याद है। बूढ़े पीर

के यहाँ शीरणी चढ़ाते हैं, भोर ही में अजान देते हैं। उस इलाके के मुसलमानों के ही धर्मगुरु नहीं हैं, हिन्दू भी उनका आदर करते हैं। वे कुंडल पंडा को हाथ उठा कर 'सलाम वालेकुम' कह दें, पर कुंडल कभी उन्हें 'जुहार मियाजी' नहीं कहते। क्योंकि कुंडल पंडा की युगों की शास्त्रीय दृष्टि में 'ब्राह्मण श्रेष्ठ, बाकी सब निकृष्ट' का नमूना है। जाति, धर्म, वर्ण से हट कर सब ब्राह्मण से नीचे हैं। अतः कुंडल पंडा गोलमस्ता को देख कहते—"सर्वरिष्ट खंडन हो, सर्वव्याधि हरण हो...आयुष्मान भव...।" गोलमस्ता हँस कर दाढ़ी सहला पंडा का आशीर्वाद ग्रहण करते। कुंडल की चोटी और गोलमस्ता की दाढ़ी में मेल वाला राजयोग है। कुंडल पंडा की वर्तुली गंजी खोपड़ी के पश्चिमी गोलार्ध में अधपकी चाणक्य वाली चोटी लटकती है। चोटी के छोर पर गूलर जितनी मोटी गाँठ। मोटी काया लेकर धरती पर चलते समय चोटी का छोर नाचता रहता शरीर से ताल देकर। गाँठ पंडा के ठसके में खुल जाती और चलते समय हवा में उड़ती बेपरवा ढंग से। बात-बात में फर्राटे से चोटी हाथ में आती, गाँठ पड़ती। कितनी बार गाँठ पड़ी और खुली इसका हिसाब न था। उधर गोलमस्ता की पकी दाढ़ी उड़ती रहती। कोई रुकावट नहीं होती। बात करते समय गोलमस्ता मियां बायें हाथ से दाढ़ी सहलाते रहते। उधर कुंडल का बायां हाथ चोटी सहलाकर देखता कि गाँठ बँधी है या खुल गई। दोनों में ये भी एक मेल है।

उस दिन अभयपुर गाँव के कैवर्तों की पंचायत सभा को भंग कर कारगिल की खबर की घोषणा की थी कुंडल पंडा ने। युद्ध का प्रसंग उठने पर गाँधी दास बांबी बन गये। युद्ध को प्रत्यक्ष करती नीरस दृष्टि फैला दी थी कारगिल युद्ध भूमि तक, वे जानते थे कि इस इलाके का हिन्दू, मुसलमान सद्भाव और अभयपुर गाँव का शांति प्रस्ताव, कारगिल युद्ध को रोक नहीं पायेगा। फिर भी गाँव-गाँव में कुछ ऐसे थे जो कहते रहे—युद्ध अनावश्यक है, वे धर्म-अधर्म की चर्चा करते। युद्ध गाँव के जीवन में हलचल भर देगा। हाट से लौटते समय, मुहूर्त बिगड़ी दुपहर में, गाँव के छोर पर बूढ़े बरगद के बुनियादी चबूतरे पर, युद्ध का हानि-लाभ...कितनी कानों सुनी, आँखों न देखी, मनगढ़ंत कहानी की तरह लहर-दर-लहर में गुंथने की तरह इसके मुँह उसकी, उसके मुँह इसकी बातें सच में बदल जायेंगी। पर युद्ध का हानि-लाभ वही सहेगा जिसका बेटा शहीद होगा, अपंग होगा, पाक सेना के हाथों बंदी होकर आँख फुड़वा लेगा, जीभ कटवा लेगा। हज़ार चाकुओं की चोट सहेगा। चमड़ी उधेलवायेगा, नाखून उखड़वायेगा, चेहरे पर गरम पानी के छींटे खा तड़प-तड़पकर मरेगा। उसका दुःख उसका अपना है। हालाँकि युद्ध से देश

की अर्थनीति पर जो प्रभाव पड़ेगा वह सब भोगेंगे। जैसे इस इलाके के सामुद्रिक जंगल नष्ट होने का दुःख भोगते हैं, ठीक वैसे कारगिल के युद्ध को सारा देश भोगेगा। पर इस इलाके के जो कुछ छोकरे वहाँ लड़ रहे हैं, उनके माँ-बाप को नींद नहीं आयेगी। नींद आये तो देखेंगे केवल दुःस्वप्न। गाँधी महात्मा के अहिंसा मुक्ति संग्राम का फल क्या यह भारत-पाक चिरंतन युद्ध है!

कारगिल युद्ध की खबर में उद्धव मंगवाल की गुनगुनाहट में घोड़ानाच गीत कहीं मिल गया। एकदम गुम हो गया। काले स्याह मेघों में मुरझाये चाँद की तरह उसकी आँखों के आगे बेटी गिरिमा का मुरझाया चेहरा तैर गया और ठांय-ठांय अपने गाल पर थप्पड़ मार कहा—स्साले उद्धव! तूने खुद को सर्वज्ञ समझ लिया? अपनी बेटी का मन तूने कैसे जान लिया रे मूरख केवट? विक्रम बलवंतराय के संग तेरी बेटी का क्या संपर्क है जो कारगिल युद्ध की खबर सुनते ही तेरी बेटी बेहोश हो जायेगी? इसके अलावा पाइक (सैनिक) घराने के बेटे का केवट की बेटी के संग योग विधाता ने इस इलाके में कभी देखा है?

उद्धव अपनी बेटी की बात मन से पोंछने के बाद भी, विक्रम बलवंतराय युद्ध में शामिल हुआ है, यह सोच उदास हो गया। विक्रम पाइक है तो क्या उद्धव का कोई नहीं? वह उसके बेटे भाग्यधर का साथी है, फिर इस इलाके की संतान है—मेरा बेटा और विक्रम कोई अलग-अलग हैं? यदि वह कारगिल शैतान संग लड़ता है, तब तो बड़ा अरिष्ट है! विक्रम के सर्वारिष्ट खंडन हेतु संकटमोचन महावीर के पास भोग चढ़ाना होगा। यह मनौती कर उद्धव अचंभे में भर गया। दस बच्चों का बाप हूँ, आज तक अपने बच्चों के लिए कभी किसी के आगे मनौती नहीं माँगी। यह सब जनानियों का काम है। पर विक्रम बलवंतराय के लिए उद्धव का मर्द मन इतना विकल हो उठा, क्यों? उद्धव के भागवती मन ने उत्तर दिया—"पराया-अपने का भेद परमात्मा के पास नहीं। आदमी में भी नहीं होना चाहिए।" वह गुनगुनाता रहा—"सकल घटे नारायण। अनादि परम कारण।"

छोटे-छोटे इन्सानों के बड़े-बड़े सपने होते हैं! कारगिल युद्ध छिड़ गया, रे! उद्धव के कानों में मानो अचानक बिजली गिरी! कारगिल भूत फिर सवार हो गया उसके सरल दिमाग पर। कुछ समय पहले सोच रहा था...'वाह! अबकी भरे खेत में फ़सल उफनेगी...नदी में मछली खूब भरपूर होंगी!' खैर यह बरस सुख से कटे...आदमी ज़िंदा बचेगा। खूब खा-पी, नाच-खेल कर, भरपूर कुटुंब लेकर, आदमी जीता रहे। आदमी महाराज न हो सके, महाप्रभु तो कतई नहीं...मानव महामानव होना भी सहज नहीं...आदमी केवल आदमी हो सकता है। मानव यदि

मानव हो गया, धरती पर मंदिर, मस्जिद की फिर ज़रूरत क्या है? क्यों मार-पीट फ़ौजदारी, एक-दूसरे का सिर फोड़ने का उपक्रम करेगा? चलो गाँधी दास को दिल्ली भेजें! हमारी बात सारा देश सुने! ये बातें एक सांस में गा गया उद्धव। देखने लगा कि मेरी बात के समर्थन में जैकारा उठता है या नहीं? टिमटिमाते देखता रहा बांछू तरई—छोटा किसान। कुछ पता नहीं चलता उसके चेहरे से...हाँ या ना! उद्धव ने पूछा—"क्या कहते हो तरई? आज इन्सान/इन्सान की तरह जीये?"

"मना कौन करता है? मगर यह युद्ध?" तरई ने चिंतित स्वर में कहा।

"हाँ, कारगिल युद्ध होगा, होगा ऐसा सुना जा रहा था। ये तो सचमुच ही हो गया!" उद्धव मंगवाल ने अफ़सोस के साथ दुबारा घोषणा कर दी!

"आदमी के पास उपाय भी क्या है? आदमी ऐसे में कैसे आदमी की तरह जीयेगा? बोलो?" गोलमस्ता ने गहरी साँस छोड़ उद्धव का समर्थन किया। उसकी गहरी साँस ने सिर के ऊपर की डाल से चिड़िया को हु हु कर उड़ा दिया। खड़-खड़ करता सूखा पत्ता झर गया गोलमस्ता की नाक के सामने।

उद्धव ने फिर से चकरी की तरह सिर फिरा कर सभा में आये गाँववालों की ओर देखा। इनमें मानो किसी को कारगिल युद्ध की चिंता नहीं। धान, पान, मीन, नोन और आगामी चुनाव—इन्हीं चार-पाँच बातों में सब मशगूल हैं। धान-पान, मीन और नोन तो इस इलाके का व्यवसाय है। चुनाव बीच-बीच में घुस आता है, गाँव में बेमौसम बरसात की तरह। महाप्रभु के अयाचित आशीर्वाद की तरह। अनेक बेकार छोकरे कुछ दिन चुनाव के काम में लग जाते हैं। मस्त हो जाते हैं, डूब जाते हैं, हुड़दंग मचाते हैं। मन को समझा लेते हैं। कुछ नकद नारायण भी मुट्ठी में आता है। मगर इतने के लिए ही क्या मानव जन्म है? केवल रोटी-साग ही अपना स्वार्थ? उद्धव का सिर चकराने लगा युद्ध की चिंता में।

कारगिल में युद्ध शुरू हो गया—खबर सुनते ही गाँधी दास ने प्रस्ताव दिया—"आज ग्रामसभा बंद रहे। उधर घमासान युद्ध छिड़ गया। अब सभा-फबा का क्या फ़ायदा? और मंगवाल की बात सुनें! मैं दिल्ली जाकर क्या करूँगा? सोचो तो सही—मैं कोई सचमुच में महात्मा गाँधी हूँ?"

"सभा बंद करने पर क्या युद्ध बंद हो जायेगा? युद्ध तो वर्षों तक चलता है। बच्चे शहीद होते हैं। क्या किसी नेता का काम रुक जाता है? बेटे-बेटी का विवाह-बेपार-वणिज-घर-मकान बनाना—क्या रुकता है," एक छोकरे ने कह दिया। गाँधी दास के चेहरे को देख उद्धव अपने विचलित मन को सँभालने हेतु ऊँचे स्वर में दुबारा कह उठा—"मैं तो कहता हूँ कारगिल युद्ध छिड़ गया। किसी

को कोई चिंता नहीं। मेरी बात किसी को सुनाई देती है या नहीं?'' उद्धव के मुँह से कारगिल युद्ध का उद्भट उच्चारण सुन, बांछू तरई के छोटे लड़के, कॉलेज के छोकरे बइन ने झट से हँस कर सुधारा—''उसे कार्गिलअ नहीं कहते, काका उसे तो का-र-गि-ल् कहते हैं।''

सत्, त्रेता, द्वापर से कलि के शेष तक आक्रांत गाँव के बीचोबीच बरगद के चौदह पीढ़ी के बने चबूतरे पर पल्थी मारे बैठे उद्धव मंगवाल ने पुरानी बांबी की तरह अविचल रह बात काटी—''तुम सब 'अल्पविद्या भयंकरी', और अधजल गगरी हो, फिर न इस ओर पूरे न उस ओर पूरे। इसकूल-कॉलेज जाने वाले छोकरे केवल अ-आ-इ-ई सीखते हैं—अर्थ नहीं समझते। अ का अर्थ अणाकार, क का अर्थ कमललोचन, ख का मतलब खगपति, ग का अर्थ गिरिगोवर्धन...समझा है? सब वही एक है? अणाकार! मैं ही सब का कर्ता-धर्ता, मेरे बिना अन्य गति नहीं। मेरे कहने का मतलब है कारगिल हो या कुछ और हो, युद्ध तो छिड़ गया।

''सुना या नहीं? सबने? हमारे बच्चे वहाँ मुसलमानों की गोली खा कर मर रहे हैं, तुम यहाँ भरे पेट डकार ले रहे हो? फिर मेरी ठिठोली कर रहे हो?'' उद्धव के मुँह से 'मुसलमान गोली' सुनते ही मानो गुलेल लगने की तरह, चौंक उठा गोलमस्ता मियां। विरोध किया—''अल्ला कसम—ऐसा मत कहो मंगवाल भैया! 'मुसलमान गोली' कहना अन्याय है। क्या हमारा अपमान नहीं? हाय अल्ला हमारे बच्चे वहाँ मुसलमान गोली नहीं, पाकिस्तानी गोली खा कर मर रहे हैं। मुसलमान का क्या कसूर? भारत स्वाधीन होने को जितने साल हुए, हम लोग उतने साल रह चुके इस गाँव में। अपनी सरज़मीं छोड़ कर आये। यहाँ की धरती पर बच्चों को बड़ा किया। अल्ला कसम, कभी मुसलमान कह हिन्दू भैया के संग मारकाट की बात तो छोड़ो—बात में वाद-विवाद भी किया? याद करो—याद करो मंगवाल भैया —गोलमस्ता कल का छोकरा नहीं है। झूठ क्यों बोलूँगा? तुम मुरब्बी आदमी, मुसलमान का नाम लोगे तो हमारे बच्चे बिखरेंगे, क्या फिर नया दंगा नहीं होगा यहाँ? इस बात को कौन सँभालेगा? बताओ—कौन सँभालेगा फिर?''

उद्धव की ज़बान से बेकायदे बात निकल गई, इसका उद्धव को खेद न था, क्योंकि उद्धव जानता है कि मुसलमान का अर्थ इस देश का मुसलमान नहीं, पाकिस्तानी मुसलमान है। गोलमस्ता यह बात जान कर भी मुसलमान सुनते ही हर बार चमक जाता है। इस बात पर गोलमस्ता उद्धव को गिनाता है।

''समझे मंगवाल भैया, इस गाँव में तुम्हारी जड़ गहरी है। ज़्यादा पुरानी है। तुम यहाँ बेटे बन कर आये तब मैं यहीं था। क्यों तरई भैया? मुसलमान का

क्या कसूर है?'' गाँधी दास, पतला हाथ हिला ज़ोर से कह उठा—''बंद करो, बंद करो ये सब अमंगल बातें। मुसलमान, हिन्दू, ईसाई की बात यहाँ नहीं होगी। बात हमारे बच्चों की है। उफ् इधर हमारे गाँवों से कितने बच्चे युद्ध में गए हैं। उनकी फिकर हमें है भी या नहीं?''

''हाँ, उनकी फिकर...हमारी है। मगर देश की चिंता? सारे हिन्दुस्तान से हमारे बच्चे युद्ध में गए हैं। आज़ाद होने के बाद से युद्ध होता रहा है। हमारे बच्चे गोली खा रहे हैं। कोई मरता, कोई लौटता है। हाय अल्ला, दुश्मन को अच्छी अकल तो दो...''

शेख गोलमस्ता ने घुटनों के बल झुक कर अल्ला को याद किया। जब वह अल्ला को याद करता है, केवल अल्ला को ही याद करता है? जब आँख मूँदता है तो जगन्नाथ को नहीं देखता अन्य देवी-देवताओं को नहीं देखता? क्या उद्धव मंगवाल, भारत मंडल, भैरव माझी और गाँधी दास वगैरह गाँव के संगी-साथी को नहीं देखता? गाँव के पेड़-पौधे, नदी-नाले, सागर, सुख-दुःख...यहाँ तक कि कब्रिस्तान और गाँव का श्मशान नहीं देखता?

क्या वह किसी को छोड़ केवल अपने लिए अल्ला को पुकारता है? अपने लिए माँगता है? हँसता-रोता है? क्या अकेला-अकेला उजाड़ बन जी पायेगा? आदमी ही क्यों, पशु-पक्षी, गाया-गोरू, मछली-केकड़ा, इन्हें छोड़ जी सकेंगे? कौन है जो यों जीता है? आकाश कहें, धरती कहें, पहाड़-पर्वत, नदी-नाले कहें सब कुछ-न-कुछ जंजाल, सुख-संकट लिए हैं। एक संसार विरागी संन्यासी कुछ संसारी जंजाल सिर पर नहीं लेता, फिर भी अपने लोटे-कंबल के जंजाल में लिपटा रहता है। कुंभी पटिया (अवधूत बाबा) को देखो! कम जंजाल हैं? अपने पास न हो तो भी आकाश का जंजाल देखो—सूरज डूबेगा—कितनी चटपट साष्टांग प्रणाम—दो ग्रास खाना तो लेना होगा—सूरज देवता माँ की गोद में छलांग लगाने से पहले। जो एकदम दिगंबर है—उसका अपना शरीर सँभालने का जंजाल झंझट का झंझट भी तो है—क्यों है?

गोलमस्ता मियां की क्या कम झंझटे हैं? पहले अपने परिवार की झंझट! मझला बेटा शेख सालबेग है फेरीवाला। अलमुनियम की हाँडी, प्लास्टिक के खिलौने, बंबई की मिठाई, मुर्गा, बकरी, अंडे जब जो मन आया लेकर गाँव में फिरता है। हाट की पारी में हाट भागता है, कभी-कभी जालवालों से मछली भी खरीद कर बेच लेता है। कभी चमड़े का बेपार करता है। कभी तो चलती-फिरती स्टेशनरी की दुकान बन जाता है। थोड़ी ज़मीन पर खेती-बाड़ी कर लेता है—इसमें

जात जाये पेट न भरे। वैसे रोज़गार के लिहाज़ से कुटुंब बड़ा है। गोलमस्ता के नौ बच्चे जीवित हैं—चार मर गए। मझले बेटे शेख सालबेग रहमान के पाँचों बच्चे जीवित हैं। चार बेटी, एक बेटा। अल्ला की मेहरबानी हुई तो और भी दो-चार बेटे हो सकते हैं। मगर पेट का बहुत कष्ट है। जन्म देने वाली माँ के पेट में उतना कष्ट नहीं, जन्म लेने वाले बच्चे में पेट का कष्ट ज़्यादा है। बच्चे बड़े होते हैं झटपट —उनका पेट भी बढ़ता है। उसके अनुसार रोज़गार या व्यापार नहीं बढ़ता— क्योंकि उमर बढ़ने पर रोज़गार घटता है। तब उधर परवाह नहीं रहती, न गोलमस्ता को रहती, न सालबेग को। मगर अब के छोरे माँ-बाप किसी को नहीं छोड़ते। उनके पेट के कष्ट के लिए कौन ज़िम्मेदार है। वे सीधे मुँह पर पूछ लेते हैं। अल्ला सबके लिए दायी है...यह बात समझते तो पूछते नहीं। मगर अल्ला क्या है...। सबके ऊपर ठन-ठन गोपाल! सालबेग की लड़कियाँ खूब ठीक हैं। लड़का साला छोकरा कहीं का! रूप तो खासा मिला है। जो देखे कहेगा यह सालबेग का नहीं, जहांगीर या शाहजहां का बेटा है! बीस का हुआ है कि नहीं, उसे चाहिए दिलरुबा! हरामज़ादा!! मुसलमान बस्ती में नज़र डालो तो कोई हर्ज नहीं। मगर उसकी नज़र तो चक्र-सी घूमती है इस अंचल की सब छोकरियों पर। किसी पर सीटी मारता है, किसी के बापू की उठाऊ दुकान से चुरा कर कलकती अत्तर पेश करता है। किसी को सुरमावाली कहने लगा, किसी को कहता है दिलवाली! गाँव की हर सभा में उसके नाम पर इत्तला है। मगर छोटी बहनें मासूमा और गुलरुबा खूब सीधी हैं। किसी को कुछ न कहें। किसी को आँख उठा कर नहीं देखतीं। पद्मा, गिरिमा, पानवाले की बेटी केतकी, कुंडल पंडा की पोती गंगा, बांछू तरई की छोटी बेटी लवनि और सारी केवट बस्ती की हमउम्र लड़कियाँ कौड़ी, पोहला, कुंतीबाला, चंपा सब के साथ क्षीर-नीर की तरह भाव दोस्ती है! मगर अभयपुर, हीराडीह, शोभनपुर, नागरीतुठ आदि गाँव में जितनी लड़कियाँ हैं, सबसे ज़्यादा भाव दोस्ती उद्धव भैया की बेटी गिरिमा, पानवाले की बेटी केतकी और भरत की बेटी पद्मा के साथ है। मासूमा और गुलरुबा के चेहरे को देख कर सालबेग के छोकरे अलवार का कसूर माफ़ हो जाता। मगर कुंडल पंडा की पोती छोकरी गंगा के साथ इसकूल से लौटते समय अलवार का बतियाना अच्छी बात नहीं। गंगा भी बुरी नहीं, कि नासमझ नहीं। वह बांछू तरई बड़े बेटे विपिन संग जैसे खुली रहती, गोलमस्ता के पोते अलवार संग वैसे ही खुली रहती। आजकल की छोरियाँ भी जात-पांत समझती ही नहीं, छोकरों को क्यों दंड दें?

गोलमस्ता को ताज्जुब होता। हिन्दू छोकरा और मुसलमान छोकरा दोस्ती

करें, अच्छी बात है। मगर हिन्दू छोकरा, मुसलमान छोकरी से दोस्ती करें तो बुरी बात? छोटे बच्चों के मन में पाप आता ही नहीं कि बड़े उनमें पाप भर बीच बाज़ार यों घसीटते हैं, बेइज़्ज़त करते हैं कि इसके बाद कोमल कली की तरह बच्चे महापाप करने को बाध्य होते हैं, वरना खुदकुशी के लिए बाध्य हैं : आजकल गाँवों में छोकरे-छोकरी का साथ ज़हर पीकर खुदकुशी करना खूब बढ़ गया है। खास नर्कू राउतराय, टहली महांति, कुंपनी स्वाईं, धड़ी बारीक जैसे आवारों, भारदा बूढ़े के बेशरमों के लिए।

टहली महांति कभी बेसहारा था—अब तो बेटा पौ बारह है...पंचायत समिति का चेयरमैन, मतलब हुआ सेंढ़ राजा का बड़ा बाप! सेंढ़ राजा तो प्रजा का दुःख समझते, यह तो राजा नहीं, राजा का पार्ट कर रहा है। हालाँकि टहली महांति का अदब-कायदा राजा जैसा है। ऊँचा चौड़ा पाँच हाथ का मर्द—बड़ी-बड़ी निगल जाने वाली आँखें, नटवर नागर कृष्ण बंशीधर की तरह घने घुँघराले केश—गले में सोने की चेन, सफ़ेद खादी की धोती पंजाबी पहनावा—पाँव में चप्पल, हाथ में पाराद्वीप में मिलने वाली चोरी की विदेशी घड़ी, अँगुलियों में पता नहीं कितनी जात के रंग-बिरंगे भाग्य पत्थर, कहीं भाग्य का रंग नीला, कहीं अरुणाभ, कहीं चंद्रकिरण, तो कभी भाग्य का रंग शंख शुभ्र सूर्य किरण है। टहली के भाग्य आकाश में कभी रात नहीं होती, हालाँकि उसके सारे काम रात के अंधेरे के काम हैं। टहली महांति का बड़ा भाग्य है उनकी छरहरी काया। पेट में जितना भरो सब चला जाता है। कुत्ते के पेट की तरह सदा पीठ से लगी रहे। वे रक्तहीन नहीं-काफ़ी खून है उस शरीर में। मगर गुप्त गंगा की तरह बहुत भीतर। रक्तहीन होता तो रोग दबोच लेता है, वे न केवल नीरोग हैं, वरन रोग को पैसे के ज़ोर से दबा देते हैं। कोई कहे भाग्य पत्थर का प्रभाव है, कोई कहता माता का प्रभाव है।

पहले लोग बाबा लोगों के भक्त बन कर आपद-विपद काट देते। अब माताएँ भी खूब प्रत्यक्ष देवी के रूप में शहर-बाज़ार, गाँव-गली में फैली हुई हैं। इस इलाके में बीच-बीच में आती हैं एक ज़िंदा माता। खूब प्रत्यक्ष—याद करो तो संकेत में जवाब दें। नाम है प्राणेश्वरी देवी। जब माता आती हैं तह टहली महांति के घर पर अड्डा जमाती हैं। पूजा, पाठ, भोग-भाग होता है। लोगों का दबी ज़बान में कहना है कि बली-सली भी होती है। चुनाव पास आने पर यज्ञ-होम भी होते हैं। खूब पैसे चंदे में जमा करते हैं, वैसे ही खूब खर्चा करते हैं। उन माता के प्रभाव से, कहते हैं टहली महांति खाऊ पेट की नदी के नीचे-नीचे समुद्र तक धार गई है उसकी संपत्ति की। जो हो, टहली का ताबेदार धड़ी बारीक

है—कभी वह सड़क के किनारे पेड़ की छांव में नाई की पेटी लेकर बैठता था। दाढ़ी-बाल साफ़ कर गुज़ारा करता था। अब वह वार्ड मेंबर है। मणिजंगा बाज़ार में एक शहरी सैलून खोला है। बेटा काम देखता है, बेकार नाई छोकरों को नौकरी दी है। रात-दिन सैलून खुला रहता है। बिजली के उजाले में बाल कटाई चलती है। अच्छी खासी आमदनी हो जाती है। धड़ी बारीक इलाके में नारद है। सरकार में जो आयेगा उसी का गुणगान करेगा। इंद्रासन पर जो बैठा वही इंद्र। नारद सत खबर को घुमा फिरा कर दुनिया में प्रचार कर जगत का मंगल करते। धड़ी नाई झूठ को बना-बनू कर तिल का ताड़ कर पराया घर तोड़ता है। अपने घर की नींव पक्की करता है।

टहली महांति कैवर्त सभा में आज कई बातें बोले। उद्धव मंगवाल की अभयपुर की बेटी गिरिमा केवटनी गीत क्यों लिखेगी? किसके लिए यह केवटनी गीत रचती है? भारत मंडल की बेटी पद्मा और भैरव मांझी के बेटे कार्तिक माझी के बीच क्या गुपचुप पक रहा है। मासूमा मुसलमानिनी क़े संग गाँधी दास के बेटे भूदान दास का क्या रिश्ता है? बांछू के बेटे तरई को कुंडल पंडा की पोती गंगा का रंगरस खुले बाज़ार में दिख रहा है।

बांछू तरई के बेटे ने इंजीनियरी पढ़कर झींगा का घेरा लगाया तो लगाया—आज तक कुंवारा क्यों फिरता है? क्या इस इलाके की बहू-बेटियों पर डोरे डालेगा या उनको बेलाइन करेगा?

ऐसी ही उफ्—कई बातें टहली महांति की अँगुलियों की पोर पर हैं। अत: हर सभा में कैवर्तों के इस गाँव की असल समस्यायें पीछे रह जाती हैं। चेयरमैन टहली महांति पराये घर के राज़ खोल-खाल कर गंदगी चारों ओर फैलाते हैं, परिस्थिति ऐसी गोलमाल कर देते कि असल समस्या अपनी जगह धरी रह जाती है। फिर सभा भंग हो जाती। आज सभा बेमतलब नष्ट होने पर टहली महांति का मिज़ाज बिगड़ गया। घर की ओर लौटते-लौटते उसने असंतोष व्यक्त कर कहा—"अरे! कारगिल में युद्ध हो गया। ससुरे गाँधी दास का क्या गया? देश को सिर पर लादे रहने की चिंता में गाँधी दास अगर सभा में मूक हो गया, तो साले अभयपुरियों का क्या चला गया? सभा बुलवा कर भी क्यों नहीं हुई? साली ये कारगिल वाली बात का प्रचार यहाँ किसने किया?"

"और कौन करता? कुंडे-कुंडल पंडा ने...सारी जड़ वही है। एक यज्ञ का आयोजन हो रहा है। समझे?" सरपंच कुंपनी स्वाईं ने कहा।

"तो यज्ञ पहले हमारी तरफ़ से प्राणेश्वरी देवी के पौरोहित्य में हो—आगे

दो-दो चुनाव निकट आ रहे हैं। प्राणेश्वरी देवी को जाकर अग्रिम दे आओ। अगर दूसरी पार्टी अग्रिम बयाना भेज देगी तो प्राणेश्वरी हाथों से चली जायेगी। हमारे प्राण भी जायेंगे। सामने विषम समय आ रहा है। समझे तो धड़ी!'' टहली महांति ने कहा।

''समझता हूँ जी—आपने तो सारी बात पहले ही बताई है। हमारी पार्टी, उनकी पार्टी ऐसी बात सिर में भर रोग न बढ़ायें। आप को तो वैसे ही मीठा मधुमेह रोग निकला है। और कितनी बीमारियाँ हैं आगे। जैसे आज तुम हिन्दू हो कल मुसलमान —फिर अगले दिन ईसाई...धर्म बदलना अगर इतना आसान है, पार्टी बदलने में डर कैसा? जिस पार्टी की क्षमता में आने की हवा बही, हमारी वही पार्टी है। अपना-पराया ऐसा भेद हम इन स्वार्थी लोगों की तरह क्यों रखेंगे?'' धड़ी बारीक ने टहली महांति को सांत्वना दी। वार्ड मेंबर ने धड़ी बारीक की बात पर ताली बजा कर खीस निपोर हँसने के ढंग से समर्थन करते हुए कहा—''यही बात मैं कहता हूँ। अरे तुम्हारा बेटा कैसा, मेरा बेटा कैसा...तुम्हारी स्त्री कौन, मेरी स्त्री कौन? मुझ में अपने-पराये का भेद ज़रा नहीं है धड़ी...।''

धड़ी बारीक गुमसुम हो गया, बेहया बातों में। प्रसंग बदल कर बोला—''ससुरे गाँधी दास के बेटे भूदान दास और उस मुसलमान छोकरी मासूमा को सबक सिखाना होगा। राखी पूर्णिमा के दिन केतकी गली में भूदान के हाथ को दबोच लिया था मासूमा ने, दोनों दाँत दिखा फें-फें हँसते रहे—मैंने अपनी आँखों से देखा है। इस गाँव से क्या छोकरे-छोकरियों में जात-पांत, धर्म-कर्म, लाज-शरम, डर-भय, कुलाचार सब चला गया? इस इलाके में हिन्दू-मुसलमानों में शत्रुता न रहे इसके लिए गाँधी दास सर्वधर्म समिति चला रहा है। वाहवाही लेता है। इसका मतलब क्या गाँधी दास और गोलमस्ता के बेटे सालबेग समधी बनेंगे? गाँधी दास सोचने लगा है कि वह सचमुच गाँधी बन गया? गाँधी महात्मा ने क्या कोई मुसलमानी को कभी बहू बनाया था?''

''अपने को अगर गाँधी सोचने लगा तो मरेगा—ज़रूर मरेगा। मेरी पंचायत में यह धोखेबाज़ी नहीं चलेगी। क्या जाति-धर्म कुछ रहेगा नहीं? सब एकाकार हो जायेंगे! गाँधी महात्मा मरे थे, गाँधी दास बिना मरे कैसे रहेगा?'' टहली महांति ने तेज़ सांस छोड़ कर कहा। कुंपनी स्वाईं ने चुपचाप बात का समर्थन किया।

धड़ी बारीक ने गंभीर स्वर में कहा—''कलियुग का आखिरी समय आ गया, जी! कहीं और जगह आ रहा है या नहीं, मगर इस इलाके में आ गया है। भविष्य वचन वाली 'मालिका ताड़ पोथी' यहीं सच होगी...होगी...! ज़्यादा दिन नहीं...।''

धड़ी बारीक ने खीसें निपोर-निपोर घर की राह पकड़ी।

खेत के बीच में ढोंड़ साँप (निर्विष जाति का एक सांप) मेंढक आधा निगल कर खुद-ही-खुद छटपटा रहा था।—"धत्! साला समय ही ठीक नहीं..." कह कर धड़ी बारीक बड़े-बड़े डग भरता उस रास्ते को एक ही बार में निगलता चला जा रहा था।

~

गाँधी दास इस इलाके का अनिर्वाचित नेता--कारगिल में युद्ध क्या लगा, नेतागिरी करने का उन्हें एक बहाना मिल गया। गाँव-गाँव में सभा कर देशभक्ति, जाति प्रेम, निर्भीकता, शहीद होने का महत्त्व...आदि पर उद्‌बोधन दे रहे थे। इस बीच इस इलाके से आठ-दस छोकरे गाँधी दास के भाषणों से उद्‌बुद्ध होकर युद्ध में शामिल होने के लिए हूं-हूं करने लगे। केवट छोकरे भी नदी-सागर का मोह छोड़ कर, मछली पकड़ने को पीछे डाल, शत्रु का गला पकड़ने, युद्ध में नाम लिखाने के लिए बातें करने लगे।

"यदि गाँधी दास इतना बड़ा देशभक्त है, तो अपने बेटे भूदान को युद्ध में क्यों नहीं भेजता? पराये बेटे को मौत के मुँह में भेज कर कैसी नेतागिरी?" टहली महांति ने नर्कू राउतराय के आगे गाँधी दास के विरुद्ध विष उगलना शुरू किया। आम सभा के मंच पर टहली महांति ही गाँधी दास की सबसे ज़्यादा कटु आलोचना करते हैं। गाँधी दास इनकी परवाह नहीं करते। वे राजनीति नहीं करते। पद-पदवी क्षमता का कोई मोह उनमें नहीं। अतः किसी की आलोचना, बुराई, निंदा से उनका न लाभ होता न हानि। मगर टहली महांति समझ नहीं पा रहा कि कारगिल युद्ध लगने के बाद उद्धव मंगवाल इतना देशभक्त कैसे हो गया? क्लब घर में, टेलीविज़न के सामने दिन में बैठ जाता, सांझ होने तक। कहता—"अखबार खोल रे लड़के! आज की कारगिल घटना कितनी दूर गई, देखना तो!" लड़के फें-फें करके हँस देते। वे जानते हैं कि अखबार का मतलब आज के संवाद कार्यक्रम की ओर उद्धव इशारा कर रहा है। पहले सांझ को उद्धव जाता भागवत गद्दी की ओर। टेलीविज़न देखने पर कहता, इससे चरित्र बिगड़ जायेगा, अतः बेटों भाग्यधर और वेणुधर को क्लब घर में पग न धरने की हिदायत दे रखी थी। अब वह टीवी पर संवाद देखे बिना रात में सोता नहीं। अखबार भी दिन में पढ़ता है। कभी-कभी पूछ लेता है—"चंदनपुरिया फ़ौजी बिकू बलवंतराय का कोई संवाद आज आया क्या?"

एक दिन टहली महांति के बेटे साकुला महांति ने क्लब घर में उद्धव के ऐसे प्रश्न के उत्तर में उसे उदास ही नहीं किया, उत्तेजित भी कर दिया। साकुला ने कहा— "विक्रम की खबर तब कहेगा जब विक्रम युद्ध करते-करते मरेगा। केवल खबर ही नहीं देगा, उसकी फ़ोटो भी दिखायेगा। ऐसे कई ओड़िया कारगिल वीरों की तसवीरें दिखा चुका है।"

उद्धव पहले उदास हो गया। अगले पल उत्तेजित होकर कहने लगा—"क्या तुम में किसी के लिए ज़रा भी दया-माया, नेह-ममता नहीं है? मानवीयता बूँद भर भी नहीं रही? इस इलाके का लड़का विक्रम, तुम्हारे संग खेलता-कूदता, पढ़ता था। हमारा भाग्यधर, भूदान, विक्रम और तुम एक माँ के पेट से जन्मे भाई नहीं हो, एक गाँव के बच्चे तो हो! ऐसी अशुभ बात तेरी ज़बान से कैसे निकली?" उद्धव का गला भर आया। तभी द्रोणवीर मास्टर आ पहुँचे। कारगिल युद्ध छिड़ा तब से मास्टर जी भी क्लब आकर समाचार सुनते हैं। सब सुनकर उद्धव को हिम्मत दिला कर कहा—"अरे ओ उद्धव! क्या गरम पानी से घर जलते हैं? विक्रम का कुछ अमंगल नहीं होगा। उसके बापू ने नायक (जन्मपत्री देखने वाले) को बुलाकर गणना कराई थी। विक्रम की कुंडली में अभी यश, ख्याति, सम्मान है। युद्ध खत्म होने को आया, इसमें भारत की विजय पक्की है। कारगिल युद्ध में नाटक का सूत्रधार यह पाकिस्तान दुनिया भर में निंदित हो चुका है। घर-घर सहायता की भीख माँगी, भारत से लड़ने के लिए। सबने लौटा दिया। बेमतलब एक युद्ध लगा दिया!"

उद्धव ने विश्वास में पूछा—"मास्टरजी सच कहते हो? यह कारगिल कौन है, क्यों लड़ रहा है? हमारे बच्चों को क्यों मरवा रहा है मैं नहीं जानता, बस इतना पता है—विक्रम देश के लिए वहाँ लड़ रहा है..."

द्रोण मास्टरजी ने कहा—"तुम ही नहीं! कई लोग हैं जो नहीं जानते कि भारत-पाकिस्तान के बीच असल समस्या क्या है? कारगिल युद्ध के बारे में कई लोग नहीं जानते। मगर आज एकदम पते की कहे देता हूँ सुन लो। ये लड़के भी सुन लें। केवल क्रिकेट और सिनेमा की खबर रखने पर देश का नाम दुनिया में ऊँचा नहीं होता। देश-प्रेम की भावना न रखने पर तुम देश में रहकर भी देश के नहीं। सब युद्ध में शामिल नहीं होंगे, मगर युद्ध के बारे में ठीक खबर भी नहीं रखोगे कैसे?"

मास्टरजी ने लड़कों को बुलाकर बिठाया और बात शुरू की—"जम्मू-कश्मीर एक स्वाधीन राज्य के रूप में सदा हिन्दू राजा द्वारा शासित होता आ रहा था, भारत के स्वाधीन होने तक वहाँ हिन्दू, मुसलमान, बौद्ध आदि विभिन्न धर्मावलंबी शांति

से रहते थे। भारत में स्वाधीनता का सूर्योदय होने के साथ पाकिस्तान का जन्म 14 अगस्त 1947 को हुआ। दोनों देश धर्मनिरपेक्ष राष्ट्र रहेंगे ऐसे प्रतिज्ञाबद्ध थे, मगर पाकिस्तान ने स्वयं को मुसलमान देश के रूप में परिचित कराया। सन् 1948 में पहली बार स्वाधीन राज्य जम्मू-कश्मीर पर आक्रमण किया, राजा हरिसिंह ने भारत से सहायता माँगी। जम्मू-कश्मीर राज्य भारत में शामिल हुआ। भारतीय सैनिकों ने उचित जवाब दिया। फलस्वरूप 1949 में दोनों देशों के बीच कराची समझौता हुआ। दोनों देशों ने शांतिपूर्ण रूप में रहने का वादा किया। कारगिल और सियाचीन तब से भारत के अधीन रहता आया है। चीन के साथ व्यापारिक संबंध बढ़ाने के लिए कारगिल और सियाचीन आवागमन का मार्ग है। इस रास्ते से पाकिस्तानी सेना कश्मीर घाटी में आसानी से जा सकती है। अत: इन दोनों इलाकों को लेने के लिए पाकिस्तान लगातार कोशिश करता रहा है। 1999 के वैशाख में पाकिस्तान ने कारगिल युद्ध का सूत्रपात किया। शायद तुम्हें पता नहीं कि विक्रम बलवंतराय शेरशाह रेज़िमेंट में रह यह युद्ध लड़ रहा है। जिन्हें उनका रेज़िमेंट शेरशाह कहा करता था, वे भी थे विक्रम, विक्रम बत्रा। जेठ महीने में कारगिल युद्ध की पहली विजय के रूप में विक्रम बत्रा ने वहाँ तिरंगा फहराया था। हमारा विक्रम उसी रेज़िमेंट का लड़ाकू सैनिक है। हालाँकि इस बीच विक्रम बत्रा शहीद हो चुके हैं।''

''शहीद का दर्जा क्या कैप्टन से ऊपर का दर्जा है? हमारे विक्रम का दर्जा क्या नहीं बढ़ेगा? इतने लोग अगर शहीद हो गए! हमारा विक्रम क्यों नहीं होगा? जो भी हो, वह है तो पाइक (सैनिक) वंश का बेटा—'' उद्धव मंगवाल के ये सरल सवाल करते न करते द्रोण मास्टर के चेहरे पर घुप्प अंधकार घिर आया। उसने कहा-''ओह! उद्धव! तो तुम रोज़ आकर कैसे खबर देखते हो? अपने ओडिशा से इस युद्ध में इतने ओड़िया शहीद हो चुके! फिर अनजान की तरह पूछ रहे हो? जो युद्धभूमि में शत्रु से लड़ते-लड़ते देश के लिए जीवन देते हैं उन्हें देश शहीद कहता है। हमारा विक्रम जान की बाज़ी लगाकर लड़ रहा है। उसके बापू के पास खत आया था। युद्ध शेष होने के बाद विक्रम को छुट्टी मिलेगी। वह गाँव आयेगा— लंबी छुट्टी लेकर। उसके ब्याह के लिए तलाश चल रही है।''

''युद्ध कब शेष होगा? भारत जीतेगा या नहीं?'' उद्धव ने छोटे बच्चे की तरह पूछा।

मास्टरजी ने कहा—''भारत जीता ही समझ लो! अब कुछ ही दिन की तो बात है...!''

''हे प्रभु! तुम ही कर्ता विधाता। तुम बिन कुछ न होता,'' विक्रम की मंगल

कामना कर उद्धव ने दोनों हाथ ऊपर जोड़ लिये।

"ओह! कोई भी शहीद हो, किसी-न-किसी का बेटा तो होता है। एक शहीद होने का मतलब एक बाप के सिर बज्रपात होना समझो!" गोलमस्ता ने कहा। गोलमस्ता जानता है पुत्र शोक क्या होता है। उसका बड़ा बेटा लालबेग हैदराबाद में एक मियां की मिठाई की दुकान में काम करता था। मियां की दुकान से हिन्दू लोग मिठाई खरीद खाते ही न थे, ठाकुरजी का प्रसाद भी लगाते। मगर दंगे के समय उन हिन्दुओं में कुछ सिरफिरे हो गए और मियां के दोनों बेटों और गोलमस्ता के बेटे लालबेग को खत्म कर दिया। लालबेग ज़िद कर चला गया था नौकरी करने। रुपये-पैसे भी भेजे थे। मगर किसे पता था कि निर्दोष लड़का भी दंगे का शिकार होगा? उस दिन से गोलमस्ता शहर से डरता, बड़े बेटे लालबेग का नाम लेने से डरता है—मुसलमानों के लिए एरसमा के अभयपुर से अधिक सुरक्षित गाँव और कहीं नहीं है, यह सोचता है। उद्धव का दिल भी एक बाप का दिल है। पुत्र खोने का दुःख भी उसमें भरा है। मगर मुसलमान की गोली से वहाँ हमारे बच्चे मर रहे हैं, यह बात गोलमस्ता की जर्जर छाती में कील ठोंकती है—उसका भागवती मन समझ नहीं पाता। अनजाने ही मानव मन कई-कई लोगों के मन को दुःख देता है। आदमी एक 'बेचारा' प्राणी है। अपनी बात पर उसका वश नहीं चलता। लाख होशियारी से चले, फिर भी ठोकर न खाये ऐसी बात नहीं।

~

कुछ फटे-टूटे सफ़ेद बादलों से एंडुला मछली की तरह नई नवेली मुँह निकाल, दूज का नया चाँद उजाले का आश्वासन क्या देगा, उधर तिमि मछली से आक्रांत काला स्याह बादलों का झुंड चढ़ आया—छोटी मछली को बड़ी मछली निगलने की तरह, वह सफ़ेद बादल को एकदम निगल गया।

भैरव माझी ने गहरी सांस छोड़ कर कहा—"छोटी मछली को बड़ी मछली का निगलना केवल जल में नहीं, थल पर, आकाश में सब जगह चलता है। आकाश में राह बदलने के लिए क्या स्थान की कमी थी? देखो—साइकिल द्वारा मोटर को रौंद देने की तरह चाँद पर बादल बेमतलब छाकर चारों ओर अंधेरा कर दिया।"

मंगवाल ने पारी थामी—"भई, राघव बलिया तो फिर इतने बड़े ज़ोरदार कैवर्त दास राजा को एक बार में गपाक से निगल गया। तब क्या जल में छोटी मछली की कमी थी? हर युग में निगलने वाले जीव हैं। यह ठहरी कलियुग की अंतिम घड़ी। देखो आगे क्या होता है! यों बेसब्र होने से क्या होगा?" तभी भारत मंडल

ने गहरी साँस छोड़ कर कहा—"आगे और क्या होगा? केवल थाना, पुलिस, कोर्ट-कचहरी जाकर सर्वस्वांत होना है। इस इलाके में भला किसने झींगा घेरी नहीं की है भई! मेरे बेटे सारला दास ने एक घेरी बना कर कौन-सा अपराध कर दिया! आज तक उसे रोके रहा। अबकी बार रोका नहीं। सच, मुझे भी लोभ हो गया। सारला दास भी बड़े उत्साह से घेरी के काम में जुटा था। अच्छे खासे दो पैसे कमा लेता। इसमें नर्कू राउतराय के पेट में दर्द क्यों होने लगा? गैरकानूनी घेरी की है कहकर मेरे बेटे के नाम पर अभियोग कर थाना बाबू गिरफ़्तार कर ले गए हैं। नर्कू राउतराय का हाथ न हो तो ऐसी बात होने वाली है? घेरी, सारला के हाथ से जायेगी। सबने तो घेरी बनायी है हमने कौन मारकाट कर डाली, आप ही बताओ गाँधी दास जी?"

गाँधी दास ने मथुरी साहू की दुकान में काँच के गिलास में चाय सुड़कते-सुड़कते कहा—"तुम अकेले ने कोई मारकाट नहीं की है। मंडल! सबने गैरकानूनी घेरी बनायी हैं, तुमने बनायी। मगर कानून के अनुसार घेरी बनाते तो पुलिस तुम्हारा कुछ नहीं करती। फ़र्क यही है। सुप्रीम कोर्ट की राय के मुताबिक सागर से तीन किलोमीटर छोड़ घेरी बनाने की बात है, तुमने क्यों नियम तोड़ा? सब यदि ऐसा करेंगे तो हमारा गाँव ही सागर के मुँह में लीन हो जायेगा। अपने लाभ की बात सोचते-सोचते गाँव के प्रति ध्यान रहना चाहिए या नहीं? गाँव बहे तो तुम बहोगे या नहीं?"

सच बात पर गाँधी दास सबके लिए लड़ता है। जिसकी भूल देखेगा, उसी को मुँह पर सुना देगा। अपना बेटा भी हो तो छुटकारा नहीं। तभी भूदान को घेरी बनाने नहीं दिया। मंडल को गाँधी दास की बात अच्छी नहीं लगी। कहा—"दास जी! अपने अनुभव से इतना जानता हूँ कि घेरी में दाने का अभाव न होने पर भी छोटी झींगा पर बड़ी झींगा हमला ही नहीं करती, उसे निगल जाती है। हम गरीब-सरीब हैं नरम झींगा। राजनीति वाले बड़े लोग बड़ी झींगा घेरी के मालिक हैं। टहली महांति की घेरी से सटकर मेरे बेटे सारला दास ने एक नीची धरती पर घेरी बाँधी। झींगा के अंडे छोड़े थे। टहली महांति की डेढ़ एकड़ में—सागर से दो किलोमीटर छोड़कर विशाल घेरी है। खेंगा, वेकटी, पोटई, जगर, टणी, झींगा, बागदा, झींगा, सफ़ेद कऊ पालन कर बड़ा आदमी बन गया। सब जानते हैं कि उसमें भूतमंत्री नर्कू राउतराय का बेटा भी बटाईदार है। वह घेरी कैसे नियम में आ गई? मेरे बेटे ने जो बनाई वह गैरकानूनी हो गई? असल बात है थाना का दारोगा बागदा झींगा में हिस्सा माँग रहा था। बेटे ने जितना दिया उससे वह संतुष्ट नहीं हुआ।"

''हमारा समुद्र, हमारी नदी, हमारी ज़मीन, हमारी झींगा तू शरणार्थी बंगाली, हमें क्या देगा? हम हक लेंगे—माँग कर नहीं लेंगे, हक लेंगे। क्या करोगे, कर लो?'' इतना कह जबरन पुलिसवाले झींगा पकड़ने लगे। सारला दास ने रोकने के लिए कुछ कहा तो उसे बाँधकर थाने ले गए। ''समझे, जो भाग्य दोष से देश छोड़ता है, उसे फिर देश नहीं मिलता। वह जीवन भर शरणार्थी रहता है अवांछित।''

उद्धव ने कहा—''बात झींगा की नहीं। शरणार्थी की नहीं, पुलिस की नहीं। बात है भूतमंत्री की। सारला की घेरी को अपने बेटे की घेरी में मिला देना मूल बात है। गरीब के बेटे सारला दास को डरा-धमका कर थाने में रोके रखने पर वह डर कर घेरी छोड़ देगा। बांछू तरई के बेटे बैकुंठ तरई की घेरी के लिए भी गैरकानूनी घोषणा की है। दो अक्षर पढ़ा-लिखा है। इसलिए कानून-कचहरी की मदद माँगी है।''

''तो सारला घेरी छोड़ देगा?'' भारत मंडल ने पूछा।

गाँधी दास ने कहा—''छोड़ देना ही ठीक है। हमारा भूदान, जो स्वयंसेवी संस्था बना रहा है। उसका मूल लक्ष्य है गैरकानूनी घेरी का विरोध करना—परिवेश की सुरक्षा और छोटे मछलीवाले केवटों के स्वार्थ की रक्षा। तुम देखना, तुम कानून मान कर रहोगे तो, टहली महांति और नर्कू राउतराय को कचहरी दिखा दूँगा।''

चाय पी कर उठे गाँधी दास। मथुरी साहू के पैसे चुकाकर पूछा—''और साहूजी, क्या हाल है? और कितने नये चंदे खाते खोले हैं राउतराय ने!'' मथुरी ने ताव से कहा—''आम खाने वाला पेड़ क्यों गिनेगा? तुम्हारा राउतराय के चंदे के खातों का हिसाब देखना वैसे ही है जैसे कि चकुली पूआ खानेवाला उसके छेद गिनता है। दुकान चालू रखने के लिए राउतराय का कहा मानना होगा। चंदे का खाता उनका, पैसा जनता का। मैं तो सिर्फ़ अदा करने वाला हूँ। तुमने नहीं दिया, कोई तुम्हारा क्या कर लेगा? लोग देते हैं तभी तो राउतराय ने चंदा खाते खोले हैं, रुपये अदा करते हैं। दोष क्या केवल लेने वाले का ही है? चंदा देने वाले का कुछ नहीं... ?''

''ज़रूर-ज़रूर! दोष उसका जो पसीना बहाकर धन कमाता है संचय कर सहेज रखता है। जिसने चोरी की उसका क्या दोष? यदि घर पर धन रत्न नहीं रखोगे तो चोर क्या चोरी करेंगे?'' उपस्थित सभी लोग हाटुआ दासजी की बात पर ठहाका लगा बैठे। मगर दास के जाने के बाद सबने मथुरी के चंदे के खाते में पत्रम्-पुष्पम् एक-एक रसीद कटवा कर शक्ति मुताबिक चंदा दिया। एक-एक

चंदा खाता भी खूब है-बाल सहायक फंड, अनाथ सेवा फंड, अबला सहायता फंड, कुष्ठ निवारण फंड, बाढ़ सहायता फंड, अकाल राहत फंड, परिवेश सुरक्षा फंड, अस्पृश्यता निवारण-मंदिर सुरक्षा निधि आदि कई खाते हैं। राउतराय का एक प्रेस भी है। दो पन्नों का अखबार 'हुक्के हो' महीने-बीस दिन में सांझ के सियार भौंकने की तरह प्रकाशित होता है—इस इलाके की बुरी ख़बरों सहित बहू-बेटियों का चरित्र संहार किया जाता है! इसी डर से गरीब-अमीर सब उनके चंदे के खाते में चंदा जमा करते हैं। क्षमता में न रहते समय सूखे के दिनों में चंदा खाता बड़ा सहायक होता है।

भैरव माझी ने कहा—"इनको धर्म सह लेता है...कलियुग में धर्म भी धर्म पथ छोड़ चुका है...!" उद्धव ने जीभ काट ली, कहने लगा—"धर्म की निंदा नहीं करना भई! भविष्य पोथी में सत्य लिखा है। धर्म का क्या दोष? तुम धर्म की रक्षा करो, धर्म तुम्हारी रक्षा करेगा, अच्युतानंद 'गुप्त गहन गीता' में कहते हैं—

नृपति लांचुआ हेबे संसार। सुआद नोहिब मधु शाकर।
लवण उठिब पूर्व दिगरू। मारु महरग हेब सेपारु।।"

(संसार में राजा घूसखोर हो जायेंगे। मधु, शक्कर में स्वाद नहीं रह जायेगा। पूर्व दिशा से लवण (सागर) उफनेगा। वहीं से सर्वनाशी महंगाई बढ़ेगी)

भैरव माझी ने कहा—"भविष्य पोथी में झूठ नहीं लिखा है। सारी धरती पर जितने पाप होते हैं, इस छोटे इलाके में उससे कुछ कम पाप, अधर्म नहीं होता। मुझे लगता है जई रचित चौंतीसा सत्य होगा ऐसा जई ने लिखा है—

समुद्र उठि आसिब बतास बहिब। श्रीकल्पबट मोर भांगी पकाइब।।
सत्य भाव हे साल ऊनशत कर ठाब हे...।

(समुद्र उठ आयेगा। वातास तेज़ बहेगा। मेरा क़ल्पवट तोड़ देगा। सन् निन्यानवे में यह सब सत्य होगा।)

सन् निन्यानवे बीतने बीतने जा रहा है। कलि समाप्त होना निश्चित है। प्रभु इतना अधर्म नहीं सहेंगे। वरना आदमी सारे नीति-नियम क्यों तोड़ता चलता?

मथुरी साहू ने थुलथुल पेट पर से टपटप पसीना निचोड़ पुरानी कसैली चाय में पानी मिलाकर आँच पर केतली बिठाई नये ग्राहक के लिए। खें-खें हँस कर कहा—"सन् निन्यानवे तो खत्म ही समझो—अब भविष्य पोथी में लिखी हुई बात कब सच होगी? सामने दो-दो चुनाव आ रहे हैं। क्या कलियुग चुनावों की चकाचौंध

दिखाये बिना ही खत्म हो जायेगा? याद रखो, नर्कू राउतराय इस बार चुनाव जीतेगा और मंत्री भी बनेगा। खूब चंदा इकट्ठा हुआ है। अब ज़बान सँभालकर बात करना, वरना चुनाव यज्ञ में बलि का बकरा बन जाओगे।''

तीनों साथी ज़बान क्या सँभालते, वे ज़बान बंद करते-करते उठे। खल को कटु वचन कहने में जितना खतरा है, मधुर वचन कहने में उससे कम खतरा नहीं है। मथुरी साहू के अड्डे पर बैठकर भविष्य पोथी न पढ़ना ही ठीक है।

पाँच

नदी अगर जीवन है, समुद्र केवट का भाग्य है। इस समुद्र किनारे वाले मुहाने का नदी पर कोई अख़्तियार नहीं होता, समुद्र पर भी कोई अख़्तियार नहीं होता। दक्षिणी हवा के पतवार में पूर्णिमा के समूचे चाँद के प्रेम में उमर के जोश में पड़ कर उफनता चइती ज्वार चढ़ आता समुद्र की छाती से—नदी की छाती पर लोना ज्वार आता, फिर बरसा ऋतु में नदी की छाती मीठी होने तक। कभी मीठा-कभी नमकीन, कभी नमकीन-मीठा, दोस्वादी पानी बहता है पूर्वी उपकूल के नदी-समुद्र मिले-जुले इस इलाके की नौ नदियों में, जैसे सुख-दुःख आदि, नवरस के ऋतुचक्र में नमकीन-मीठा जीवन बह जाता है बेअख़्तियार। यही तो जीवन है! ऋतु पर ऋतु, तरह-तरह की मछलियाँ लेकर समुद्री ज्वार नदी की छाती तक उठ न आये तो केवट ज़िंदा कैसे रह पाते? नदी यदि उसका छाछ-मांड है तो समुद्र उसकी भात की हाँडी है। मगर भारत मंडल अब मछली पकड़ने नहीं जाता। बेटे काम करने लगे हैं। भारत मंडल ने जाल छोड़ नाव चलाना शुरू कर दिया। बटोहियों को हंसुवा नदी में इस पार से उस पार करता है। पेट में दाने की ज़रूरत है तब तक हाथ-पाँव चलते रहें। वरना बड़ा छटपट होता है इंसान का जीवन। बाप हो तो भी घर बैठे कब तक खिलायेगा? हालाँकि इस दृष्टि से उद्धव मंगवाल को सौ सलाम। ननिहाल में छोटे नाना, छोटी नानी, मामा-मामी, चार-चार बूढ़े-बुढ़ियों को बिठा कर खिला रहा है, पता नहीं कब से, कोई हिसाब ही नहीं।

उद्धव मंगवाल के बेटे-बहू इधर अब चिड़चिड़ाने लगे हैं। लेकिन उद्धव अभी भी मछली पकड़ने जाता है, सबकी जबान चुप है। उद्धव की उम्र ढल गई। बल कम नहीं हुआ। मगर भारत मंडल का बल, उम्र सब ढल चुके हैं। कारण है, भारत मंडल खुद को शरणार्थी मानकर जवानी में ही ढल गया। शरणार्थी की छाप उस पर बुढ़ापे तक रही।

उसके दादा नेपाल मंडल थे स्वाधीनता संग्रामी, सारे भारतवर्ष के मुक्ति संग्रामी के रूप में गणमान्य आदमी। उन्होंने अखंड भारत की स्वाधीनता के लिए लड़ाई लड़ी थी। मगर स्वाधीन भारत में उनके जैसे कई मुक्ति संग्रामी और उनके वंशधर भारत की धरती पर विदेशी बन गए। अवांछित शरणार्थी हो गए। यह अवांछित भाव भारत मंडल को जीवन भर कुछ-कुछ मारता रहा। अब उसमें अधिक मेहनत करने का उत्साह नहीं रहा। भारत मंडल के बाप-दादा थे पद्मा नदी के माझी। भारत का मुक्ति संग्राम घमाघोट जब जारी था, भारत मंडल के पिता रात-दिन संग्रामियों को पद्मा नदी पार कराते बिना पैसे लिये। इस कारण बाल-बच्चे भूखे रह जाते। मगर उधर उसके पिता को परवाह न थी। स्वाधीनता संग्रामियों को पद्मा नदी पार कराने के जुर्म में पिता को जेल हुई थी। पुलिस के अत्याचार सहे। उसने फिर स्वाधीन भारत में शरणार्थी का जीवन बिताया! वह एरसमा आया तब से हंसुवा नदी का माझी था। बाप के बाद भारत मंडल बना हंसुवा नदी का माझी। उसके बेटे मछली पकड़ पेट भरते हैं। मगर भारत मंडल की इच्छा है, उसके मरने के बाद कोई बेटा हंसुवा नदी का माझी बने। इस इलाक़े के लोग नदी पार करेंगे कैसे? कटक, भुवनेश्वर, जगतसिंहपुर, कोलकाता, मेदिनीपुर जायेंगे कैसे?

अभयपुर गाँव चारों ओर नदी-नालों से घिरा बंदी है, अकेला द्वीप है। यह छोटा-सा गाँव चौमासे में दुनिया से कट जाता है। गाँव के आगे नदी, पीछे नदी, सामने मुँह बाये साल के बारहों महीने समुद्र का जटाधारी मुहाना रहता है। बाढ़ में नाव उलट जाती है, अतः नाव बंद है। लोग गाँव में बंदी हो जाते हैं। हर बार चुनाव में दलों से प्रतिश्रुति मिलती है—हंसुवा नदी पर सेतु बनेगा। चलकर नदी पार करेंगे। नदी के पेट को रौंद कर बस भी दौड़ेगी सेतु पर। हालाँकि तब भारत मंडल का लाभ घट जायेगा। घटेगा क्या। बिलकुल कोई भाव ही नहीं रहेगा। रोज़गार बंद हो जायेगा। इसकी भारत मंडल को परवाह नहीं। वह जानता है उसके जीवन में इस हंसुवा नदी पर सेतु बनाने का वादा महज़ चुनावी हवा है। वह कितने चुनाव देख चुका है। सामने निन्यानवे का लोकसभा चुनाव है। बाद में विधानसभा के चुनाव हैं।

एक साथ दो-दो पुल हंसुवा नदी पर बनाने का वचन दिया है। अभयपुर गाँववाले बाइस्कोप देखते समय असली नाटक देखने के आनंद से मतवाले होने की तरह प्रतिश्रुति की खुशी में मशगूल हैं। बार-बार अपने को मिथ्यावादी, स्वार्थी, दुर्नीतिग्रस्त, प्रमाणित कर चुके चुनावी प्रार्थी लोगों पर ये सरल गाँववाले कितनी आसानी से विश्वास कर जाते हैं, विश्वास में वोट देते हैं, ठगे जाते हैं और कोई

विरोध तक नहीं करता। ओड़िया जाति खूब सहनशील, नम्र और उदार है। एक मुक्का खाया तो एक मुक्का मारना उनकी कुंडली में नहीं। वरन मुक्के पर मुक्का खाकर कछुआ बन जाना। भाग्य का लेख मान कर कछुआ बन जाने में आनंद पायें या न पायें, मगर निरानंद नहीं हैं। निरानंद होने पर भी प्रतिवाद करना इनके संस्कार में नहीं। एक-एक युग में हालाँकि एक मधुबाबू, गोपबंधु, फ़कीरमोहन, सरला देवी जन्म लेते हैं। लेकिन बाकी सब मधुवा, गोपिया, फकीरा बन जीवन बिता देते हैं। मधुवा, गोपिया को मधुबाबू, गोपबंधु कर देने वाला चरित्र ओड़िया का नहीं है— खासकर उच्च वर्ग वाले निम्न वर्ग वालों को मधुबाबू, गोपबंधु बनने नहीं देंगे। वरन मधुबाबू, गोपबंधु यदि निम्न वर्ग में जन्म लेंगे उनको जन्म से ही मधुवा, गोपिया कहकर ऐसी खिल्ली उड़ायेंगे कि वे फिर गोपिया, मधुवा के अलावा उससे ऊपर की आस नहीं करते या उनका भी गोपबंधु, मधुबाबू बनने का हक है ऐसा नहीं सोचते। एक नाम को ऊँची जाति, नीची जाति, धनी-गरीब का भेद कर दो तरह से पुकारना कुंडल पंडा, टहली महांति, नर्केश्वर राउतराय जैसे समाज के बड़े पंडों का एक जातिगत, बुनियादगत, संस्कारगत, अहंकारगत अधिकार मानते हैं। हलधर को हलिया, भाग्यधर को भागा, चक्रधर को चकरा, दीनबंधु को दीना, राचचंद्र को रामु हलवाहा, मजूरा कहकर पुकारो तो भी हाँ-हाँ कर देते हैं। सेवा में कोताही नहीं होती। दामोदर को दामा, श्यामघन को श्यामा कर देते हैं ये अहंकारी उच्च वर्ग वाले। क्योंकि वो लोग कोई प्रतिवाद भी नहीं करते।

मगर कुंडल पंडा के मगज में जाति अहंकार इतना तीव्र है कि वे अपनी संस्कृत वाली जुबान से श्लोक, छंद बोलने वाले स्वर में सबका नाम बिगाड़ देते हैं। गोपाल बस्तीवाले धन बेहरा के बेटे बभ्रू वाहन को कुंड कहते बर्बर, बुद्धिराम को बुद्धू, निर्मल को निमूलिया, नकुल को कहते नेवला। गंधर्व को कहते गोधी। उनकी जुबान पर पंचानन हो जाता पंचा, भार्जन को कहते अभार्जन, भूदान को वो भूंदा कहते। सारे नाम यों बिगाड़कर बुलाते-बुलाते बिगड़ जाते। अतः इतने स्नेह से रखा 'मंत्री' नाम कुंडे द्वारा 'मंथरा' कर देना विचित्र था। मगर कुंडल पंडा के अलावा सब उसे श्रद्धा वाले नाम से बुलाते 'मंत्री'। मंत्री मल्लिक उसका नाम है।

मंत्री मल्लिक सचमुच कोई मंत्री नहीं। उसे माँ से मिला नाम है 'मंत्री'। वह जात में 'कंडरा' है। अतः पूरा नाम मंत्री मल्लिक है। मंत्री की माँ ने बेटे का नाम राजा न रखकर मंत्री क्यों रखा? अभयपुर गाँव की यह एक कहानी है। जो कि किंवदन्ती हो गई।

इस इलाके के कई भाग्यशाली लोग मंत्री बने हैं। मगर मंत्री मल्लिक को छोड़ किसी का नाम मंत्री नहीं। शुरू-शुरू में लोगों को यह अटपटा लगता। मगर क्रमशः यह नाम इलाके भर में खूब परिचित, प्रिय नाम बन गया। नाम की तरह मंत्री मल्लिक लड़का भी अजीब था। इलाके भर में अपनी तरह का एक ही था। अतः सब उसे जानते थे। राजधानी के अनेक चुने हुए नामी मंत्री भी अनिर्वाचित मंत्री मल्लिक के नाम से परिचित थे।

मंत्री मल्लिक का दादा भिखारी मल्लिक इस इलाके का चौकीदार था। रात भर लाठी ठोंकते गाँव में पहरा देता। गाँव में मृतक-सूतक का हिसाब थाने में पहुँचाता। गाँव में मार-फ़ौजदारी की खबर के तार...अधिकारियों तक पहुँच जाते। वह विश्वस्त चौकीदार था। पंचायत से जो वेतन पाता उसकी चर्चा न करना ही ठीक होगा। माँग कर लायी तरकारी के स्वाद से न तो जीभ पर स्वाद और न पेट ही भरता। 'चौकीदार' सामाजिक पदवी के अलावा किसी भी दृष्टि से आकर्षक नहीं थी वह नौकरी। गाँव का चौकीदार तो मल्लिक का मल्लिक ही रहा। वह था गाँववालों का फोकटिया नौकर। वार्ड मेंबर, सरपंच समिति चेयरमैन, भूत मंत्री, वर्तमान मंत्री, एमएलए, गाँव का मुखिया, पैसेवाले, गरीब-गुरबा, सबका हुक्म माननेवाला, बिना वेतन का चाकर—वह फिर विश्वस्त प्रभुभक्त होना चाहिए। क्योंकि वह जाति से मल्लिक है, सब उसके प्रभु हुए। भिखारी मल्लिक बहुत उत्तम स्वभाव का आदमी था। मगर था वह स्वाभिमानी। खूब गुस्सैल था। परंतु जाति का मल्लिक होने के कारण उसके आत्मसम्मान पर आँच आने पर किसी और पर कोप प्रकट न कर पाता, अपनी स्त्री और बाल-बच्चों पर बात-बात पर गुस्सा-लात-मुक्का-थप्पड़। गुस्सा शांत होने पर अपने गालों पर दो थप्पड़ मार बच्चों को गोद में भर लेता, मुँह फुलाए घरवाली को सांत्वना देता प्रेमी पति के अंदाज़ में। नेह का भाव दिखाकर कहता—"अनमोल आँसू क्यों बेमतलब खत्म कर रही हो?...मेरे बाद कितना रोना है। कहाँ से उधार लायेगी! ऐसा हीन जन्म हमने पाया है, दूसरी बात छोड़, कोई हमें मौत भी उधार न दे। जलावन, फूस, गोबर, धान सहेज कर जीना है, वैसे ही पेट पर आँसू से भीगे कपड़े की पट्टी रखकर सूख-सूख कर मरण भी सहेजना होगा। मेरी मार ने इतना दुखाया, मेरा अपमान, मेरे प्रति सबका हीन भाव तुझे कभी चुभता नहीं? क्यों चुभेगा? बाप-दादा चौदह पीढ़ी में सबको जो व्यवहार, जो लांछन मिलता रहा, वही मुझे मिलता है। कंडरा के घर जन्म लेकर मैं उदास...क्यों होता हूँ? शायद तुम यही सोचती

हो! ठीक है मेरा कसूर हुआ! काम-धाम करने वाली औरत को रूठकर बैठने की भी फ़ुर्सत कहाँ जो तू रूठ कर बैठेगी? हाँडी में क्या है चलो जाओ, देखो बच्चे आज मुट्ठी भर भात खाएँगे या नहीं।''

सच, सात बच्चों की माँ भार्जन की माँ को मार-गाली खाकर बैठकर रोने की भी फ़ुर्सत नहीं थी। काम-धाम करते-करते वह बहते आँसू पोंछ लेती। बच्चों को हमेशा भर पेट भात कहाँ मिलता है जो खसम से रूठ कर भूखी रहेगी या हाथ-पाँव पसारकर बैठेगी? इसमें बड़ा बेटा रोगी व साथ में ज़िद्दी है। बाप की तरह तगड़ा, कद्दावर तो है, छः बच्चों में एक बेटा है अतः लाड़-प्यार में कामचोर बन गया। उसके बाद छः-छः डायन जन्मी इस पेट से। खाया-पीया और पराये घर गईं।

होंठ कटा बेटा खुद को कहीं अभार्जन (अभाजन) न समझे, अतः उसकी माँ उसे भार्जन (भाजन) कहा करती। लापरवाह स्वभाव के कारण भार्जन को बाप के बाद चौकीदार की नौकरी नहीं मिली। भार्जन चौकीदार नहीं बना। टहली महांति के घर पर हलवाहा बना। आधे दिन गुस्से से काम पर नहीं जाता। गरीब के रोज़गार की उसकी औरत का पेट प्रतीक्षा करता है, मगर माँ बनना प्रतीक्षा नहीं करता। भार्जन की औरत हर बरस बच्चा पैदा करती और टूटी देह लेकर मालिक के आँगनबाड़ी में बुहारी करती, गुहाल पोंछती, गोबर थापती, मैला उठाती। प्रसव से पहले और बाद में मालिक के घर न जा पाने से मालिक का नुकसान नहीं होता, उसका ही नुकसान होता। वह दिहाड़ी वाले मजूर की तरह काम करती, बरस भर कामवाली नहीं। अतः काम बंद तो मजूरी भी बंद हो जाती।

उसकी सास, भार्जन की माँ का जीवन जैसा हीन था, मंत्री की माँ का जीवन वैसा ही कटता। मंत्री की माँ मन को बहलाती—''ठीक है, सब दिन होत न एक समाना।'' बड़ा बेटा—जिसका नाम ज़िद कर 'मंत्री' रखा था। वह पढ़ाई करेगा, बाबू बनेगा। पढ़ाई नहीं हुई तो—मंत्री क्यों नहीं बनेगा! तब अपने खसम पर सारा गुस्सा उतार लेगी। हाँ, इसी झोंक में बेटे का नाम रखा था 'मंत्री'। उसी वर्ष इस इलाके से महांति जी मंत्री बने थे। मंत्री पद तो अब के राजपद से कितना ही बड़ा था, अब राजाओं का राज नहीं रहा, न उनका राज-पाठ। राजा तो अब मरे हुए सांप हैं। सांप हैं, अतः लोग उन पर पांव नहीं डालते। मगर निर्भय हो लाँघ जाते हैं। धोबली गढ़ के राजा के वंशधर अब मजूरी करते हैं। लोगों को मजूर की ज़रूरत होने पर सीधे जाकर पूछते हैं—''महाराज! आज युवराज मजूरी पर जायेंगे? भारी काम नहीं। खेत बछाई—रोपनी—ज़नानी काम है—मेहनत कम है।''

'मणिमा' और 'युवराज' संबोधन केवल इस इलाके से नहीं गया, बाकी सारे ठाठ जा चुके हैं। यह संबोधन सिर्फ़ कटे घाव पर चूना लगाने जैसा लगता राजवंशी फक्कड़राम बेकारों को। मंत्री पद लेकिन आजकल सर्वमान्य, सर्वकाम्य, हर दिशा से लाभदायक पदवी बन गई है। अत: उसके पहले बेटे का नाम राजा न रख मल्लिकीनी ने 'मंत्री' रखा था। भार्जन भी चाहता था बड़ा बेटा जैसे-तैसे दो अक्षर पढ़ ले—मूर्ख होने का दोष छूट जाये। मैट्रिक फ़ेल, पास कुछ भी हो, एक सरकारी नौकरी पाना कठिन नहीं होगा। बाद में मंत्री बन गया तो अच्छी बात है। गाँधी दास इस इलाके के हरिजन बच्चों को पढ़ाने में खूब उत्साही थे। सरकारी सहायता तो मिलेगी ही। गिनती के कुछ बावरी, कंडरा, हाड़ी, पाण, चमार बच्चे स्कूल जाते। अत: अपनी स्त्री की ज़िद पर मंत्री को भी भगा-भगा कर स्कूल भेजता भार्जन। एक बेटा पढ़ ले तो वंश से मूरखता का दोष छूट जाता। एक बेटा आदमी बन जाये तो सब को आदमी बना देगा। मंत्री आखिर आदमी क्या बनेगा, वह श्मशान चांडाल बन गया।

मंत्री मल्लिक को पाँच बरस की उमर से सारी बातें साफ़ याद थीं। दु:ख की, भूख की, शोक की, जान बचाने व प्राण की बाज़ी लगाकर कष्ट भोगने की स्मृति उसकी याद में औरत की देह में गोदना गुदे होने की तरह अमिट थी। दाग को कुरेदो तो दु:ख का काँटा चुभ जाता छाती में। बचपन का वह दाग इतनी आसानी से नहीं मिटता।

किसी मंत्री के पीछे मोटर गाड़ी और लोगों की कतार लगने की तरह मंत्री के पीछे नालायक भाई-बहनों की कतार थी। कुल दस भाई-बहन थे। उनमें दो तो जन्म के समय ही लौट गए। उनके लिए माँ के मन में दु:ख का दाग ज़्यादा होगा—बापू के मन में कम था, भाई-बहन और घर के बड़े-बेटे मंत्री के मन में वह दाग बिलकुल न था। क्योंकि सबके होश सँभालने से पहले वे कोहरे में अमिया की तरह टुप-टाप झर पड़े थे—कमज़ोर माँ से—वक्त से पहले। तब दस-बारह साल का मंत्री सोचता—अच्छा हुआ दो चले गए। नीचे से दो-तीन और खिसक जाते, बुरा न होता। केवल भात में, मांड में हिस्सा बँटाते, भागीदार बन कर। सात-सात भूमिहीन, संबलहीन, छोटी जात में गिने जाते ये अछूत लड़के जीवित रह कर क्या सुख पायेंगे जीवन में, मंत्री को साफ़-साफ़ दिख रहा था, अपने बाप-दादा का घर-संसार देख कर।

मंत्री अपने सिवा किसी और के बारे में सोचने को समय नहीं पाता। बचपन से ही उसे बड़ी-बड़ी चिंताएँ, भूख, दु:ख, पेट का कष्ट, मन का कष्ट। मंत्री

को सदा भूख ही लगी रहती। साँसों की तरह भूख भी उस बस्ती के सारे हरिजन बच्चों के जीने का प्रमाण था। मरने पर ही गरीब के बच्चे को भूख से छुटकारा मिलता है। बाप की जितनी कमाई, उसमें बीड़ी, तंबाकू का खर्च निकाल कर जो कुछ बचता वो तो बहुत कम होता है। मंत्री की माँ टहली महांति का आँगन बुहारती। मगर साल के बारह महीने उसके पेट में भूख के साथ बच्चा भी रहता।

कभी मरा बच्चा तो कभी जीवित बच्चा होता। मंत्री की माँ सदा कराहती रोग में। शरीर की पीड़ा में। उसी में जीती-मरती बाबू के यहाँ काम करती। जो लाती उससे बच्चों का पेट भरती। मंत्री के घर पर जिस दिन अलमूनियम की थाली में गरम-गरम भात परोसे जाते, साथ में नमक और इमली हो तो—बच्चों का भोज हो जाता। गरम भात बड़े स्वादिष्ट पकाती है मंत्री की माँ, वरना मंत्री के ही नहीं, बस्ती के सबके यहाँ हमेशा पखाल और मांड। भात पकते ही माँ मटके का पानी मांड रहते-रहते उसमें उँड़ेल देती। रात में मांडिया खीर पकाकर उसमें मिला देती। सुबह बाढ़ के पानी में थक्के-थक्के गंदगी की तरह काले-काले मांडिया तैरते हाँडी में। इतना भी सुबह खाने को नहीं मिलता। वह मांडिया रखा जाता दुपहर की कड़ी भूख के लिए। सुबह लाल चाय बच्चों को मिलती एक-एक कटोरी, बापू को मिलती कटोरा भर। साथ में मुट्ठी भर लइया। चाय में गुड़ की डली—वो भी कभी-कभी। कई बार सुबह वह भी नहीं मिलती। नदी का पानी पीकर पेट की तपन शीतल करनी पड़ती। दुपहर में मांडिया-पखाल के साथ सूखी मछली भूनी हुई मिल गई तो बच्चों के लिए ब्याह का भोज हो जाता। वरना नमक, साग, वन ओलुअ, चट्नी, इमली की चटनी और कच्ची मिर्च। बच्चे मिर्च खा नहीं पाते, चटनी का स्वाद कम हो जाता, मगर मांडिया-भात गले में नहीं अटकते। बंसी का काँटा मछली को खींच लाने की तरह जीभ पर जो रखो, भूख का काँटा सट् से खींच लेता पेट के पोखर में।

इस भूख के कारण मंत्री में बुरी आदत थी बचपन से। बचपन में बस्ती के और कई लड़कों में कभी वही आदत थी। थोड़े बड़े होने पर बस्ती के नंगे छोकरे लंगोटी बाँधकर लाज छुपाने की तरह हाथ की अँगुली चूस कर भूख मारने का असफल उपाय अपना लेते। मगर मंत्री मल्लिक सात बहनों में धनुर्धर पहला पूत हुआ, अत: बचपन से बड़ा होने में जितनी देर हुई अँगूठा चूसना छुड़ाने में उतना कष्ट और देर हुई। उसकी माँ के नौवें-दसवें गर्भ से बेटे हुए। बायें अँगूठे को मंत्री फिर भी चूसता रहता, जैसे उसके छोटे भाई-बहन उसकी माँ के सूखे स्तन एक के बाद एक चूसते। बच्चों के लिए उँड़ेल दिये माँ के उदार, पसरे दोनों

स्तन से प्रायः छोटे दोनों बच्चे लटके रहते। ऐसे दिखते मानो बकरी के थनों से दो बच्चे लटके हुए हैं। गाय-बकरी, कुत्ते, सूअर की तरह गरीबों के बच्चों की माँ के दो स्तन के बदले आठ-दस स्तन होते तो भगवान के यहाँ क्या कमी हो जाती? कम-से-कम साल भर होने तक तो माँ के स्तन से वंचित नहीं होता भूखा मंत्री। क्या पता, दूध के साथ पूतना के प्राण सोखने की तरह माँ के प्राण भी सोख लेता ये जानलेवा बच्चों का झुंड। शायद तभी माँ को स्तन कम ही दिये भगवान ने। केवल स्तन ही नहीं, माँ की छाती में दूध भी कम है। कभी-कभी भूखे बच्चों के दाँत कटकटाने पर खून निकल आता, दो बूँद दूध नहीं मिलता। बच्चे मन बहलाने को छाती पर झूल जाते हैं। अतः मंत्री का अपना बायां अँगूठा चूसना जैसा है, बच्चे द्वारा माँ का सूखा स्तन चूसना भी वैसा ही है। केवल मन को समझाना है। गरीब के जीवन में माँ के स्तन से अंगूठे तक, गरम भात से मांडिया-पखाल, मछली-केकड़ा से घोंघा-सीप तक ऐसी कई छोटी-बड़ी बातों में मन को समझाना पड़ता है। मंत्री मल्लिक के घर एक अधेड़ गाय थी। उसका इतिहास भी मंत्री के जीवन की तरह हीन था। वह मल्लिक के घर बीमार होने पर खूँटे पर बँधी-बँधी मर जाती तो गोहत्या का पाप लगता, यह सोच मल्लिक ने रस्सी निकाल उसे खुला छोड़ दिया था। श्मशान के पास गाय पड़ी-पड़ी हाँफ़ रही थी। भार्जन मल्लिक दया कर गो सेवा करने लगा। गाय धीरे-धीरे स्वस्थ हो चलने-फिरने लगी। भार्जन ने गाय के मालिक को खबर दी। मालिक ने दानशीलता दिखायी— थूक कर फिर चाटते नहीं हैं रे भार्जन। श्मशान में जिस गाय को छोड़ आये, उसे घर लाना ठीक नहीं। अशुभ फल मिल सकता है। तूने सेवा कर बूढ़ी को बचा लिया, तू ही ले जा। खाना देगा तो एक-दो बार ग्याभिन भी होगी। तेरे बच्चों के मुँह में दूध मिल जायेगा। बच्चों की कितनी बुरी हालत कर रखी है तूने!

लोभ से नहीं, मालिक की उदारता देख भार्जन गाय की देखभाल करने उसे घर ले आया। सूखे पत्तों की छान बना कर एक टेक लगा दी। घास-फूस देने लगा। घर पर गाय आ गई, अतः कंडरा बस्ती में इज़्ज़त बढ़ गई। गाय बछिया देगी तो दूध पीयेंगे—दही-छेना-घी-छाछ...सूने आकाश में स्वतः तारा खिलने की तरह गरीब बच्चों के मन में दूध, दही, घी, मलाई, मक्खन की आशायें जगने लगीं। सच, उस दिन गाय लगातार रंभाने लगी। मंत्री की माँ ने कहा—''कोई इंतज़ाम कर! ईश्वर की कृपा हुई तो गाय गाभिन होगी!''

भार्जन कंडरा गाय को रस्सी से खींच-खींच कर जहाँ आवारा सांड़ चक्कर काटते हैं, वहीं पेड़ से बाँध कर चला आया। बस्ती के बच्चे-बूढ़े, अधेड़ सब

जमा हो गए। औरतें पानी का मटका बगल में लिए उधर आवाजाही कर रही थीं। गाय की ओर तिरछी-तिरछी नज़र डालती जातीं। मंत्री की हर बात में कुतूहल। उसके कुतूहल की सीमा धरती की माटी तक सीमित नहीं रहती। उसका मन करता कि चील-गिद्ध की पीठ पर बैठकर आकाश राज्य की ओर उड़ जाऊँ—तारों को परख देखूँ कि कितनी बड़ी बाती है, कितना मिट्टी का तेल है तारों की डिबरी में जो कभी नहीं बुझती। सुबह कोई धीमा कर देता है उजाला, फिर सांझ को बढ़ा देता है। तारे तो गरीबों के घर की टिमटिमाती डिबरी हैं। चाँद अमीरों की हैडलाइट है। ऐसी अनेक आकाश-पाताल की बातें हैं मंत्री के छोटे-से मगज में। अत: मंत्री भी दौड़ा गाय के पीछे-पीछे। गाँववाले कह रहे थे कि गाय अगर ग्याभिन हो गई तो भार्जन के भाग खुल जायेंगे। मंत्री का कुतूहल गाय में न था, वह तो ग्याभिन होने में था। फल तो पेड़ में न होता है, गाय में फल कैसे लगेगा?

मंत्री को गाय के पीछे दौड़ते देख उसका बापू चिल्लाकर बोला—"कहाँ भाग रहा है, पाजी कहीं का! आज स्कूल नहीं गया तू, ठहर तेरी चमड़ी उधेड़ता हूँ!" मंत्री बापू के डर से स्कूल भाग गया। सांझ को बापू गाय को लेकर लौटा, मानो किला फतह कर आया है। ऊँचे स्वर में घोषणा की—"गाय फल गई! उसकी हिफ़ाज़त कर।" स्त्री को निर्देश था। मंत्री का बापू इतना खुश था कि मंत्री तो बौरा गया। माँ से पूछा—"माँ गाय फली है या बापू?" माँ जीभ दाँतों में दबा कह उठी—"चुप! बापू सुन लेगा तो हड्डी-पसली एक कर देगा। अरे बुद्धू! आदमी क्या फल देता है? जा...जा यहाँ से जा। बच्चों को इन बातों में दिमाग नहीं लगाना चाहिए। तू केवल दिन गिन कि अपनी गाय कब बछिया देगी। अपने घर में दूध-दही भर जायेगा। प्रभु की कृपा हुई तो तुम्हारे मुँह में भी जायेगा कुछ..."

गाय फलने की बात मंत्री भूल गया। याद रही छोटी बछिया की बात, दूध की हाँडी, दही की हाँडी। रात में सपने में कोई मटियाली बछिया छम-छम कूद रही है। माथे पर दूधिया चाँद है। फिर सपना देखा—हाँडी में मुँह लगा कर झागदार दूध पीते हाँफ़ रहा है—उफ् दूध, गुड़-खांड से भी मीठा! उस दिन सुबह-सुबह सचमुच बछिया कूद रही थी। लोग कह रहे थे—भाग्य खुल गए। बच्चे आस लगाए थे दूध-दही की। पहले कसैला दूध दूहा गया। गाँव का घना गौड़ आकर दुह गया। कसैला दूध फेंकने को कह कर घना अपने घर गया। मंत्री की माँ ने नहीं फेंका। चूल्हे पर बिठा छेना बना लिया। बच्चों को दिया। भार्जन को नहीं दिया। वह गुस्सा हो जाता। गौड़ गाय का कायदा जानता है। उसकी बात मानने का कड़ा निर्देश था। पर माँ नहीं मानी। सात दिन तक आनंद में बच्चों ने कसैले दूध का

छेना खाया। बाद में उनके आहार पर चोट पड़ गई। गौड़ रोज़ दुहने आता। दूध ले जाता। महीने के अंत में बापू को पता नहीं कितने पैसे दिये! मगर बच्चों के पेट का कष्ट बढ़ गया। बच्चों का पेट काट कर दुष्ट गाय को मांड-पानी देना पड़ता—मंत्री की माँ बड़बड़ा रही थी। गाय के लिए चोकर भी खरीदा जाता। इधर मंत्री की माँ का भात खाना पहले से कम हो गया। क्योंकि खाने की बात पर औरतों की थाली छोटी होना सदा की बात है। अभाव हो तो और ज़्यादा। मंत्री ने माँ से पूछा—"माँ, गाय को इतना खाना क्यों देता है बप्पा?"

"न खायेगी तो दूध नहीं देगी। दुधारू गाय के मुँह में दूध होता है।" मंत्री ने तुरंत पूछा—"तो तू ज़्यादा खायेगी तो ज़्यादा दूध होगा।" छोटों से बचा तो हमें भी मिल जाता। बप्पा इतना भी नहीं समझता? तू बापू से कह, वरना मैं कहूँ कि तुझे ज़्यादा खाना दे। मंत्री की माँ ने गहरी सांस लेकर कहा—"गरीब के घर की गाय गरीब की घरवाली से अच्छा खाती है। अच्छी हिफ़ाज़त होती है। ये औरत का भाग्य है। ग्वाले के घर की गाय ग्वालिन से अच्छा खाती है। गाय का पेट कभी भूख से चिपटा नहीं होता।"

"तब तो मानव जन्म से गाय का जन्म अच्छा है—क्यों माँ—गाय का पेट कैसे फूला हुआ है भरा-भरा। देखो मेरा पेट कैसे चिपका हुआ है..." पेट को और कुछ भीतर खींचकर माँ को दिखाया मंत्री ने। माँ ने पिचका मुँह फुला लिया।

मंत्री भूखे पेट गाँव के प्राइमरी स्कूल जाता। बापू के डर से जाता। रात बीतने पर बहुकुटुंबी कंडरा के घर में बच्चों के लिए मूवा-मूढ़ी, चिवड़ा, उखड़ा भी नहीं होता। कभी सोंवा उबालती, कभी लाल चाय के संग मूढ़ी या फिर दो घूँट कांजी होता मंत्री का सुबह का खाना। मंत्री ने सोचा था गाय दूध देने लगी तो दूध पीकर स्कूल जाऊँगा, मन लगा कर पढ़ाई करूँगा। मगर घना बेहरा गाय को निचोड़ कर दूहने के बाद मंत्री निराश हो गया। अब लगता है मुझसे पढ़ाई नहीं होगी।

गाँव के प्राइमरी स्कूल में दो मास्टर थे, बड़े मास्टर, छोटे मास्टर। मगर दोनों ऊँची जात वाले थे—सवर्ण! स्कूल का मतलब एक लंबा कच्चा घर, संकरा बरामदा, ऊपर फूँस की छान। बरामदे में दो कतार में बच्चे न बैठ सकें। घर में ऊँची जात के बच्चे चटाई पर बैठ कर पढ़ते। हरिजन बच्चों का उनके साथ बैठ कर पढ़ना निषेध था। ऊँची जात वालों की जात नीची जात वालों की छाया पड़ने पर चली जाती। मास्टर की भी जात जाती है, अत: आठ-दस हरिजन बच्चे बरामदे में बैठकर पढ़ते हैं। पीठ सड़क की ओर, मुँह दीवार की ओर। बच्चों की पीठ पर चिलचिलाती धूप, बरसा, ठंड-ओस सब पड़ती। ऋतुएँ उदार होकर जब जो लातीं गरीब बच्चों

की पीठ पर उँड़ेल देतीं। ऋतुओं का अत्याचार दाँत भींच सहते-सहते अक्षर भी टेढ़े-मेढ़े हो जाते। मास्टर का पारा चढ़ता। पर हरिजन को हाथ या बेंत से छूकर पीट नहीं पाता। ऐसे में मास्टर के कपड़े अपवित्र हो जाते। अतः टूटी टोकरी में छोटी-छोटी सूखी डाल, लकड़ी के टुकड़े, ईंट के टुकड़े, कंकड़ रखे होते। जिसे पीटना होता, उस पर इनमें से एक फेंकते मास्टर। मंत्री को मार का दर्द उतना नहीं होता, जितना अपमान का दर्द होता। मंत्री सोचता, सवर्ण की जात इतनी फीकी है जो किसी असवर्ण को छू दो तो मिट जाये। छोटी जात कह जिसे एक तरफ़ कर देते हैं, उनकी जात क्या इतनी गाढ़ी है कि मर कर राख होने पर भी अछूत जात की राख के लिए अलग श्मशान की ज़रूरत पड़ती है? मंत्री को याद आया—स्कूल में अंतिम दिन के विद्रोह की अनमिट बात। बरसात के दिन—नदी में उफान था। ताल-तलैया सबका पेट भरापूरा। जबकि हरिजन लड़कों के पेट दो मुट्ठी दाने के लिए तरस जायें। हरिजन बस्ती में सबसे बड़ा कष्ट पेट का कष्ट है। बरसा में जलावन और चावल दोनों शून्य हो जाते हैं। काम-धंधा मिलता नहीं। अतः बुज़ुर्ग लोग कितने दिन में भर पेट खाते हैं, मंत्री नहीं जानता। बच्चे एक वक्त भर पेट खाना नहीं पाते। भूखे कुत्ते से ज़्यादा भूखे होते हैं गरीब बच्चे। कुत्ता तो कुछ भी खा लेता है, आदमी को अछूत बना कर, कुत्तों से हीन रखो, पर वह हर कुछ नहीं खा सकता। यही है गरीब की लाचारी। मंत्री को वह दिन याद आ रहा था—मूसलाधार बारिश में स्कूल बरामदे में भीगा, भूखे पेट बैठे थे मंत्री मल्लिक, नेता नायक, बिदेसी बेहरा, साहब भोई, कलक्टर कांडी, बेरिस्टर मल्लिक आदि सारे हरिजन छात्र, पेट में भूख, पीठ पर बरसा की बौछार—पाटी पर से अक्षर बौछार में मिट जाते थे। मास्टर बेंत सटकार रहे थे—"क्यों अक्षर खा जाते हो?" भूख के गुस्से में मंत्री ने प्रतिवाद किया—"हम क्यों धूप-बरसा खाकर बरामदे में बैठेंगे?"

बड़े मास्टर ने कड़क कर कहा—"जा, बाप से पूछ आ।"

छोटे मास्टर ने कहा—"देश स्वाधीन हुआ तो तुमने बरामदे के ऊपर आने का साहस किया, यह बहुत है।" बाकी लड़के हें-हें कर हँसने लगे। मास्टर की बात का पूरा मतलब न समझने पर भी उसे बहुत अपमान लगा। बाल मन समझ गया कि स्कूल आने का मतलब है खुद को नीच समझना, भाग्य की निंदा करना, अपमानित होना और अकारण मास्टर के गुस्से का शिकार होना। पाटी, किताब, साफ़ कमीज़-पैंट, पेट को मन लायक खाना, मास्टर की नेह-ममता, आश्वासन, साथियों का आदर कुछ न मिले जहाँ, तो फिर परीक्षाफल कहाँ से मिलेगा? पेट

में दाना न पड़े तो गरीब के बच्चे पढ़ाई को जला कर खा जाएँगे।

मंत्री के माथे में चढ़ गया पित्त! नेता नायक और बिदेसी बेहरा दोनों साथियों का हाथ पकड़ झट से उठा, स्कूल के कमरे में घुस कर बाकी हरिजन बच्चों का आह्वान किया—"चलो रे सब! बरसा में अक्षर धुल रहे हैं। फालतू में बेंत खा रहे हैं! हम इस कमरे में बैठ कर पढ़ेंगे। मास्टर का कुत्ता बरसा के डर से अंदर सोया है, हम क्यों बाहर बैठेंगे?"

यह कांड कई दिनों के दबे हुए विद्रोह का फल था। मंत्री के मन में बापू, माँ, बस्तीवालों, मास्टर, ठाकुरजी, यम सबके विरोध में भयंकर विद्रोह भरा था। मगर निष्फल। उस दिन भूख के कारण गुस्से में मास्टर का भय, बापू का भय सब भूल गया। इस पर दोनों मास्टर और सवर्ण बच्चे झपट पड़े हरिजन बच्चों पर। हरिजन लड़कों को छूने पर बरसाती मौसम में भी नहाना पड़ेगा, फिर भी मास्टर गुस्सा रोक न सके। लड़के मार खाकर किलबिलाते तितर-बितर हो गए। सारी फसाद की जड़ मंत्री के बाप को बुलाया गया। मंत्री मल्लिक का नाम स्कूल से कट गया। साथ में घर की लिपाई, पुताई, मंत्र-होम कर पवित्रता, लौटा लाई गई। सारा खर्च भरने के लिए भार्जन कंडरा को आदेश हुआ। बेचारा रुपये की बात पीछे छोड़ दौड़ा कुलांगार छोकरे को खोज लाने। मंत्री तब तक भीग-भाग श्मशान के पास बरगद के नीचे छुप गया था। लोग मुर्दा जला कर जा चुके थे, बरसा में चिता बुझती आ रही थी। बरगद के नीचे आधा हाँडी मृतपिंड भात रखे थे। मंत्री ने सोचा गाँव में कितने धनी हैं! मरने के बाद भी आधी हाँडी भात छोड़ देते हैं।

खूब बेकाबू हो गया बाल मन! भूख दपदपा कर जल उठी, इतना भात देखकर। भला-बुरा सब भूल गया। हाँडी के पास बैठ जी भर भात खा लिए। बाकी की हाँडी को केवड़े के झाड़ में छुपा दिया। भूख लगी तो दुबारा खा लेगा! बेचारा थक कर बरगद के नीचे ही भींगी माटी पर चित सो गया। उस दिन बेंत लेकर भार्जन मल्लिक सारे गाँव में ढूँढ़ आया था। पा जाता तो मूंज की रस्सी से मास्टर के आगे खूँटे से बाँधकर खूब पीटता, बेटे का नाम स्कूल से न काटने के लिए मिन्नत करता। पर मंत्री मिला नहीं। रात में भी घर नहीं लौटा। मंत्री की माँ व बापू ने समझ लिया कि घबरा कर नदी पार कर वह ननिहाल भाग गया। भारत मंडल नाविक के साथ उसकी अच्छी दोस्ती थी। कई बार नदी पार कर ननिहाल जा चुका था। अत: चिंता की बात न थी।

रात बीती। श्मशान में धूप ताड़ पेड़ की फुनगियों से छन कर आने लगी,

मंत्री के चेहरे पर गिरी तो मंत्री की नींद टूट गई। श्मशान में सुरक्षित रात भर सो गया! भूत, प्रेत, डायन, ब्रह्मराक्षस किसी की चपेट में नहीं आया! उसी दिन से श्मशान से निडर हो गया। केवड़े की झाड़ी में रखे भात की हाँडी की ओर चल पड़ा। मगर हाँडी थी—भात नहीं था! भात प्रेत खा गया या कुत्ता खा गया, मंत्री नहीं जान सका। वह प्रेत के प्रति कृतज्ञ हुआ कि वह भात खा गया लेकिन मंत्री को नहीं खाया! वह कुत्ते के प्रति प्रतिशोध परायण हुआ कि कुत्ते ने हाँडी चाट-चूट कर भात खा डाला!

मंत्री घर लौटा। बाप ने खूब पिटाई की। पर रात में कहाँ रहा, क्या खाया, क्या किया, वह रहस्य मंत्री ने नहीं बताया। बच्चा है भूख में, डर, भय में, कहीं किसी के बरामदे में या चबूतरे पर सो गया होगा। मगर उस दिन से मंत्री की पढ़ाई का बस्ता बंद हो गया। मास्टर की पिटाई, पढ़ाई का डर—मंत्री दोनों से बच गया। लेकिन बाप के गुस्से से छुटकारा नहीं मिला। बेटे को निकाल दिया। बेटा स्कूल से भाग आया इस बात पर बेटे पर हमेशा भार्जन ख़फ़ा रहता। अब मज़दूरी करे—पेट भरे! कभी-कभी मंत्री माँ की तबियत खराब रहती तो बाबू के घर बुहारी करने जाता, आंगन साफ़ करता। बाकी समय श्मशान भूमि की ओर फिरता रहता। वहाँ मृतक पिंड के भात खाना उसकी आदत बन गयी। 'राम नाम सत्य है' या कोई शवयात्रा का सुहागन के लिए बजने वाला बाजा मल्लिक बस्ती के छोर पर सुनता, भोज की गंध पहचान कुत्ता सूँघते हुए भागने की तरह मंत्री अर्थी के पीछे-पीछे भागता, जिन्में हाँडी लिए आदमी साथ चलता होता। उस दिन उसका एकाकी भोज होता। मंत्री ने कई तरह से अब श्मशान को अपना लिया था। श्मशान उसके लिए सबसे सुरक्षित जगह थी। न बापू की नज़र में पड़ता, न गाँववालों की नज़र उधर जाती। घर में लाश न हो तो किसी को श्मशान से क्या लेना-देना? खेत-बाग, हाट-बाज़ार जाने की तरह भला श्मशान भी कोई घूमने-फिरने जाता है रोज़-रोज़?

सूने श्मशान में पहुँचने के बाद मंत्री को लगता है जैसे वह श्मशान इलाके का राजा है। श्मशान में कोई डर-भय नहीं। क्योंकि श्मशान में चिता जलने पर उनकी बस्ती में चिरायँध फैल जाती है। श्मशान में चिता जलने पर उनकी बस्ती में संध्याबाती होने जैसा लगता। गाँव के सारे शव उनकी बगल वाली राह से 'राम नाम सत्य है' कहते श्मशान जाते। गाँव से दूर हट कर हरिजन बस्ती तो श्मशान के पास ही है। वरन मशान सूखी, साफ़-सुथरी होती। हरिजन बस्ती ज़िंदा लाशों की अस्वास्थ्यकर बस्तियों-सी लगती। इतना ही नहीं, मंत्री के मन में अजीब कौतूहल बचपन से जगाता रहा है श्मशान। वहाँ मुर्दा फूँकने पर लाश का नामोनिशान

नहीं रह जाता। हरिजन बस्ती में रोग, भूख, दुःख, बुढ़ापे में बारहों महीने लगता है कोई मरेगा-मरेगा। अतः मंत्री को अपनी बस्ती में रात में डर लगता है, पर श्मशान में कोई डर-भय नहीं। पराये गाँव का पानी और अपने गाँव का श्मशान भले ही किसी को डराये, पर मंत्री मल्लिक के लिए यह बचपन से बेखौफ़ जगह थी।

मल्लिक बस्ती के तिलक जैसी शोभा पाती और मंत्री के घर का गर्व-गौरव मानी जाने वाली बूढ़ी गाय ने कुछ दिन बाद दूध नहीं दिया। बीमार भी हुई...भार्जन को खर्च में दबाया ही नहीं, फिर गोहत्या के पाप में भी डाल दिया। रात की बात, बूढ़ी गाय गले में रस्सी सहित मर गई। मंत्री के अभावी संसार पर तो बज्र पड़ गया। परंपरानुसार भार्जन मल्लिक ने गले में घास की रस्सी डाल गाय की तरह मुँह बंद कर, गाँव भर में घूम-घूमकर सिर हिला कर भीख माँगी— प्रायश्चित करना होगा। मंत्री को आश्चर्य लग रहा था। गाय बीमार थी। बूढ़ी हो चुकी थी। खूँटे से गायें बँधती हैं वह भी बँधी थी। मर गई। ऐसे में बापू को गोहत्या पाप कैसे लगा? बूढ़ी माँ (दादी) के मरने की घड़ी याद आ गई। तब वह छः बरस का था। मरते समय दादी बहुत परेशान थी। बहुत भोज, भोग कराया, रात-दिन बिस्तर-चटाई पर गू-मूत किया। हाथों में भर-भरकर मुँह में लीप लेती। कौन उसकी रखवाली करता? मंत्री की माँ तो बराबर पेट से रहा करती, उसी में घिसटती रहती। साथ में घर-बाहर के हज़ार काम! अतः भार्जन ने मज़बूत गमछे से दोनों हाथ बाँध दिये थे। रात में हाथ न बाँधो तो कुछ भी हो जाये। तब तक भार्जन के बापू मर चुके थे। रात में सबके अगोचर में बँधे हाथों माँ मर गई। पर बापू को मातृहत्या का पाप तो नहीं लगा। वरन सबने कहा—"भार्जन ने अच्छा किया! बूढ़ी ने किसी से तुलसी या गंगाजल नहीं लिया। कोई बात नहीं। पर बूढ़ी अगर अपना मल मुँह में लेकर मरती तो नरक में जाती। कुतिया योनि में जन्म लेकर दूसरे जन्म में मल कर जीती। कैसी बात? बूढ़ी पगला कर मल टटोलते-टटोलते मरी, नरक में क्यों जाती? वैसे गाय खूँटे से बँधी मरने पर बापू क्यों नरक में जायेगा?"

मगर मंत्री के सवालों को कोई दो कौड़ी का भी नहीं मानता। मंत्री के घर में बूढ़ी माँ के क्रिया कर्म से ज़्यादा बूढ़ी गाय के क्रिया कर्म में खर्च हुए। ज़्यादा तो प्रायश्चित में धन लगा। खबर पाकर नदी के तटबंध तक झपटे आये कुंडल पंडा। वे बछिया को अपने घर बाँध ले गए। सहमे हुए भार्जन की अनुमति लेने की भी ज़रूरत नहीं पड़ी। केवल उच्च उदार मन से सुना दिया—"समझे! तू हर

काम में निकम्मा है। तू कंडरा है, गाय का माहात्म्य नहीं समझ सकता। तू तो शूद्र है। शूद्र गोसेवा और गो-वाणिज्य के बारे में क्या जानेगा? व्यर्थ यह बछिया भी तुझे दगा देगी। फिर एक और गोहत्या दोष क्यों सिर पर लेगा? साफ़ बात है बछिया को खिला-पिला बड़ी कर फलवती होने लायक करने की सामर्थ्य तेरी नहीं है। व्यर्थ क्यों कष्ट भोगेगा। बछिया घर में रखेगा, तेरी छान पर गीध बैठेंगे। तेरी नाड़ी-नक्षत्र साफ़ दिख रहे हैं। वैसे भी बछिया का भोग तेरे भाग्य में नहीं, क्योंकि धन देकर तो गाय खरीदी नहीं, अतः रुपया-धेली दक्षिणा देकर बछिया ब्राह्मण को दान कर दे। गो हत्या पाप से छूटने के लिए घास काटकर कुछ दिन मेरे घर दे आया कर। तेरी सारी विपद-बिपद कट जायेगी।''

भार्जन ने एक रुपया गुसाईं जी के चरणों में रखा। बाल-बच्चे, औरत सब उनके चरणों में पड़े। दंडवत किया। मगर नालायक छोकरा मंत्री ज़िद्दी-सा खड़ा रहा। उसकी लोलुप आँखें कभी बछिया पर बँधी तो कभी बछिया से हट कोपित दृष्टि कुंडल पंडा के चेहरे पर इधर से उधर होती रही।

भार्जन ने सोचा कि बछिया जाने के बाद सारा दोष कट गया। मगर तभी कुल कलंक मंत्री ने एक अलंघ्य कांड कर डाला। बरसात के दिनों में श्मशान के किनारे अनादिकाल से खड़े पुरखे पेड़ की डाल पर सिमटे, आँख मूँद बरखा का उपभोग करते गीधों वाला दृश्य मंत्री को बहुत अच्छा लगता। बचपन में पेड़ पर चढ़ने में वह बंदरिया के बच्चे के भी कान काट लेता। नदी तैरने में तो पानी के सांप का भी गर्व भंजन कर देता। अतः उधर फिरते-फिरते बरखा होती तो वह पेड़ पर चढ़ जाता, पत्तों के बीच बैठ मेघ-पवन से बाजी लगाता। घंटों बीत जाते। वहाँ उसे ढूँढ़ पाना मुश्किल होता। एक दिन बरसात में मंत्री श्मशान के छोर वाले रास्ते पर आम की डाल पर बैठा झूल रहा था—दुपहर में मेघ घिर आये, अंधेरा छा गया। कुंडल पंडा नदी पार कर दपादप कदम डालते लौट रहे थे एरसमा बाज़ार से। बगल में पान का बटुवा, कंधे पर पोटली। अंगोछे में उखड़ा, पूड़ी, छेनागजा बँधा था। बरसाती बूँदें उन्हें सानने का प्रयास कर रही थीं, पंडा वहीं आम के पेड़ तले बैठ गए। दरअसल वह आम का पेड़ थके-हारे बटोहियों के लिए राह की छाया था। कंधे से पोटली उतार कर देखा, खाने की चीज़ें सब ठीक-ठीक हैं। बारिश को हवा उड़ा ले जाने तक प्रतीक्षा में थकान मिटा रहे थे पंडा। जगन्नाथपुर गाँव में कहीं शुद्धि क्रियाकर्म में महाब्राह्मण भोजन के बाद पेट भारी लगा, थकान में ऊँघ गए। पेड़ तले कुंडल पंडा हैं यह मंत्री कैसे जानता? उसका ध्यान तो घने मेघों और पवन में था। इधर कुंडल पंडा का शोर-शराबा कुछ नहीं। उस दिन पेट

भर मृतपिंड का भात खा लेने के कारण पेट चल गया मंत्री का। नीचे उतरकर भीग-भाग कर कैसे बैठता खुले मैदान में?

नटखट मंत्री की आदत ठहरी मैदान में दिसा न जाकर साफ़-सुथरी जगह बैठ कर पैखाना करना। मंत्री का पेट भी गड़गड़ करने लगा। पेड़ से उतरने की फ़ुर्सत भी बिचारे को नहीं हुई। मोटी डाल पर ज़रा पैरों को चौड़ा कर बाबुओं के बच्चों के संडास पर बैठने की तरह बैठा और सिर पर की डाल को कस कर पकड़ शाखाओं के बीच जगह बनाकर गंदा काम कर डाला। ओह, चैन आया, बापू के गोहत्या दोष से छूटने की घोषणा सुन उन्हें इतना आराम न लगा हो! ऐसा ऊँचे ढंग का पाखाना बिना खर्च के आविष्कार कर डालने पर अपनी तारीफ़ करता रहा मल निष्कासन के समय में। उसने तय भी कर लिया कि रोज़ भिन्न-भिन्न पेड़ की डाल पर बैठ झूल-झूल कर ऐसे ही करेगा। अपने पहने अंगोछे को कमर से खोल थोड़ा-सा फाड़ कर अपने को साफ़ कर रहा था, तभी नीचे से एक विकृत गर्जन सुनाई दी। आवाज़ पहचान कर मंत्री का कलेजा डर के मारे काँप उठा। कोई भूत-प्रेत नहीं, अमोक्ष आत्मा नहीं। इस इलाके के गणमान्य गुसाईं कुंडल पंडा, अश्राव्य भाषा में चीखते हुए नीचे तांडव कर रहे थे। हर-हर महादेव ने भी सती के भस्म होने पर ऐसा भयंकर तांडव नहीं किया होगा। पंडा सँभाल पाने की हालत में न थे। उनके माथे पर, माँग निकाले बब्बर बालों पर कुलांगार कंडरा छोकरा मंत्री मल्लिक का कुंभीपाक नर्क से भी घृण्य कार्य, घिसे हुए चंदन के लौंदे की तरह शोभा पा रहा था। पंडा दुष्कर्म की गंदगी न तो हटा पा रहे थे, न धारण कर पा रहे थे। कुंडल पंडा द्वारा खाया गया भोजन बक-बक कर निकल आया, ज़रा भी न रह सका पेट में। कुंडल जी नाच-नाच गालियाँ और शाप बरसाते रहे, पापी के अतीत, वर्तमान और भविष्य को कोसते रहे। नीचे उतरने की मंत्री में हिम्मत नहीं हो रही थी। कुंडल चीखते रहे, पर भय और दुश्चिंता के बावजूद मंत्री के पेट में भरपूर हँसी कुलबुला रही थी। तब तक कुछ गाँववाले जमा हो गए। उल्टी करते-करते कुंडल ने हंसुवा नदी के पानी की ओर कदम बढ़ा दिये। लोगों ने सोचा—माथे पर हरिजन का मैला ढोने का अपमान सहने की बजाय वे डूब मरेंगे, गाँव में मुँह नहीं दिखायेंगे। तब तक गाँधी दास, उद्धव मंगवाल, गोलमस्ता, भारत मंडल, टहली महांति, कुंपनी स्वाईं, धड़ी बारीक आदि मुखियागण भी खबर पाकर वहाँ पहुँच गए थे। गाँधी दास ने कहा—"बच्चों के कई काम के पीछे कोई कारण होता है। हरिजन लोग शूद्र कहला कर तथाकथित उच्च वर्ग वालों के मैले की हाँडी माथे पर रख सदियों से निर्विकार चल रहे हैं। उनमें कई वर्षों के अभ्यास

दोष से अब विकार न हो चाहे, मगर विद्रोह तो है। मंत्री वैसे कुछ अलग लड़का है। विद्रोही स्वभाव का है। मैं उसका स्वभाव जानता हूँ। शायद अवचेतन में यह विद्रोह वाला कार्य ही हो। लगता है कलयुग में हरिजन लड़के अब प्रतिदिन हमसे ऊँचे स्थान पर बैठेंगे, हमारे सिर पर मैला डालेंगे। वे जता देंगे कि ऊँचे वर्ग वालों का मस्तिष्क दुष्कर्म का केंद्र बन गया है। तभी कुछ लोग अछूत बने हुए हैं। अतः हम गाँव के लोगों की रास्ते की थकान दूर करने के लिए पेड़ के नीचे की छांव अब सुरक्षित नहीं रह गई। क्यों, क्या कहते हैं आप सब?''

कई लोगों ने कहा—''हाँ...होगा इसका उपाय क्या है?'' सबने गाँधी दास से पूछा। गाँधी दास ने कहा—''पहले गुसाईंजी महाराज का कोप शांत हो जाए! पहले उनका नदी से उद्धार करें। बाद में उपाय खोज कर बतायेंगे।'' पंडा जी देर तक सिर डुबोये, मंत्र पाठ कर, दुर्जन को अभिशाप देते रहे। स्नान करते रहे। ऊपर उठ कमंडल में जल लेकर गर्व से भीड़ के आगे पहुँचे। शांत स्वर में घोषणा कर दी—''जिसके भीतर ब्रह्म होता है, सो है ब्राह्मण! इस नीच कुल जात अल्पायु छोकरे ने ब्राह्मण का नहीं, ब्रह्म का अपमान किया है। इसे गाँव से निकाल दिया जाए। यदि वह अपने घर जाता है तो हरिजन बस्ती को हंसुवा नदी में फेंक दिया जायेगा। याने हरिजन-सवर्ण संघर्ष निश्चित है। इस संघर्ष में हरिजन ही डूबेंगे—यह इतिहास सिद्ध सत्य है। अतः गाँव इस लड़के को त्याग दे। वरना ब्रह्म शाप में उसका परिवार और हरिजन बस्ती के सभी को भस्म कर दूँगा।''

तब तक पूँछ दबाये—कुत्ते की तरह थरथराते भार्जन मल्लिक, मंत्री की माँ और कुछ हरिजन मुखिया दाँत में तिनका दबाये लंबे पसर चुके थे गुसाईं के चरणों के आगे। कुछ हरिजन मुखिया कह रहे थे—''महाराज! इस छोकरे का नाम मिट गया बस्ती के खाते से। यदि माँ-बाप घर में रखेंगे, उनका घर फूँक देंगे।'' मंत्री मल्लिक बाढ़ से बचे भीगे चूहे की तरह पेड़ से नीचे उतर आया—गाँधी दास के आवाज़ देने पर। गाँधी दास ने उस दुबले मंत्री मल्लिक को खींच लिया भीड़ से। गुसाईं के आगे खड़ा कर कहा—''गुसाईं जी! इतने बड़े पाप की सज़ा कम लगती है। आप ब्रह्मशाप देकर इस छोकरे को सबके सामने इसी घड़ी भस्म कर दें। तब ये बर्बर समझेंगे ब्राह्मण की शक्ति क्या होती है और शाप का नतीजा क्या है? वरना ब्राह्मण-कुंडरे का भेद नहीं रहेगा!''

गाँधी दास की बात का व्यंग्य सब समझ रहे थे। कुंडल पंडा की लाचारी भी समझ रहे थे। पंडाजी ने कहा—''शत्रु को जीते जी तड़पाना ही नियम है। मरने पर क्या रह जाएगा? मूर्ख ही शत्रु की मृत्यु का विधान करते हैं। अतः यह

अकाल कुष्मांड, बर्बर, पापी, क्षीणायु, मंत्री जीवित रहे, पर चंडाल की तरह घृणित जीयेगा जीवन भर। पाप का फल जन्म जन्मांतर भोगे।''

अचानक धड़ी बारीक को हुक्म हुआ—कुंडल पंडा सबके सामने मस्तक मुंडन कर अपने शौक से बढ़ाये केशों का वर्जन कर रहे हैं। पंडा के निर्देश पर केवल पीछे की ओर कुछ बाल छोड़ दिये। उनमें ब्रह्मग्रंथि लगा कर पंडाजी ने प्रतिज्ञा की—''अब से सिर के ठीक ऊपर अपवित्र केश नहीं रखेंगे।''

मस्तक उस दिन से केश रहित हो गया। धीरे-धीरे चिकनी और गंजी चाँद हो गई। पर ब्रह्मग्रंथि औरतों के पल्लू की गाँठ-सी लगी और खुली। जो हो चोटी की गाँठ ढीली होने पर भी पंडा का कोप ज़रा भी कम नहीं हुआ। पंडा ने तुरंत घोषणा कर दी कि इस अशुभ आम के नीचे स्थापना होगी श्मशान काली की। वे पापियों का रक्त चूस लेंगी। वह आम का पेड़ कटेगा नहीं। अक्षय पाप की निशानी बनकर उत्तर हरिजन वंश को चेतावनी देता रहेगा। श्मशान काली की पूजा-अर्चना कर पंडाजी बाकी जीवन में अपने को शुद्ध करेंगे!

प्रस्ताव तुरंत स्वीकार हो गया। अब गाँधी दास ने घोषणा कर दी—''आज से गाँव-गाँव में कच्चे पैखाने निषिद्ध हुए। खाते-पीते घरवाले सब 'बरपाली पैखाना' बनायें। आज से हरिजन किसी का मैला सिर पर ढोना तो दूर, पैखाना भी साफ़ नहीं करेंगे। इसी कारण ऊँचे वर्ग के प्रति द्वेष बढ़ता है। यह भी गैरकानूनी घोषित हो चुका है। कुंडल गुसाईं के सिर पर गिरे कंडरा बच्चे के मल को यदि उदारतापूर्वक गुसाईं ने खुद साफ़ कर लिया तो हम अपना मैला खुद साफ़ क्यों नहीं करेंगे? स्वयं साफ़? टहली महांति हो या नर्केश्वर राउतराय हो, कोई कुंडल गुसाईं से बड़ा नहीं है। अत: यह नियम सब पर लागू हुआ।''

गाँधी दास की बात पर 'तथास्तु' न कहने का उपाय न था। लगा गाँव में दो काम एक साथ हो रहे हैं। गुसाईं के निर्देश पर आम के तने पर चूने से लिखा गया—''यहाँ अपवित्र कर्म हुआ था! होशियार!''

पेड़ के तने पर क्या लिखा इसमें किसी का सरदर्द न था। मगर 12 वर्ष का मंत्री मल्लिक कहाँ जाये? कहाँ रहे? सब एक-दूसरे का मुँह ताकने लगे। भार्जन मल्लिक ने अपने कटे होंठ खोले और अस्पष्ट बात साफ़ करते हुए घोषणा की—''कुलांगार! स्कूल में एक कांड किया। वो जैसे-तैसे बचा। पर आज जो कांड कर डाला, उसकी क्षमा नहीं। श्मशान काली की शपथ लेकर कहता हूँ—मेरे खाते में तू आज से मर गया! हमारी बस्ती से नाम मिट गया! कोई उसे अपने घर में जगह देगा तो भार्जन मल्लिक दायी नहीं होगा। भार्जन की 'मरद' की बात

हाथी के दाँत।'' दो आखिरी वाक्य सिसकियों में डूबी मंत्री की माँ के लिए भार्जन ने कहा था।'

मंत्री की माँ ने ज़मीन पर दो-चार बार सिर पीट लिया—''मेरा पगला .. लाल रे...मेरे गले का हार...मेरे जीते जी कैसे देखूँगी...तेरे बिन मेरी लाश उठेगी इस घर से...मेरे लाल...लाडले...'' बिसूर-बिसूर कर घर लौट गई। सचमुच, अब वह किसकी छान तले सिर छुपायेगा? उसे तो गाँव निकाला हो गया! गोलमस्ता मियां आगे बढ़ आया। कुंडल पंडा के सामने खड़ा हो गया। निडर हो पूछा—''अल्ला सबका भला करे! मंत्री मेरा बेटा होकर मेरे घर में रहेगा! हम मुसलमान तो गाँव से वर्जित होने जैसे एक तरह से अलग हैं। क्या इसमें किसी का कोई नुकसान है? मैं कहता हूँ...नहीं होगा!''

इतनी घोषणा के बाद मंत्री मल्लिक की ढुँढ़ाई होने लगी। इस बीच वह भीड़ से छूट कर गायब हो चुका था। कोई अता-पता नहीं। किसी के बरामदे या छत के छोर तले कहीं नहीं मिला।

''डर कर कहाँ भाग गया! लौटेगा ज़रूर! ये गाँव छोड़ के वो कहीं नहीं भागेगा,'' गोलमस्ता ने विश्वास दिलाया। सब अपने-अपने घर लौट गए।

अगले दिन गाय चराने वाले बच्चों ने देखा—मंत्री मल्लिक उच्च वर्ग के श्मशान में जो पक्का गड्ढा लाशों के लिए खुदा है वहाँ अजगर की तरह कुंडली मार कर सोया है। चारों ओर बिखरे हुए हैं मृत पिंड के लिए रखे गए टूटी हाँडी के टुकड़े और जूठन।

उसी दिन से मंत्री का निवास बदल गया। उसका नाम भी हो गया श्मशान चंड! पर कुंडल पंडा ने अपने नामांतर शैली में मंत्री का नाम उच्चारण कर ज़ोर से आवाज़ लगाई। कहा—''ब्रह्मशाप ने रात में ही फल दिया। देख लो पापी चंडाल बन गया। वह श्मशान चंड नहीं, श्मशान चंडाल...चंडाल बन गया!''

~

आदमी मर गया तो समझो तर गया—चिंताओं से मुक्त हो गया—पर मंत्री मल्लिक ने तो सोच लिया कि बिना मरे ही श्मशान को अपनाकर चिंताओं से मुक्त हो गया। उसकी पीठ ने स्कूल के बरामदे में धूप-बरसा-सरदी के साथ बेंत और मास्टर की काँटेदार चाबुक से मुक्ति पायी। घर पर पिता की पिटाई, माँ का गुस्सा, भाई-बहनों के साथ मुट्ठी भर भात, भूंजा अंजुरी भर, चम्मच भर तरकारी के लिए मार फ़ौजदारी से मुक्त हो गया। अपने सिवा किसी और के आगे उसकी कोई ज़रूरत

न थी। अब किसी की इच्छा और आदेश उसके सिर पर सवार होते न थे। वह था श्मशान के भूत-प्रेतों की तरह बंधन मुक्त! मुक्ति के अजीब उल्लास में मन ज़मीन से आकाश में उड़ा जा रहा था। सूरज-चाँद के साथ लुकाछिपी, बहू चोरी खेलने की हूक उसमें स्वत: उभर रही थी। कोई अलौकिक जीव देखने की तरह उसके संगी-साथी हरिजन लड़के उसे देख ताज्जुब कर रहे थे। कारण समझने में देर न लगी।

उसने ताज़ा जली लाश के कंकाल मिले कोयलों की राख खींच बाहर कर दी। रात भर चिता के गड्ढे में गर्माहट खींचता रहा फिर भी उसकी मौत कैसे नहीं हुई? मृत पिंड के भात खाने पर भी भूत-प्रेतों ने उसका खून नहीं पीया—कड़कड़ा कर हड्डियाँ चबा नहीं गए? भूत-प्रेतों को टक्कर देकर वह कैसे जी पाया? निश्चित ही यह एक अलौकिक घटना थी गाँव के सारे लड़कों के लिए। पर इसमें मंत्री की कोई बहादुरी न थी—यह बात कुंडल पंडा प्रचार कर रहे थे। गुसाईं की शक्ति के प्रभाव से मंत्री चंडाल बना था, अत: श्मशान ही उसका आवास हो गया, भूत-प्रेत बने सहचर, इसलिए वे जीवन हानि नहीं कर सके। पंडा के इस प्रचार पर सबको विश्वास हो गया। मंत्री चंडाल बनने पर खुद उल्लास में भर गया था। कम-से-कम समूचे गाँव में वह अकेला चंडाल था, जो अपनी इच्छा से कुछ भी खा सके, कर सके। उसकी अब लाग-पाँच कुछ न थी। मंत्री को श्मशान पहले से अधिक सुखकर लगा। उसे अपने गाँव के श्मशान का डर न था, भूत-प्रेतों का भी डर न था, डर था गाँव के जीवंत मुखिया का, मास्टर का, ब्राह्मण गुसाईं का, टहली महांति का, नर्कू राउतराय का। अत: मंत्री जिस दिन गाँव से बहिष्कृत होकर गाँव के छोर पर श्मशान का बाशिंदा बना, उस दिन से उनका डर भी उसमें नहीं रहा। वह बेधड़क था, मुक्त, एकदम बेलगाम, श्मशान चंड-श्मशान ने उसे ज़िंदा अपना लिया, ऊष्म कर दिया। उसके बाल मन में दबी इंसानियत को उभार दिया।

श्मशान मंत्री के लिए सदा ही एक जादू की पिटारी था—अब वही बन गया बढ़ती उम्र के लिए अखाड़ा! बच्चों के मनोरंजन की कुछ चीज़ें वहाँ पड़ी थीं। एक ओर हंसुवा नदी की तिरछी धार, दूसरी ओर केवड़े की दीवार के बीच पगडंडी। उसके पास पुराने ज़माने का एक विशाल बरगद जिसकी झूलती जड़ें। ब्रह्म राक्षस के हाथों की तरह उसकी जटायें ज़मीन छू रही हैं। वे लग रही थीं मानो माटी छोड़कर रात-दिन मरे लोगों के शव खोद रही हैं। झूलता बरगद। उसी तरह झूलती जटायें। इस बरगद से कुछ हट कर एक और बरगद का पेड़ था। हाँडी रखा बरगद। उसके नीचे हाँडी पड़ी होती।

मेला खत्म होने के बाद मैदान में टूटी गुड़िया, गैरज़रूरी सामान, खोल, थैले, यहाँ-वहाँ फैले होने की तरह श्मशान में आदमी के खप्पर, अधजले कंकाल के अंश पड़े होते हैं। छोड़े अधजले लकड़ी के कुंदे प्रतीक्षा कर रहे हैं किसी गरीब की शीतल काया को ऊष्म करने के लिए। फटी गुदड़ी, हाड़-खप्पर मिली राख। चटाई, बिस्तर, कपड़े, लकड़ी, टूटा छाज, बाँस की टोकरी, छोटी-बड़ी कई चीज़ें पड़ी थीं। इन्हें लेकर खेलने बैठो तो 'मेरा तूने क्यों लिया?' कहकर छीनने वाला कोई नहीं। श्मशान के इस ओर उस ओर पहरेदार की तरह ज़माने से सीधे खड़े हैं कुछ ताड़ के लंबे पेड़। उनमें दो तो बज्रपात से जले नंगधड़ंग प्रेत की तरह वीभत्स दिखते हैं। मंत्री को तो कुतूहल लगता, कोई भय नहीं होता। खेत में, पानी के गड्ढे में एक लय में खड़े मछली की ताक में बगुलों की तरह सदा मुर्दे की ताक में किंभूत किमाकर गिद्ध शव की ताक में बैठे रहते हैं। लंका में हरिनाम की तरह नदी की धार में एक तुलसी चौंरा मन में हिम्मत देता है कि मरने वाले के लिए मरना उतना कष्टकर नहीं होता, जितना कष्टकर है उसके बिना जीना, फिर भी आदमी ज़िंदा रहता है। मरने वाले के पीछे कदाचित ही कोई मरता है, जीते हैं ज़्यादा। जो मरा, सो गया। उसके लिए भय, शोक दोनों व्यर्थ हैं। मंत्री कम-से-कम यही सोचता था। स्वाभाविक लगता श्मशान का दृश्य उसके बाल मन को। अगर गाँववाले और पूर्वज श्मशान में हैं तो श्मशान से डरना कैसा? श्मशान के कुत्ते-सियार के साथ उसकी दोस्ती हो गई। गिद्धों का मुँह से मुँह सटा कर लाश की ओर ताकना उसे मज़ेदार लगता।

श्मशान में नया मुर्दा आने पर मंत्री मल्लिक सारे कर्मकांड को गौर से देखता। जो लोग गाँव में इतनी ऐंठ दिखा रहे थे, उनमें से कई तो मंत्री की आँखों के आगे श्मशान में राख हो गए। उनके मुँह का गर्व, अहंकार निष्ठुरता की रेखा सब छुप गई। केवल बूढ़े-बडेरे ही नहीं, छोटे-बच्चे, सबको श्मशान द्वारा गोद में लेने की बात मंत्री मल्लिक को एक दृष्टि से अच्छी लगी। श्मशान में कुत्ते, सियार, कौवे, गिद्ध मिल-जुल कर लाश खाने का दृश्य किसी को हृदय विदारक लग सकता है, मगर मंत्री के लिए स्वाभाविक था। मरी देह माटी का पिंड होने के कारण गिद्ध-बिलाव द्वारा खींचा-तानी करने पर दर्द नहीं होता—यह बात मंत्री का बाल मन भी समझता था। वह जानता है—दर्द ज़िंदा आदमी को होता है—जो भूख-दुःख से श्मशान के बाहर रह दिन-रात मरता है। झुंड के झुंड मानव रूपी गिद्ध उन्हें नोंच-खसोट खाते हैं। यहाँ गरीब की लाश को तो वैसे ही चिथड़ों में लपेट डाल जाते हैं। फिर चलता है गिद्ध-कौवों का महाभोज! पर वे बाँट-बूँट कर

खाते हैं। एक खाकर बचा हुआ संदूक में जमा कर लें, और दस भूख से मर जाएँ, ऐसी बात श्मशान में कभी नहीं होती। श्मशान का तो धर्म ही है मिलजुल भाग-बाँट कर खायें और जीयें। कौवे, गिद्ध, जानवर, पखेरू आदि छोटे-बड़े, रंग-रूप में भिन्न हैं। उड़ने की ताकत भी उनकी भिन्न है। तो क्या गिद्ध के घर कौवा मजूरी करे, कौवे का घोंसला गौरैया बनाये, कुंभज क्या कजलौटे को अपना टहलुवा बनाये? ये सब कुछ श्मशान में नहीं, इसको मंत्री गौर से देखता, छोटा गाँव, इसमें ज़रा-सी हरिजन बस्ती में जितना भेदभाव है, गाँव में श्मशान में रहने वाले पशु-पक्षियों में यह सब नहीं, अतः श्मशान तीर्थ जैसा लगता। जो बात मंत्री को सबसे ज़्यादा सुहाती, वह है पक्षियों का गीत। पक्षी को भी भूख होगी, देह दुखती होगी। परिवार में पाँच समस्या होंगी। सब पक्षी एक जैसे दिखने पर भी सबका भाग्य एक जैसा नहीं होता। पर पक्षी का चिल्ला-चिल्लाकर रोना मंत्री ने कभी नहीं सुना। पक्षियों को सिर पीट भाग्य की निंदा करते कभी नहीं देखा। पक्षियों के भी अभाव होता है, कभी अकाल पड़ता है, उनके संचयहीन जीवन में। पर एक की चोंच से दूसरे द्वारा आहार छीन लेना या एक के दरवाज़े दूसरे का भीख माँगना मंत्री ने नहीं देखा। कैसे कटती है पक्षियों की अभावी ऋतु, कैसे सँभालता है पक्षी अपना निःसंग बुढ़ापा। पक्षी के मरते समय कौन उसकी चोंच में बूँद भर पानी देता है, चिता जलाता है? क्रिया कर्म करता है, सद्गति के लिए? पक्षी जगत् में कौन ब्राह्मण, क्षत्रिय, शूद्र या मुसलमान है? ताज्जुब होता है मंत्री को पक्षियों में नित कूजन, नित कर्मतत्परता, बिना उम्र के विचार के आत्मनिर्भरशीलता, मनोबल देख कर! पक्षी का कोई मंदिर नहीं पापी को भय दिखाने के लिए, थाना नहीं अपराध रोकने के लिए, डॉक्टर-वैद्य नहीं रोग-व्याधि दूर करने के लिए। मंत्री, एम.एल.ए., चेयरमैन, सरपंच, वार्ड मेंबर, गाँव का मुखिया, पुरोहित, नाई, धोबी, महाजन, साहूकार, मालगोदाम कुछ भी नहीं है। फिर भी इतना बड़ा पक्षी समाज मज़े में जी रहा है सृष्टि के आदिकाल से। फिर मानव समाज में सब होते हुए इतने पाप, इतने अपराध, इतने दुःख, इतनी अशांति क्यों है? सुख-शांति से न रह पाना मनुष्य का भाग्य है या मानव के किये कर्म?

श्मशान को चुपचाप निरखते-निरखते मंत्री के छोटे दिमाग में बड़े-बड़े प्रश्नों के पहाड़ खड़े हो जाते। गाँव के स्कूल के बरामदे में बैठ कर मास्टर की पढ़ाई सुन-सुन कर तीसरी तक पढ़ाई की। इसमें मंत्री ने कुछ अक्षर सीखे। कुछ संख्या लिखना, पचीस तक का पहाड़ा, संयुक्ताक्षर और कुछ शब्दों की वर्तनी। गणित, साहित्य, इतिहास पढ़ा था। जीवन-मरण का साहित्य नहीं पढ़ा। श्मशान की खुली

स्लेट पर पिता की आग की ऊष्म-ऊष्म उजास, लपलपाते अक्षर, चड़-मड़ की आवाज़, उल्लू के बोलने, लाश की जलती ऊँची-ऊँची लपटों और धुएँ में, आत्मीयजनों के व्यर्थ बिसूरने में, मंत्री ने असली पढ़ाई की—उसने बहुत सिखाया, जगाया, अंतर्मुखी और जगतमुखी बनाया। आवारा मंत्री मूक हो गया। समूची देह में अनेक आँखें खुल गईं। उजाले ही नहीं अंधेरे में भी बहुत कुछ दिखने लगा।

सूनी रातों में विश्वास के साथ श्मशान से बतियाया करता। श्मशान में चौमासे में बंधु बन गए लंगली बाबा! विशाल काया, गेरुए वस्त्र धारण किये, बाबा को देख भूत-प्रेत सहम जाते हैं। मंत्री सोचता तभी इस श्मशान में भूत-प्रेतों की लीला या खेल नहीं होते। बाबा के विशाल कपाल पर सिंदूर की बिंदी माँ काली की रक्तिम जीभ-सी भय पैदा कर रही थी। हाथ में त्रिशूल स्वर्ग-मर्त्य, पाताल तीनों पुर एकाकार कर छाती पर खड़े हो जायेंगे, ऐसा डर पैदा कर देते पर नंगली बाबा के स्वभाव से चेहरे का कोई मेल न था। खूब शांत, धैर्यवान, स्नेही आदमी। मंत्री बचपन से इन बाबा के विशाल चक्षुओं की शून्यभेदी दृष्टि से सम्मोहित हो श्मशान की ओर खिंची चली आती आत्माओं और उनकी गतिविधियों को ध्यान से देखता। अब तो मंत्री बाबा का चेला बन गया। बाबा श्मशान के पास सूने आकाश तले धूनी जला रात भर बैठते हैं। गाँववाले कुछ भक्त वहाँ जुटते हैं। बाबा के आगे सिर झुकाते हैं। काली मंदिर वाले चबूतरे पर बैठ गांजे की कली लगाते हैं। खंजड़ी पर थाप लगा निरगुणिया भजन और मनबोध चौंतीसा गाते हैं।

मंत्री को गाँव में निषेध जारी करने पर भी गाँववालों ने निषेध नहीं किया था। मंत्री ने भी गाँव का वर्जन नहीं किया। कैसे करता! माँ कभी बेटे का वर्जन कर पाती है? मंत्री की माँ ऐसा-वैसा कुछ बनाती या बाबू के यहाँ से मीठा-सीठा लाने पर फटे-पुराने आँचल तले छुपा कर उसके लिए ले आती। चंडाल बेटे को खिला कर जाती। ईश्वर की अजीब सृष्टि हैं—माँएँ। माँ के पास कभी बेटों के सिर तक हाथ नहीं पहुँच पाता। बेटा चंडाल हो, पर माँ को कोई फ़र्क नहीं होता। उस दिन नंगली बाबा के चरणों में पड़ मंत्री की माँ ने कहा—''मेरा बेटा आपकी शरण में है। भूत-प्रेतों के कोप से आप रखवाली करना। अब अभाव के दिन हैं, मरण हमारी बस्ती में घर-घर जाकर दस्तक देगा। हर बरस सूखे गरीब छोरे माँ की गोद से श्मशान जाते हैं। गरीब के यहाँ माँ की गोद भी कहाँ? जन्म देकर काम पर न जाने पर गुज़ारा कहाँ? एक की मजूरी से गरीब का संसार नहीं चलता। मेरे मंत्री ने जीते जी श्मशान पकड़ लिया। मेरा मन कहता है यम देवता की नज़र उस पर न पड़े। वह एक सौ बीस बरस जीयेगा! युगों राज करेगा।'' माँ से युगों

राज करने की बात सुनता। मंत्री ठहाका लगाता। यह श्मशानी चंडाल, फिर युगों राज करेगा, किसके साथ? यदि माँ सोचती है चंडाल बेटे के लिए कोई चंडालिनी बनाई गई है, तो सोचती रहे। उस सुख का ख़याल ही तो गरीब का सुख है। मंत्री क्यों माँ की बात काटेगा?

~

श्मशान के पेड़ पर भी मलय की सिहरन जागती है। फूल खिलते हैं, बकुल अँकुराता है, फल लगते हैं, पक्षियों के मिलन गीत सुनाई देते हैं। मंत्री हो गया था श्मशान का एक पेड़। हर पेड़ की तरह उसकी जड़ श्मशान की धरती में कुछ गहरे भेद गई थी। उसने डाल फैला दी थी अनंत आकाश की ओर। उन डालों पर बसंत पंख फड़फड़ाता। उस वृक्ष के विशाल तने पर टिककर मलय वंशी फूँकता। सोन चिरैया ने उस पेड़ के सपने के किसलय को मंत्रित कर हुलु ध्वनि की।

देखते-देखते मंत्री भी अपने साथियों नेता नायक, विदेशी बेहरा, साहब भोई, कलक्टर कांडी वगैरह की तरह बच्चे से अब बड़ा हो गया। बड़े छोकरे से गबरू जवान बन गया। श्मशान के भात खा-खा कर वह अपने संगियों से लंबा-चौड़ा मज़बूत सांड़-सा मर्द बन गया। पर उसके लिए कोई चंडालिनी पैदा नहीं हुई थी। अतः उसके संगी-साथी चार-छः बेटी-बेटों के बाप बन गए। पर मंत्री तो कुँवारा भूत जैसा रह गया। नंगली बाबा जब तक रहते तब तक वह उनकी सेवा करता। उनके अन्यत्र चले जाने के बाद, उनके स्थान पर रोज़ सांझ में धूनी जलाता। वहाँ जमता खंजड़ी भजन। भजन-भोजन के मामले में मंत्री अपने संगियों से ज़्यादा सुखी था। उसके गोल चेहरे पर मोटी-मोटी नाक, भरी नदी की तरह लबालब आँखें, प्रशस्त निश्चिंत कपाल, झाड़ी की तरह काले स्याह घने केश, बरगद की जटाओं जैसे लंबे-लंबे हाथ, ताड़ के तने-से सख्त पाँव, गाँव के छोर वाले चबूतरे की तरह चौड़ी छाती, खजूर के गुच्छे-सी घनी मूँछ, उपले-से होंठ, सांड़-सी धुरमुस चाल, उसे अलग आदमी का परिचय देते दस गाँव में। मंत्री गाँव का चौकीदार बन सकता था, परंतु श्मशान का चंडाल होकर भी चौकीदार से बढ़ कर था। इतने बड़े सांड़-से जवान के कुँवारा भूत बनकर रहने की बात भाग्य लिपि की तरह सबको दिखती, फिर भी वात्सल्य में पगलाई मंत्री की माँ को लगता बरगद-पीपल के जोड़े की तरह मंत्री के लिए जन्मी होगी बहू भी।

श्मशान के किनारे लगे जुड़वां खजूर के पेड़ की दीवार पर मंत्री ने अपनी माँ की कल्पित बहू के लिए छप्पर बनाया। श्मशान की हाँडी से भात खाने के

कारण बड़े होने पर श्मशान के लिए एक ज़िम्मेदारी का भाव आया। क्रमशः वह बन गया श्मशान का पहरेदार! श्मशान सेवक! मुर्दों के साथ संग आयी फेंकी गईं चीज़ों से उसका छप्पर भर गया। बस्ती के अन्य लोगों से उसकी झोंपड़ी में चीज़ें ज़्यादा थीं। छोटे से बड़े होने के साथ छान भी छोटी से बड़ी होती गईं मंत्री की। छान पर कुछ अंकुराई खजूर की टहनियाँ मानो श्मशान पर उसके एकाधिकार का छाता उठाये थीं। खजूर के पेड़ पर गरमी में खजूर के गुच्छे सुनहरी छतरी बन गए थे। उस माटी-गारे की लंबी छान वाले झोंपड़े में एक ओर संग्रह किये था सूखी लकड़ी, मौके-बे-मौके मुर्दा फूँकने के लिए दे देता। कोई पैसे देता तो, ले लेता, न देता तो माँगता नहीं था। फिर रखे पंचशस्य, हल्दी, सूप, मटका, हाँडी, पुवाल की रस्सी, नये कपड़े का टुकड़ा, अरवा चावल, धूप, धूना, सुपारी, कटारी, अबीर, माटी के दीये, घी, दियासलाई, गुड़, तेल, कलश। शववाहकों के लिए बीड़ी, तम्बाकू, अँगौछा। वहाँ छोटी-सी दुकान बन गई मंत्री के अनजाने। श्मशान मठ में क्रियाकर्म के लिए जो चाहिए, सब मिल जाता। श्मशान चंडाल मंत्री मल्लिक भी बाट देखता आगे बढ़ कर मदद करने को। कोई रो पड़ता तो ढाढ़स बँधाता— "मरा हुआ लौटता है कभी रोने पर? मैं बचपन में जितना रोया दादा-दादी के लिए, अब तक वे वापस लौट आए होते। रोना-धोना क्यों? कोई कहीं जाता है क्या? वे गाँव में थे, अब श्मशान में आ गए। दिखते थे, अब नहीं दिखते। दृश्य जगत में कितने भेद-विभेद होते हैं, अदृश्य में सब समान हैं। अच्छा है या बुरा! क्या इस संसार में कोई हमेशा रहेगा? सबको श्मशान आना है। अपने को अमर समझ दूसरे का मरण देख जब रोते हो, क्या पता है कि तुम्हारे पीछे खड़ा यमराज हँस रहा है! अरे! क्या श्मशान कोई न्यारी जगह है? आदमी जहाँ भी जाता है। श्मशान उसके साथ-साथ चलता है। सच है या झूठ?"

मंत्री मल्लिक ने अपने घर के चारों ओर काँटेदार थूहर, बाइगबा (एक काँटेदार लता) की बाड़ लगा रखी है। सदाबहार, कनेर, मंदार के पौधे लगाये हैं। जाड़ों में केलिकुसुम, गेंदा, बरसात में मंत्री मल्लिक की झोंपड़ी के सामने हरगौरा, रंगणी के पौधे। गरमियों में मोगरा खिलता, श्मशान के आँगन में मंत्री मल्लिक के मठ में। ठाकुरजी के लिए वे फूल नहीं खिले, खिलते हैं मुरदों के लिए। जो अनाथ शव चिता पर चढ़ते, मंत्री मल्लिक जल्दी से केले का पटका बनाकर फूल की माला गूँथकर उसके गले में डाल देता।

मंत्री मल्लिक मुर्दे के लिए और चीज़ों के चाहे पैसे लेता, फूल माला का पैसा कभी नहीं लेता। मुर्दे का गला सूना देखता, खुद माला बनाकर डाल देता।

इसका पैसा क्यों लेगा? श्मशान के उस ओर श्मशान काली का मंदिर बन गया है मंत्री के बचपन के कीर्ति स्तंभ की तरह। कोई माँ काली के लिए फूल माँगता, वह एकदम मना कर देता। कहता—"क्या माँ के पास फूलों की कोई कमी है?"

"यह पौधा मुर्दों के नाम पर बढ़ा है। इसमें देवी-देवता का हिस्सा बँटाना अन्याय है।" ध्यान लगा वह मुर्दों की बाट जोहता। मुर्दा आने पर श्मशान में चहल-पहल होती। उस समय गाँववालों से मुलाकात होती। बातचीत होती, वरना श्मशान बहुत सूना-सूना लगता। मुर्दा आने पर न दुःख न सुख। बस स्वाभाविक लगता। उसके साथ गाँववाले सुख-दुःख की चर्चा करते, मिलते-जुलते। सहज लगता। स्कूल में बच्चे न आने पर मास्टर बेचारा जैसे निठल्ला बैठा रहता है, श्मशान में मुर्दा न आने पर मंत्री को भी खाली-खाली लगता। आँखों के आगे खोते जा रहे चेहरों को वह याद करता। सब नहीं दिखते, जो दिखते वे बतियाते नहीं। मंत्री मल्लिक आगे बढ़कर खुसुर-फुसुर कर उनसे बतियाता। जवाब नहीं पाता। मंत्री मल्लिक सोचता, ये मरे लोग भूत-प्रेत, डायन, पिशाच, ब्रह्मराक्षस बन श्मशान में फिरते हैं। अतः सांझ ढले या भोर तड़के गाँववाले उधर आना-जाना नहीं करते। मगर मंत्री से एक दिन भी भूत-प्रेतों की भेंट कभी नहीं हुई। निहोरा कर बुलाने पर भी वे मंत्री से मुलाकात नहीं करते। बांबी जिन पर उठ आयी उन बड़े-पुरखों की समाधि के पास जाकर मंत्री ने कई बार माथा टेका है। निहोरे किये हैं, भूत-प्रेत बन कर ही बाहर निकल मुकाबला करो। सिपाही-चोर का खेल खेलने के लिए। मगर भूत-प्रेत, डायन, पिशाचिन भी मंत्री से कुट्टी कर छुपे रहते। शायद उनके लिए रखे पिंड, भात, तरकारी मंत्री खा लेता है, इसलिए उन्हें गुस्सा है! गुस्सा होता तो चीख-चीख कर पुकारते। तो क्या गाँववालों का डर एकदम झूठा है?

लोग मनगढ़ंत कहानी बना प्रचार करने में पीछे नहीं रहते, यह मंत्री से बढ़कर कौन जानता है? मंत्री मल्लिक के नाम पर कई अजीब बातें फैला रखी हैं। कहते हैं मंत्री वहाँ केवल श्मशान के भात ही नहीं खाता, अधजले मुर्दे का मांस भी खा जाता है! जवान मुर्दारिनी के अधजले शव को लेकर चिता के गड्ढे में लेट अवैध प्रणय में डूब जाता है। नंगी होकर गू खाने आ रही ज़िंदा डायनों के संग केलि करता है। ऐसे कुप्रचार से श्मशान उसके नाम के साथ पक्का ही न था, उसे मल्लिक घराने की कोई लड़की भी ब्याह के लिए नहीं मिल सकी। श्मशान में कौन सुहागरात रचाने अपनी बेटी उस चंडाल के हाथ सौंप देता? मंत्री में भी ब्याह के प्रति कोई खास आग्रह न था, लड़की मिलती-तो मिल जाती। न मिली न

सही, बुरा क्या है? फालतू का झमेला। कलह-तकरार, बाल-बच्चे, गू-मूत, पेट की फिकर, कपड़ा-लत्ता, रोग-बैराग, अभाव, उधार-कर्ज़ और अंत में मरण! इस गाँव में कितनी गर्भिणी औरतें बच्चे नहीं जन पातीं। मर जाती हैं, प्रसव के बाद भी उपेक्षा में मरती हैं। कितने बच्चे अभाव, भूख, दुःख, बिना देख भाल के मर जाते हैं। है कहीं उसका हिसाब? कहीं हो या नहीं, मंत्री मल्लिक के पास है। शायद वह चंडाल न होता, श्मशान की हाँडी से मृतपिंड के भात न खाता, वह भी भूख-प्यास में बस्ती के कई छोकरों की तरह मर-खप जाता। क्या कोई भाई-बंधु पराये बच्चे को सदा खिला-पिला कर आदमी बनाने आगे आता? उसकी बस्ती में किसके यहाँ पर खा-पीकर कुछ बचता है जो पराये बच्चे को देता? गरीब के घर तो अभावों से भरे हैं। गरीब की हाँडी यदि वर्ष में बारहों महीने खाली रहे वही हृदय का श्रद्धा, दया-माया में भरा है तो क्या फ़ायदा? खाली मन संताप से सड़ जाता!

मंत्री की एक और बदनामी है। वह पागल है। उस पर समय-असमय भूत-प्रेत सवार होते हैं। वह पेड़ पर चढ़े बिना नारियल झटक सकता है। बिना नाव चलाये इस पार से उस पार चला गया है। बिना डोंगी के नदी-सागर पार चला जा सकता है। बिना कुल्हाड़ी पेड़ काट सकता है। कर्म-अकर्म सब उससे संभव हैं। उसे लड़की देगा कौन? गीदड़, कुत्ते, गिद्ध से सुख-दुःख बतियाता है, वह किसी औरत को क्या सुख देगा? मंत्री के जीवन में कोई प्रस्ताव लेकर नहीं आया। उसकी ओर से कोई प्रस्ताव लेकर कभी गया भी नहीं। वह खुद अपना मालिक है। ब्याह करना, घर-बार बसाना कभी उसके सपने में नहीं था। बहू-बेटियों को कभी पाप की निगाह से नहीं देखा। जब देखता—उसकी निगाहों में स्नेह भरी पूजा की बाती जलती होती सबके लिए। गाँव के श्मशान में कभी कोई जलाया, कोई अधजला फेंक गया, कोई क्यों मरा, सुख मरण है या दुःख मरण, मर्द है या औरत, उमर लगभग क्या होगी, साथ कौन-कौन आये, सब याद रखता मंत्री मल्लिक। फटी पोथी में क, ख, ग की तरह लिख रखता। अगले दिन नदी पार कर थाने में खबर दे आता। ग्राम पंचायत ने मंत्री को चिता की लकड़ी बेचने या मुर्दे की खबर देने के लिए नियुक्त नहीं किया था, न कोई वेतन देते थे। पर उससे विवरण लेते। गाँववाले मंत्री को घर में घुसने नहीं देते, पर उसे बुरा नहीं कहते। वह उन्हें बुरा नहीं लगता। इसलिए फ़सल आमद के समय दो-चार सेर धान, मूँग, कुलथी खुद ही उसे दे देते। उतना मल्लिक के लिए बहुत होता। वह गरीब दुखियारी को बुला कर दे देता। कभी-कभी हाँडी में खिचड़ी पकाकर गाँव के नंगे अधभूखे

बच्चों को बुला कर खाने को देता, खुशी से भर जाता। उसके यहाँ केले की घौंद होती तो बाल भोज में लगा देता।

एक बार तो एक मुरदा देख मंत्री रो पड़ा। जनानी लाश। धुँधली-सी माँ की तरह दिखी! वह औरत फाँसी लगा कर मरी थी। ओह! इतनी सुन्दर औरत! क्या दुःख था जो बीच उमर में आत्महत्या की? फिर बछिया की तरह दो-चार बच्चे छोड़ गई! 15 वर्ष का बेटा! "माँ के मुँह पर आग नहीं दूँगा"—कहकर वहीं रो पड़ा! बाप ने यह देख आगबबूला हो एक थप्पड़ लगा दिया। बच्चे ने आँख मूँद कर माँ के मुँह में आग छुआ दी। वह मंत्री पर निढाल होकर गिर पड़ा। इतना रोया कि मंत्री भी फफक उठा। सुना तो पता चला कि पति की गाली, मारपीट न सह पाकर आत्महत्या कर बैठी। औरतों में इतना दुःख है! तब मंत्री एक औरत को अपने गले में बाँध, दुःख को अपने गले क्यों बाँधता?

कुछ दिन पहले—एक कुँवारी युवती की लाश को आधी रात में कुछ लोग ले आये थे श्मशान में। कुत्ते-सियारों के शोर में मंत्री ने किवाड़ खोले। तब तक लाश को चिता पर रख आग लगाने को तैयार थे चार छोकरे। पेट्रोल की गंध ने रात की चाँदनी को बिगाड़ दिया था। रास्ते में खड़ी थी नर्कू राउतराय की जीप।

"कौन...कौन?" चिल्ला कर मंत्री बाहर आया। लाठी फिराते हुए पागल-सा भागा लाश के पास। चारों छोकरे छलांग लगा छू! जीप में जा बैठे। पीछे-पीछे लालटेन लिए दौड़ा मंत्री मल्लिक। जीप चली तब तक ड्राइवर का चेहरा टहली महांति के बेटे साकुला महांति जैसा दिख गया।

"साकुला! तेरी खैर नहीं!" चिल्ला उठा मंत्री। जीप पलक झपकते गायब हो गई। लाश के पास लौट आया—देखा कपड़े फाड़-फूड़कर, अँतड़ी विदारने लगे थे कुत्ते-सियार। पर चेहरे का सौंदर्य वैसा ही था, चाँदनी रात को उजाला कर रहा! मंत्री ने लाठी उठा कर जानवरों को भगाया। लालटेन के उजाले में लड़की को पहचानने की कोशिश की। उसे दुःख हो रहा था कि ये लड़कियाँ मरने के बाद भी मरी जैसी नहीं दिखतीं। अरे! पास जाकर देखा तो...। यह किसी शहर से आयी थी गाँधी दास के अनुरोध पर। अभयपुर गाँव में लड़कियों को दहेज़ के खिलाफ़ तैयार कर रही थी। टहली के बेटे साकुला महांति का विवाह प्रस्ताव टूट गया था इस शहरी लड़की के दहेज विरोधी प्रचार के कारण। देने-लेने की बात तै होकर विवाह पक्का हो गया था। मणिजंगा गाँव के किसी कॉन्ट्रैक्टर की बेटी ने साफ़ मना कर दिया—"दहेज देकर इस रसिक छोकरे फ़ोटो की दुकान वाले के संग विवाह नहीं करना।" तब से टहली और बेटा साकुला की इस लड़की

पर शनि दृष्टि थी। तो इतनी सरल लड़की को यों...!

मंत्री रात भर लाश की रखवाली करता रहा। सारी रात आँखें बहती रहीं। भोर में लड़की के शरीर पर बलात्कार के वीभत्स चिन्ह देख आँखों में आग जल उठी। उछल-उछल कर गाँव के रास्ते पर दौड़-दौड़ कर चीखता रहा—''साकुला महांति और उस के संगी-साथी सबने निरीह लड़की का बलात्कार कर जान से मार डाला है। रात में लाश जलाने बैठे थे, मेरे हाथ पड़ गए, फेंक कर भाग छूटे।'' चिल्ला-चिल्ला कर आस-पास के कई गाँवों में यह मर्मांतक घटना प्रकट कर दी। एरसमा थाने में पहुँच कर पूरे विवरण के साथ हत्याकांड की इत्तला दे दी। इस घटना ने अभयपुर गाँव की नींव हिला कर रख दी। गाँव की जड़ थर्रा दी। इलाका स्तब्ध हो गया। क्योंकि ऐसी घृण्य, हृदयविदारक घटना इलाके में पहली थी। मगर इसका नतीजा क्या हुआ? गाँववाले श्मशान पहुँचे तब तक लाश का कोई अता-पता न था। शायद हंसुवा नदी का बहाव जटाधारी मुहाने की ओर तेज़ी से बहा ले गया। एक साड़ी पसर गई थी लंबे सांप की तरह श्मशान के किनारे से नदी की धार के अकूत पानी तक।

पगले मंत्री मल्लिक की इत्तला स्वीकार नहीं की गई। पुलिस दरोगा जाँच करने नहीं आये। बल्कि लाल साड़ी के मुहाने की ओर बह जाने में कुछ गाँववालों ने मदद की। टहली महांति का बेटा तो तीन दिन से दस्त-उलटी के कारण जगतसिंहपुर अस्पताल में है—कुछ लोगों ने गवाही दी। मंत्री मल्लिक पागल है, गंजेड़ी है, झूठा प्रमाणित हो गया। मगर स्वयंसेवी संस्था की वह लड़की न जाने कहाँ गायब हो गई? प्रश्न था, उत्तर की किसे परवाह थी।

'हुंआ...हुंआ' अखबार के विशेष संस्करण में बड़े-बड़े अक्षरों में छपा— ''गाँधी दास के बहकावे में गाँव-गाँव फिर कुँवारी लड़कियों को गलत राह भटकाने वाली लड़की ने पाप गर्भ के कारण आत्महत्या कर ली। लाश का कोई पता नहीं। जटाधारी मुहाने से होते हुए बहकर समुद्र में चली गई लगती है—ऐसा पुलिस का अनुमान है। जबरन दखल कर श्मशान के पब्लिक मैदान में घर-बार बना कर रहने वाले पगले मंत्री मल्लिक के अपप्रचार से ग्रामसभा के श्मशान स्थल से उसको हटाने का फ़ैसला लिया है। लड़की का गाँधी दास के बेटे भूदान दास के संग अवैध संपर्क की बात लोगों की चर्चा में है।'' ऐसी झूठी खबर पर प्रतिक्रिया कर गाँधी दास ने कहा—

''ईश्वर उन्हें सद्बुद्धि दे। सबूत के अभाव में अनेक अपराधी निर्दोष छूट जाते हैं। अनेक फ़ौजदारी मुकदमे खारिज हो जाते हैं। पर सच-झूठ ईश्वर जानते हैं, अभयपुर गाँववाले भी जानते हैं। इस दुख की पुनरावृत्ति न हो, किसी लड़की

के भाग्य में ऐसा न हो, इसके लिए सबको एकजुट होना पड़ेगा।''

उद्धव मंगवाल ने कहा—''कलियुग में अभयपुर गाँव से धर्म का बाकी बचा पाँव भी अब टूट गया। कलियुग का अंत...अब देर नहीं। प्रलय ही अंतिम समाधान है। कल्कि अवतार इसी इलाके से निन्यानवे हाथ का खड्ग लेकर निकलेंगे। देखना मेरा कहा सच होता है या नहीं।''

गोलमस्ता ने कहा—''हाय अल्ला! मेरा मंत्री बेटा कहाँ जायगा, बेचारा? उसने किसी का क्या बिगाड़ा? हाय अल्ला, हमारी बेटी जैसी उस लड़की को हाय...हाय..!''

गाँधी दास ने बज्र कंठ से घोषणा की—''मंत्री मल्लिक अपनी जगह से इंच भर नहीं हटेगा। अभयपुर गाँव में यदि धर्म आज भी एक पाँव पर है, तो वह पाँव श्मशानवाला मंत्री मल्लिक है! ग्रामसभा का दो कौड़ी का अखबार 'हुके हो' कोई अखबार नहीं था न ही गाँव का भी 'विवेक' भूतमंत्री राउतराय नहीं। ग्रामसभा की ज़रूरी बैठक बुलाई जाये। अभयपुर गाँव को बचाना होगा।''

ग्रामसभा में खूब शोर-शराबा हुआ, मंत्री मल्लिक को श्मशान से हटाने की बात को लेकर। टहली महांति और राउतराय के चेलों ने ही कुछ विवेकहीन बेकार छोकरों को इकट्ठा कर गोलमाल किया। मगर ग्रामसभा के सब ग्रामवासियों ने मंत्री के श्मशान में रहने के पक्ष में दृढ़ मत दिया। सब इसमें एकमत थे कि मंत्री मल्लिक श्मशान बंधु है। उसके बिना वेतन के भी ग्रामसभा को सेवा मिल रही है। श्मशान की रखवाली कर रहा है। फिर बेमतलब पंचायत हस्तक्षेप क्यों करे? मंत्री शीत, ओस, बरसा दिन-रात मुर्दे और उसके बंधु-कुटुंबियों के लिए देवदूत की तरह आविर्भाव होता है। सब इसमें एकमत हैं।

मंत्री मल्लिक ने सभा के अंत में घोषणा कर दी—''अब लावारिस लाश को बिना पुलिस में खबर दिये कोई जलाने की चेष्टा करेगा, वह मंत्री मल्लिक के हाथों से बच नहीं सकेगा।'' सच, उसी दिन से मंत्री रात में नहीं सोता। सिर पर साफ़ा बाँध, हाथ में लाठी लेकर कमर में कटार खोंसे श्मशान में इस छोर से उस छोर तक टहलता। गाँव की निरीह रातों को कँपाते हुए आवाज़ लगाता रहता—''खबरदार...खबरदार...होशियार!'' कभी-कभी अमावस की रात में रुद्र रूप धारण कर मंत्री तांडव नृत्य करता। एरसमा हाट से लौटने वाले देखते। कुंडल पंडा ने राय दी—''वह श्मशान वाला कुछ पागल था—अब पूरा पागल हो गया। सबर करो, किसी दिन वह काली माँ की पहली बलि चढ़ेगा। किसी दिन काली माँ उसके पाप का फल उसे देंगी!''

गाँव के श्मशान में वर-कन्या आगे-पीछे होकर जल कर राख होते हैं। पर किसी गाँव के श्मशान का नाम वरकन्या श्मशान होना, होश सँभाला तब से क्या कभी सुना है? अभयपुर का वरकन्या श्मशान इस लिहाज़ से एक अनूठा क्षेत्र है। वरकन्या का जोड़ा शुभसूचक है, श्मशान युग-युग से अशुभ है। पर ये शुभाशुभ मिलाजुला ऐसा अटपटा नाम अभयपुर श्मशान में क्यों आया—कब आया?

कब श्मशान का ऐसा नाम हुआ? इस बात का चश्मदीद गवाह इलाके भर में कोई नहीं, हाँ कानों सुनने वाले हैं, अनेक...अनेक क्यों सब हैं। होश सँभाला तब से यह हर्षविषाद की कहानी मुँह से मुँह बच्चों के कान तक आती। सब जानते हैं कि अभयपुर के श्मशान की एक अपनी मर्यादा है। क्योंकि अभयपुर गाँव के श्मशान में आदमी की अंतिम शैया नहीं होती। एक प्रेमी दंपति की मधु-शैया में भी परिणत हुआ है।

न जाने किस ज़माने में, इस इलाके के पुरखे बूढ़ों के बाप-दादा की चौदह पीढ़ी के ज़माने में, शोभनपुर गाँव की बेटी अभयपुर गाँव के बेटे से पालकी में बैठ ठाट-बाट से ब्याह कर आयी थी। इस श्मशान के किनारे-किनारे सवारी पालकी में आगे-पीछे वर-कन्या गाँव आ रहे थे। सवारी में आगे थी बहू, पीछे-पीछे पालकी में मसनद से टिके राजसी ठाठ में दूल्हे राजा थे। तब श्मशान के किनारे अबकी तरह रास्ते वगैरह न थे। चारों ओर घना जंगल था। तब जंगली झाड़ियाँ थीं खूब घनी, पहाड़ की तरह। ससुराल कुछ दूर था। बहू का बिसूरना थम चुका था। सवारी के कहार 'यहाँ नीचा...ले ऊँचा...' के बोल के साथ बहू की सिसकियाँ आँसू की धार चलती रही। धप-धप कर दस-बारह लुटेरे धोबेई जंगल से निकल आये। हाथों में तलवार! चेहरों को अंगौछे से ढँक रखा था। तलवार दिखा बहू से गहने-वगैरह छीन लिए। वर से सोने की चेन, अँगूठी ले ली। तभी एक के मुँह से गमछा फिसल पड़ा। वर चीखा—''धड़ही काका! आप!'' बस, कोई दया-माया न रखी लुटेरों ने। दूल्हे ने एक को पकड़वाया तो सब जेल जायेंगे। तब तक श्मशान के छोर पर वर-वधू खड़े-खड़े पत्ते की तरह थरथरा रहे थे। पहली बार वर-वधू की आँखें चार हो रही थीं! मुग्ध मिलन का मंगल शंख फूँक चंद्रवदनी के चेहरे पर कोमल चाँदनी मिली हल्दी की छटा बिखेरे पूरब से उग रहा था शुक्लपक्ष का चाँद। धड़ही काका तलवार दूल्हे की छाती में भोंकने निकला, बहू ने लाज शरम छोड़ गाँव के नियम-कायदे भूल, कह दिया—''इन्हें न मारना, ना...।'' और दूल्हे को ढाँप लिया। पल भर में नई नवेली बहू की ताड़ फल की तरह नरम, नवेली पीठ बेध पेट से निकल गई तलवार।

"क्या कर डाला! यह क्या किया!" कह आँसू-खून एकाकार कर बहू के चंदन चर्चित मनोरम प्रभाती तारे की तरह बदन को जूही फूल-से कोमल चेहरे को दोनों हाथ में लेकर चूमता रहा—दूल्हा—जवान छाती में सहेज, प्रेम आँसू बन झरता रहा जले भाग्य वाली बहू के सुहाग भरे माथे को। वधू ने वर की छाती खून से भिगोकर आँखें मूँद लीं। ठीक तभी तेज़ छुरी ने वर की पीठ भेद कर बहू को गूँथ दिया वर के साथ। हाथ से कंगन खुले नहीं, विवाह की गाँठ वैसे ही पड़ी थी। वेदी से उठ कर आये वर-कन्या गले मिल गिर पड़े, अटूट मिलन की लाल अबीर उँड़ेल गाँव के छोर पर। कहार पहले ही दौड़ कर जान बचाने जंगल में छुप गए थे। लुटेरों ने सोना, चाँदी, सामान साड़ी गहने लूटा धपाधप, ऊपर के रास्ते धोबेई जंगल में अंतरधान हो गए। अब कहार लौटे। गाँव में खबर फैल गई। मशाल जला, लाठी-बल्लम लेकर कुटुंबी, गाँववाले पहुँचे तब तक कहारों ने लाशों की गाँठ जोड़कर उन्हें ढँक दिया था। जंगल की सनसनाती हवा सुबक रही थी। उदय हुआ चाँद स्याह मेघ पर सिर पटक रहा था, टप-टप आँसू झरने लगे असमर्थ आकाश की आँखों से।

वर-कन्या को एक चिता पर सजाया गाँववालों ने। श्मशान में फूल-चंदन, घी-शहद आँसू-सिसकियों की सेज पर, चिता के पलंग पर वर-वधू की मधुशैया सजाई गई। उसी दिन से गाँव के श्मशान का नाम पड़ा वरकन्या श्मशान। वर-वधू की जिस चिता पर मधुशैया रचाई गई, पता नहीं कैसे चिन्हित कर किसी सेठ ने वहाँ सीमेंट का चबूतरा बना दिया। एक ने वहाँ सीमेंट की चिता पर जुड़वां समाधि खड़ी कर दी। एक कुछ ऊँची थी, लिखा था 'वर'। कुछ छोटी समाधि पर चित्रकारी बना दी, लिखा 'वधू'। गाँव की कोई बहू बन कर आये या गाँव की बेटी बहू बन कर जाये, श्मशान के किनारे आम के पेड़ के नीचे कुछ क्षण रुकने का नियम है। साथ में लाये फूल, चंदन, सिंदूर, नाई लेकर समाधि पर चढ़ा देने के बाद बेटे-बहू गाँव में प्रवेश करते हैं, इधर गाँव के वर-बहू नदी पार कर गाँव से विदा लेते हैं। यह नियम चला आ रहा है पता नहीं किस युग से, अब के गाँववालों के जन्म से बहुत पहले से। धन्य देहाती प्रेम, धन्य इस गाँव के स्वामी-स्त्री, धन्य इस गाँववालों का माटी और श्मशान पर अखंड विश्वास।

लोग कहते हैं—शुक्ल पक्ष की सुनसान रात में कहारों की 'हय हो...हय हो' अब भी आवाज़ सुनाई देती है। बहू की रुलाई सुनाई देती है और चूड़ियों की झनकार आती है। फिर सुनाई देती है खिलखिलाहट भरी हँसी, छलछलाता कोह। माथे पर मुकुट पहन गाँठ जोड़कर हाथ थामे फिरता है छाया जोड़ा श्मशान

में इधर से उधर। खोजते हैं खोये अपने इह काल को। लेकिन वे गाँव की सीमा में पाँव नहीं बढ़ाते। श्मशान की सीमा पार नहीं करते। किसी का कोई नुकसान नहीं करते। वे तो देवी-देवता बन चुके हैं। इसके अलावा गाँव के ओझा ने उन्हें श्मशान के बंधन में कील (बाँध) दिया है। गाँव के सब लोग दावा करते हैं—हमने एक आध बार जीवन में वर-वधू की जुड़वां छांव देखी हैं। पर ताज्जुब है कि श्मशान को घर बनाकर रहने वाले मंत्री ने न कभी कुछ देखा, न सुना। यह कैसी अजीब बात है?

कुंडल पंडा के आख्यान के मुताबिक, ''पवित्र वर-वधू कुँवारे भूत को दिखाई नहीं देंगे। कुँवारा भूत भला क्या समझे पति-पत्नी का प्रेम!''

जिस दिन कुंडल पंडा ने घोषणा कर दी कि कुँवारा भूत बनने हेतु पैदा हुए मंत्री मल्लिक को वर-वधू के जोड़े की अमोक्ष छाया देखने की योग्यता नहीं, उसी रात वर-वधू दोनों को चाँदनी के उजाले में मंत्री ने देखा। छाया न थी—हाड़-मांस के साक्षात् वर-वधू थे। उसने सुबह उस दुखद किंवदंती के नायक-नायिका के रंग-रूप का इतना जीवंत वर्णन किया कि अविश्वास की बात ही नहीं रही। तो कुंडल पंडा की बात झूठ है या मंत्री झूठ बोल रहा है? लोगों ने अपने मन से पूछा—छाया सच है या झूठ...अमोक्ष आत्मा या अमुक्त मन की छाया?

मंत्री ने कहा—''उस लड़की का चेहरा पानरा वालों की लड़की केतकी-सा दिख रहा था। उसके वर का चेहरा हरहर महादेव के मुँह की तरह सांवला सुन्दर। मानो वर वधू दोनों साक्षात् महादेव-पार्वती हैं। अर्थात् पानरा की बेटी केतकी अमावसी कन्या (अमावस को जन्मी होने के कारण अशुभ) होने पर भी विधाता ने कहीं वर बनाया है।'' मंत्री की आखिरी बात यह है कि उसने वर-वधू दोनों की बात सुनी है। उन्होंने जन्म लिया है। एक ने इस गाँव में केतकी के रूप में, दूसरे ने पता नहीं किस गाँव में किस रूप में। मंत्री के यह जानने से पहले आधी रात में ऐसा झोंका आया कि उस छोकरे का नाम-गाँव उड़ा ले गया नदी के उस पार खेत के बीच।

~

अमावसी कन्या केतकी का चेहरा पूर्णिमा के चाँद-सा सरस दिखता पर उसका भाग्य एकदम नीरस है, यह बात सब जानते हैं। बुज़ुर्गों का कहना है कि विधाता ने उसके लिए वर नहीं बनाया अत: वह वकुल अमावस को फूटा भाग्य लेकर जन्मी। इस गाँव की एक और अमावसी कन्या सेवती की जन्मकुंडली छुपा कर छोटी बहन की दिखा पंचपल्ली गाँव में राउत परिवार में बड़े बेटे के साथ उसका

विवाह तय हुआ था। छोकरा कटक शहर में नौकरी करता। मंगन (विवाह के दिन से पहले मंगल कर्म वाले दिन) के दिन दूल्हा अपने एक दोस्त के साथ मोटर साइकिल पर पीछे बैठ कटक से आ रहा था ब्याह के लिए। रघुनाथपुर के पास सामने से आते ट्रक से टकरा गया। साथी बच गया। वह छिटक कर सड़क पर ही खत्म! अमावसी कन्या की जन्म कुंडली छुपी न रही। अखबार में छपी खबर की तरह गाँव-गाँव उसकी चर्चा चली। सेवती के पिता ने कितना बड़ा अन्याय किया उसकी जन्मकुंडली छुपा कर, जान-बूझ कर अमावसी कन्या को कैसे वर के गले बाँधने को तैयार हो गया? आदमी ताड़ पत्ते पर लिखी कुंडली छुपा ले, विधाता का लिखा माथे से कोई छुपा देगा? कोई कैसे कह रहा था—वर वाले जानते थे कि सेवती अमावसी कन्या है। मोटे दहेज़ में बात दब गई और सेवती को बहू बनाने के लिए राज़ी हो गए थे।

बेटी की उमर छुपा ब्याह कर देना, पर भाग्य छुपाने का बल किस में है बाप में या दहेज़ में? असल में जाने या अनजाने अमावसी कन्या सेवती के साथ विवाह के लिए आ रहा था, अतः आधी उमर में ही बीच सड़क पर गिर कर चल बसा। सेवती का विवाह हो न सका, इस बात का जितना दुःख उसे नहीं हुआ उससे ज़्यादा दुःख हुआ, उस अनजान वर की मृत्यु का कारण वह बनी, इस बात पर। गाँववालों ने तरह-तरह की बातें बना कर कटे पर नमक छिड़का। अशुभ विवाह की पूर्व रात बीत नहीं पायी। सेवती के दुःख की रात बीत गई।

भोर होते न होते सेवती नहाने नदी चली। रोज़ की तरह काले अशरीरी अँधेरे का उसे डर न था, सहेली का इंतज़ार नहीं था। पीछे-पीछे नहाने जाते समय किसी औरत ने देखा—घर से विवाह की साड़ी ले ली है, उसको रस्सी बना पुन्नाग पेड़ की डाल से लटक गई सेवती। देह गरम थी—जान न थी। औरतें रो पड़ीं। उस दिन अभयपुर गाँव से सेवती की डोली उठनी थी, मगर उसकी अर्थी उठी। ससुराल जाने की बात थी, यमराज के द्वार पहुँच गई। लोगों ने मन को समझा दिया—जो होना था हो गया, अब इस अमावसी कन्या के लिए जीने-मरने में क्या फ़रक था। ''श्रीजगन्नाथ जो करते हैं, मंगल के लिए।'' जिस घाट के सामने पुन्नाग पेड़ से सेवती की देह झूल रही थी, उस घाट का नाम तब से अमावसी घाट पड़ गया। जिस पुन्नाग पेड़ से सेवती का मृत शरीर रेशमी साड़ी से झूल रहा था, उस पेड़ का नाम हुआ 'मँगनी पुन्नाग' (सुहागन पुन्नाग)। लोग कहते हैं अमावस की तिथि पर सेवती की आत्मा सुहागन साड़ी पहन पेड़ से उतर कर आती है और भोर में छपछप कर नहाती है। सुबह पानी में तैरते हैं सेवती के जूड़े से गिरे फूल।

घाट पर देह से छूटा उबटन। पानी की लहरों में हल्दी की महक। कृष्ण पक्ष में रात भर घाट पर कुँवारी का सुबकना सुनाई देता है। नहा कर पानी से उठे तो मँगनी पुन्नाग के नीचे दो चुल्लू पानी देकर गाँव की औरतें सेवती की अतृप्त आत्मा की शांति के लिए माँ बासुली से अर्चना करती हैं। यह गाँव का नियम है।

सेवती के बाद, सब जानते हैं दूसरी अमावसी कन्या हुई पनवाड़ी की बेटी केतकी। पता नहीं किसके शाप से इस गाँव में एक पर एक अमावसी कन्या जन्म लेती हैं? अमावसी कन्या के विवाह न होने से दु:ख, विवाह होने पर उससे ज़्यादा दु:ख। अत: विवाह न होना ही ठीक है। कुँवारेपन का दोष दूर करने के लिए पराये पूत को खाकर अपनी जान लेना महापाप है। आत्मा पक्षी जिस डाल पर बैठेगा, वही डाल टूट जायेगी! जिस कुएँ तालाब पर जायेगा, सूख जायेगा। सात जन्म तक अमोक्ष आत्मा भूखी-प्यासी फिरेगी। बैठने को ठिकाना न मिले! अत: अमावसी कन्या बन यदि भाग्य से जन्म ले तो याद रखना कि वे आदमी की इच्छा से नहीं, विधाता के विधान से कोई-कोई अमावस को जन्मती हैं, कुँवारी रहने के लिए। अमावसी कन्याओं को वर में ध्यान न रख ठाकुर-देवता में ध्यान लगाना चाहिए—यह कुंडल पंडा कहते। यह नियम किसी शास्त्र से नहीं मिला। लेकिन नियम तोड़ने पर, कहते हैं, सेवती की तरह, आ-आकर कुआँ-बावड़ी, नदी-पेड़ की डाल, धतूरा, कनेर के बीज, कीटनाशक दवा बन कई तरह से मौत पुकारती है अमावसी कन्याओं को। पर पनवाड़ी की बेटी केतकी को मौत नहीं बुलाती, कोई बुलाता है पातालपुर से नागलोक में, पान के झुरमुटे में। रात घनी हो तब आता, खास केतकी के लिए। नाम है उसका नागराज।

केतकी ने होश सँभाला तब से जानती है कि इस जगत में उसके लिए वर पैदा ही नहीं हुआ। लुके-छिपे किसी के गले में वर माला डाल दी तो इस जन्म में न सही अगले जन्म में सुहागरात होगी। क्योंकि अमावस को जन्मी कन्या स्त्री रूप में पुरुष की प्राणघातिनी होती है—नागिन, हालाँकि रखैल के रूप में वह रसिका हो सकती है। जिस अमावसी कन्या का ध्यान ठाकुरजी की ओर न जा सका, वह पराये पुरुष में मन लगा दे। सँभाल सके तो कोई हर्ज नहीं, वरना पापगर्भ, न्याय-पंच, निंदा, अपमान, गाँव से अलग होना या फिर सेवती वाली दशा भोग करे। अमावसी कन्या के छुपे प्रेमी बिना रस्सी के सांड़ की तरह खुले फिरते हैं उन्हें प्राणघात की दशा नहीं होती। अत: केतकी बचपन से वर पर नज़र रखने की बजाय झुरमुट पर नज़र रखे थी। वह पनवाड़ी, पानवालों की बेटी है। पान का झुरमुट उसके लिए रहस्यपुरी नागलोक था। वह ठहरी नागिन, अमावसी कन्या। अत: उसमें पान

के झुरमुट के प्रति मन में बचपन से आकर्षण था।

केतकी के बाप, दादा, परदादा वंश परंपरा से पनवाड़ी थे। अत: होश सँभाला तब से पान झुरमुट, पान की बेल से आत्मा बँधी थी। केतकी की पोपले मुँहवाली दादी पान के बारे में कितने ही किस्से-कहानी सुनाती। उसने दादी से सुना था कि पान की बेल इंद्र सभा में शोभायमान थी। राजा-वाणी वत्सरक ने तपस्या कर इंद्र को संतुष्ट किया, तब बेल स्वर्ग से लाकर अपने उद्यान में लगाई। सुकुमार बेल की नाड़ी-नक्षत्र का हिसाब लगा कर झुरमुट लगाया। वे बने पृथ्वी के पहले पनवाड़ी राजा! कहते हैं केतकी के परदादा के परदादा स्कंद पुराण वर्णित वाणी वत्सरक राजा के वंशधर थे। इस बात का केतकी को विश्वास ही नहीं होता। हालाँकि पाताल के नागलोग से पान की बेल आने की बात मन को भी भा जाती है। वरना पान बेल का नाम 'नागवल्ली' कैसे पड़ता? पान बेलों की ज़मीन तो बरस-दर-बरस पान पत्ते तोड़ने के बाद बेलों को नीचे डाल ऊँची करने पर ढूह बन जाते हैं, लेकिन उसे बेल के झुरमुटे में पातालपुरी की तरह छांवदार एवं नागलोक की तरह रहस्यमय लगता। सुकुमार पान की बेल नवेली बहू-सी बुर्ज के घूँघट से चेहरा ढककर जीवन बिताती है। सूरज-चाँद को घूँघट में से देखती है, उसे कभी सूरज चाँद न देख सकें। छ:-सात कतार पान की बेल नागिन-सी झुरमुट की छाती तक बढ़ती है, लंबे सीधे बाँस की टुकड़ी-टुकड़ी से बने घर में। जैसे कि अंदर ही अंदर बने घर में बहुएँ आती-जाती हैं। गाँव में एक-एक कुटुंब के घेरे की तरह पान के झुरमुटे छान पर लंबे-लंबे बाँस के एक-एक कतार घर की तरह केतकी को बहुत मोहक लगते।

घर की छान की तरह पान के बुर्ज की छान, लंबे-लंबे पतले बाँसों पर घास-फूस से छप्पर बनाने में केतकी के दादा खूब निपुण थे। अत: उनका वह पान का बुर्ज गाँव में औरों से कुछ अलग ही था। वह स्पष्ट दिखाई देता था। केतकी के दादा डंबरू बुर्जिया जब बढ़ती हुई बेलों को पास-पास कतार में खड़ी बाँस की खपच्चियों पर टिका देते, जगह-जगह बेलों को बाँस पर जूना घास से बाँध देते, पान के बुर्ज के अंदर का दृश्य केतकी की कुतूहली आँखों को नागमय दिखता। पान के पत्ते तोड़ने के बाद पत्ते रहित बेलों को लाकर करीने से ज़मीन पर रख देता, तो वे खूब नागमय लगते हैं। फिर डंबरू बेलों के कुंडल पर माटी रख देता। उस माटी से ऊष्मा खींच बेलों से नन्हे-नन्हे सैंकड़ों संपोलों की तरह नई-नई बेलें निकलती हैं। डंबरू कहता है—"यही है नाग की केंचुली छोड़ना और नई केंचुली निकलने की अवस्था। उन्हें फिर सींक पर लगाने के बाद पान के पत्ते तोड़ते। सूनी

बेल को सींकों से उतार घेरा बना रखने का काम चलता निरंतर उस नागलोक में। बुर्ज के चारों ओर से बंद बाड़ की दीवार के कारण पता ही नहीं चलता कि डंबरू बूढ़ा अनवरत साल के बारहों महीने पान की बेलों के साथ जोंक की तरह चिपका रहता है। जैसे गोद के लाडले बच्चे को माँ लाड़-प्यार से पालने में जुटी रहती है। डंबरू बूढ़ा ठहरा पक्का पनवाड़ी। जानता था कि पानबेल केवल एक लता नहीं है। उसकी आत्मा है, अनुभव है, नेह-रोष, रूठना-मनाना है। मानव शिशु से भी सुकुमार, लाड़ली, रूठ जानेवाली। अत: केतकी और उसके बुद्धू भाई अइंठू की जितनी देख-सँभाल होती है, पानलता पर सौ गुना ज़्यादा ध्यान रखता है डंबरू। वैसे कहें तो पान का बुर्ज ही डंबरू पनवाड़ी का घर था। पान के बुर्ज पर बैठता, उठता, विश्राम करता, पान की बेलों के साथ बतियाता। ऋतु के मुताबिक उन्हें जो चाहिए सो देता। वरना, वह रूठेगी, दगा देगी, मर जायेगी। तभी डंबरू अपने इकलौते बेटे अपर्ति को कानोकान कहता—"मेरे जीते जी तू कलकत्ता जा, चाहे बरमा, रंगून, बंबई जा। पर मेरे बाद तुझे गाँव में रहकर पान के बुर्ज की देखभाल करनी होगी। धान की खेती की तरह भाग-बटाई में पान की खेती नहीं होती, बेटे! बटाईदार पान की बेलों का मन नहीं समझेंगे। उनमें वो समझ कहाँ? दनेइ दास जैसे ओड़िया कवि क्या झूठे कह गए हैं :

पान बुर्ज बटाई में जो करे।
परेशानी में, दनेई कहे वो पड़े।।

केतकी का बापू डंबरू जैसा मेहनती नहीं था। मगर व्यापार में उस्ताद था। बाप के बुर्ज से काफ़ी पान पत्ते उतारता। अपर्ति उन पत्तों को कलकत्ते के बाज़ार में बेचता। उस एक बुर्ज के पत्तों का आकार-प्रकार देखकर अलग-अलग नाम से अलग-अलग दर में बेचता। बड़े पत्ते जगन्नाथी पान होते, मझले पत्ते ओडिशी पान, छोटे पत्ते तिल पान। स्थानीय महत्त्व के मुताबिक गाँव के नामानुसार कुजंगी पान, आंबीकी पान, नागरी पान, अभयपुरी पान, शोभन पान, राई किशोरी पान आदि लोकप्रिय बना दिया था कलकत्ता शहर में। बंबई-कलकत्ते के व्यापारी आकर गाँव से बोझ भर-भर कर पान ले जाते। अत: घर के इकलौते बेटे अपर्तिया को कलकत्ता जाकर व्यापार करने की ज़रूरत न थी। डंबरू बार-बार आपत्ति करता तो भी अपर्ति उमर के जोश में बाप की बात ज़रा भी न सुनता। फिर भी उसने कुछ दिनों में इधर काफ़ी पैसा कमाया है। इसका ज़्यादा हिस्सा उड़ा देता कलकती मौज-मजलिस में। इधर पान के बुर्जों में पानी उँड़ेल-उँड़ेल डंबरू पनवाड़ी की कमर झुक गई।

कूबड़ निकल आयी पाँच हाथ। मरद बुढ़ापे में धनुष बन गया पीठ के बोझ से। हाथ, कमर और काख की गाँठें चाहे गिन लें। पान के बुर्ज डंबरू के लिए महज़ पेशा नहीं था, उसकी ज़िंदगी थे। डंबरू कहता कि ऋतु की पगध्वनि आदमी सुनने से पहले पान बेल सुन पाती है। पान बेल की ऋतु रंग में रंगी भावनाओं को डंबरू सुन पाता है। अतः उसका एक-एक कोमल पके, कच्चे, पके पत्ते छू-छू कर ऋतुओं के नाड़ी-नक्षत्र पढ़ पाता और बैशाखी झड़, नदी की बाढ़, समुद्र का तूफ़ान, वज्रपात, बरखा विहाग, शरत सुहाग और मलय कल्लोल की भविष्यवाणी कर पाता था। पानबेल छू-छू कर डंबरू बता देता—किस साल धान की क्यारी में कब फूल होंगे, जल्दी या देर से आम के पेड़ों में बौर आयेगी। मांडिया का खेत पक कर भरपूर किस माह में लहलहायेगा। वह पान के पत्तों को छूकर बता देता किस साल किस नदी की लहरों में हिल्सा मछली का मौसम आएगा और केवट के भाग खुल जायेंगे। ऐसा था पान की लताओं से डंबरू का रिश्ता। उसकी गणना भाग्यरेखा की तरह यों सच होती कि धान के किसान, मछुआरे, सब उसकी बात की ओर ध्यान दिए होते हैं। हानि-लाभ की सोचे बिना वह जीवित रहने तक पानबेल को लाड़-प्यार करता रहा और एक दिन उसने दम तोड़ दिया पान के बुर्ज में ही। पत्रहीन बेल की कुंडली पर सिर रखे-रखे उसने अंतिम सांस पानबेल को सौंप दी, बैशाख की सांय-सांय करती दुपहरी में।

केतकी को बचपन से दो नाम भूषण रूप में मिले थे। अमावसी और नागिन। अतः केतकी सोचती पानबेल की तरह उसका भी वास्तव में पूर्व जन्म नागलोक था। पान के बुर्ज में नागलोक को ढूँढ़ना बचपन से विलास था उसका। केतकी एक रहस्य की तलाश में पान के बुर्ज में खिंची चली जाती। वह रहस्य था पान बेल का फूल खोजना। गूलर के फूल की तरह पान का फूल भी उसके लिए अभेद्य रहस्य था। गाँव के कई लोगों के पान के बुर्ज थे, मगर पान फल तो दूर पान बेल में एक भी फूल खिलते किसी ने नहीं देखा। केतकी की दादी एक और बात कहा करती। डंबरू पनवाड़ी से सुना था कि पानबेल को पता नहीं किसे शाप मिला है कि ज़नानी और मरदानी बेल मिलजुल कर गुंफन में पान बुर्ज में बड़ी नहीं होतीं। जब पान बेल में फल-फूल होंगे तो बुर्जियों को लाभ नहीं होगा। क्योंकि पानबेल में फूल लगे हों या फल लगे हों तो पत्ते बड़े नहीं होंगे और उनमें स्वाद भी नहीं रहेगा। माँ के थन से बच्चे के दूध पी जाने की तरह फूल-फल पान पत्तों से रस चूस लेंगे। अरक्त पान से केवल रस ही नहीं मरेगा, सुगंध भी मर जायेगी। घर-घर में मरद बच्चे का जैसा आदर है, जनानी बच्ची जैसा पराया धन होती है,

वैसे मरदाना पान बेल का आदर होने के कारण बुर्ज में उसका अखंड राज होता है। मरदानी बेल मरद बेटे की तरह उद्दंड और खूब मोटी-सोटी बढ़ती है। अत: ज़्यादा लाभदायक होती है, ज़्यादा अर्थ देती है। उत्पादन कम, आकार कम, तो आमदनी कम। इसलिए ज़नानी बेल का बुर्ज में स्थान नहीं होता। मरदानी बेल में मरदाने फूल खिलते हैं। पर नालायक स्वार्थी आदमी फूल दिखते ही उस बेल की शाखा-प्रशाखा को काट देते हैं, जैसे बच्चे बंद करने के लिए डॉक्टर गर्भकारी शक्ति काट देता है। पानबेल में फूल आने पर मर्द पान का आकार भी छोटा हो जाता है। उत्पादन घट जाता है। अर्थात् आदमी के स्वार्थ के लिए पानबेल अपने फूल-फल को त्याग कर कुँवारी होकर जीवन बिताती है। पान बेल इतनी नि:स्वार्थ कि मिलन सुख से वंचित होकर, फल-फूल के गौरव से दूर रहकर एक लता से सैकड़ों अंकुर निकाल कर वंश बढ़ाती जाती है व्यापारी मानव की इच्छा से।

केतकी को लगता, वह भी कोई लड़की नहीं, एक पानबेल है। मिलन सुख से, संतानवती होने के सुख से, समाज की इच्छा से वह वंचित होकर रहेगी। इसी कारण पानबेल से उसका घना रिश्ता हो गया। पर पता नहीं क्यों दादाजी बुर्ज में जाने से रोकते। कहते—

''पान के बुर्ज में नागवल्ली की छांव में नाग-नागिन खेलते हैं। पान बुर्ज का कोई भरोसा नहीं कब नाग-नागिन डंस जाये।'' मगर डंबरू बूढ़े को नाग-नागिन क्यों नहीं डंसते? पूछो तो अपने हिलते दाँत दिखाकर कहते—

''मुझमें क्या रस है जो कोई डंसेगी? कुँवारियों पर नाग की नज़र ज़्यादा रहती है। तू तो वैसे भी सदा कुँवारी रही। नाग तेरा पीछा कैसे छोड़ेगा?'' डंबरू पनवाड़ी की रोक से केतकी और ज़्यादा उफनती नाग लोक जाने के लिए। नागलोक का नाग, कुँवारी केतकी का पीछा करे या न करे, कुँवारी केतकी ज़रूर अंधेरे में पान बुर्ज में नाग का पीछा करती, दादाजी के मना करने के बावजूद। पर कभी नाग-नागिन का नृत्य नहीं देखा, फन उठा डंसने को पूँछ के बल खड़ा नाग नहीं देखा। न ही उसका नाच देखा। मगर केतकी का पान झुरमुट की ओर जो कौतूहल और नाग का आकर्षण था, पानबेल की तरह सर्पीली गति से लिपटते जाते बाल, कैशोर और यौवन की गाँठों का सहारा लेकर, ऊपर से ऊपर, पातालपुरी से आकाश की ओर। नाग की तलाश की अदम्य ज़िद पर निराशा के आसार न थे अमावसी कन्या केतकी के मन में। उसे विश्वास था एक-न-एक दिन नाग से सामना होगा। नागलोक का नाग केतकी का पता नहीं पीछा करता या नहीं, मगर इस लोक के नाग तो कैशोर छूते ही पीछे पड़ गये थे। उसके गाँव के ही नहीं, आस-पास के

गाँववाले बेशर्म रसिक उसके पीछे पड़े थे। यह बात सब को पता थी। इसमें अचंभा न था। फूल खिलने पर भंवरों की भीड़ होती है। केतकी अमावसी होने पर भी विधि ने उसे रूप भरपूर दिया था। राह चलनेवाला देखकर ठिठक जाता। केतकी की दादी का कहना है कि योगी-मुनि भी राह भटक दरवाज़े पहुँच जाते। वैसे ही जैसे सूने में कुँवारे मन पर फूल की कली भर जाती है आधी रात में, सांय-सांय गरजती निशा में पान बुर्ज में एक-एक पानबेल की गाँठ में, वैसे ही फूलों की कली भर जाती। तभी नाग लोक से नाग कन्यायें बुर्ज में पान के फूल तोड़ने आतीं, सारे फूल चुन कर जूड़े में लगातीं, हाथ में, कमर में, बाजुओं में, पहनतीं। नाग, पान के फूल का मुकुट पहन—पान फल में गुँथी वरमाला पहन वर बनते। नाग-नागिन आपस में लिपट कर नाचते-नाचते रात बिताते। भोर में बुर्ज में न नाग होता और न नागिन और पान फूल भी नहीं होते। तभी पान बुर्ज में औरतों के जाने पर पाबंदी है। रात में मर्दों की भी मनाही है। मगर केतकी सपने ही सपने रातों में पान के बुर्ज में उड़कर चली जाती है। नाग कन्या बन पान के फूल तोड़ कमर में भरती है। नाग-नागिन की तलाश में रात बीत जाती और केतकी की आत्मा पका पान का पत्ता होकर पान बेल के अगणित पत्तों में समा जाती। मगर केतकी की देह लेटी रहती दादी की गोद में, बिस्तर पर। कई बार सोया चेहरा सुंदर पान के पत्ते की तरह पड़ा रहता दादी की छाती पर, स्नेह और लाड़ कर पानी सींच कर दादी उस पान के पत्ते को अपने पतले दुबले हाथ से सहलाती और बराबर इस लोक के विषधर सांपों की सात पीढ़ी को गाली देती जाती। बड़बड़ाती रहती—

"अरे! कावचिया, लोकी, डंबल-सा, पानी का धंड, धामन, दोमुंहा सांपों का दल! तुम में नाग कौन है जो मेरी नाग कन्या केतकी को डंसने योग्य है? मेरे महता पान के लिए इस महीमंडल पर 'नाग' पुरुष ने जन्म नहीं लिया, तभी अमावस को जन्म लिया है इसने। उसकी सांस पड़ी तो तुम जल कर राख हो जाओगे। परखी है उसकी शक्ति? उसे छूना तो दूर, उसकी हवा में आकर तो देखो!"

बिना दाँत की बूढ़ी पोती के बारे में कितनी ही मनगढ़ंत कथा-कहानियाँ प्रचार करती, क्रमशः उन पर वह खुद भी विश्वास करती। कहती केतकी रात में नागिन बन जाती है। बिस्तर से उठकर सर-सर कर निकल जाती है पान के बुर्ज में। वहाँ रहता है उसका जन्म जन्मान्तर का साथी नाग राजकुंवर। दोनों पान के फूलों में सजकर युगल नृत्य करते और सुबह केतकी मनुष्य रूप धर कर लौट आती है अपने घर। नाग कुँवर झुरमुट की डीह में छुपा रहता, मौका पड़ने पर चोर, डाकू, बेइमानों को डंस लेता है।

ऐसी कहानी प्रचार करने के अलावा बूढ़ी का चारा न था। डंबरू के पान के बुर्ज में मरने के बाद, इकलौता बेटा अपर्ति कलकत्ते से लाए गुप्त रोग को भोगते हुए मरने के बाद, बहू खुलना भी अनजान व्याधि से उस पार पहुँच गई। संसार में बाकी रही एकमात्र आशा, पान का बुर्ज और एक मात्र निराशा, जवान हो रही एकमात्र अमावसी कन्या केतकी। नाबालिग चिररोगी, निकम्मा पोता अइंठू, जिसका न भरोसा कर सके और न उपेक्षा की जा सके। चोर-उचक्कों के हाथ से पान के बुर्ज को बचाने और गाँव के छोकरों से नतनी केतकी को बचाने के लिए वह नागलोक से नित नाग-नागिन बुला लाती अभयपुर गाँव के बीच बाज़ार में। बूढ़ी की कहानी खूब रोचक होती। कुछ को तो विश्वास हो गया था कि डंबरू के मरने के बाद उसका पान का बुर्ज नाग-नागिन की लीलाभूमि बन गया है। केतकी सचमुच विषकन्या है! अइंठू का कोई भरोसा नहीं। बूढ़ी सोचा करती कि डंबरू के हाथों बनाया 15 वर्ष का पान का बुर्ज ज़्यादा-से-ज़्यादा पाँच साल टिकेगा। अइंठू की पान के बुर्ज में कोई रुचि नहीं। अत: बूढ़ी दादी ने पान के बुर्ज को पीछे छोड़, श्मशान के पास माँ काली बाज़ार में एक पान की दुकान खोल कर पोते को वहाँ बिठाया था। पान के बुर्ज की देखभाल दूर के रिश्ते का एक भतीजा करता। वह निगोड़ा आधा मार लेता। पान बुर्जिया वंश में समर्थ मरद बेटा न हो तो यही हाल होता है।

डंबरू पनवाड़ी के बाद उसके बेटे अपर्ति ने पान का व्यापार अपने साले के हाथ दिया। गाँव लौटा तब तक उसका गुप्त रोग गुप्त नहीं रह गया था। कलकती मौज-मस्ती से यही मिला था। बाल-बच्चों को सड़क पर पहुँचा दिया। दो साल में ही इहलोक की पीड़ा, मन का पछतावा, लोक लज्जा आदि सबसे छुटकारा पा गया। केतकी की माँ के सिर पर आकाश टूट पड़ा। साथ ही पति के गुप्त रोग ने कलंक का पहाड़ लाद दिया। उसके घर को गाँववालों ने अलग-थलग कर दिया। गहने वगैरह बेच-बाच कर प्रायश्चित किया तब शामिल किया गया। केतकी के ब्याह की चिंता उसे नहीं थी। उसके अनब्याहे रहने की बात उसकी जन्मकुंडली में लिखी थी। नन्हे बेटे अइंठू को पान की दुकान पर बिठा खुद पान का बुर्ज सँभालने की बात बुढ़िया ने सोची। तभी एक विपदा और हो गई। केतकी की माँ का पेट फूलने लगा। अपर्ति पनवाड़ी ज़माने भर बिदेस में रहकर कलकती मौज मस्ती कर रहा था, तब तो केतकी की माँ के आंगन में पराये मरद के कदम नहीं पड़े थे। पर खसम मरने के बाद औरत का असली रूप सामने आया। विधवा के पेट फूलने का रोग किसी से छुपा न था। खसम बिना औरत का पेट फूलने वाला रोग एक ही है—पापगर्भ!

क्या ऐसे में डॉक्टर-वैद के पास जाकर पाप उलीचने की ज़रूरत पड़ती है? इस रोग का एक ही इलाज है—गुप्त में पेट खलास कर पापिनी बनकर जीना, वरना दुराचारिणी का नगाड़ा बजाकर आत्मघात कर मरना।

केतकी की माँ खुद अवाक् हो रही थी। अचानक देह में पाप आया कैसे? सास के पास शपथ ली थी,—बेटे का सिर छूकर कहा था कि वह पापी नहीं, पेट में कोई पाप नहीं, रोग होगा। बैद बुला दवा-पानी करने पर बच जाऊँगी। मरना नहीं चाहती। बूढ़ी करे क्या? पुरखा बूढ़ों से सलाह कर पेट साफ़ कराने के लिए डोमणी दाई को आधी रात में बुलाया गया। रात के अंधेरे में तरह-तरह से छटपटाती रही। पेट से पाप खलास करने की विकल कोशिशों में प्राण हाथ से छूट गए। सुबह लहूलुहान केतकी की माँ की लाश उठी। बात छुपी न रह सकी। सबने जाना पाप खलास करने में मरी है। फिर एक बार मर्द रहित खानदानी पनवाड़ी का घर अलग कर दिया गया।

केतकी की माँ की लाश उठाने को शववाहक नहीं मिले। छिः! पापिन की लाश कौन उठाये! मंत्री मल्लिक अपनी चंडाल बुद्धि से नदी पार कर दौड़ा एरसमा थाने तक। एक अपमृत्यु मामला दर्ज किया गया। केतकी की माँ की लाश पोस्टमार्टम के लिए एरसमा अस्पताल ले जाई गई। डॉक्टर की रिपोर्ट थी—''पेट में ट्यूमर रोग था। कोई पापगर्भ न था, निष्पाप मांस बढ़ रहा था औरत के निरीह पेट में।''

ऑपरेशन होता तो आठ दिन में वह झाड़झूड़ कर घर लौट आती। दो बच्चों को आसरा देने जीने के लिए विकल होती माँ बेसहारा होकर पीड़ा से छटपटाते प्राण दे दिये, पेट खलास करने वाली मूरख डोमनी के हाथों। पूरी तरह हत्याकांड! पर किसे कौन उत्तरदायी ठहराए? डोमनी ने किस गाँव में पेट खलास नहीं किये, जो आज उसे हत्यारिन कह पुलिस बाँधेगी? सबके घर के राज़ पल्लू में बाँधे फिरती है। रहस्य खोल देने पर गाँव के गाँव पाप नदी में बह कर खुल जाएँगे। कुंडल पंडा, टहली महांति, नरकेश्वर राउतराय आदि कोई उससे बच नहीं पाता।

एक अस्वाभाविक बात दब गई, स्वाभाविक भाव से। आदमी के अंधत्व से जन्मे अनेक अपराध समाज में ऐसे ग्रहणीय हो गए हैं कि उन्हें हत्याकांड या अपराध नहीं कहा जाता। केतकी की माँ को कलंक मुक्त करने की सदिच्छा से गर्भ नष्ट करते-करते दैवात उसकी मृत्यु हो गई। इसमें हत्या करने का उद्देश्य न था, बचाने की पवित्र अभीप्सा थी!

जो हो, इस घटना ने केतकी और उसकी दादी को चिर ऋणी बना दिया

श्मशान वाले मंत्री मल्लिक के पास। केतकी के कुँवारी रहने में दुःख न था। पर बाप के गुप्त रोग और माँ के पापगर्भ के दुष्प्रचार ने जीने की इच्छा को एकदम ध्वस्त कर दिया था। मंत्री मल्लिक ने जीने की प्रेरणा देकर सदा के लिए केतकी को ऋणी बना लिया। केतकी के ज्ञानचक्षु में श्मशानवाला मंत्री मल्लिक देवदूत-सा सुन्दर दिख रहा था। इतने दिन बाद केतकी समझ पायी कि श्मशान में केवल भूत-प्रेत नहीं रहते, ठाकुर-देवता भी रहते हैं। वे समय-असमय मंत्री मल्लिक के भीतर आकर दुनिया के पाप-पुण्य का भेद खोल देते हैं।

सचमुच, मंत्री मल्लिक देवता था। देवता ही असंभव काम संभव करते हैं। मंत्री मल्लिक ऐसे काम करता। अकेले ही अकेले एक घर खड़ा कर छान बाँधना सहज है, पर अकेले माटी डाल रास्ता बनाना सहज नहीं। एक परिवार को सिर पर छप्पर चाहिए। पर एक जाति को आगे बढ़ने के लिए तो चाहिए रास्ता। घर का मतलब सब मेरा ही मेरा। रास्ता बहुत निःस्वार्थ, किसी का नहीं—फिर सबका होता है—गाय-बैल, आदमी, भूत-प्रेत, सबके लिए रास्ते की छाती खुली होती है, विचार भी खुला है। खड्डे खंद पर आँख मूँद लेने से रास्ता संकट में डालता है, आँख खोल कर चलो, सुरक्षित लक्ष्य स्थान पहुँचा देगा।

अभयपुर गाँव से एरसमा बाज़ार जाने के लिए पूर्व की ओर एक ही रास्ता था। उस रास्ते पर बारिश के चार महीने नदी-नाले बढ़ने लगते हैं। अभयपुर गाँव दुनिया से कट जाता। नाव से नदी पार करने की तरह रास्ता पार करने के लिए डोंगी की ज़रूरत पड़ती है। बहुत परेशान होते गाँव के लोग। जब-जब चुनाव नज़दीक आते, आशायी उम्मीदवार वादा करते कि गाँव के पश्चिम में श्मशान के किनारे कुचला वन के बीच एक और मोरम रास्ता खुलेगा घाट तक। गाँव के दोनों ओर दो रास्ते, घाट से जुड़ जाने पर अभयपुर को चातुर्मास का डर नहीं रह जाएगा। झूठे चुनावी वादों में लोग झूम उठते। कोई एक प्रतिनिधि से चुनाव जीतता। गाँवली रास्ता उसी तरह पड़ा रहता है। जन प्रतिनिधि गाड़ी में बैठकर भुवनेश्वर की पक्की सड़क पर फिरते रहते हैं।

मंत्री मल्लिक गाँव से निकाला जाकर श्मशान में आसरा लेकर रहा। उसके जवान होते ही गाँववालों के भाग्य का रास्ता खुल गया। पहले गाँव से श्मशान आते समय राह रोके खड़ा था अशुभ कुचला वन, काटने लगा जवान मंत्री मल्लिक। क्योंकि उस कुचला वन में छुपे वर-कन्या को लूटा था डाकुओं ने। तब से उन डाकुओं के भूत-प्रेत इस कुचला वन में डेरा जमाये हैं। गाँव में घुसने से पहले बहू-बेटियों को चौंका देते। रास्ते से कुचला वन उठ जाने पर मुर्दा लाने वाले

शववाहकों को रास्ता सुहाने लगा। मंत्री मल्लिक को वाहवाही मिली। मंत्री मल्लिक ने धीरे-धीरे अपनी झोंपड़ी थोड़ी और ठीक से बनाई। इसके बाद उसके सिर भूत सवार हुआ। श्मशान के पास—निदुवा नदी की धार से सट कर उजड़े पान के बुर्ज की दो लावारिस डीह थीं। किसी ज़माने से दोनों डीह नि:जंजाल, निपूते लोग-लुगाई की तरह ठूँठ सी खड़ी थीं। वह डीह किसकी थी, गाँव में कोई नहीं जानता। पर सब जानते थे इस डीह पर जो बुर्ज बढ़ाता है, पानबेल रोपता है, उसका व्यवसाय बढ़ने के साथ-साथ वंश डूब जाता है। वह डीह उसी तरह पड़ी थी। वह आँधी-धूप में धूल-माटी उड़ा कर शववाहकों की आँखों से पानी बहाती है। उस रेत की डीह पर भूत-भूतनी ऑपेरा करते थे, ऐसी कहानियाँ पीढ़ी-दर-पीढ़ी चली आ रही थीं। पर वो ऑपेरा अकेले ही कोई-कोई देखता। एक से दो ने मिलकर कभी भूत-प्रेत का ऑपेरा देखने की बात कभी नहीं सुनी। सुनसान रात में मंत्री मल्लिक देख पायेगा वह अनूठा ऑपेरा—मन में पक्का विश्वास किये था। रातों उजागर बैठा रहता वह, उस निअंस वाले झुरमुट की ओर नज़र करते हुए। सात-आठ बरस में एक बार भी भूत-प्रेतों ने उस ऑपेरा पंडाल पर नाटक नहीं दिखाया। एक दिन सुबह ही मंत्री मल्लिक ने घोषणा की—

"भूत-प्रेतों के नाटक दल ने हमेशा के लिए अपना दल-बल लेकर गुजरात, कोलकता आदि शहरों की ओर रात में प्रस्थान किया है। क्योंकि अभयपुर वालों के खर्राटों की आवाज़ उनके नाच-तमाशे में विघ्न डालती है। वे जिस पहर में नाच गीत शुरू करते हैं, गाँववाले मिल कर ठीक उसी घड़ी ज़ोर-ज़ोर से खर्राटे मारकर उनकी ऑपेरा पार्टी के प्रति हेय भाव दिखाते हैं। मुझे यह शिकायत करके भूत-प्रेतगण गायब हो गए।" लोगों ने अचंभित होकर मंत्री मल्लिक की बात सुनी— कोई-कोई उसकी बात पर विश्वास कर गया।

यह सुनकर कुंडल पंडा ठहाका लगा बैठा—कहने लगा—"डींगें मार रहा है। घोर टाउटर। जब श्मशान काली के मंदिर में माँ की स्थापना हुई, उसी दिन मंत्र बल से मैंने बुर्ज से भूत-प्रेतों को भगा दिया था। आधी रात में ऑपेरा करके माँ की नींद में बाधा डालने से मैंने उन्हें मना किया था। वे भूत-प्रेत सब हमारे गाँव के पेड़-पौधों पर आसरा लिये हैं। ब्रह्म का हुक्म मान नाच-गीत भूल चुके हैं। कुछ भी हो, इसी गाँव के भूत-प्रेत ही तो हैं! जीते जी कुंडल पंडा को मानते रहे, मरने पर अवज्ञा कैसे करेंगे? हमारे गाँव के इन्सानों की तरह भूत-प्रेत भी बहुत ब्रह्म अनुगत हैं, खूब विनयी हैं! सुसरा यह घोर झूठा दुष्ट कहता है—कि भूतप्रेत ऑपेरा पार्टी लेकर गुजरात, कोलकता, बिहार चले गए नाटक करने! झूठ बोलो,

कोई बात नहीं, विश्वास होने लायक झूठ बोले तो एक बात! झूठ बोलने को एक मुख से काम न चले। दिमाग भी चाहिए। इस नालायक के दिमाग है ही नहीं।''

बस, मंत्री मल्लिक अब भूतमुक्त बुर्ज की डीह पर चढ़ गया। भूत की तरह उछल-कूद की। ढूह को ठोकर मार कर चिल्लाया—

''ठहर जा, तुझे मार-काट माटी में मिला दूँगा! तू बच गया तो फिर भूत-प्रेत यहाँ नाटक करेंगे।'' निदुवा नदी की नींद तोड़ कर मंत्री मल्लिक बुर्ज की ढूह खोदने लगा। वह माटी सिर पर उठा पगडंडी पर डालने लगा। पता नहीं कितने महीने लगे, इसका कोई हिसाब न था। गाँव के पश्चिम में चौड़ी कच्ची पगडंडी खुल गई घाट तक। दो झुरमुटों के डीह की माटी बिछी, पूरब के रास्ते से पश्चिम की सड़क ज़्यादा चौड़ी और ज़्यादा मज़बूत बन गई। इतने सारे वोट गिन कर एम.एल.ए. मंत्री लोग जो नहीं कर सके, एक भी वोट लिए बिना मंत्री मल्लिक ने वो सब कर दिखा दिया। रास्ता बनने पर गाँव के आधे लोगों ने घाट तक रास्ते पर इधर-उधर आना-जाना किया। लोगों की हलचल बढ़ गई। धीरे-धीरे चार-छः दुकानें खुल गईं रास्ते के किनारे। उनमें सबसे ज़्यादा खरीद बिक्री जहाँ होती उस दुकान का नाम था—

'महता पान दुकान'। मगर लोगों की ज़बान पर नाम हो गया 'केतकी पान की दुकान'। दुकान का नाम एक टिन पर अलकतरे से लिख कर काठ केबिन के सामने झूल रहा था। उसके नीचे पंक्ति में साफ़-साफ़ लिखा था—'आज नकद, कल उधार।'

~

अमावसी केतकी को दादी नेह में 'महता पान' कहकर बुलाती। गाँव के छोकरे केतकी खैइर (एक कत्थे का नाम) वाली पान की गिलौरी चबा कर गाढ़े लाल पान की पीक दुकान के सामने वाले रास्ते को चित्र-विचित्र बनाकर अपने सड़े दाँत दिखा बेशर्म की तरह कहते—''ओ पोपली बूढ़ी, 'महता पान' ही नहीं, तेरी लाडली पोती तो 'पका पान' है।''

सचमुच केतकी का पान-सा चेहरा आकार में ही नहीं, प्रकार में भी पके पान-सा लाल झक दिखता, मानो हलद-सा मझौले आकार के पके महता पान पर तेल चुपड़ किसी ने नरम धूप में बिछा दिया है सजीला करने को ऊपर से चौड़ा होते हुए चिबुक पर नुकीला हो गया चिकना, निर्मल नरम चेहरा। वादा खिलाफ़ी करते निष्ठुर प्रेमी की छाती पर छुरी चलाने की तरह सीधी माँग चली

गई है ऊपर की ओर गाढ़े कजरारे घने बालों के बीच। बेतरतीब जूड़ा बंद बटुवे की तरह गरदन के नीचे तक झूल गया है। पान के डंठल की तरह दिखती उसकी कोमल चाँदनी रात-सी गरदन। पान बंडल पर डोर बाँधने की तरह गोरे गले में जमती है, वैसे ही काला फीता। फीते के बीच में सोने की टिकिया जैसा एक पदक। पान की गिलौरी-सी पतली नाक, उस पर इलायची जैसा नासा पर लौंग लगाने की तरह सोने की मक्खी जन्म-जन्मातर के भाव बंधन में बँध जाती है और गाँव के छोकरों को बंधन में डाल लेती है। अनार के दानों जैसी दंत पंक्तियाँ हँसने से बूँद-बूँद मीठा रस ढुरक जाता देखने वाले की छाती पर, हृदय और आत्मा पर। मुँहझौंसी अमावसी कन्या को दाँत दिखा कर हँसने की क्या ज़रूरत? कहती है कि गाँव के छोकरे बेशरम हैं, नालायक हैं! फिर उस छोकरी की केतकी की पंखड़ी जैसी आँख में महकती बरौनी, उसमें इलायची दाने की तरह करीने से बनी आँख की पुतली, सजा दी है पता नहीं किस विश्वकर्मा के हाथों ने। अमावसी छोकरी का इतना गरूर कि चलेगी महारानी की तरह। किसी की ओर प्रेम या कामना की नज़र फेंकना तो दूर, कृपा दृष्टि भी नहीं डालती। मानो वह मर्त्यलोक में नहीं, दृष्टि उसकी नाग लोक पर है। मन इंद्रलोक में है। उसका चेहरा जितना लुभावना, देह अधिक प्राण हुलसा दे। पानबेल-सी मुलायम, छरहरी, बाँकी जवान देह, छू दो तो लिपट जाये जिसकी भी देह में! सुन्दर हाथ बुर्ज में पानबेल की तरह निधड़क लटके रहते हैं। बगल से निकल जाओ तो मन की लगाम खिंच जाती उसे सीने से लगाने के लिए।

छोकरी की चाल लगती मानो नींद में चल रही है अथवा लता-सी बढ़ने की तरह। छोकरे उसके हाथों से लगे पान सिर्फ़ चबाते नहीं, छोकरी पर दाँत भी पीसते। पीसने की बात। छोकरी ने वैसा रूप-कांति पाया है। जबकि वह किसी की होने वाली नहीं, आम संपत्ति है! सबको प्राप्त होनी चाहिए! इतनी सती-सावित्री किसके लिए? छोकरी जब दुकान में घुटने पर घुटना रख लय में सुपारी काटती है, पान बनाती है, लगती है घेरा बना फन उठा कर आधी नागिन आधी मानवी, नाग कन्या की तरह। लाल-काली डोरिया की साड़ी उसके रंग पर चार चाँद लगा देती। आँचल के पल्लू को कस कर कमर में खोंस ऐसे खींचती कि दिखती कमर के नीचे नागिन, ऊपर मानवी। वह छोकरी नागिन है यह बात कानों सुनी नहीं उसके अकाट्य प्रमाण भी थे। उसके जूड़े की पानबेल से नागिन निकल छाती के ऊपर होते हुए नीचे की ओर सरसर करती जाती कई लोगों ने देखा है।

केतकी छन्नो का जूड़ा गाँव में न्यारा था। ऐसा न्यारा कि औरतों की भीड़

में पीछे से जूड़ा पहचान में आ जाये—जूड़े के उधर का चेहरा केतकी के सिवा दूसरा हो नहीं सकता। इस गाँव में ही नहीं, आस-पास की कोई भी लड़की जूड़े में हर दिन कोमल पानबेल का एक टुकड़ा मोगरे के गजरे की तरह नहीं लगाती। पानबेल के टुकड़े में एक गाँठ के पास अधपके महता पान का पत्ता भी लगा होता, जो जूड़े के ऊपर नागिन के फन-सा होता और केतकी की चाल संग ताल देकर पग-पग पर सिर हिला डंसने के लिए रूप लोभी नागरों को खींचता।

केतकी शुरू-शुरू में पान की दुकान में नहीं बैठती थी। घर में ही पान बनाने की सारी तैयारी कर देती। केतकी का भाई अइंठू दुकान में बैठकर पान बेचता। पहले से कटी बारीक-बारीक सुपारी, इलायची, लौंग, जायत्री, जायफल, सोंठ, केतकी कत्था, अजवाइन डालकर पान लगाता। आम ग्राहक के लिए जर्दा डाल बिना मसाले का पान बनाता। कारबार अच्छा चलता था। पर छोकरे को बहला कर, सत्यानासी बेकार छोकरे, बाबू लोग उधारी में खाकर पैसे देने का नाम नहीं लेते। अतः केतकी को बैठना पड़ा दुकान पर। बूढ़ी दादी ने रोका तो बोली—''क्या घर में घूँघट खींच बैठने पर ब्याह के लिए अच्छी लड़की मानकर कोई लड़का सेहरा बाँधकर ब्याह के लिए आयेगा? तो क्यों झूठ ही यह दुकान उजाड़ दूँ? अइंठू केवल बच्चा ही नहीं है, वह भोला-भाला है, अतः सब ठग कर खाते हैं। देखती हूँ मुझे कोई कैसे ठग लेता है! उसका खून पी जाऊँगी! जिस दिन दुकान का नाम 'महता पान भंडार' लिखा। नीचे लिख दिया—'आज नकद, कल उधार!'

जब से दुकान पर केतकी बैठी, तब से दुकान की ख्याति गाँव-गाँव में फैल गई। केतकी ग्राहक की जेब देख मसाला लगाती। उसका मन पहचान तरह-तरह के पान लगाती। कभी ईंट के आकार का, कभी पानी सिंहाड़े के आकार का होता। मगर केतकी की दुकान के आगे बच्चे, बूढ़े, सबकी भीड़ होती। केतकी के हाथ से उधार में पान लेना कठिन था। खींस निपोर आवारा छोकरे जब कहते—''कल नगद, आज बाकी। पान एक दोगी केतकी?''

केतकी छोड़ने वाली छोकरी न थी। चट उत्तर देती—''सौ में सुपारी, हज़ार में पान। तेरी कमाई कितनी है जवान? पान इतना सस्ता पदारथ नहीं। जेब है सून। पान खाने को मन?''

केतकी उधार नहीं देती, सो बात नहीं थी। देहाती पान की दुकान नगद के भरोसे चल न सके। उधार कारबार न हो तो चलना कठिन है। वह आदमी परखती, तब उधार देती। बेकार, टाउटर, माँग कर खाने वाले लोगों को तिरछी आँख भी न देखती। अतः केतकी की दुकान लाभ में न सही, घाटे में नहीं रहती। उद्धव

मंगवाल, उसके बेटे, गुलमस्ता मियां, भारत मंडल का वंश-कुटुंब, बांछू तरई और ऐसे कई घरु लोग थे केतकी के बराबर के ग्राहक। उनसे उधार-सुधार चलता था। उद्धव को केतकी कहती मौसा! उद्धव केतकी को कहता—बेटी! कभी-कभी स्नेह से कहता—''बिटिया!'' अपनी बेटी गिरिमा को जिस तरह बुलाता। केतकी और गिरिमा एक उमर की नहीं हैं। केतकी उससे चार-पाँच साल बड़ी है। पर पक्की सहेलियाँ हैं। दोनों पुरी श्रीजगन्नाथ का महाप्रसाद एक-दूसरे को खिला कर 'महाप्रसाद मीत' बनी हैं एक दूसरी को 'महार्द' कहकर पुकारतीं।

केतकी को गिरिमा न जाने क्या पट्टी पढ़ाती, पर गिरिमा को केतकी सिखाती—रुलाई के गीत। गिरिमा कहती—''तेरे भाग्य में तो कुँवारी रहना है। तूने रुलाई लहरी क्यों याद की? महार्द? पढ़ाई याद करती तो फ़र्स्ट आती!'' केतकी हँस देती कहती—''पेड़ पर जितने फूल खिलते हैं, क्या सब में फल लगते हैं? तो क्या सब फूल खिलते नहीं? महक नहीं देते? जाते बटोही का मन नहीं महकाते? आकाश में जितने तारे खिलते हैं, क्या सब चाँद या ध्रुव तारा बन सकते हैं? इसके बावजूद क्या तारे, थोड़ा हो या ज़्यादा, उजाला नहीं देते? सुनो, मैं ब्याह नहीं करूँगी, यह सच है। तो तू जब गाँव से ससुराल जायेगी, मैं तुझे लेकर बाँहों में भरकर क्या रोऊँगी नहीं? और नहीं तो कितनी ही लड़कियों को गाँव में मैं विदाई की रुलाई सिखाती हूँ। मैं हूँ उनकी मास्टरनी! समझी क्या महार्द! तूने माइनर पास की है, मैं निम्न प्राइमरी भी पार नहीं कर सकी। मगर क्या तेरी मास्टरनी नहीं हूँ, बोल?''

गिरिमा बाँहों में भर लेती केतकी को। कहती—''दैव का अन्याय है या आदमी का अविचार? पूनों-अमावस का विधवा होने से क्या रिश्ता है बता? हम अगर एक जात की होतीं, तेरे बापू के गले में गमछा डाल, भाग्य भैया के साथ तेरे ब्याह को राज़ी कर, तुझे भौजी बनाती। पर भाग्य भैया तो पक्का उस्ताद ठहरा। पद्मा भाभी से ब्याह न करता, तो कहते हैं, बाबाजी बन जाता। मंत्री मल्लिक की तरह श्मशानवासी बना फिरता। क्या कम परेम है? केतकी गिरिमा की आँखों में आँख मिलाकर पूछती—''परेम क्या अकेले भैया में है? बहन में किसी के लिए क्या परेम नहीं? मुझे बहका रही हो? मगर सारे के सारे बाधा-बंधन आदमी ने रचे हैं! जात-पांत, जन्मपत्री, दहेज़, ऊँच-नीच...! ये श्मशान के पास दुकान खोलकर, मैं समझ गई कि यह सब झूठ है...आदमी को विधाता जितने दुःख नहीं देता, आदमी खुद उससे ज़्यादा दुःख स्वयं देता है। सच, तेरी बात सोचकर मेरा मन दब जाता है—क्यों आकाश के तारे तोड़ रही है सखी! तू अकेले ही तो कष्ट नहीं पा रही, मौसा की भी जग हँसाई कराओगी! मेरी बात मान, कार्तिका

से ब्याह कर ले—मछली का पोखर, नारियल के पेड़, कई बीघा ज़मीन, धान-चावल किसी में कमी नहीं। इसके साथ नाटक पार्टी का नकद नारायण अलग से..."

"छिः नकटौरा है...तेरी तरह कुंवारी रहूँगी। तेरी दुकान के पास सूखी मछली की दुकान खोलूँगी। कोई खरीदे या नहीं, माँ काली की पूजा करके घर लौटते कुंडल पंडा तो रोज़ सूखी मछली खरीदेंगे।"

"उधारी में लेंगे—इस माह की उधारी अगले महीने को चली जायेगी। चरणामृत देकर उधारी उतार देंगे। मेरी दुकान से वो ही केवल पान खाते हैं जिनकी उधारी वर्ष दर वर्ष टलती रहती है। खैर, ब्राह्मण गुसाईं हैं! इस जन्म में कुछ न मिला, न सही, उस जन्म में पुण्य मिलेगा। शायद पूनम को जन्म लूँ। इससे कुँवारेपन का दोष कट जायेगा..." केतकी आधी हँसी, आधे विषाद में भर लंबी सांस छोड़ती।

"फालतू बात—किसी दिन दिव्य सुन्दर वर आकर तुझे उठा ले जाएगा। तेरा जो रूप है...महार्द!"

"हाँ, आयेगा मेरा वर...नागलोक से। पत्री भेजी है पान के पत्ते पर लिखकर—मैं दिन गिन रही हूँ। तभी तो जी रही हूँ।"

"चल छोड़, वर-फर की बात—औरत जीवन में ब्याह ही क्या सब कुछ है? तुम और मैं कुंवारी रह दिखा देंगे कि ये सब झूठ है—जीवन में ब्याह के अलावा भी बहुत कुछ शांति-संतोष है। देखो, मशान वाले मंत्री मल्लिक को! इससे ज़्यादा शांति में बता कोई घर वाला आदमी है?"

कुछ दूर से सुनाई दिया—"होशियार! मेरे नाम पर दोनों सखी क्या-क्या उल्टा-सीधा उछाल रही हो!" लाठी ठक-ठक करता चला आ रहा था बगूला-सा मंत्री मल्लिक। दोनों महार्द चैती ज्वार की तरह खिलखिला कर हँसती रहीं। सब जान कर भी अनजान बन एक भोले निर्मल अभिनय में कोई किसी से कम नहीं था।

~

बिन देवता के मंदिर हो सकता है। मगर बेकार छोकरे न हों ऐसा कोई गाँव गली नहीं। अतः जहाँ दुकान-फुकान होगी, खरीद-बिक्री चाहे न करें, बेकार छोकरों का दल ज़रूर टहलगीरी करता मिल जायेगा। खुली मिठाई की दुकान पर मक्खियों की भिन-भिन की तरह दुकान के सामने वे झुंड के झुंड होंगे। जितना भगाओ, मक्खियों के दल की तरह निर्लज्ज, मँगते, माँग खाऊ दल की भिनभिनाहट रहेगी।

अतः केतकी छोकरों को मुफ़्त में गिलौरी न देने पर भी वे निर्लज्ज चेहरे लिए केतकी की दुकान के आगे भीड़ लगाते हैं। दाँत दिखा हें-हें-फें-फें करते हैं, फ़िज़ूल की बातें करते हैं।

उस दिन टहली महांति के लड़के साकुला ने उधारी में पान माँगा। केतकी ने टका-सा जवाब दे दिया—''यहाँ उधार नहीं मिलता। यह लिखा है, पढ़ नहीं पाते?''

साकुला ने हँस कर गंवई गीत सुना दिया—

''पके पान, चित्त किया उफान, आश की थी तेरी,
कोयल ज्यों कौवे को ठगती वैसे ही तुम मुझे ठगती।''

किसी दूसरे ने पंक्ति जोड़ दी—

''ओ मेरी जान, मुझे खिलाकर पान,
बचा दे मेरी जान, तुझसे हटे न मन।''

बाकी छोकरे घोड़ों की तरह हिनहिना उठते, अश्लील इशारे करते। ऊपर से वह एकदम कठोर बन जाती, मगर अंदर इतनी नहीं जितनी वह दिखती है। केतकी का कत्थे की तरह गोरा चेहरा लाल पड़ जाता।

आँखों से अनायास आँसू बह आये। अकेली रहना मेरे भाग्य में है। बूढ़ी होकर मरने तक। छिछोरी बातें सुननी पड़ेंगी। उसके सिर पर किसी का हाथ नहीं, छोटा भाई न इधर का न उधर का। कोई दूसरा क्यों मुँह खोलेगा इन राजनीति वाले गंजेड़ियों, घोड़ेमुँहा गुंडों के आगे? किसको अपना मान-सम्मान, धन-जीवन प्यारा नहीं!

मंत्री मल्लिक श्मशान वाला है, मगर केतकी उसे भला आदमी मानती है। उस पर भरोसा भी करती है। उस पर भरोसा नहीं होता तो शायद ज़नानी, छोकरी हो गाँव के छोर पर पान की दुकान खोलने का साहस कभी नहीं कर पाती। मंत्री मल्लिक की झोंपड़ी मानो केतकी के लिए इस स्थान पर मंत्रित एक ताबीज था। उसे विश्वास था उस झोंपड़ी में भूत-प्रेत, चोर-डाकू, बदमाशों को बंदी कर लेगा। केतकी बूढ़ी होकर मरने तक मज़े में दुकानदारी करती रहेगी। उसका भाई अइंठू ब्याह-शादी कर लेगा, केतकी को भला और क्या दुःख!

केतकी की दुकान जब खुली रहती, मंत्री मल्लिक की नज़र खुली रहती। दुकान पर नज़र रखना उसने अपना कर्तव्य मान लिया है। यह केतकी से छुपा न

रहा। अतः वह बेधड़क छोकरों के लिए 'आज नकद, कल उधार' वाली बात पर टिकी रहती। उस दिन छोकरों की बेहूदी बातों, गीत बोलने के ढंग से मंत्री मल्लिक की देह में आग लग गई। उसके हाड़ जलते, मुर्दे के कच्चे हाड़ों की तरह ठो-ठा कर उठे। हनुमंत की तरह एक छलांग लगाई अपने बरामदे से। झपटा छोकरों की ओर। चील जैसे मुर्गी के चूजों पर झपटती है, वह वैसे ही झपटा। उसने नाक, मुँह, हाथ, छाती, पेट पर अंधाधुंध मुट्ठी चला दीं। कुछ देर में दो-चार आवारा छोकरे और आ गए, कटखने कुत्तों की तरह मंत्री पर आक्रमण कर दिया। वीर अभिमन्यु की तरह जूझने लगा उन गुंडों के व्यूह में। पर उनके हाथ में कोई हथियार नहीं था, जीवन की परवाह न करने वाले दल ने मंत्री मल्लिक को लहूलुहान कर दिया। वे भाग गए। उनके हाथ में अस्त्र होता तो श्मशान वाले मंत्री के श्मशान में सोने के अलावा कोई चारा न था। केतकी का भाग्य अच्छा था कि वे खाली हाथ थे। मंत्री मल्लिक आज बच गया और केतकी भी।

मंत्री मल्लिक ने देह से धूल झाड़ी। नाक और होंठों पर से खून पोंछा। खड़ा हुआ केतकी की दुकान के सामने हमेशा की तरह बेपरवाह ढंग से। अधिकार ज़ाहिर कर कहा—"दे, एक पान दे! उधारी में नहीं, आज नकद में दो केतकी देई! उन आवारा छोकरों के मुँह क्यों लगती हो? तेरी रक्षा हेतु क्या मैं सदा बैठा रहूँगा? देख, मेरी दो बहनें हैजे से उस पार चली गईं। आदमी का जीवन तो पानी का बुलबुला है...।"

केतकी का मन कर रहा था मंत्री मल्लिक के पाँवों में पड़ कृतज्ञता जताऊँ। मगर ऐसा नहीं कर सकी। क्योंकि वह जात में कंडरा है। इस बात पर गाँववाले मुझे जात से बाहर कर देंगे। मन करता अपने पल्लू से उसकी नाक और होंठ से खून पोंछ अपनी मोटी साड़ी को रंग ले। पर वह भी नहीं कर सकी। छिः, फिर लोग उसे छोड़ देंगे? उफ्! मैं कृतज्ञता भी नहीं जता सकती। मुफ़्त में उसे एक गिलौरी पान तक नहीं दे सकती, क्योंकि मंत्री मल्लिक ज़िद्दी है। स्वाभिमानी है। किसी दुकान से मुफ़्त लेना तो दूर, उधार में कुछ खायेगा भी नहीं। भूखा-प्यासा मरने पर भी नहीं। अपनी कमाई एक पेट के लिए बहुत है। उसका कमाई का रास्ता भी न्यारा है। कहीं सिर नहीं बेचा। किसी के हुक्म पर काम नहीं करता। जिसे जो सेवा, सहायता चाहिए, वह आगे बढ़ कर करता है। जो जितना दे, उसी से संतुष्ट है। यानी सब पर उसका प्राप्य बाकी रह जाता है। उसके श्मशान मठ में भी शववाहक लोग उधारी लेते। बिना लौटाये उधार चलता रहा। इस गाँव में किस पर उसकी उधारी नहीं है? केतकी तो सब से बड़ी उधार लेने वाली है।

उधारी रख कर ही मर जायेगी। मंत्री मल्लिक का ऋण कभी चुका नहीं सकेगी। अतः एक पान प्यार से बनाया। डबडबाई आँखों से मंत्री मल्लिक को देखकर बोली—

"सुन, किसी जन्म में तू मेरा कुछ था।"

"क्या था, तू नहीं जानती? मैं जानता हूँ!" मंत्री ने सांस खींच कर कह दिया।

केतकी ने पूछा—"क्या था? मैं तो नहीं जानती। तूने कैसे जाना?"

"श्मशान में रहकर भूत-प्रेतों से भाव-दोस्ती जो हो गई। इसी से मैं जन्म-जन्मांतर की बात जान पाता हूँ।"

"तो बता, तू मेरा क्या था?"

"मैं था तेरा उधार खानेवाला। एक जन्म का नहीं, सात जन्म का। समझी?"

क्या बोलूँ...सोच नहीं पायी, मंत्री मल्लिक ने इतना कह डाला। दूर सेमल की नंगी डाल पर गिद्ध शायद मुर्दे की गंध पाकर एकाग्र चित्त से बैठा है।

'राम नाम सत्य है!' आवाज़ निकट आ रही है—कांस पर से उदास समीर बह आने की तरह। ओह, कोई चल बसा! कौन! तत्पर हो झोंपड़ी की ओर झपटा मंत्री मल्लिक। मुर्दा कोई भी हो, उसके लिए काम कम नहीं है।

~

मानव जन्म पाकर कौन नहीं मरता? पर मरना शायद कदाचित भाग्य नहीं। लेकिन सुहागिन होकर मरना अहोभाग्य है। यह अहोभाग्य हर औरत को नहीं मिलता। पहले से कोई नहीं जानती। पर केतकी जानती है कि यह उसके भाग्य में नहीं। वह अकेली जीएगी, अकेली मरेगी।

वह अमावसी है अतः चारों ओर छोकरे ज़्यादा चक्कर काटते, दीया जलाते। उन्हीं में से एक छोकरा, पता नहीं किस गाँव का है, कुछ हट कर दीया जलाता है। वह बीच-बीच में उसी राह आना-जाना करता है। पान खाता, पैसे देता। केतकी को एक बार तिरछी नज़र देखता और अपने रास्ते चला जाता। केतकी का स्थिर मन कैसे भी थर्रा उठता, कुछ हिल जाता, दुतरफ़ा ज्वार की तरह मीठा-नमक हो जाता। मिठास से फल नहीं मिलता, तो क्या फ़ायदा। मीठा अगर मुँह पेट तक न जाये तो क्या फ़ायदा। छोकरे के न आने पर छाती कसमस में भर जाती। यह अनुभव भी एक मिठास है। पता नहीं छोकरे में भी वैसा होता है या नहीं। जानने का कोई उपाय नहीं। किससे पूछे? लोग हँसेंगे!

उस छोकरे के आविर्भाव के बाद एक दिन केतकी के विवाह का प्रस्ताव आया। बात कुछ दूर आगे बढ़ी पर खट से टूट गई। कारण था एक बेनामी चिट्ठी। केतकी को अमावसी जानकर भी वर पक्ष वाले ब्याह के लिए राज़ी थे। केतकी पान की दुकान चलाती है, यह जानकर भी राज़ी थे। मगर केतकी का किसी छोकरे के संग भाव है, दुकान से पान खाता है, आँख से आँख मिलाता है, बाद में ढेरों बातें जो बिन कहे भी समझी जाती हैं, इस मर्म में एक बेनामी खत वरपक्ष वाले को मिलना उसके विवाह का प्रस्ताव टूटने के लिए काफ़ी था।

केतकी को इतना दुःख न था, उसे मन में कुछ खुशी हुई कि मेरा किसी छोकरे के संग भाव है, यह बात खुल कर दिखने लगी है, तो वह छोकरा ज़रूर जानता होगा। न जाने तो भी अब जानेगा। केतकी के भाग्य में सुहागन मौत नहीं है, तो मैं क्यों ब्याह कर दुःख को बुलाऊँ? कम-से-कम उस अनजान पथिक के साथ भाव देने-लेने से यदि केतकी का जीवन कत्थे की तरह रंगीन हो जाये, तो ब्याह की ज़रूरत नहीं। ब्याह सदा सुख नहीं देता। दुःख देता है—यह बात वह अपनी माँ के जीवन से खूब समझ सकी है। ऐसे तो सैकड़ों ब्याही लड़कियाँ भी नहीं समझ पातीं। पर वह छोकरा है कौन?

केतकी के ब्याह का प्रस्ताव छींका टूट मटकी फूटने की तरह टूट जाने पर भी मंत्री मल्लिक को दुःख नहीं हुआ। केतकी की पान दुकान खुली रहे तो श्मशान भर में केतकी फूलों की महक फैलती रहती है। दुकान बंद रहने पर केवल चिता के धुएँ, कोयलों, मुर्दों की गंध ही गंध। इसके अलावा केतकी जैसी बचपन से दुःखी लड़की को लेकर कौन फूल-सा रखता? सच, क्या केतकी जैसी लड़की संसार में फूल-सी रह पाती है ससुराल में? केतकी को भी ब्याह के लिए हाँ-हूँ नहीं होना चाहिए। यदि कोई केतकी से ब्याह करे तो उस भाग्यवान को आकाश-सी छाती वाला होना चाहिए। ताकि वह माटी से उठा कर आकाश का फूल बना दे—मानो कि किसी भी लड़की से ब्याह करता तो मंत्री मल्लिक वैसी बना देता। मंत्री मल्लिक के सपनों के आकाश में अनेक लड़कियाँ भूख-प्यास, दुःख के कीच से उठकर आकाश के फूल बन खिलतीं। मंत्री मल्लिक भूतनी को भी सपने ही सपने में आकाश के तारों के बीच छोड़ देता और खुद ध्रुव तारा बन जाता। पर केतकी के ऊपर तो हाट-बाट वालों की आँख पड़ती है। वे आवारा छोकरे केतकी को लेकर रंग-रस करते हैं। यह सब देखने के बाद, खास कर राजनीति वाले छोकरों के साथ मार-पीट होने के बाद मंत्री मल्लिक के सपनों की धरती पर और अब अनजान फूल नहीं खिलते। वह आँख मूँद ध्यान में बैठता है तो एक ही फूल

खिलता है, केतकी! यदि संसार में ऊँच-नीच, धनी-गरीब, जात-पांत, घर-बेघर आदि भेद न होते, मंत्री मल्लिक के रहते-रहते केतकी अमावसी बन अनब्याही नहीं रहती। केतकी के लिए मंत्री मल्लिक के मन की पाप भावना में ऐसे ख़याल दिमाग में नहीं आते। केतकी की सिर्फ़ देह मंत्री मल्लिक को लुभाती नहीं, वह समूची महकाती है। पर ऐसा ख़याल मंत्री मल्लिक के मन में आते ही अपने गालों पर चट-चट थप्पड़ मारता। कभी-कभी खड़े-खड़े, कभी-कभी धूनी जला कर ध्यान में बैठते समय मंत्री मल्लिक अपने गालों पर थप्पड़ लगाता। वह मन पर शासन करता—"मर साले श्मशान वाले! अपने गाँव की एक असहाय लड़की पर नज़र डालता है, इसका मतलब? उसे बहन नहीं मान पाता रे?" केतकी अगर मंत्री मल्लिक को भाई कहती तो मंत्री मल्लिक के मगज को यह अटपटी बात बगूले की तरह परेशान नहीं करती। मगर मंत्री मल्लिक छोटी जात का होने के कारण केतकी का देह रक्षक या दुकान के पहरेदार के अलावा कुछ नहीं हो सकता। बार-बार थप्पड़ मार वह खुद को यही सचेत करा देता। ज्यों-ज्यों केतकी की ब्याह की उमर ढलती जाती—मंत्री मल्लिक अपने गालों को चट-चट थप्पड़ मार शासन करता चलता। वर न मिलने पर कई लड़कियाँ कुँवारी रह जाती हैं, पर वे जिस-तिस से तो ब्याह नहीं कर लेतीं। मंत्री मल्लिक तो जिस-तिस से भी हीन है। अतः मंत्री मल्लिक का ऐसा सोचने से तो मर-खप जाना अच्छा है!

छह

देखते ही देखते आश्विन-दर-आश्विन तीन आश्विन पानी की तरह बह गए। तीन साल पहले किया वादा अब तक पूरा नहीं कर सका भैरव माझी। तीन वर्ष पहले इसी जगह त्रिनाथ ठाकुरजी की तीन मूर्तियों की तरह बैठ तीन बार वादा किया था तीन केवटों ने। आज भी वैसे ही तीनों बैठे हैं उसी जगह—उद्धव मंगवाल, भारत मंडल और भैरव माझी।

त्रिनाथजी को गंजेड़ी ठाकुर कह गांजे का भोग लगा स्वयं एक दम खींच लड़खड़ाना आदमी की आदत है। ठाकुरजी के नाम पर भांग, गांजा, प्रसाद बन जाता है। मगर उस दिन गांजे का कश न लेकर भी अधमुँदी आँख से गुमसुम बैठे थे तीनों मूर्ति। उद्धव का सिर झुकेगा या भैरव का अथवा भारत मंडल का? गाँव में सिर ऊँचा कर चलने का ज़ोर किसी में नहीं रहेगा अब। इस परिस्थिति से निजात पाने की राह तलाश रहे थे तीनों मुखिया। बात यह थी कि भैरव माझी का पढ़ा-लिखा बेटा कार्तिक माझी नाटक वाला हो या हाटवाला हो, भारत मंडल उसे जंवाई बनायेगा। बेटी पद्मा को मिदनापुर या बांग्लादेश नहीं छोड़ेगा—आँखों के आगे रखेगा। अतः पद्मा के लिए घर के आस-पास जंवाई तलाशने के लिए उद्धव को बिचौलिया बनाया था भारत मंडल ने। वैसे देखा जाय तो तीनों ही जाति के केवट हैं। एक ओड़िया, एक मिदनापुरी बंगाली। तीसरा बांग्लादेशी केवट। लेकिन अब सब ओडिशावासी हैं। बांग्लादेशी बंगाली के साथ मिदनापुरी बंगाली सादी-ब्यांह क्यों नहीं कर सकता—इस पर तर्क किया था उद्धव ने। उद्धव अगर बंगाली होता तो अपने बेटे भाग्यधर के साथ पद्मा का ब्याह करता। ओड़िया के बीच—बंगाली रिश्ते इधर होने लगे हैं। मगर उद्धव की घरवाली बहुत रूढ़ है, बड़ी पुरातनपंथी है। यह काम वह होने नहीं देती। अतः बीच में पड़कर भैरव माझी के बेटे कार्तिक माझी के साथ भारत मंडल की छोटी बेटी पद्मा का रिश्ता लगभग

पक्का कर दिया था उद्धव ने। इस विवाह में बिचौलिया बनने का एक और कारण था, पद्मा की जिगरी सहेली गिरिमा ने कितनी बार कहा था—''कार्तिक के साथ ब्याह न कर काका भारत मंडल इधर-उधर जंवाई क्यों ढूँढ़ रहे हैं? भला कार्तिक माझी जैसा अच्छा जंवाई किस गाँव में मिलेगा?''

उद्धव ने पूछा था—''पद्मा ने तुझे ऐसा कहा है? कहा है कि मैं यह प्रस्ताव भारत मंडल को दूँ?''

''क्या पद्मा ज़बान खोलकर यह कहती—ज़बान खोल कहने की क्या ज़रूरत है? मैं उसकी सहेली—उसके मन की बात जानती हूँ। कार्तिक भाई और भागू भाई ने जब एक स्वर में घोड़ा नाच का गीत गाया, पद्मा कैसे जान गई कि क्षीर-नीर की तरह मिले उस स्वर में कार्तिक का स्वर खूब जमा हुआ, खूब भाव भरा, बताओ बापू? इससे क्या समझ नहीं पड़ता उसकी पसंद कौन है?'' बेटी के मुँह से इतनी बात उद्धव को समझ आ रही थी कि पद्मा का प्रस्ताव कार्तिक माझी के साथ पक्का करना बुरा नहीं होगा। इस प्रस्ताव में भारत मंडल को कोई आपत्ति न थी, आपत्ति भैरव माझी की तरफ़ से थी। पूर्व बंगी-पश्चिमी बंगी विवाह का विरोधी है भैरव माझी। मगर उद्धव के बीच में पड़ने पर वह सगाई से पहले ही भैरव माझी को समधी कहकर पुकारने लगा। विवाह-सगाई से पहले ही वह मित्र भारत मंडल को समधी कहने लगा।

अचानक वज्रपात कर दिया भैरव के नौटंकीबाज़ बेटे कार्तिक ने। खत में पिता से पूछा था कि उससे बिना पूछे यह सब कैसे तय कर दिया? इसके अलावा पूछा कि जिसका विवाह होगा इसमें उसकी राय क्यों नहीं ली? सब अचंभे में भर गए। इस इलाके के केवट परिवार में आज तक बेटी-बेटों को पूछ कर विवाह करना ज़रूरी नहीं था। आज कार्तिक माझी ने जो सवाल पिता से किया, वह ज़रूर किसी यात्रा नाटक दल के नाटकीय डायलॉग का प्रभाव है, इसमें शक नहीं। केवल यात्रा नाटक में ही ऐसे निर्लज्ज सवाल बेटा बाप के मुँह पर फेंकता है। इतना ही नहीं, यात्रा नाटक के कंठस्थ किये डायलॉग लिखकर एक और प्रस्ताव पेश कर दिया था पिता के सामने—''यहाँ ब्याह करूँगा तो, उद्धव काका की बेटी गिरिमा जैसी पढ़ी-लिखी लड़की खोजो। पद्मा सरीखी निहायत मूर्ख, केवटनी को मेरे गले मत बाँधो। जो मेरी यात्रा नाटक पार्टी के डायलॉग नहीं समझ सकती, वह मेरे जीवन की सच्चाइयाँ भी नहीं समझ सकेगी।'' सबका दिमाग दो कौड़ी का हो गया है। कार्तिक को समझाना, भैरव बापू के वश की बात नहीं। किन्तु त्रिमूर्ति-तीनों मित्रों ने किसी को दोष नहीं दिया। सब भाग्य का दोष है, बासू रथ को

नौटंकी का दोष है, उसे कलियुग का दोष मानकर अपने बीच कोई एक समाधान कर लिया। इस बार भैरव माझी चोर-सा होकर सकुचा गया और भारत मंडल भाग्य की निंदा कर दल में गुमसुम हो गया। सगाई के बाद ब्याह टूट गया! अब बेटी का ब्याह करना बड़ा मुश्किल होगा। बांग्लादेशी रिफ्यूजी जंवाई जंबू, दंडकारण्य या मालकानगिरि में खोजना पड़ता। सब बिटियों की तरह पद्मा भी आँखों से दूर जायेगी। इसी चिंता में डूब गया मंडल।

सारे द्वंद्वों का समाधान कर उस दिन उद्धव ने कहा—"भारत मंडल को अगर आपत्ति नहीं है, मैं पद्मा को भाग्यधर के लिए बहू बना कर ले आऊँगा। जानता हूँ, बंगालिन यदि तुम लोगों को अच्छा लगे तो बहू लाने के लिए शंख की माँ आपत्ति करेगी। वो बात मैं देख लूँगा। ब्याह आगामी तिथि पर हो जाये। शादी पक्की करके दिन टालते रहने से यदि तुम लोगों को अच्छा लगे तो ऐसे ही बाधा-विघ्न उपजते हैं। क्यों, क्या कहते हो?"

बात ठीक जगह पकड़ भैरव माझी ने कहा—"छोकरे को कितना नहीं समझाया, बाप होते हुए भी बेटे का हाथ पकड़ा, निहोरे किये, छोड़ वो बातें, कुलांगार, कोई नचनी न लेकर घर लौट आया तो मेरा अहो भाग्य समझो। अत: उसके लिए कोई पढ़ेसरी केवटनी और पद्मा के लिए भारत मंडल काका के मन लायक जंवाई खोज झटपट काम खत्म करें, हम तीनों का बड़ा काम है। बाकी सब पीछे!"

"उद्धव काका! पद्मा के लिए भाग्यधर का प्रस्ताव देना बड़ी बात है। पद्मा का भैरव काका की बहू बनना या तुम्हारी बहू बनना एक ही बात है। वरन तुम्हारी बहू बनने पर पद्मा का रिफ़्यूजी दोष कट जायेगा। उसकी जड़ें ओड़िया माटी में चली जायेंगी। वह ओड़ियानी बन जायेगी। उसके बाल-बच्चे ओड़िया होंगे। सबका कल्याण होगा। मैं सच कहता हूँ, दुबारा अकल सीखने के लिए मेरी छाती में दम नहीं।"

"कार्तिक ने जितनी कॉलेज की माटी देखी है, भाग्यधर उससे उन्नीस या बीस होगा। मेरी बेटी को ठेठ मूर्ख कह भाग्यधर मना नहीं करेगा, यह भरोसा किसे है? और भी क्या अकल सीखनी है, भई? फ़ेल फाल होकर भी तो तेरा बेटा भाग्यधर पढ़ा-लिखा केवट है! कॉलेज तक पहुँचा तो था। पहले उसे पूछ लो! वरना फिर अपमानित होंगे?" भारत मंडल ने आशंका रख दी। उद्धव ने दृढ़ स्वर में जवाब दिया—"भाग्यधर कुछ तेज़ है, पर बाप के आगे सिर नहीं उठायेगा। कार्तिक की बातों में पड़ नाटक में नाम लिखवाने की ज़िद पकड़ ली थी। मैंने रोका था, माना या नहीं? मछली लाने नहीं जाता था, क्योंकि मैंने उसे बाध्य नहीं किया था। शादी

के बाद वह मछली पकड़ने ज़रूर जाएगा, जाल उठायेगा—नाव चलायेगा, सब करेगा। वह अच्छा खेवैया ठहरा—तुम्हें आपत्ति न हो तो...'' भारत ने खुशी से कहा—''पद्मा अगर तेरे घर जाती है, इससे बड़ा भाग्य और क्या होगा?''

भैरव माझी ने हाथ जोड़ लिया—''उद्धव भैया से मैं गिरिमा को माँग रहा हूँ। गाँव में उसे चंडी के नाम से जानते हैं। बोलें मेरी बला से। मेरा कार्तिक ही कौन-सा भला है? नौटंकीवाला कहाता है। इस पर जो कांड कर डाला, उसे गिरिमा जैसी उद्दंडी ही सँभालेगी। क्यों? क्या कहते हो?'' भैरव ने एक साथ दोनों मित्रों की ओर देखा। उद्धव ने गंभीर स्वर में कहा—''प्रस्ताव बुरा नहीं है। जान-पहचान वाले परिवार में बेटी देना ठीक रहता है। मेरे होंगे बंगाली बहू, बंगाली जंवाई। पर सोच विचार कर देख—मेरी गिरिमा तो पक्की ओड़िया है। कारुबाकी रानी और मेरी नानी बेलबूढ़ी केवटनी का खून उसमें है। तुम्हारे घर की बहू बन गई तो तुम्हें बंगाली नहीं रहने देगी। सास, ससुर और वर सबको ऐसा ओड़िया बना देगी कि तुम अपनी मातृभाषा तक भूल जाओगे। एक बार फिर सोच कर देखो। फिर कार्तिक से पूछे बिना ब्याह का फ़ैसला करने वाले हम कौन? जिस छोकरे ने एक बार धोखा दिया...''

भैरव माझी ने छोटा बनकर कहा—''आप निश्िंचत रहो भई। कार्तिक तो गिरिमा की खूब तारीफ़ करता है। कहता रहता है—'लड़की हो तो गिरिमा जैसी! साँच को आँच कैसा—समय देख चलना। टहली महांति, उसका बेटा साकुला महांति और कुछ आवारा छोकरों को सबक सिखाने के लिए गिरिमा जैसी दो-चार पैदा होनी चाहिए। बात-बात में रोने वाली लड़कियाँ किसी काम की नहीं!'''

उद्धव खुश हो गया। हँसकर बोला—''बहुत खूब! एक चिंता से छुट्टी मिली। गिरिमा के लिए कहाँ से पढ़ेसरी वर लाता? फिर उद्दंडी कन्या को कौन बहू बना कर ले जाता? यह तो गांधारी के लिए धृतराष्ट्र का राजयोग होगा।''

तीनों मित्रों के बीच राज़ीनामा हो गया। कार्तिक नाटक मंडली में कलकत्ता गया है, भारत मंडल ने कहा—''कार्तिक को पूछे बिना सगाई मत करना। गिरिमा की तारीफ़ करना और शादी कर घरवाली बना ज़िन्दगी भर गिरस्ती बसाने में बहुत फरक है। अगर कार्तिक ने इनकार कर दिया तो पद्मा की तरह बेचारी की बुरी हालत होगी। इतनी हड़बड़ी भी क्या है?'' इस बात पर उद्धव मंगवाल और भैरव माझी सहमत हो गए।

चट मंगनी पट ब्याह हो गया भाग्यधर और पद्मा का। गिरिगा की सगाई कार्तिक की बाट जोहती रही। इस बीच देखते-ही-देखते तीन बरस बीत गए।

पद्मा दो बरस के बेटे की माँ है। भाग्यधर का उड़ता मन पद्मा नदी की बेटी पद्मा के पल्लू में बँध गया। अब वह नाव चलाकर लोगों को इधर से उधर, उधर से इधर पार करता है। हिल्सा के मौसम में वह उद्धव के मछली पकड़ने वाले दल में शामिल हो जाता है। हिल्सा जैसी चतुर मछलियों से उसका बड़ा मेल है। चालाक हिल्सा के झुंड का पीछा करने में वह वीर है, काँटों भरी हिल्सा खाने में भी वैसे ही पक्का ठहरा। मगर उद्दंडी गिरिमा का ब्याह मार्गशीर से मार्गशीर सरकता ही जा रहा है। कार्तिक नौटंकी दल के साथ देश भर में घूम रहा है।

ऋतु पर ऋतु बदलती जाती है। इस बीच कहीं उस नौटंकीबाज़ का मन तो नहीं बदल गया? किसी नचनी छोकरी के फंदे में आ गया! "यह अफ़वाह झूठ है—भैरव माझी शपथ लेकर कहता। पर ऐसे संदेह को भी नज़रअन्दाज़ नहीं किया जा सकता। हाल ही में सूरत (गुजरात) में नौटंकी कर रहा था कार्तिक "बात रह गई मार्गशीर तक।" इस नौटंकी ने धूम मचा खूब पैसे कमाये। उसके एक-दो गीत भी लिखे। नाटक मास्टर से मिलकर एक-दो कहानी भी लिखी। बेचारे को ब्याह के लिए छुट्टी भी नहीं देता। बासू रथ ससुरा कंजूस-मक्खीचूस है! यह तो फ़ौज को भी पार कर गया। विक्रम बलवंतराय को भले छुट्टी मिल जाए, वाहवाही के लिए। मगर नाचदल के हीरो कार्तिक माझी को छुट्टी नहीं मिलती।

गिरिमा को यह उन्नीसवाँ चला। केवट जाति के हिसाब से ब्याह की उमर ढल चुकी है। कार्तिक माझी को भी तो सत्ताईस पूरे हुए। तीनों बूढ़ों को फिकर लगी है। इस साल कार्तिक गाँव आ रहा है अगहन में एक महीने की छुट्टी पर। ब्याह निपटा देने का तय कर लिया है बूढ़ों ने। गिरिमा सब सुनती। उसके मन में ब्याह का इतना चाव न था, ब्याह की तिथि बार-बार टलती जा रही है इस पर भी कोई रंज न था। क्योंकि कार्तिक से ब्याह के लिए वह किसी दिन विकल नहीं हुई, न आज भी। कार्तिक माझी ने भी आज तक मुँह खोल बाप को जवाब नहीं दिया था कि—"मैं राज़ी हूँ। गिरिमा के साथ फेरे लूँगा, मंडप बनाओ!" बार-बार चिट्ठी लिखकर बाप पूछता तो वह लिखता—'ब्याह के लिए मुझे इतने दिनों की छुट्टी नहीं मिलती। उस गिरिमा उद्दंडी का मन क्या थिर हुआ बहू बन निभाने के लिए? थोड़ा धीरज रखो। समय आने पर बताऊँगा।' बात में कार्तिक कुछ छिपाता है। उद्धव ज़ोर-ज़बरदस्ती नहीं करता। कार्तिक की मर्ज़ी के बिना सगाई भी नहीं होगी, यह उद्धव का फ़ैसला है।

किसी बात में गिरिमा को कुछ कहना-सुनना न था। मगर मन-ही-मन मधुमक्खियों-सी भिनभिना कर गुनगुनाती—"माँ शारला! माँ बाशेली-कार्तिक भाई

आखिर ब्याह के लिए मना कर दे। पद्मा भौजी जिस छोकरे को चुपचाप मन दे चुकी, उससे मैं किस मुँह से ब्याह कर लूँ? वो इस घर में जंवाई-मेहमान बनकर आयेगा! क्या लाडला ननदोई बनकर हँसी-ठट्ठा कर सकेगा? कितनी असमंजस की हालत होगी!" कोई न जाने, गिरिमा तो जानती है। पद्मा भौजी ने ब्याह के दूसरे दिन से मन छोटा कर लिया है। इसमें गिरिमा का दोष नहीं, पर औरत के मन की ईर्ष्या को कोई रोक पाया? गिरिमा ने पढ़ाई तीन साल हुए छोड़ दी है। मन मर्ज़ी घूमती-फिरती है। पद्मा के बेटे के साथ हँस खेलकर दिन बिता देती है। मगर हिमालय की तराई से सोन चिरैया आकर मन में बैठ जाती है, भरद्वाज पंछी उड़ जाता है। कोयल कूकती उड़ती है, गौरैया घोंसला बनाने इधर-उधर ताक-झांक कर जगह तलाशने लगती है। तब ख़यालों में कार्तिक माझी कतई नहीं होता। वहाँ होता ननिहाल वाला फ़ौजी विक्रम बलवंतराय। जो बचपन से गिरिमा के मन में कितनी तरह की लहरें पैदा करता रहा। वह फ़िलहाल कारगिल में मोर्चे पर है। देश के लिए जान की बाज़ी लगा रहा है। लड़ाई खत्म होने पर गाँव लौटेगा। मगर फ़ायदा क्या है विक्रम की बात सोच कर? मंच पर दोनों फूलमाला डाल खड़े होने पर युवा मन एक हो जा सकता है, मगर खून एक नहीं होता। जात एक नहीं होती। तक़दीर एक डोर में नहीं बँधती। नौटंकीबाज़ आवारा कार्तिक वादे पर वादा टाल रहा है, फिर भी उसके साथ भाग्य की डोर बाँधने में बाधा नहीं। बरगद के पत्ते से पीपल के पत्ते को विधाता जोड़ता है। विधाता के न चाहने तक उलट-पलट होने से रहा। अगर विधाता रुकावट डाले—कहीं अघटन हो जाये, तो कार्तिक माझी से गिरिमा का रिश्ता टूट सकता है। फिर जो होना है हो। नियति जिधर राह खोले उधर बहना होगा। जैसे बरखा जिधर राह दिखाये, नदी-नाले उधर बढ़कर चल पड़ते—तटबंध तोड़कर—दरार खुल जाती। इसमें कसूर बरखा का है या नदी का? नहीं, दोष किसी का नहीं—गढ़ना जैसे ज़रूरी, तोड़ना भी वैसे ही ज़रूरी। मेढ़ टूटने पर खेत से खेत मिल जाते हैं, हरे में हरा मिल जाता है। फ़सल में फ़सल मिल जाती है। किसी का क्या नुकसान होता है? वैसे ही समाज के बंधन टूटने पर आदमी से आदमी मिल जाता है। स्नेह में स्नेह मिलकर भेदभाव ही बिना मेढ़-बाड़ की धरती बन जाती है। स्नेह-ममता भरे आदमी की धरती। किसका क्या नुकसान हो जाता? बल्कि इंसान के बनाए दुख-दर्द उसमें समा जाते। जैसे मतवाली हरियाली मेढ़ में खड्डे वगैरह सब मिल जाते हैं आदमी के बनाये दुःख दर्द की तरह। मगर मेढ़, बाड़, भीत, दीवार तोड़ेगा कौन? काश, विधाता ही तोड़ देते!!

~

सुबह-सुबह। काले घने केश पीठ पर बिखेरे गिरिमा मुँह लटकाये बैठी थी। लड़कियों की चिर शत्रु जूँओं का नाश करने के लिए उद्धव की मामी मालती लकड़ी की कंघी से गिरिमा के लंबे केश बना रही थी। लकड़ी की पतले दाँतों वाली कंघी से उद्धव की मामी निर्ममता में खींच लाती जूँ। जैसे नदी, सागर के पेट से नाव भर-भर कर मछली लाने पर भी आदिम काल से कलिकाल तक मछली खत्म नहीं होती, वैसे जूँओं का वंश मिटाने का यह अभियान रोज़ चलता है। फिर भी ये जूँएँ पता नहीं कहाँ से जन्म लेती हैं लड़की के सिर में। परेशान हो उठती उद्धव की मामी। बूढ़ी हो चली। आँखों का तेज घट गया। फिर भी उसके सूखे हाथ जैसे दमादम भात के कौर भकोस लेते हैं, वैसे ही पोती-परपोतियों के घने बालों से जूएँ खींच लाते हैं। जूएँ ढूँढ़ते समय उद्धव की मामी ने गिरिमा की अपनी सास बेलवती की साहसिक कहानियाँ कई बार सुनाई हैं। सास बुढ़िया बेलवती कब से जा चुकी है। उसकी जवानी के समय की किसी घटना को उद्धव की मामी कल की घटना की तरह बखान करती। गाँधी जी के नमक सत्याग्रह के समय बेलवती केवटनी केवट की तरह नाव चलाकर नमक बनाने के लिए रात के अँधेरे में नदी के इस पार से उस पार तक चली गई थी। नाव में थी पारादीप की रानी पद्‌मावती और कुछ महिलाएँ। पुरुषों को मनाही थी नमक बनाने की। उस नाव में कुछ पुरुष भी साड़ी पहनकर चले गए थे। अंग्रेज़ के गुलाम एसडीओ को चकमा देकर हिम्मत से नदी पार कराया था बेलवती ने। नमक बनाकर रातो-रात सभी लौट आए थे। अब तो बेलवती नहीं रही पर उसके साहस की कहानी रह गई है।

बेलवती बुढ़िया का खून है गिरिमा की देह में। उद्धव के इतने बेटी-पोतों में से गिरिमा में बेलबती बूढ़ी का मिज़ाज, साहस, रंग-रूप उतर आया है। सब को साफ़-साफ़ दिख जाता है। गिरिमा अपनी माँ की ताकीद, गाँववालों की कटु बातें सुन जवाब दे देती—''पचास बरस पहले केवटनी ने ससुराल में नाव चला नाम कमाया, आज गिरिमा अधपढ़ कुँवारी छोरी पीहर में नाव चलाने पर मर्दानी, चंडी, उद्दंडी हो गई! इंसान पीछे लौट रहा है या आगे बढ़ रहा है?'' गिरिमा को अचंभा लगता बापू की मामी सास के साहस की तारीफ़ करती पर गिरिमा को रोकती, कहती—''देख, तब लोग यों पाखंड, बर्बर, पापी न थे। कूट-कपट तो था, मगर लोग एकदम जानवर नहीं हो गए थे। दुनिया में धरम था। गाँधी महात्मा थे, गोपबंधु, रमादेवी थे, तेरे दादा-परदादा जैसे धार्मिक भी थे। छोकरे खुले सांड़ नहीं थे। आज तो सूनी जगह पर बहू-बेटियों पर जो हो रहा है, तब सुनाई नहीं देता था। तेरी माँ को इसी का डर है। गाँववालों को भी। कौन बचाने आयेगा सामने।

यदि कोई ऐसी-वैसी बात हो गई...माई रे...देवी मैया रक्षा करना इन लड़कियों की..." बूढ़ी मामी काँपते हाथ जोड़ कर आकाश की ओर देख कहती—गिरिमा के पीली साड़ी पहने सांवले शरीर में लाल खून गुस्से में नीला पड़ जाता। नसें खिंच कर हलाहल विष चढ़ जाता मगज में, असुर दल को जला देने के लिए। दाँत कटकटा कर कहती गिरिमा—"मुझसे कोई पार नहीं पायेगा मालती दादी। ज़रूरत पड़ी तो लाट सा'ब को भी जवाब दे दूँ...।"

उस दिन बेल बूढ़ी की बात सुन गिरिमा ने घने बालों में यों ही गाँठ लगा दी। उसने छलांग लगाकर नदी घाट से नाव खोली। उस दिन उद्धव बुखार में सोया था। भाई गए थे हाट। घाट पर अकेली नाव थी गिरिमा के इंतज़ार में। पिछले साल इंदर देवता के कोप से सूखा पड़ा। इस साल उनकी कृपा से धारा सावन चला। भादों आते-न आते नदी का पानी भैंस की तरह फूल गया। घाट से नाव खेकर पानी में लाने तक किशोरी देह में चंडी की तरह ताकत आ गई। उसे लगा मानो वह नाव की रानी है। सागर की रानी है, नदी की रानी है, इस इलाके की रानी है। सही बात के लिए किसी की परवाह नहीं करती। एक लड़की केवट की, वह भी नाव चला रही, कुँवारी कन्या माँ बनने नहीं जा रही जो शरम आयेगी, डर लगेगा। कभी द्वापर युग में केवट कन्या मत्स्यगंधा ने भरी यमुना में नाव चलाई थी। पराशर मुनि ने धर्म नाव में कुँवारी कन्या से अपनी काम-वासना शमन कर उसे बना दिया—मत्स्यगंधा से योजनगंधा। उनकी कामना संतुष्ट हुई थी, अतः अलौकिक शक्ति बल से फिर कुँवारी कन्या बना दिया। बाद में योजनगंधा ने सत्यवती नाम धारण कर विवाह किया कुरुवंश के राजा शांतनु से। छिः...मुनि होकर इतना कामुक! बेटी की उमर की मत्स्यगंधा से अपनी वासना पूरी करने के कारण मुनि का तप बेकार हो गया?

नाव चलते ही याद आ गए पराशर गिरिमा को। गिरिमा के विद्रोही मन ने पराशर मुनि से प्रश्न किया—"इतने बड़े ज्ञानी, गुणी, मानी पुरुष होकर भी परायी बेटी के समक्ष सिर्फ़ मर्द ही रहे? परायी बेटी के समक्ष क्या मर्द पिता, भाई, शुभाकांक्षी नहीं हो सकता? यौवन की ज्वार से अगर मुनि को मतिभ्रम हो गया, तो अब के लक्ष्यहीन, आदर्शहीन, उद्दंड छोकरों को क्यों दोष देंगे?" ऐसे प्रश्नों के उत्तर नहीं मिलते। जीवन में कई बातें केवल प्रश्न बनकर रह जाती हैं। ऐसी कई बातें सोचती रही गिरिमा। तभी उद्दंड आवारा छोकरे सकला महांति ने जेटी किनारे से आवाज़ लगाई—"ए केवटनी, नाव ला, उस पार जाना है मुझे—आज और कोई केवट नहीं दिखते। घाट तो सुनसान पड़ा है। मुझे पार कर दे—अच्छी उतराई दूँगा।"

गिरिमा ने नाव लौटाई। ग्राहक पाकर मन में खुशी हुई। वह इस पार से उस पार जा सकती है, इसका प्रमाण बिना ग्राहक कैसे मिलेगा? साकुला महांति आवारा है, यह जानते हुए भी बुरा समय अहंकार का वेश लेकर गिरिमा के मन में भर गया। क्यों मना करूँ? कह दूँ—"मैं नहीं आ सकूँगी, महांति के बेटे! अकेले कुँवारी लड़की और एक छोकरा नाव में...। लोग क्या कहेंगे?"

गिरिमा जानती है पराशर मुनि अगर इस नाव में महिमा विस्तार के बहाने गिरिमा से बलात्कार करेंगे तो गिरिमा उन्हें भी सबक सिखाकर छोड़ेगी! ये तो साकुला महांति है, कलियुग का मामूली छोकरा। थू:! गिरिमा ने नाव लौटाई। साकुला एक छलांग में कूदकर बैठ गया नाव में। भरी नदी का स्रोत काटकर नाव लड़खड़ाई, साकुला ने खींस निपोर कर कहा—"तेरी फ़ोटो खींची तो उस दिन तूने भाग्यधर के हाथों मेरी पिटाई करा दी। तेरे लिए मेरे मन में कोई दुर्भाव नहीं। तुझ पर मुझे भरोसा है। यदि उस पार पहुँचे तो साथ, बीच में डूबे तो साथ। चिंता कैसी?" गिरिमा ने हँसकर कहा—"नदी में तैरना नहीं जानते क्या महांति के बेटे? नाव डूबी तो तुम कैसे डूब जाओगे? मैं तो सागर तैर जाऊँ—नदी पार करना कोई बड़ी बात नहीं। नदी किनारे घर है तुम्हारा, क्या तैरना नहीं आता?"

पास सरकते हुए साकुला ने कहा—"केवट के बाल-बच्चे तो नदी-सागर संग खेल खेलते हैं। महांति-करण घर के लड़के पिछवाड़े कुएँ पर नहाना-धोना करते हैं। कुएँ के पानी से उनका शरीर बनता है। बाढ़ आने पर वे ज़्यादा मरते हैं। मुझे थोड़ा बहुत तैरना आता है, गिरिमा। मगर देख गाभिन गाय के पेट की तरह नदी का पानी कैसे फूल गया। यहाँ थोड़ा तैरने से काम नहीं चलेगा। गरमियों में नदी की धार की तरह तेरी कमर कितनी पतली है। भादों की नदी कितनी मोटी है!"

गिरिमा ने कमर में कसकर खोंसा है पल्लू। सच, कमर और भी पतली दिखती है। कच्ची इमली-सी उसकी देह बाँस लगा नाव की दिशा मोड़ते समय और भी लचक जाती है। साकुला महांति की बात, रंग-ढंग सब अटपटे लग रहे थे। मगर महांति छोकरा तैरना नहीं जानता, इस बात से हिम्मत आ गई। गिरिमा ने बाँस सीधा कर कहा—"मैं अभी पराशर मुनि को एक सबक सिखाने की सोच रही थी। पराशर मुनि के बारे में जानते हो? कुंडल पंडा ने आसन पर बैठ पुराण में कितनी बार सुनाई है—मुझे तो कंठस्थ है।"

साकुला ने खुश होकर कहा—"मुझे लगता है तू है कैवर्त राजा की बेटी मत्स्यगंधा। मैं हूँ पराशर मुनि। केवल मेघ ढाँक दें तो जगत हमसे अदृश्य हो जाता,

और मैं तुझे मत्स्यगंधा से योजनगंधा बना देता। पर तू आँख मूँद ले तो जगत अदृश्य हो जाएगा, नाव घाट से हटकर लगा दे। खुद ही मेघ घिर आयेंगे। किसी को कुछ पता नहीं चलेगा।''

गिरिमा गुस्से में फनफना उठी। मन-ही-मन कहा—''घाट से हटकर लगाती हूँ रे बच्चू! तब जाकर तू गिरिमा केवटनी को पहचानेगा,''...उसने नाव को कुछ तिरछा कर दिया। जिधर साकुला बैठा था, नाव उधर ही झुक गई। विकल हो साकुला ने हाथ बढ़ाकर गिरिमा को थाम लिया संतुलन बनाने के लिए। गिरिमा सट से साकुला के बैठने की जगह बढ़ गई। नाव और झुक गई। खुद नदी में कूद गई साकुला का बढ़ा हुआ हाथ पकड़कर। अचानक नदी के बीच गिरकर ऊब-डूब होने लगा साकुला। कुछ दूर चित लेट बह गई गिरिमा। कमर तक पानी में आकर खड़ी हो गयी। अब ज़ोर से आवाज़ लगाई दूर खड़े मछली पकड़ने के लिए जाल फैलाने वालों को। ''दौड़ो-दौड़ो...कोई डूब के मर रहा है!''

तीन-चार जालवालों ने फटाफट छलांग मारी। साकुला महांति को पानी से निकाला। तब तक उसके पेट में पानी भर चुका था। होश न था। गाँव में खबर फैल गई—चेयरमैन टहली महांति का बेटा स्टूडियो रति का मालिक साकुला महांति नदी में डूबकर मर रहा था। केवटनी गिरिमा बेमौके पर नदी में नहा रही थी, अत: साकुला की जान बच गई। गाँववालों ने गिरिमा की बड़ाई की। उद्धव मंगवाल सोचने लगा—'मेरी नाव मझधार में गई कैसे? फिर उलट गई किस पाप के भार में? धर्म नाव बिना कारण के उलटनी तो नहीं चाहिए...।'

उद्धव, भूदान, शंखधर, गदाधर, पद्मधर, भाग्यधर, वेणुधर और सब बहन-भाइयों के आगे गिरिमा ने सच-सच कह दिया। वह साकुला महांति को सबक सिखाना चाहती थी। सारी बात सुन गिरिमा की माँ ने कहा—''चुप! चुप! किसी और के आगे न कहना। साकुला महांति डूब रहा था, यह बात लोग मान चुके हैं। सचाई जानने पर तू कुँवारी ही रह जाएगी, गिरिमा। याद रखना! बात खुल गई तो हमें केवट लड़का जंवाई के रूप में कभी नहीं मिलेगा!''

पिता के आगे गिरिमा ने माँ को कुछ नहीं कहा। मन-ही-मन सोचा—'क्या केवट के बेटे से ब्याह के लिए मरी जा रही हूँ? इस इलाके में मेरे मन लायक केवट छोकरा है ही कहाँ?'

हंसुवा नदी के उवांसी घाट पर मंगनी पुन्नाग पेड़ के नीचे बैठी गिरिमा समुद्र के बारे में सोच रही थी। पता नहीं क्यों समुद्र उसे विभोर कर देता है। वह अंदर घू-घू करता चला आता है—बाँहें फैला कर उसे जकड़ लेता है। भिगो देता है।

प्यार से भिगो देता है। लाड़ करता है।

गिरिमा वैसे ही विचलित हो जाती कनकदुर्गा क्लब के पुरस्कार वितरण उत्सव की स्मृति में। उसे क्या पता गीत कैसे रचते-बुनते हैं ? उस दिन सागर तट पर खड़ी थी—मन में कोई भावना उमड़ी! लिख लिया—कोयले से। लिखा था—

'सागर!
आँखों में न समाये!
मेरा कहने को साहस न होता!
तू तो सबका है,
मैं नौ नदी में एक नदी
मुझे हाथ से इशारा करे जटाधारी मुहाना
वही एक राह तुम तक आने की,
मैं नौ नदी की एक धारा
मैं महानदी की कन्या
मैं हंसुवा-सांवलिया, देवी शंखा-तरतरा
कभी मैं धीरा, कभी मैं अधीरा
सागर, जानती हूँ मैं तेरी हूँ
पर तू नहीं मेरा, तू सबका,
सागर, मुझ में तू भर देता
नमकीन - मीठा - मिला-जुला ज्वार
कभी पूनों कभी अमावसी अंधकार!
जैसे गुम गया नमकीन जंगल
जैसे खोयी बनी, हेंताल वन,
वैसे गुम जाऊं तेरी छाती में सागर,
मुझे नित इशारा दे जटाधारी मुहान।
बीच में नहीं बंधा-बंधन केवड़ा, केतकी वन।
मेरा यह गाँव, छोटा-सा अभयपुर
तुमसे डरता है सागर।
अपने गाँव को जान से चाहती,
मेरे गाँव को तू कौन जो बहा लेगा।
अपनी जगह रह तू सागर
बहूंगी कभी मैं गाँव छोड़ तेरी छाती पर।

गाँव को मैं जितना चाहती,
उससे ज़्यादा मैं तुझे चाहती।
मैं तो महानदी की बाला
मुझे डर नहीं किसी का।'

हालाँकि बिदाई, रज झूला, लोरी, कुंआर पूर्णिमा के गीत में पद से पद मिला नहीं पाती, मगर कलकल बहती नदी की धारा-सा गीत बनाना जन्म से सीखा। केवल वही क्यों—कौन केवटनी, कौन ओड़ियानी, दुनिया की कौन लड़की सुख-दुःख में गीत रचकर मन-ही-मन नहीं गाती! नन्हे शिशु को सुला देने, ज़िद्दी को समझाने, अपने अधूरे मन को थपकी देने के लिए गीत चाहिए, यह कौन नहीं जानता? और ओड़ियानी तो पूरा गीत है। वह गीत में हँसती है, गीत में रोती है और गीत में मरती है। गीत न हो तो न खेल सके, न पूनों को जाग सके—न देवी माँ की पूजा हो—न पीहर की देहरी लाँघ पाये, रुलाई के गीत बिना! गीत बिना प्रियजन के शोक से भी छूट न सके।

मगर गिरिमा के भावों को गीत या कविता कहकर भूदान भाई अगर कनकदुर्गा युवा क्लब की प्रतियोगिता में शामिल न करता, सागर अपनी जगह रहता, नदी बन गिरिमा सारी ज़िन्दगी गीत गाती बह जाती। इतनी तड़पती नहीं। गिरिमा के ममाने चंदनपुर का छोकरा विक्रम बलवंतराय अपना गीत मानो पहले ही पढ़ चुका था। युवा शिविर के आखिरी दिन गिरिमा और विक्रम बलवंतराय के गले में फूलमालाएँ डाल मुख्य अतिथि युवा एवं क्रीड़ा मंत्री ने पुरस्कार बाँट कर पचास-पचास रुपये दोनों को ईनाम देकर साथ फ़ोटो खिंचवाये। गाँव अचंभे से भर गया।

अभयपुर माइनर स्कूल वाले साहित्य मास्टर भी खुशी में अगली कतार में थे। इशारे से गिरिमा को मंच पर जाने क़ो कह रहे थे। सभा मंच पर पंचायत समिति चेयरमैन टहली महांति बैठे थे। आँख तरेर कर देख रहे थे गिरिमा को मानो व्यंग्य कर कह रहे हैं—''केवटनी ने ऐसा कौन-सा गीत लिखा कि वह आदि कवि सारला दास बन गई!'' टहली का बेटा साकुला उर्फ़ मुकुंदा तो गिरिमा को समूचा निगल जाने जैसे ताक रहा था। गले में बैल की घंटी की तरह कैमरा झूल रहा था। आवारा, एरसमा बाज़ार में एक फ़ोटो दुकान खोलकर बैठा है। खास कर स्कूल-कॉलेज की लड़कियों के तरह-तरह के फ़ोटो खींचता है। गाँव की सरल लड़कियों के फ़ोटो के साथ अनजान छोकरों के फ़ोटो जोड़ युगलबंदी कह माँ-बाप को दिखा पैसे ऐंठता है। अखबार में फ़ोटो छपाऊँगा, कहकर लड़कियों को स्टूडियो में बुला असद् व्यवहार करने की शिकायतें मिली हैं। एक बार उसके 'स्टूडियो रति' पर पुलिस

ने छापा मारा। मगर पैसा ले-दे कर बात दबा दी गई—साकुला के हाथ में कैमरा देख बहू-बेटियों के हाड़ काँप जाते हैं। एक बार गिरिमा, मासूमा, गुलरूख, गिरिमा की...। भाग्यधर की स्त्री पद्मा भाभी आदि कई बहू-बेटियाँ नदी से भींगी-गीली लौट रही थीं, साकुला ने फ़ोटो खींच लिये। परंतु वह भागू भाई और भूदान भैया के हाथ पड़ गया। भूदान ने गले से कैमरे की डोर खींचते-खींचते डोर गले में डाली, दो थप्पड़ जड़ दिए भाग्यधर ने इसी बीच। हालाँकि ग्रामसभा में थप्पड़ मारने पर भूदान भाई ने क्षमा माँगी थी। साकुला ने भी हाथ जोड़ कान पकड़ गाँव की बहू-बेटियों के फ़ोटो न खींचने की प्रतिज्ञा की थी। साकुला ही नहीं, टहली महांति भी उस दिन से गुस्सा थे भाग्यधर और भूदान पर। इसके बाद हो गया वह मत्स्यगंधा उपाख्यान। कोई जाने न जाने, टहली महांति जानता था असल उपाख्यान। क्योंकि अगले दिन उद्धव टहली महांति के घर जाकर बेटे को सावधान रहने को कह आया था। टहली महांति दाँत भींचकर रह गया। उस बात को याद कर गिरिमा की हँसी उड़ा टहली महांति ने आवाज़ दी—"क्यों बेदी पर जाने की तरह हो रही हो?— ऐसी लाज सारला दास—उपेंद्र भंज जैसे कवियों में क्या कहीं होती थी? लाज ओढ़ कर कहीं कोई कवि होता है?"

ऐसी चुभती बातों से गिरिमा का खून खौल उठा—नसें तन गईं। लाज-सरम भाग गई। लाज कैसी? वह फिर भी लजायी-सी अपना गीत पढ़ने लगी। माइक से सिर उठाया—सामने समुद्र से सूरज उग रहा था—बाल सूर्य की कोमल, मधुर किरणों की तरह दो आँखों की शांत प्रशंसा भरी दृष्टि गिरिमा को सहला रही थी। वह नज़र एक पल उस पर टिकी। उसकी कुँवारी सत्ता को दहला गई बस, फिर आँख से आँख नहीं मिली। गिरिमा का गीत खत्म होते ही विक्रम बलवंतराय मंच पर चढ़ अपना गीत सुनाने लगा—

कश्मीर में खून की नदी बहे,
एरसमा का सागर जल नमकीन होता है,
गाढ़ी होती हंसुवा, नदी का पानी
लाल होता, सांझ सकारे।।
मैं पाइक बेटा।
जगत में सिंहपुर का ओड़िया वीर
तू कितना रक्त पीयेगा सागर?
पीयेगा मेरा रक्त?
रक्त में रक्त मिले तो तेरा पानी

उफनेगा नहीं सागर?
समाप्त होगा नहीं कलियुग?
सागर तू अपनी जगह रह
पुकारता मुझे उस ओर हिमालय
पुकारती युद्ध भूमि
इधर पुकारती हंसुआ और देवी नदी चंचला।
मैं वादा करता तुझसे सागर,
हिमालय से कूद पड़ूँगा तेरी छाती पर
हो जाऊंगा समूचा
तेरे साथ एकाकार
नौ नदी को हाथ बढ़ा
गांठ बाँध दूंगा
डल झील के साथ
बंगोपसागर को...।

विक्रम बलवंतराय के खून में युद्ध, सांसों में युद्ध, कविता में युद्ध, चाल-चलन बात-बात में युद्ध। उसके लिए युद्ध को छोड़कर जीवन मानो प्राणहीन है। सागर से हिमालय, एरसमा से कश्मीर तक है युद्ध का इलाका। गिरिमा उस दिन विक्रम की कविता से कुछ समझे या न समझे, इतना समझ गई कि यह लड़का युद्ध में शामिल हो या न हो, समूचा युद्ध बन गया है। ममाने के इस लड़के को वह बचपन से देखती आयी है। पर उस दिन वह अलग लगा—जो न्यारापन वह नौटंकिया कार्तिक माझी में नहीं देख पायी गिरिमा। ममाने से आये थे बड़े मामा। बता रहे थे कि गाँव के पहले फ़ौजी विक्रम बलवंतराय ने युद्ध में बड़ा नाम कमाया है। इस इलाके का गौरव बढ़ाया है विक्रम ने। विक्रम ने गिरिमा को प्रशंसा भरे ढंग से देख कर कहा—"बड़ी सुन्दर है, तुम्हारी कविता! अच्छी लगी।" गिरिमा ने तुरत जवाब दिया—"तुम्हारी कविता मैं समझ न सकी। हिमालय पर्वत कितनी दूर, नौ नदियों को कहाँ से उठा लाये एरसमा समुद्र की छाती पर? मेरे प्राइज़ से आधा खींच लिया! वरना मुझे मिलते पूरे सौ रुपये!"

विक्रम ने गिरिमा की नज़रों से नज़र मिलाईं। —"तुम्हारी ये स्पष्ट बातें, समझ में आने वाली कविता, अकपट स्वभाव को स्पष्ट कर देता है। युद्ध से लौटने पर एक दिन तुम्हारे ये पचास रुपये लौटा दूँगा, कर्ज़ रहा। जो वेतन लेकर घर आया था, सब खत्म हो गया। अगली छुट्टियों में आने पर ब्याज समेत लौटा दूँगा। तुम

हाईस्कूल में पढ़ोगी या इस इलाके में औरों की तरह छठी-सातवीं में पढ़ाई बंद कर दोगी?''

आगे बढ़ कर भाग्यधर ने कहा—''हमारे गाँव में तो हाईस्कूल नहीं। दूर ये लड़कियाँ कहाँ जायें? केवटों में गिरिमा सबसे ज़्यादा पढ़ी-लिखी है। बहुत पढ़ाई हो गई।'' भूदान ने विक्रम के कंधे पर हाथ रख कर कहा—''तुम दोनों मंच पर गले में माला डाले खड़े थे, साकुला महांति का फ़ोटोग्राफर छोकरा एक फ़ोटो खींच ले गया है। अगर शैतानी कर वह फ़ोटो दिखा कर गिरिमा का रिश्ता तोड़ देता है तो मानना होगा कि गिरिमा कविता लिखकर कुँवारी रह गई।''

गिरिमा ने कहा—''भूदान भाई, इसके लिए तुम उत्तरदायी हो। मैंने क्या कुछ ऐसा-वैसा लिख दिया, तुमने कविता कह कर प्रचार कर दिया। फ़ोटोवाला कई फ़ोटो ले गया है। वे लोग सभा में फ़ोटो खींचते हैं। उसका दोष क्या? अगर साकुला इन्हें लेकर मुझसे शैतानी करता है, तो गाँववाले हमें अलग कर देंगे। मेरी माँ और मुझे नहीं छोड़ेंगे। वैसे ही मेरे इस सभा में आने पर वे गुस्से से लाल हैं।''

भूदान ने खुद को इल्ज़ाम से बचाने के लिए कहा—''सारा दोष इस भाग्यधर का है। नदी किनारे उस दिन साकुला महांति स कैमरा छीना और उसकी पिटाई की थी। एक-न-एक दिन वह साकुला ज़रूर बदला लेगा। यह सभा तो एक मौका था ही। अब दोष तेरा है—तूने ही साकुला को डुबकी लगानी सिखाई...''

भाग्यधर ने खफ़ा हो कहा—''तेरी बहन और घरवाली का फ़ोटो नदी किनारे नहाते समय खींच ले, तू छोड़ देगा? गाँव में तो न्याय-पंचायत का फ़ैसला था दोष उसका ज़्यादा, मेरा कम। बात वहीं खत्म। असल दोष उस उद्दंडी छोकरी का था। तू बता चिलचिलाती धूप में नदी की मझधार में नाव में साकुला का इसने क्या किया? औरत लड़की की इतनी हिम्मत?'' विक्रम ने कुतूहल में कहा—''नदी की मझधार में क्या हुआ? नाव में? बात खोल कर कहो। भूदान जानता है, मैं तो नहीं जानता...''

~

गिरिमा कुछ याद कर मुस्काती रही पल्लू मुँह में ठूसे। भूदान भी हँसा। विक्रम का कुतूहल बढ़ गया। दुपहर में...बीच नदी में...आवारा छोकरा साकुला और कविता लिखने वाली छोकरी गिरिमा...! भूदान ने और रहस्यमय बना कर खुलासा किया।

संकरे, ऊबड़-खाबड़ रास्ते पर साइकिल लिए हुए पैदल चले जा रहे थे आगे विक्रम, पीछे भूदान, सबके पीछे भाग्यधर और गिरिमा।

विक्रम के उत्ताल भाव को चरम तक ले जाने के बाद भूदान ने कुछ महीने पहले की घटना को बढ़ा-चढ़ाकर कहा विक्रम के आगे। विक्रम ने ठहाका लगाया, गिरिमा की तारीफ़ कर कहा—''वाह! वाह! यह फ़ौजी का काम है!'' भाग्यधर ने कहा—''विक्रम तू सेना में है, इसलिए तुझे फ़ौजी के सिवा संसार में कुछ नहीं दिखता।''

कविता लिखने वाला विक्रम सजा कर बात कहना जानता है। वैसे भी खानदानी पाइक वंश का लड़का। उसने कहा—''सब के खून में थोड़ा बहुत फ़ौजी भाव होता है। जो दुःसाहसी है वह काम में दिखाता है। जो नहीं है, वह मन में युद्ध करता है, विद्रोह करता है, बाहर संकोच में जीवन बिताता है। आदमी की यह छटपट हालत है। इससे तो युद्ध करते-करते देश के लिए शहीद होना भला। एक दिन तो मरना है...जीवन को यों डरते-मरते जीने का क्या लाभ?''

विक्रम के मुँह से शहीद होने की बात सुन गिरिमा की छाती छन्न से रह गई। मन-ही-मन सोच गई—''छिः ये कैसी अशुभ बात! फ़ौजी हों तो क्या सब मरते हैं? मरने को इतना क्यों हांव-हांव कर रहा है पाइक छोकरा? फालतू की बहादुरी...'' मानो उसके मन की बात सुन ली, विक्रम ने कहा—''हालाँकि बिना मरे शत्रु को साधने की चेष्टा आखिर तक करनी पड़ती है। सब मर कर शहीद हो गए, शत्रु रौंदता चला आयेगा। यह टहली महांति और साकुला महांति भी हमारे इलाके के शत्रु हैं। इन्हें अपने-अपने ढंग से सीधा करना ज़रूरी हो गया। 'स्टूडियो रति' के ज़रिये यह साला मासूम लड़कियों से ब्लैकमेलिंग कर रहा है। गाँव में उसका उत्पात सीमा लाँघ गया। पर सब चुप हैं! गिरिमा लड़की होते हुए भी जो कर गई है, कोई मर्द का बच्चा करके दिखा दे! इस इलाके की लड़कियों को गिरिमा को अपना आदर्श मानना चाहिए।''

गिरिमा की छाती फूल गई। क्योंकि उस दिन नदी के बीच उस 'कांड' पर खुले जी भर प्रशंसा किसी से नहीं सुनी थी। वरन गाँव में सुनी-सुनाई बातों पर पुराने ढर्रे वाले लोगों ने निंदा की। तब से उसका नाम हो गया मर्दानी चंडी। विक्रम के मुँह से गिरिमा की प्रशंसा सुन भूदान ने कहा—''उद्धव काका का मन है अपनी छोटी गिरिमा का मूर्ख मछुवारे केवट संग ब्याह न कर किसी पढ़े-लिखे के संग करे। समझे विक्रम, फ़ौजी को फ़ौजिन खूब फबेगी, मगर ये जात बीच में आ जाती है।'' विक्रम ने साहस कर कहा—''फ़ौजी की जात धर्म क्या है।

फ़ौजी होता है लड़ाकू आदमी। देश उसका कवच है। वह देश की रक्षा नहीं करता। देश उसकी रक्षा करता है। तभी देश के लिए जान निछावर कर अपनी रक्षा करता है। पीढ़ी-दर-पीढ़ी चलता है। अतः देश में रह मैं जात-पांत नहीं मानता।'' गिरिमा का रंग लाल पड़ गया। अगले क्षण बोली—''चल, भागू भई सांझ हो गई, माँ नाराज़ होगी।'' भाग्यधर की साइकल चली। गिरिमा की भावना ऊँचे-नीचे, टेढ़े-मेढ़े रास्ते से आगे बढ़ चली, जब तक एक गड्ढे में भाई-बहन धड़ाम से न गिरे तब तक। झाड़-पोंछ खड़ी हो गई। कहा—''यों अनमने हो चला रहे हो। क्या किसी और की बात सोच रहे थे!''

''मैं या तू? तूने पैडल में पाँव डाल दिया। क्या सोच रही थी तू?'' भाग्यधर ने उलटे दोष लगा दिया।

''चल झटपट घर। माँ को बताती हूँ तेरी बात! मुझे कैसे पटक दिया! तू पद्मा भाभी पर ध्यान लगा साइकिल चला रहा था!'' उलटे जवाब दे दिया गिरिमा ने।

''मैं भी बापू से कहूँगा!'' भाग्यधर ने कहा।

''किसकी बात?'' गिरिमा ने पूछा।

''विक्रम की बात!''

गिरिमा ने उत्तर नहीं दिया। क्योंकि तब तक विवाह की बात भैरव माझी के बेटे नौटंकिया कार्तिक के संग लगभग तय हो चुकी थी। हालाँकि सगाई सरकती जा रही थी। बीच में विक्रम बलवंतराय एक क्षेपणास्त्र की तरह धँस आया, सब उलट-पुलट कर डाला। लड़की का भी अपना मत होता है। यह जान कर भी गिरिमा अनजान थी। फ़ौजी का साहस पाकर गिरिमा की वह सोयी इच्छा मानो सिर उठा रही है। गिरिमा की गहरी सांस में साइकिल का अगला चक्का मेढ़ पर से खेत की ओर लुढ़क गया। बेकाबू हो गया, इस बेकाबू मन की तरह।

सात

संयोग से आगे-पीछे द़ो खत पहुँचे अभयपुर गाँव में। एक था भाग्यधर के नाम पर। दूसरा भूदान के पते पर। विक्रम बलवंतराय ने भूदान को पत्र लिखा था कारगिल से। दूसरा भाग्यधर को लिखा था कार्तिक माझी ने गुजरात के सूरत शहर से। दोनों खतों में कहीं एक सूक्ष्म संयोग लगा उद्धव को। हालाँकि दोनों का विषय अलग था। बाहर से देखो तो किसी का किसी से संबंध नहीं था।

विक्रम ने ल़िखा था—

'भाई भूदान! कारगिल युद्ध में भारत की जीत लगभग निश्चित है। कुछ दिन की बात रह गई। मेरा सौभाग्य है कि मैंने शत्रु पक्ष से प्रत्यक्ष लड़ाई लड़ी है। जहाँ लड़ रहा हूँ, वह एक मरुभूमि है। मगर बर्फ़ का रेगिस्तान। पहाड़ की ऊँचाई तुम्हारी सोच से परे होगी। शीत का प्रकोप किसे कहते हैं, समझाया नहीं जा सकता। सांस के लिए ऑक्सीजन की कमी रहती है। ठंड के साथ हवा इतनी तेज़ होती है कि देह में छुरी-सी चीरती है। सात पर्त गरम कपड़े पहने रहते हैं तब जाकर जान बचती है। फिर भी इतना सावधान रहना पड़ता है कि चार महीने हुए पोशाक बदल नहीं पाते। नहाने का सवाल ही नहीं। सुन कर आश्चर्य होगा—पहाड़ की टेढ़ी-मेढ़ी राह चढ़ते समय पोशाक तले पसीने की बूँदें जो उभर आती हैं, कम तापमान के कारण तुरंत जम कर बर्फ़ बन जाती हैं। मानो कोई बर्फ़ की पोशाक हमें जकड़े है। इसी से देह में चारों ओर खुजली, सारी देह पर चमड़ी लाल। सबका यही हाल। प्रकृति की विडंबना—हज़ारों फुट ऊँचे बर्फ़ के पहाड़ पर रहते हैं, पर मुँह धोने को चुल्लू भर पानी नहीं मिलता। यहाँ पहाड़ की भयंकर ढलान के साथ हवा के तेज़ झोंकों पर मौत की खींचतान चलती रहती है! ऑक्सीजन की कमी से माचिरा जलाना भी यहाँ असंभव हो जाता है। सोचो, सांस लेना कितना भारी होता होगा! एक साथ कई शत्रुओं के साथ लड़ना पड़ता है। ऊपर से दुश्मन

की गोलियाँ बरस रही हों, हवा की तेज़ी, ठंड की कड़की से लड़ो, उधर रस्सी की सहायता से हम ऊपर चढ़ते हैं। ऐसी कई जानलेवा समस्यायें, जिनका वर्णन असंभव है। जबकि ये हमें आगे बढ़ने में उत्साह ही देती हैं। दूर से सुनो तो डर लगेगा। मगर फ़ौजी पोशाक पहन "भारत माता की जय" कहते ही सारा डर भाग जाता है और हर शत्रु के आगे फ़ौजी डटकर खड़ा हो जाता है। यहाँ विजय के अलावा और कोई ख़याल ही नहीं रहता। जीवन-मरण सोचने का समय कहाँ? डाक से खत भेजना या पाना सपना है। किसी घायल फ़ौजी को अस्पताल ले जाते समय मैं उसकी जेब में खत रख देता हूँ। कोई भी इसे निकाल डाकघर में डाल देगा। ज़रूर गाँव पहुँच जायेगा। विजय घोषणा के बाद मुझे ज़रूर छुट्टी मिलेगी। इस दशहरे और शरत् पूर्णिमा पर गाँव में रहूँगा। एक ड्रामा करेंगे। मैं लिखूँगा। विषय होगा 'कारगिल की हँसी'। सोचता हूँ इतने वीर सैनिक गंवा चुका कारगिल हँस कैसे रहा है? वह तो आँसू की नदी बन बह जाने की बात है। किंतु कारगिल के आँसू बर्फ़ बन जम जाते हैं संतान शोक से। दु:ख में कारगिल बर्फ़ का टुकड़ा बन गया है। इस शिला पर सूरज की किरणें पड़ने पर लगता है कारगिल हँस रहा है। यह हँसी इतनी तीखी है कि हम काले चशमे बिना अंधे हो जायेंगे। यह कह कर घर पर किसी को दु:ख देना नहीं चाहता। मैं यहाँ दु:ख में हूँ यह सोचना भी ठीक नहीं। देश के लिए जान लगाकर लड़ने का उद्दाम आनंद बताया नहीं जा सकता, अत: वो बात छोड़ो। असल बात यही है कि फ़ौजी के लिए जीवन-मरण जैसे एक समान है, सब आदमी वैसे ही समान हैं। यहाँ हमारी एक जात है—हम भारतीय हैं। एक धर्म है—देश रक्षा। यह नीति हमारे गाँवों में प्रचलित हो तो कितने दु:खों से छुटकारा मिल जाता! साथ खाये, हँसें, मिलजुल कर रहें, तो जाति-धर्म का भेद मिट नहीं जाता। सब यहाँ साथ रहते हैं, खाते, हँसते, दु:ख हो तो साथ रोयें, जीयें, मरें—पर गाँव लौटने पर वही पुरानी बात! गाँव में जात-धर्म को लेकर बँट जाते हैं, झगड़ने लगते हैं। अत: जाति-धर्म का झगड़ा मिटाने हेतु संस्कार चाहिए। विवाह संस्कार—भिन्न जात, भिन्न धर्म में संबंध हो, ब्याह हो तो धर्म या समन्वय होगा। अपने गाँव में ऐसा संस्कार शुरू करेंगे। क्या कहते हो?'

'आशा है हमारे इलाके में फ़सल अच्छी होगी! पान का व्यापार खूब होगा। हिल्सा मछली खूब मिल रही होगी। आगे दो-दो चुनाव सिर पर हैं। बेकारों को कुछ मिल जायेगा। लगता है निन्यानवे में कारगिल विजय के बाद शुभ होगा।

आशा है भाग्यधर की बहन अभयपुर गाँव की वीररमणी गिरिमा हिल्सा, वेकटा, नदी, समुद्र पर कविता लिख रही होगी। मेरे आने के बाद कविता ही कविता में उनके गाँव-हमारे गाँव के बीच मुकाबला करेंगे...।'

~

भाग्यधर को जो खत कार्तिक ने लिखा, वह यों था—

स्नेहास्पद भागू!

यहाँ गुजरात के सूरत में लाखों ओड़िया हैं। 'बात रही मंगसिर तक' नौटंकी खूब जम रही है। मालिक पैसे गिनते-गिनते थक गया है। हम नाचते-नाचते थक गए। किन्तु अब भी लोगों क़ी डिमांड कम नहीं हो रही। यह नाटक मैंने लिखा— मेरे भाव बढ़ गए। नया नाटक लिखने के लिए मालिक उत्साह दे रहा है। मगर पैसे खर्च करने में पीछे है। हर बात उधार में चल रही है। सुसरा कंजूस! खैर, अबकी दशहरे पर गाँव जाना है। मंगसिर में शुभ काम कर देना है। वरना बापू चैन से नाटक का काम करने न देंगे। खत पर खत भेज रहे हैं। बापू समझ नहीं पा रहे कि नाटक करने पार्टी संग जाने के लिए ज़रूरत पड़े तो बेदी से उठ कर जाना सहज है, कहीं नाटक चल रहा होता है, ब्याह के लिए क्या उसे छोड़कर जाना संभव है? जो जायेगा वह सूरत लौट नहीं सकेगा। खैर, मालिक मान गया है। लेकिन सच कहूँ, तेरी बहन बुरी नहीं, मगर जैसी मुँहफट और ज़िद्दी है, उसे सीधा करने के लिए मुझे नौटंकी पार्टी छोड़कर कुछ समय गाँव में रहना पड़ेगा। मगर औरत को छोड़ना मर्द के लिए जितना आसान है, नौटंकी दल छोड़ना मेरे लिए उतना आसान नहीं है। देखें मंगसिर आने दो। भाग्य में जो होगा...। तेरी घरवाली पद्मा मज़े में होगी। ऐसी सरल लड़की को माँ बनने के बाद और कुछ नहीं चाहिए। एक तरफ़ से यह ठीक है!

इति

कार्तिक

भागू ने पढ़कर सबको सुना दिया। गिरिमा ने फनफना कर कहा—"औरत को छोड़ना क्या नौटंकी दल छोड़ने से आसान है! लिख दे तेरे साथी कार्तिक को! नौटंकी में शामिल होने पर औरत पाना मुश्किल है नौटंकीवालों के लिए। साल में छः महीने नौटंकी करते रहो, औरत घर में माला फेरती रहे। क्यों? लिख दे— गिरिमा उरासे ब्याह के लिए मरने वाली लड़की नहीं। बापू से भी पूछ, वर ठीक किया है, मगर क्या उचित वर किया है?" गिरिमा की बड़ी-बड़ी आँखें छलछला

आईं। उद्धव मंगवाल के बेटे भाग्यधर से यह बात सुन गुमसुम हो गई गिरिमा ने मुँह खोल जो कह दिया, अब उसे बदलेगी नहीं। मेहनती केवट बाला के लिए वर की कमी नहीं होती—मगर गिरिमा के मन लायक पढ़े-लिखे वर की कमी है। खैर, दशहरा तो जाने दो—फिर प्रभु की इच्छा। उद्धव के भागवती मन ने गुनगुनाया—यह मन सोचता है जो, समय पर पाता है वही।

~

धारा सावन—

विजया दशमी को अभी कई दिन हैं। विजय दिवस पालन करेंगे—इस बात पर गाँधी दास ने गाँव भर में हलचल मचा दी। गोलमस्ता मियां ने ढांय-ढांय मोटे पटाखे छुटा दिये गाँव के बीच चबूतरे पर। गाँववाले बाइस्कोप देखने की तरह जमा हो गए। गाँव में छोटी-छोटी बातों पर हंगामा मच जाता है। मगर गोलमस्ता के पटाखों और साथ ही गाँधी दास की कारगिल विजय घोषणा ने सचमुच हलचल भर दी छोटे से गाँव की संकरी पथरीली छाती में। गोलमस्ता, उद्धव, गाँधी दास, बांछू तरई, शेख सालबेग, अलवर, भूदान, शंखधर, पद्मधर, भाग्यधर, सारला दास मंडल, उत्कलमणि मंडल, धड़ी बारीक वगैरह सब गले मिल रहे हैं। कारगिल विजय उत्साह का दिन है।

सावन महीने की त्रयोदशी। देश भर में कारगिल युद्ध में भारत की विजय से उत्सव-उल्लास फैल गया। मगर धारा सावन बरस रहा द्रोण मास्टर की आँखों से। उनके जानते कारगिल युद्ध में 333 भारत के वीर शहीद हुए हैं। इसके अलावा 450 अपंग हो गए थे। पंद्रह वीरों का पता नहीं मिल रहा। उत्कल के भी ग्यारह वीर जवान शहीद हुए हैं। लेकिन सीमा के उस पार आदमी का नुकसान ज़्यादा हुआ होगा। विजय हमेशा विजय उल्लास को रक्ताक्त बनाती है। चाहे महाभारत युद्ध हो चाहे राम-रावण युद्ध, चाहे कारगिल युद्ध। गोलमस्ता विजय उल्लास में कहींअंदर टीस का अनुभव कर रहा था। भारत सीमा में जितने बंधु कुटुंबी हैं, सीमा के उस पार कहीं ज़्यादा हैं। अनेक पाकिस्तानी वीर मरे हैं। उनमें अपने कुटुंबी भी होंगे।

उस दिन गाँव की छोटी मसजिद और लक्ष्मी नारायण मंदिर में भारतीय शहीदों की आत्मा की सद्गति के लिए, आहतों के शीघ्र आरोग्य होने के लिए और लापता वीरों के घर लौटने के लिए प्रार्थना की गई। गाँधी दास ने कहा—''केवल भारत वीर क्यों—पाकिस्तान के मृत सैनिकों के लिए भी प्रार्थना करें। नेता का दिमाग युद्ध करता है, जनता बलि पड़ती है। मौत के बाद आत्माएँ एक जगह मिल जाती

हैं। वहाँ सीमा रेखा जैसा कुछ नहीं होता—असीम के पास हिन्दू-मुसलमान, भारत-पाक की सीमा खींचने के लिए किसमें हिम्मत है ?''

गाँधी दास जानते हैं—गोलमस्ता भारत का देशभक्त नागरिक है, सच्चा देशभक्त है। तो क्या अपने पाकिस्तानी बंधु-कुटुंब की मौत पर कष्ट है तो हर्ज क्या ? गोलमस्ता ही क्यों, सीमा के उस पार कोई कुटुंबी नहीं फिर भी गाँधी दास भी वही दु:ख पा रहे हैं। उद्धव मंगवाल, भारत मंडल, बांछू तरई भी यह पीड़ा अनुभव करते हैं। निर्दोष मानव के निरर्थक मरने पर कौन दु:ख नहीं पाता पर गोलमस्ता मुँह खोल पाकिस्तानी के लिए आह करे तो भी दुष्ट लोग उस पर देशद्रोह की मुहर लगा देंगे। कुछ देश को बेच, तोड़ कर खाते हैं, इधर दूसरे को देशद्रोही कह अपने को देशभक्तों की सूची में रख वाहवाही लूटते हैं। गाँधी दास, उद्धव मंगवाल और भारत मंडल के आगे गोलमस्ता यह दु:ख कह पाता है। पर इस बात में खोट निकालते हैं टहली महांति, कुंपनी गुसाईं, नर्कू राउतराय जैसे और भी कई स्वार्थी नेतागण हैं। बात-बात में राजनैतिक दंगा पैदा करना इनकी आदत है। देश में जितने हिन्दू-मुसलमान दंगे हुए हैं, उन्हें सांप्रदायिक दंगा नहीं कहते—गाँधी दास। ये राजनैतिक दंगे हैं। गाँधी दास के पिता एरसमा गाँधी यही कहा करते थे। इस इलाके में अब तक ऐसा दंगा नहीं हुआ। भविष्य में भी नहीं होगा इस छोटी परिधि में बसे अखंड भारत में।

सब आश्वस्त थे कि आंबीकी पंचायत के प्रथम कारगिल जवान विक्रम बलवंतराय विजयपताका फहराते गाँव लौट रहे हैं। महीने भर पहले भेजा खत अभी आठ दिन पहले ही मिला। विक्रम दशहरे पर लंबी छुट्टी लेकर गाँव आ रहा है। उसकी माँ सख्त बीमार है। जीने-मरने का ठीक नहीं। इस बीच पिता ने उसका विवाह तय कर दिया है। वह आ पहुँचे तो कारगिल उत्सव, विजयादशमी उत्सव और फिर मंगसिर में वीर विक्रम का विवाह उत्सव...इस छोटे गाँव में उत्सव सूची और भी लंबी है। माँ दुर्गा सर्व मंगला बन पधार रही हैं। 'पर विक्रम का मत लिए बिना ब्याह तय करना क्या ठीक है ?' उद्धव मंगवाल मन-ही-मन पूछ रहा है। उसने खुद ही अपना कान पकड़ कहा—''अबे ओ मंगवाल! खुद को क्या समझ रखा है ? राजवंशी! दास राजा का वंशधर है ? अत: सब पर राजा है ? तेरा मन जैसा चाहेगा, वैसा होगा ? तू जात का केवट—पाइक छोकरे का ब्याह क्या तुझ केवट को पूछ कर करता उसका पिता ?''

न पूछे—वह भी केवट है—अपनी बेटी के ब्याह का फ़ैसला करने वह क्यों किसी पर निर्भर करेगा ? विक्रम के आने-न-आने पर मंगवाल की बेटी गिरिमा

के ब्याह का फ़ैसला नहीं रुकता। बुढ़ापे में कोहरे में तैरना केवटपन नहीं। उद्धव भी बच्चों की बात से बौरा गया।

केवट छोरियाँ एकदम ही हिल्सा मछली-सी होती हैं। पीहर के मीठे पानी में जन्म लेंगी—साथी खोजेंगी सागर के नमकीन पानी में। फिर दौड़ेंगी सागर के नमकीन पानी की ओर—प्रसव होने तक। पीहर, ससुराल, नदी-सागर, इसी आने-जाने में हिल्सा की तरह केवट बाला का जीवन कट जाता है।

उद्धव की तीनों बेटियाँ वैसे ही पीहर से ससुराल आती-जाती रहती हैं। षंडकुद में बड़ी बेटी की ससुराल है। आधे दिन ससुराल-आधे दिन मायके में रहती है। गिरिमा के लिए पढ़ा-लिखा केवट तय किया है मरुवा ने। षंडकुद गाँव में घर, रिश्ते में देवर होगा। पारादीप की बड़ी कंपनी में नौकरी। कद्दावर छोकरा। हट्टा-कट्टा चेहरा। ठीक विष्णु कर्णमूल मैल से जन्मे केवट, दास राजा की तरह धुरमुसा मरद। प्रलयकाल में डांड थाम कर वटपुट को थिर कर सके। गिरिमा के लायक है। बाप-भाइयों का मछली, सूखी-मछली का बड़ा व्यापार है। उस लड़के को हर महीने वेतन मिलता है। कोई कमी नहीं।

इस इलाके में अग्नि की साक्षी रखकर पाइक के बेटे से केवट-कन्या का विवाह नहीं होता है। हाँ, लड़का-लड़की घर से भाग कर माला अदला-बदली कर लें तो बात अलग है। मगर गिरिमा वैसी लड़की नहीं। उद्धव ने भी बेटी को ऐसे संस्कार नहीं दिये। विक्रम भी वैसा छोकरा नहीं। उसका बापू बहुत अहंकारी ठहरा। धन गर्व, जाति गर्व, खानदानी गर्व, बेटे की विजय पर गर्व। अब तो उसकी छाती गर्व से और फूल गई। व्यर्थ में बेटी की उमर बढ़ाने से क्या लाभ? इधर षंडकुद वाला पात्र अगर हाथ से निकल गया तो, एक और शिक्षित वर पाना सहज नहीं। बड़े बेटे शंख की बड़ी बेटी देवी गिरिमा से सिर्फ़ साल भर छोटी है। वह घर बसाने लायक हो गई है। उसके नीचे अलका और पोहली, वह भी बड़ी दिखने लगी हैं। अब क्या भतीजियाँ ब्याही जायेंगी, बुआ कुँवारी बैठी रहेगी? भतीजी ब्याही गई, बुआ फिर वैसे ही रहें। इसमें संदेह नहीं। इस इलाके में छोटी बहन की बड़े भाई-बहन से पहले ब्याह की परंपरा नहीं। बहुत बदनामी होती है। छोटी पहले ब्याही गई तो बड़ी उपेक्षित रह जाती है। अत: गिरिमा को इसी सावन में, बिना तिथि के, सर्वमंगल जगन्नाथ की नीति से विदा कर देंगे। क्या बुराई है? देवी के लिए बोरीकिना गाँव में वर वाले तैयार बैठे हैं। गिरिमा का ब्याह तय हुए बिना उन्हें वचन नहीं दे पाते...गिरिमा बहुत मुँहफट है। माँ के आगे, 'नौटंकिया' कह कर कार्तिक के लिए मना कर दिया। कहा—"अगर बापू ने वहाँ ब्याह दिया,

तो इस गाँव में मेरे लिए नदी, तालाब की कमी नहीं।'' खैर, भैरव माझी से कार्तिक के लिए मना करना पड़ेगा! और क्या बेटी को कुएँ-तालाब में धकेल दे? इसी मौके पर षंडकुद वाले प्रस्ताव पर गिरिमा को विदा कर दे तो एक झंझट खत्म हो। कम विद्या खतरनाक होती है। छोकरी ने नाक में दम कर रखा है।

कारगिल विजय के उल्लास में, एक द्वंद से छुटकारा मिला, एक फ़ैसला कर डाला गिरिमा के बारे में। अतः बड़े-बड़े कदमों से घर लौटे उद्धव। मरुवा के लिए—सौगात पंद्रह दिन पहले भेजी जा चुकी थी। मतलब यह है कि बच्चा होने वाला है इसलिए कुछ दिन बिताने मरुवा पीहर आयेगी अब। उद्धव ने तय किया—मैं जाकर गिरिमा की बात पक्की कर आऊँगा और आते समय मरुवा को साथ लेता आऊँगा। उद्धव के पास धन की कमी हो सकती है, मन की कमी नहीं। कभी-कभी दु:ख, विपद पड़ने पर भी सुख-आनंद की कमी है क्या?

ये देखो, इस बार नयी नाव बनी, जल उतराई भी होगी। नई नाव लेकर भाग्यधर हिल्सा झुंड में जायेगा। पदिया होगा हिल्सा दल का मुखिया। गिरिमा का ब्याह होगा। फिर देवी का विवाह। मरुवा को बेटा या बेटी होगी, ओह इस साल निन्यानवे में कितने शुभ काम के लिए माँ बासली राह निकाल रही है। सबसे बड़ा शुभ काम है कारगिल विजय और विक्रम बलवंतराय का घर लौटने का भी पर्व है—माँ बासलेई विक्रम पर छत्रछाया बनाये रखें! वह हमारा गर्व है—देश को उस पर भरोसा है। बाकी बातें पीछे। विक्रम उद्धव का कुछ नहीं...होने वाला भी नहीं। तो क्या कारगिल से लौटने पर खुशी नहीं होगी? यदि नहीं, धिक है उसका मानुषपन, सौ बार धिक्कार! पान चबाते-चबाते केतकी के आगे कारगिल वीर के घर लौटने की बातें, षंडकुद के शत्रुघ्न के साथ गिरिमा का ब्याह तय करने की बात कह दी उद्धव ने, मन को चैन आ गया।

~

पान के बुर्ज के पास अबीर जैसे लाल पश्चिमी आकाश की ओर मुँह कर खड़ी थी केतकी। गिरिमा ढलान के नीचे काफ़ी पानी में खड़ी पूर्वी आकाश में एक खिलते तुरई फूल जैसे तारों को ताक रही थी। हाथ में नील कुमुदिनी भरकर।

''सांझ में किसके गले में माला डालोगी, सखी?'' केतकी ने पूछा।

''विजयी वीर के!'' विश्वास से भरी गिरिमा ने कह दिया।

केतकी का चेहरा बंद कुमुदिनी की तरह मुरझा गया। कहा—''शिव के माथे फूल चढ़ा कर षंडकुद के मरद शत्रुघ्न की मंगल कामना करो सखी! भूल

जा उस वीर विक्रम को। वह सांड़ मार्का छोरा नहीं। झूठा सांड़ है। शिव का वाहन! मुँह बंद कर हुकम पालन करता है। देश का लाडला! वह सब का सुख देखता है, केवल अपना सुख नहीं देखता। कहते हैं यह फ़ौजी का कर्तव्य है। यही उसने भूदान भैया को लिखा है। हाँ, विक्रम आ रहा है—विजयी वीर है, यह भी सच। पर उसके गले तक तेरे हाथ न पहुँच सकें! शत्रुघ्न कौन–सा बुरा है? इतना चुनाव कर रही हो कि स्वयं अकेली रह जाओगी। तेरे से छोटी भतीजी अलका, देवी, पोहला...। बूढ़े बाप का बोझ हल्का करोगी या नहीं? पता है, उधर मौसा तेरे लिए बहुत चिंतित हैं।'' बोखड़ी दादी से सुनी हुई एक–एक बात कह गई सखी के आगे। प्राण सखी सुनती रही। केतकी जानती है इसके प्राणों को चुभेगी। पर केतकी को भी तो कम चुभन नहीं होगी।

गिरिमा के सांवले चेहरे को काले मेघ ने ढाँप लिया, पर ऊपर इतना नहीं दिखा। अंदर–ही–अंदर बेमौसम बरसा झिपिर–झिपिर झर रही है। पानी में वैसे ही खड़ी रही कुमुदिनी के अनेक नाड़ लिए ज़ुबान कुछ कड़ी कर कहने लगी—''विजयी वीर किसे समझा? विक्रम को? धेत्...वो कोई वीर है? उसमें अकेले को बहादुरी लेने वाली बात क्या है? इतने वीर मरे—इतने लापता हुए—इतने अपंग हुए—विजय से सबका हिस्सा जाने के बाद विक्रम के हिस्से वाहवाही कितनी रही? मेरे विजयीवीर हैं हर हर महादेव! सती को लेकर इतने फिरे, इतने फिरे कि इस जन्म में न सही अगले जन्म में प्राणेश्वरी को पा गए इसे विजय कहते हैं। तू बापू से कह देना मैं षंडकुद वाले प्रस्ताव पर राज़ी हूँ। औरत जन्म, केवट के घर पैदा, खा–पीकर, बच्चों की माँ बन गई, घर बसाया, तो बड़ा भाग्य। मेरी बहनें क्या दुःख में हैं? मैं ही क्यों दुःखी होऊँ? फिर मैंने क्या किसी को वचन दिया या मन दिया है? बस, तुझे छोड़ जाने का दुःख है। सच, कितनी दुखियारी है तू?''

गिरिमा की बड़ी–बड़ी सीप–सी आँखें, घोंघे–सी फूल गईं आँसुओं से। पर केतकी जानती है, पिछले होली के समय गाँव में 'शिव के गले सती का शव' नाटक देखकर सहेली भाषण दे रही है। गिरिमा के आँख के आँसू अपने लिए हैं, अमावस को जन्मी सखी के लिए नहीं। आँसू आग से ज़्यादा फैलते हैं एक से दूसरे तक। हवा न हो, आग से दूर रहो, वह फैल न सके। बिना हवा के आँसू तो एक–दूसरे तक लाँघ जाते हैं। केतकी अप्रिय सच कहकर सखी से दूर मरघट की ओर भागी। सांझ को दुकान पर भीड़ होती है। दादी ग्राहक सँभाल नहीं सकती।

फूल का गुच्छा पानी में फेंककर गिरिमा पूर्वी आकाश में इकलौते तारे को

ताकती खड़ी रही घुटनों तक पानी में। पर कुमुदिनी तो नियति के नियम से मुरझा न जाने तक सहज ही डूब नहीं पाती। बीच पोखर में अकेली जीवित रहती है। कई विफलता, पराजय के बावजूद जीवित रहने से बड़ी विजय कुछ नहीं। पंक से पांव खींच बाहर आ गई।

~

नदी के उस पार।

मेघ सींची, धूप खायी आश्विन की सिहराती हवा काँस के फूलों में गुदगुदी कर रही है। इधर दूध से सफ़ेद कांस इस छोर से उस छोर तक फुनगी लहरा रही है। मानो सफ़ेद मेघ पंख पसारकर आसमान से खेतों पर उतर रहे हों।

इस साल शरत् जल्द आ गया! माँ दुर्गा की पूजा होगी। फिर कुंआर पूर्णिमा, कातिक में काली पूजा, दीवाली, कातिक पूर्णिमा, मगसिर में माँ लक्ष्मी की नये धान से पूजा प्रथमाष्टमी...इस तरह वर-वधू के गठबंधन की तरह बारह महीने में तेरह पर्व एक के बाद एक आते हैं ओड़िया घरों में। बेघरबारी की मौज है...उद्धव मंगवाल जैसे बहु-कुटुंबी मरद के कितने खर्च, कितनी चिंता है! यह बात बेटियाँ नहीं समझतीं, अधेड़ औरत शंख की माँ भी नहीं समझती। कभी उद्धव का सख्त हाथ जाल फेंक नदी-समुद्र से जितनी मछली लाता, बाज़ार से उतने पैसे भी छान लाता तो चिंता न थी। बाप के हाथ से जितना मार पाओ, मारते रहो। खाओ-पियो, मेले-ठेले में खर्च करो। उद्धव को रुपये पैसों से क्या काम? उसे न ओढ़ना है न पहनना। बस दो मुट्ठी खाना चाहिए। पाँच हाथ का कमेरू केवट समुद्र के साथ, नदी के साथ, आंधी-तूफ़ान के साथ ही नहीं जीवन के साथ भी जूझता चल रहा है छह बरस की उमर से और आज साठ पार कर गया। गरीब केवट तन पर कपड़ा भले ही न ले, पर पेट में दाना तो चाहिए!

पर उद्धव मंगवाल जितना जूझता है, उतनी माफिक खाता नहीं है। रात बीते न बीते, उद्धव ही नहीं, केवट जाति जाग जाते हैं। केवट जागने के बाद सूरज उगता है। उससे पहले नहीं। समुद्र हो या नदी, हवा-पानी देख कर बिन मुँह धोये अंधेरे-अंधेरे उद्धव पानी की ओर चल पड़ता है। जैसे उद्धव छः बरस तक बिन मुँह धोये माँ का दूध पीता रहा, वैसे ही। साथ में लेता गुड़ाखू, पीने का पानी, अलमूनियम की केन में पखाल भात, सूखी मछली भुनी हुई। नमक-मिर्च, दो एक प्याज या लहसुन। साथ लेना नहीं भूलता बीड़ी बंडल और पान का बटुवा। माथे पर साफ़ा और कमर में कौपीनी लपेटे होता। डोंगी में एक बंडी और चादर

भी रखी होती, बेमौके शरीर में कंपन-संपन हो तो ओढ़ ले। दो-चार बीड़ी फूँक ले तो सुबह का नाश्ता पूरा हो जाये। सुबह की तिरछी धूप जब सिर पर आकर सीधे पड़ती है, भूख केवट की जीभ लार में डूबी ताज़ा गड़सा मछली-सी अधीर हो उठती है। बड़े-बड़े कौर कच्ची मिरच के साथ सूखी मछली का भुरता गले से उतारने में धीरज नहीं रहता। तेज़ कच्ची मिरच का तीखापन हो या पखाल-सूखी मछली का महकता स्वाद हो, दुष्ट भूख एक बार में ठंडी हो जाती है। फिर सांझ ढले तक कोई फिकर नहीं केवट को भूख की। नदी-समुद्र में लहरों के बीच मछली का झुंड दिख जाये तो फिर कैसी भूख! आधे रेट में गद्दी मालिक को मछली बेच घर लौटने में कितनी रात हो जाती, केवट नहीं कह पाता। पैसे-कौड़ी और बची मछली दस अंशीदारों में बाँट-बाँट कर पहुँचने तक बच्चे खा-पीकर सो चुके होते। शंख की माँ तब तक नहीं खाती। उद्धव की बाट जोहती है। देर हो तो चैन न पड़ता। मगर आकाश में मेघ घिरें या आँधी की भनक हो तो उसकी छाती धड़कने लगती। फिर कितने प्रसाद, मन्नत करने लगती, माँ बासलेई, गंगामाता, मंगला देवी, सारला देवी, तारिणी माँ, रामचंडी, बंदरेई, मरिचेई देवी आदि तेंतीस कोटि देवी-देवता के आगे। अच्छी बात—लेकिन फिर वही खर्च!

उद्धव के घर में कदम रखते ही वह भात परोसने लगती। मगर उद्धव का मन ही नहीं होता। सर्दी को छोड़ अन्य मौसम में उद्धव बाड़ी वाले पोखर में डुबकी लगा आता। पोंछ-पांछ कपड़े बदल माँ बासली को सिर नवाता। जगन्नाथ दास की भागवत का एक अध्याय पढ़ता, तब जाकर पेट पूजा। गरम-गरम मोटे उषना भात और मछली व बेसर का झोल। कभी नदी में डोंगी की तरह पतले मछली झोल में सहजन की फली तैरती, कभी बाड़ी से तोड़ी भिंडी होती। मगर छोटी हो या बड़ी, मछली का झोल रोज़ होता। इस इलाके में केवट के यहाँ तरकारी का मतलब मछली या फिर सूखी मछली। साल में एक-आध बार पर्व-त्यौहार के समय दाल बनती। बस इतना है उद्धव जैसे धनुर्धर का जीवन भर का आहार। ज़्यादा क्या खाये? झड़ी, बाढ़, सूखा के समय बहुत कष्ट। उद्धव ही नहीं, हर केवट का, छोटे किसान का, गरीबों का। ऐसे गरीब घर में अधिक धान रहने का कोई रास्ता नहीं। पेट क्या थोड़े हैं? उद्धव के घर में सोलह लोग हैं खाने वाले। साथ में घर पर मेहमान आते-जाते रहते हैं। गुज़ारा कैसे हो?

इस इलाके के केवटों की यही दशा है। सभी गाँव के केवटों का एक ही व्यवसाय है। एक-सी दिनचर्या। अपने जन्म वाले गाँव बंदर में उद्धव जो कुछ करता, जो खाता, जैसे जीता, मामा के यहाँ बेटा बन अभयपुर आया तब भी वह

वही खाता है, वही काम करता है, वैसा ही जीवन जीता है। फरक कुछ नहीं! हाँ, फरक है, वह फरक उद्धव मंगवाल में है। किसी और को दिखाई न दे। उस फरक ने उद्धव को ऐसा चुप कर दिया है कि वह औरत की छाती की ओर देखने का साहस नहीं कर पाता। यहाँ तक कि अधेड़ औरत के अपने बच्चे को छाती से पल्लू हटा कर ढले थन से दूध पिलाते समय भी वह उधर देख नहीं पाता। देखने पर उसमें कड़मड़ा कर छुपी हुई दुःख भरी ईर्ष्या एक अव्यक्त क्षोभ और संकोच भरा असहाय रुआंसा बाल्यकाल ये तीनों भाव सुलग कर बड़ी-बड़ी आँखों को शायद लाल कर दें। उपलों से उठते धुएँ में झट से नरम आग की लपट की तरह उद्धव को माँ का नेह भीगा चेहरा दिख जाता।

उद्धव मन-ही-मन मुस्कुराया। उद्धव अगर बुढ़ा गया तो माँ जीवित होती तो उठ-बैठ भी नहीं पाती। वह सौ-सवा सौ साल की हो जाती। मरे, बचे, गर्भ नष्ट आदि मिला कर बारह भाई-बहन थे। वह था सबसे छोटा। वह कब तक जीवित रहती? आज अपराह्न में वह यों उदास क्यों हो रहा है?

हाँ, उद्धव की माँ जब मरी, उसकी मरने की उमर नहीं हुई थी, उद्धव की भी अनाथ होने की उमर नहीं हुई थी। अगर उद्धव बंदर गाँव में जन्म लेकर बूढ़ा हो जाता, तो वह आज जैसा मनुष्य नहीं, शायद बुढ़ापे में माँ को याद कर यों उदास न होता। अपनी मामी, जिसका बेटा बन कर आने पर भी उसे कभी माँ नहीं कहा। वह उसे सीधे मुँह देखकर बात करता। उसके सामने दबा हुआ नहीं रहता, न औरतों से चार हाथ दूर रहता। तब अच्छा होता या बुरा, वह बात दूसरी है। पर वह कुछ अलग तरह का आदमी होता इसमें संदेह नहीं। होना भी स्वाभाविक है। बंदर गाँव और अभयपुर गाँव दोनों आँख मिचौनी खेल की तरह नदी-समुद्र के घेरे में पड़े हैं। कभी घी-मलाई, कभी सूखा-रूखा। फिर भी दोनों अलग गाँव हैं—इतिहास भिन्न है। पर दोनों उद्धव के निहायत अपने हैं। आज उद्धव पैतृक संपत्ति छोड़ छाड़ दे पर कुटुंब वाले, अभयपुर से हृदय की डोर वह नहीं तोड़ सकता। इस हंसुवा नदी में उद्धव की माँ का देह खंगाला पानी समुद्र में लहरें काट बह जाता है। नदी को देखने पर उद्धव को मृत माँ जीवित नदी बन कलकल बहती दिखती है आँखों के सामने और छाती की गुफ़ा में। बुढ़ापे में हंसुवा नदी के पानी में गोता लगाते समय उद्धव को लगता मानो वह माँ की गोद में मचल रहा है।

नदी है माँ—समुद्र है पिता। सारी धरती के पेड़-पौधे, जीव-जन्तु, आदमी, चिड़िया उनके बाल बच्चे हैं। पांव पसार, हाथ फैलाये सबको गोद में लिए धरती है बूढ़ी माँ, और प्राचीन आकाश है बूढ़ा दादा। सूरज महाप्रतापी क्रोधी बड़े मामा

हैं, चाँद है सीधा-सादा हँसमुख छोटा मामा! बड़े मामा गुस्सैल हैं, कोई पास नहीं फटकता। आँख उठाकर देखो तो आँख मुँद जायें। वे कैसे मामा? अतः मामा कहो तो एक, बस चाँद मामा! अतः ननिहाल के आंगन में खिलें टगर, तराट, जुही, मोगरा, मालती, तोरई, हरसिंगार, हिना, रंगनी आदि फूल सूरज का तेज सह नहीं पाते, एक-एक कर मुरझा जाते हैं। ननिहाल का आंगन दिन में सूना हो जाता है।

सूरज को आकाश का डर रहता है। कुछ भी हो, जन्मदाता पिता है आकाश। सूरज हो या चाँद, मन मरज़ी से उगना-अस्त होना नहीं चलेगा। पिता ने जो नियम बनाया, मान कर पूरब से पश्चिम गति करो। ऋतु बदले, उनका गति पथ बदले, फिर आकाश के डर से दूसरी ओर ढले, उत्तर-दखिन होकर। बूढ़े लोग नीति-नियम लाँघने के विरोधी। सूरज-चाँद को ज़रा इधर-उधर होते देखा, बूढ़े आकाश के हाथ में बिजली की चाबुक है—बज्र गड़गड़ाहट। कभी-कभी मेघों के किवाट बंद कर आदेश देता है—''घर में बंद होकर जो करना, करो। बाहर झांका तो बिजली की चाबुक से पीट दूँगा। गड़गड़ाहट का मुक्का मारूँगा।'' फिर सूरज या चाँद! सूरज जितना कोपी है, उतना रोवना भी है। चाँद की बात ही छोड़ो। या तो हँसे या रोये। आकाश जब किवाड़ बंद कर दे तो सूरज-चाँद दोनों रोयें। पृथ्वी को बहा दें। आकाश बूढ़ा हो गया, मतिभ्रम! पृथ्वी सुन्दरी को जितना लाड़ करे, उतना परेशान भी करे।

कभी-कभी हवा के हाथों संदेश भेजता है आकाश। कभी-कभी पवन के हाथों खबर देता है। पेड़-पौधों को झकझोर कर पृथ्वी कहे—नाही...नाही...नाही। कभी-कभी आकाश की खबर पाकर बूढ़ी ऐसी भड़कती है, कपड़े-लत्ते अस्त-व्यस्त हो जाते हैं। सब को पटकनी देती है। बूढ़े पर गुस्सा हो तो उसे कुछ कह नहीं सकेगी। बच्चों की पीठ पर गुस्सा उतारेगी। यह भी संसार का बँधा नियम है। शंख की माँ उद्धव पर गुस्सा हो तो उसे तो कुछ कह न सके, बच्चों पर लात-घूंसे चलाता।

आदमी कह लें, प्रकृति कह लें—बूढ़ा-बूढ़ी, स्त्री-पुरुष, बाल-बच्चे, भाई-बहन, मामा-मामी, भतीजे-भतीजी, कुटुंब-परिवार को लेकर चलता है। अनादि काल से ब्रह्मांड लीला! आदमी का चारा क्या है? आदमी ब्रह्मांड लीला में एक नाचने वाला पात्र है। जहाँ नाटक समाप्ति की सीटी बजी, सब खत्म! सब चल रहा पुराने नियम से। वह पुराना आकाश, पुरानी पृथ्वी, पुराना सूरज-चाँद, तारे...। पुराना जन्म-मरण का खेल। वह सूरज अस्त होता है, फिर नया बन उदय होता है। पेड़ बूढ़ा हो, बीज से नया अंकुराये। उसी क्रम में आदमी जन्म ले, मरे। ध्रुव सत्य है। पर मरा आदमी जी नहीं उठता। जीवित आदमी मरता है। माटी में मिल

वह माटी बनता है। पृथ्वी पर दिशाहीन पाँव से बैठे-बैठे धेई-धेई करने वाले जीवित आदमी के लिए जगह चाहे कम पड़ जाये। मरे को गोद में ले राख बनाने के लिए जगह की क़मी नहीं। यह भी ब्रह्मांड लीला-माँ बासली का लीला खेल चल रहा है। पर, सब जान कर भी, आदमी किसी के जन्म की खबर पाकर खुश हो या न हो, मरने की खबर सुन ज़रूर कुछ उदास हो जाता है। पर बिन बात के कभी-कभी आकाश क्यों मुँह फुला लेता है—मेघ के बिन बरसे भी अंधेरा घिर आता है।

उस दिन उद्धव को अकारण ही उदास-उदास लग रहा था। नदी-समुद्र में डोंगी लेकर जाने को मन ही नहीं कर रहा। घर बैठे रहो तो शंख की माँ टिकने नहीं देगी। नदी-समुद्र में भेज देगी—बैठे-बैठे खाते मरद में दुनिया में कोई औरत श्रद्धा नहीं करती। इसमें शंख की माँ का कसूर नहीं। मर्द ने काम न किया तो मुरदार है। कौन चाहेगा मुरदे को? उद्धव के अकारण अनमनेपन को भी शंख की माँ नहीं समझ सकती। अपनी तबियत, बच्चों की तबियत, धान-मीन-पान, नून इस तरह की कुछ बातों में नुकसान नहीं, कि अभी होने वाला नहीं, तो व्यर्थ ही मरद का मन उदास किस बात के लिए? कहीं लुके-छुपे किसी दूसरी छिनाल से प्यार तो नहीं हो गया? उफ्...इतनी बातें सुनने से पहले उद्धव जाल लेकर घर से बाहर आ गया। उदास होकर बैठ गया छोर पर मशान वाले बरगद की छाँह में।

केतकी वन की पगडंडी पार कर हंसुवा नदी के उस पार छोटा गाँव लवणीपुर दिख रहा है। हाथ बढ़ाकर छू लो चाहे। पर अब क्या फ़ायदा? नदी के उस पार 40-45 बरस पहले ही प्यार और सौहार्द का संपर्क टूट चुका है। देन-लेन की बात तय होने के बाद किसी घर फोड़ू ने उद्धव के दादा के कान में भर दिया कि हेम अमावसी कन्या है! बस—ठक से संपर्क टूट गया। संपर्क क्या टूटा, संपर्क तो शुरू ही नहीं हुआ था। बस, प्रस्ताव काफ़ी आगे बढ़ चुका था, पर, हेम अपनी चिकनी सांवली पिंडलियों पर गीली साड़ी निचोड़ नदी से उठते समय कभी आगे, कभी पीछे यों कई बार जवान केवट उद्धव की आँखों में पड़ी है। यों अनेक बहू-बेटियों के पानी से गीली, भींगी साड़ी में छुपी देह केवट की आँख में पड़ती है। इसमें कुछ आता-जाता नहीं। पर प्रस्ताव आगे बढ़ने के बाद देखा हेम पांव से जूड़े तक उद्धव के मन लायक है, मानो सहज ही कोई अंदर से कह रहा है। प्रस्ताव टूटने के बाद अंदर से कोई कहता है—हेम उद्धव की नहीं रही, भीगी बालू पर पगचिन्ह पर भी उद्धव का रत्ती भर हक नहीं, यह बात सहज ही उद्धव का जवान मन हजम नहीं कर पाया। उसने मन-ही-मन विधाता से पूछा था—अमावसी

कन्याओं का चेहरा यौवन झाँकने पर पूनम के चाँद-सा मतवाला क्यों बना देता है ? पर नाना से कुछ पूछ न पाया। हेम को अगर विधाता ने उसके लिए नहीं बनाया तो इसमें किसी का क्या कसूर? कसूर है...मरद की आँखों का। बस, बात वहीं खत्म। उद्धव के भाग्य में थी चंदनपुर के खानदानी केवट मुखिया घर की बेटी खुलना। वह अभयपुर में बहू बन कर आई थी, अतः वह गोरी छरहरी नवेली खुलना सुन्दरी आज छः बेटों और चार बेटियों की माँ ज़बरदस्त दोहरे देह वाली, मज़बूत औरत—उद्धव की घरवाली, है, शंख की माँ है !

किसी बात में उद्धव मन छोटा नहीं करता। हेम के लिए कभी उसका मन उदास नहीं हुआ। होने का कोई कारण न था। पर नदी के इस पार बैठे उधर देखो तो मेघ भरी धूप में इंद्रधनुष दिखाई देता है। काले बादलों को धकेलकर चाँद निकल आता है। सुनाई देती है, भरी नदी की नन्ही-नन्ही लहरों में कपड़े खंगालने की कलकल ध्वनि। उद्धव का उदास मन पल में खिल उठता है। आदमी का तन बचपन से बुढ़ापे तक जग को दिखाई देता है। पर मन? बसंत आता है, जाता है, पर कोयल रहती है, कहीं लुक-छिपकर घोंसला बना लेती है। डालों की ओट में, पत्तों के झुरमुट में। उसकी कूक अन्य ऋतु में बाहर सुनाई नहीं देती। पर खुद को उदास घड़ी में सुनाई देती है। कभी-कभी कोयल बेमौसम कुहू-कुहू बोलती है स्मृति की डाल पर बैठ कर, प्राण नहीं हुलसते, पुलकित उदासी में पूरा मन भारी हो जाता है। निदाघ की उपेक्षा कर मर्मर हो उठते हैं झरते पत्ते। जीवन की हर ऋतु में आम के पेड़ की फाँक से मुँह छुपा कोयल अकारण कू...कू...नहीं करती, इस बात को नकार सकता है ? कौन-सा बूढ़ा पेड़ मलय की सिहरन भरी छुअन से सिहरित नहीं होता ? कोई शपथ लेकर कह सकेगा ?

उद्धव, गोलमस्ता, भारत मंडल, भैरव माझी, बांछू तरई, यहाँ तक कि गाँधी दास और अब के ये नये छोकरे-छोकरी सब मलय की सिरसिराती छुअन और कोयल की अधीर कूक से घायल होने को बाध्य हैं। यह आदमी का भाग्य है। आदमी का मन भी अजीब है, सूखे घाव को कुरेद रक्त रिसाने में उसे विषाद भरा आनंद मिलता है। पर जो उद्धव है, उसका मन और भी अजीब है। मछली, केकड़ा, नदी, नाला, समुद्र, मौसम, झड़ी-बरखा के साथ घरेलू पुरखे केवट की हँसी-रुलाई, उल्हास-विषाद मिल जाता। पर उद्धव मंगवाल यदि दुनिया भर की बातों पर उदास हो तो उसका निदान कौन जाने ? वह उसकी आदत है। मानो यह उद्धव नहीं, बासुकी है। पृथ्वी को धारण किये है अपने सिर पर यह केवट बूढ़ा।

अरे—तू तो कौड़िल्ला केवट है। समुद्र में आँधी आने से तेरा सिर दर्द,

गाँव-गाँव में झगड़ा हो तो सिरदर्द, कारगिल में युद्ध हो तो तेरा सिर दर्द क्यों? कारगिल कहाँ, तू कहाँ? तू कोई भारत का प्रधानमंत्री है? तेरा कारगिल युद्ध में क्या लेना-देना? तू किस गिनती में है? उस बात में मगज क्यों खपाना, जहाँ तेरी गिनती नहीं। उस पर उदास होने की क्या ज़रूरत? जैसे कि तू कोई नेता है! उद्धव कुछ कर नहीं सकता। मगर संताप तो कर सकता है। चिंता तो कर सकता है। उसे कौन रोक सकता है? कारगिल में भारत की जीत हुई तो क्या युद्ध का दु:ख भूल सकेंगे? कई ओड़िया वीर जवानों की मृत देह कारगिल से लौटने की तसवीरें क्लब में टीवी पर उद्धव ने देखी हैं। उफ्...उसके अपने रिश्तेदार नहीं तो क्या मन उदास नहीं होगा? वह आदमी है या जानवर! शंख की माँ ने ये देखा नहीं, जानती नहीं, तो उसके दस बच्चे, अनेक पोते-पोती, घर-बार, मछली-सूखी मछली में मशगूल हैं। पराये बेटों के लिए उसकी छाती में दरद के लिए जगह कहाँ? पर उद्धव के मन को ठाकुरजी ने हर बात में चिंतित होने के लिए बनाया है। विक्रम बलवंतराय उसका कुछ नहीं। कोई नहीं? तो वह क्यों रात-दिन ठाकुरजी से विनती करता रहा कि वह वैसे ही युद्ध करता रहे, गाँव वह न लौटे चाहे, पर फूलों से सजी वैसी देह न लौटे। उद्धव ने बासली देवी की कितनी मिन्नत नहीं की? माँ बासली ने सुन ली। विक्रम बच कर जीत कर लौट रहा है। लौटे, ब्याह करे, युगों जिये। उद्धव को फिकर कैसी? प्रभु ने दु:ख नहीं दिया, सो बात नहीं, सुख भी कम नहीं दिया। जीवन केवल सुख तो नहीं। फिर दु:ख देखे? मौत को मुट्ठी में कर जो आदमी जन्म से फिर रहा है, वह किस दु:ख से डरेगा बोलो तो? उद्धव ऐसे ही मन-ही-मन बतिया रहा था, विक्रम बलवंतराय के स्वागत पर्व में शामिल हो गया।

~

नदी-समुद्र में तरंग फैलने पर छोटे गाँव की निस्तरंग छाती पर लहर नहीं उठती। समुद्र किनारे के गाँव के लिए ज्वार-भाटा आम बात है। अत: किसी और बात के इंतज़ार में रहते सब।

'कारगिल विजय' की बात से गाँवों में हलचल उतनी नहीं हुई जितनी विक्रम की कारगिल चिट्ठी से। विक्रम कैसे, कहाँ कितने खतरे में रहा युद्ध कर रहा था, यह छोटी से बड़ी हो अजीब रूप ले रही थी। विक्रम के स्वागत के लिए गाँवों में आयोजन शुरू हो गए। और कोई खत विक्रम का नहीं मिला। दशहरे से पहले आ रहा है, सबको विश्वास हो गया था। नदी घाट पर गाँधी दास के निर्देश पर

तोरण-द्वार बना। नदी पार करके श्मशान वाली सड़क पर गाँव जाने की राह बड़ा तोरण अकेले मंत्री मल्लिक ने बनाया है। सात-आठ तोरण पार कर विक्रम गाँव पहुँचेगा—विक्रम, युद्ध से लौट रहा विजयी वीर! उद्धव के मन में अथाह आनंद हो रहा। सुबह से सांझ तक सारी बातें शुभ सूचना जैसी लग रही थीं। गिरिमा का उदास मन भी पौस में सरसों क्यारी की तरह विभोर सपने में सुनहला बन रहा था। विक्रम ने कोई वचन नहीं दिया था। उसके मन में क्या है, गिरिमा को पता न था। पर विक्रम के युद्ध से लौटने पर स्वागत में गिरिमा के खुश होने के लिए काफ़ी कुछ था। मन की खुशी में जैसे-तैसे कुछ गीत भी लिख लिये थे। युद्ध, बर्फ़ और समुद्र की बातें थीं गीतों में। ऐसे कई गीत अपनी जिल्द वाली लाइनदार कॉपी पर लाल डॉटपेन से लिखती जा रही थी। छुप-छुप कर पढ़ती।

विक्रम के स्वागत में मशगूल थे अभयपुर गाँव के साथ पाँच-दस गाँव, तभी दैव ने गरदन पर मुक्का मारा। उस मुक्के का सबको समान दर्द नहीं हुआ। पर सब भौचक रह गए। आह...चु...चु...के बीच विक्रम के स्वागत में बने सारे तोरण एक दिन में नष्ट कर दिये गए। बनाना जितना कठिन, तोड़ना उतना नहीं।

रात का सपना पल भर में टूट जाने की तरह विक्रम के स्वागत का उत्साह भी एक टेलीग्राम से खत्म हो गया! टेलीग्राम था—'विक्रम लापता है!' युद्ध में लापता होने का अर्थ सब जानते हैं। उद्धव भारी मन से एक-एक कदम डालता घर लौटा। वह जानता है विक्रम बलवंतराय को लेकर बेटी ने जो सपना संजोया, वह फलीभूत नहीं होगा। क्योंकि बेटी केवट है, विक्रम पाइक (क्षत्रिय)। पर कारगिल युद्ध में वह शहीद हुआ, यह क्या बज्रपात से कम है? उद्धव की बेटी गिरिमा को यह खबर जब मिलेगी, क्या वह जीते जी मर नहीं जायेगी? गिरिमा जानती है—उसका सपना केवल नींद में ही पूरा हुआ होता। जागते में नहीं—आदमी के जाग्रत में ढेरों शत्रु हैं—जाति, धर्म, छोटा-बड़ा, ऊँच-नीच...अनेक प्रतिबंध, दीवारें, रुकावट हैं। तभी बिचारी गिरिमा नींद में मन की बात कहती है, जाग कर किसी के आगे कुछ नहीं बोलती। उद्धव बाप है, बेटी का मन पहचानता है। उद्धव की घरवाली बच्चों के पेट को जानती है, मन जानने की उसे फ़ुर्सत नहीं। परवाह भी नहीं होती। उसके हिसाब में औरत के मन जैसी चीज़ कुछ है क्या?

उद्धव के आंगन में आते ही गिरिमा से सामना हो गया। बाप-बेटी एक-दूसरे को अपरिचित की तरह अवाक् देखते रहे। गिरिमा ने साहस कर लाज-शरम छोड़ पूछ ही लिया—"खबर क्या सच है?"

“लापता हो गए आदमी का नाम मन से पोंछ देना ही ठीक है,” उद्धव ने सीधा उत्तर दे दिया और सिर नीचा कर अंदर चला गया।

~

तारे गिनना आसान है, वादे वाले दिन गिनना आसान नहीं। दशहरे में विक्रम के आने के वादे के दिन गिनने से ज़्यादा आसान फूल गिनना था गिरिमा के लिए। इस गड्ढे से उस गड्ढे, इस पोखर से उस पोखर कुईं फूल तोड़ने में उसका बाकी समय कट जाता। वैसे केवट घर में जन्म ले कर बाकी समय जैसा कुछ नहीं बचता। मगर सूखी मछली, मछली की दुनिया में कुईं फूल का भी एक हिस्सा होता था, भादो में खुदुरकुणी (एक लोक देवी) व्रत से अगले साल भादो तक। माह-वाह, वार-त्यौहार, बिन देखे गिरिमा काम के बीच खाली समय जाकर घुटनों तक पानी में उतर मछली टटोलने के बदले कुईं फूल की पंखड़ी गिनती। भादो-आश्विन, आश्विन से कार्तिक बारहमासी मन के चाव की तरह बारहमासी कुईं फूल। दुःख भी बारहमासी। सहेली का दुःख केतकी को भी कम दुःख नहीं देता।

केतकी का मन उस दिन अपने लिए उदास था। वह पान खाने वाला पथिक कई दिन हुए आ नहीं रहा। उस दिन खोजबीन की तो केतकी को पता चला—पथिक अब नहीं आयेगा। इस इलाके के किसी कॉन्ट्रेक्टर के पास काम करता था। अतः इस राह से जाता। काम पूरा हो गया, कैंप उठ गया, पथिक का केतकी उद्यान की ओर आना भी खत्म हो गया। फिर केतकी का मन उदास क्यों है? क्या था पथिक को देख हुलस उठने का दूर भविष्य? कुछ न था—तो भी, देख कर अच्छा लगता, बिन देखे दुःख लगता है। इसमें कोई अजीब संपर्क की बात से केतकी इनकार कर सकेगी? पान की गिलौरी पर लौंग रख ग्राहक के हाथ में बढ़ा देने की तरह केतकी ने उस अनजान पथिक संग टूटे संपर्क को बंद कर दिया और अतीत के हाथ में बढ़ा दिये। झाड़-झूड़ बैठी तब तक देखा चुटकी में चूना और केतकी कत्थे का रंग हथेली में भर गया। कोई बात नहीं, कुछ दिन बाद चुटकी से रंग छूट जायेगा...हाथ साफ़! औरत का मन कोई देख नहीं पाता...यह सौभाग्य है। औरत के माथे का सिंदूर ही रंग में गिना जाता है—मन का रंग न गनीमत है—उस रंग की परवाह किसे है?

विक्रम के लापता होने की खबर बिजली की तरह भेद गई केतकी के उदास मन को। वह जानती है सहेली इस समय कुईं तोड़ रही होगी। खबर पाकर डूब मरना नई बात नहीं। अपना दुःख भूल केतकी दौड़ी पान की बाड़ी की ओर। पानी

भरे गड्ढे के पास नील कुईं की ओर ताकती गिरिमा अनमनी-सी खड़ी है। आकाश में उगे इकलौते संध्या तारे को निहार रही। उस दिन पता नहीं क्यों कुंई फूल नहीं तोड़ा। गिरिमा ने पानी में भी पैर नहीं दिये। केतकी के कुछ कहने से पहले गिरिमा ने उसे चुप रहने का अँगुली से संकेत किया, पान बगीचे की दीवार की ओर। उधर नाग-नागिन फन उठाये नाच रहे थे। ढलते सूरज की गेरुई धूप में।

"शुभ या अशुभ!" केतकी के मुँह से अनायास निकल गया।

"शुभ! एक तारे की तरह अशुभ नहीं। भाग्य में हो तभी नाग-नागिन के दर्शन होते हैं। एक पहर भर से खेल रहे हैं। एक लय में खड़ी हूँ—कभी तूने पहले देखा है, अरी, अशुभ क्यों होगा?" गिरिमा उसी तरह अनमनी-सी बोली।

"पर सखी...आज तार आया है..."

गिरिमा धप से खा गई केतकी के मुँह की बात—"हाँ-हाँ! पता है। गाँव भर में फैल गई है। युद्ध में कई वीर लापता होते हैं। उनमें से यह भी एक है—छोड़! एक अध्याय मानो खत्म हुआ!" केतकी ने गिरिमा का दंभ देखा तो खुद में साहस आया।

"खत्म हुआ? या शुरू हुआ?" पता नहीं क्या सोच कर गिरिमा ने कह दिया।

"क्या शुरू हुआ?" केतकी ने पूछा।

"दु:ख के दिन! आगे समय बुरा आ रहा है, मालिका (भविष्यवाणी की पोथी) के वचन हैं—बापू कह रहे थे," गिरिमा ने सांस छोड़ी—झट सूरज डूब गया।

~

आश्विन समाप्त होने जा रहा—सुबह-सुबह शरत में कांस के कछार नन्हे हीरे की कणी-सी पहली ओस का उपहार कार्तिक देने लगा।

हंसुवा नदी के साफ़ पानी में चित तैरता आश्विन का नया चाँद भीगी रेत पर लोट रहा है।

मधुमास चैत में 'चैती परब' का इंतज़ार रहता है समुद्र तट वाले गाँवों को—केवट जात के बूढ़े-बड़े सबको। यहाँ तक कि केवट के पूर्वज भी चैत परब के इंतज़ार में होते हैं। दक्षिण पवन के झकोरों में चैती ज्वार चढ़ आता समुद्र की छाती से, नदी की छाती पर नमकीन ज्वार भर जाता। फिर बरसा ऋतु में नदी की छाती मीठी हो जाती। कभी मीठा-कभी नमकीन, कभी मीठा-नमकीन मिलकर ज्वार

पसर जाता पूर्वी समुद्र तट की नौ नदियों में। यही तो जीवन है। सुख-दुःख की ऋतु आती है, जाती है। पर्व-त्यौहार आते हैं। आदमी आता है—जाता है। पर आदमी का आदमी से रिश्ता बनता है—टूटता नहीं। स्मृति बन रह जाता है। धूल में खेलना, बचपन और कैशोर वक्त के गर्भ में विलीन हो जाते हैं, पर विलीन नहीं होता है अतीत। क्या यह सच है कि कभी जिसको अपना समझकर अधिकार ज़ाहिर करता किसी दिन वह विलीन हो जाता है?

क्या सचमुच, शब्द विलीन हो जाते हैं? दृश्य विलीन होते हैं? चाँद का चेहरा विलीन होता है। सूरज की किरणें विलीन हो जाती हैं? जीवन और एक-एक जन्म, क्या इन बारह मास, छः ऋतुओं के खेलकूद में विलीन हो जाता है? यदि सचमुच सब विलीन हो जाते हैं, आज चाँद डूबने पर कल उग कैसे आता है? आज फूल झरने पर नया फूल कैसे मुस्कुराता है? अब का बसंत अगली बार फिर कैसे लौट आता है? लहरें जटाधारी मुहाने से समुद्र गर्भ में लौटती हैं, फिर पूर्णिमा-अमावस को फन उठा चैती ज्वार बन कैसे चढ़ आता है? हर दिन आदमी मरता है, फिर भी पृथ्वी पर से आदमी का नाम कैसे नहीं मिटता है? शब्द विलीन होकर उड़ जाने से भी उस पार से उलट जवाब कैसे आता है? उद्धव मंगवाल की धारणा में ब्रह्मांड में कुछ विलीन नहीं होता। सब अपनी-अपनी जगह रहते हैं। उद्धव के माँ-बाप, चौदह पीढ़ी काल में विलीन हो गए। फिर भी वे तो उद्धव के अलिखित वंश इतिहास में, चल-प्रचलन में, प्रथा, पर्व में हैं। जीवन के एक अनमिट, अटूटपने में गुँथ गए हैं वे लोग अपने आप। तभी उद्धव को कष्टकर पढ़ाई कंठस्थ नहीं करनी पड़ी। पाटी-खड़िया लेकर पूर्वजों के नाम लिखकर अभ्यास करना नहीं पड़ता। सब खुद ही रक्त में समा गया है। पीढ़ी-दर-पीढ़ी दिमाग में जम गया है। समय के पुराने खाते में उनका नाम कब से मिट गया है। पर वे नहीं मिटे हैं गाँव के इतिहास से, गाँव की स्मृति से।

उद्धव मंगवाल उदास हो सोचता रहा—कहाँ गए कुंडल पंडा, बांछू तरई, नर्कू राउतराय, टहली महांति, मगबूल मियां, धीरेंद्र माना, मागण भोई, कीचक प्रधान, दानकर्ण मिश्र, धोबेई साहू, भारत मंडल के पूर्वज! कहाँ जन्म लिया था उनके बाप, दादा, परदादा ने...फिर इतनी मेहनत करके, अर्जित करके, संचित करके पुरानी पृथ्वी पर नया वंश बढ़ाया, फिर पुरानी माटी में नई जड़ लगा सब छोड़-छाड़ गए कहाँ? आदमी सदा के लिए एक ही जगह नहीं रहता। पता नहीं, कितने हज़ार बरस से आदमी यायावर जाति बना हुआ है, इसका उद्धव के पास कहीं हिसाब नहीं। पर उद्धव इतना जानता है कि आदमी स्थायी होकर एक जगह ठिकाना

बनाने पर भी आदमी का ब्रह्मांड उसके मन में है, सारी पृथ्वी उसका अपना घर है। आदमी एक भौगोलिक सीमा सरहद में रहना सुरक्षित मानता है, पर इसे सुख नहीं मानता। सुरक्षा के लिए भूगोल ने सीमा रेखा बनाई है। मुक्ति के लिए इतिहास उसे उकसा रहा है, सीमा रेखा तोड़ फैल जाने के लिए इधर से उधर तक।

देश, राज्य, ज़िला, ब्लॉक, पंचायत, वार्ड, गाँव, बस्ती, गली, परिवार आदि की शृंखला बनाई है आदमी ने। अपनी सुख-सुविधा के लिए आदमी ने केवल धरती और आदमी को खंड-खंड नहीं किया, दैव-विधाता को भी बाँटा है। अपनी सुख-सुविधा के लिए जो किया, वह बना दुःख का कारण। ठाकुर-देवता को माध्यम बनाकर आदमी अपने मन का गुस्सा, हिंसा, ज़हर उगलता है अपने देश भाइयों पर। मरा है, मरवाया है। उफ...कितने-कितने रक्तपात...! इस मानव जाति ने अपनी देह पर सहे हैं। जंगली अजगर की तरह सहा है उसके मगज और मोटी चमड़ी ने। एक-एक इंसान की तरह इस इलाके के लोगों ने सही है हिंसा और क्रूरता, अपना घर-बार जन्ममाटी छोड़ आये हैं, भाई-बंधु, धन-संपत्ति, सोना-थाली-सा खेत छोड़ आये हैं, भाषा और भूगोल लाँघ कर चले आये नया गाँव, नया जीवन और नया घर बसाने। घर बनाकर वंश बढ़ाया अनजान अपरिचित जगह पर। खेत, खलिहान, श्मशान, नदी-किनारे, सागर किनारे, मानव बस्ती फैलती गई जंगली बेल की तरह। न जाने कितनी-कितनी नई जीविकाएँ अपना ली हैं। नई जीविका, नई जगह, नये मानव को अपनाया। फिर भी इंसान को छुटकारा नहीं मिला। युद्ध व हिंसा से छुटकारा नहीं। विजय उल्लास से भी छुटकारा नहीं, अपने लोगों के वियोग से। देश की विजय घोषणा के साथ इस इलाके में इतना बड़ा वज्रपात होगा किसे पता था ? किसे पता था विक्रम के स्वागत तोरण तोड़ देगा एक टेलीग्राम ! विजय के अंतिम दिन लापता सूची में 16 नम्बर पर विक्रम का नाम लिखा गया। यानी विक्रम नहीं रहा ! उद्धव ने उदास भाव में सांस छोड़ी। वह और उदास हो गया। पर वह उदासी में डूबने वाला मरद नहीं। जीवन का सपना, इस जन्म की सार्थकता, नई नाव का काम पूरा करने के लिए कमर कस ली। छिछली ज़मीन पर आगे जा रही कुंठित-सी पगडंडी पर वह नदी की ओर चल पड़ा।

~

सीधी धूप छिछली ज़मीन में डुबकी लगाकर केवटी घास की सेज पर लोट-पोट हो रही है। भार्जन मल्लिक घुटनों तक पानी में झुका केवटी घास काटता जा रहा है। इस बार सर्दी में दो चटाई न बुनी तो ठंड परेशान कर डालेगी। ससुरी सर्व

निगली बच्चों की जमात के पेट में चाहे अन्न जाए न जाए, गू-मूत कम नहीं होता। चटाई-गूदड़ी साल भर में फट जाते हैं। डोकरा बूढ़ा कंडूरी भोई उस घास का बोझ सिर पर ले नहीं पाता। बूढ़ा अब की सरदी सँभाल पाये या नहीं, पर लोभ देखो! भार्जन ने पानी से उठ कर बूढ़े के सिर पर बोझ उठा दिया। फिर छपाक से पानी में कूद पड़ा। तभी जाँघ में शायद मोच आ गयी। भार्जन ने दरद की परवाह न की। क्योंकि पानी में एक रता मछली घड़ी भर से उछल-कूद रही है। घास काटना छोड़ वह उसके पीछे पड़ा है। भार्जन कीच में केंचुए-सा उलट-पलट होकर मछली क्या पकड़े, मछली ने पलटकर चोट मार दी—कीचड़ से सनी खून बहती अँगुली थामे वह दर्द से कराहता हुआ ऊपर उठ आया। मंत्री की माँ कुछ सूखी लकड़ी सिर पर रखे लौट रही थी। साहू के घर से आग का कंडा लेकर चूल्हा सुलगा आयी थी। आज कुछ साग-तरकारी साग बना दे, गरम भात खाने के इंतज़ार में बच्चे हैं। मंत्री श्मशान में चंडाल बन जाने के बाद उसका बाप भार्जन किसी के घर में रहकर खेतीबाड़ी का काम करने लायक नहीं बचा। अब वह मजूरी करता। पेट को दाना रोज़ चाहिए, तो रोज़ मजूरी मिलना क्या संभव है? अतः एक दिन भार्जन रात में किसी के खेत से धान की भरोटी उठा लाया। कुछ धान उसन कर मंत्री की माँ ने थोड़ा चावल पाया। बच्चे ताक रहे हैं भात खाने को। अभाव में स्वभाव बदल जाता है। वरना उसके घरवालों का स्वभाव चोरी करना नहीं है। अब बच्चों को बिलखते देख कहीं से धान, किसी की बाड़ी से केले की घौंद, किसी के पोखर से केरांडी मछली चुरा लाता है भार्जन! और चारा ही क्या है!

भार्जन खून सनी अँगुली पर फटे होंठ लगा अपनी देह का नमकीन खून चूसता हुआ घर की ओर दौड़ा। मंत्री की माँ की नज़र उस पर पड़ गई।

उसने पूछा—''यों लड़खड़ा क्यों रहे हो?''

''बदमास रता मछली ने काट लिया। साथ में पांव कीचड़ में मुड़ गया। सब तेरे कारण, कहती है चटाई बिना इस बार बच्चों का ठंड में काँपना पक्का है। घर में यदि ठंड दबोच रही है, सब जाओ श्मशान में। एक बेटे को तो मंत्री बनाने के सपने देखती थी—अब चिता से गरमाहट खींच रहा है। ये भी गरमाहट लें बड़े भाई के साथ। खायें श्मशान में प्रेत को परोसा भात। मेरी चिंता मिटे। सब चांडाल बन जायें। कंडरा बनकर क्या सुख है ज़िंदगी में?''

कई दिनों से मंत्री की माँ देख रही है—भार्जन के चेहरे पर हताशा की पर्त जमी है। बड़े बेटे के 'चंडाल' हो जाने की बात अंदर-ही-अंदर कचोट रही है। औरत का कोई और चारा भी नहीं। अपने आदमी के साथ झगड़ा करने का न समय

है न बल। बच्चे को बचाये रखने के सिवा उसके मन में दूसरी चिंता नहीं। बच्चे मंगते जैसे फिर रहे हैं, उसकी फ़िकर नहीं। पर भूखे-प्यासे रह मुर्दे बनने की बात माँ कैसे सह सकती है? छोटी जाति की ज़रूर है पर माँ का मन छोटा नहीं, नेह में कमी नहीं है? वह खसम से झगड़ने लगी। रता मछली काटने वाले हाथ में अब भी ज़ोर था। औरत को बेदम पीटा सबके आगे!

उद्धव मंगवाल अपने मछुवा दल को लिए नदी किनारे बालू के ढूह की ओर बढ़ रहा था। रुको-रुको कहते हुए वह उन दोनों के बीच घुस आया। भार्जन ने क्यों पीटा—बात क्या है—किसकी भूल है—यह कुछ नहीं पूछा। वह जानता है कि बात करने पर कलह बढ़ेगी। वह जानता है अभावी ज़िंदगी में यह पति-पत्नी का रोज़नामचा है। भार्जन को बुलाया—"चल मेरे साथ! मेरी नई नाव कुछ दिन में पूरी होगी। उधर कुछ करना। कम-से-कम दुकान से चाय-पानी ला देना। हमारी जात-पात नहीं जायेगी। हम किस बड़ी जात में जन्मे हैं?" बिना चेष्टा के मजूरी मिलने पर भार्जन खुशी में फूल उठा। सीधे उद्धव की ओर देख कह उठा, "देख, मंगवाल, वाजिब मजूरी दे देना। दूसरों की तरह झक-झक मत करना। उधार-पुधार न रखना, ठगाई-फगाई भी न हो। मजूरी करने लगा तब से एक-एक कर सबको पहचान रहा हूँ। ससुरे सब धोखेबाज़, कहते हैं, मेरा बेटा मुर्दे का अधजला मांस खाता है! ये तो ज़िंदा गरीब को कच्चा चबा जाते हैं। गरीब के पसीने की कमाई जो भोगते हैं, क्या वे गरीब का खून नहीं चूसते? मैं चोर हूँ तो क्या ये डाकू नहीं?"

मंत्री की माँ ने बीच में ही पति की बात काटी—"किसे, क्या कहे जा रहे हो मंत्री के बापू? आप को कोई काम नहीं देता। मंगवाल बुला काम दे रहे हैं तो बड़ी-बड़ी बातें करते हो! क्या मंगवाल ने किसी को ठगा है? अपना गुस्सा इन पर क्यों उतार रहे हो?"

उद्धव ने आँख दिखा मंत्री की माँ से कहा—"तू चुप रह! भार्जन वाजिब बोल रहा है। यहाँ गरीब-मजूरे का कौन शोषण नहीं करता? मुँह कब तक बंद रखें? मुँह खोलना शुभ लक्षण है। अब और लोग भी खोलेंगे! तब जाकर कुछ होगा।"

उद्धव के पीछे-पीछे चला भार्जन। अधकटी केवटी घास अधमरे सांप-सी पानी में लावारिस तैर रही है। उद्धव को लगा उसकी नई नाव हंसुवा नदी की छाती पर तैर रही। गरीब केवट के जीवन में नई नाव बनाना आकाश को सीढ़ी लगाना है। औरत को राज़ी करना सहज है, पर नाव का सिरा बनाना सहज नहीं।

बहुत ठोस सूखे पट्टे। पट्टों को सेंक देकर, बांका कर मंग बनाने में पूरा महीना लग गया। ज़िद्दी आदमी को मनाना आसान, पर सूखे पट्टे को टेढ़ा करना इतना सहज नहीं। उद्धव का भाग्य तेज़ है कि नाव बनाने की असल घाटी पार हो गई। सिरा टेढ़ा होते ही, दोनों ओर के दो पट्टे मिलाना और भी कठिन काम! वह भी मज़े से हो गया। चतुर हिल्सा मछली की तरह, मीठे-नमकीन दोनों पानी में यहाँ तो नाव रास केलि करती है। अत: लोहे की कील की जगह पट्टों के बीच बाँस की कील टांक दी है। फिर सिलाई पट्टे में अलकतरा पिघलाकर—रंग लगा देने के बाद बहाने के लिए दिन-वार की प्रतीक्षा रहती है। उद्धव के पाँच बेटों का युग पार होगा इस नाव से—फिर भी नाव बनाने का असल कायदा जानना ज़रूरी था। अपना युग बीतने से संसार की लीला खत्म नहीं हो जाती। आपके पीछे-पीछे बेटे-पोते, पोते-परपोते आगामी वंशधरों का युग भी बीतना चाहिए। उद्धव यदि बेटे-पोते और इस गाँव के युवकों को नाव बनाने का गुर बिना सिखाये मर जाता, तो वह नरक में जाता। अत: उद्धव ने मछुआरों को लेकर नई नाव बनाई। वरना पुरानी नाव से तो उसका युग बीत ही जाता। अब रात बीतने में और कितनी देर है?

जागर (शिव चतुर्दशी) पर पानी भी जाग उठता है। नाव बहाने के लिए अगले दिन तय रहा। मगर जागर पर्व को तो बहुत दिन हैं। दशहरे की तैयारी होते ही ज्योतिषी से नाव बहाने का दिन पूछने की सोची है उद्धव ने। मंगसिर से पहले नाव बहाने का काम करना ठीक रहेगा। इस बार उद्धव के सारे शुभ काम लगे हैं, एक के पीछे एक। लगता है भाग्यदेवी उस पर प्रसन्न हैं। मछली में, पान में, धान में सबका पौ बारह है। गिरिमा की शादी कराने के बाद उद्धव के जीवन का दायित्व पूरा समझो। फिर लंगली बाबा का शिष्य बन कर, भागवत सुनकर दिन बिताने की इच्छा है। उद्धव सोचता है, बूढ़ा बन बरामदे में बैठ पराये भरोसे जीवन काटने से पहले हाथ-पाँव चलते-चलते ही चले जाना ठीक है। पर मरने का विधान क्या उसके हाथ में है, जो वह उसकी अभी से चिंता करे!

आठ

विशाल सागर पर नन्ही चिड़िया की तरह तैरती उस डोंगी से धरती की छाती पर और भी छोटे इस अभयपुर गाँव के संकरे माथे पर ब्रह्मांड भर की घटनाएँ-दुर्घटनाएँ मौसम पर मौसम खुलते जाने की तरह एक पर एक घटती जाती हैं, वे भी हो रही हैं सन् उन्नीस सौ निन्यानवे में—कलियुग के अंतिम काल-खंड में।

ब्रह्मांड और क्या है? क्या ब्रह्मांड नाम का कहीं कोई गाँव है? छोटे-बड़े इन गाँवों को मिलाकर तो बनाया है यह ब्रह्मांड विधाता ने। विशाल ब्रह्मांड में अभयपुर, गाय के खुर की तरह ज़रा-सी धरती होने पर भी अभयपुर को छोड़ कर जितनी आबादी, अनाबादी धरती, पहाड़-समुद्र है, क्या उसे ब्रह्मांड कहा जा सकता है? अतः अभयपुर को मामूली मत समझो, घटनाओं की छोड़ो—विश्व ब्रह्मांड में इस साल जो-जो दुर्घटनाएँ हो गईं—अभयपुर गाँव में, जगतसिंहपुर ज़िले में—सब मिलाकर समूचे ओडिशा राज्य में उससे सूत भर कम दुर्घटना नहीं हुई।

'वर कन्या श्मशान' के पास पिंड ब्रह्मांडवादी सिद्ध योगी लंगली बाबा की धूनी के चारों ओर घेरा बनाये बैठे थे गाँधी दास, द्रोण मास्टरजी, उद्धव मंगवाल, बांछू तरई और कई हाट से लौटते बटोही। मंत्री मल्लिक आँख मूँदकर डुगडुगी बजाते हुए तान छेड़ रहा था :

"ज्ञानी हो कहो गुपत संधि
किस कमल में भौंरा बंदी...ज्ञानी हो..."

उद्धव मंगवाल का मन उधर खिंच रहा था—वह भंवरा है—गुप्त संधि के पीछे सारा जीवन कटा देने को मन बेचैन हो रहा है। जैसे गाय के पीछे-पीछे बछिया खिंची जाती है उसी तरह। यह संसार अच्छा नहीं लगता। चारों ओर निराशा घिरती जा रही है, विक्रम के गायब होने की खबर से।

इसके साथ ही एक के बाद एक कई अघटन बातें होती जा रही हैं। गाँधी दास एक-एक कर उन अघटन का बखान करते जा रहे हैं, कलयुग की खल लीला के संबंध में...। बाकी लोग निरीह मेमनों की तरह आँख लगाये सिर हिलाते थे, पता नहीं निर्बोध भाव में या लाचारी में।

गाँधी दास अपने स्वर को संयम में रख ज़रा भी उत्तेजना या नैराश्य व्यक्त न कर, प्रपंच निन्यानवे का धाराप्रवाह विवरण देते जा रहे हैं, ''श्रीपंचमी के दिन निन्यानवे के पहले माह की बाईस तारीख को मिशनरी स्टेन सा'ब और उनके दो बच्चों को आधी रात में अपनी गाड़ी में नींद में सोते समय किसी पाषाण बर्बर ने पेट्रोल डाल ज़िंदा जला डाला। उफ्...विश्व ब्रह्मांड में और कहीं, कभी किसी के द्वारा ऐसी निर्मम घटना हुई है?''

''ना...ना...कभी नहीं,'' मौन गाँधी दास के चेलों ने कहा।

''स्टेन सा'ब पर गुस्सा था, क्योंकि वे मानव सेवा करते थे। खैर, कलयुग के विवेक को कौन समझायेगा? पर छोटे बच्चों का क्या कसूर था? खुद ईसा मसीह से भी ऐसा निर्मम व्यवहार नहीं हुआ था। उन पाषाणों ने ईसा को क्रूस पर चढ़ा हत्या की, उनके पुत्रों की हत्या तो नहीं की थी। कम-से-कम दुनिया में यीशू पुत्र तो बचे...'' दुनिया के किसी ने ज्ञानपूर्ण भाषण दिया। गाँधी दास ने हँस कर कहा—

''अरे! ईसा पुत्र बचे कहाँ? अब तो सब मर रहे हैं। स्टेन सा'ब हों या विक्रम बलवंतराय। सारे ईसा, अल्लाह, ईश्वर की संतान। हर युग में ईश्वर की संतानों का वध होता है शैतान के हाथों। उफ्! कितनी नारकीय घटना है! माघ की कँपकँपाती ठंडी रात! बंद मोटर गाड़ी में ईसा पुत्र और शिशु ईश्वर ज़िंदा जलते रहे! बाहर से बाँस की लुआठी से कोंच रहा था शैतान का दल! विकल छटपटाते प्राणों का अंत कर दिया। अनुमान कर पाते हो वह यंत्रणा—उस मृत्यु की विभीषिका? नहीं...तुम नहीं कर सकोगे, हम-तुम कोई उस यंत्रणा का रत्ती भर भी अनुमान नहीं कर सकते। क्योंकि हम उनके संग नहीं जले। कोंचे नहीं गए। मरे नहीं। हम ईश्वर पुत्र नहीं, शैतान की संतान हैं,...वरना विक्रम के गायब होने पर टहली महांति, नर्कू राउतराय, धड़ी बारीक वगैरह इतने तत्पर नहीं हो जाते। अरे भई धीरज रखो, खोए हुए आदमी के मिलने की संभावना भी तो है। खोए होने की बात को मृत्यु की बात क्यों कहते हो?''

द्रोण मास्टरजी ने गहरी सांस छोड़कर धूनी के धुएँ को तिरछा काटा, विपरीत दिशा में। आग बरसाते-से बोले—'' अब ओडिशा को ही देखो। हमारे बच्चे गोली-बंदूक खाकर कारगिल में मरे, उनकी देह हवाई जहाज़ में पहुँची माँ-बाप के पास।

सारा देश ही क्यों, विश्व जब जवानों के पीछे खड़ा होकर कारगिल युद्ध के फल की प्रतीक्षा कर रहा था, तभी कुछ स्वार्थी नेताओं ने चुनाव जीत कर क्षमता पाने के सपने देखे। देश की विजय से राजनैतिक विजय उनके लिए ज़्यादा महत्त्व की थी। टाइगर हिल कब्ज़ा करने से ज़्यादा बड़ी बात थी अपनी कुर्सी हासिल करना। ओडिशा में दो-दो मुख्यमंत्री बदले, अब तीसरे की पारी पड़ी है। जब कारगिल समर सज्जा चल रही है, तभी एक वोट से लोकसभा को भंग कर दिया गया! सीमाएँ असुरक्षित, देश की स्वाधीनता खतरे में है, इधर देश में राजनैतिक अस्थिरता और नेतृत्वहीन स्थिति पैदा कर दी? इसे कलयुग की अंतिम दशा कहें या मानव का अंतिम समय?''

द्रोण मास्टरजी की बात पूरी होते ही गाँधी दास ने कह दिया—''कारगिल विजय की घोषणा हुई कि तुरंत लोकसभा के चुनाव घोषित हुए। फिर कुछ चुनाव प्रचार के दौरान वोट विमुख मूर्ख लोगों को क्या कह नागरिक अधिकारों के बारे में सचेत कर रहे थे, सुन लें। वे कह रहे थे—'भाइयो, आपका एक वोट करोड़ रुपयों से ज़्यादा कीमती है। आप जानते हैं एक वोट से केंद्र सरकार भंग हो गई। एक वोट की ताकत अपार है—एक-एक मिलकर लाखों वोट से चुने जाने वाले लोगों के प्रतिनिधि की शक्ति सीमित है। अतः हमारी सीमित शक्ति के मुताबिक आप के वोट का मूल्य आप पहले ही पा जायेंगे। जीतने पर आपके गाँव के गाँव सब शहर बन जायेंगे। गाँव में बसें चलेंगी। गाँव के दोनों छोर पर दो कॉलेज होंगे। सबके घर तोड़े जायेंगे, यानी माटी के कच्चे घर तोड़ कर पक्के घर बनेंगे, छत पड़ेगी। बाढ़, तूफ़ान किसी का डर नहीं रहेगा। सबकी बाड़ी में होगा एक-एक नलकूप।' और कई बातों की सूची गाँववालों को याद होगी, मुझे याद नहीं। बस बहक गए हमारे गाँव के वोट दाता, कोटि रुपये मूल्य वाला वोट देकर नेता चुना। पहले कई बार वादा मिला है, वोट दिया, नेता चुना। फिर? कहाँ सड़क, पक्का मकान, नलकूप। कॉलेज, मोटर, सब कुछ।'' गाँधी दास रुक गए। ज़्यादा क्रोध उपजने पर ज़बान थम जाती है गाँधी दास की।

आश्विन के पहले पर्व की तरह लोकसभा चुनाव हाल ही में हुए हैं। केंद्र में नई सरकार बनी। लाभ क्या हुआ? अभयपुर के पुराने जीवन में क्या नया परिवर्तन हुआ? वे गए कहाँ? अब उनके प्राण रोते नहीं इस इलाके के लिए—उद्धव ने अपने पुराने लहज़े में कहा—

''स्वयं पाने से अधिकार। ऋषि से ढुलाते हैं भार।।''

गाँधी दास ने कहा—''चुनाव की यही रीत है। अब हमारे बेकार छोकरों की

पौ बारह है। आगे आ रहे हैं विधान सभा चुनाव। देखें इस गाँव की क्या उन्नति हो रही है। मगर मेरा मन इसे नहीं मानता। विक्रम यदि खो गया, उसकी खोज-खबर लेने का दायित्व क्या सरकार का नहीं? जो देश के लिए लड़ते-लड़ते खो गया, उसको ढूँढ़ेगा कौन? क्या उसका बाप?''

पटाखे फूटने की तरह ठहाके लगाये पीछे से मंत्री मल्लिक ने। सब ने अवाक् हो मंत्री की ओर देखा। ये वही मशान वाला मंत्री, जिसे कुंडल पंडा ने गाँव से निकाल दिया था, पागल करार देकर। इसके माँ-बाप को लूटा। बहुत दु:ख दिया। ये वही मंत्री है जिसे सब कहते हैं, मूर्ख, बुद्धू, नालायक। जबकि कौन नहीं जानता कि मंत्री मल्लिक इस गाँव में युवकों का बेताज बादशाह है। वही हँस रहा है विक्रम बलवंतराय के खो जाने की खबर आने पर?

उद्धव ने गुस्से में कहा—''ये हँसने की बात नहीं! शोक की बात है। विक्रम के मरण की खबर प्रचार करते समय टहली महांति जैसे हृदयहीन खल आदमी की भी आँखें छलछला आयीं। मैंने देखा है, पर तू हँसता है मंत्री? धिक है तुझे! मेरी तेरे बारे में आज तक कुछ और धारणा थी। श्मशान में रहते-रहते मुर्दे से भी बढ़कर हृदयहीन बन गया है तू!''

हाँफ़ते हुए पहुँच गया था तब तक। खड़े होकर कहा—''तुम नहीं जानते कि इस बीच मंत्री पूरी तरह पागल हो चुका है। न मरने वाले को मार देता है, मरने वाले के बारे में कह देता है कि यमपुर से लौट आया है। मंत्री के कहे अनुसार विक्रम मरा नहीं, वैसा कोई तार नहीं आया। मैं कहता हूँ जाकर पूछो डाकखाने में। चंदनपुर गाँव के सुमंत बलवंतराय के नाम पर तार आया है या नहीं।''

''तार तो आया है। मगर कहाँ लिखा है कि विक्रम बलवंतराय नहीं रहा?'' मंत्री ने ज़ोर से कहा।

''युद्ध में खो गया, यह तो लिखा है। इसका अर्थ क्या है?'' धड़ी बारीक ने पूछा।

''तुमने पढ़ा है तार? तुम कौन हो दिखावटी भद्रलोक! टहली महांति के टहलुवे! अब क्या उनके घरवालों के टहलुवे बने हो?''

ठहाका लगाकर अट्टहास किया मंत्री ने। धड़ी बारीक की आँखें लाल हो रही थीं नशे या ओछेपन में, यह पता ही नहीं चलता। खैर नशा और ओछेपन दोनों धड़ी बारीक के संग केश-नख की तरह जुड़े हैं। जितना काटो बढ़ते जायें—टूटने के लक्षण नहीं दिखते। धड़ी बारीक ने कहा—''महिलाओं को बलशाली, कात्यायनी, सिंहनी बनाने का टहली महांति ने पट्टा लिख लिया है। चेयरमैन सीट महिला सीट

बन गई। तो क्या टहली महांति सरीखा सांड़ मार्का मर्द, महिला बन जायेगा! टहली बिना पंचायत समिति नहीं चलेगी। अत: टहली महांति की स्त्री कलावती देवी को खड़ा कराया था। विजयी भी बनी। अब कलावती देवी, मार्फत टहली महांति हैं हमारे चेयरमैन! स्वामी का अर्थ मालिक, प्रभु, सर्वस्व अधिकारी। कलावती देवी कागज़ों में चेयरमैन हैं, वास्तविक चेयरमैन सर्वसत्वाधिकारी टहली महांति हैं। भोमनेस्वर से मंत्री, महामंत्री आने पर पूछते हैं—चेयरमैन कहाँ? यानी टहली महांति ही की खोज पड़ती है। टहली महांति जब चेयरमैन थे तो जो करते, अब भी वही करते हैं। केवल दस्तखत की जगह कलावती देवी मुश्किल से कर देती हैं। कलावती देवी भी नेता आने पर पहले की तरह ओढ़नी में नमस्ते कर रसोई में चली जाती हैं। नौ तरकारी और छ: भाजी बनाकर नेताओं को परोसती हैं। टहली की क्षमता बनी रही, काम मज़े में चलता है, इधर महिला सीट महिला के लिए सुरक्षित रही, इसमें किसी का क्या नुकसान हुआ जो श्मशान वाला मुझसे ठट्टा करता है? क्यों जी, देस में अस्सी भाग महिला सीटों पर पति सर्वेसर्वा हैं, इस ज़रा से ब्लॉक में एक चेयरमैन पद पति द्वारा चलाया जा रहा है तो आपको दर्द क्यों हो रहा है?''

गाँधी दास ने गहरी सांस छोड़ कर कहा—''हमारे देश में राजनीति का अर्थ है विभाजित नीति, हरिजन, गिरिजन, स्त्रीजन से राजनीति चल रही थी। अब ईश्वरजन, अल्लाहजन, ईसाजन और कुटुंबजन को जोड़ कर राजनीति चल रही है। देवताओं की भी जाति-गोत्र ढूँढ़े जाने लगे। किससे कहें? गाँधी महात्मा ने देश विभाजन का समर्थन किया था शांति-अहिंसा मार्ग पर आदमी के जीवित रहने के लिए। मगर उस विभाजन ने ही शाखा से प्रशाखा, उपशाखा के तरह-तरह के विभाजन का रास्ता खोल दिया। विभाजन का अर्थ, मानव जाति को खंड-खंड कर सिर से धड़ और अंग-प्रत्यंग विच्छेदन कर देना। अब तलवार-भाले, बम विस्फोट से आदमी के सिर धड़ से अलग नहीं करते क्या?''

द्रोण मास्टर जी बोल उठे—''बस देखना रह गया—कल्कि अवतार बारह हाथ की तलवार लेकर कब पूरी मानव जाति को टुकड़े-टुकड़े कर सुला देगा। ध्वंस स्तूप पर ही 'ईश्वर एक मानव जाति एक' यह ध्वज उड़ेगा। देखो अब ज़्यादा दिन नहीं। मालिका (भविष्य शास्त्र) के वचन सच होंगे। पूरा साम्य भाव ध्वंस स्तूप पर होगा। यह फलित सत्य है!''

''बारह हाथ की तलवार क्यों, सन् निन्यानवे में निन्यानवे हाथ की तलवार लेकर कल्कि अल्ला निकलेंगे। खुदा जाने। आदमी को अपनी मौत की तारीख का पता नहीं चलता—धरती की मौत का पता क्या लगायेगा?'' गोलमस्ता ने कहा।

"अरे! गोलमस्ता मियां—तुम क्या कह रहे हो? ये कल्कि अल्ला क्या है? तुमने हमारे हिन्दू देवता विष्णु के अवतार कल्कि महाप्रभु का धर्मनाश कर डाला? उन्हें पठान बना दिया? देखो बात बहुत खराब हुई। कारगिल युद्ध के नुकसान की भरपाई नहीं हुई। मन घायल है। लगता है ऐसी बातों से दंगा हो सकता है। तुम अपनी बात वापस लो—प्रायश्चित करो, तब गाँव में रह सकोगे। वरना पाकिस्तान टोला से निकलो। पाकिस्तान जाओ!" यह था कुंडल पंडा का वज्रघोष। कुंडल पंडा कब से काली माता मंदिर से पूजा पूरी कर श्मशान इलाके से कुछ हट कर खड़े सब सुन रहे थे। गोलमस्ता के कल्कि अल्ला शब्द से अनर्थ निकाल दंगा जैसे शब्द का प्रयोग कर दिया। अर्थ से अनर्थ निकाल एक प्रायश्चित का उपाय सोच लिया। यह चिरपरिचित धर्म है उनका। गाँधी दास आग का लुआठा खाने की तरह उठ खड़े हुए। कुंडल पंडा की ओर इशारा करते हुए कहा—"पंडाजी! तुमने जिस दंगा शब्द का प्रयोग किया, उस पर प्रायश्चित करना होगा। गोलमस्ता मिंया को गाँव से निकालने की धमकी देना भी घोर अपराध है। यह वाक्य भी लौटाना होगा। वरना तुम गाँव के पुरोहित पद पर नहीं रह सकते। इस गाँव की माटी पर तुम्हारा जितना अधिकार है, गोलमस्ता मियां का भी उतना ही अधिकार है। तुम पुरोहित पद पर रह सकते हो, मगर परहितैषी पद गोलमस्ता मियां का सर्वसम्मत अधिकार है। तुम्हें सावधान किये देता हूँ..." पुरोहित अभिशाप देंगे या नहीं सोच रहे थे। तभी मंत्री मल्लिक ने डुगडुगी बजा कर गाना शुरू कर दिया :

"मन के चूहे रे तूने तो पीया गांजा
एक बार भी पहचाना नहीं तूने बिलाई...मन चूहे रे..."

धड़ी बारीक पुरोहित के निकट जा चुपके से कहने लगा—"जी इन्होंने एक गुट बना लिया है। जात-अजात सब एकाकार कर चुके हैं। पाण-पठान हैं इनके पुरोहित। इन्हें शाप देकर ध्वंस कर दें।

जड़ से काटो तो बात खत्म। देवताओं से कलह करेगा कौन।।"

कुंडल पंडा को अपने अभिशाप की शक्ति पर सांझ के समय संदेह हो रहा था। बात टाल दी। पूछा—"सच क्या है? विक्रम खो गया है या शहीद हो गया?"

"कौन जाने किसका बेटा मरा या खो गया? तार आकर पहुँचा सुमंत बलवंतराय के पते पर। इतना सुनते ही टहली महांति के उर्वर मस्तिष्क ने अनुमान कर लिया। तार क्यों आया? ज़रूर अशुभ खबर होगी। अगर विक्रम बलवंतराय का शव हवाई

जहाज़ से न पहुँचे, समझ लो वह खो गया होगा। खोने का और क्या अर्थ हो सकता है, बोलो गुसाईं ? इसके अलावा विक्रम अब नहीं रहा, इसका प्रमाण सुमंत है। तार पाकर सुमंत बलवंतराय गुमसुम रह गए, विक्रम का विवाह पक्का करने की बजाय टाल गए। उस दिन घर में चूल्हा नहीं जला। क्या यह विक्रम की मृत्यु की खबर नहीं ?'' धड़ी बारीक के प्रश्न के उत्तर में उलटा प्रश्न कर दिया पंडा ने—''चंदनपुर गाँव में इतनी खबर स्साले इस टहली टाउटर को कौन देता है, धड़ी ? सुमंत बलवंतराय के घर पर चूल्हा नहीं जला यह बात टहली को कैसे पता चली ? बड़ी अजीब बात है !''

धड़ी बारीक ने अपनी हड़ीली छाती पर हाथ मार आत्मसंतोष प्रकट किया—''और कौन खबर देगा ? धड़ी बारीक के रहते दस गाँव के अंत:पुर के तथ्य किसे मिलेंगे ? उस दिन मैं जा रहा था चंदनपुर गाँव, कोई निमंत्रण पत्र लेकर। सुमंत बलवंतराय के घर मातम छाया था। बूढ़ा-बूढ़ी दोनों उदास। तार पाकर सगाई की तारीख आगे सरका दी। बहुत टूट गया था बूढ़ा। भगवान ऐसा दु:ख किसी को न दें। सुमंत बलवंतराय का वंश ही डूब गया गुसाईंजी...''

''ओ—धड़ी! कौवा उड़ गया तो छोरा उड़ जाने की खबर देने वाली बुद्धि नहीं गई। अरे तार का मर्म क्या पता है ? मैं जानता हूँ। बलवंतराय ने खुद बापू को तार किया था विवाह तय न करने के लिए। उसने ब्याह का अभी मन नहीं बनाया है। इस बार दशहरे पर भी नहीं आएगा, आएगा तो कार्तिक—मगसिर में। ब्याह के लिए नहीं, कोई संस्कार लाने के लिए—'संस्कार'! फालतू कहीं का! अरे संस्कार तो जन्मगत होता है—बाम्हन, पाण, पठान...मानव अपना यही संस्कार लेकर जन्मता है। मरेगा। फिर बाम्हन बाम्हन बन कर जन्मेगा, पाण पाण बनकर जन्मेगा। इसी का नाम है संस्कार। इसके आगे संस्कार क्या है ? संस्कार कोई पोशाक तो नहीं, जो उसे बदल लेगा, या फिर साबुन लगा साफ़ कर देगा, आदमी के अस्थि-चर्म, मज्जागत संस्कार बदलने की बात निहायत बेवकूफ़ी है। कारगिल युद्ध में जीत से विक्रम सोचता है वह हो गया भारत का भाग्य विधाता! पर टहली की बात में पड़ कर तुमने जो अशुभ बात दस गाँव में प्रचार कर दी, उसे अब सँभालो !''

''जी, मैं कौन हूँ ? चेयरमैन ने अगर प्रपंच रचा तो वे भोगें। मैं तो टहलुवा हूँ। मुझे जैसे नचायें, वैसा नाचता हूँ। गरीब की औरत सबकी साली। जानता हूँ सब मुझे ही मारने दौड़ेंगे...''

''ठीक है...ठीक है...अब कोई उपाय करेंगे। कल है गर्भणा संक्रांति। इस बार अभूतपूर्व फ़सल होगी। पर्व-त्यौहार बीतने दो—फिर देखेंगे। तुम धीरज रखना।''

पंडा ने धड़ी बारीक से दो रुपये उधार माँगे केतकी की दुकान से पान खरीदने के लिए। बटुवा दिखा दिया—एकदम खाली—वह भी धड़ी को दिखा दिया। धड़ी बारीक ने दो रुपये के बदले गुसाईं को कुण्ठित मन से एक रुपया देकर कहा— ''ससुरा कलयुग में जजमानों का मंगल होता नहीं लगता। अब गुसाईं को कोई दान-दक्षिणा भी नहीं देते ?''

पंडा ने वह रुपल्ली अंटी में खोंसते हुए कहा—

''जो पंछी उड़ता जितनी दूर। वह जाने उतना ही लेन-देन। सब तेरे-मेरे जैसे मुक्त हस्त नहीं हैं धड़ी। दे, एक पान दे। तेरी घरवाली के हाथ का पान बहुत स्वादी होता है। ससुरा इस अमावसी केतकी कँवारी के हाथ का पान खाकर कौन धर्मनाश करेगा। तिस पर गाँव के किसी आवारा छोकरे से फँस रही है। वह मुझे क्या पान देगी ? मैं उस छोकरी को एक ऐसी खुराक दूँगा, ठहर जा! संध्या आरती के समय उसे मंदिर बुलाया आशीर्वाद देने के लिए, मुझे जवाब दिया— 'अकेला बाम्हन अशुभ! तुम अकेले समय आशीष दोगे, उल्टा होगा। मुझे नहीं चाहिए आशीष!' अल्लड़ को डोर है न बाड़। उसे आशीष की क्या ज़रूरत ? ओहो...सच, नागिन है...नागिन... !''

कुंडल पंडा चल दिए घर की ओर। विपरीत दिशा में धड़ी बारीक। सांझ ढले हाथ से रुपया निकलना धड़ी बारीक के लिए अघटन की सूचना थी। विक्रम के जीते जी मरने की खबर फैलाना भी एक अघटन है। कलयुग में ऐसे अघटन होते हैं। लेकिन इस इलाके में जो फ़सल अबकी हुई, कलयुग समाप्त होने में अधिक दिन बचे हैं, लगता है। गणक ने भी हिसाब लगाया है, इस साल माँ दुर्गा की शुभ दृष्टि पड़ी है, जो अघटन हैं, दूसरे इलाकों की ओर जायें, कहीं दूसरी तरफ़ सरकें। धड़ी को उसकी परवा नहीं। लोकसभा चुनाव के बाद नई सरकार के केंद्र में शासन सँभालने के बाद ओडिशा में राज्य सरकार की नींद हराम है। आगे विधानसभा के चुनाव निश्चित हैं। धड़ी के लिए शुभ हैं। धड़ी का कैसा दल ? हाँ उसके दल का नाम है, 'निर्मूल दल।' जिधर हवा बही, उधर चले— नेताओं का तो कोई आधार नहीं होता। जितने चुनाव होंगे, उतना लाभ। धड़ी बारीक ने रुपया गँवाया है, चुनाव के ज़रिये सौ या हज़ार गुना अदा करने की प्रतिज्ञा मन-ही-मन कर डाली। फिर घर की ओर चल पड़ा।

साइकिल की घंटी बजाता हुआ पोस्टमैन लौट रहा था चंदनपुर गाँव की ओर से। कुंडल पंडा ने घंटी सुन मुड़कर देखा—धड़ी बारीक ने रुककर प्रतीक्षा की। पोस्टमैन सामने आया तो पूछा—''कुबेला में किस गाँव से लौट रहे हो ? आज

तो डाक का समय जा चुका!''

पोस्टमैन ने मुँह सुखाकर कहा—''अशुभ तार आया था। सुमंत बलवंतराय के बेटे विक्रम बलवंतराय सीमा पर ड्यूटी के समय खो गया। पाकिस्तानी पकड़ ले गए...''

कुंडल पंडा ने कहा—''ओ ये टहली महांति तो एकदम ज़बान पर आग रखता है, विक्रम खो गया। झूठे हवा फैला दी थी। अब देखो—बात सच हो गई। उफ, आखिर हमारे गाँव का एक छोकरा शहीद हो ही गया!''

धड़ी बारीक ने अनायास कह दिया—''ओह! एक विपद से आदमी का उद्धार हो गया। विक्रम बलवंतराय के खो जाने की झूठी खबर फैला कर चिंता में पड़ गया था। पर बात एकदम सच हो गई। खोया हुआ फ़ौजी क्या अब बचकर आ पाएगा पाकिस्तानी के हाथों से? पता नहीं पाकिस्तानी उसकी लाश लौटायें या नहीं!''

डाकिये ने खेद जताते हुए कहा—''लौट भी सकता है वह। हर गुमशुदा शहीद नहीं होता!''

कुंडल पंडा हँस पड़ा—''पागल हो गए? कारगिल में पराजित सेना घायल बाघ की तरह उसे पकड़ कर ले गई है। भला लौटायेगी? हाँ, लौटायेगी तो फूलों की माला पहनाकर लौटायेगी। यही होता है हमेशा।''

विक्रम के खो जाने की झूठी खबर से उसके लिए बाँधे स्वागत के तोरण टूट गए थे। आस-पास के गाँववालों का मन टूट गया। एरसमा इलाके में हिन्दुस्तानी-पाकिस्तानी भाई-भाई के रूप में रहते थे, विक्रम बलवंतराय जैसे जवान देशभक्त को अकारण उठाकर ले जाना और यंत्रणा देकर हत्या करना कैसा न्याय है? जिस कारगिल से युद्ध शुरू हुआ, फिर एक बार वहीं से शुरू!

~

अनजान बटोही पहचानी राह पर चला गया था। केतकी के लिए बटोही अनजान, अपरिचित था—बटोही के लिए तो राह अपरिचित अनजान न थी। अपनी राह चलते-चलते एक बीड़ा पान खाया, केतकी की महक में अनमना हो घड़ी भर बैठ गया। थकान मिटाई, उसका क्या कसूर? दोष केतकी का है। केतकी ने क्यों नेह का मसाला देकर, लौंग बींध कर, होंठों की लाली केतकी कत्थे में रंग कर, कुमारी सपने की मिठास सुपारी कुतर-कुतर कर खूब करीने से पान बना उस अनजान छोकरे के हाथ में अनोखे अंदाज़ में पान के साथ अपना दिल भी दे दिया? यह बात गाँववालों की आँख में क्यों पड़ने दी? अब केतकी क्या करती? ये सब

खुद-ब-खुद आँखों में पड़ता है। जितना छुपाओ, मन न दिखे पर मन के भाव तो दिख ही जाते हैं। पर केतकी को इसकी परवाह नहीं थी। वह जानती थी कि छोकरे में प्रेमी-मन नहीं था। किसके लिए कैसा पान बनाये, किसके पान में क्या मसाला डाले, वह केतकी की मर्ज़ी पर है। दुष्ट गाँववालों की मर्ज़ी नहीं। मन बदले तो ध्यान बदले, ध्यान बदले तो राह बदलने का नियम है। इसमें केतकी को दिमाग खपाने या जीवन की बाज़ी लगानी नहीं थी।

केतकी के लिए अपना जीवन प्रिय था। जीवन जैसा भी हो—बहुत मधुर हो—वर्जनीय नहीं। काम्य है। केतकी की माँ जब अकारण मर रही थी, मिन्नत करती रही—"मुझे मत मारो! मैं जीना चाहती हूँ!" केतकी के बापू ने जीते जी या मरकर क्या सुख दिया माँ को? बिना कारण अपवाद का ढिंढोरा बजा! दुःख, दारिद्रय, निंदा भरा जीवन, फिर भी जीने के लिए आकुल थी! उस दिन से केतकी जानती है अपना जीवन सबसे प्रिय चीज़ है! बाकी बाद की चीज़! नौ अंक (संवत्) वाले अकाल में बेटे के मुँह से छीन कर भूखी माँ के खाने की बात जग ज़ाहिर है। इसमें अचंभा कैसा? माँ जिसे जन्म दे आँचल तले सहेज रखे, समय आने पर भूख डायन उसे खा जाये! विधाता ने आदमी को कितना सुन्दर और कितना भयंकर बनाया है! देखो, बिना बात के केतकी की माँ को कुलटा कह मार डाला! लो देखो, इतनी सीधी लड़की पर अकारण ऐसा कलंक? वह किसी का खाती है या उसने किसी से उधार लिया है?

मगर केतकी का मन कुछ और तरह का है। जानती है कि मेरा ब्याह कभी नहीं होगा। पर ब्याह करके जा रही लड़की से कोई ईर्ष्या भी नहीं। उलटे गाँव भर की लड़कियों को सिखाई है पान बनाकर मन जीतने की कला। पीहर का मान बढ़ता है, बेटी के अच्छे संस्कार के कारण...ससुराल में सास-ससुर, जेठ-जिठानी, देवर, देवरानी, ककिया सास-ससुर सबको एक जैसे पान बना कर देने पर पीहर की इज़्ज़त माटी में मिलती है। बहू के भोजन पकाने, परोसने, पुआ बनाने, पान लगाने, रंगोली बनाने में, कपड़े समेटने, चंदन टीका लगाने में कला निखारने से मायके का मान बढ़ता है।

~

पति के लिए मन, प्राण, हृदय, भक्ति, प्रेम, लाड़-चाव, रंजित तिकोना पान बनाने में अलौकिक मधुरिमा है! केतकी ने कितने यत्न से गाँव की झुंड की झुंड लड़कियों को यह सिखाया है, जो आँख के सामने ससुराल जाकर बाल-बच्चों वाली

बन चुकी हैं। केतकी बैठी है अनब्याही। केतकी उनका सुहाग देख हाय-फाय नहीं करती। हाँ, मौके-बेमौके उसकी छाती की गहराई में कुछ टीस उठती है—वह टीस अपनी है। इसमें दूसरे को दुखी करने की फुँकार नहीं होती।

फुँकार-सी लंबी सांस छोड़ी केतकी ने। आश्विन के आकाश का बोझिल मुँह देख अनमनी हो गई। प्राण सखी गिरिमा के लिए मन मसोस उठा। पता नहीं उसके भाग्य में क्या लिखा है? विक्रम बलवंतराय युद्ध में जीता। उसके बापू ने उसका ब्याह अन्यत्र तय किया। विक्रम के खोने की मनगढ़ंत खबर टहली महांति ने फैलाई। फिर भी विक्रम जीवित है, गाँव लौट रहा है, उसका विवाह तय न करने की खबर भेजी है। सुनकर गिरिमा वैसे ही अविचलित रही। उसका सुख-दुःख बाहर नहीं दीखता। मानो गिरिमा के लिए विक्रम कोई अनजान बटोही है। अपनी राह पर वह चल रहा है। गिरिमा की राह पर गिरिमा चल रही है।

दोनों राह न जाने भाग्य के किस चौराहे पर, जीवन के किसी मोड़ पर टकरा कर आमने-सामने हो सकती हैं, मगर मिल कर एक चौड़ी सड़क बन आगे फैल जाने की संभावना नहीं। गिरिमा जैसी उच्छल, हँसोड़, चंचल लड़की कठवा नदी की धारा की तरह धीमी पड़ गई है। ठीक है—जो होना नहीं—उसकी आस करने से दुःख होगा। षंडकुद के गबरू जवान को गिरिमा ने ब्याह लिया तो हर लड़की की तरह बह जायेगी।

लड़की के जीवन में सपना देखने के लिए नींद की ज़रूरत नहीं होती। सपना टूटने के लिए सुबह की ज़रूरत नहीं होती। रात में ढेर के ढेर फूल खिलकर सुबह झर जाते हैं, पेड़ पर फिर फूल खिलते फल लगते हैं, पकते हैं, वंश विस्तार होता है। लड़की का जीवन ठीक वैसा ही है। पर विक्रम के दुबारा खोने की खबर ने फिर से सखी गिरिमा को दिया ज़ोरदार झटका।

केतकी फटाफट पान बना रही थी। अपराह्न के ग्राहकों के लिए गुंडी (तंबाकू से बना मसाला) पान लगा रही थी। पालकी में बैठ कोई एक लड़की रोते-रोते ससुराल जा रही थी—

बेटी का गहनों से भरा हल्दी से पीला हाथ सवारी पालकी के किवाड़ की फाँक से बापू का हाथ पकड़कर जकड़े था। गमछे से आँख पोंछते-पोंछते बापू जा रहा था नदी के घाट तक, बेटी को नाव में बिठा विदा करने के लिए। विदाई के समय पगली-सी लोट रही माँ को याद कर रही थी।

बेटी की सिसकियाँ उठ रही थीं नदी की धारा में लहरों की तरह। पान बनाना छोड़ दौड़ी केतकी। पालकी के किवाड़ आधे खोलकर दुल्हन को हिम्मत बँधाने

के लिए पालकी रुकवाई केतकी ने। जान-पहचान की ज़रूरत नहीं। गाँव के रास्ते पर जितनी बेटियाँ बिसूर-बिसूर जाती हैं ससुराल, उन्हें पालकी रोककर हिम्मत बँधाने का अधिकार सबका है। जितनी बहुएँ नदी पार इस गाँव ससुराल आती हैं उनकी पालकी रोक कर बहू का मुँह देखना, बहू के गहने देख अनुमान करने का हक भी सब औरतों को है। पालकी में जो बैठी वह सबकी बहू-बेटी है।

उसमें अपना प्राप्य कुछ नहीं। बेटी का पान पत्ते-सा चेहरा उठा कर केतकी उसके आँसू क्या पोंछती, अपने आँसू बहा बैठी। बेटी की आँखें अपरिचित केतकी के छलछलाये चेहरे पर पड़ते ही वह फिर रोने लगी—

अद्‌भुत है बेटी विदाई की घड़ी। रुलाई के बोल कंठस्थ किये हुए, मगर हृदय के आवेग में आँसू धार बन बह चलें। उस घड़ी वह आँसू की धार सच है, वह बिसूरना अंत:करण की भावना बन जाती, पेड़-पौधे, चिरैया, सब रोते हैं बेटी विदा की घड़ी। दो अनजान लड़कियाँ परस्पर के गले लग आँसू बहाने लगीं। पास कुछ लोग जम गए। आस-पास की कुछ औरतें चली आयीं आँसू पोंछती-पोंछती। कहार ने दोनों लड़कियों को अलग करके हाँक लगायी—

''हाँ जी—हाँ जी यहाँ गड्ढा, हाँजी यहाँ ढूह यहाँ!''

पालकी ओझल होने तक केतकी देखती रही।

अमावसी कन्या केतकी की ये शुभकामना नई बेटी के लिए—केतकी का मन सबके लिए ऐसा ही नेह भरा, केतकी फूल-सा महक भरा।

दुकान पर लौट आई केतकी। देखा—थक कर दुकान के सामने बैंच पर बैठा है उद्धव मंगवाल। गमछे से आँखें पोंछ रहा है ओझल होती पालकी की ओर देख। केतकी को देखकर बोला—''तेरी सहेली गिरिमा भी ऐसे ही कुछ दिन में गाँव की डोर काट षंडकुद गाँव चली जायेगी। उसके पीछे देवी, अलका...घर सूना हो जायेगा। बेटी न हो तो घर सूखे ठूँठ-सा नीरस...निरानंद हो जाता है!

गीत, हँसी, रुलाई, पर्व-त्यौहार, हुलु, झूले, कुछ नहीं रहता। केवल मेहनत करके, पेट भरो, दिन पर दिन बूढ़े हो जाओ। मैं केवल तेरी बात सोच रहा हूँ...''

''बस, बस करो, काका। क्या आपकी चिंता-फिकर कम है जो मेरी चिंता सिर पर लाद रहे हो! मेरी चिंता कैसी? यहाँ बैठी हूँ, बेटी विदा करती रहूँगी। बहुओं को इसी सड़क पर सबसे पहले देखती रहूँगी। देखते-देखते एक दिन बूढ़ी हो जाऊँगी और 'वर-कन्या श्मशान' में जल कर राख बनूँगी। मुझे ज़्यादा दूर नहीं जाना।''...केतकी सरौते से कट-कट करती उदासी को काटती रही।

सांझ में सुनाई पड़ा सुहागन अर्थी का बाजा। अरे कौन ऐसी भाग्यवान थी

जो सुहागन चल बसी। दशहरे का महीना भी पार नहीं कर सकी! कौन...किस गाँव की थी, चल बसी?

दुकान के पास जमा लोगों की कुतूहली निगाहें आ रही अर्थी पर टिकी थीं। सहानुभूति कम, कुतूहल ज़्यादा था। मानो पृथ्वी पर पहली बार कोई मरा है। मानो स्वाभाविक मरण एक अस्वाभाविक घटना है। उद्धव मंगवाल में सहानुभूति काफ़ी थी, मगर कुतूहल कम न था। अर्थी के आगे-आगे कम उम्र वाली सधवा का अधेड़ अभागा पति सिर नीचे किये खील-कौड़ी बिखेरता जा रहा था।

उद्धव ने सोचा—जन्म तो मरण का पहला कदम है। फिर एक-एक कदम उधर ही बढ़ता है। इसे आदमी जीवन कहता है। मरण के पैरों पर खड़े होकर अमर होने की आशा से टिककर जीवन कितना निर्भय खड़ा है! जन्म उतनी हलचल पैदा नहीं करता, जितनी मरने पर करता है। नवजात की किलकारी या कौवे के कांव-कांव से आदमी के कदम रुक नहीं जाते। पर रामनाम सत्य सुनकर पाँव ठिठक जाते हैं। मानो मृत्यु सत्य नहीं, एक अघटित घटना है। आह—यह क्या हो गया! कौन अभागा लीला पूरी कर चल पड़ा! विधाता का कैसा न्याय है? कितना चकित, स्तंभित कर देता है मरण! कौन मरा, कैसे मरा? कितना छटपट, मरने का कष्ट भोगा! प्राण आँख की राह निकला या मुँह से? आत्मा यमदूतों के साथ या विष्णु दूतों के साथ गयी? ये चर्चा चलती गाँव में, ठाकुरजी के आंगन में, खेत-खलिहान में—कहीं मरण की अतिरंजित...चर्चा नहीं होती! कौन नहीं जानता जोगी के थाल में कच्चे-पक्के, जात-अजात मर्द-औरत, कच्चा-पका, रोगी-भोगी सब एकाकार हैं—फिर भी कौतूहल का अंत नहीं होता।

आज इस मरण की झोली में कौन गया? सुहागन बाजे से तो पता चला है कि कोई औरत है। केतकी की भी निगाहें अर्थी की तरफ़ थीं। सोच रही थी—बड़ी भाग्यवान है! ऐसा भाग्य सबका नहीं होता। अमावसी कन्या केतकी का सवाल ही कहाँ? जो शुरू से ही अनब्याही है—उसकी सुहागन अर्थी का सवाल ही कहाँ?

आगे-आगे जो अधेड़ दुबला, रोगीला सांवला मर्द खील-कौड़ी बिखेरता जा रहा था वह लवणीपुर गाँव वाला घर जंवाई मंदर बेहरा था—जिसका हाथ पकड़ भाग्य के बल पर एक दिन कुंवारेपन के दोष से छुटकारा पा गई थी अमावसी हेम। लोग कहते—कुछ दहेज़ के लोभ में साँस रोगी बेटे का ब्याह हेम के साथ कर दिया था। बाप बड़ा लोभी था। जल्दी ही हेम खसम को खायेगी और अभागी बन लवणीपुर गाँव लौट आयेगी—ऐसी पक्की भविष्यवाणी गाँव के गणक, पुरोहित, अनुभवी लोगों ने रेखा खींच दी थी। वही हेम गृहस्थी बसाकर रोगीले ख़सम

को दीर्घजीवी कर भविष्यवाणी को झूठी कर, सबको अचंभे में डाल सुहागन ही चली गई, डम-डम सुहागन बाजा बजा, चमचमाता सिंदूर माथे में लगा। कितने प्रपंची हैं ये गणक, पुरोहित, ज्योतिषी। इनके हिसाब ने एक दिन उद्धव के सपने को भी चकनाचूर कर दिया था। इस गाँव की बेटी सेवती को आत्मघाती बना डाला। अब केतकी-सी महक भरी गुणवान कन्या को कुँवारी रखकर जीवन भर तड़पने को छोड़ दिया। और कई हेम, सेवती, केतकियाँ भविष्य में बलि चढ़ेंगी अमावसी मन के चाँद डूबे अंधेरे में। थू...धिक है तुम्हें, धिक तुम्हारे इस पुराने विश्वास को। उद्धव उठ खड़ा हुआ। हाथ नहीं जोड़े, केवल अधमुँदे नेत्रों से प्रार्थना की हेम की आत्मा की शांति के लिए। कभी नहीं देखा जीवित हेम का जवान चेहरा, अब इस उम्र में उसका मरा मुँह देखने से क्या लाभ?

हेम के अधमरे पति को देख उद्धव को पक्का विश्वास हो गया यह चिर रोगी दमे का रोगी अधेड़ उमर में ही उधर की राह चल देता, अगर हेम-सी पुण्यवान सती सावित्री का हाथ न पकड़े होता।

अगर चाँद का विवेकशून्य अज्ञान पक्ष अमावस होता, तो विचार, विवेक और ज्ञान के उजालों का पक्ष पूनम होता। अमावस, पूनम सब आदमी के अज्ञान और ज्ञान का एक-एक रूप है। अत: हेम, केतकी, सेवती सब एक-एक चाँद हैं—जो अज्ञान की आँख में अमावस हैं तो विवेकी की आँख में पूनम।

उद्धव केतकी से पान लेने के लिए हाथ बढ़ाना भूल गया। बड़े-बड़े डग बढ़ाता अर्थी से मुँह फेरकर घर की ओर चल पड़ा।

केतकी के हाथ में गुंडीदार जर्दा पान जड़ हो गए थे, उद्धव मंगवाल के पान न ले जाने पर। 'विक्रम' मरा नहीं, केवल लापता है, ऐसी बड़ी खबर पाकर उद्धव मौसा अनमने क्यों हो गये? केतकी को अचंभा हो रहा था।

~

सिहराती कुछ ठंडी हवा आश्विन में हंसुवा नदी की उफनती लहरों में तैरते हुए शुक्ल पक्ष का उगता नया चाँद लहरों के साथ ठिठोली कर इधर से उधर हो रहा था। थिर पानी में चाँदी की थाली-सा चाँद आकाश से झर कर चूर-चूर हो जाता था मछलियों के तैरने की चंचलता से। चाँद को पानी से छान कर लाने के लिए जितनी बार यत्न से गिरिमा ने हाथ बढ़ाया, मछली कहीं से फट से उछल जाती चाँद पर, और फिर चाँद कहाँ! पानी से उठ कर भीगा चाँद जा चिपका आकाश

की निर्भय छाती पर। फिर भंवर थामे किस कायदे में समूचा उतर आता पानी की छाती पर—बहुत परेशान करता है। खुद टूट-टाट कर इस किनारे से उस किनारे को, नदी के दोनों किनारे जोड़ देता है चाँद, सुनहरे लता वाले बेजोड़ काम से, फिर मन ध्यान को सूत भर हिला दो, वह दो टुकड़े हो जाएगा। गिरिमा की तरह मनमौजी है यह नदी किनारे का चाँद!

नदी और बेटी—दोनों पर निगाह किये बैठा है उद्धव। नदी अब किसी टूट-फूट से डरती है? सागर तट, मुहाने की ओर चल रही। जीवन भर देखा है पुबई गाँव के सजे-उजड़े घर-बार, बने-बिगड़े जीवन, नदी-नालों और सागर के छंद में। सुकुमारी महानदी की बेटी गिरिमा टूटे-फूटे चाँद को जोड़ समूचे चाँद को पानी सहित दोनों अंजुरी में भर लाने का खेल पहर भर से खेल रही है। कल की बच्ची होने पर भी गिरिमा जानती है कि बनते-बिगड़ते जीवन को लेकर खेलना पड़ता है। क्या इसमें नदी का डर, चाँद का डर, आदमी का डर या अभयपुर गाँववाले मंगवाल उद्धव का डर है? जानती है कि बापू डरने वाले आदमी नहीं। उद्धव अगर नदी से डरता तो झोंपड़ी डालता पहाड़ पर मालभूमि वाले गाँव में, क्या ओडिशा में बिन पानी के पहाड़, पर्वतों से घिरे गाँवों की कमी है? पहाड़ी लोगों का पर्वत को लेकर जैसा जीवन है, केवट का वैसा नदी-नाले-सागर में जीवन है। उसकी उपेक्षा कर केवट जी न सकेगा? मछली को पानी से निकाल घी-दूध देने, मिठाई पूए खिलाने से क्या वह जी सकती है? केवट पानी से जीये, माछ पानी में जीये, बात एक है। पानी ही केवट का जीवन है! इसे छोड़ भात, कपड़ों के लिए केवट किसी का आसरा नहीं लेता। उद्धव मंगवाल हो या और कोई केवट, किसी की कोई जमा पूँजी नहीं है। मछवारे, जालवाले, इस इलाके के किसान, पान की खेती करनेवाले, कोई नहीं जानता संचय करना। बैंक या पोस्ट ऑफ़िस में खाता खोल पैसे जमा कर पराये हाथ में सौंपना कोई नहीं जानता यहाँ। अरे नहीं —सागर ने तो इन हज़ारों केवटों के जमा खाते रखे हैं—संदूक हैं, बक्से हैं। फिर संचय कैसा? समुद्र को चाहे विश्वास है—आदमी का कैसा विश्वास जो रुपए-पैसे लेकर बैंक में पराये ज़िम्मे रख आयें? इसके अलावा घर-कुटुंबी संसार में संचय के लिए रुपये-पैसे कहाँ बचते हैं?

नदी या सागर में नाव और जाल लेकर निकलो, बड़ी हो या छोटी। कुछ-न-कुछ तो मछली मिलती हैं। हाट से माछ के बदले-चावल-दाल लेकर लौटते समय केवट के पौ बारह होते हैं। इस इलाके में केवट जात और किसी साग-तरकारी में संतुष्ट नहीं होता। बस, माछ की तरकारी, सूखी मछली का भाजा, इसी से भात गले

से उतर जाता। देह में ताकत भरे और खून में वीर्य। माछ के बदले नमक, कपड़ा, सरसों तेल, कैरोसिन तेल ले आओ, घर भर जाएगा। इसके अलावा सुलक्षणा केवटनी, बाड़ी में लगाती है झालदार गुच्छे के गुच्छे हरी मिर्च, बैंगन और छान पर कुम्हड़ा और लौकी। दीवारों पर सेम, ककड़ी, चंचीड़ा और सबसे आसान तरह-तरह का साग। पोखर के किनारे, पाल के नीचे, छोटे खड्ड में नाले के किनारे-किनारे झाड़ियों के सहारे देहाती पेट के लिए विधाता ने रोपे हैं देह के लिए कई तरह के हितकारी सुवादी साग। वैसे देखो तो गाँव में किसी गरीब के यहाँ किसी बात का अभाव नहीं होता। वह चाहे छोटा किसान हो, कमी के समय चावल का अभाव हो पर साग-सब्ज़ी की कमी नहीं। इमली, नींबू, टभा, आँवले का आचार और न सही, नमक-मिर्च बिना कोई घर होगा दुनिया में? भात-सब्ज़ी की कमी नहीं, पैसा संचय कर चोर को सयाना बनाने में बेवकूफ़ी ही होगी। शास्त्र में लिखा है—

दुःख से कमाया धन, सुख में नहीं होता प्रयोजन।

फिर भी औरतों में लोभ के कारण सोना-चाँदी के गहने थोड़े-बहुत सबके घर होते हैं। गहने के लिए नहीं, आपद-विपद में बेच-बाचकर, गिरवी रख घर की इज़्ज़त बचाने को गहने चाहिए। क्या ओड़ियानी को गहने की कमी है?

एड़ी से चोटी तक सोने-चाँदी सहेजकर रखती हैं रोज़मर्रा की ज़िंदगी में। माटी-गाबर, माछ-सुखवा, गारा-कादो में भरी रहें तो भी एक-दो गहने ज़रूर पहनती हैं सुहागनें। फिर भी दुःखी घर की औरतें पहनती हैं कम, संचय सहेज रखें ज़्यादा—बेटी के लिए, बहू के लिए, पोती-नातिन के लिए। शंख की माँ ने भी माछ के बेपार में खींचतान कर कुछ चाँदी के गहने रखे थे, तभी उद्धव मंगवाल ने तीन-तीन बेटियाँ बिदा की हैं। चार-चार बहू ले आया। अभी भी एक बेटी, एक बेटा बाकी हैं। पोते-पोती हैं। वो शंख की माँ जाने। उद्धव का उससे लेना-देना नहीं। मगर गहना, पैसे-रुपये जितने घर में रखो, उतनी फिकर, रात में सो न सके। देखो-सरपंच, चेयरमैन, महाजन, नेता, मंत्री, चिंगड़ी बोपारी वगैरह धनी लोगों को। आज के वे ही राजा, मंत्री, महाजन, ज़मींदार साहूकार हैं। खूब पैसा है। रात में ज़रा-सी नींद के लिए डागदर, बैद से दवा खरीद कर खाते हैं। पर बड़े लोगों की तरह गरीबों को नींद न आने का रोग नहीं होता। हाँ, विधाता दंड दे तो गरीब एक-दो रात सो नहीं पाता। मगर वह कोई रोग नहीं। दुर्भाग्य है! दुःख सो जाये तो आदमी कमर सीधी कर खड़ा हो। भाग्य के संग जूझ सके—जी सके। यह सूत्र गरीब जितना जानता है, बड़े लोगों को उतना नहीं पता। बड़े लोगों को अपने स्वार्थ

के बाहर संसार की कई बड़ी-बड़ी बातों का पता नहीं होता। यह सोच कर उद्धव को ताज्जुब लगता। हालाँकि ठाकुरजी बड़े हैं, पर इतने स्वार्थी नहीं। बड़े भी हैं जो भले भी हैं। मगर गिनती के हैं। जहाँ प्रपंच, स्वार्थ और लोभ घुसा वहाँ उसका मित्र अज्ञान दूर कैसे रहेगा?

मगर अज्ञानता ऐसी कि तुम्हारे भाई-बंधु-कुटुंबी मरे पड़े हैं, कपड़े नहीं, पर तुम पर्व-त्यौहार में डूबे हो, भोज-मौज में लगे हो। धिक्कार है तुम्हारा मानव होना। तुम इसी हाल में होते और तुम्हारे भाई-बंधु पटाखे और रोशनी करके पर्व-त्यौहार मनाते, कैसा लगता? जले पर नमक छिड़कना नहीं लगता?

कलयुग के रीति-रिवाज़ों को देख-देख उद्धव को निराशा ग्रस रही थी। पूरे चाँद को पानी से निकाल मुट्ठी में भरने की दुराशा गिरिमा को निराश नहीं कर रही थी। वरन गिरिमा के जिद्दी खेल में परिणत हो रही थी। अनमनी गिरिमा चाँद पकड़ने के खेल में लगी रही थी, नदी किनारे पर चहलपहल कम होने तक। पान की दुकान बंद कर गिरिमा की अभिन्न सखी केतकी ने आवाज़ दी तो किनारे से उठ आयी। मगर उद्धव मंगवाल वैसे ही गुमसुम बैठा रहा। सामने दशहरा त्यौहार है। उद्धव के मन में पहले-सा जोश नहीं रहा। हालाँकि गाँववालों ने इस बार दशहरा खूब धूमधाम से मनाने का फ़ैसला कर लिया था। लक्ष्मी देवी खलिहान में खड़ी होने में देर न थी। अतः आनंद उत्सव में बाधा कहाँ? आगे सुख का रास्ता पसरा है नदी, सागर लाँघ अनंत आशा के क्षितिज तक।

मगर आदमी ने ऐसा जन्म पाया है कि दुःख भोग किये बिना भवसागर पार नहीं हो सकेगा। आदमी की उमर और हिम्मत घटने के बाद कुछ चीज़ें हाथ से छूट जाती हैं। मगर दुःख या विषाद दूर नहीं जाता। बुढ़ापा भी बचपने की तरह पुराने जीवन की घटी ताकत में कई-कई दुःख के ज्वार लेकर आता है। सूखी नदी में ज्वार न आये, मगर बुढ़ापे में दुःख का ज्वार तो आता ही है।

तिथि, वार, नक्षत्रों पर पर्व-त्यौहार, ब्याह सगाई आनंद उत्सव निर्भर करते हैं। मगर दुःख-दुर्योग तिथि वार का इंतज़ार नहीं करते। वरना इतनी बड़ी शुभ तिथि पर आदमी पर इतना बड़ा विधाता का दंड पड़ता!

~

उस दिन दुर्गा माता की सप्तमी पूजा, पीठासनों पर महाष्टमी पूजा, फिर गर्भणा संक्रांति की शरण भी शुरू। बहुत शुभ दिन। घर-घर पिठऊ-मिठाई, व्रत, उपासना, आनंद उत्सव शुरू हो गया। अभयपुर गाँव में दशहरे की चमक-दमक से पूजा

होगी, सप्तमी से ही पता चल जाता। एरसमा में बंगाली ज़्यादा हैं, माँ दुर्गा की पूजा अधिक आडंबर से होती है। अभयपुर की पूजा वैसे भी राज्य भर में प्रसिद्ध है। यहाँ पूजा सार्वजनिक दुर्गोत्सव समिति की तरफ़ से होती है। उसके स्थायी अध्यक्ष हैं शेख गुलाम मुस्तफ़ा उर्फ गोलमस्ता मियां। कुंडल पंडा, पंचकी पंडा, दानकर्ण मिस्सर आदि कुलीन ब्राह्मण भी पूजा समिति में गोलमस्ता के पुरोधापन का विरोध नहीं करते।

महासप्तमी पूजा खूब आनंद-उल्लास में पूरी हुई। महाष्टमी पर दुर्गा को चक्षुदान की प्रथा है—करुणामयी माँ की शुभ दृष्टि में सारा ओडिशा हँस उठता। पर हुआ क्या? यह कैसा दैवीदंड था ओडिशा के भाग्य में? 17 अक्टूबर, माँ के आह्वान का सारा आयोजन हो चुका। लेकिन माँ दुर्गा के आगमन की जगह दानव महिषासुर की तरह ओडिशा के भाग्य में प्रलयकारी तूफ़ान आया—यह साल ओडिशा के लिए तूफ़ान और बाढ़ की काल बेला हो गया। पहले लपलपाती जीभ बढ़ाकर तटवर्ती सात ज़िले चाट गई थी सावनी बाढ़। अब उठा महाष्टमी का तूफ़ान! उसकी अशुभ नज़र पड़ी गंजाम ज़िले पर। मेढ़ तोड़-मरोड़ मृण्मयी माँ के अंगछेद कर माटी में मिला दिये। तूफ़ान का अविवेकी मन इतने में संतुष्ट नहीं हुआ, गंजाम-ब्रह्मपुर इलाके को ध्वंस स्तूप में परिणत कर दिया। डेढ़ सौ कि.मी. प्रति घंटे की रफ्तार से सूं-सा करते तूफ़ान के साथ समुद्र भी उफन पड़ा। चाट कर साफ़ कर डाला युगों से खून-पसीना बहाकर उर्वर बनायी धरती को। दक्षिण तटवर्ती शहर-गाँव बाज़ार-ज़मीन सब माटी में मिल गए। मानव, पशु, घर-बार, फ़सल, क्यारी, पेड़-पौधे कोई बच नहीं पाये तूफ़ान की चपेट से। जो बचा वह वर्षा, हवा, भूख-प्यास में, पानी के घेरे में पड़ त्राहि-त्राहि कर उठा! गोपालपुर की मछुवारा बस्ती एकदम पुँछ कर साफ़ हो गई, तट भूमि के इतिहास से। अभयपुरिया केवटों के अनेक बंधु-कुटुंबी, यार-दोस्त गोपालपुर के पास समुद्र के पेट में समा गए। दशहरा देखने का इंतज़ार करते बेसहारे, दिशाहीन की प्रतीक्षा वाले भविष्य देख नहीं पाये हज़ार-हज़ार लोग बाग। बासच्युत, दिशाहारे, आत्मीय स्वजन खोकर सब आकाश की ओर ताकते रहे। सैकड़ों सिर ले गया सत्यानाशी तूफ़ान! गंजाम, गजपति, ब्रह्मपुर ही नहीं पुरी, क्योंझर से आगे बढ़कर ढेंकानाल ज़िले से भी अनेक सिर समेट ले गया। महाकाल तूफ़ान इधर एरसमा ब्लॉक, आंबीकी पंचायत के अभयपुर से लेकर 10-15 गाँवों में दुर्गापूजा पहले की तरह जारी थी। राज्य की पुरानी राजधानी कटक, नई राजधानी भुवनेश्वर में भी ज़ोरदार ढंग से माँ दुर्गतिनाशिनी दुर्गा की पूजा-पर्व चल रहा था। लगता ही नहीं था कि आधे ओडिशावासी इतने बड़े संकट में हैं!

कहते हैं, ''पराया पूत मरा—रोने की आवाज़ सुनी।'' इसी तरह स्वार्थी मानव का संसार अपने सुख के भंवर में परायी दुर्दशा को अनदेखा कर इकतरफ़ा चल पड़ता है। वैसे भी आँधी, तूफ़ान, बाढ़ तो ओड़िया देह का मैल है। तब अभयपुर में पूजा बंद क्यों होगी? सबका यही तर्क था।

सुबह-सुबह रेडियो पर गंजाम ज़िले में तूफ़ान का दुःखद समाचार सुना। सबने आह-ऊँह की। क्लब घर में टीवी पर दारुण दृश्य देखे। दुःख देखने की तरह सहानुभूति के साथ वात्या के दृश्यों का उपभोग किया। देखा किस तरह प्रकृति के आगे इंसान आत्मसमर्पण कर देता है। प्रार्थना भी की कि प्रभु मृतकों की आत्मा को सद्गति दें, जीवितों के सहायक बनें। तूफ़ान को कोसा भी कि दक्षिण के तूफ़ान ने पूर्वांचल के दुर्गोत्सव को फीका कर दिया। हे भगवान किसी और पर ऐसी विपद न आये। इससे ज़्यादा क्या करते।

हाँ करते—जो किया शेख गुलाम मुस्तफ़ा ने। दुर्गा पूजा मैदान में वे दुर्गा पंडाल के पास मौजूद थे। दक्षिणी वतास के बारे में हलचल पैदा करने वाली खबरें, कुछ मनगढ़ंत बातें जोड़, प्रचार की गईं ताकि औरों का मनोरंजन हो सके।

माँ की पूजा-अर्चना चल रही थी। घंट, घंटा, शंख, झांझ, काहाली (तुरही) की तान और ब्राह्मणों का मंत्रनाद ऊपर उठता गया। गोलमस्ता और पाकिस्तानीपाड़ा गाँव के कुछ मुसलमानों का प्रतिवर्ष भक्तों में शामिल हो भक्त निवेदन तथा माँ के आने, धन-धान्य माँगना आम नियम है इधर। हिन्दू भक्तों से हट कर अलग कतार मुसलमानों की बनाने की रीति उस इलाके में नहीं थी। उस बार बदली रीति।

गोलमस्ता छोटा दल लेकर अलग कतार बना खड़ा था। उस कतार में मुसलमानों का दल, गाँधी दास और कुछ बेपरवाह हिन्दू छोकरे खड़े थे। वे हाथ जोड़ माँ से कुछ माँग नहीं रहे थे। गंभीर, व्यथित, विचलित लग रहे थे शेख गोलमस्ता। गाँधी दास मूक बने खड़े रहे। शायद भविष्य की कार्यप्रणाली सोच रहे हैं। घंटे आदि की आवाज़ थमी। भक्त माँ के आगे प्रणाम कर रहे थे। उस मौन-मिन्नत की फाँक से आत्मस्वार्थ को ओट करके हिम्मत बाँधे खड़े थे गोलमस्ता। दृढ़ स्वर में घोषणा की—''बंद करो माँ की आडंबरमय पूजा! सिर्फ़ दीप, धूनी, फलमूल से माँ की पूजा करो इस साल। इस साल पूजा के नाम पर वसूला गया पैसा गंजाम ज़िले के तूफ़ान रिलीफ़ फ़ंड में दान किया जाये! हमारे भाई-बंधु वहाँ मर रहे हैं, यहाँ चल रहा है महोत्सव! हमारे बेटे-पोते विदेश में मरते हों तो क्या हम यहाँ पर भोज-भात कर सकते हैं? दो—मेरे सवाल का उत्तर दो?''

पाकिस्तानीपाड़ा के पठान गोलमस्ता के ऊँचे स्वर में कहे वाक्यों से भक्त

गण चकित रह गए। टहली महांति, कुंडल पंडा, पंचुकी पंडा, कुंपनी स्वाईं वगैरह नेतागण भक्ति में डूबे थे। ऐसे में गोलमस्ता की दहाड़ती आवाज़ ने एक और तूफ़ान पैदा कर दिया।

इतना दुस्साहस है इस पाकिस्तानी पठान में? इतने दिन से यह पठान पूजा-उपासना में विघ्न डालने का बहाना ढूँढ़ रहा था। गंजाम में तूफ़ान आया—माँ की मूर्ति खंडित हुई—तो क्या दुनिया भर में माँ की पूजा बन्द हो जाएगी? दैवी दुर्घटना में देवी भूलुंठित हुई—तो क्या जान-बूझ कर देवी को अपूजित रखें?

टहली महांति ने जिरह की—"यदि ताजिया निकलते समय गंजाम में वात्या होती, क्या इधर ताजिया नहीं निकालते?"

"वो बात अलग है। जो नहीं हुआ, उसकी चर्चा क्यों?"

"ये काँटे की बाड़ में धोती उलझा कर झगड़ा करने जैसा है। जो हुआ है, उस पर चर्चा हो।"

"गोलमस्ता वाजिब कह रहे हैं। पड़ोस में मुर्दा पड़ा है, हम भोज करें? क्या यह मानवता का तकाज़ा है? अतः दुर्गोत्सव के लिए जो पैसा है, वह मुख्यमंत्री के रिलीफ़ फ़ंड में दे दें। फले-पुष्पेण अब की पूजा कर लें।" गाँधी दास ने बेलाग शब्दों में घोषणा की।

गाँधी दास ने गोलमस्ता का पक्ष लिया तो अभयपुरवालों और आस-पास के गाँववालों में दो दल हो गए, लड़ने को तैयार हैं! कुछ तो बिना समझे ही एक दल में आ गए, ऊँच-नीच बकने लगे। हाथापायी होने जा रही थी। तभी दुर्गतिनाशिनी के पंडाल की पिछवाड़े वाली गली में भीड़ इकट्ठी हो गई। तभी हो-हा, घो-घा मच गई। किसी को कोई नीचे पटक लाठी से पीटे जा रहा था—"ले साले, मर! मर!" वह चीखता चिलाता रहा। कोई भी हो, हाथी होता तो वह भी ऐसी चोट खाकर माटी में मिल जाता! शायद कोई दुर्गा के पंडाल के निकट महानवमी को मरकर तर गया! कोई रोकने की चेष्टा भी नहीं करता, उलटे उन गबरू जवानों को उकसाने में लगे थे। भीड़ के बीच से दिख जाता—गोलमस्ता का पोता अनवर का उत्तेजित रौषदार क्रूर चेहरा। बीच में दिखते उद्धव मंगवाल के दो बेटों वेणुधर-भाग्यधर के कठोर चेहरे। और भी कई चेहरे, भीड़ में दिख रहे थे। वे चेहरे कुछ देर पहले अभयपुरवालों के चेहरे जैसे लगते थे। मगर अब तो वे हिन्दू चेहरे, पठान चेहरों में तब्दील हो गए।

जहाँ ताजिया और दुर्गा माँ से लेकर बात पहुँच गई लाठी-बल्लम तक, वहाँ अभयपुर की बात छोड़ो, भारतवर्ष भी दो भाग हो जाता है। आँखों देखा है खुद

गोलमस्ता मियां ने—इतनी दोस्ती होते हुए भी बात-बात में गोलमस्ता और उद्धव एक दूसरे को हिन्दुस्तानी, पाकिस्तानी कहकर मज़ाक करने की बात सब जानते हैं। वे ही हैं 'असली देशद्रोही'—दुर्गोत्सव के समय हिन्दू-मुस्लिम दंगा लगा दिया। अभयपुर ही नहीं, आंबीकी पंचायत, एरसमा ब्लॉक, जगतसिंहपुर ज़िले की नाक कटवा दी। कुपनी स्वाईं, धड़ी बारीक, फटफटिया पर बैठकर भागे थाने की ओर। पुलिस हस्तक्षेप न करेगी तो अभयपुर गाँव के हिन्दू साफ़ हो जायेंगे—मुसलमान तो वैसे भी पठान हैं—उनके हाथ में छुरी, तमंचा, कटार, बम, बारूद हो सकता है। आज अभयपुर गाँव ध्वंस हो जायेगा। गंजाम ज़िले की मदद करते-करते यह आग फैलेगी अभयपुर से सारे ज़िले में—ज़िले से राज्य में—राज्य से फिर सारे देश में। भारत में यह निन्यानवे का दंगा विनाश वर्ष बनकर रह जायेगा। गोलमस्ता और उद्धव मंगवाल को गिरफ़्तार कर हालात नियंत्रण में लाये जायें और उपाय नहीं। नर्कू राउतराय की इस घोषणा ने स्पष्ट कर दिया कि आगे चुनाव हैं। दंगा फैला कर, फिर दंगा कंट्रोल करें। घर जला कर दमकल बुलाना। लोगों को मुआवज़ा देना—यही चुनाव की नींव है। पिछले चुनावों में टहली महांति और कुंपनी स्वाईं के दल की बुरी तरह हार हुई थी। आगामी विधानसभा चुनावों से पहले यह दंगा भड़काकर चुनावी प्रचार के लिए परम अस्त्र के रूप में उपयोग किया जायेगा।

चौसर के खेल से महाभारत हुई! यह सब जानते हैं। मगर तूफ़ान से अनजान ज़िले की मदद करने जैसे मानवीय प्रसंग से उस इलाके की युगों की दोस्ती से सांप्रदायिक दंगा जैसा अमानवीय कांड होने की बात गाँधी दास, उद्धव मंगवाल और गोलमस्ता जैसे पुरखों की कल्पना में भी नहीं थी। दंगे की जगह जाकर दोनों तरफ़ को समझा कर शांत करने आगे बढ़े तो कुछ दंगाइयों ने उन्हें रोक लिया। पुलिस के न आने तक वे अपनी जगह से इंच भर नहीं हटेंगे—यह उनकी धमकी थी। गड़गड़ाहट के साथ बिजली की तरह थोड़ी देर में पुलिस की गाड़ी नज़र आ गई। पुलिस के साथ थे भूतपूर्व मंत्री और भावी चुनाव के उम्मीदवार नर्कू राउतराय।

मंत्र के बल पर दानव का आविर्भाव होने की तरह, गड़बड़ी की जगह अचानक श्मशान चंडाल मंत्री मल्लिक वहाँ आ पहुँचा। उसके गले में लटक रहा था लंबा मरा हुआ साँप! साँप का मुँह मंत्री मल्लिक की छाती के नीचे घुटनों तक लटक रहा था, पूँछ उसकी हनुमान की पूँछ-सी पीठ पर लटक रही थी। तांडव करता हुआ नाच-नाच कर चिल्ला रहा था—"देखो इन बहादुरों को, पसीना-पसीना होकर, एक पहर से पीट रहे थे इस बेसहारा निरीह धामन सांप को। अरे, यदि वीर हो, मिटा

दो इस इलाके के ज़हरीले तंप, गेंहुअन, नाग, रणा, सारे गोखर सांपों को! ताकत दिखाते हो ढोंड़ और ढामन जैसे निरीह साँप पर! गाँवों का यह कितना उपकार नहीं करता था! कुछ न सही चूहा-मेंढक तो कम करता था। बेचारा मेंढक को आधा निगले था कि चोट कर दी! मैं श्मशान का मंत्री मल्लिक ठोक-बजा कर घोषणा करता हूँ—इन कुछेक अज्ञानी छोकरों के चलते इस इलाके में सबकी थाली में धूल पड़ेगी। देव—भगवान सब देख रहे हैं। इस धामन साँप ने गाँव में एक आध बार सबकी देहरी लाँघी होगी! क्या किसी का कुछ बिगाड़ा? बल्कि सबका मीत बन गया था। मेरे साथ तो इसकी रोज़ की भेंट-मुलाकात, बातचीत थी। कितना सीधा था! ऐसे मर्द हो तो, मारो हमारे बीच चलते-फिरते पाजी-शैतानों में किसी को!''

अंतिम बात टहली महांति और नर्कू राउतराय के चमचों को तथा बाभन गुसाईं वगैरह को लक्ष्य कर मंत्री मल्लिक ने कही थी। जीप से धप-धप कर दो सिपाही कूद पड़े। शेख गोलमस्ता और उद्धव मंगवाल को पकड़ लिया। वे दोनों कांईपदर के सत्यपीर (भुवनेश्वर से 60-70 कि.मी. दूर) काइंपदर रेलवे स्टेशन के पास वाले गाँव में सत्यनारायण और पीर की दरगाह एक ही परिसर में हैं। देश में हिन्दू-मुस्लिम सद्‌भाव के अनूठे नमूने की तरह देह से देह सटा कर बाँबी बने खड़े थे। वर कन्या की गाँठ बँधने की तरह दोनों के हाथ बँधे थे—हथकड़ी से—पुलिस ने अभेद बंधन में बाँध डाला—ईश्वर-अल्ला को। ठहाका लगा मंत्री मल्लिक ने मरे सांप को घुमाया और जीप पर फेंक दिया। ताली बजा कर कहा—''ले जाओ इस असली दंगाकारी को। हाजत में मरने से पहले ही मर चुका है। इसी के कारण तो हिन्दू-पठान दो दल के छोकरे दोनों ओर से सड़क पर तांडव मचा रहे थे। निरीह को कौन मारे, इस पर प्रतियोगिता चल रही थी। अब दोषी को हथकड़ी पहनाओ। बड़े पुलिस बाबू हमारे दंगाकारियों को हथकड़ी पहनाकर वाहवाही ले रहे हैं, देखो!''

गाँधी दास ने मरे सांप को देख गहरी सांस छोड़ी। कहा—''मासूमों को मारने की जो प्रतियोगिता है, यदि दोषी लोगों, अपराधियों को मिटाने में होती, तो कितना मंगल होता! आज पुलिस जैसे आ धमकी, हर बात में वैसे तत्पर होती, तो इतना अनर्थ न होता। मंत्री मल्लिक की इत्तला पर उस दिन यदि इतनी तत्परता दिखाती, तो इतना बड़ा अपराध छुप न जाता।'' कुंडल पंडा ने भलमनसाहत दिखाते हुए कहा—''दुर्गापूजा पर सांप पीटना पाप है। आदमी मारने से भी बड़ा पाप! देवी के पास आदमी, भेड़-बकरी, भैंसे की बलि चढ़ती है, सांप के सिर की बलि आज तक किसी ने देखी है?...उफ कलयुग समाप्त होने आया, मालिका (भविष्य वाणी पोथी) वचन सच होगा। प्रायश्चित करना होगा।'' उद्धव ने सोचा, 'मानो

कुंडल गुसाईं का जीवन दूसरों को प्रायश्चित कराने की चिंता में ही बीता।'

गोलमस्ता और उद्धव मंगवाल को मुक्त कर पुलिस की जीप दनदनाती हुई लौट गई। बिना पुलिस के अपने-अपने ख़याल में डूबे खड़े थे उद्धव मंगवाल और गुलाम मुस्तफ़ा!

हेमंती हवा में शिशिर की सिंचाई से पवित्र स्नान कर कुछ दिन में घर-घर में प्रवेश करेगा कार्तिक माह। कार्तिक आते ही यज्ञ करना होगा, कुंडल पंडा तत्पर हो उठे। आंबीकी, अभयपुर, चंदनपुर, शोभनपुर, कियादा, जपा, कुंजबेदी, बंदाण, लवणीपुर आदि इलाके के भाग्याकाश से यह सर्पहत्या जनित पाप मुक्ति बिना विघ्न आयेगी। इस यज्ञ में काफ़ी पैसा खर्च होगा। गंजाम में आए तूफ़ान के लिए फ़ंड इकट्ठा करने के बजाय कुछ लोग यज्ञ का चंदा इकट्ठा करने में जुट गए। जान बची तो लाखों उपाय। गंजाम के तूफ़ान के लिए तो सरकार है। यह गाँधी दास क्या सरकार का बाप है कि गंजाम तूफ़ान के लिए सिरदर्द करता है। कुंडल पंडा की सलाह से नर्कू राउतराय और टहली महांति को चुनाव को ध्यान में रख यज्ञ के नाम पर चंदा इकट्ठा करने का बहाना मिल गया।

चुनावी तैयारी का ज़ोरदार मौका एक फालतू धामन सांप के कारण हाथ से निकल गया। वरना सांप्रदायिक दंगा हो जाता और हमारा दल शांति स्थापित करता। धामन वंश की चौदह पीढ़ी को कोसते-कोसते नर्कू राउतराय सोच रहा था—''ठीक है, चुनाव से पहले कोई अघटन तो करनी होगी। दैवी दुर्घटना हुई तो और अच्छा! वरना मानव कृत अघटन तो नर्कू और टहली जैसे राजनीति वालों के बायें हाथ का खेल है।'' टहली महांति के पीछे रह नियति जो ठहाका लगा रही थी, किसी को नहीं सुनाई पड़ा।

उद्धव मंगवाल मन-ही-मन बुदबुदाया—''बच्चू, कर्म फल है। जो बुरा काम करता है, क्या वह शांति से जीता है? अपने बुरे काम की बात सोच-सोच अंदर ही अंदर घुट कर मरता है। पाप मन सदा संताप भोगता है। यहीं तो है नर्कभोग। इसी मन में तो नर्क है। युगों की शांति-संतोष से चले आ रहे दस गाँव के बीच दंगा पैदा कर एरसमा धरती को जो नरक बनाते हैं, उन्हें भगवान कभी माफ़ नहीं करता। कभी-न-कभी भगवान पटखनी देंगे। यह ध्रुव सत्य है!''

सौ बार उद्धव के मन ने कहा होगा—गंजाम के तूफ़ान को यों चुटकी में उड़ाना ठीक नहीं हुआ। आदमी के एक अंग में फोड़ा हो जाये, तो भी मुँह खाना खाता, आँख नाच-तमाशा देखती, कान गीत वाद्य सुनते हैं। गंजाम के तूफ़ान पर सारी दुनिया ब्याह-शादी, पर्व-त्यौहार बंद कर दे? इस तर्क से मन को समझा

कर विवेकी लोगों ने भी खूब धूमधाम से दशहरा मनाया, क्वार पूनों भी गजलक्ष्मी की पूजा ठाठ से हुई, क्यों न हो ?

भाग्य दोष से दुनिया के आधे लोग रोग, भूख-प्यास दु:ख में जीते हैं, तो बाकी आधे लोग क्या भरी हाँडी छोड़ भूखे रहते हैं ? एक मरा, उसके लिए क्या दूसरा मरेगा ? तब तो दुनिया खाली हो जायेगी। फिर भी गंजाम के तूफ़ान के लिए गोलमस्ता, गाँधी दास, उद्धव मंगवाल, भैरव माझी वगैरह के प्राण क्यों रोते हैं ? अगले चुनाव के लिए किसी पार्टी का टिकट पाकर कहीं गाँधी दास चुनाव तो नहीं लड़ रहा ? इधर बार-बार राजधानी के चक्कर लगा रहा है ! परिवेश सुरक्षा, गरीब केवटों के अधिकारों की रक्षा के नाम पर गाँधी दास का बेटा भूदान एक घेरी विरोधी आंदोलन का नायक है। इस इलाके में केवटों की संख्या अधिक है। अत: कहीं यह वोट की राजनीति तो नहीं है ?

नर्केश्वर राउतराय को इसी बात पर नींद नहीं आती। गाँधी दास, गोलमस्ता, उद्धव मंगवाल की आँख से भी नींद गायब थी। आदमी अपनी सोच के साथ तो जाता है और अपनी सोच में डूबा रातों में उनींदा रहता है। दो पैर वाला आदमी नाम का जीव दुनिया में सबसे स्वार्थी और सबसे आकुल-व्याकुल जीव है।

'प्रायश्चित सर्प यज्ञ' के लिए चंदे की राजनीति में पड़कर परेशान थे पाँच-सात गाँव के लोग। दें तो मुश्किल, न दें तो भी मुश्किल।

क्या ज़रूरत थी विषहीन धामण साँप को पीट-पीट कर मारने की ? बेचैनी लग रही थी बांछू तरई को। उसकी बेचैनी सबसे बढ़कर थी।

इस उत्कल भूमि पर आदमी जितना कहर ढाता है, प्रकृति उससे बढ़कर ढाती है। बांछू तरई सोचता, यह धरती बाढ़, अकाल, तूफ़ान और महामारी की है। पठान, मुगल, पुर्तगीज़, मराठा, अंग्रेज़ सब उत्कल आये। राज किया, लूटा, बंधुवा बनाया। बहू-बेटी, ठाकुर-देवता किसी को नहीं छोड़ा। एक दिन उनका शासन मिटा, बोरिया-बिस्तर बाँध जाना पड़ा। मगर इस राज्य पर इंद्र महाराज़ का राज खत्म नहीं होता। न उनका अत्याचार मिटता, कभी तोष तो कभी रोष। इंद्र राजा ज़्यादा खुश हुए तो ओड़िया मरे, ज़्यादा रोष करे तो वैसे मरे। पिछले साल बांछू तरई ने मन-दो मन बीज सहेज कर रखे थे। पवित्र अक्षय तृतीया पर मंगल मुहूर्त बनाया, छोटा धान, बड़ा धान, पानीपाट की निचली ज़मीं सब जगह बो दिया और झाड़-झूड़ कर वह आकाश की ओर ताकने लगा ! इंद्र देवता की शुभ दृष्टि पड़े तो खेत भर जाएगा। क्या फल मिला ?

धारा सावन में भी पिछले साल बैसाखी झंझा बही थी। मध्य सावन में

आकाश सूना-सपाट हो गया। भदोही धूप में धान खेत में गोरू चरने लगे। आश्विन के बीच में इंद्रराजा का शाप शिरोधार्य कर धरती दरक कर मुँह बाये थी। लोग भी भाग्य से कीड़े-मकोड़ों की तरह मरे। बांछू सोचता है कि आदमी का मतलब गरीब-गुरबा, पेट भरने वाले मजूर, मेहनतकश लोग और उसकी तरह छोटे किसान, दो मुट्ठी खाना, जीना, बस। जो खेत में मेहनत न कर भी खूब खाते-पीते हैं, वे हैं राजा-मंत्री, नेता, अफ़सर! उन पर इंद्र देव का शाप नहीं पड़ता। वे आदमी से ऊपर हैं। अभाव के दिनों में भी उनके घर मौज-मजलिस लगी रहती है। साल के बारहों महीने उनके यहाँ अनाज भरा रहता है। अत: उनकी बात अलग है। बात तो बांछू तरई जैसे मजूर की है।

इस साल भी सांवलिया नदी की छाती पर से पूनम का चैती ज्वार सागर की छाती को लौटकर जाते न जाते बैशाखी आकाश को देखकर दिन गिनता रहा बांछू तरई कि कब आयेगी चाँदनी की शुक्ल पक्ष की तृतीया। बांछू तरई छोटा किसान है। धान बुवाई का शुभारंभ करेगा इसलिए बीज सहेजकर रखे था। पसीना बहा, गरमी में हल चला, खाद-वाद डाल, घास-पात कुदाल से हटाकर, साफ़ कर रखा है खेत-बीज बोने को। बीज के लिए नहीं, जीवन के लिए। ज़मीन अन्न देती है। एक शस्य कण से कोटि अन्न उपजाती है पवित्र धरती। ज़मीन का अनादर करने पर, सोये पूत को जगाने पर ज़मीन नहीं सुनती। कितना गूढ़ है यह ज़मीन और बीज का रिश्ता—इसे केवल किसान ही जानता है। तभी बांछू ने सँभाल कर रखा था बीज। विपिन की माँ अपनी नथ, बसनी, कंठीमाल, कड़ा, पाहुड़ (पाँव का गहना) के लिए जितनी सावधान नहीं, बांछू तरई अपने साल भर के बीज के लिए उससे कहीं ज़्यादा सावधान है। विपिन की माँ के गहने अब नहीं रहे, बांछू तरई का अभावी संसार उसे बेच-बाच कर अभाव के समय खा गया। कितना भी अभाव हो, बांछू तरई हालात देख, कई तरह के बीज सहेज कर रखता है। बच्चे मुँह बंद कर लें तो सब एक जैसे दिखें, मुँह खोलने पर भिन्न-भिन्न स्वर मालूम होते हैं। जितने बच्चे, उतनी उनकी प्रवृत्ति। बीज का दस्तूर यही है। धान तो धान जैसा दिखता है। मगर भात बनने पर अलग स्वाद, भिन्न महक।

आश्विन आते-आते नियम मानकर धान के पौधों में तना भर गया, दशहरे के दिनों में और क्वार पूर्णिमा तक पूरे क्षितिज तक हरियाली छा गई। तेरा-मेरा भूल कर हर खेत पर। आठ दिन में धान में फूल आयेंगे। आकाश में बादल का टुकड़ा तैर जाता तो बांछू की छाती धड़क उठती। इस वक्त बरसा हुई तो हवा गुच्छों को हिला देगी, फूल झर जायेंगे। धान में दूध होते समय विधाता दाव साधे तो उसका

मतलब पेट पर लात मारना है। मगर मेघ के लक्षण बताते हैं कि वे इस बार राह नहीं भटकेंगे। रबि की फ़सल भी इस बार दगा नहीं देगी। मूँग, उड़द, कुल्थी, चना, मांडिया, खूब होने जैसा लगता है। बांछू तरई की मझली बेटी दुबारा ससुराल जायेगी—बड़े बेटे को जैसे भी हो अबकी ब्याह दूँ तो चिंता मिटे। बाकी रही बड़ी बेटी रेणु, जो दहेज़ की पीड़ा न सह छः महीने के बच्चे को गोद में ले मायके लौट आयी। उसके साथ छोटी कुँवारी बेटी की फिकर खाये जाती है। बड़ी की देखी जायेगी। गाँधी दास ने इस बात का कोई ईंसाफ़ करने का वचन दिया है। फिर छोटी बेटी को अच्छा वर देख पराई कर दें तो चौपाल पर जाकर शासतर-पुराण सुनेंगे, दिन बितायेंगे। अब और ज़्यादा संसार के झमेले में लट-पट होने को मन नहीं करता।

बांछू ने सोचा था, बेटों की क्या फिकर है? विपिन से छोटा बैकुंठ और बैकुंठ से छोटे तीन बेटे हैं, बांछू तरई को कोई चिंता न थी। अब देखो—बेटी के बोझ से बेटों का बोझ ज़्यादा है। बेटी तो ससुराल गई कि चिंता मिटी। मगर बेटा तो पिंड देने के लिए घर में रहेगा। बड़े बेटे के कारण झमेला घटता नहीं, बढ़ता जा रहा है। बड़ा कष्ट झेल उसे इंजीनियर बनाया था। कटक में इंजीनियरी स्कूल से पास कर कहने लगा—मैं नौकरी नहीं करूँगा। नौकरी में कहाँ है पैसा? चिंगड़ी मछली पकड़ने के लिए घेरी बंद करना है।'' बड़ा कष्ट में जीवन होता है छोटे इंजीनियर का। कहता है अभी ब्याह नहीं करना। पैसे कमा लूँ, तब करना है। अभी कुंडल पंडा की पोती को लेकर कई तरह की बातें करते हैं। बाह्मनी को तरई कैसे बहू बना कर लायेगा? उसके हाथ का पानी पाँव में पड़े तो महापाप! क्या बाह्मनी किसान के घर जूठन-ऊठन उठायेगी? बाह्मनी का किसान के घर आने का मतलब है घर में पाप आना! उधर पंडाजी भी गुस्से में हैं। यदि विपिन गंगा को उड़ा ले जायेगा, किसान टोले में आग लगवा देंगे। खूनी संघर्ष हो जायेगा बाह्मन और किसान के बीच जातिगत संघर्ष बहुत भयंकर होता है! बेटे को इतना पढ़ा कर तरई बहुत पछता रहा है। किसान के बेटे का चिंगड़ी की घेरीबंद करना कोई पाप नहीं। इस इलाके में सबके घेरीबंद बने हैं। सब पेशे में केवट बन गए। मगर इतने पैसे कहाँ से आयेंगे? ज़मीन गिरवी रख रुपये लायेंगे, डूब गए तो वहाँ—कुटुंब डूब जायेगा।

बांछू तरई मन-ही-मन आँख मूँदे हिसाब करता रहा—कितना पसेरी धान तोल दें, कितना पसेरी विपिन के ब्याह के लिए रखें। कितना पसेरी बेटी के दुबारा ससुराल जाने पर ज़रूरत होगी। घर खर्च में कितना चाहिए? उद्धव को कितना उधार देगा? कितना पसेरी बीज के लिए रखेगा? बाकी कितना पसेरी बेच-बाच देगा...बांछू

तरई ही नहीं, इस साल इंद्रदेव ने भी अपनी करुणा धान खेतों पर खूब उँड़ेली है। यह देख इस इलाके के छोटे-बड़े किसान अनेक सपने देख रहे थे। भगवान जानें! आदमी के पास इतने सपनों के लिए रातें हैं या नहीं। अपनी योजना के लिए आयु है या नहीं। दूसरों के सपनों के बारे में कौन सोचता है? बांछू तरई की छाती फूल उठी दूध निकलते धान के गुच्छे की मुस्कान देख। पिछले पाँच-सात साल में ऐसी फ़सल इन गाँवों में नहीं हुई। वही आकाश—वही धरती, आदमी की वही मेहनत—पर सबसे ऊपर है वह दैव—विधाता। उसके देने से संसार भर जाता है—तबाह हो जाता है। आदमी तो निमित्त मात्र है।

~

एरसमा हाट से आंबीकी लौटते समय नगरीपुल से कियादा की ओर हंसुवा नदी के तटबंध की ओर मुड़ गया भैरव माझी। आंबीकी रास्ते पर नाक की सीध में चल रहे थे उद्धव मंगवाल, बांछू तरई और कई-कई सागर तटीय गाँवों के हाट से लौटते लोग। एरसमा हाट से कुछ लोग उड़ती खबर सुनकर आये हैं। किसी ने हाट में अफ़वाह फैला दी कि गंजाम के तूफ़ान से सौ या हज़ार गुना भयंकर तूफ़ान पारादीप समुद्र से उठकर एरसमा की ओर बढ़ रहा है। एरसमा से फैलेगा सारे ओडिशा में। फिर कलयुग शेष!

"क्यों? ओडिशा के लिए जगन्नाथ हैं! एरसमा इलाके में माँ शारदा हैं। कुजंगगढ़ के जगन्नाथ, माँ बासुली, ग्रामेश्वर, गादी गुसाईं आदि अनेक देवी-देवता हैं! फिकर क्या है? वे ज़रूर बचाएँगे। ऐसे कई तूफ़ान ओडिशा में आ चुके हैं—पर कलयुग शेष नहीं हुआ। कलयुग अब युगों तक राज करेगा, लगता है। तुम्हें नहीं लगता?" बांछू तरई ने पूछा।

उद्धव मंगवाल ने कहा—"मुझे क्या पता? गाँधी दास भुवनेश्वर से लौटे हैं, उनसे पूछने पर सचाई का पता चलेगा। सच हो या झूठ, जानने का हमारे पास उपाय नहीं। जो भाग्य में होगा, वही होगा। दादाजी से सुना था कि आज से 114 साल पहले ओडिशा में भयंकर तूफ़ान आया था। उसका नाम था 'सुनिया तूफ़ान' क्या यह सुनिया तूफ़ान से भी बड़ा होगा? मुझे विश्वास नहीं होता। खैर, द्रोण मास्टरजी से सुना है।—'अभूतपूर्व तूफ़ान था वह सुनिया तूफ़ान।' "

"सुनिया तूफ़ान क्या होता है?"

"आज शाम भागवत गद्दी पर आना। कुंडल पंडा कोई यज्ञ कर रहे हैं। गाँववालों को बुलाया है। सुनिया तूफ़ान की बात वहीं मास्टरजी से सुनेंगे।"

''तूफ़ान ने कभी ओडिशा को हताश किया है, जो इतनी घबराहट हो रही है? बल्कि ओड़िया को हताश किया है चुनावों ने। तूफ़ान ने जितनी क्षति नहीं की, अस्थिर राजनीति और बार-बार के चुनावों ने उससे ज़्यादा नुकसान किया है,'' पीछे से कोई बोल रहा था।

मंगवाल ने मुड़कर देखा—कुछ जाना पहचाना-सा स्वर। खुश होकर कहा—''अरे तुम? इधर कहाँ हो, बेहरा भाई?''

''एरसमा ब्लॉक में बड़े जँवाई काम करते हैं। वहाँ कुछ काम था। कातिक आ गया। मंगसिर अब है ही कितनी दूर। ब्याह के काम में जुटना होगा। बड़ा जँवाई तो समझ लो घर का बड़ा बेटा है। सारा दायित्व उस पर है। सोचा इधर आया हूँ तो मिलता चलूँ। देन-लेन की बात भी पक्की कर लेंगे। सोना कितने तोला? रास्ते का खर्च, मोटरसाइकल, रंगीन टीवी, जँवाई की घड़ी, सूट, बूट, तमाम बातें हैं। मेरा बेटा तो मछवारा या जालवाला नहीं है। बड़ी कंपनी में चाकरी करता है। तुम तो अब पूरे जड़ हो गए। बाद में मुझे दोष मत देना, कहे देता हूँ...!''

नये समधी होने जा रहे गिरिमा के भावी ससुर का उत्साह दबा कर उद्धव ने निराश स्वर में कहा—''पहले मंगसिर आने दो। यह वतास तो पार होने दो। आज हाट से जो सुनकर आया हूँ, उसमें दिमाग किसी शुभ काम में लगता ही नहीं। तूफ़ान तुम्हारे पारादीप सागर से उठ कर चारों ओर फैलेगा—इस तरह माइक पर प्रचार चल रहा है! तुमने नहीं सुना?''

''क्यों उस सरकारी प्रचार पर ध्यान देते हो? ये सब चुनाव की पूर्व सूचना हैं। सरकार के प्राण लोगों के लिए यों रो रहे हैं! अरे—माइक कहता है कच्चे घर छोड़ ऊँचे स्थान पर पक्के घरों में चले जाओ! इस इलाके में पक्के घर हैं ही कितने? क्या सब वहाँ समा सकेंगे? तूफ़ान के लिए आश्रय इधर कितने हैं? लोग रुपये-पैसे, सामान वगैरह छोड़कर जा सकेंगे? खैर, अब मैं वापस जा रहा हूँ, तुमसे तो भेंट हो गई। यदि कहते हो, तूफ़ान के बाद बात करेंगे। मगर तूफ़ान-फूफान कुछ नहीं होगा। कुछ 15 दिन पहले ओडिशा में तूफ़ान आया था! फिर आएगा? ऐसा कहीं होता है?''

''यह भी सच है—हमारे यहाँ ढोंगी ज्योतिषी की बातें सच हो जाती हैं। मगर सरकारी गणना सच नहीं होती। जितनी गणना यहाँ इलाके की उन्नति हेतु होती है, सब उनसे खुद पीछे हट जाती हैं। यह तूफ़ान भी वैसे ही झूठ होगा। वरना सरकार केवल प्रचार कर चुप बैठती? वैसी तत्परता कहाँ? 114 वर्ष पहले सुनिया तूफ़ान के समय गोरी सरकार थी। वैसी तत्परता इसमें कहाँ?'' किसी ने कहा।

"तो काली सरकार है! गद्दी पर बैठी तब से इनका ध्यान काला कर्म, कालाधन में है," उद्धव मंगवाल ने कहा।

"अरे, यह काले ठाकुरजी का देश है! कला का देश—अतः हमारे नेता यदि काले की सेवा करते हैं तो उन्हें वाहवाही देनी चाहिए। तुम छोटे केकड़े हो। तुम्हारे मगज में कला का महात्म्य कैसे आयेगा?" इतना कह भावी समधी चल पड़े। उद्धव मंगवाल का मन चेतन अटका था उसी हाट में सुनी तूफ़ान की खबर पर। ज़रा तेज़ कदम डाल कर कहा—"ज़रा तेज़ चलो। भागवत गादी में सारी बातें सुन लेंगे। सचमुच इतना बड़ा तूफ़ान उठेगा पारादीप समुद्र से? तूफ़ान की सीमा है, समुद्र की भी सीमा है!"

उद्धव मंगवाल मानो रास्ता निगलता जा रहा है बातों ही बातों में। बांछू ने सिर का बोझ सँभालते-सँभालते कहा—"अब कोई है किसी सीमा में? महंगाई ने सीमा तोड़ी। पाप ने सीमा तोड़ी। आदमी ने सीमा तोड़ी। फिर तूफ़ान क्यों नहीं तोड़ेगा? सागर तो सीमा लाँघने बैठा है, मगर माँ लक्ष्मीदेवी की शपथ, पिता कैसे सीमा लाँघे? हमारे इलाके में अबकी धरती पर माँ ठाकुरानी सोने की फ़सल बन कर पधारी हैं। तूफ़ान सीमा लाँघ सके—सागर कैसे बेटी को उजाड़ देगा? बाप की छाती किसी और के लिए पत्थर हो, बेटी के लिए तो कंद, नवात, दूध, मधु-स्नेह मिला पंचामृत है! हम निश्चिंत क्यों नहीं रहें? हमारे जीवनकाल में भी हर साल आँधी-तूफ़ान उठा है—सागर को यों उफ़नता हुआ कभी देखा है? मगर गंजाम के तूफ़ान में सागर ने मछुवारों की बस्ती चाट-पोंछ कैसे साफ़ कर दी?"

"मछवारे जन्म से सागर को लूटते रहे। सागर ने एक बार लूटा। मगर सागर एरसमा की सोना धरती को नहीं छूएगा।...शर्त लगाता हूँ। देख लेना..."

आपस में एक-दूसरे की बातों को काटते हैं, हाट से घर लौटते समय। इससे रास्ते की थकान कम हो जाती है। तूफ़ान की अफ़वाह को भी हटाकर झुटपुटे अंधेरे में सब अपने-अपने गाँव की ओर चल पड़े।

~

सावन से हर साल ओडिशा का भाग्य खुलता या फिर फूटता है! उस दिन चढ़ आया पारादीप समुद्र की ओर से महिषासुर-सा तूफ़ान सन् 1885, सितंबर का महीना, इक्कीस तारीख। चारों ओर अंग्रेज़ी राज था। किसान के खलिहान में सोने का पहाड़? राजा ज़मींदार के अमल अंक(संवत्) का आरंभ। प्रजा चाव से

राजा को भेंट अर्पण कर रही थी। राजा दे रहे थे भेंट पर श्रद्धा का उपहार। राजा-प्रजा के भाव आदान-प्रदान का अभिनव पर्व 'सुनिया'—उस दिन आकाश—सागर मिलजुल कर राजा-प्रजा को एकाकार कर भेंट दे रहे थे—महातूफ़ान! आँधी, बाढ़, सूखा, हैजा, तूफ़ान वगैरह मानो आदमी का सुख चूर्ण करने पर्व-त्यौहार की ताक में रहते हैं। प्रलयंकरी समुद्री तूफ़ान उस दिन बंगोपसागर से उठा—ओडिशा के तटवर्ती ज़िलों में तांडव लीला करके चला गया।

ओडिशा डिवीज़न के कमिश्नर मेटकाफ सा'ब को दस दिन-दस रात लगे इस तूफ़ान का विवरण इकट्ठा कर बंगाल प्रेसीडेंसी के मुख्य शासन सचिव को भेजने में। सुनिया तूफ़ान में जाजपुर, राजकनिका, राजनगर, मार्शाघायी, जंबूदीप, पारादीप आदि इलाके तबाह हो गए। इन ज़िलों के 210 मौजों में समुद्र का जल चढ़ आया, हज़ारों लोगों को बहा ले गया।

सुनिया तूफ़ान में सबसे ज़्यादा जानमाल का नुकसान कटक ज़िले के बत्तीघर हुकीटोला और जंबू इलाके में हुआ। कटक ज़िले के पूर्वांचल के तटवर्ती 40 गाँव सागर की लहरों में बह कर उसके पेट में समा गए। जहाज़ी लोग कहा करते हैं—दस कोस तक नदी में लाशें तैरती रहीं।

द्रोणवीर मास्टर और अन्य पुरखे लोग उस दिन सुनिया तूफ़ान का विवरण प्रांजल भाव से दे रहे थे। आंबीकी पंचायत के अभयपुर गाँव सहित पाँच-सात मौज़ा के लोग एक रोंगटे खड़े करने वाली कहानी सुनने की तरह घटना की भयावहता का उपभोग कर रहे थे। सबका ख़याल था ऐसा, दैव दंड केवल उनके भाग्य में था जो आज अतीत के गर्भ में समा चुके हैं।

'सुनिया तूफ़ान' के बाद ओडिशा में तूफ़ान के अगणित पर्व आये-गये, पर सरकार ने क्या कदम उठाए? उस छोकरों के दल का सवाल था। टहली महांति ने उत्साह में कहा—"मार गोली पिछली बातों को। हमारी सरकार फिर आयी, देखना रिलीफ़ चालू कर लोगों का भाग्य बदल देगी। चुनाव होने ही वाले हैं?"

"तुम्हारी सरकार? तुम्हारी सरकार कौन है? तुम्हारा क्या दल है? इस बार पार्लियामेंट चुनावों में तो ओडिशा में तुम्हारे दल का एकदम सफ़ाया हो गया। आगामी चुनावों का फल तो साफ़ दिख रहा है," एक ने कह दिया। टहली महांति ने हँस कर कहा—"तीन महीने बाद जो सरकार बनेगी, वही हमारी होगी। सरकार बदलेगी, तब हमारा फिर दल बदल कैसे न होगा? हम जानते हैं यह सरकार साफ़ हो जायेगी। जाये! जो दल सरकार बनाये, तूफ़ान अगर गाँव समेट लेता है, तो देश-विदेश से करोड़ों की सहायता मिलेगी। डर कैसा?"

"जब 114 वर्ष पहले जैसा सुनिया तूफ़ान अभी तक नहीं आया, तो उससे बड़ा तूफ़ान कल-परसों आएगा ऐसा नहीं लगता। सब सरकारी हवाबाज़ी है। फिर दस दिन के अंतराल में तूफ़ान कैसे दुबारा इधर मुँह करेगा? धांय-धांय दो-दो बार तूफ़ान एक जगह कभी आया है?" धड़ी बारीक ने भरोसा दिया। सरकारी दल के किसी ने कहा—"तुम सब व्यर्थ चिंता कर रहे हो। तुम क्या तूफ़ान खां हो जो तूफ़ान रोक लोगे? खा-पी चैन से सोना। हमारे मुख्यमंत्री ने तूफ़ान प्रतिरोध में कोई ढिलाई नहीं की। भुवनेश्वर में चल रहा है प्रतिरोध पर्व! बड़े ईश्वर विश्वासी हैं मुख्यमंत्री जी, देख लेना—तूफ़ान पारादीप की ओर मुँह करता है, मुख्यमंत्री के मंत्र बल पर घूमकर बांग्लादेश की ओर जायेगा..."

आनंद से हो-हल्ला मच गया बंदी गाँववालों के बीच। एक ने पूछा—"क्या नाम है मुख्यमंत्री का? एक-एक कर धमाधम कई मुख्यमंत्री टपक पड़े इन तीन-चार महीनों में! हमारे दिमाग में नाम ही नहीं टिका!" गाँधी दास ने ऊँचे स्वर में कहा—"मुख्यमंत्री का कोई नाम होता है? सब तो एक हैं। गद्दी पर बैठने से पहले प्रजा, बैठने के बाद राजा! विक्रमादित्य प्रथम, द्वितीय, तृतीय, ऐसे ही मुख्यमंत्री प्रथम, द्वितीय, तृतीय कह दो, बात समझ में आ जाये। उनका नाम याद करके क्या 108 बार माला जपनी है? सब तो गद्दी की महिमा है—गाय चराता बालक भी उज्जैन की गद्दी पर बैठ जाता है तो विक्रमादित्य बन जाता है। मूर्ख, पंडित, साफ़, मैला जैसा भी हो, उत्कल राज्य की गद्दी पर बैठा तो वह मुख्यमंत्री...!"

कलयुग में ठाकुरजी की माला फेरने से फल नहीं मिलता। मुख्यमंत्री, मुख्ययंत्री, मुख्यतंत्री नाम की माला से फल मिलता है। जो ऐसा नहीं करता वह तुम्हारी तरह मैला-कुचैला होकर जन्मता है—वैसे ही मरता है। हमारे मुख्यमंत्री ने मुख्यतंत्री को संतुष्ट किया, इतने बड़े राज्य के मुख्यमंत्री बन गए। हर मुख्य का कोई तंत्री होता है। तूफ़ान को यों चुटकी में उड़ा देने के लिए मुख्यमंत्री तीन-तीन मशहूर तांत्रिकों को लेकर बंद कमरे में बैठे हैं राजधानी में। तुम लोग व्यर्थ की फिकर कर रहे हो!" टहली महांति ने कहा।

"मुख्यमंत्री तृतीय की जय हो!" तूफ़ान से डरे गाँववालों ने सरल विश्वास से उल्लसित होकर समवेत स्वर में तूफ़ान की कुटिल आशंका पर निशंक सरल रेखा खींच दी।

भविष्य का स्वागत कर "मुख्यमंत्री चतुर्थ की जय हो!" कहकर ऊँचे स्वर में कलयुग के छोकरों में एक चिल्ला उठा। उदर मंथन कर हँसी का फव्वारा फूट पड़ा। सारी आशंकाएँ एक फूँक में उड़ गईं।

नौ

दिन भर मुरझायी धूप-पेड़ मुरझा नहीं रहे थे। पर साहस, मन, विश्वास घड़ी घड़ी मुरझाते जा रहे हैं। मेघों की घनी छाया पृथ्वी को उदास कर रही थी। हल लेकर मांडिया या कुछ बुबोता जा रहा है बांछू तरई। यह कैसा पागलपन? बेमौसम बुवाई करता है कोई? हर फ़सल की अपनी-अपनी ऋतु है। खेती करते-करते बूढ़ा हो गया क्या बांछू, इतना भी नहीं जानता? उद्धव मंगवाल नाव को घाट पर कस कर बाँधते हुए ऊपर से चिल्लाया—"बेमौसम क्या बुवाई कर रहे हो तरई भैया? क्या तूफ़ान आने की बात नहीं सुनी? फिर अभी तो कातिक का महीना है।"

तरई मांडिया की डलिया ले ऊपर चला आया। चेहरे पर ऐसा भय और निराशा उद्धव मंगवाल ने कभी नहीं देखी। तरई तटबंध पर आकर मंगवाल के पास खड़ा हो कमर सीधी करने लगा। आँखें चली गईं खेत पर इस छोर से उस छोर तक। धानी रंग की लहर से तरई की आशा जाग कर आकाश छू रही थी। ऐसे समय यदि गर्भपात करनेवाला तूफ़ान पीट कर धान के गुच्छे तोड़ दे, तो फूल झर जायेंगे। गर्भ नहीं टिकेगा। साल भर का सपना उजड़ जायेगा।

'हमने सोचा था कि इस साल ऐसा होगा कि इस साल क्या, पाँच साल बैठकर खाने पर भी अनाज खत्म नहीं होगा। यदि सचमुच हवा बही, तूफ़ान आया, तो गरीबों के प्रति कितना बड़ा अन्याय होगा? सोचो, यदि सचमुच घर-बार बह गए, तो फिर ये ज़रा-सा मांडिया रखकर क्या होगा? बुवाई कर दूँ, धरती माँ का कुछ लाभ होगा, हो जाये। मेरा और हानि-लाभ कैसा? धान के खेत उजड़ गए, तो मांडिया का थोड़ा-सा बीज क्या जीवन बचा सकेगा? सच कहता हूँ, मंगवाल, मेरा दिमाग काम नहीं करता। छोटा-सा एक मकान पक्का करने की बात सोची थी। उन पैसों से तो विपिन ने मोटरसाइकिल खरीद ली। घेरी बँधाई। अब घेरी और घर सब सत्यानाश हो जाएँगे या नहीं? विपिन की घेरी में अभी छः लाख

रुपयों की मछली है। समुद्र चढ़ आया तो सब गया!' बांछू तरई ने हताशा भरे स्वर उँड़ेल दिए भरे मेघ की तरह।

बरखा ने पंख फड़फड़ाये। तीखी धूप में घने पेड़ों की छाँव गाढ़े गोबर पानी की तरह फैली है ज़मीन पर। उद्धव मंगवाल बांछू तरई का हाथ पकड़ ले गया पेड़ की छाँव तले। खुद बैठते हुए तरई को भी बिठाया। उसे साहस देकर कहा—"सबर कर! आज मैंने बासुली की पूजा की है। सब जगह पूजा-पाठ किया। हम गरीबों ने क्या पाप किया है कि हम पर सागर चढ़ आयेगा? हाँ, वात्या हो सकती है। होगी। क्या यह कोई नई बात है? पानी में रहकर मगरमच्छ से डरता है? कितने-कितने साल हम धान की जगह थोथे धान कटाई कर चुके हैं—साठ-पैंसठ बरस तो जी चुके हैं! आगे भी जीयेंगे। हमारे बच्चे भी जीयेंगे—बूढ़े-डोकरे होने तक। जैसे हर बात में हमारे बच्चे आगे बढ़ गए हैं, वैसे वे हमसे ज़्यादा लंबी उमर पायेंगे। ईश्वर क्या इतने कपटी हैं कि हमारे साथ वे निष्ठुरता बरतेंगे? विश्वास मत खोना भाई! विपदा की घड़ी में आदमी का विश्वास है हाँफ़ते रोगी की अफीम की गोली! विश्वास में हरि विराजते हैं। वे विपद का मुकाबला करने के लिए सिंह का बल देते हैं। जैसे बढ़ा-चढ़ा कर तूफ़ान की अफ़वाह फैला रहे हैं, वो अगर सच हो जाए तो सामने के खतरे से लड़ने के लिए आदमी का नहीं, सिंह का बल चाहिए। अभी से विश्वास खो दिया तो आगे क्या करोगे?"

बांछू तरई हँस पड़ा। उस हँसी में थी विश्वास खोये होने की मुरझायी आभा। वह हँसी क्या थी, मानो बुझे दीप का ऊपर उठता धुआँ, कहा—"जिस वेग से पवन बहने की बात कह रहे हैं, उसमें तो हाथी उड़ जाये! सिंह की बात छोड़ो। हमारे विपिन ने भुवनेश्वर में सुना है। विश्वास नहीं होता, फिर होता भी है। अधमरी हालत है सबकी!"

"किसकी नहीं है यह हालत! पर हर बात का सामना तो करना ही होगा। हम मर्द ही अगर यों बिलबिलायेंगे, तो फिर औरतें क्या करेंगी! एक बात पूछूँ?" उद्धव मंगवाल ने भरोसा देने की तरह बांछू तरई की पीठ पर हाथ रखकर कहा।

"बोलो ना, कह दो! कल-परसों यों बैठ कर बात कर सकेंगे या नहीं। कौन जाने!" बांछू तरई अब निर्लिप्त दिख रहा है। मानो जो होना है सो हो चुका।

उद्धव मंगवाल ने कहा—"आदमी ने जो पेड़ खुद लगाया, उसका फल तो उसे प्राप्त होगा ही। अपने ही हाथ से जीभ काटोगे तो, कौन होगा उसका विरोध करने वाला? बेटे ने झींगा मछली की घेराबंदी की। अतः तेरा पक्का घर बन न सका। उधर सबने मिलजुल कर जंगल काटे। समुद्र को रास्ता छोड़ दिया—अब सब खुला

है। फिर सोचने से क्या लाभ?'' बांछू ने दाँत रगड़ कर कहा—''हम तो मरेंगे पर ये बंगाली भी सब साफ़ हो जायेंगे। मैं कहे देता हूँ।'' उद्धव मंगवाल ने जीभ दबा ली। बांछू तरई को कड़ी नज़र से देखा। कहा—''छि: कैसी अविवेक भरी बात बोल रहा है! क्या तूफ़ान के लिए बंगाली-ओड़िया में भेदभाव होता है? सारी भेदभाव की बातें आदमी में होती हैं। भारत मंडल, भैरव माझी वगैरह सारे बंगाली यहाँ घर-बार बसा, बाल-बच्चों को ले रहते हैं, वे सब हमारे गाँव के आदमी हैं। उनके साथ हमारा कितना गहरा संबंध है! इन्होंने क्या दोष किया?''

''उनका दोष क्या है सुनो—वे बड़ी-बड़ी जगह ज़मीन हड़पकर उनमें छोटे-छोटे घर बनाकर रह रहे हैं। खेत में एक-दूसरे से दूर-दूर बसे हैं। कुछ नारियल के पेड़ छोड़ दें तो बाकी वन-जंगल, झुरमुटे, पेड़-पौधे उन्होंने कुछ नहीं छोड़े। केवल खेत ही खेत हैं। फ़सल पर फ़सल! फिर सागर ही सागर में ले जाकर अपने देश में व्यापार करते हैं। मालामाल! जब आँधी-तूफ़ान खुले-खुले में घूं-घूं करता चढ़ आयेगा, तब घर-घर के बीच की दरार से हवा अंदर घुसकर निर्दयतापूर्वक ढहा देगी। खुले-खुले पास वाले खेतों में सागर चढ़ आने पर वह एकदम समूल पोंछ कर साफ़ कर देगा बंगालियों को। हमारे वार्ड के समुद्र से सटकर तीनों टोले तो केवल बांग्लादेशी बंगालियों के हैं। अरे भई, हमारी इस धरती पर हमारी इतनी ज़मीन-जायदाद नहीं जितनी इनकी है। हमारे चार वार्ड के 250 घरों का एक गाँव है, उधर इनके एक बंगाली का एक गाँव कह सकते हो। तुम क्या नहीं जानते कि जितना तूफ़ान आया है, पहले टकराया है इन दूर-दूर बसे घरों से। आदमी का आदमी जैसे सहायक होता है, घर से घर सट कर खड़े हों तो वे एक-दूसरे के सहायक होते हैं। वन-झुरमुट, पेड़-पौधे टूटें तब जाकर घर पर चोट लगती है। बंगाली मेरे शत्रु नहीं। यह भी मैं नहीं कहता। आज ब्लॉक ऑफ़िस गया था, नर्कू राउतराय इस बारे में भाषण दे रहा था, सुनकर आया हूँ। बात मन को जँच गई। अलग-अलग खड़े घर, मुर्गे के पंख की तरह उड़ जायेंगे—ऐसा कह रहा था। तूफ़ान खूब ज़ोर का आनेवाला है।''

उद्धव मंगवाल का गोल चेहरा उसके वास्तविक चेहरे से बड़ा दिख रहा है। मोटे होंठ पके करेले की तरह फूल उठे। आँख की पुतलियाँ चक्र-सी घूमने लगीं। कच्ची-पकी मोटी मूँछ पलकों की तरह फड़क उठी। यह उद्धव मंगवाल का रुद्र अवतार है। सूखे चड़चड़ी पटाखा गिरने की तरह कर्कश स्वर में बोला—''इस नर्केश्वर राउतराय जैसे अदूरदर्शी, आत्मस्वार्थी, राजनीति में क्षमता लोभी के कारण बंगालियों का नाश होगा। उनके साथ हमारा भी विनाश होगा। प्रकृति पूजन

ही है ईश्वर पूजन। हमारे पूर्वज क्या झूठे ही, पहाड़, पेड़-पौधों की पूजा करते थे! और ये लोग? ये पूजा करते हैं पेड़ काट बनायी कुर्सी की। देवता के बैठने का खटोला नहीं है, न ही मास्टर के बैठने की कुर्सी। ये है क्षमता ज़ाहिर करने वाली कुर्सी। परायाधन लूटना, गरीब को भुलावा देने की योजना के नाम पर भ्रष्टाचार का रास्ता खोल देना इनका लक्ष्य है। कुर्सी के लिए ये धरती की भी बाज़ी लगा देते हैं। प्रकृति को भी दांव पर लगा देते हैं। बेसहारा देशभक्तों को भी दांव पर लगा देते हैं। तुम तो जानते हो एक-एक चिरकुट थमा कर ये गैरकानूनी ज़मीन उन्हें छोड़ देते हैं, किसी को भी जंगल छोड़ देते हैं। एक वोट के लिए ये लोग धर्म की भी बाज़ी लगा देते हैं।''

''आगे चुनाव हैं। राउतराय और भी कुछ शरणार्थी ले आयेगा। सरकारी ज़मीन छोड़ देगा। चिरकुट थमा वोट जीत लेगा। खुद राज करेगा। शरणार्थी बंगाली मरे-जीयें उसका क्या आता-जाता है? उनके भले-बुरे में कौन आगे आयेगा? इधर गाँववालों की आँख में चुभते हैं...बेचारे...! उनका दुःख क्या कहें!''

''बात सच है! पर कौन सुनता है यह! सब जानकर अनजान हैं! चलो...उठो भाई! हम तो पत्ते समेटने वाले हैं। बागान का मोल करके हमें क्या मिलेगा? हमारा साथ देने के लिए चोर-चंडाल कोई नहीं। पराई चर्चा करने का समय भी यह नहीं है। पर तुम सोचते हो कि तूफ़ान इतना तेज़ नहीं आएगा?''

''मैं नहीं, सरकार के तीन ज्योतिषी कह रहे हैं। ऐसे-वैसे नहीं। चुने हुए ज्योतिषी तंत्र साधक हैं। कोई तंत्र कर रहे हैं तूफ़ान रोकने के लिए! इसलिए मन में आशंका तो हो रही है, हिम्मत नहीं टूटी,'' मंगवाल ने कहा।

''गंजाम के तूफ़ान को भी वैसे ही तंत्र के बल से आंध्र की ओर मोड़ सकते थे। ये गंजेड़ी तांत्रिक तब थे कहाँ? बेचारे गंजामवालों को बचा सकते थे!''—बांछू तरई गुस्सा हो रहा था। पीछे से गाँधी दास का व्यंग्य सुनाई पड़ा—''गंजाम के तूफ़ान को मोड़ने के लिए इन्हीं तांत्रिकों ने रात भर तंत्र साधना की थी। खैर, आदमी ही है। आँख लग गई होगी। उसी मौके में अविश्वासी तूफ़ान घुस आया गंजाम शहर में। तूफ़ान है असल शैतान!'' दुःख और व्यंग्य में हँस पड़े गाँधी दास। उद्धव मंगवाल और बांछू तरई, विश्वास और अविश्वास से डगमगाते मेंढ़ पर खड़े थे, सिर पर से पानी न गुज़रे तो भी पाँव तो डूब चुके पानी में। कभी आशा-कभी निराशा—तूफ़ान आएगा तो आएगा। घर तो लौटना ही होगा अब। कल सुबह का सामना करने। जीवन से जूझना है। उम्मीद खो देने से जूझा नहीं जा सकता।

अब उद्धव मंगवाल समझा कि बांछू तरई पागलपन में बेमौसम मांडिया की बुवाई नहीं कर रहा था, वह आशा बो रहा था। धरती ही आशा, धरती ही विश्वास! धरती ही भरोसा! तूफ़ान अगर मांडिया बीज उड़ा ले, तो वह आखिरकार धरती को ही लौटा देगा। उद्धव मंगवाल अगर बह गया तो फिर लौटेगा अपने प्रिय गाँव अभयपुर की धरती पर। अथवा बहकर बंदर गाँव की माटी में मिल गया तो भी वही बात है। सिर्फ़ ज़िंदा रहकर ही नहीं, मरकर भी माटी का है जीव—आकाश का नहीं। अविश्वासी आकाश से विश्वासी धरती पर आदमी को जो भरोसा है, उसे मिटाये कैसे? इस भरोसे पर ही तो आदमी देशत्यागी होने पर भी आकाश में नहीं उड़ता, धरती पर पग जमाता है—ज़रा-सी माटी मिलते ही वह गढ़ लेता है अनंत आशा की अपनी माटी!

सन् बयासी के तूफ़ान में इस गाँव से लगकर कुछ गाँवों के 15-20 घर गहरे समुद्र में बह गए, उससे क्या वे उबर पाये हैं? या उठ सकेंगे? कोई दूसरा उठे या न उठे उद्धव मंगवाल क्या बयासी वाले तूफ़ान के दुख से उबर पाया है?

उद्धव मंगवाल बाहर से मंदर पर्वत जैसा दिखता है, भीतर वही दु:ख का अथाह समुद्र है, यह कोई और जाने या न जाने, उसका मन जानता है। आंधी उठते ही हाँफने लगता है पुत्रशोक से। मगर ज़बान पर उस दगाबाज़ गदाधर का नाम नहीं लेता। शंख की माँ साल में दो बार बेटे को याद कर फफक-फफक कर रो उठती है। यह फफकना ही औरतों के लिए दवा होती है जीने की, मगर उद्धव मंगवाल जैसे पहाड़-से मर्द के लिए दवा है मुँह की भड़ास—उससे छाती गरजती है, आँखें नहीं बरसतीं। उद्धव मंगवाल की छाती का दर्द शंख की माँ भी नहीं पकड़ पाती। किसी दूसरे के पकड़ने का सवाल ही नहीं उठता! बयासी वाले तूफ़ान में जवान बेटा गदाधर सागर में खो गया, शंख की माँ याद कर बिसूरने लगती है, तो उद्धव मंगवाल मर्दानगी दिखाकर गरजता है—"क्या होगा यों रोने-धोने से? मूरख औरत, कितना समझाऊँ? वह गया, मैं जाऊँगा, तू भी एक दिन जायेगी—सबको जाना है। कौन चिर दिन रहेगा? मर्त्य मंडल में जन्म लिया, देवता हो तो भी मरण लिखा है। सारला दास, बलराम दास, जगन्नाथ दास, राम, कृष्ण, गाँधी महात्मा देवता होकर भी मनुष्य का जन्म लिया था, सब मरे हैं। तेरा बेटा क्या देवता से बड़ा था? नक्शेबाज़ था। बात नहीं मानी, छोकरे का खून गरम था—समुद्र और तूफ़ान को तुच्छ समझा, बाप-दादा की चेतावनी नहीं सुनी। तूफ़ान को फूँक से उड़ा दूँगा।" कहकर समुद्र से ज़ोर आज़माइश करने डोंगी लेकर निकल पड़ा। फिर नहीं लौटा। समुद्र से जूझता होगा। बस थूके हुए की तरह उसे भूल

जा—ठीक मेरी तरह। फिर कभी नाम न लेना उसका...! उद्धव मंगवाल पाँव पटकता घर से निकल जाता। शंख की माँ रोज़ के संसार में दुःख-धंधे को आँसुओं में घोल-घाल कर गोबर के कंडों की तरह रख देती। दिन-पर-दिन, वर्ष-पर-वर्ष। मन-ही-मन खसम पर गुस्सा निकालती—''धिक तेरा बाप होना! बाप है या कसाई? इतनी पत्थर है छाती? वह बात न मान समुद्र में गया तो मरण में छाती नहीं फटेगी? छिः-छिः कैसी कठोर, पत्थर हो जाती है मर्द की छाती!''

उद्धव मंगवाल के मामा मेघनाथ समुद्र में गए थे। मझला बेटा गदाधर समुद्र में गया। फ़र्क इतना कि मेघनाथ कुँवारा गया और गदाधर ब्याह के बाद, बेटी-बेटे का बाप बन जवान बहू कुंतीबाला को अनाथ कर गया। घर की बहू को घर में रखने में बड़प्पन है। अतः उससे छोटे बेटे पद्मधर से दुबारा ब्याह करा कुलवधू को किनारे लगाया उद्धव मंगवाल ने। अब गदाधर का बेटा गिरधर उन्नीस का हो रहा है, उससे छोटी पोहला को सत्रह पूरे हुए। शंख की माँ ने मनौती की थी कि गिरधर की सोलह पूजा पर ठिआपाला (रातभर कीर्तन) करवायेगी। अभाव में पूजा टलती जा रही। उफ् खर्च ज़्यादा! शंख की माँ ठाकुरजी को धरती छू प्रणाम करे तो उद्धव मंगवाल की थैली धड़कती है। औरत बुद्धि को मानो तो संसार चलता रहे, औरत के विश्वास को न मानो तो संसार न चले। करज करने पड़े, इस साल वह बाकी रहा सोलह पूजा का ठिआपाला करने का विचार किया है.उद्धव मंगवाल ने।

गिरिया के मूँछ उग रही हैं, साक्षात् गदाधर बनकर वह उद्धव मंगवाल के सामने खड़ा हो जाता है, उद्धव मंगवाल अतीत भूल जाता। गिरिया को कभी समुद्र में नहीं भेजा आज तक। वह हाट जाये, बाट जाये, नाटक देखने जाये। कहीं भी जाये, पर समुद्र भेजने की हिम्मत नहीं होती! और कुछ न सही वह सूखी मछलियों की दुकान कर बैठ जायेगा। वरना खेती करे, मजूरी करे। मछली गोदाम में मछली महाजन का चाकर बन मेहनत करेगा। कुछ भी हो वह ज़िंदा तो रहेगा!

उद्धव मंगवाल के वंश में पीढ़ी-दर-पीढ़ी कोई-न-कोई सागर का अर्घ्य बना है। हे भगवान! ऐसा शाप किसने, कब दिया? इस शाप का प्रतिकार भी किसी को नहीं मालूम। उद्धव मंगवाल भीतर-ही-भीतर इस संताप में गलता रहा। पर बाहर खुरदरे नारियल की तरह ठोस। उद्धव मंगवाल सोचता है, वह जाल में फँसी मछली-सा तड़पता है। संसार की माया काटकर आध्यात्मिक जीवन बिताना चाह कर भी नहीं बिता पाता। उसकी गृहस्थी फैली है स्वर्ग-नर्क-पाताल तक। बहुकुटुंबी को कलयुग में कहीं ठिकाना नहीं मिलता। अपनी पीठ के कूबड़ की तरह बहुकुटुंबी

वानप्रस्थी बनकर भी कुटुंब चिंता की पोटली लादे फिरता है। सामने आते तूफ़ान की अफ़वाह पर विश्वास कर उद्धव मंगवाल बेचैन हो उठा। आँख में नींद न थी। मछली की आँख-सी खुली रहती हैं छाती के गड्ढे में दुःख की आँख!

उद्धव मंगवाल एक के बाद एक जाल बुन सकता है, मगर गृहस्थी का जाल काट नहीं पाता!

उद्धव मंगवाल का मन कर रहा है जाल में से पानी की तरह छूट आता भव बंधन से, बाढ़ के पानी-सा जहाँ इच्छा बहता जाता। न-न, तटबंध का किनारा तोड़ना, सुनहला संसार तहस-नहस करना, फ़सल उजाड़ना, गाँव-गली बहा देना उद्देश्य नहीं है। उद्देश्य है खुद बहना, अपने चारों ओर की बाड़-बाँध तोड़-फोड़ फेंकना, अपने अंदर-बाहर से बंद कारागार तोड़-मरोड़ मुक्ति की खुली हवा में रुँधी सांस को उड़ा देना। नवाक्षरी भागवत की वाणी गुनगुनाते-गुनगुनाते उद्धव मंगवाल निर्विकार बंधनहीन जीवन की निरंतर प्रार्थना करता रहता था। मगर वह प्रार्थना स्वीकार ही नहीं हो रही थी। ज्यों उमर बढ़ रही, बेटे, पोते, पोती, परपोते-पोती...अनंत वासना का जाल और रुद्ध कर रहा है भावना को। जाल में फँसकर, पानी से छनी मछली-सा नाना जंजाल। माया-मोह अज्ञान में जकड़कर छटपटाता रहता, पर जाल काटने का रास्ता ही नहीं पाता। मछली की जगह मक्खी होती तो जाल के छेद से उड़ जाती। मक्खी के लिए जाल बंधन नहीं, मुक्ति बन जाता। बंधन कितना ही सख्त हो, मक्खी तो नन्ही जीव है—हेय, नगण्य प्राणी है। क्या मक्खी के यश का झंडा कभी कोई उड़ाता है? उद्धव मंगवाल क्यों परवाह करता, खुद को मक्खी से हेय, हीन, मामूली मानता तभी ना? खुद को मक्खी से भी नगण्य मानने में कुंठा न थी, पर उद्धव मंगवाल जानता है कि वह मक्खी से भी हीन है। मक्खी में उड़ने का संकल्प होता है। पक्षी-सा नीले आकाश की सीमा छूने की स्पर्धा न हो पंख तो है उड़ तो सकता है।

उद्धव मंगवाल की दो सख्त बाँहें हैं, उनमें स्पर्धा है, संकल्प है, मगर बाँहें तो कोई पंख नहीं जो उड़ा ले जायेंगी। उद्धव मंगवाल मक्खी बन जाये तो भी शायद फ़र्क न पड़े। बाँहें पंख बन जाने पर भी वह जाल से उड़ न सकेगा? क्योंकि इन पंखों में गोंद लगा है, मोह-माया का सख्त गोंद। वह पंखों से घिसट रहा है। जाल उसे छोड़ दे तो भी वह जाल को न छोड़ सके। वह तो मक्खी नहीं, खुद एक जाल है—वह कैदी बंदी नहीं, खुद बंधन है। किससे मुक्त होगा?

~

बारह साल बाद अनेक देवी-देवताओं की मनौती के बाद ठाकुरजी की दया से उद्धव मंगवाल की लाडली बेटी मरुवा पहला बच्चा जनने पीहर आयी है, एक-दो दिन में पेट का कष्ट शुरू हो सकता है। कौन जाने तूफ़ानी रात में बच्चा जन्म लेने के लिए परेशान कर दे! पिछले दो दिन से तूफ़ान की अफ़वाहों ने उद्धव मंगवाल को डराया न था। भुवनेश्वर से गाँधी दास लौटने के बाद उद्धव मंगवाल के मन में दहशत भर गई। वर्षा, तूफ़ान, ज्वार में जब प्रकृति मथी जा रही होगी, तभी बेटी के पेट में मरोड़ होने लगे, पेट से बच्चा धरती पर आता हो, तब क्या होगा? कैसे सँभालेगी बेटी पेट के मरोड़ के संग वातासी पीड़ा को मरुवा? भाग्यधर का ढाई साल का बेटा कपिला मियादी बुखार में है। कंप पर कंप आता है। सचमुच तूफ़ान चला तो क्या, रोगी बच्चे को माँ पद्मा सँभाल पायेगी?

सबसे ज़्यादा फिकर में डाल रहे थे बूढ़े-बुढ़िया। उद्धव मंगवाल के छोटे नाना और मामा बुढ़ापे के कष्ट में हैं। मामी शिला-सी एक जगह बैठी रहती। छोटी नानी बिस्तर पकड़ चुकी है। हाथ-पाँव नहीं चलते। अकर्मण्य है। फिर क्या करेंगे वे? गाँव भर के बूढ़े-बुढ़िया, गर्भिणी बहू-बेटियाँ? शंख की माँ में भी वह पहली ताकत नहीं रही। फीलपाँव वाला पैर उसे बेकार कर चुका। औरत और कितनी मेहनत करेगी? बस गिरिमा के हाथ पीले कर दे तो वह भी बैठ जायेगी। माटी का ढूह बन जायेगी। वह जनानी कितना परिश्रम करेगी? ब्याह के लिए पाँव बढ़ाये पोती देबी, अलका और पोहला के लिए दस चीज़ें सहेज कर रखी हैं उद्धव मंगवाल की मझली बहू ने। बिचारी बाल बच्चों, बेटी-भतीजों को सँभालेगी या उनके शादी-ब्याह के सामान को तूफ़ान से बचायेगी! हल, बैल, मुर्गों की डलिया, सूखी मछली की हाँडी, धान-चावल, जाल, चूल्हा, पेड़-पौधे सबकी चिंता है उद्धव मंगवाल को।

कोई चिंता किसी से कम नहीं। मगर सबसे बढ़कर उसकी चिंता थी उसकी अपने हाथों से बनायी नाव को लेकर। जीवन भर की साधना थी। कुछ दिन में नाव को पानी में उतारना था। बेटे-पोतों का जीवन बिना चिंता के बीत जाता उस एक नाव से। सत्यानाशी तूफ़ान अगर नाव को उठा-पटक कर दे, छिन्न-भिन्न हो जायेगी। फिर उधर देह लिए ज़िंदा रहे तो भी मरे पड़े समान हो जायेगा। उद्धव मंगवाल के हाथ-पाँव तूफ़ान में किरच-किरच हो जायें, चिंता नहीं, उसकी तो दवा-दारु है, मगर नाव टूट गई तो उद्धव मंगवाल एक और नाव अपने जीवन में नहीं बना सकेगा। बेटे-पोते, वंश ही नहीं, एक परंपरा भी अनाथ हो जायेगी।

उद्धव मंगवाल ने अपनी सारी विद्या बुद्धि, श्रम, स्नेह, भाव, पसीना लगा

कर और आगे पसरे लंबे सपने का पुट लगा कर, मन-चैतन्य ढाल कर नाव बनाना पूरा किया। गाँववाले ऐसी नाव देख ताज्जुब से भर गए थे। मछली पकड़ने की नाव होने पर भी उद्धव मंगवाल ने उसमें कितनी पीढ़ी के काम, कला-कौशल लगा दिये थे। उस ज़माने के साधव के वाणिज्य पोत जैसी दिख रही थी। चुन-चुन कर ज्योतिषी के पास हिसाब कर नाम दिया था—'सत्ययुग'। कारण उद्धव मंगवाल का विश्वास था कि कलि का राजत्व शेष होता है। सत्य युग आता है—एक बार नहीं, बार-बार आता है। हाँ, नाव सत्य युग तक टिकेगी। बस कलि तो पूरा हुआ ही समझें। जिस दिन से पेड़ खोने लगे, कलि के सिर भी छांव नहीं। वैसे देखें तो आदमी भी एक पेड़ है। कोमल धूप में जड़ समेत पेड़ उखाड़ और जगह रोप दो, खाद-पानी देने पर वह जी जाता है, जड़ भेदकर चली जाती है माटी के अंदर गहरे तक। एक और डीह बन जाती है अपने आप। वह जड़ माटी में जकड़ कर अपने जीवन का अंश बना लेता। मगर कितना भी उखाड़ो, एक सूत ही सही, जड़ को माटी पकड़े रहती है। हालाँकि वहाँ वह पेड़ बन जीवित न रहता, मगर वह जड़ अगर सख्त हो तो माटी की ऊष्मा नहीं टूटती। उद्धव मंगवाल की डीह की धरती है अभयपुर। उसके बापू की धरती है बंदर गाँव। उद्धव मंगवाल अपने बापू का एक हिस्सा है। अत: अभयपुर गाँव में एक हिस्सा है। तो बंदर गाँव में भी एक हिस्सा है, उद्धव मंगवाल तो पृथ्वी गाँव का एक हिस्सा है। माटी से माटी यों जुड़ी रहे, ऊपर पहाड़, पर्वत, समुद्र, नदी पृथ्वी को बाँटने जैसे दिखें, पर अंदर, समुद्र के गहरे नीचे माटी से माटी गले मिल कर एक है! सारा भेद आदमी में है। इसी भेद से गोलमस्ता, भारत मंडल, भैरव माझी वगैरह धरती के लिए पागल, खांटी मानुष हैं। बाप-दादा की पैतृक डीह छोड़ आये हैं। फिर खड़ी कर ली है नई डीह। मनुष्य का धरती से ऐसा गहरा रिश्ता है कि वह जहाँ धरती को स्नेह करता है, वहीं डीह ज़रा-सी गोद पसार देती है।

कुल मिलाकर कह लें उद्धव मंगवाल समुद्र को लेकर जीता, मगर धरती से स्नेह करके। धरती उसके प्राण, उसकी चेतना, उसकी आत्मा है। किसी भी गाँव की माटी हो, माटी तो माटी है! अभयपुर गाँव की माटी पर उद्धव मंगवाल को भरोसा है। आँधी, तूफ़ान ने तो इस गाँव की हानि की है, मगर समूचे गाँव को समुद्र ने कभी डकारा नहीं। तूफ़ान कभी गाँव को पृथ्वी पर से पोंछ नहीं सकेगा। आनेवाला तूफ़ान हर बार की तरह आएगा और चला जाएगा। संसार फिर कमर कस खड़ा होगा गाँवों में। भय केवल सागर में न उतारी नाव के लिए है। नाव ही नहीं, जीवन यानी प्रवाह, एक नदी जो निरंतर बहती है। कभी तट से उफन

कर, कभी मरी-सूखी नदी। भाग्य लौटे तो मरी नदी भी जी उठे, भाग्य न हो तो उफानभरी नदी भी पीढ़ी-दर-पीढ़ी के लिए नाव नदी में न हो तो भी, उद्धव मंगवाल के बाद पीढ़ी-दर-पीढ़ी नदी में खुलेगी, पुरानी से नई होगी। घट परिवर्तन चलता होगा। केवट वंश में जीवन से एकाकार होकर अनंत प्रवाह में बहेगी सतयुग, त्रेता, द्वापर की तरह कलि, फिर आगामी सतयुग तक-एक अटूट चक्र। यदि वंशनाशी तूफ़ान उद्धव मंगवाल के सपने, आशा, भरोसा, अनंत भविष्य पर गुस्सा कर बैठे, आगे और न नाव होगी और न सहाय होगा। अब के बच्चों ने जैसे घोड़ा नाच डुबो दिया, ढेंकुली की कोठरी उठा दी। नाव को भी वे वैसे उड़ा देंगे। फिर डूब जायेगी एक केवट परंपरा। छोड़ो-पृथ्वी रहे तब तो परंपरा रहेगी! कान्हा न रहे तो कैसी झूलन यात्रा?

उद्धव मंगवाल ने उस दिन समुद्र में नाव खोलने का नाम भी नहीं लिया। नदी से भी जल्दी लौट आया। जवान की तरह सारे गाँव में घूम आया। जिसे देखा, पूछा—"प्रलय आयी तो किधर जाओगे? इस गाँव में पक्का मकान कहाँ जो आश्रय लोगे?" अपने पर से दोष उतारने की तरह—"पक्के मकान पर चढ़ जाओ! सरकार ने माइक से प्रचार कर दिया। रेडियो पर प्रचार कर दिया। सरकारी चिंता मिटी, हमारी तो अब शुरू हुई। क्या करें?" सबका एक उत्तर था—"अब कहाँ जायें? भाग्य में जो लिखा है वह होगा। खैर वो घड़ी आये तो सही!"

उद्धव मंगवाल ने पेड़ से पूछा, नाव से पूछा। क्या वे जानते हैं कि प्रचंड तूफ़ान आ रहा है! ना, कोई कुछ नहीं जानता। फिर भी पूछा—"न जानते हो, न सही। इस इलाके के आधे से ज़्यादा लोग नहीं जानते कि अभूतपूर्व तूफ़ान आने वाला है! जितने जानते हैं, वे विश्वास नहीं करते कि यह तूफ़ान सुनिया आँधी का रूप लेकर आ रहा है! तब कहाँ जायेंगे वे सब?" उन्होंने कोई उत्तर नहीं दिया। अपने हाथों बनायी नयी नाव 'सत्ययुग' मुँह पर पट्टी बाँध चुप पड़ी रही, नदी की धार के किनारे बालू के कछार पर! पेड़ तो समुद्र किनारे की मन हुलसाती हवा में 'नहीं-नहीं'-हम कुछ नहीं जानते, कहकर सिर हिलाते रहे। फिर भी नाव हो या पेड़, उनके हाव-भाव से जान गया, उन्हें कहीं नहीं जाना। डीह छोड़कर कहाँ जायेंगे? इस इलाके के सभी गरीब-गुरबा की यही हालत है। कहाँ जायेंगे? बड़े लोगों की तरह मणिजंगा बाज़ार, जगतसिंहपुर, कटक-भुवनेश्वर जैसे शहरों में घर-बार नहीं ताकि वहाँ भाग सकें। जीवित रहे तो गाँव की धरती, मरे तो गाँव की धरती। यही उनका नसीब है। नसीब पर सब छोड़ देने से आधी से ज़्यादा चिंता दूर हो जाती है। उद्धव मंगवाल ने अपने हाथों बनायी नाव की तरह, अपने

परिचित पेड़ों की तरह, प्रिय अभयपुर गाँव की तरह नसीब और भगवान पर सब छोड़ दिया और संभावित प्रलय की प्रतीक्षा में रहा। प्रलय आ रही है।

एक महिमापूर्ण समय आने से पहले मनुष्य अनेक परीक्षाओं से गुज़रता है। प्रलय उसकी परीक्षा है। पृथ्वी पर जितनी भी प्रलय आईं, उनमें केवल वे ही जीवित रहे हैं जिनमें तबाही से उठने की शक्ति रही है। तबाही के बाद ही आता है सतयुग।

जब मनुष्य स्वार्थी, भौतिकवादी हिंसक और अमानुष बन जाता है, तब उसके भीतर का पिशाच प्रलय रूप लेता है, मनुष्य को ध्वंस करता है। पृथ्वी कभी ध्वंस नहीं होती। ध्वंस मनुष्य हो जाता है। जन्म लेता है नया मनुष्य। सतयुग का पवित्र आदमी। फिर चिंता कैसी ? गाँधी दास प्रवचन देने की तरह कहते जा रहे हैं। मथुरा साहू की दुकान में तूफ़ान को लेकर झूठी-सच्ची गप्पें चल रही हैं। गाँधी दास बड़ी ठोस बातें बोल रहे हैं। उनका अर्थ वे खुद ही समझते हैं। सुड़क-सुड़क कर चाय पीते हुए न समझकर भी समझने का दिखावा कर रहे हैं गाँव के ग्राहक। प्रसंग के अनुकूल एक चौंतीसा भीमभोई का उद्धव मंगवाल ने सुना दिया—

> **''आँधी-तूफ़ान तो सात दिन चलेगा, झपट जाएगा काल ही**
> **झाड़-बाड़ लिए सेना चलेगी, आएगा ऐसा समय भी...**
> **झुलस न जाना, झंझा में से जो बचेगा, वही बनेगा बीज।''**

यह पद सुन सब अपने को बीज मानने लगे। नाना तरह की मनौतियाँ होने लगीं। छोटे-बड़े अपने पाप की कैफ़ियत देने लगे—सरसों के समान भी जो पुण्य जीवन में किया, करने लगे। सबने थोड़ा-बहुत पाप किया। अत: दब जाते अदृश्य के आगे। मन-ही-मन क्षमा माँगकर पाप स्वीकारने लगे। प्रार्थना करने लगे—

हे पापमोचन, पतितपावन प्रभु! हमें क्षमा कर दें, इस बार बचा लें। फिर पाप नहीं करेंगे। चोरी, नारी, टाउटरी, कालाबाज़ारी, फ़ौजदारी, व्यभिचार कुछ नहीं करेंगे। दूसरों की अनिष्ट चिंता, पाप चिंता मन में भी नहीं लायेंगे। लोभ, मोह, काम, क्रोध त्याग कर बाकी जीवन केवल सेवा, धर्म, पुण्य, परोपकार में बिताएँगे। हे प्रभु! एक बार जीने का अवसर दें...! सब अपने-अपने ढंग से प्रार्थना करते रहे। चेयरमैन के पति टहली महांति गुन-गुन स्वर में कह रहे थे—''हे प्रभु! मैं इतना प्रपंची न था। राजनीति सारे अनिष्ट, सारे पाप की जड़ है। पाप कर रहे हैं—यह जान कर भी पाप करते हैं! जैसे धूप जलायेगी यह जानकर भी किसान खेत पर जाता है, वैसे ही जलाती है आज की राजनीति। इस बार क्षमा कर दें, मैं राजनीति का नाम नहीं लूँगा।''

धड़ी बारीक ने सारी बातें पान पीक की तरह थूक कर कहा—"हूँ! तुम सब क्या नहीं जानते कि रेडियो जब खूब वर्षा की कहता है, तेज़ धूप निकलती है। हवा रुँध जाती है। चिंता छोड़ो, खा-पी कर सोओ। देखें कल मौसम क्या कहता है?" कुछ ने सिर हिला दिया। मगर कुंडल पंडा को आशंका हो रही थी—प्रलय हो सकती है। उन्होंने सबको सतर्क रहने को कहा और उसका कारण भी समझा दिया।

"कलयुग की आयु होती है--चार हज़ार साल। मगर कलयुग से पहले चार सौ और बाद में चार सौ वर्ष भोगे जा सकते हैं। अर्थात् कलयुग पृथ्वी पर चार हज़ार आठ सौ साल राज्य कर सकता है। श्रीमद्भागवत में यह कहा गया है। 1985 में कलि शेष होने की बात है। महापुरुष हाड़ी दास के 'लक्ष्मीधर विलास' के अनुसार कल्कि अवतार कलयुग का आविर्भाव हो चुका है। 2000 ई. तक कलयुग शेष होगा ही।"

"फिर तो साल भर है। इतना डर कैसा? एक बार सरका तो साल भर की बात," मथरी साहू ने कहा। गाँधी दास ने कहा—"शासन-दंड पाप बोझ से टेढ़ा होने से तो कलि का शेष समझ लो। हमारे यहाँ वही घड़ी आ गई। कलि देव साल भर धीरज रखेंगे या नहीं, कौन जानें?"

"क्यों अशुभ बात बोलते हो दास जी? सरकार बदलेगी, नयी सरकार आयेगी। सब कुछ ठीक होगा। कलि का राजत्व और पाँच साल बढ़ेगा। आज है सो कल न हो। मौत आने से पहले क्या कथरी ओढ़कर सो जायें?" धड़ी बारीक ने कहा।

टहली महांति पैदल आये। धोती के छोर को कुर्ते की जेब में खोंस कर कुर्सी पर तन कर बैठ गए। सब उधर आशाभरी निगाहों से देखने लगे। भुवनेश्वर से लौट बस से उतर सीधे पहुँचे हैं नदी पार कर। सही खबर उनसे मिलेगी।

कुंपनी स्वाईं ने पूछा—"मौसम की खबर क्या है?"

"हवा-पानी पर किसका ज़ोर है? मगर कहते हैं कि चार-छः दिन हुए पारादीप से छः सौ कि.मी. की दूरी पर बंगोपसागर में लघु चाप बन रहा था। कल तक पारादीप पहुँच आधी रात तक बालेश्वर धामरा होता हुआ पश्चिम बंग के हल्दिया, या फिर पूर्वी बंग के खुलना ज़िले में चला जायेगा। अतः कल तक यहाँ तूफ़ान आ सकता है। नहीं भी आ सकता। ग्रह का ज़ोर हो तो तूफ़ान अपनी राह त्याग कहीं से कहीं जा सकता है—इस इलाके को छूएगा भी नहीं। हालाँकि तूफ़ान की खबर पाकर नर्केश्वर राउतराय सपरिवार भुवनेश्वर चले गए हैं। उन्होंने

खबर दी है—"धीरज रखें, हालात का सामना करें। कहा है, खतरे से पहले ही अधीर होने से क्या होगा? धीरज़ बड़ी चीज़ है। कटक-भुवनेश्वर के बड़े-बड़े अफ़सर भी विश्वास नहीं करते। 200-250 कि.मी. की रफ़्तार, क्या तूफ़ान रॉकेट पर बैठकर आयेगा? खामखाँ क्यों परेशान हो रहे हो!"

कुंडल पंडा ने भागवत गादी के क्षेत्र में जाते-जाते घोषणा कर दी—यह गीदड़ों की पंचायत छोड़ गादी की ओर चलो। वहाँ नाम संकीर्तन चल रहा है। अनुष्ठान हो रहा है। प्रसाद की व्यवस्था है। बुधवार रात के बाद कातिक का पहला गुरुवार होगा, रोहिणी-मृगशिरा नक्षत्र एक साथ पड़े हैं। 28 तारीख। हिसाब कर कल दिन के हाव-भाव से परसों का अनुमान लगा सकेंगे, अर्थात् 29 तारीख की भाग्य रेखा किधर खिंच रही है। आज शाम को सब मिलकर प्रार्थना तो कर सकेंगे। क्या हम प्रार्थना की शक्ति से इनकार कर सकेंगे? देखें तूफ़ान का ज़ोर कितना है! तुम लोग डरो नहीं। कल सांझ को मैं ग्रामेश्वर महादेव का जल लेकर नाव में बैठ सागर किनारे इस छोर से उस छोर तक शंख में पादुका जल छिड़क समुद्र को बंद कर दूँगा। देखना, समुद्र किसी अन्य गाँव की ओर मुड़ जाएगा, आंबीकी पंचायत की सीमा नहीं छूएगा। गजलक्ष्मी की पूजा के समय यह नौटंकी लगाई है समुद्र ने! सबके घर पर बेटी-जंवाई, नाती-नतनी, बंधु-कुटुंबी भरे हैं, कुमारोत्सव के दिन से। क्या मज़ाक है—कहीं इतने लोग एक दिन में मरते हैं? सब अपना-अपना भाग्य लेकर आते हैं, उसे भोगते हैं। क्या सबकी कुंडली एकसमान होना कहीं देखा है?"

गोलमस्ता ने आतुर स्वर में कहा—"खुदा की कसम, कुंडे गुसाईं समुद्र का मज़ाक न करें। इधर तूफ़ान आ रहा है, तुम समुद्र में जाओगे? क्या जीवन के प्रति कोई लोभ नहीं?"

कुंडल पंडा ने कहा—"मैं हूँ इस इलाके का पुरोहित! समुद्र को बाँधना मेरा कर्तव्य है। वरना धिक है मेरी पुरोहिती को, धिक है मेरे जनेऊ को! तुम तो अल्ला के बकरा हो! तुम कैसे समझोगे चरणोदक, जनेऊ और मंत्रोच्चार की महिमा कितनी है? इन सबके बावजूद यदि समुद्र न माना तो कलयुग शेष समझो। सब मरेंगे तो मैं भी मरूँगा! मौत से डरकर क्या पुरोहित के कर्तव्य की उपेक्षा करूँ?"

कुंडल पंडा के स्वर में आज ब्राह्मण वाला अहंकार न था—विश्वस्त मंगलध्वनि थी। क्या समुद्र में जाने पर ये गुसाईंजी फिर लौट सकेंगे? कौन घाट की नाव खोलेगा कल सांझ? सब द्वेष भूल बांछू तरई के यह पूछने पर भारत मंडल ने घोषणा की—"सृष्टि प्रलय हो चाहे, मैं कल घाट पर नहीं जाऊँगा!"

"मेरी बात मैं देखूँगा। नाव घाट पर हो तो, नाविक दृश्य हो या अदृश्य हो, ज़रूर होगा। चिंता क्या? इस ब्रह्मांड समुद्र में भी तो एक नाविक है। महाकवि सारला दास की पवित्र धरती उत्कल धरा पर तुम बांग्लादेशी कैसा नाविकपना दिखा रहे हो रे मंडल!" मंत्र पढ़ते-पढ़ते गादी के आंगन की ओर चले, पंडाजी। उनके पीछे सहमे सकुचे लोगों की कतार मेघिल अंधेरे के बीच अब कलियुग की सीमारेखा-सी देख खिंच गई भागवत गादी प्रांगण में। पर भारत मंडल अंधेरे में बाँबी-सा बैठा रहा। भारत में जन्म कर, भारत में मरने चला—फिर भी यहाँ बांग्लादेशी है! भारत माटी से प्रेम करता है। तभी तो उसके बापू ने बांग्लादेश छोड़ा था। पर उसे और उसके वंश को देश नहीं मिला। अंधेरे में आँखें सिकुड़ गईं। भाग्य ठीक था कि यह देखने को वहाँ कोई बत्ती भी नहीं जल रही थी।

~

गुरुवार घुटी-घुटी भोर। त्रस्त हो प्रतीक्षा करती अकल्पनीय प्रलय की। भरी हुई हाँडी-सा आकाश था गुमसुम। मेघ नहीं, हवा नहीं, पत्ता तक नहीं हिलता। सूरज का कोई अता-पता नहीं। मगर समूचे आकाश ने, रक्तमय बादल ने दिन को आतंकित कर रखा था। आकाश में यों लाल रंग पहले कभी किसी ने नहीं देखा। मानो आँखें लाल कर आकाश धरती पर निगाह डाल रहा था, चेतावनी दे रहा था, सतर्क रहने की। कहते हैं तूफ़ान पूर्व का आकाश ऐसे ही घोंट देता है क्षितिज तक फैली धरती को। फिर भी एरसमा ब्लॉक के गाँवों में स्वाभाविक जन-जीवन अचल नहीं हो गया। झुंड में लौट रही गायों के रंभाने से हवा का झोंका उत्तरा पवन अचानक लाल मेघों को खींचकर चीरकर धरती की छाती पर पटक देता। बस, हो गई शुरू वर्षा की बौछारें। वर्षा तो किसान का जीवन है। केवट का प्राण है। वर्षा से इतना डर न था इस इलाके वालों को। पर हवा! घड़ी-दर-घड़ी उसकी बेकाबू गति...उपायहीन गाँववालों के मन में हौवा की तरह भय भर रही थी। पंचायत रेडियो पर प्रचार चल रहा था कि फी घंटा ढाई सौ कि.मी. की रफ़्तार से निन्यानवे का तूफ़ान आ रहा है! तूफ़ान के साथ आयेगा तीन पुरुष ऊँचा समुद्री ज्वार। समुद्र तट वाले गाँवों के लोग कच्चे घर छोड़ ऊँचे स्थानों पर बने पक्के घरों में चले जायेंगे। बार-बार प्रचार चल रहा था, वह आधे गाँव तक नहीं पहुँचा। काले स्याह अंधेरे के बीच पिटारा-पेटी, बाल-बच्चों को ले, कुटुंबदार गाँववाले परिवार कहाँ आश्रय लेते? यही चिंता खाये जा रही! ऐसी उपायहीन परिस्थिति में आखिरी वक्त न आने तक भला कौन कहाँ जाता है?

कुंडल पंडा के नारियल के पेड़ से नारियल तोड़कर कुछ नारियल की टहनियाँ सिर पर लाद चलते-चलते कार्जी बेहरा ने उपेक्षा में भर कर कहा—"अनेक आंधी-तूफ़ान, सागर में उठते हमने देखे हैं। ये हमें क्या डरायेगा? माइक का डराना बड़े लोगों के लिए है। जिनके मकान हैं, मोटर,गाड़ी हैं—नौकर-चाकर हैं—उनके लिए हैं। हम तो आंधी-तूफ़ान में भी नारियल पेड़ से तोड़...टहनी तोड़ सिर पर लाद लौटने वाले हैं। पंडाजी बहुत चतुर ठहरे, कहीं तूफ़ान में नारियल बरबाद न हो जायें, अत: दिन भर से नारियल तोड़ने में मुझे लगा रखा है। पेड़ पर एक भी पका या कच्चा फल नहीं छोड़ा। नारियल व डाब तोड़, केले का घौंद कटवा कर, जिमीकंद, अरवी खुदवा कर पक्के घर में भर लिये हैं—मानो तूफ़ान आ ही गया तो गाँववालों के आसरे को कोई जगह न रहे उनके मकान में। मगर पंडिताइनजी दयावान हैं। पखाल भात का पानी पीने देकर कहा—अगर समुद्र में तूफ़ान आ जाये तो बाल-बच्चों को लेकर आ जाना हे कार्जी। और कुछ न सही हमारा गोबाड़ा तो है। हमारी गाय-गोरु पंडाजी की तरह गुस्सैल नहीं। तूफ़ान रुक जाने तक रहने में कोई असुविधा नहीं होगी। गोबाड़े में छुआछूत नहीं रहती। समझे? तुम्हारे घर तो एक पुरुष गहराई में हैं। बरसा के पानी में डूब जाते हैं।" यह याद कर कार्जी हँस पड़ा। इलाके भर में वही एक चमार का घर है। पेड़ फाड़ता, बिना पाँव में रस्सी बाँधे उछल-उछल पेड़ पर चढ़ जाता है। कुंडल पंडा कहते—"कार्जी तो पक्का बंदर है!"

कार्जी चमार उस बात की ओर ध्यान नहीं देता। वह बोला—"खैर, जो हो, इतना तो सहारा है। बामन बस्ती के गुहाल भी बहुत ऊँचे हैं। सागर का पानी आयेगा कितनी दूर? कितना ऊँचा चढ़ेगा? सागर आकाश तक तो आने वाला नहीं है। बड़े बेटे पंचुकी को घर पर रखवाली करने को छोड़, सांझ को किसी नाववाले को पैसे देकर डोंगी लेकर वे गए हैं सागर बाँधने। सुबह से ग्रामेश्वर का चरणोदक लोटे में भर कर रखा था। पंडिताइन ने मना किया तो बोले—"अभी यों गया और यों आया। केवल हमारी पंचायत और आस-पास वाले गाँव की सीमा के सागर को बाँध आता हूँ। मैं न करूँ तो इन बेचारों का सहारा कौन है? मंत्री एम.एल.ए. तो राजधानी में जाकर बैठे हैं।"

"क्या सागर आपसे डरता है? या ये ठाकुरजी आपकी बातों पर उठ-बैठ करते हैं? या अपने जीवन की परवाह न कर सागर की ओर चले हो गाँव को बचाने?" पंडिताइन फफक उठी। पंडित जी ने कायदे से समझा दिया। कहा—"मैंने ईश्वर के लिए क्या नहीं किया? इन गाँवों के लिए क्या नहीं किया? कितने

फूल-चंदन चढ़ाये। लोकनाथ पर दूध-शक्कर चढ़ाया है! हाँडी भर-भर भोग लगाया है। मेरी पुकार सुनने के लिए इतना काफ़ी नहीं कि मैंने पताका चढ़ाई, यज्ञ किये हैं। मैं गाँठ लगाकर कहता हूँ—सब बह जायेंगे। ठाकुरजी वैसे ही रहेंगे। पताका उड़ेगी। गद्दी पर भागवत शोभा पाती होगी। यहाँ ठाकुरजी रहेंगे तो पुजारी रहेगा या नहीं बोलो ? ठाकुरजी चाहेंगे तो पानी चुल्लू भर हो जायेगा। तू देख मैं क्या खेल करता हूँ...तूने सोचा रसोई-बासन एक ही बड़ा काम है ? ज़िंदा रहने के लिए कई धंधे करने पड़ते हैं। तू निधड़क रह... !''

''ठीक है। सागर न आया, बरसा के पानी से कौन डरता है ?'' पंडिताइन समझ गई। पंडा घर का नाटक बखानते-बखानते कार्जी ने डग बढ़ाये। वर्षा बार-बार बढ़ रही थी। किसी ने अच्युतानन्द की पोथी गाकर अंधेरे में ही कहा—

''उत्तरे साजिब। दक्षिण बर्षिब। पूर्वे रहिबे न केहि।''

(उत्तर में सजेगा। दक्षिण में बरसेगा। पूरब में कोई न रहेगा)

दूसरे ने याद कर कहा—''आउ न रहिबे मही।'' (और न रहेगी धरती)

सांय-सांय हवा उत्तर से बौछारें मार सतर्क कर रही थीं—''कलियुग शेष होने की घड़ी आ रही है।'' और कहीं से हो या न हो, यहाँ से, एरसमा से, आंबीकी पंचायत के अभयपुर गाँव से...

बांछू तरई सांय-सांय उत्तरा हवा में तेज़ी से जा रहा था। बेटे विपिन के पीछे-पीछे। निहोरे कर कहा—'' आज रात घेरी पर न जा बेटे! झींगा का बेपार जाये चूल्हे में। छोटू भइया वहाँ है, फिर तू भी, घेरी तो सागर से सटी है... ''

विपिन ने निर्भय स्वर में कहा—''कुछ नहीं होगा। ये गाँव क्या सागर से हटकर हैं ? आप तो घर जाइये, बप्पा ? बच्चों के साथ माँ की तो जीभ सूख गई होगी। बेपारी ने जो लिया सो लिया, बाकी झींगा लेकर भैया के संग घड़ी भर में लौट आता हूँ।''

बांछू तरई ने मिन्नत कर कहा—''झटपट आ जाना दोनों भाई, तुम्हें माँ की कसम...।''

विपदा की घड़ी में भी विपिन को हँसी आ गई। मन में गुस्सा भी आया, सोचा—''ये गाँव की माँयें कितनी सस्ती हैं !...ज़रा-सी बात में सौगंध!

शहरी पढ़े-लिखों की माँ क्या ज़्यादा...महंगी हैं ? छुट्टी न मिली तो घर से तार करा दें...माँ सख्त बीमार...बैठे हो तो तुरंत उठ कर आना है।...मदर सीरियस—कम सून!'' सचमुच माँ के लिए घेरी से जल्दी लौटना होगा। वरना घेरी से क्या ये गाँव-गली कोई ज़्यादा सुरक्षित हैं ?

अभूतपूर्व अंधेरा घिरने लगा। घेरी की ओर अकेले जाने में डर लग रहा था। सोचा भाग्यधर विश्वाल को साथ ले लें। बहुत दिन हुए बागदा झींगा पाव भर माँग रहा था। बेपारियों से बचे तब तो दें! आज सारे व्यापारी आयेंगे या नहीं इसमें शक है। अग्रिम दिया तो क्या, जान जाने के डर से शायद न आएँ। भाग्यधर को झींगा मछली का लोभ दिखाने पर गाय के पीछे बछिया-सा दौड़ा आयेगा, बहुत लोभी ठहरा। कहते हैं—केवट पकड़ता है मछली, पर खाता है केकड़ा। उसका भी क्या दोष! बहुकुटुंब केवट के घर में झींगा का छिलका तक झोल बनाने को नहीं मिलता। क्योंकि माछ गोदाम में मालिक खोल सहित झींगा तौल लेता है...आज की दुनिया में खोल (छिलका) काफ़ी फ़ायदेमंद है। ऊपर खोल है तो सब है। भीतर का देखने की किसको गरज पड़ी? विपिन अंधेरा चीरते हुए घेरी की ओर बढ़ा।

टहली महांति मेघ घिरी सांझ में घर से बाहर आ गए। सीधे रास्ते पर भी साँप की तरह टेढ़े-टेढ़े चलने की उनकी आदत ठहरी। अत: उनके सिर पर भूत सवार होने की तरह छाता इधर-उधर हिल-डुल रहा था, जब वे हवा को काटते हुए सर्पीली चाल में खेत की मेंढ़ पर चलते। कर्तव्य के लिहाज़ से कुछ वार्डों का सर्वेक्षण कर आना चाहिए। अबकी असल चेयरमैन साकूला की माँ तो औरत है। वह क्या बाहर निकलेगी?

ऐसे दुर्दिन में शैतान लोगों द्वारा बहू-बेटियों को उठा ले जाना, असंभव नहीं। अत: सबको सतर्क करा दें। बदचलन लड़कियों का भी दुश्चरित्र नागर के संग बरसा-तूफ़ान में धुँधली घड़ी में मंदिर जाकर माला बदल ब्याह करना भी विचित्र नहीं। इसमें दो नामी छोरियाँ, दो कुलनाशी छोरों के संग फरार हो गईं! कहते हैं—किसी मंदिर में माला बदल कर ब्याह करेंगी। फिर कटक जा रजिस्टरी ब्याह होगा। छि:...छि:...ये इलाका तो सागर में ज़रूर डूबेगा।

"कौन...कौन...?" तूफ़ान को पीछे कर गाँववालों का उत्सुक सवाल था। गला साफ़ कर महांति ने कहा—"क्यों धड़ी, बोलो, बोलते क्यों नहीं? अब ऐसी घोर बेला में पाप की बात ज़बान पर क्या मैं लूँगा?"

धड़ी बारीक के बाल-बच्चे तब तक टहली महांति के ऊँचे घर पर आसरा ले चुके थे। अत: धड़ी बेधड़क था। भौंहें सिकोड़ धड़ी ने कहा, "जायें, नालायक! मरें आंधी-तूफ़ान में! इस गाँव से कलंक मिटे। ओह जात-धर्म कुल राब पार कर गए? तो समुद्र क्यों न अपना तट लाँघे? कहे देता हूँ समुद्र ज़रूर तट लाँघेगा।"

"किसने तट लाँघा, बोलो? किसी के लिए सारा गाँव क्यों डूबेगा?" काज़ी

बेहरा ने विचलित होकर पूछा। उसकी चिंता अपने बाल-बच्चों की जान बचाने में थी। फिर भी दो पल ठहर कर बात की तह में जाना चाहते थे। धड़ी ने कहा—"वो मासूमा छिनाल भागी है गाँधी के बेटे भूदान दास के साथ कनकपुर। माँ शारला को साक्षी रखकर माला बदलकर लौटेंगे। अच्छा तुम लोग बोलो, वे अगर लौटें, इस गाँव में उन्हें जगह दोगे? दूसरी बदचलन है बामन की छोकरी गंगा! वो भागी है बांछू तरई के बेटे विपिन के साथ। पहले मंगल, भैरव माझी—तीनों प्रपंचों ने मेरी बात को हवा में उड़ा दिया।"

"अरे धड़ी—बांछू तरई का बेटा विपिन तो अभी-अभी घेरी की तरफ़ गया है। उसके साथ तो उद्धव मंगवाल का बेटा भागू मंगवाल है। यह गंगा कहाँ से आ गई? पराई बेटी के नाम पर खींचतान बढ़ा-चढ़ा कर कहना अच्छी बात नहीं। सबके घर बहू-बेटी हैं।" किसी ने इतना ही कहा था कि टहली महांति बोले—"गंगा तो दुपहर से घेरी पर जाकर है। हम क्या बिना जाने बिना देखे बोल रहे हैं? वरना विपिन घर छोड़ सागर के पास इस कुबेले में जाता?"

"तब तो दोनों उधर मरेंगे। बोलो तो जटाधारी मुहाना विपिन की घेरी से कितनी दूर है?" ईर्ष्यालु गाँववाले ने कहा। एक दरदी गाँववाले ने कहा—"जो जिसे लेकर भागे चाहे, जीवित रहे। यदि मंदिर गए, तो पठानी हो या ब्राह्मणी ज़िंदा तो रहेगी!"

क्या सच-झूठ देखने का समय किसी के पास नहीं था? गोलमस्ता, पंचू, पंडा या बांछू तरई को पूछ बात की सचाई जानने की घड़ी भी नहीं थी। अंधेरा चारों ओर आकाश में घिर गया। रुँधने लगा। हांय-फांय सांस छोड़ता हुआ आकाश पानी उँड़ेल रहा था। सब अपनी-अपनी राह चल पड़े। टहली ऊँचे स्वर में माइक पर बोलने की तरह कहने लगा—"ठीक है, इस बारे में तूफ़ान रुकने पर विचार करेंगे। जितने लोग हो सकते हैं मेरे मकान पर चले आओ। सागर का भरोसा नहीं। जटाधारी मुहाने से घू-घू आवाज़ आने लगी है।" महांति जी अब घर की ओर मुड़े। धड़ी चला टहली के पीछे-पीछे अंधेरे में। घबराये हुए गाँववाले सब एक जैसे दिख रहे थे। डरपोक-घबराये-निराश जीव, जिन्हें इस गाँव में कभी किसी ने नहीं देखा था।

~

आधी रात से कोई बादलों के फटे चीथड़े खून में भिगो खूब कसकर लीप रहा था सारे आकाश पर। गुरुवार है, अतः शंख की माँ उस दिन गोबर और वनमाटी

से आंगन को खूब चिकना कर लीप कमर सीधी कर खून में पुते आकाश को देख़ चौंक गई। माँ दुर्गा को चक्षुदान से पहले दीवार पर गेरु से अल्पना बनाते। तब दुर्गा माँ खून नहीं माँगती। ढाव (ललवासा रंग) रंग से माँ संतुष्ट हो आशीष देती हैं। पर आज कार्तिक गुरुवार के दिन कौन दुनिया भर का खून माँग रहा है? आकाश को रक्त में लीप चुका है किसका अदृश्य हाथ? झंकड़ वाली माँ शारला तू ही सहाय है। शंख की माँ किसकी बात सोचे! बहुकुटुंबी आदमी के जैसे अटूट अभाव, बहु प्रसवी माँ को भी दुनिया भर की चिंता-फिकर। किसे छोटा समझे इस घड़ी? शंख तो गया रामतरा अपने चार बाल-बच्चों को छोड़ कर ससुराल! उसकी घरवाली ने दो और जुड़वां बच्चे पैदा कर दिये। खबर पाकर शंख कल ही जा चुका है। इधर प्रचार हो रहा है कि सागर की तरफ़ से तूफ़ान आने वाला है। रामतरा तो समुद्र के बगल में बसा हुआ गाँव है। अगर सागर जम्हाई भी ले तो रामतरा, पद्मपुर आदि गाँव डूब जाते हैं। तूफ़ान अगर सागर को पहाड़ के जितना उठा-पटक करे तो ये गाँव सागर के पेट में समा जायेंगे। साथ में शंख की माँ का बड़ा बेटा, दो पोते, बहू को समेट कर मुँह में दबा लेगा समुद्र। घर पर बंधु-कुटुंबी भरे हैं, अतः शंख की माँ रो नहीं पाती, पर मन-ही-मन खूब बिसूरती है।

भाग्यधर को देखो, विपिन तरई के संग सांझ में सागर किनारे घेरी की ओर गया है। अरे—उसका बेपार रहे या डूबे—तेरा इसमें क्या आता-जाता है? किसके सहारे छोड़ गया है बहू और बच्चों को?

सबसे छोटा बेणुआ दुपहर में दो कौर भात खाकर गया था ड्यूटी पर। पारादीप रहामा के बीच छोटे पुल पर से गुज़री पटरी वाली लेवल क्रॉसिंग गेट पर पहरा देने की नौकरी मिली है। कुछ ही महीने हुए। नौकरी नई है इसलिए नहीं, छोकरे का नियम है जिस काम में लगा दो, जी-जान से करेगा। आंधी-तूफ़ान में ड्यूटी पर न आने को शंख की माँ ने कितना कहा, निहोरे किये। क्या माना? जवाब दिया पर मेरी नौकरी को छोटी न मानना। कारगिल में विक्रम बलवंतराय के युद्ध करने जैसी है, रेल पर निगाह रख गेट खोलना-बंद करना वैसा ही है। मनुष्य के जीवन से कोई खेल सकता है? अपने जीवन को डिबिया में बंद कर घर में घुसकर बैठूँ! उधर मुझ पर निर्भर करते हैं कितने जीवन? इधर ठनाठन वेतन गिन लेता हूँ! क्या बरसा, धूप, आँधी-तूफ़ान के बहाने कोढ़ी की तरह घर में सोने के लिए सरकार मुझे पाल रही है? सुनो, इस आँधी-तूफ़ान में सारी पटरी भी बह जाती है। एक-एक रेलगाड़ी झटके खाकर उलट जाती है। यदि ऐसा कुछ हो गया, सरकार को खबर कौन देगा?

बेटे की बात सुन शंख की माँ का गला सूख गया। सहम कर बोली—"अरे बेणुआ! सत्यानाशी तूफ़ान में रेल पटरी उखड़ने का डर है, वह तू खुले में कैसे सँभालेगा? तेरा वो टीन और फूस का घर, एक कोठरी वाला, फूँक में ही उड़ जायेगा...वहाँ तेरा सहाय कौन होगा? यहाँ तो गाँव भर में बस्तीवाले मिलजुल कर रह रहे हैं। सबको सब मदद करेंगे। एक दूसरें की हिम्मत बढ़ाकर खड़े होंगे।"

कल का छोकरा जन्म देने वाली माँ को समझा गया। कहा—

"माँ! समझी! इस जीव को तूने जन्म दिया है। अपने बेटे को नेह कर जी रही हो। पर बिलकुल पहचाना नहीं। खुद पर जब विपद आये तो कोई किसी का नहीं होता। जहाँ अपना बचाव असंभव होता है, तो कौन किसे बचायेगा? लेवल क्रॉसिंग गेट पर जैसे मैं अकेला हूँ, तुम सब वैसे ही यहाँ अकेले हो। सबको भगवान का भरोसा है। मुझे युद्ध के लिए नहीं छोड़ा, शायद शहीद हो जाऊँ! अब ड्यूटी को नहीं छोड़ती, हो सकता है तूफ़ान में उड़ जाऊँ। तू अपने बेटों के लिए कहाँ से विपद शून्य धरती लायेगी, बता? अच्छा सुन, ये तूफ़ान ज़ोर से बहेगा, उसका जितना प्रचार चल रहा है, उतनी ज़ोर से होगा नहीं। ऐसा होता तो सरकार अट्ठाईस तारीख से मोटर, गाड़ी, रेल, हवाई जहाज़, ऑफ़िस, स्कूल, कॉलेज, हाट-बाज़ार सब बंद कर देती। जब सब चल रहा है, तो क्या जानबूझ कर सबको मारने का षड्यंत्र रच रही है सरकार? बस, ये सोच तू निश्चिंत रह। लेवल क्रॉसिंग गेट की ड्यूटी में लापरवाही करने का फल भयंकर है। सैकड़ों लोगों की जान मेरे हाथ में है। चलता हूँ। तुम लोगों को ज़रा देखने आ गया था।"

माँ को समझा-बुझाकर वेणुधर चला गया। शंख की माँ से सारी बात उद्धव चुपचाप सुनता रहा। सोचने लगा—'यह फ़ौज में जाता तो नाम कमाता। ठोकबजा कर पक्का किया। केवट चरित्र में अच्छी तरह पक्का, एकदम नमक सच्चा, साहसी, कर्तव्यपरायण लड़का है। वास्तव में सरकार ने 29 तारीख की छुट्टी घोषित नहीं की है, तो वेणुवा ड्यूटी पर किस न्याय से नहीं जायेगा? मगर उजाड़ के रेलवे स्टेशन पर छोकरा निपट अकेला है! वैसे अकेला कौन नहीं है? फिर संसार में अकेला कौन है? प्रभु के रहते अकेला कैसे हुआ? शंख की माँ ने तैंतीस कोटि देवताओं की मिन्नत की। इतना भी नहीं समझ सकी! केवल प्रणाम करने को सिर पाया है। कोई गहन चिंता करने का मगज सिर में नहीं, जो भी कहो, औरत का सिर है ना!'

उद्धव का मर्दाना दिमाग बेटे की मंगल मना रहा, तैंतीस कोटि देवताओं के अलावा वो बूढ़ा पीर भी है। मानो वेणु किसी युद्ध के लिए निकला है, ज़िंदा

लौटेगा? ऐसा ही रुँधा-सा संशय घुमड़ रहा था बाप के चौड़े हृदय में। पर पता नहीं क्यों शंख की माँ को कस कर जवाब दिया—"क्यों सूं-सूं कर रही हो, बेटे के जाते समय? विक्रम की माँ ने कैसे बेटे को युद्ध के लिए छोड़ दिया और धीरज रखा। क्या सिर्फ़ तुमने ही बेटा जन्मा है? जाओ, चिवड़ा, चावल, गुड़-चीनी जो कुछ घर में है, बाँध लो, हम इतने लोग कहाँ सिर छुपायेंगे, भगवान जाने!"

उद्धव मंगवाल भागवत गादी पर, माँ बासलई के मंदिर में, बिल बाबा की बाँबी पर माथा टेक कर लौटा है। लौटते समय गोखुर नाग फन उठाकर फुँफकारने की तरह उत्तरा पवन बह कर खींचने लगी है। बारिश भी तेज़ हो गई थी। इस मेघ और हवा का कोई ठिकाना नहीं है। गादी पर कोई कह रहा था—कारगिल युद्ध में हारकर पाकिस्तान तंत्र के बल से दुर्दान्त तूफ़ान का बाण मार रहा है। सुना तो यह भी गया कि इस तूफ़ान का आधा पाक बांग्लादेश भी भेज सकता है। पाक तो बांग्लादेश का भी शत्रु है। मगर शत्रु से क्या इस तरह मुकाबला होता है?

उद्धव घर पहुँचा तब तक उसकी घरवाली मझले दरवाज़े पर सिर पीट-पीट कर वेणुवा, भाग्यधर, शंखधर, मरुवा और सारी चिन्ताओं को एक साथ बार-बार बिसूरती रही। तिस पर, भाग्यधर के बेटे कपिला को बुखार ने आ दबोचा। यह हाड़फोड़ कँप टिकने नहीं देता। बच्चे पर दवा का असर नहीं। गिरिमा के लिए कपिला तो आँख का तारा है। माँ की गोद से गिरिमा की गोद में जाकर लेट गया। पद्मा फिर सोये बच्चे को खींच छाती में चिपका लेती है। मामा-मामी बुढ़ापे के अपने-अपने रोग को लेकर काँख रहे हैं। उस पर कई चिंता, कितनी शंका, उपायहीन समस्याओं का व्यर्थ समाधान उद्धव के मगज में उथल-पुथल हो रहा। अब वह क्या करे? क्या उसके ही घर में ये समस्याएँ थीं। सबके यहाँ समस्या एक से बढ़ कर एक है। रोग, बीमारी का जंजाल भरा है। जिस तरह सभी तूफ़ान का सामना करेंगे उद्धव भी करेगा। रोने से क्या होगा? उद्धव ने कह दिया—"क्या हमारे यहाँ ही इतने जंजाल हैं? रो-रो कर मेरा दिमाग खराब करती हो? रात तो बीतने दो? रात ज़्यादा डराती है। सूरज निकले कि डर भाग जाएगा! सब बासली माँ पर छोड़ दो।" इसी बीच पद्मा ने बुखार वाले बच्चे को गिरिमा की गोद में देकर ससुर के आगे शिकायत रखी—"देखो, पिताजी! इस कुघड़ी में गए हैं वे, विपिन तरई की घेरी की ओर! क्योंकि बरखा में झींगा बेपारी नहीं आयेंगे! तरई सस्ते में बेच देगा। ढरारो झींगा लेकर आयेंगे, कल घर पर भोज करेंगे। मैंने जितना रोका, नहीं रुके। माँजी भी रोक न सकीं।"

उद्धव की छाती काँप उठी। दिमाग की नसें तन गईं। ऐसे ही तो गदाधर बयासी (1982) के तूफ़ान में सागर गया था। जाने के बाद बेटा फिर नहीं लौटा। आज, भाग्यधर झींगा घेरी गया है इस दुर्दिन में, समुद्र से सिर्फ़ दो-तीन कि.मी. दूर सस्ते में झींगा खरीदने के लिए! केवट होकर इतना लोभी! भाग्य के सिवा किसे कहें। सच, किस केवट का बेटा बागदा झींगा पेट भर खाता है? केवट के लिए झींगा आहार नहीं, व्यापार है। मगर रात बीतने तक इंतज़ार के अलावा रास्ता नहीं। भागू को अपनी जान की परवाह नहीं, पर क्या बच्चे, माँ-बाप, बहन, नाना-नानी किसी के प्रति कोई कर्तव्य नहीं? हाँ, उद्धव को तो ऐसा जन्म मिला है, इन सबका बोझ उठाना होगा बूढ़ा होने तक। उसने भागू की मंगलकामना कर हाथ जोड़ लिये। चित हो बिस्तर पर लेट गया। छाती पर हथेलियाँ फांस कर अपने उद्वेग को थपथपाने लगा। विपिन तरई की घेरी समुद्र के पास है, तो अभयपुर कौन-सा समुद्र से दूर है? बल्कि विपिन का घर ईंट-सीमेंट से बना छतवाला है, इसलिए सुरक्षित है वहाँ। भगवान राह दिखा ले गए हैं, डरने की बात नहीं। ईश्वर सब कुछ प्राणी के मंगल के लिए करते हैं। उद्धव ने मन को हिम्मत दी। अंत में तय हुआ—जितना प्रचार हुआ है, तूफ़ान वैसा नहीं होगा। यदि सरकार महाप्रभु समझते कि मौसमी सूचना सही होगी, तो क्या शुक्रवार 29 अक्तूबर के दिन छुट्टी की घोषणा नहीं कर देते? भुवनेश्वर में रात भर पूजा-पाठ चला। तांत्रिकों ने भरोसा दिया है—तूफ़ान को ओडिशा की सीमा छूने नहीं देंगे! कहीं उड़ा देंगे। इसलिए दफ़्तर बंद करने की ज़रूरत नहीं। उनींदे रहकर रात काली क्यों करें?

उद्धव ने आँख मूँदकर सोने की कोशिश की। सोचा नींद आ गई। घड़ी भर बाद देखा तो वह छान की ओर अपलक देख रहा है। गिरिमा उधर चढ़ लकड़ी का बक्सा उतार रही है। उद्धव ने पूछा—"बक्से में गहना-गाँठी रखा है क्या बेटी? तेरी माँ ने तो ज़माने से चूल्हे के पास गाड़ कर रखे हैं! तूने फिर ऊपर कैसे अनमोल पदार्थ रखा।"

गिरिमा ने निश्चिंत भाव में कहा—"मेरे गीतों की कॉपी और कलम को जरी (पोलीथीन) की थैली में बाँध कर बक्से में रखा है। ताला लगा दिया। पानी आये तो भी चिंता नहीं। अक्षर भीगेंगे नहीं। गीत मिटने पर फिर लिखे नहीं जाते, गहना-गाँठी खोने पर दुबारा गढ़वा सकते हैं। यह सच है या झूठ? और अगर यदि घर में पानी आया, कितने हाथ ऊँचा होगा? छान से ऊपर नहीं जा सकेगा। उसी बक्से में माँ ने गहने वगैरह भी माटी से निकालकर रख दिये हैं। पानी की धार बही तो पहले माटी का फ़र्श उखाड़ेगा और साथ में सोना-चाँदी—क्यों क्या कहना है?"

उद्धव चिंता ही चिंता में बड़बड़ाने लगा—फ़िलहाल सबसे अनमोल अपना जीवन है! सोचता हूँ इतने बड़े परिवार में सबका जीवन कैसे बचाऊँगा? अगर सागर पहाड़ की तरह उठ आयेगा तो किसी को कैसे सँभालूँगा?

तभी गुहाल के पास दीवार का कुछ हिस्सा धम से गिर पड़ा—भस-भास कर हवा व पानी धँस आये घर के आँगन तक! बाहर सारे फन उठा पवन गरज रहा है। पिछवाड़े बाड़ी में पक्षियों के पंख फड़फड़ाना मानो उसकी छाती की धड़कन की तरह है। यहाँ एक पाँव रखे तो दूसरे के रखने तक आदमी के भाग्य में क्या है, कोई नहीं जानता। फिर भी कितने प्रपंच हैं? दो बजे तक हवा-पानी ठीक था। पीछे किस ज़माने का बूढ़ा चंकवड़ का पेड़! उसके घने विस्तार-फैले साम्राज्य में तिनके इकट्ठे कर घोंसला बनाये झुंड के झुंड पंछी दिन भर दाना-चुग कर रात में नीड़ में लौट कितने चैन से सो जाते थे। उन्होंने सरकारी घोषणा कि, तूफ़ान आ रहा है, नहीं सुनी थी। सुनी हो तो भी सरकार और उनकी हल्की-फुल्की चेतावनी की उन्होंने परवाह नहीं की थी।

पर पिछली सांझ से आकाश में दिशाओं के बदलते रंग देखकर, पक्षी पवन की गतिविधि के उद्दंडी भाव को भांप कर नियति की हुँकार में प्रलय की पगध्वनि को पहचान रहे थे। माटी की अस्नेह नीरवता और सागर के घू-घू गरजने में प्रतिशोध का स्वर पहचान कर शावकों को सावधान कर रहे थे—''होशियार! तूफ़ान आ रहा है! अकल्पनीय तूफ़ान, प्रलयकाल का तूफ़ान! बाप-दादा के ज़माने की देहरी, यह चंकवड़ पेड़ अब हमें आसरा नहीं दे सकेगा। चलो...! महाकाल की घड़ी आने से पहले सुरक्षित स्थानों की ओर चल पड़ो! तब तक विपद संकेत पहचान कर चाँद-तारे अविश्वासी आकाश छोड़कर न मालूम किधर सुरक्षित राज के विश्वासी आकाश की ओर पलायन कर चुके थे। अत: रात घने अंधकार का कंबल ओढ़कर त्राहि-त्राहि पुकार रही है! जीव मानव की आगत आपद पढ़कर आकाश...बिसूरता रहा रात भर। मानो रोगी की मरण काल की हिचकी न उठने तक वैदराज की अकड़ नहीं छूटती, वह दूसरे वैद को रास्ता नहीं देता। वैसे ही बूढ़ा-टेढ़ा चंकवड़ का पेड़ अपनी ऐंठ नहीं छोड़ रहा। डाल हिला-हिला कर रात भर हिम्मत देता रहा। पक्षियों से कहा—छाती में हिम्मत रखो। मैं हूँ! इन आंधी-तूफ़ानों की नब्ज़-नाड़ी पहचान पहचान कर बूढ़ा हो गया हूँ। मेरा आसरा करने वाले पक्षियों को अनाथ बना क्या कभी गिरा हूँ? मेरी जड़ें कितनी गहरी हैं, नहीं जानते तभी यों घबराए

हुए हो? मुझ पर भरोसा कर मुझे जकड़े रहो, मैं तूफ़ान के आगे सिर झुकाकर आपदा को सँभाल लूँगा। जब असल खतरे की घड़ी में मदद को कोई नहीं, तब दुष्ट-नष्ट अनिष्टकारी शत्रु के आगे सिर नवा कर खतरा टालना होगा। जान है तो जहान है। तुम सब ज़रा सह लो! यह तूफ़ान तुम्हारे धैर्य की परीक्षा है। क्योंकि उसके पास धैर्य नाम का कुछ नहीं। हू-हू, धू-धू कर राज्य जय करने की तरह चटकर जायेगा। किसकी दुनिया उजड़ी, किसका क्या बह गया—इसमें कोई ध्यान न देकर सीधा चला जायेगा। महीना या साल भर आंधी-तूफ़ान बरसा किसी ने देखी है? पेड़ बिना टूटे झुक कर रह गया, तो क्या तूफ़ान लौट कर उस पेड़ की ऊपरी डाल तोड़ते देखा है?'' पेड़ ऐसे ही धीरज देकर धीरे-धीरे डाल-पात हिला रहा था। उसकी बातें सुनकर पक्षियों का दल घड़ी भर रुक गया। अंधेरे में भला उड़कर कहाँ जायें? पर आधी रात होते-न-होते पवन का वेग और भी तेज़ होकर बढ़ने लगा। कौवे कर्कश स्वर में कांव-कांव कर सबको चेतावनी देने लगे। चलो—भाग...चलो, बचाव मुश्किल है यहाँ! यह इलाका छोड़ जितनी दूर हो भाग चलो! किसी का इंतज़ार न कर रातोरात सतर्क घंटी बजा पूर्वजों की वह धरती छोड़, उस ऊँचे चंकवड़ को छोड़, कितनी साधना का फल उस तिनका-तिनका कर सजाये नीड़ से माया तोड़, पेड़ों को निर्दय तूफ़ान के हाथों सौंप अनजान दिशा की ओर उड़ गये। पीछे-पीछे उड़ गए अन्य पक्षी, झुंड-के-झुंड। पक्षियों का अपना शास्त्र है, उसका ज्ञान उन्हें है। सबको आनेवाला संकट दिख जाता है। पक्षियों का शास्त्र है प्रकृति। प्रकृति के हावभाव, नक्षत्र पक्षी पढ़ लेते हैं। तभी बाढ़, आंधी-तूफ़ान में उतने पक्षी नहीं मरते, जितने आदमी और पशु मरते हैं। वैसे पशु भी प्रकृति की नाड़ी मनुष्य से कहीं ज़्यादा समझते हैं। मगर पक्षियों के पंख हैं—उड़ जाते हैं, पशु उड़ नहीं पाते, भाग नहीं पाते दौड़ कर कितनी दूर, कहाँ जा सकेंगे? सागर उमड़ आये तो पक्षी की तरह आकाश में नहीं चले जायेंगे। अतः समय के बहुत पहले संकट की जगह से भागे बिना मौत की शरण लेने के अलावा बेचारों का चारा नहीं, उपाय नहीं! पर इंसान क्या कम दुराचारी है? जानवर के गले में रस्सी, रस्सी के लिए खूँटा, खूँटे के लिए बाड़ा, बाड़े के लिए पटा-पावती। पक्षियों के लिए पिंजरा, इस तरह कई-कई कैदखाने रच रखे हैं मुँह खोल प्रतिवाद न करने वाले प्राणियों के लिए। ये निरीह तरह-तरह के संकेत पाने पर भी लाचारी में विपदा की ओर चल पड़ते हैं। बंदर भी लाचार जीव हैं। तूफ़ान का संकेत पाकर हुहाँते हुए, किलकिलाते हुए, इस पेड़ से उस पेड़ पर छलाँग मार रात को और भी भयंकर बना दिया है। बंदर जान चुके थे इतने युग के आश्रयदाता पेड़ अब उन्हें बचा

न सकेंगे, क्योंकि तब तक किसी पर भूतनी सवार होने की तरह झूम-झूमकर पेड़ घोषणा कर चुके थे—"जाओ भागो...जान बचाकर जहाँ जाना है...भागो...अब बचना मुश्किल है, हम खुद अपनी रक्षा नहीं कर पा रहे। तुम्हें कैसे बचायें?" बंदरों में तो पक्षियों की तरह उड़ने की भी क्षमता न थी, इसलिए बदहवास से पेड़ से पेड़ छलाँगते रहे।

अंधेरे में जटाधारी मुहाने से गरज आ रही थी—अजगर की तरह सागर फुफकार रहा था। एक नहीं, आकाश, पवन सागर मिल कर सैकड़ों अजगर फुफकार रहे थे। भैरव निनाद कर रहे थे—कलयुग समाप्त हो रहा...कोई न रहे...कोई भी नहीं बच पायेगा...सागर दाँत किटकिटा रहा, कह रहा—सब खाऊँगा...सबको खाऊँगा...तुमने मेरे साम्राज्य को खोखला कर दिया—जंगल खा गए, सत्यानाश किया मेरी सुन्दर प्रकृति का, मैं तुम्हें निगल जाऊँगा, तुम्हारे गाँव, साम्राज्य, सभ्यता सबको मिटा दूँगा—संहार लीला रचता हूँ—अपने किये कर्मों का फल तुम्हें भोगना होगा।

उद्धव मंगवाल सोच रहा था—क्या आंबीकी पंचायत ऑफ़िस के सामने हाट मैदान से कुल पाँच कि.मी. दूर चार वार्ड के ढाई हज़ार गाँववालों को हाट मैदान के पिछवाड़े सटा बालूढूह आश्रय दे सकेगा? सांझ से कई लोग वहाँ जा चुके हैं। तूफ़ान से डर कर जो नहीं जा सके, उन्हें सुबह-सुबह वहाँ जाना होगा। पर इस कालरात को बीतने दें, तब तो! ओह—सागर से सटकर अभयपुर के पास-पास दो-तीन बस्ती अधिक संकट में हैं। वहाँ तो नब्बे प्रतिशत बांग्लादेशी शरणार्थी रहते हैं। उनमें भारत मंडल एक मुखिया पुरखा आदमी है। जिन नेता ने वोट पाने की आशा में उन्हें जंगल काट गैरकानूनी ढंग से ज़मीं आबाद करने की अलिखित अनुमति दी, वे शहर में वोटों की फ़सल काट अपनी कोठी-बंगलों में चैन से सो रहे होंगे। आज मौत की घड़ी में अब कौन उनका मददगार बनेगा, उन गाँवों के आस-पास पेड़-झाड़, बालू की ढूह, कुछ भी नहीं। बस, माटी के घर ही उनके एकमात्र आश्रय हैं, सागर उमड़ आने पर क्या करेंगे?

तभी कुत्ते प्रलय का संकेत पाकर भौंक उठे, लहरा कर समवेत स्वर में शोक स्वर में हू-हू रो उठे। उद्धव की छाती धड़क उठी। "अभयपुर गाँव में घर बसाया, अत: शरणार्थियों की फ़िकर करता है। खुद किसकी शरण लेगा? मन-ही-मन सोच लिया कि शरणार्थी तो बह जाएँगे और अभयपुरिया बच जायेंगे?"

"ना...ना...प्रभु! सब बचें...सबकी रक्षा करें!" उद्धव मंगवाल अंधेरे में ही हाथ जोड़ता रहा।

इसी बीच गाय-गोरु रंभाने लगे—"हमारे गले से रस्सी खोलो! मुक्त करो...बचा न सकोगे!" उद्धव ने आवाज़ दी—"अरे, चकरा! पदिया! ब्रह्महत्या का पाप लगेगा, उनकी रस्सी खोल दो।" बेटों का इंतज़ार न कर उद्धव ने खुद ही गाय-गोरु के गले से रस्सी खोली। अंधेरे में गाय-गोरु को सहला दिया। रुआँसा हो कह उठा—"जाओ रे! बाबू! अब तुम्हारा भाग्य तुम्हारे पास! तुमने कोई अधर्म, पाप कभी नहीं किया। पर इंसान के पाप का फल भोगने जा रहे हो। प्रभु ही बचाएँगे"...उद्धव की आँख से आँसू की धार बह चली। बरसा का पानी तुरंत धो ले गया। धेत्! अपना बचाव असंभव, बूढ़ा हो गया, फिर भी बच्चों की तरह गायों के लिए आँसू भर आये!

चंकवड़ का पेड़ टिक न सकेगा। कुछ देर में गों-गा चिल्ला कर ज़मीन से पाँव उखड़ लंबा हो पसर जायेगा। गौरैया का झुंड कहीं नहीं जा पाया। चीं-चीं करती अविवेकी बातास को खूब गालियाँ देती रहीं। गिरिमा के पाले-पोसे तोता-मैना ज़ोर से झूल रहे पिंजरे में पंख फड़फड़ाते रहे—आत्मरक्षा की राह ढूँढ़ते रहे। गिरिमा ने अंधेरे में टटोलते-टटोलते आकर पिंजरे का दरवाज़ा खोल दिया। दोनों पंछी उद्धव के साथ आकुल प्रार्थना कर बोलते रहे—चक्रधर बचाओ.. चक्रधर बचाओ! और अंधेरे में कहीं उड़ गये। ऐसे ही माया की डोर काट किसी दिन आत्मा पक्षी पिंजरे को छोड़ उड़ जाती है। उद्धव के पाले हुए तोते चिल्ला रहे थे—'चक्रधर रक्षा करो!' मगर उद्धव जानता था कि चक्रधर ने ही कलि में पाप और अधर्म का नाश करने चक्रवात्या भेजी है। ये रक्षा कैसे करेंगे? प्रलयकाल में स्रष्टा ही जब स्वयं संहारकर्ता बनता है, रक्षा कौन करेगा? कब से पेड़ के कोटर में बैठ अशुभ उल्लू हूट! हूट! कर रहा था।

दरअसल उस रात पशु, पक्षी, आदमी, पेड़ सबने मिलकर जो चीख-पुकार छोड़ी, किसी की रक्षा के लिए न थी। वह तो आत्मरक्षा के लिए समवेत प्रार्थना थी। पर हर बार हर प्रार्थना ईश्वर ग्रहण नहीं करते। इसका यह मतलब नहीं कि ईश्वर भी निष्ठुर हैं। ऐसा होता तो यह काल रात बीत कैसे जाती है। यह भाग्य की विडंबना है कि ईश्वर भी कभी-कभी पथरा जाते हैं। फिर पत्थर भी पिघल जाता है। प्राणियों की असहाय स्थिति देख कलयुग में पथराये ईश्वर पिघलें तो शायद सुबह होगी—मेघों को काट सूरज निकलेगा। तूफ़ान मुड़ जायेगा उत्तर पश्चिम बंग के हल्दिया और बांग्लादेश के खुलना ज़िले की ओर...उफ् उधर भी आदमियों का गला दबोच खायेगा ये सत्यानाशी तूफ़ान? किसी को भी न खाये, हमें भी

बचा दें भगवान!...उद्धव के भागवती मन का भूत उसके आगे मुँह फाड़े खड़ा था। नियति का अट्टहास तैरता आ रहा था भय के मुँह से—जटाधारी मुहाने की तरह लग रहा था—अपने भय का मुँह...!

~

धमाधम दीवारें धँसने लगीं। मानो धरती की पीठ पर ज़ोरदार घूँसे मार रहा है आकाश। अंधेरे में टॉर्च टटोल भय में पगलाये उद्धव ने एक साथ आवाज़ लगायी—अरे शंख, चक्र, गदा, पद्म, भाग्य, वेणु...उफ 'गदा' का नाम ज़बान पर आ गया! 'गदा' की स्मृति छाती उतना नहीं विदारती; जितनी अपनी जान की फिकर। बड़ा बेटा शंख गया था रामतरा, अपनी ससुराल। भाग्यधर घेरी में था। वेणुधर रेलवे के लेवल क्रॉसिंग गेट की ड्यूटी पर। बाकी दोनों बेटे पिता के बुलाने पर बाहर आ गए। घर में बारिश का पानी भरने लगा। उद्धव ने अपनी आँखों से कभी सारी दीवार ढहना और नदी का तटबंध टूटना नहीं देखा। जब बाढ़ आयी है, ऊपर छोर पर ही तोड़-फोड़ कर गई है। यह कैसा घर तोड़ तूफ़ान है, कहाँ से आया कि समूचे गाँव में पानी-पानी कर दीवारें ढहा रहा है! अपने घर में, बाहर...हर तरफ़ रोना-धोना मच गया। बच्चे, बूढ़े, मर्द-औरतें सब जान बचाने को चिल्ला रहे हैं। अपनी अनमोल चीज़ें पल्लू में बाँध रहे हैं। गमछे में बाँध कमर में खोंस रहे हैं। पेटी-डिब्बे सिर पर रख आंबीकी बाज़ार पर बालू के ढूह की ओर चल पड़े। पर रात बीते तब तो...कितना काला स्याह अंधेरा है!

उद्धव ने कपड़ों की गठरी की तरह मामी को पीठ पर लादना तय किया। दोनों बेटों से बोला—"बूढ़े-बुढ़िया को पीठ पर ले चलें। औरतें बच्चों को लेंगी। ट्रंक, बक्सा की बाद में देखेंगे। इन्हें सुबह ढूह पर या काली माँ के मंदिर में छोड़ कर आयें तब बक्सा ले जायेंगे।" उद्धव ने गाय-गोरू और बकरियों को कब से खूँटे से खोल दिया था। वे रंभाते हुए पूँछ उठा कुलाँचें क्या मारेंगे? पानी का विकराल रूप देख मूक हो खड़े रह गए। जो हो, यह पानी समुद्र का पानी नहीं था, बरसा के पानी से इतना डर क्यों? मेघ कितने बरसेंगे? दस-बीस हाथ तो बरसेंगे नहीं। इतनी घबराहट क्यों? घर में घुटनों तक पानी भर आया, मचान या ताख पर चढ़ जायेंगे। इतने में रात बीत जायेगी! सुबह होने पर फिर देखा जायेगा। पता नहीं क्यों आज कुंडल पंडा पर उद्धव को मन ही मन आस्था हो रही थी। सांझ से वे रामेश्वर का चरणोदक लेकर सागर की तरफ़ गए हैं। ज़रूर सागर को बाँध देंगे।

ब्रह्म निदेश की अवमानना कलयुग का आदमी कर सकता है, पर सागर तो कलि का नहीं, सत्ययुग का है। ब्राह्मण गुसाईं की अवज्ञा नहीं करेगा। क्या होगा महोदधि का इन छान-छप्पर माटी के झोंपड़ों में सुख-दु:ख में जी रहे गाँवों को निगल कर! क्या इससे उसका पेट या जी भर जाएगा?

उद्धव ने रात में ही घुटनों तक पानी में, काँछ कस कर, अंधेरे को हथेलियों के बीच भरकर समुद्र को प्रणाम किया और मन-ही-मन गुनगुनाया—"हे सागर! तुम तो केवट के अन्नदाता हो! धन-मान जीवन सब हो! तुम कैसे इनकी मौत का कारण बनोगे? हाँ, मेघनाद और गदाधर ने तेरी अवज्ञा की थी, उन्हें तू ले गया! पर जो निरीह गाँववाले हाथ जोड़ तुम्हारी पूजा किये बिना समुद्र में प्रवेश नहीं करते, उन्हें क्यों निगलोगे?" उसका विचलित भाव अंधेरे में भी उसे दिख जाता।

सार्वजनीन दुर्गा पूजा और फिर महालक्ष्मी पूजा पर आये बंधु-बांधव, बहू-बेटे, नाती-पोते सब मिलकर अट्ठाईस लोग हैं इस घर में। सभी पानी में खड़े हैं। सहमे बच्चे माँ की गोद में दुबके हैं। कोई संदूक पर, कोई ताख पर बैठा है। पेट वाली मरुवा का भारी पेट आकाश से लटके मेघ खंड की तरह दिख रहा था। मुश्किल से उसे ले जाकर जर्जर संदूक पर सुला दिया। वह घड़ी-घड़ी रुक-रुक कर कराह रही है। उद्धव जानता है कि मरुवा को जितना कष्ट हो रहा है, उसका सौवाँ हिस्सा भी नहीं कराह रही। तब भी उद्धव को इतना विचलित कर देता कि मेघ का गरजना सुनाई ही नहीं देता। केवल पृथ्वी भेदी उस लड़की की कराह सुनाई दे रही है। उद्धव ने ऊँची आवाज़ में कहा—"कष्ट को ज़रा दाँत भींच कर सह नहीं सकती! कराहने से क्या आंधी-तूफ़ान की दहाड़ कम हो जाएगी? रात बीते तो कहीं जाना हो?"

उद्धव की घरवाली गरजी—"कैसे कठोर मरद हो तुम! गर्भ कष्ट कोई दाँत भींच कैसे सहे? तुम वो दर्द कैसे समझ सकोगे? पर अब मैं क्या उपाय करूँ?...मेरी बच्ची का कैसे उद्धार होगा?...माँ शारला..." शंख की माँ और भी बिसूर उठी। पर उद्धव के दो बोल में चुप! बाहर बिजली कड़की—समूचे आकाश के दो टूक कर दिये! मेघ के पानी में लीन होकर मानो समूचा आकाश बरस पड़ा। भीगा अंधेरा एक साथ धूप भरी धरती पर उँड़ेल दिया। गिरिमा दो साल के कपिला को कंधे पर लाद, कमर में आंचल का फेंटा बाँध, रणचंडी-सी खड़ी थी, थपकी देती रही। बच्चा रोता ही जा रहा था निरंतर, सुननेवालों का गला भर आये। उफ, सब इसी समय होना था! गाय-गोरू, आदमी सब अपनी-अपनी जगह पानी में भरे

विमूढ़ हो घबराये खड़े हैं। भाग्य की बात थी कि अभी सिर पर से छप्पर उड़ा नहीं था।

मेघ देवता, वरुण देवता, पवन देवता और तैंतीस कोटि देवी-देवताओं को केवल उद्धव ही नहीं, गाँव भर के सब प्रार्थना कर रहे थे—प्रभु! एक आगामी कल की सुबह पृथ्वी की हथेली पर उँड़ेल दो! शायद ठाकुरजी ने पुकार सुनी। रात में तूफ़ान को सहला-सहला कर बहता रहा सागर भी उमड़ा नहीं। अंत में कंजूस आकाश पूँजी से कुंठित भोर सहमी-सहमी-सी निकली। आकाश की अर्घ्यथाली में उस दिन मेघ भरी विरस भोर ने ईश्वर के श्रेष्ठ वरदान की तरह कातर मानवों को आश्वस्त और कृतज्ञ कर दिया। घुटनों तक पानी में खड़े हो मेघों में छुपे कपटी सूरज के लिए अंजुरी भरी उद्धव ने। मेघ में बंद किवाड़ों के अंदर रह उस दिन सूरज भोर को बार-बार सांझ बना अंधेरा कर रहा था, क्योंकि तब तक तूफ़ान के साथ हाथ मिलाकर प्रलय के आयोजन में शामिल हो चुका था। रात भर बरसा कुटाई में तूफ़ान की मार खाकर गाँव कमर तक पानी में खड़ा महाकार्तिक स्नान कर रहा था। जिधर देखो सिर्फ़ पानी ही पानी! धूप आये कि न आये, रात तो बीती, अब हिम्मत आ गई। शायद तूफ़ान राह बदल चला गया। गाँव के प्रायः सबके घर की दीवारें गिरी थीं। बरसा का पानी और नदी का पानी बढ़ रहा था या कम हो रहा था? यदि कम हो रहा था, तो उद्धव और उसके पाँचों हाथ बेटों की कमर से छाती तक पानी उठ क्यों रहा? तभी चारों ओर हो-हा सुनाई पड़ा...''पानी बढ़ रहा-बढ़ रहा!'' अब उद्धव ने सबको बड़ी छान पर चढ़ा दिया। बाल-बच्चे, बूढ़े-बुढ़िया छान पर थिर रह नहीं पाते हवा के ज़ोर में। उद्धव ने एक बड़ी रस्सी लाकर छान को नारियल के पेड़ संग कसकर सात घेरे लगा बाँध दिया।

बंधन भी कभी-कभी इतना भरोसा देता है! छान को खींच कर बाँधते समय उद्धव खूब समझ रहा। परिवार को प्रलय से बचाने के लिए वह इससे बढ़कर कुछ नहीं कर सकेगा। लड़खड़ाती छान पर रह उद्धव मन को ढाढस दे रहा था—खैर, काल रात तो बीत गई!

उसे लगा मानो कलयुग बीतकर सतयुग आ गया है। पर वास्तव में सुबह कहाँ? वह तो एक नकली सुबह है—काल रात का छद्म रूप! उस दिन सुबह का स्याह आकाश ग्याभिन भैंस के पेट की तरह घड़ी-घड़ी नीचे फूलता जा रहा था धरती की ओर। लेकिन सत्यानाशी आकाश सूर्यदेव को प्रसव नहीं कर रहा था। डायन बुढ़िया राक्षसी मेघ के निन्यानवे हाथ लंबे केश ने एक काले कंबल

की तरह बाल सूर्य को ढक लिया था। दाई की तरह पेट सहला रहे थे छोटे-छोटे हल्के बादल बीच-बीच में। एक-एक बादामी मेघ आकाश के बोझिल पेट को सहला रहे थे। फिर ओड़िया वणिक बादल की तरह वातास की पतवार से धकिया कर आगे जाते किसी अनजान आकाश की ओर। साथ में गंजेड़ी पवन घड़ी-घड़ी बेताल होकर आकाश मथता जा रहा था। महा-महा द्रुमों को अँगुली की पोर पर नचा-नचा कर आक्रांत कर रहा था। निर्बल होकर नब्बे प्रतिशत पेड़ आधी रात तक मत्त पवन के आगे आत्मसमर्पण कर चुके थे। जवान कद्दावर पेड़ों की ठसक कब से टूट चुकी थी। बलवान, मज़बूत, कद्दावर विशाल पेड़ संघर्ष कर रहे थे अंत तक। घड़ी-घड़ी मदहोश पवन बेताल आने की तरह अकथनीय गति से बहने लगा। आत्मगर्वी पेड़ों का अहंकार तोड़ने धड़धड़...गरज कर वचन दे रहा। पत्ते, शाखाओं से टूटकर अंधेरे आकाश में पाखियों के टूटे पंखों की तरह उड़ रहे थे। हवा ऐसी तीखी सख्त छुरी बन गई कि पँसुली से औरतें नारियल की फुनगी छील कर तिनकों के झाड़ू बनाने की तरह डाल से छील रही थी। एक-एक नारियल का पेड़ आँखों के आगे सांप-सा कुंडली बना धराशायी हो रहा था। गुलेल से कंकड़ गिरने की तरह एक-एक नारियल पेड़ गिर रहे थे। चावल से कनकी फटकने की तरह महाद्रुमों को आकाश के विशाल सूप में सांय-सांय करता पवन इधर-उधर हिला-डुला रहा था। पहले उत्तरा, बीच-बीच में पुरवैया और फिर दक्षिणा पवन पृथ्वी को निर्दय हो मथ रहा था! पवन का रोष जर्जर शब्द कालभैरवी हुँकार की तरह क्षितिज की सीमा छूकर समूची पृथ्वी को प्रकंपित कर रहा था।

पेड़ों पर, किसी-किसी मकान की छत पर बैठी-सहमी जनता देख रही थी प्रलय का तांडव, आकाश मंथन कर ग्रह-नक्षत्रों को कक्षच्युत करने की प्रतिज्ञा करने की तरह भीम भयंकर हुँकार के साथ इंद्रदेव के मत्तहाथी की तरह महा तूफ़ान घड़ी-घड़ी अप्रमित होकर बढ़ता आ रहा था एरसमा की ओर।

बेलगाम बारिश आगा-पीछा न सोच, अंधाधुंध बरसती जा रही थी। बारिश की तेज़ बौछार से आँखें चौंधिया रही थीं। पैनी नुकीली बारिश। कतर देती देह की चमड़ी। आँख खोलने की भी हिम्मत नहीं। सब अपनी-अपनी जगह रहकर अंधे की तरह टटोल रहे जीवन नाटिका। आगे क्या है? जीवन या मरण? चारों ओर अंधेरा ही अंधेरा। धूल है या धुआँ? बरखा या कोहरा? आकाश या सागर। सफ़ेद धुआँभरा, सूखे कोहरे की तरह सामने से चढ़ आ रही कोई ऊँची दीवार। अरे यहाँ दीवार कहाँ से आयी? कोई न जाने। मानो आकाश तोड़ कर चक्रवात

चकरी बाण की तरह कराल गति में घूमने लगता और पल भर में पटक देता धरती पर! मानो आकाश खींचतान कर टुकड़े-टुकड़े हो जायेगा। मानो सूरज, चाँद, ग्रह, नक्षत्र, अक्ष से च्युत हो पृथ्वी को विदीर्ण कर देंगे। बादल भरे आकाश के विशाल मकड़जाल में बंदी सूरज अपनी रक्षा के लिए संघर्ष कर रहा था। जबकि आकाश को, सूरज को भालू की तरह नोंच-खसोट कर बेहाल कर रहे हैं तूफ़ान से विध्वस्त आवारा बादल। जूझते-जूझते सुबह आठ बजे पुरवैया और दखिना की फाँक में सांस लेने को तूफ़ान रूपी दानव घड़ी भर रुक गया। कुछ धीमा पड़ गया अवश होकर आकाश घड़ी भर। सूरज के आगे से कुछ खंड बादल हट गए, चारों ओर अजीब-सी पीली धूप फैल गई। पानी उतरता-सा लगा। पर कौन जानता था कि अब शुरू होगा प्रलय का दूसरा तांडव?

तूफ़ान थकान मिटा रहा है, यह सोच लोग जीवन-मरण का संकट भूल कर, कष्ट से कमाई संपत्ति, धन, ट्रंक, बक्से, खाद्य, सोने की खाट, चौकी भाड़ी, सामान ऊपर उठाने के लिए ऊँची जगह से नीचे उतर आये। ऊँचा आश्रय स्थल छोड़ अपने-अपने घर की ओर दौड़े। कोई पट्टा-पावती लेकर भागा तो कोई ग्याभिन गाय को खींच-खींच बालू ढूह के ऊपर लेने बढ़ा। कोई गड़ा धन खोदने लगा। कोई दौड़ा पुरखों का घर न छोड़ने की ज़िद कर रह गए माँ-बाप को लिवा लाने। पर उद्धव मंगवाल और उसका परिवार छान से उतरने का नाम नहीं ले रहा था। शीतल छुरी-सी काटती बरसात में सारी रात पीपल के पत्ते की तरह सभी लोग काँप रहे थे। हाथी की सूँड़ जैसे आकाश ने जो पानी रात भर गाँव में उँड़ेला था अब समुद्र के ज्वार-सा लहरा रहा था गाँव के रास्ते पर। फिर भी समुद्र ने अब तक सीमा नहीं लाँघी थी। पुरवैया पवन से नदी समुद्र ने मिलजुलकर जो ज्वार उठाया था वह कुछ न था। झड़ जब रुक गया, अब समुद्र का भय नहीं। यह बात उद्धव सोच रहा था कि उसी समय छान पर से देखा सिर पर काले स्याह मेघ ढँके आकाश की तिल भर परवाह न कर एक धूसर, धूमाल दूसरा आकाश चढ़ता आ रहा था सामने। सब उधर देख स्तब्ध हो गए। इतने ऊँचे धुएँ के पहाड़-सा जो दानव बढ़ता आ रहा है, उसे आकाश न सोच, समुद्र सोचने की कल्पना कोई क्यों करे?

थम गए आकाश को समूचा कंपायमान कर दखिना पवन कितने वेग से बहने लगा, यह सोचने के लिए किसी का दिमाग काम न करता। 200-250-300 तक बढ़ गया दक्षिणा पवन का वेग, भयंकर गरजन के साथ। टिन की छत उड़ने लगी कागज़ की चिंदियों की तरह। छिन्नपत्र उड़ रहे धूल कणों की तरह, गाय-गोरू

उड़ रहे कटी पतंग की तरह। बिजली के खंभे कमर तोड़ एक पर एक धराशायी हो रहे।

हवा से जान बचाने को जब असहाय मानव ने तूफ़ान से संग्राम जारी किया था, तभी समुद्र में वासुकी नाग ने करवट बदली, सागर का जल गरज के साथ ऊपर उठ आया। सूरज, चाँद, ग्रह, नक्षत्र, आकाश और पृथ्वी को लील जाने के लिए। इंसान तो मामूली जीव है!

आकाश की ऊँचाई पर चक्र-सा घूम रहा था समुद्र। कभी नील, कभी धूमाल, कभी बरछा-सा, कभी आँखें चुंधिया देने वाली तीव्र जल फुहार काट रही हज़ार-हज़ार सिर-पेड़, बालू के ढूह, मकान, कच्चे घर, धनी-गरीब, बूढ़े-जवान बामन, दुसाध। समुद्र कोई भेदभाव बिना रखे घसीट लेता जटाधारी मुहाने होते हुए पेट में। जो पक्के घर के आश्रय में थे, उन घरों ने ही दबा दिया शरणार्थी आदमियों को। एक नहीं, सब बह रहे उस अथाह जल में। क्या किया आखिर समुद्र ने? समुद्र को जीवन सोचा था केवट ने, आखिर समुद्र जीवन ले गया। घर का आश्रय किया था इंसान ने और घर ने ही दबा दिया पाताल में! बाल-बच्चों को लेकर छान पर बैठा था उद्धव। उसके जैसे अगणित असहाय लोग थे। पुरवैया में और एक बार दस किलोमीटर तक चढ़ आया समुद्र का पानी। उत्तरा में पूर्वजों के घर की डीह को दबा दिया अशांत समुद्र ने। दक्षिणा पवन ने खींच लिया अजगर के पेट में समूचा गाँव। राक्षस की तरह चिंघाड़ कर पच्चीस फुट ऊँचा ज्वार चढ़ आया गाँव के अंदर। नरभक्षक बनकर सबको अपने मुँह में खींच ले गया।

पिछली रात चकरा, पदिया ने मिल कर पेट वाली मरुवा कों संदूक पर से घसीट-घसीट उठाकर छान पर सुलाया था। इसी बीच उसे ज़ोरों का दर्द उठने लगा। परंतु तूफ़ान के ज़ोर में वह दर्द कहीं उड़ गया हवा में। तूफ़ान में झुक कर फिर खड़ी हो जाती बाँस के झुरमुट की तरह बाल बिखेरे चित लेटी मरुवा की दोनों जाँघें। और पाँव सीधे हो जाते जान की बाज़ी लगा प्राणों के दर्द को देह में सह पेट में उस काल शत्रु को तूफ़ान के हाथ में सौंप देने के लिए। परंतु अगले पल अविवेकी वातास और ठंडी वर्षा की चोट खा सारा उद्यम विफल कर दोनों पाँव ढीले कर पसार देती पुवाल उड़ती छान पर। ऐसा चल रहा था संग्राम मरुवा और उसके पेट के शिशु का। उद्धव की भार्या और अन्य औरतें निरुपाय होकर सिर्फ़ बिसूर रही थीं। मामी बुढ़िया का इतने युग का घर-गृहस्थ वाला दिमाग इस प्रलय तांडव के अकल्पनीय दृश्य में बिगड़ गया था। वह छान पर मैले कपड़ों की गठरी-

सी सिमटी-गुमटी पड़ी थी और सबको अकथ्य गालियाँ दे रही थी।

इतना कहते-कहते ग्रामदेवी की तरह उद्धव के परिवार की खूँटी उद्धव की मामी मुँह बाये हमेशा के लिए चली गई। समुद्र की गर्जन की बेखातिर कर वह उड़ गई। डूब नहीं गई। चलो, एक कष्ट से त्राहि पा गई! परंतु मरुवा को त्राहि नहीं मिल रही थी। वह मानव शिशु न था, कोई असुर शिशु शायद—आँधी-तूफ़ान देख माँ के प्राण चूसे जा रहा था।

धीरे-धीरे मचान तक पानी भर गया। जिसे जो पेड़ पास में मिला, डाल पकड़ ऊपर उठ गया। जैसे उद्धव का परिवार आम के पेड़ के ऊपर चढ़ गया। पर तब तक पेड़ ने दगा दे दिया। समुद्र के ज़ोर से उसकी जड़ें हिल गईं। वह ढह कर धराशायी हो गया। बह रही एक दूसरी डाल को पकड़कर सब उस पर चढ़ गए।

गर्भवती मरुवा रह गई डूब रहे मचान पर। उद्धव की घरवाली ने मरुवा को छोड़ा नहीं। बूढ़ी मामी के शव के साथ सब डूबते जा रहे थे। तभी दोनों मचान चक्रवात में उलट गए। रक्त डोर में बँधे परिवार के बंधु-बाँधव मिलकर अट्ठाईस आदमी थे। अपना-अपना भाग्य लेकर छिन्न-भिन्न हो गए। बह गए। सिर्फ़ वे ही नहीं बह रहे, हज़ारों लोग समाते जा रहे थे समुद्र के मुँह के भीतर। पत्नी फ़िसल रही थी पति की मुट्ठी से। माँ की गोद से फिसल रहा था बच्चा। उद्धव की आँखों के आगे उसके परिवार के सब समुद्र की ओर बह रहे! पुख्ता तैराक उद्धव की बलवान मुट्ठियों से एक-एक कर फिसल कर जा रहे रक्त की डोर तुड़ा कर। अंतिम निशानी की तरह लाडली पोती देवी का हाथ कसकर पकड़े उद्धव बह रहा था। एक भंवर में पड़ तीन डुबकी खाकर आँखों के सामने बह गई देवी—"दादा मुझे पकड़ो," लहराता शब्द कराल स्रोत में कहीं शामिल हो गया। तभी उद्धव टकराया एक नारियल के तने से, जो नाक तक पानी में खड़ा था नंग-धड़ंग। कुछ टहनियों के साथ आत्मरक्षा के लिए ऊपर हाथ किये प्रार्थना कर रहा था। उद्धव ने विकल हो थाम लिया उसका भीगा तना। हाथ जकड़ गए, पैर चिपट गए, वह ज़िंदा है या मर गया, जानने से पहले पेड़ कमर तोड़ पछाड़ खा गिर पड़ा अथाह पानी में। अथाह पानी उद्धव को कब्ज़े में ले चुका था। नीचे ही नीचे दबाने लगा। उद्धव बहता जा रहा था जटाधारी मुहाने के फुँफकारते मुख की ओर। समुद्र का तैराक उद्धव जीवन की आस छोड़ असहाय हो गया एक पल। परंतु अगले पल साठ पर छः वर्ष की कैवर्त ताकत जाग उठी। कोई अदृश्य प्रेरणा भर गई। पानी

से ऊपर जाग उठी। और वह तैरता चला अनंत पथ की ओर। जीवन का शेष संग्राम कौन बीच में छोड़ देना चाहता है? तभी उद्धव ने देखा, पेड़ के तने से बँधी लड़खड़ाती, ऊब-डूब होती नाव दिख गई। मानो नाव नहीं, मददगार है कोई। उद्धव ने जी जान से नाव को पकड़ काबू में किया। नाव ठीक कर, चढ़ गया। पहले पतवार खोजने लगा। उस विशाल पेड़ के साथ कोई मचान बहता जा रहा था। वहीं से उद्धव ने छान में से एक लंबा बाँस खींचा। कहाँ से इतना बल आ गया, नाव को लेकर चला बह रहे ढेरों लोगों का उद्धार करने। उद्धव तो मंगवाल (नाव रक्षक) है। नाव रहते-रहते, हाथ रहते पतवार के होते, उसने अपने धर्म का निर्वाह न किया तो क्या धर्म इसे सह पाएगा? पर धर्म सहने के लिए उसका धन-जन गोप-लक्ष्मी कोई न था, उस घड़ी किसे किसकी परवाह थी?

उद्धव मंगवाल अकेला नहीं—सब उस दिन अंतिम संग्राम से अंत तक जूझते रहने का प्रण किये थे, हार-जीत का हिसाब न कर। इस संग्राम में हार भी जीत है—जीत भी जीत है। क्योंकि इस संग्राम की घड़ी में जीतना किसी का लक्ष्य नहीं—एकमात्र लक्ष्य है अंतिम सांस तक जूझना—जूझते-जूझते मौत को युद्ध में परिणत कर देना।

उद्धव सैकड़ों लोगों को नाव में उठा एक टापू पर छोड़ता रहा। अंत में इसी बीच एक भंवर में पड़ नाव उलट गई। अनंत पथ में बहते-बहते उद्धव ने मौत को युद्ध में परिणत कर दिया।

~

समुद्र से एकाकार होकर हंसुवा नदी ने सबके होश उड़ा दिये। गर्भवती मरुवा जब बहाव के ज़ोर से मचान से फिसली, पानी में बही, तभी गिरिमा की छाती से फिसला भाग्यधर का अभागा बेटा कपिला! "कपिला रे...कपिला!" दीदी...कह कर तैर-तैर लहर-दर-लहर काट दीदी का पाँव पकड़ रहा था कि हाथ से मागुर माछ फिसलने की तरह मरुवा फिसल गई। जाकर गिरी हंसुवा नदी की भरी पूरी छाती के बीच। पीछे-पीछे बेकाबू गिरिमा। निर्दय पवन इसी घड़ी लट्टू घूमने की तरह घिर्र-घिर्र चक्कर खाने लगा, दोनों बहनों के चारों ओर। पानी में कहीं खो गई मरुवा की भारी देह। दोनों बहनें दो अनजान दिशाओं में बह चलीं। केतकी वन की दिशा में मरुवा और झाँव वन की ओर गिरिमा। तब तक गिरिमा—'दीदी, दीदी' या 'कपिला-कपिला' नहीं चीख रही थी, बस 'माँ बासलेई-माँ बासलेई'

जप रही थी। तैरने के लिए हाथ-पाँव में ताकत नहीं थी। जिस हंसुवा नदी की भादवी शान और चैती ज्वार के दो भाग कर एक बार में केवट कन्या पार कर जाती, आज सारा ज़ोर लगा कर भी नदी का किनारा नहीं पा रही। यह सत्यानाशी समुद्र चार पुरुष ऊँचे नमकीन ज्वार से नदी, नाला, ज़ोर, पोखर, तालाब को चुल्लू बनाकर गाँव-गली निगल चुका था तब तक।

गिरिमा केवल बह रही थी। वह नहीं जानती किधर जा रही है। द्रौपदी वस्त्र हरण की तरह समुद्र आज चीर हरण कर रहा था आदमी, औरत सबका। कमर की गाँठ खुल गई है, जूड़ा खुल गया है। फैल-पसर रहे हाथ-पाँव पेड़ की दो डालों की तरह। गिरिमा देख रही थी बह रहे हैं कई-कई नंगे मर्द-औरत। उनमें से ज़्यादातर मुरदे हैं। गिरिमा को पता नहीं उसकी देह पर कपड़े हैं या नहीं। उसकी परवाह भी नहीं। कपड़े की तो दूर, जान भी है देह में या नहीं, उसे नहीं पता। जो मिलता, जकड़ लेती। पर दु:शासनी तूफ़ान हाथ खींचते हुए यम की राजसभा में ले जा रहा था। काँटे की बाड़ को थाम लेने में गिरिमा का हाथ छिल कर लहूलुहान हो गया। बाड़ छूट गई। बायें हाथ से कुछ और टकराया, उसने टटोला। काँटे न थे, गोल, सख्त, कर्कश चमड़ा, बीच-बीच में योद्धा की मांसपेशी की तरह फूल उठता। कौन योद्धा जिसकी हथेली में गिरिमा की ठंडी हथेली जकड़ गई? वह पहले से समुद्र के आगे आत्मसमर्पण कर चुकी है। सौ कौरवों का बल लगा आततायी ज्वार उसको खींचता। एक ओर समुद्र के पेट को तो दूसरी ओर किसी अनजान योद्धा का हाथ उसे खींचे लिए जा रहा था। पता नहीं किधर, शत्रु के आगे समर्पण कर चुके परास्त योद्धा की दिशा क्या है? भाग्य ही एकमात्र दिशा रेखा है। वह निश्चेष्ट बह रही थी। अब निश्चिंत हो गई, क्योंकि होश खो गए। गिरिमा, परिवार, गाँव सबके बीच उस समय समुद्र एक इहकाल परकाल की दूरी पैदा कर चुका था।

~

बाहर अकल्पनीय तूफ़ान है। मरुवा के हाड़, मांस, अस्थि-मज्जा में एक और तूफ़ान मचा हुआ था। समुद्र को मथ रहा था महातूफ़ान, मरुवा को मथ रही थी उसके हाड़-मांस से बनी संतान। मायके आई थी पहली संतान के सुख प्रसव के लिए। किसे पता था बेताल की तरह अचानक रात में महातूफ़ान आकाश, धरती, समुद्र को मथ डालेगा। मरुवा के बहते-बहते उस का जूड़ा खुल गया। हाँ, जूड़ा न खोलो तो शिशु पेट से न सरके। फूल-नाड़ में बँधा रहे, पेट में रह प्राण ले

लेता है। अतः दयालु ज्वार ने पहले उसका जूड़ा खोल डाला। चक्रवात में बहने के बाद मरुवा में कोई डर-भय नहीं रह गया। गर्भवेदना के सामने सारे कष्ट-दर्द तुच्छ हो गए हैं। वास्तव में गर्भ पीड़ा तो उसकी थी जिससे छूटने के लिए लड़ रही थी। अपने साथ अपने हाड़-मांस के साथ। उफ् कहाँ गये सब? धाय बिना, पहला प्रसव होगा कैसे? किसी ने उसके तने पैरों को दोनों ओर अलग कर भारी देह को कसकर थामा। बारह हाथी केशों को पकड़ कोई घुमा रहा है। मरुवा तूफ़ान, वर्षा, समुद्र, ज्वार की उपेक्षा कर दर्द सहती रही। गरज, बिजली। समुद्री मुहाने से उठ रही गरज कोई सूत भर टाल नहीं पाता बार-बार उठते उस दर्द को। सृष्टि और प्रलय के बीच चल रही रसाकशी क्या एक मानव शिशु की जन्म घड़ी-नक्षत्र को सूत भर टाल सकेगी इतनी बड़ी प्रलय? ना-मरुवा के शरीर को शतधा विदीर्ण कर प्रलय से आखिर सृष्टि छूट आयी। प्रलय पर सृष्टि की जयनाद सुनाई पड़ी। कुंआ-कुंआ उभरने के बाद माँ के अभय जानु के बीच फूल-नाड़ सहित वह लिपटा पड़ा था। केतकीवन में माँ-बेटे निडर पड़े हैं। मायके का केतकीवन कितना अपना है! मरुवा को परम शांति में सुला दिया है। मानो नींद न तोड़ने की सौगंध दे रहा है। केतकी की खुली पंखुड़ियों से अविरत आँसू बह रहे थे। रो-रो कर वह शिशु अपनी जन्म स्थिति घोषित कर रहा था। विजय की शंख ध्वनि की तरह। पर उस ध्वनि को सुनने के लिए पास में प्रलय के सिवा कोई दूसरा नहीं था।

~

हवा का वेग धीरे-धीरे बढ़ते समय वेणुवा को लगा हवा गाँव-गली के पेड़-पौधों के साथ खेल रही है। उसे भी बहुत उचाट लगा। क्योंकि इतने बड़े तूफ़ान का रेल पटरी के किनारे छोटे से स्टेशन की निर्जन जगह में रह कर वह अकेले सामना कर रहा था। इस पर गर्व भी था। इस खुली धरती पर तूफ़ान का रूप क्या होगा, उसके सिवा कोई नहीं जान पायेगा। कल गाँव लौट कर उजाड़ में वात्या के अजब कांड का वर्णन करेगा, सब अवाक् हो सुनते रहेंगे। तूफ़ान से अकेले जूझा, समय पर गेट डाला, खोला, रेलगाड़ी की गति को नियंत्रण में किया और उड़ने वाली गाड़ी को दिमाग लगाकर सँभाल लिया आदि बातें कहेगा। अब सभी विक्रम की कारगिल युद्ध की अनुभूति को तुच्छ बतायेंगे। और कारगिल में तो विक्रम के साथ सैकड़ों सैनिक लड़ रहे थे। उस युद्ध में बहादुरी ज़रूर है, पर

तूफ़ान से अकेले लड़नेवाली बहादुरी युद्ध में नहीं। अत: इस बार अगहन में विक्रम जब लौटेगा, निन्यानवे के तूफ़ान के साथ अकेले जूझकर वेणुधर एरसमा इलाके का हीरो बन चुका होगा। कम-से-कम युद्ध में शामिल न होने का अफ़सोस तो वेणुधर मंगवाल का मिट जायेगा।

आँख जहाँ तक जाती हैं भरे हुए धान के खेत हैं। पके धान के साथ अधपके पौधे बोझ से झुके हैं, बाकी जिधर देखो विस्तृत चरागाह। चरागाह के उस पार श्मशान भूमि। आस-पास के पाँच गाँवों की हज़ारों वर्ष की आत्माओं की सद्‌गति का स्थल। उस स्थल पर चिता की लपटों के साथ आत्माएँ स्वर्गलोक को उठ जाती हैं। उनका मन करे तो उस स्थल पर उतर जन्मभूमि पर तरह-तरह के कांड करती हैं। कभी-कभी रात के गरजने पर वेणुधर को डर लगता। कभी रेलगाड़ी की तरह सीटी बजाकर डर को भगाने की कोशिश करता। कभी मैदान के बायीं ओर दिखती तिरछी माँग रेखा की तरह मुड़ती नदी की धार से कुछ हट कर चार-छह समाधि मंदिर हैं। नदी के उस पार चित्रपट की तरह छोटे-छोटे गाँव हैं। आपदा-विपदा में पुकारने पर कहीं से उत्तर पाना तो दूर, अपनी आवाज़ उपेक्षित होकर लौट आती है। इस उजाड़ में वेणुआ के दिन के साथी, चरागाह में डोल रहे गाय-गोरू, रात के साथी थे पास के पेड़ पर घोंसला बनाये पक्षी। पेड़ रात के अंधेरे में कदाकार भूत की तरह लगते हैं। पक्षियों की किचर-मिचर भय को काट देती है।

उस रात तूफ़ान के ज़ोर से आधे पक्षी उड़ गए अनजान दिशाओं में। बाकी आधे यहीं मरे पड़े थे। उनतीस की भोर में धरती दुलक रही। बड़े-बड़े द्रुम तूफ़ान के हाथी सूँड़ में खींचतान कर नीचे लेट गए। पवन ने बुलडोज़र चला पहले वेणुवा के छोटे घर को चूरमार कर दिया। दाँत किटकिटाकर आकाश ऊपर से बाण चला रहा था। मानो युद्ध भूमि में खड़ा है निहत्था एकाकी वेणुधर। हवा में उड़ जाना तय समझ लेवल क्रॉसिंग के खूँटे से खुद को बाँध लिया लाल अंगौछे से। आस-पास के सारे लोग टूट पड़े दूर दिख रहे महादेव मंदिर की ओर। वेणुधर को बिना जाने पहचाने भी आवाज़ दे रहे—"कौन है भई, मरने के लिए वहाँ क्यों खड़ा है, इधर आ जाओ...आओ। तूफ़ान की आँख एरसमा इलाके पर पड़ी है। ढाई-तीन सौ कि.मी. की रफ़्तार से आ रहा है तूफ़ान। यह खूँटा न टिकेगा-देखो पटरी हिल उठी है—क्यों मौत के मुँह में खड़े हो?"

वेणुधर गुमान करने की तरह खड़ा था। जो लोग मंदिर और मंडप की ओर दौड़े हैं उनमें कोई इसके जैसे ड्यूटी पर नहीं। वेणुधर ड्यूटी पर है। रेलगाड़ी आने

का समय हो गया। पटरी लाँघकर लोग झुंड में इधर-उधर हो रहे हैं जान के भय में। कुछ समय में वेणु गेट डालेगा। वरना रेलगाड़ी पता नहीं कितनों को दबा देगी। ज़रा-सी असावधानी का फल कितना भयंकर, वेणुधर जानता है। पटरी कुछ आगे पुल पर गई है। पुल कड़मड़ा कर टूटने के साथ पटरी मुड़ कर झूल रही है, मानो माथे पर बँधा रिबन ढीला होकर झूल रहा। इस समय गाड़ी आ गई तो महा विपद! कुछ भी हो गाड़ी रोकनी होगी। उफ् वेणुवा इन स्वार्थी लोगों की बात में पड़ ड्यूटी छोड़ दौड़ न सकेगा। इतना पाप? लाल अंगौछा कमर से खोलकर फहराने के लिए वेणुवा तैयार हो रहा था कि अचानक उसे ड्यूटी की जगह से हटा दिया गया। चक्र तूफ़ान मत्त हाथी-सा चढ़ आया। फूँक में उड़ा दिया गाय-गोरू, बटोही-आदमी, पेड़-पौधे, घर-द्वार, बिजली के खंभे को कमर-और पाँव मोड़ कर अष्टावक्र की तरह पटक दिया। वेणुवा की पतली देह उड़ कर टकरा गई पटरी के उस पार खड़े सीमेंट के खंभे से। वेणु की खोपड़ी फट कर चूर! मुँह टुकड़े-टुकड़े। देह छितरा गई। मांस कतरा-कतरा हो बिखर गया। जवान देह का ताज़ा रक्त बारिश में मिलकर फैल गया। तूफ़ान की मज़बूत बाँहों ने उसकी फटी-टूटी काया को उठा कर पटरी पर टूटे पुल पर डाल दिया। निरस्त्र वेणुधर कर्तव्य करते समय तूफ़ान के साथ अकेले जूझता हुआ शहीद हो गया। कोई जान न सका। उसकी शिनाख़्त करने को न कोई भाई-बंधु, कुटुंबी, गाँववाला था न था मनुष्य की अपनी पहचान कराने वाले वेणुधर का सरल श्यामल, कर्तव्यपरायण चेहरा!

दस

जीवन में कितनी बातों पर आदमी पछताता है। ऐसा आदमी नहीं जो समय पर ठीक काम करता चलता है और जीवन में कभी नहीं पछताता। केतकी सही समय पर सही काम नहीं सीख पाई। अतः उस दिन पछता रही थी। अगर इस विकट तूफ़ान के पंजे से छूट गई, तो ज़रूर वह बात सीख लूँगी जो सीखनी थी नदी नहाने जाने की उम्र में। आज पछताकर क्या लाभ? मौत तो द्वार पर खड़ी है!

सहेली गिरिमा ज़िद्दी, लापरवाह, रणचंडी है, कुछ भी हो बात पते की कह रही थी। केतकी को कई बार नदी में धकेला है गिरिमा ने। केतकी डूब-डूब मरते-मरते भाग्य से बच गई। महीने भर पहले जब गिरिमा का ब्याह षंडकुद में तय हुआ, तब उस दिन चिलचिलाती दुपहर में नदी किनारे बैठ मीत के संग दोनों मिल नमक-मिर्च लगा बिजौरा खा रही थी। तभी गिरिमा ने अचानक कहा—''चल तू और मैं नदी में कूदें!''

''क्यों? क्या तूने पाप का पेट रखा है? क्यों कूदेगी नदी में? पर त्रिबार सत्य कहती हूँ। मेरा पाप का पेट नहीं। ऐसा मेरे भाग्य में भी नहीं। मैं क्यों तेरे साथ मरूँगी? केतकी बिजौरे के रस का चटखारा लेकर हँसते हुए पानी में लहरें उठाने लगी!''

''छिः, कैसी बेलज्ज बात कहती हो, ? पाप का पेट क्यों होगा? इस गाँव में गिरिमा केवटनी के लिए ऐसा कोई नागर नहीं कि गिरिमा राह भटकेगी। पाप का पेट रखे बिना नदी में कूदने से किसी का क्या नुकसान होगा? औरत जन्म में ऐसा क्या सुख उफनता है कि वही बूढ़ी होने तक जीती रहूँ?'' गिरिमा ने कहा। केतकी ने आँख तरेर कर देखा गिरिमा के कच्चे कुम्हड़े-से सांवले चिकने चेहरे की ओर। कहा—''क्या सुख कम पड़ गया? कुछ महीने में तो उस पार वाले गाँव जाना है। मेरी तरह अभयपुर में जन्म लेकर यहीं मरना है? फिर नदी में कूदना

क्यों?'' गिरिमा ने कहा—''सखी री, केवल उस पार के गाँव जाना क्या औरत जन्म की सार्थकता है? इतना न हुआ तो सब खत्म? उस पार गाँव में ही केतकी का फूल खिलता है? क्या उस गाँव की माटी से ही मीठी महक उठती है?'' बिजौरा खाते हुए केतकी ने कहा—''सुन सखी, तू सोच मत कि केवल मीठे में ही स्वाद होता है। खट्टे में भी एक स्वाद है। यह खट्टा बिजौरा क्या सुवादी नहीं है? तो हम इसके-उसके बाड़ी से बिजौरा चुरा कर यहाँ बैठी क्यों टिचकारी छोड़ रही हैं? हर द्रव में मीठा है, मीठा मूल है। मन की भावना पर मीठा-खट्टा निर्भर करता है। भात-तरकारी, इमली, कमरख सबसे मिठास निकलेगी अगर उसे तुम प्रेम से खाओगे। वरना सब चीज़ खट्टी, तीखी, कड़वी। आखिर अपना जीवन भी कड़वा लगेगा। चाहना ऐसा द्रव्य है कि वहाँ मीठा, खट्टा, कड़वा, नमकीन सब मधुर हो जाते हैं। खट्टे से मीठा स्वाद निकालना ही जीवन है! डोम, ब्राह्मण, किसान, क्षत्रिय, केवट, तेली, दलित सब मनुष्य के रूप में एक हैं। इस पार-उस पार के गाँव भी मेरे लिए एक हैं। मुझे तो इसी गाँव में जीना है, इसी में मरना है। सरस जीवन जीया है मैंने। यहाँ सब मीठा लगता है, यह बिजौरा भी।'' चटखारे के साथ आँख मींच मुँह पिचका कर रस चूसकर केतकी ने कहा—''वाह कितना मीठा है!''

गिरिमा ने कहा—''मुझे तो मीठा भी खट्टा लगता है। अतः नदी में कूद जाऊँगी। मेरी जान से प्यारी सहेली है तू, साथ में लेकर कूदूँगी। छोड़ कैसे जाऊँगी?'' झट-से केतकी को खींचा और उफनती नदी में कूद गई गिरिमा—खुद तैर-तैर जल क्रीड़ा करती रही। उधर तैरना बिलकुल न जानती केतकी ऊब-डूब हो पानी पी गई। हाथ पकड़ घसीट कर गिरिमा उसे किनारे ले आयी। हँसते-हँसते लोटपोट। सहेली के पेट से पानी निकालकर कहा—''शरम नहीं तुझे सखी! नौ नदियों के जाल में, सागर की गरजन के भीतर हमारा गाँव। तुझसे ढेरों छोटे बच्चे तैरने में उस्ताद हैं। तू अधबूढ़ी हो चली, हाथ-पाँव भी नहीं चला पाती? गाँव में तुझे छोड़ कोई लड़की है जो तैरने में बुद्धू है? कभी किसी से ब्याह की बात चले तो तैरना न जानने के मुद्दे पर टूट जायेगी। केवल पान बनाकर कोई जी नहीं सकता। उसके साथ कई-कई लहरों को भी साधना होता है। बाकी सब छोड़—बाढ़ आ गई तो पहले तू मरेगी या नहीं? नदी पार करते नाव उलटी—तो पहले कौन मरेगा? अतः बहाने बना तुझे नदी में धकेल देती हूँ। मरते-मरते बचती है। पर तू है कि अब तक तैरना नहीं सीख सकी। आज तुझे तैरना सिखाने के लिए इस धूप में यह प्रपंच रचा। तुझे जानबूझकर धकेला, पर तू बिजौरे के रस में डूब

कर उठी भाव, नाव और प्रेम से...!''

''प्रेम? धेत्! गोबर! हमारे जीवन में खाना कहाँ, पहनने कहो, जीना कहो, चाहना, न चाहना कहो, इनका कोई मतलब है? नसीब में जो मिला, उसे रो-हँस चाहना होगा। फिर भी जीवन सबसे सार है! मैं जीवन को चाहती हूँ। तू भी अपने जीवन को चाहती है, इस पार या उस पार, मेरा जीवन मेरा है। उसे गंवाने का प्रश्न कहाँ? फिर भी तैरना जानना ज़रूरी है। हमारे गाँवों में हर साल बाढ़-तूफ़ान...''

केतकी ने लापरवाही में ही कहा, ''अपने जीवन से मुझे प्यार है। लेकिन मेरा जीवन है, मेरा छोटा बारह साल का भाई अइंठू! अभी से वह अच्छा तैराक है। उसकी बाँहों पर कई नदी पार कर सकती हूँ। अब इस उमर में तैरना सीखकर क्या करूँगी?''

कुछ दिन पहले दोनों सहेलियाँ नदी तट पर ऐसी बातें कर रही थीं। केतकी आज उसी पर पछता रही है! सच, गिरिमा-सी तैराक होती, तो जीवन के लिए छाती धुक-धुक न होती। समुद्र उफने तो अइंठू तैर-तैर कर कहीं भी पहुँच जायेगा। पर केतकी डूब मरेगी—सखी कल कह गई थी! केतकी तब ज़बान नहीं खोल सकी। केतकी के घर इस साल मचान नहीं बँधी, फूस को हवा उड़ा ले गई थी। केतकी की आशा-भरोसा कोई नहीं। अइंठू पेड़ पर चढ़ना जानता है, नदी में तैरना जानता है। जैसे भी हो भगवान ही बचायेंगे उसे। मगर केतकी और बूढ़ी दादी करेंगे क्या? बाप-दादा के ज़माने की पान की मचान उसके लिए सुरक्षा स्थल थी। मचान ऊँचाई पर थी। समुद्र और पान की मचान के बीच पतला झाँव वन था। इसी आस में वह दादी को लेकर अइंठू के साथ गुरुवार सांझ से ही चली आयी पान की मचान पर आसरा लेने। साथ में मूड़ी, चिउड़ा, गुड़ की पोटली थी। बाकी चीज़ें काठ के संदूक में रख ताला लगा आयी। चाभी पल्लू में गाँठ बाँध ली और कमर में झुला दिया। अब निश्चिंत! मचान पर काफ़ी ऊष्मा लग रही थी! केतकी ने अइंठू को समझाया—''सुन! सचमुच समुद्र चढ़ आएगा तो उस बरगद पर चढ़ जायेंगे। पकड़-धकड़ दादी को भी ऊपर ले लेंगे। बरगद काफ़ी मज़बूत दिखता है। पेड़ पर बूढ़े पीर हैं। कभी उखड़ेगा नहीं। वैसे हमारी मचान की ओर समुद्र फन नहीं बढ़ायेगा। पवित्र पान की मचान है। इधर अनर्थ क्यों होगा?''

सूं-सां हवा में पान की मचान पीपल के पत्ते-सी थर्राने लगी। दीदी के चेहरे को सहमा अइंठू देख रहा था। दादी आकाश-पाताल की बातें कर रही थी। मचान के किनारे टिक गई। आँखें मूँद कुछ जपने लगी। मचान पर से अनर्गल

पानी बहने लगा, चारों शरणार्थियों पर। देह सिहर उठी। केवल भोर की प्रतीक्षा ही चारों प्राणियों का लक्ष्य था।

~

मासूमा गुरुवार दुपहर गई थी केतकी दीदी की पान की दुकान पर। तूफ़ान के हांव-हांव में काफ़ी मज़ा लग रहा था! विश्वास नहीं होता कि समुद्र वास्तव में चढ़ आयेगा और दुनिया उजाड़ देगा। उसने सोचा था कि लहरें गाँव के रास्ते पर अठखेलियाँ खेलकर लौटते समय किचर-मिचर सीपियाँ बिखेर जायेंगी, चील आँख वाले केकड़ों की माला फैल जायेगी गीली रेत की चिकनी छाती पर। मासूमा खूब सीपी चुनेगी। उस दिन केकड़े की चटनी भी जमेगी। केतकी अपनी दुकान बंद कर आयी तो साथ में मासूमा भी थी। मासूमा अपनी माँ के साथ यह पोटली बाँधने का काम छोड़ भाग आयी थी। माँ का बताया काम करना किस बेटी को अच्छा लगता है ? पर केतकी जीजी के साथ मिलजुलकर सामान बाँधना-जोड़ना अच्छा लग रहा था। केतकी जीजी बहुत मेहनती ठहरी।

छोटी-मोटी चीज़ें हिफ़ाज़त में रखते-रखते अंधेरा, वर्षा, हवा एक साथ बढ़ आये। केतकी दीदी ने मासूमा और अइंठू को साथ लिया, पोटली वगैरह लाद बुढ़िया का हाथ थाम चल पड़ी पान की मचान की ओर। उसका मन था पान की मचान पर रात बितायेंगे। क्योंकि उसने सुन रखा था कि नागलोक से राजकुमार आकर आंधी-बरखा में वहीं केलि क्रीड़ा करते हैं। वे किसी की हानि नहीं करते। नाच-नाच कर अदृश्य हो जाते हैं। नाग राजकुमार आयें या न आयें, झड़-बरसा में बुढ़िया से वहाँ बैठ कर भूतों, परियों की कहानियाँ, दस राजकुमारों के किस्से, अबोलकरा की कहानी सुन-सुन कर रात बिता देंगे। निश्िंचत मन से मासूमा रुक गई मचान पर।

तेज़ बारिश होती रही। चिवड़ा-गुड़ खाकर सिमट-गुमट सब बैठे रहे। देह में ठंड समा गई। आकाश बरसा नहीं, मानो ठंड उँड़ेल रहा है। बुढ़िया ने थरथराते स्वर में नागलोक के राजकुमार की बात कही, बीच में बूढ़े की बात छेड़ी। लौट गई पुराने सपनों में। अपने खोये यौवन के दिनों में। बातों ही बातों में बूढ़े की कहानी खत्म हुई। बूढ़ी ने खँखार कर गला साफ़ किया। छाती में घड़-घड़ होने लगा। अस्पष्ट स्वर में कहने लगी—''रहने दो''...बस, बुढ़िया हमेशा के लिए शांत हो गई। सब दु:ख में उदास हो गए। बूढ़े के अंतिम दिनों की बात स्मरण कर। इसके बाद बूढ़ी की देह ठंडी हो गई। सांस बंद। छाती में धड़कन नहीं थी।

बिना दाँत का मुँह खुला रह गया। तीनों बच्चे भय में, दुःख में सहम गए। पान की मचान एक रेत के ढूह पर थी, अतः बरसा का पानी नीचे बह जाता। मगर आधी रात होते न होते हवा की रफ़्तार बढ़ने लगी—पान की मचान धँस गयी। आश्रितों के ऊपर। जब तक खुद को मचान से बाहर निकालें तब तक सामने समुद्र आ खड़ा हो गया मचान की छाती पर। मचान की एक भारी पर केतकी और मासूमा बहती जा रही थीं। अइंठू पता नहीं बरगद की जटा पकड़ झूल गया या ऊपर चढ़ गया था। एक लहर में घूमते-घूमते मासूमा और केतकी दोनों दो दिशाओं में तिनके-सी बह गईं। पता नहीं कितनी देर बहने के बाद मासूमा ने अपने को पाया इमली के पेड़ के ऊपर। वह धोबेई जंगल का पेड़ है—यह भी पता नहीं था मासूमा को। पता नहीं कैसे बच गई, अल्ला को हाथ जोड़े।

धोबेई जंगल कभी बाघ-भालुओं से भरा था, चोर-डाकुओं का अड्डा बन गया था। अब उधर कोई कौवे या चिड़िया तक नहीं मिलती। मासूमा जब छोटी थी, कई बार बापू सालबेग की साइकल के पिछले कैरियर पर बैठ पाचेरा हाट गई है। पाचेरा हाट पार करने पर धोबेई जंगल में कुचला का जंगल और बेंत के झुरमुट। बावन भूत की तरह खड़े हैं ऊँचे-ऊँचे, घने इमली के पेड़। उसे रहस्यमय राज्य जैसे दिखते हैं। कितनी बार बापू के पास मिन्नत करती—अबाजान! चलो ना, इमली के पास। वहाँ की इमली में खटास नहीं, मिठास होती है। कहते हैं पहले चोर-डाकू जंगल होकर जाते, बटोही के रुपये-पैसे लूट, उन्हें मार पेड़ के नीचे खून खींचते। अतः धोबेई जंगल के बेर, इमली, आदमी का खून पीकर मीठे हैं। सालबेग भी जवान था। बेटी को ले धोबेई जंगल जाता। पेड़ पर चढ़ गुच्छे के गुच्छे इमली तोड़ कर बेटी को देता।

पर मासूमा के बड़ी होने के बाद और अबाजान सालबेग स्वयं के अधबूढ़ा होने पर हाट नहीं ले जाते। इमली के पेड़ पर चढ़ कर पकी इमली तोड़ कर नहीं लाते। धोबेई जंगल है पाकिस्तानी टोले से काफ़ी दूर! वह अकेले कैसे जाती? उस दिन मासूमा चार पुरुष समुद्री पानी में बहती-बहती धोबेई जंगल तक पहुँच गई। इमली की मोटी डाल को पकड़ लिया कस कर और जड़-सी हो गई।

मासूमा की पीठ की चमड़ी छिल गई थी। बेंत-झुरमुट में उलझा कर उसे लपेट लिया दुःशासनी तूफ़ान ने। बेंत के काँटों से पीठ की सारी चमड़ी छिल गई थी। उस पर टकरा रहीं समुद्र की नमकीन लहरें—कटे घाव पर मिर्च की तरह। समुद्र कितने ऊँचे ऊपर आ रहा, हिसाब कैसे लगाये? मासूमा का क़ोमल भेजा,

ऊपर से अनवरत बरसा की धार, घायल पीठ को नोंच रही थी। मासूमा के दुबले-पतले शरीर से मोटी काली साड़ी उतार तूफ़ान के दु:शासनी हाथों ने झुरमुट पर टाँग दिया था। तूफ़ान के हाथों अपनी नंगी देह की उस घड़ी किसे चिंता? पेट की भूख, पीठ के दर्द ने लाज-शरम सब भुला दी। आदमी का बाहर से ज़्यादा भीतर वाला कष्ट देता है। बाहर की अवदमित माँग पूरी न होने पर आदमी खुद को कमज़ोर समझता है। अंदर की माँग पूरी न हो तो पागल कर देती है। पिछले 36 घंटों में उसके पेट की माँग उसे पागल करने की जगह उसके प्राण लेने पर उतारू थी। इमली के पेड़ पर फल तो दूर कोई डाल या पात भी न था। किसे खाकर हिम्मत जुटाती?

आँखों में सूई-सी चुभती ठंडी पैनी वर्षा की फुहार! आँख मूँदे बुरी तरह काँप रही थी। भय से नहीं, भूख से नहीं, शीत में इमली के पेड़ की टहनी से मासूमा का हाथ ढीला होने लगा। नीचे अथाह पानी ही पानी। कुछ देर बाद कुछ आँख खोल आस की उजास खोजने लगी मासूमा। शायद कहीं आसरा या भरोसा मिले! वह ज़्यादा समय तक पेड़ थामे रह नहीं पायेगी। अधखुली आँख फिर बंद हो गई। ठीक पाँव के नीचे इमली की जो मोटी डाल थी, दो भाग हो फैली थी, उसकी खोह में बैठा था एक भूत! भूत या धोबेई जंगल का झपट्टा मार डाकू! मासूमा का हाथ छूट गया। वह नीचे गिर पड़ी। सीधे भूत पर जा गिरी! सांय-सांय हवा—वर्षा की बौछारें पड़ रहीं, मासूमा और भूत पर! भूत से भी निर्दयी थी बारिश! मासूमा ने जान बचाने के लिए भूत को पकड़ लिया! अनजाने ही डाल से हाथ छोड़ मासूमा को बचाने या खुद को बचाने, भूत ने भी मासूमा को पकड़ लिया। और मासूमा सहित उस अथाह समुद्र में गिर पड़ा। इसके बाद भूत और मासूमा दोनों डर-भय, भूख-प्यास की पीड़ा से मुक्त होकर रत्नाकर के रत्नभंडार की ओर नीचे मुँह कर डूब गए!

आहा! भूत नहीं था! कोई रक्षा करने वाला आदमी था। मुसलमान मासूमा को बचाने के लिए पेड़ से हाथ छोड़े—प्राण ही दे दिये।

अपने प्राण छूटने से पहले मासूमा चिल्लाई—हाय अल्लाह!

~

मंत्री मल्लिक शुरू से आवारा था। अत: अपना जीवन बचाने की फ़िकर कभी न रही। मगर उसके मन में गाँव के छोकरों की चिंता का बोझ लदा था। अपने सिर पर—ताड़पत्ते की छतरी लगा लाठी लिए सारे गाँव में इस छोर से उस

छोर फिरता रहा। गुरुवार सुबह से। ''होशियार...खबरदार! उनचास पवन बहेंगे। समुद्र चढ़ आयेगा। पक्के मकान, ऊँची जगह भागो!'' चिल्ला रहा था। हरिजन बस्ती, पठान टोला वगैरह में आधे लोग आनेवाले तूफ़ान के भयावह वेग के बारे में जान पाये अब मल्लिक के चीखने-चिल्लाने पर। उसके भाई-बहन, माँ-बाप की इतनी चिंता क्यों? वह तो त्याज्यपुत्र है। श्मशान में मुर्दा फूँकने वाला है। हरिजन बस्ती इतनी नीची ज़मीन पर है कि हर साल बरसात में दीवारें धँसती हैं, घरों में पानी भर जाता है! मल्लिक जानता है। अब अगर सचमुच समुद्र आ ही गया, तो इस बस्ती का नामोनिशान नहीं बचेगा! मंत्री मल्लिक को साफ़-साफ़ दिखने लगा। पता नहीं, अरे बप्पा ने क्या व्यवस्था की है?

भार्जन के साथ मंत्री मल्लिक की उसी दिन से बातचीत बंद थी, जब सबके सामने भार्जन ने घोषणा की—''मेरे लिए मंत्री मर गया! मैंने मंत्री को त्याज्यपुत्र किया!'' बाप-बेटे आमने-सामने पड़ते तो भी मुँह फिरा अनजान की तरह निकल जाते। गाँववालों का ख़याल था कि बाप-बेटे एक-दूसरे का चेहरा भी भूल गए होंगे। बेटे मंत्री ने भी घर छोड़ने के बाद कभी हरिजन बस्ती की ओर कदम नहीं रखे। तूफ़ान की बात सुनने के बाद 'होशियार, ख़बरदार' कह सबको सतर्क करा रहा था। मगर बचपन में छोड़े घर-आंगन की ओर सिर उठा कर भी नहीं देखा। क्यों झूठे ही थूका हुआ चाटें! छूटी माया डोर में गाँठ क्यों लगायें! वह जानता है कि बाप के लेखे में मर चुका है। पर माँ के लिए नहीं मरा। माँ का सदा का लाडला बेटा है। माँ की नज़रों में वह सदा का भोला-भाला पगला है। पर्व-त्योहार पर माँग लाये पुआ-मिठाई लाकर श्मशान में उसके घर पर दे आती। मंत्री मना नहीं करता। गाँव में और कई माँएँ, मौसियाँ उसके लिए मीठा-सीठा भेजतीं। माँ उन्हीं में से एक थी। पर माँ के लाए द्रव्य को पहले क्यों खाता? माँ के सिझाये साग-पत्ते भी उसे क्यों स्वादिष्ट लगते? छोड़ो—माँ माँ होती है! ज़्यादा गहरे नहीं जाता मंत्री मल्लिक।

मंत्री मल्लिक रास्ते पर खड़ा हो जानना चाहता है कि मेरे नौ भाई-बहन, माँ-बाप ने तूफ़ान से पहले कहाँ सिर छुपाने का तय किया है। मन को समझाया, कंडरा बस्ती के बाकी लोगों ने भी बचने की जो व्यवस्था की होगी, बापू ने भी वैसी व्यवस्था की होगी। श्मशान में मेरा कोई पक्का मकान है कि बप्पा-माँ, भाई-बहनों को बुला ले आता?

तभी मंत्री के आने की खबर पाकर माँ झोपड़ी से बाहर आ गई। प्रसाद मुँह में डालकर मंत्री का सिर हाथ-पाँव सहला दिये। रो पड़ी। पूछा—''कुछ खाया

या नहीं? झड़ी बरसा तो हो रही है। हमारे यहाँ चूल्हा नहीं जला। घर में घुटनों तक पानी है। आगे क्या हो, राम ही जानें! बेटे, तूफ़ान में तू कहाँ रहेगा? तेरी ज़रा-सी झोंपड़ी तो तिनके की तरह बह जायेगी, बेटे!" मंत्री ने चिड़चिड़े स्वर में उल्टे पूछा—"तुम लोग कहाँ रहोगे?" माँ ने उत्साह में कहा—

"हम जा रहे हैं कुंडल गुसाईं जी के घर! उनका गुहाल, बाड़ी इतने ऊँचे पर हैं कि समुद्र का पानी वहाँ नहीं पहुँचेगा। गुहाल छप्पर फूस के भले ही हैं, पर दीवारें तो ईंट की हैं। समुद्र कितना ऊँचा आयेगा?" गुसाईं ने बस्ती के सब से कह दिया—

"गुहाल घर का बरामदा, घर, बाड़ी सब हम लोगों के लिए खोल दिया है। कार्जी बेहरा ने कुछ नारियल पेड़ बिना झाड़े छोड़ दिये हैं। तेरे बापू गए हैं वे पेड़ झाड़ने। उनके लौटने पर हम सब बोरिया बिस्तर लेकर गुसाईं जी के घर चले जायेंगे। समझे रे पगले! आज तक हमने सोचा था कुंडल गुसाईं का मन पत्थर है। गरीबों के लिए तिल भर दया-माया नहीं। अछूत जात वालों के लिए मन निष्ठुर है। तुझे जबसे श्मशान में मुर्दा फूँकने वाला बनाया, मेरा मन नहीं करता उन्हें प्रणाम करने को। पर बेटे! वे तो अजीब हैं! जीवन की परवाह न कर, इधर से चरणामृत लेकर गया है समुद्र को बाँधने। सारे गाँव, हर बस्ती में वह जल छिड़क-छिड़क गया है। एक झोले में थे ग्रामेश्वर को अर्पित फूल! जिससे भी मिलता उसे फूल देता। हमारी बस्ती में आकर पादुक छिड़का, तेरे बप्पा को फूल दिया। मुझे अलग से फूल दिया, कहा—

"ले, अपने श्मशान वाले बेटे को देना। मेरे हाथ से वह नहीं लेगा। जानता हूँ। पर मैं मंगल कामना करता हूँ मंत्री की माँ, वह बच्चा ज़िंदा रहे! ऐसा बच्चा आस-पास दस गाँव में नहीं मिलेगा। दोष इतना ही है—बामन गुसाईं, गुरुजनों के आगे वह झुकेगा नहीं। जब वह कांड किया, हालाँकि उसने जानबूझकर नहीं किया! बता, तुझे गुस्सा आयेगा या नहीं? किसे नहीं आयेगा? भार्जन के सिर पर कौवा बिष्ठा करे, वह गुलेल से मार डालेगा या नहीं! मैंने गाँव से उसे त्याज्य किया, उसने पैरों पर गिरकर क्या माफ़ी माँगी? इतना करने पर क्या मेरा गुस्सा ठंडा नहीं पड़ता? गुस्सा—वह तो चंडाल है। बामन का कोप होता है महाब्रह्म चांडाल! माना मेरा दोष है! पर सच कहूँ, मंत्री की माँ, उस छोकरे पर बड़ा प्यार आता है। मंत्री मल्लिक का कुंडल पंडा की ब्रह्मशक्ति पर भरोसा हो या न हो—ठाकुरजी की शक्ति पर विश्वास था। अतः कुंडल पंडा के हाथ से मिले चरणामृत पर भरोसा था। ज़्यादा भरोसा कुंडल की बातों पर था। ऐसी घड़ी में गुसाईं ने झूठ

नहीं कहा। जिसने अपनी परवाह न कर समुद्र बाँधने को वर्षा-तूफ़ान में नाव बढ़ा दी, वह तूफ़ान को न मोड़ सके—यह बात दूसरी है, पर अपने विश्वास पर अटल रह गाँव के मंगल के लिए जीवन की बाजी लगाना मज़ाक नहीं। कुंडल की तरह गाँव का हित चाहने वाला पुरोहित पूरे गाँव या इलाके में कहाँ? मंत्री ने मन-ही-मन गुसाईं को प्रणाम किया। तय किया कि तूफ़ान रुकने पर स्वयं जाकर कुंडल गुसाईं से पाँवों में पड़ क्षमा माँगेगा। कहेगा—"गुसाईंजी, जो हुआ, वह अनजाने हो गया। आप पेड़ के नीचे बैठे हैं, यह जानता तो मैं इतना नासपीटा कांड न करता?"

माँ को देख मंत्री ने कहा—"माँ, बच्चों को लेकर तुम सब गुसाईं के घर जाओ। मैं चला अपनी झोंपड़ी में। मेरी झोंपड़ी रेत पर घोंघे की तरह नगण्य है, पर श्मशान के किनारे हाँडी दिया बरगद जितना ऊँचा है, जितना लंबा-चौड़ा है, मज़बूत है, उसके बराबर पक्का मकान भी गाँव में कहाँ? नदी के उस पार बालू के ढूह पर ज़मींदार की जो पुरानी कोठी है, वहाँ भूत-प्रेत रहते हैं। उनसे भी पुरखा है बरगद। मन है कि वहीं एक खोह में बैठकर देखें—बारह हाथ की तलवार लेकर कल्कि अवतार समुद्र के काले घोड़े पर सवार हो कैसे आयेंगे—पापियों का नाश करेंगे। तूफ़ान थमने के बाद गाँववालों को बतायेंगे। हाँडी दिया बरगद-सा निर्भय आसरा और कहाँ इस गाँव में।"

तभी सूखे खजूर की डाल जैसी हड़ीली छाती दिखा अधेड़ भार्जन मल्लिक आ पहुँचा नारियल की दो टहनी सिर पर लिये। पास आने पर चेहरा हताश दिख रहा था। अन्य दिन होता तो मंत्री मल्लिक राह छोड़ चल देता। भार्जन भी दूर से मशान फूँकने वाले को देख घरवाली पर चिल्लाता—"चांडाल को घर में मत घुसने देना।" मगर उस दिन पता नहीं क्यों मंत्री ने अपने बप्पा को सिर से पाँव तक सात बार देखा। सोचता रहा—'इस बीच कितने बरस बीत गए जो बापू एकदम बूढ़ा हो गया।' भार्जन का चेहरा हड़ीला हो गया और कटा होंठ खुला था। 'इस बीच बड़ा दाँत समय से पहले गिरकर एक सुरंग खुल गई जैसा दिखता है। उसमें से कितनी मेहनत और भूख-दु:ख के अंधेरे दिख जाते हैं।' मंत्री को भार्जन का चेहरा बहुत अभार्जन लगा। जितना विकृत नहीं, उतना विकल, विफल दिखता है बप्पा का चेहरा। मानो घर का बड़ा बेटा होते हुए भी मशान फूँकने वाला बनने के कारण बप्पा बुढ़ापे में इतनी मेहनत करता है! बरसा-आंधी में भी पेड़ झाड़ता है। उसमें से टहनी सिर पर ले आया लोभ में, पुरानी उजड़ी छान पर डाल देंगे। तूफ़ान क्या इन टहनियों को रहने देगा? आदमी की आस देखो—मगरमच्छ लेकर

नदी के बीच पहुँच चुका—बप्पा सूखी टहनी लेकर सोचता है उसके झोंपड़े को पवन देवता, प्रसाद पर जल छिड़कने की तरह भिगो कर बाकी सारे गाँव को निगल जायेगा। कितना सरल है बप्पा! गरीब है। कितनी छोटी-सी आकांक्षा? पर मानव जन्म पाकर वो भी पूरी न हो सकी! नाहक ही इतने साल बापू की ओर नहीं देखा! यह क्या न्याय है? बेटे के रूप में क्या कर्तव्य किया? अचानक मंत्री की पथरीली आँखों पर बादलों ने पंख झाड़ दिये। अंगोछा लेकर आँखें पोंछ लीं। तूफ़ान आने से पहले ही इतने दिन का सख्त पत्थर चूर-चूर हो गया! कहने न कहने की दुविधा में भार्जन ने पीछे से लड़खड़ाते स्वर में कहा—"सुन! माँ से चरणामृत लेता जा। ग्रामेश्वर का चरणामृत! वे ही रक्षा करेंगे। और कोई नहीं रख सके। यह तूफ़ान इकहत्तर, बयासी वाला है, हवा सबसे तेज़ बहेगी! प्रलय होगी अबकी बार! कुंडल पंडा, पंचक पंडा, दानकर्ण मिस्सर सब कहें...!"

मंत्री के मुँह से निकल आया—"माँ से चरणामृत लिया है। तुम सब जल्दी से गुसाईंजी की डीह चले जाओ। वरना वहाँ भी जगह न मिलेगी!"

"और तू?" बापू के स्वर में आतुरभाव था।

"मेरी चिंता न करो। और कई बस्तियों में जाकर झटपट खबर देनी है। वरना तुम्हारी जूँ की तरह अपनी डीह से चिपटे सब पड़े रहेंगे अभयपुरिया—मैं चलता हूँ।" बापू ने फिर एक बार नज़र डाली तब तक इतने दिन का मान-गुमान कहीं उड़ गया। दोनों एक-दूसरे को अँसुवाये देखते रहे निर्निमेष। दोनों में किसी का दोष नहीं। भाग्य दोष! जो होना है, हो गया। सच, भाग्य नहीं दिखता, आदमी अपना दोष ढाँपने के लिए भाग्य को कितने-कितने दोष देता जा रहा है। राम का वनवास क्या भाग्य का खेल था? दशरथ, कैकयी-मंथरा सब निर्दोष थे? मंत्री इस घड़ी में समय नष्ट नहीं करना चाहता। वह मामलात कारी केतकी गई कहाँ? उस पर दुहरी चोट—एक बूढ़ी और नालायक छोटे भाई का दायित्व है। केतकी छोकरी का साहस भी कम नहीं। किसी की छान तले आश्रय लेने का विश्वास नहीं होता। वह तो खुद तुम्मन खां है।

"चलता हूँ!" चलने लगा तो पिता के रूप में भार्जन ने कहा—"जो करना है कर। पर खुद को सुरक्षित रखना। खुद ज़िंदा रहे तो बाप का नाम रोशन करोगे! समझे!"

"हाँ-हाँ...मगर सावधान रहना। हाँ, गाय-गोरू के गले से रस्सी खोल देना, वरना कुंडल पंडा गुसाईं वात्या के बाद गोहत्या के दोष में फिर प्रायश्चित करायेंगे।" इतने दिन के अनुभव से मंत्री समझ गया था कि कुंडल पंडा इतना बुरा आदमी

नहीं। मगर उसका शास्त्र के बाहर जीवन नहीं। शास्त्र से अर्थ हो या अनर्थ हो, उनके विचार में नहीं बदलेगा। अतः तूफ़ान के बाद कितने लोगों से गोहत्या प्रायश्चित कराओगे, सीमा नहीं।

मंत्री मल्लिक सीधे चल पड़ा केतकी के घर की ओर, छान उड़े घर पर ताला लटक रहा है! इस कुघड़ी गई कहाँ? इस गाँव में एक पक्का मकान टहली महांति का है। सारा गाँव वहाँ समा नहीं सकेगा। मंदिर दो छोर पर दो हैं। वहाँ भी सांझ से लोग भीड़ लगाए हुए हैं। कहाँ गई केतकी? मंत्री को कह जाती। पर क्यों? क्यों कहती कहाँ आश्रय लेना है। मरघट में शव फूँकनेवाले मंत्री को क्यों कहे? क्या मंत्री इस गाँव का ज़मींदार है या केतकी का कुछ है? जाए मरे। मंत्री का इसमें क्या है? हवा सूं-सां बह रही है। अपने को बचाने, घड़ी-घड़ी भीग रहे अंधेरे को हटाता मंत्री दौड़ा हांडिदिया बरगद की ओर। वहाँ कितने पक्षी तब तक उदार बरगद की शाख-शाख पर आसरा ले चुके थे। एक बार अपने हाथों बनायी झोंपड़ी की ओर नज़र डाली। बरगद पर चढ़ गया चील-गिद्धों के झुंड में एक होकर उस अनागत शुक्रवार की प्रतीक्षा करने लगा।

~

जब भार्जन मल्लिक कुंडल गुसाईं के नारियल तोड़ रहा था, चिड़िया के घोंसले में कुछ बच्चे चीं-चीं करते दिखे। आँधी की गंध पहचान माता-पिता और चिड़े-चिड़ी सुरक्षित जगह की ओर शायद जा चुके थे। भार्जन का मन अनाथ बच्चों के लिए विकल हो उठा, 'हाय—ये तो मरेंगे!' मगर भार्जन क्या करता? क्या इन बच्चों को घर ले चलूँ? दूध पिलाऊँ? बचाऊँ? खुद का घर तो भेड़ों का बाड़ा है। बच्चों को लेकर गुसाईं के घर भागना होगा। चिड़ियों की चीं-चीं सुन रहा था। खैर, बच्चे आकाश-सी ऊँचाई पर हैं। ये बच जायेंगे। अगर तूफ़ान का वेग कम हो जाये! पर कोई लक्षण नहीं।

सांझ को सागर बाँधने जाते-जाते कुंडल गुसाईं ने कहा था—कई तूफ़ान देखे हैं। काल भरे समुद्र भी देखे हैं। जैसे हर साल पर्व-त्योहार गाँव में आते हैं, वैसे हर साल तूफ़ान समुद्र तटीय गाँवों में मिलने आ जाते हैं। छोटा-मोटा तूफ़ान न आना ही अचंभे की बात है। पर सरकारी लोग अंतिम क्षणों में जो हौवा खड़ा कर देते हैं, वह सब फालतू का चुनावी प्रचार है। लोग सोचेंगे—आहा! हमारी सरकार हमारे लिए कितना सोचती है। पर मैं कह रहा हूँ, गाँव में समुद्र घुसते ही मंत्र बल से फेन बनकर, खीसें निपोर लौट जायेगा। समुद्र हमारे गाँव के साथ ठिठोली करके मज़ा लेता है।

खास कर अभयपुर गाँव में कुंडल पंडा के रहते समुद्र का इतना साहस? सांझ ढले कुंडल पंडा की दर्प भरी वाणी से भार्जन को साहस मिला। पर रात बीतने पर सर्वत्र नियति की कराल लीला देख कुंडल पंडा की वाणी उसे डराने लगी। छाती धड़क उठी। समुद्र की खिल्ली उड़ाई गुसाईं ने, भला समुद्र देव सहेंगे?

गुसाईं की डीह ऊँचाई पर है, अत: वे समुद्र की इतनी हँसी उड़ा सके। गुहाल भी बड़ा और मज़बूत है। पक्का घर तो और भी ऊँचाई पर है। मज़बूत भी है। गोरू से आदमी जितनी ऊँचाई पर रहता है, गुहाल से गुसाईं का घर उससे भी कहीं ज़्यादा ऊँचाई पर है। होना भी चाहिए। गोरू संग मिलजुलकर भार्जन मल्लिक और कुछ गरीब परिवार रात भर बारिश की मार खाकर जीवन बचा लेंगे। भार्जन मल्लिक की बस्तीवाले लोग क्या गुहाल में बँधे जानवरों से हीन जीवन नहीं बिताते? अत: गुसाईं के गोरू के संग गोबर-मूत भरे फ़र्श पर काल रात बिताने में किसी के मन में कोई दु:ख न था। बल्कि गुसाईं के दया कर जगह देने पर ठाकुरजी के बल्कि गुसाईं के लिए हाथ जोड़े भार्जन ने।

निर्दयी बारिश ने परायी छान तले पड़े लोगों के आगे रात भर नखरे दिखाये! धू-धू सांय-सांय बरस जाती तो एक बात थी। वह सुबह मुँह पोंछ सूरज को जगाता। पर काले स्याह मेघ मादल-से पूरे आकाश पर दबाये पड़े रहे और सुबह को रात से भी नीरस बना दिया। कुंडल गुसाईं का बड़ा बेटा पंचुकी पंडा थुलथुल पेट पर हाथ फिरा गुड़ाखू से दाँत मंजन कर बहादुरी दिखा रहा था—"देखा, भार्जन, तूफ़ान कैसे हमारे बापू के मंत्र से टूट गया! देखना! आकाश में मगर की तरह लटपटाकर खुद ही बल खाता रहा। लेकिन किसी का क्या बिगाड़ा? सरकारी माइक ने जितना घबरा दिया, क्या उतना तूफ़ान बहा? समुद्र भी केवल गरजा, गाँव में आने का साहस नहीं किया। यह है बापू के मंत्र का चमत्कार! बापू लौट रहे होंगे। उनके मंत्र बल से हवा कैसे बूढ़े बैल-सी लँगड़ा रही है। अब थम जायेगी। आकाश खुल जाये, सब घर लौट जाना। जाने से पहले एक-दो पेड़ और झाड़ते जाना, भार्जन। हवा जो उड़ा ले गई सो तो ले गई। बाकी कुछ नारियल तोड़ देना। आगे क्या होगा कौन जाने?"

"ये ब्राह्मण है या कसाई! हाँ, कसाई—झींगा घेरी डाली है। जनेऊ से आमिषी गंध आ रही। चारों ओर उनचास पवन बहने लगे, इसे पेड़ से नारियल तोड़ने की चिंता है! रात से मच्छर काट-काट परेशान करते रहे, ऊपर से बारिश की चोट! बच्चे कलबल करते रहे! इधर तूफ़ान चढ़ आने की सूचना आकाश के हाव-भाव दे रहे हैं! अधेड़ होने आया—पंचू पंडा—उसकी अकल तो देखो!" उफ् कहीं धरती फट गई क्या? आकाश टूटा या मेदिनी दो टूक हुई? सामने से घोर घर्घर

कर चढ़ आया एक और धुआँमय आकाश! सामने है जटाधारी मुहाना। उधर बाप-दादा के ज़माने का बंगोपसागर। फिर मुहाने में से पता नहीं कहाँ से आया, एक आकाश समुद्र को पीछे रख तेज़ पवन-सा गाँव पर चढ़ आया। हंसुवा नदी की भरी धार कल चौड़ी दिख रही थी, आज कुछ नहीं दिखता। चारों ओर समुद्र ही समुद्र! नदी कहीं डूब मरी रात में ही। चारों ओर से अचानक तैर आई मौत की चीखें! ''बाप रे...माँ रे...बच्चों रे...पानी चढ़ रहा है...भाग चलो...हे भगवान...हे जगन्नाथ! माँ बासुलाई...रक्षा करो...''

गाँव डूबता जा रहा था। कोई पेड़ पर चढ़ रहा, कोई छत पर! औरतें, बच्चे, बूढ़े, सांप, मेंढक एक साथ पेड़ पर चढ़ रहे हैं। सभी समुद्री तैराक बन गये! गुसाईं के गुहाल के सिर पर पानी चढ़ा। भार्जन ताड़ का पेड़ देख पता नहीं कब जा चढ़ा था। दोनों कंधों पर दो बेटे हैं। भार्जन की घुँघराली दोनों ओर की लटों को कसकर थामे हुए हैं। भार्जन के गले में क्या कोई सिल-लोढ़ा बँधा है? यह कैसा कालग्रह था, इस घड़ी! सुबह कुतूहली होकर मल्लिक के बच्चों को देखने आया था पंचू गुसाईं का आठ साल का बेटा देबू। पानी बढ़ता देख भार्जन पीठ पर बिठा कर मचान पर चढ़ गया। बच्चों को मचान पर बिठाया। मचान को लड़खड़ाते देख पानी में डूबने से पहले भार्जन ने दोनों बेटों को कंधों पर ले लिया। ताड़ के पेड़ को जकड़े रहा। ऊपर चढ़ता रहा। आँखों के सामने ताड़ के नीचे गाय-गोरू, आदमी झुंड में बह गए। उसकी औरत और छः बच्चे जटाधारी मुहाने के मुँह में बह गए। जाने-अनजाने चेहरे छुपते गए साँय-साँय करते वलय में। भार्जन तीन-तीन बच्चों का बोझ सहते पेड़ पर ऊपर और ऊपर चढ़ता गया। समुद्र का पानी ऊपर की ओर फूल उठने के साथ ताल देकर छलाँग मार रहा था आकाश की ओर। अब पहुँच गया पेड़ की शिखा तक। कठिन काम करने में असमर्थ भार्जन में इतना बल आया कैसे? फिर, निर्बल पाँवों में इतनी ताकत कहाँ से-कैसे आयी? एक बहते पेड़ की डाल में फँस कर रह गए उसके पाँव। भंवर के ज़ोर में घिर-घिर चक्कर काटने के साथ पेड़ उन पाँवों को लग्गी लगाकर खींचने की तरह नीचे ही नीचे खींच रहा था। भार्जन अनजाने ही ताड़ की टहनी को पकड़े झूल गया। पाँव छुड़ा लिए उस पेड़ की डाल से। अब बया के घोंसले की तरह ताड़ के पेड़ की टहनी से वह लटक रहा था। पीठ पर लदा था बर्फ़ के बोरे की तरह मोटा-बाभन छोकरा। कंधे पर उसके दुबले-पतले दोनों बेटे चिड़ियों की तरह चीं-चीं कर रहे थे। भार्जन के कंधे दर्द से फट रहे। इन नौवें-दसवें नंबर के बच्चों को कभी गोद नहीं लिया। आज रक्षक बना कंधे पर बिठा पेड़ पर चढ़ रहा है। आज वक्त बुरा होने पर दुबले-

पतले बच्चे दोनों भारी लग रहे हैं। इधर ताड़ की टहनी तेज धार रक्तहीन हथेली को काट-काट कर खून पीने लगी! मानो भोथरी आरी से मांस के टुकड़े-टुकड़े कर रहा है। दर्द में झटक कर बच्चों को कंधे से बाहु पर खिसका लिया। मानो हथेली कंधे से अलग हो जायेगी! अब टहनी पकड़ नहीं सकेगा। हाथ छूट रहा है। नीचे समुद्र की लपलपाती विकराल जीभ! जो चक्कर में पड़ता है उसे जटाधारी मुहाने से होते हुए पेट में समो लेता है।

कई नामी तैराक मुँह ऊपर किए, आँख खोल भार्जन की आँखों के आगे बह कर अदृश्य होते चले जा रहे थे। कुछ ही देर में भार्जन भी उनके संग बह कर तीन बच्चों को लिए वही दशा भोगेगा। अगणित मुर्दों के साथ वह भी मुर्दा बन जायेगा! जितना तैराक हो, पर प्रलय पयोधि से छुटकारा नहीं। कलयुग के शेष में सब नाश होंगे। कलयुग की यह है संहार घड़ी। मरने के सिवा अन्य गति नहीं। पर बिना संघर्ष के कोई युद्ध में नहीं मरता। समरकौशल न जानने वाला अनाड़ी भी खड़े-खड़े शत्रु के आगे छाती नहीं दिखा देता। हर कोई अपनी विद्या, बुद्धि, शक्ति के अनुसार युद्ध कर मरता है, वरना भाग्य बल से बच जाता है। युद्ध का यही नियम, जीवन का भी है। सब एक-एक योद्धा हैं। जो शत्रु से युद्ध न करे, वह मरने के भय से लड़ता रहता है, प्राणवायु उड़ने तक।

तीन-तीन बच्चों का बोझ और अपने भय का बोझ वहन कर वह उठ आया आकाश की ऊँचाई तक! उफनते समुद्र को नीचे छोड़ एक तरह से सुरक्षित है? समुद्र का पानी न बढ़ रहा है, न घट रहा है। साँय-साँय, खाँव-खाँव दहाड़ मार सूं-सा कर रहा है। हाथ ताड़ की टहनियों की धार से कटकर गिर पड़ते तो अच्छा होता, भार्जन भाग्य के आगे समर्पण कर समुद्र के हवाले हो चुका होता। पर जिस मुट्ठी में मौत को पकड़े हुए थे, उसी मुट्ठी में जीवन को भी जकड़े थे और ताड़ की दंतरिली टहनी से जूझता रहा है। उफ् काल सर्प की तरह गले में झूल रहा है। किस जन्म का शत्रु है यह ब्राह्मण छोकरा। मानो मल्लिक से जीवन की भीख माँग रहा है और मल्लिक का जीवन सोख रहा है। इधर कंधे से फिसल बाँहों से चिपके हुए हैं अपने खून की सूखी धार जैसे हड़ीले-दो छोकरे।

ये छोकरे केवल शाप हैं। अचानक मरते नहीं। खूब दुःख-कष्ट देकर मरते हैं। जीने पर कष्ट, मरे तो कम कष्ट नहीं। अपनी आयु खींच-खींच कर लेने में गरीब की जो झोंक है, उसी झोंक में जीवित रहता है बूढ़ा होने तक। जीवन को चाहने के सुख से और कौन-सा सुख है? गरीब को हाथ अब नहीं सँभाल सकते। कच्चा मांस कट-कट कर छीलने से बढ़ कर मरने का कष्ट बहुत अधिक है! भार्जन ही इतना

सँभाल सका। और कोई बाप होता, कंधे पर बिठा ताड़ के पेड़ की टहनी पकड़ झूल जाने की बात संभव नहीं होती। भार्जन मूर्ख, अड़बंगू, मोटी बुद्धि वाला है। अतः यह दशा भोग रहा। अब भय से बच्चों ने चीख मारी। ''बापू-बापू तुम्हारा हाथ काँप रहा है! हमें न छोड़ना! मर जायेंगे, बापू!'' भार्जन के दोनों हाथ एक साथ छूट गए टहनी से। कटी टहनी की तरह उसके दोनों हाथ झूल गए नीचे। टूटे नारियल की तरह दोनों छोकरे पानी में टप-टप गिर गए। बड़ा जोंक की तरह हाथ को कस कर जकड़े नीचे खींचे ले जा रहा था भार्जन को। भार्जन ने विकल होकर झटका—''जा—साले मर।'' माया तोड़ ली उनसे। नारियल तोड़ने में पारंगत भार्जन पहले ही उन दोनों बच्चों को पानी में गिरा देता तो इतना कष्ट नहीं भोगता। निष्ठुर हो उन्हें खिसकाने के बाद मरते-मरते खुद बचा। बच्चे न थे वे, वे थे प्राणघाती बोझ। उन्हें पानी में डाल पछताने का समय न था। भार्जन अब पेड़ को जकड़ प्राण बचाने की चिंता में डूब गया। बामन छोकरा हाथ-पाँव सिकोड़े पीठ पर वैसे ही चिपका था। साला मर गया क्या? जीवित बच्चे को उसने टप-टप पानी में खिसका दिया। मुर्दे को छुड़ाना सहज नहीं। दोनों बच्चों ने आखिरी बार मौत की चीख छोड़ी— ''बापू...बा''...इसके बाद निश्चिह्न हो गए पानी में। जा...मुक्ति पा गए बेचारे। चिरदुःखी दो छोकरे! अब हाथ में भार्जन के और ताकत न थी। रक्त के संग बल भी पानी में मिल गया था। वह पेड़ का तना पकड़ नहीं पाता। हथेली दोनों मानो नहीं थीं। भार्जन नीचे फिसल रहा था! मौत के भय से आँखें बंद कर लीं। दुश्मन देबू भी पीठ पर रह नीचे खिसक रहा था। मुर्दा होने के कारण देबू को डर-भय न था। भार्जन को लगा बस घड़ी-आध घड़ी में खुद मर जायेगा। मगर कलेजा चीरता यह मौत का भय भोगना था। मौत का विकराल रूप देखने से पहले देबू के साथ नीचे गिर गया। किन्तु पानी में नहीं—अचानक किसी का घर-संसार उजाड़कर किसी का विराट तैरता मचान उड़ा लाया था तूफ़ान। उसी पर औंधे मुँह गिरा भार्जन। देबू जोंक-सा पीठ से चिपका था। भार्जन के मन में और कोई भावना न थी। मन खाली हो चुका था। वहाँ बच्चा, औरतें, साथी कोई नहीं। दिन भर जूझ-जूझ कर मचान पर चारों खाने चित। अनजान पथ पर बहने में भी एक आश्वासन है। आँखें मुँदती जा रही थीं। बाद में भार्जन का जीव छूटा या होश में आ गया, भार्जन को जानने का उपाय न था।

~

भैरव माझी नामी तैराक है। छहों बेटे भी तैराक। तीन बेटियाँ नदी में तैरने में एक से बढ़कर एक थीं। सांतलिया नदी के पास ढेरों ज़मीन थी। छह बेटों के

छह घर, छह पोखर और तीन सौ नारियल के पेड़। बाल-बच्चे मर्द-औरत मिल कर कुल इकतालीस लोग हैं। बाप के घर को मिलाकर सात घर किवाड़ बंद किये माँ दुर्गा दुर्गतिनाशिनी, माँ शारला का स्मरण कर रहे थे। समुद्र चढ़ आने पर कैसे लहरें लाँघ ऊपर उठते जायेंगे, यह बात सांझ में भैरव माझी ने सबको समझा दी थी। रात बीतते ही समुद्र में उतारने के लिए तैयार नाव लहरें लाँघ, ज्वार-भाटे में उठ-पड़ कायदे से बहने की तरह। ठीक वैसे ही खुद को बहाना होगा। यह बात माझी ने बेटों, पोतों, बहू, बेटियों, कुमार पूनों पर मेहमान बने जंवाइयों को कई तरह से समझा दी थी। चिंता मझली बेटी और बड़की बहू भगवती की थी। मझली को तो घुटनों का वात रोग है। तैरना नहीं जानती। बड़ी बहू भगवती काफ़ी भारी है और शरीर से आलसी। चलने में भी धीमी। तैरेगी कहाँ? माझी ने कई-कई कायदे बताये उन्हें। पर समुद्र सचमुच में बढ़ेगा या नहीं। कौन जाने। अतः किसी को ज़्यादा भय न था। तभी माझी के रेडियो पर सुनाई पड़ा—''तूफ़ान उत्तर ही उत्तर पश्चिम बंग के हल्दिया और बांग्लादेश के खुलना ज़िले की ओर मुड़ रहा है।'' माझी ने सोचा, 'संभवतः सरकार ने पवनपुत्र की पूजा कर ऐसी व्यवस्था कर दी।' उसने सबको आश्वासन दिया—''सो जाओ? निश्चिंत होकर। सुबह होने दो, देखेंगे!'' मगर सुबह तो रात से भी ज़्यादा स्याह होकर आ रही है। यह माझी को क्या पता था? माझी यह भी नहीं जानता था कि परिवार के जीवन में और सुबह नहीं होगी। माझी की मज़बूत दीवारों ने सबके भय और सबके जीवन की अवशिष्ट भोरों को दबा दिया था।

~

शुक्रवार! सुबह आठ बज रहे थे। निराशा के अंधकार में आशा की किरण सरसों के फूल-सी पीली धूप के साथ चिलक उठी। पाकिस्तान की तरह पाकिस्तानी टोला भी गाँव की सीमा के छोर पर ही था। चार नंबर वार्ड का आखिरी टोला होने के कारण पठान बस्ती के उस तरफ़ खेत था। खेत के उधर कुछ दूर पर दिख जाता है बंगोपसागर। गोलमस्ता सुबह ही मस्जिद पर 'अल्लाह हो अकबर' की अजान देकर पूरे टोले में पागल-सा फिर रहा है। अपने बेटे-बेटी की शादी की तरह घर-घर जाकर न्यौता दे आया—''रात में घर-बार छोड़ कर जान बचाने मस्जिद में चले आना। मस्जिद में न देवता का सिंहासन है और न बुत है। काफ़ी जगह है। सौ-दो सौ लोग तो समा जायेंगे।'' उसने पाँच-सात सौ लोगों को न्यौता दे डाला है—यह खयाल ही न रहा। अतः आधी रात में बरसा की बौछार और तेज़

हुई, उत्तरा पवन की चोट खाकर दीवार ढह गई, फिर कमर तक पानी भर गया। तब मौत के भय में हाय-फांय कर अपने परिवार को धकेल लिया मस्जिद के बरामदे की ओर। वहाँ सरसों का दाना डालने तक को जगह नहीं थी। मस्जिद में जगह न मिली, सबको चढ़ा दिया मचान पर, मचान को कसकर बाँध दिया आम की मोटी-मोटी डाल के साथ। बेटा सालबेग सांझ से गया है मासूमा को तलाश करने, पता नहीं कहाँ रह गया। उसकी चिंता न थी। मगर लाडली मासूमा ने कहाँ आसरा लिया होगा? माँ को बताकर दुपहर में निकली थी—''अभी आती हूँ!'' कहकर गई है। कहाँ होगी? गिरिमा के घर, केतकी की पान की दुकान पर, या फिर कार्जी बेहरा की बेटी बेंग के पास? अभी आती होगी—बाट देखते-देखते सांझ हो गई। इधर तूफ़ान से चीज़ें बचाने के लिए गठरी बाँधते-बाँधते अकलीमा बीबी को याद ही न रहा कि हवा-पानी, मेघ अंधेरा सब मिलजुलकर दौड़े आ रहे हैं। बेटी लौटी नहीं सहेलियों को छोड़कर। मन में धक-धक के बीच मासूमा पर गुस्सा आ रहा था। छोकरी गई कहाँ? खुद पर भी खीझ कम नहीं थी कि क्यों छोड़ा उसे? खसम पर गुस्सा। मामा आये थे अंजीरा गाँव से, भांजा-भांजी को साथ ले जाने के लिए। अब्बाजान ने बेटी को छोड़ने से क्यों इनकार किया? अकलीमा के भाई हाफ़िज साथ में भांजे अलवर को लेकर चले गए। मगर सालबेग की बात मान अकलीमा बीबी ने मासूमा को क्यों नहीं छोड़ा? सोचा था कि मासूमा रहेगी, सामान बाँधने रखने में मदद करेगी। हरामज़ादी ने अब क्या मदद की? गई कहाँ? उसे ढूँढ़ने उसके अब्बा गए, वे भी उधर रहे, लौटे नहीं। इधर दूसरे बच्चों की जान, अपनी जान, साथ में बेटे की चिंता, अब्बाजान की फ़िकर, सब मिलकर अकलीमा बीबी को नोंचने लगी। फिर गुस्सा बढ़ा ससुर पर। पठान बस्ती में क्या मस्जिद में आसरा वाले कम थे। जो ससुर ने गाँव भर में घूम भंगी बस्ती, डोम बस्ती, कंडरा बस्ती, करण, खंडायत, बामन आदि सारे गाँव घूम सब बस्तीवालों को बुला कर भरा है मस्जिद में! यहाँ बस्ती में तो सब भेड़ों की झोंपड़ी हैं। सब पेड़ पर, छान पर चढ़े हैं। सात पीढ़ी को कोस रहे हैं मुल्ला गोलमस्ता की। शाप भी दे रहे। गुस्से, डर, क्षोभ, बरसा, दुःख सब मिलाकर अकलीमा बीबी की आँखों से आँसू बन झरने लगे मचान पर। शुक्रवार सुबह का इंतज़ार था। लौट आयेंगे ज़रूर बाप-बेटी। भेंट हो गई होगी, रात में कहीं ठिकाना पाकर रुक गए होंगे—''अल्लाह रखे तो कौन मारे? क्यों मारे? अकलीमा ने किसी का क्या बिगाड़ा?'' मुर्गी पंख में बच्चों को ढाँपने की तरह आठ बच्चों को ढाँपे बैठी है अकलीमा बीबी मचान पर। पास में मचान पर बैठा गोलमस्ता सोच रहा है—'एक

रात में इतनी बारिश हो कैसे गई?'

मस्जिद में तिल रखने तक की जगह नहीं। सब प्राय: हिन्दू हैं। आधे पठान बस्तीवाले, भाग्य के सहारे पेड़ों और छान पर बैठे हैं। अकलीमा बीबी छान पर बेहद तीखी गालियों की बौछार कर रही है मस्जिद में आश्रय लिए लोगों पर। मस्जिद मुसलमान के पैसों से बनी है, इबादत के लिए। तो क्या आफत के वक्त केवल मुलसमानों की है? गोलमस्ता उन्हें जाकर बोल सकेगा—"निकलो! तुम हिन्दू हो, तुम्हीं जगह रोक लोगे, तो हमारी पठान बस्तीवाले कहाँ जायेंगे?" यों अमानुष बन सकोगे?

हालाँकि गोलमस्ता जब सब को बुला लाया, उसे क्या पता था कि मेरे परिवार के लिए जगह नहीं रहेगी! "न सही, अल्लाह की मरज़ी..." सुबह होने के बाद गोलमस्ता ने घुटने मोड़ ऊँचे स्वर में अजान दी—"अल्लाह हो अकबर.." एक धार धूप खुल रही। उसका भय-डर मिट गया। "अल्लाह की मरज़ी! अल्लाह रखे तो मारे कौन?"

~

गाँधी दास चिंता में, चाल-चलन में सदा से ही मुक्त हैं। समाज के सारे बाधा बंधन काट चुके थे। जैसे चूहा जाल काट देता है। अत: सांझ को भूदान को लेकर मासूमा से जोड़कर जो अफ़वाह फैली थी, तूफ़ान के डर ने सब पनीला कर डाला। पर उसकी ज़रा भी खातिर नहीं की गाँधी दास ने। सचमुच उनका बेटा भूदान मासूमा का हाथ थाम ले, हर्ज क्या है? मगर वे जानते थे कि दोनों में वैसी कोई बात है नहीं। वो तो भूदान को कटक के सर्वोदय ऑफ़िस में छोड़ कर आया था। रात में वह वहीं रहेगा 'सबुज सेतु' स्वयंसेवी संस्था बनायेगा। उसकी रजिस्ट्री के लिए बातचीत करेगा। भूदान इस इलाके से गैर कानूनी घेरी उठवायेगा। समुद्र तट के जंगल में सब्ज़ घेरा भी लगायेगा, गाँव और समुद्र के बीच। उसी से रक्षा होगी गरीबों की, गाँव की। उसने संकल्प किया है। इसमें यह संकल्प होते हुए भी संकल्प भंग की बात पर गाँधी दास पिता होकर विश्वास नहीं कर सकते। टहली महांति उड़ती खबर पा कहाँ गया? जीवन जाते समय भी प्रपंच की आदत नहीं छूटी? कौन उसकी बात की परवाह करता है? गाँधी दास जानते हैं—भूदान सुरक्षित है। मगर मासूमा बिटिया कहाँ है? पिछले पाँच-सात साल से मासूमा ने भूदान के हाथ में जितनी राखी बाँधी, सब सहेज रखी हैं भूदान ने। लकड़ी के बक्से में ताला लगा गाँधी दास ने ऊपर मचान पर चढ़ा दिया है। कुँवारी

चार बेटियाँ, छोटा बेटा और पत्नी-कहाँ चढ़ाएगा? देख रहा है। शुक्रवार की भोर में नकली अंधेरे में तूफ़ान का कल्पित कराल रूप क्रमशः माँ दुर्गा की महिषमर्दिनी मूर्ति बन रहा है आँखों के सामने। पर क्या यह तूफ़ान केवल दुष्टों का संहार करेगा? निर्दोष निरीह आदमी बच जायेंगे तूफ़ान की चपेट से?

गाँधी दास ने एक अभिनव उपाय सोचा। मचान पानी में हिलडुल होने लगी। समझ गया कि अगर तूफ़ान बढ़ गया तो मचान सँभाल न सकेगा। समुद्र बढ़ गया तो कहाँ का कहाँ बहा ले जायेगा! बच्चों, स्त्री वगैरह को कस कर नारियल के पेड़ से बाँध दिया। एक नारियल के पेड़ पर खुद को बाँध लिया। बच्चों से कहा —पानी आये तो पेड़ से चिपट जाना। समुद्र का पानी आये तो लहरें आती हैं—जाती हैं। उसमें आँख मुँह नाक सँभाल लेना। फिर कोई डर नहीं। कभी-कभी बंधन भी चाहिए।

स्वेच्छा से बंधन में पड़ना एक तरह की मुक्ति हो सकती है। गाँधी दास तो भयमुक्त हैं अब। दायित्वमुक्त हैं। परिवार और जीवन का दायित्व पेड़ पर डाल पेड़ की तरह निर्लिप्त और जड़ हो गये। तब कुंपनी स्वाईं अपने पक्के घर में बहू-बेटों के साथ किवाड़ बंद कर इष्ट नाम जप रहा है। गाँधी दास और उनके बच्चों को अंदर लाने को मन कर रहा था। पर अहं ने राह रोक ली। गाँधी दास बाल-बच्चे लेकर घर में क्यों नहीं आ गया? आता तो क्या इस कालबेला में कुंपनी स्वाईं उसे भगा देता? पर देखो गाँधी दास का गुमान! मर जाएगा पर कुंपनी स्वाईं के घर नहीं जाएगा! अधर्म वित्त से बने पक्के घर में सिर ढाँपेगा तो अपवित्र हो जायेगा। सच्चे रहो, डीह पर कुत्ते रोएँगे अब। डूबते समय भी गुमान नहीं छोड़ा! मरण के द्वार पर भी कितना अहंकार है देखो! कुंपनी स्वाईं का मन कसमसा उठा। घर के नौकर ने ऊपर छत पर बच्चों सहित आसरा लिया था। पर भाई होकर...क्या जाकर खींच ले आऊँ ऐसी घड़ी में या न जाऊँ के द्वंद्व, अहं और संवेदना में द्वंद्व! स्वार्थ और रक्त का द्वंद्व। द्वंद्व के समाधान से पहले धू-धू आँधी-तूफ़ान और समुद्र चढ़ आया। बाहर निकलने का उपाय नहीं था!

~

मंडल परिवार का बड़ा बेटा होने के कारण बाप की संपत्ति से बड़ा अंश लेकर अलग घर में रहता उत्कलमणि मंडल। बाकी छः भाई बाप के बड़े घर में अपना-अपना हिस्सा और रोज़गार सँभाल अपने बाल-बच्चों को लेकर रहते थे। बड़े बेटे उत्कलमणि मंडल में सरकार की बेवकूफ़ी ने छाती में धड़कन को भर

दी। उस धड़कन को सँभालने के लिए ज़ोर दिखा सरकार को गाली-गलौज कर रहा था। सरकार क्या नहीं जानती कि आस-पास के पाँच गाँवों में कोई पक्का घर नहीं ?

गाँव के पश्चिम में 'महावीर मंदिर', ज़रा ऊँचे पर है। वहाँ गाँववाले भीड़ जमाए थे। इस वक्त मुंडमय था सारा प्रांगण। वहाँ जाने की बात पहले सोचते तो ठीक रहता। बाद में सोचने वाले इंसान की यही दशा होती है। गाँव के उस छोर पर गंगा माता मंदिर है। छोटा होने पर भी वहाँ कुछ नीचे होने के कारण ज़्यादा लोग उधर नहीं गए। शायद वहाँ आश्रय के लिए जगह होगी। आँधी-तूफ़ान का वेग बढ़ता चला जा रहा था। आधी रात तक दीवारें गिर चुकीं। भस-भसा कर पानी भर गया। उत्कलमणि मंडल बाप-भाई सबको पुकारता हुआ, किसी का इंतज़ार किए बिना चल पड़ा परिवार को लेकर अँधेरे-अँधेरे ही गंगा माता मंदिर की ओर। ऐसी मौत की घड़ी में कोई किसी का इंतज़ार नहीं करता। अपना-अपना नसीब! मंदिर करीब आने पर मणि ने घरवाली से कहा—"मंदिर में ठहर जा। मैं नाव कसकर बाँध आता हूँ।" मंदरी ने रुँआसी होते हुए कहा—"चूल्हे में जाये नाव! पहले जान, फिर नाव! तुम नदी तट जाओगे, हमें भी साथ ले जाना। साथ डूबेंगे! यही ठीक होगा।"

"जाती है मंदिर या...बताऊँ।" मणि ने गरज कर कहा। उनको मंदिर भेज दिया। एक रात की बात है। जीवन बड़ा कर नाव छोटी कर दी। कल सुबह, मंदिर में ठहरने पर बच्चे खायेंगे क्या? आँधी तो महीना भर उत्पात नहीं करेगी। मर्द को डर कैसा? उत्कलमणि पेड़ चढ़ता था, तैर लेता, नाव खेता, दौड़ता। ज्वार आने पर क्या खुद की रक्षा नहीं कर सकेगा? फिर नाव को कैसे अनाथ कर दे आँधी के आगे? अंधेरे-अंधेरे में बच्चों को पीछे छोड़कर। भूत लगने की तरह सांवलिया नदी के घाट की ओर दौड़ा मणि मंडल। आगे-आगे मणि मंडल, पीछे दोनों ओर आँधी! सब मानो पागल हो गए हैं। मंदोदरी ने सत्रह साल की बेटी सुन्दरी और निधि-विधि दो छोटे बेटे, सबको मंदिर में ऊपर जाने को कह दिया। खुद दौड़ी पति के पीछे-पीछे तूफ़ान को काटती हुई।

मानो यमराज के पीछे दौड़ रही थी पति का जीवन लौटा लाने के लिए। असल में पति के प्राण लौटाने नहीं दौड़ी, वह दौड़ी थी अपने घर की ओर। बेटी सुन्दरी के ब्याह के लिए जोड़कर हाथ खर्च से बचाकर रखे कान के सोने के फूल, गले की कंठी, हाथ में चाँदी के साज, एक खंडवा पाट की साड़ी, पोटली में बाँध भाड़ी पर छोड़ आयी थी। इतना न लायी तो समुद्र ले जाएगा या फ़िर चोर ले

जाएँगे। मंगसिर में ब्याह पक्का हुआ। क्या एक भी गहना दुबारा बन सकेगा? यानी ब्याह टूटा। क्या इज़्ज़त रह जाएगी? चावल की गठरी लेती आयेगी। पास में खाने का न हो, ऊँची जगह क्या हवा पीकर जी सकेंगे? जान खाने वाले तीनों बच्चे फट-फट मंदिर के बरामदे से कूद गए माँ के पीछे—"माँ, हमें छोड़कर मत जाओ..." कहकर दौड़े। अँधेरे में उस समय मंदोदरी को गहने की पोटली चक-चक दिख रही थी। बच्चे नहीं दिख रहे थे। सोच रही थी—यों गई और यों आयी! इतने में क्या समुद्र चढ़ आयेगा? माँ-बच्चे सब भीगे हुए घर में घुस गए। बाहर आ न सके। तब तक तूफ़ानी हवा काल भैरवी बन प्रलय राक्षसी-सी बह रही थी।

~

सरल गाँव में कुटिल रात बीती। ऐसे बीतने का क्या मतलब, अगर अंधेरा न कटा, भय न घटा, तूफ़ान का वेग न थमा? यह सुबह रात से भी भयंकर थी। कल रात नहीं आज की सुबह ने ही पृथ्वी को अनाथ कर दिया।

धरती को विदीर्ण करने के वेग से, आकाश को चूर्ण करने की लय से, सृष्टि को निश्चिह्न करने की प्रतिज्ञा से तूफ़ान बह रहा था। तूफ़ान के मुँह में जो पड़ता वह शेष हो जाता, बड़े-बड़े पेड़, बिजली के खंभे, माटी, पत्थर, कंकड़, पानी, पानी में मछली, केकड़ा कोई नहीं बच सका। सांवलिया नदी का पुल मरम्मत के लिए जमा चिप्स एक साथ ऊपर उठकर अनार पटाखे की तरह बिखर गए। गाय-गोरू, भेड़-बकरी, आदमी आकाश ही आंकाश में उड़ रहे थे। कोई कहीं उछल कर गिरता, कोई कहीं टपकता, छिन्न-भिन्न हो जाता। उसका कोई हिसाब न था। भैरव माझी के पोखर का पानी बीस फुट ऊपर उठ मछली-केकड़े बिखेर पटक देता। सांवलिया नदी के पानी ने आकाश में उठ अंदर से इतने युगों के सहेजे मछली-केकड़े, गेंडे, घोंघे सब साफ़ कर दिये! यह नाशकाटा तूफ़ान किसी पर दया नहीं करता।

खंडायत बस्ती के नंद मंगराज की बुनियाद ज़ाहिर करती युगों से ऊँचे बरामदे पर टिकी डोली और पालकी दोनों ऊपर उड़ती देख लोगों की आँखें मुँद गईं। धनु महांति के घर के बाहर बरामदे में रखी बैलगाड़ी आकाश चक्री पटाखे की तरह तीर-सी उड़ कर पता नहीं कहाँ जाकर गिरी। मंदोदरी अवाक् हो देखती रही। नदी की छाती से पानी सहित दो-चार नावें ऊपर उठ गईं, रेत में पड़कर माटी हाँड़ी की तरह चूर-चूर हो गई, बिखर गई। मणि मंडल नाव बाँधने जाकर रात भर पता

नहीं कहाँ रहा, मंदोदरी यह सोचकर रोने लगी। उसके साथ—"बापू...कहाँ...बापू कहाँ हो..." बिसूर उठी लाड़ली बेटी सत्रह वर्षीय सुन्दरी। साथ में "बापू... कहाँ...बापू" कहकर रोने लगे निधि-विधि—दोनों बच्चे! तभी पुल के पास कंट्राक्टर बाबू के ऑफ़िस के आगे नयी सीमेंट की छत उखड़ आयी। हवा ही हवा में ऊपर उड़ आती देख माँ-बच्चे तीनों चीखे "ओ...ओ...माँ रे..." कहकर बाहर भागे। सीमेंट की छत सीधी गिरी उनकी मचान पर! तहस-नहस कर डाला मचान और अधटूटे घरों को। खैर, जान बची! एक विपदा से पार निकल आए सभी! पर प्रलयकाल में एक विपदा के बाद दूसरी विपदा पर यमदूत खड़े मिल सकते हैं। शेष घाटी आने तक इंसान उन्हें लाँघने की चेष्टा करता रहता है! तीनों बच्चों को काख में दबा मंदोदरी हिम्मत बँधा रही थी—"माँ से बच्चा छीनना इतना आसान नहीं! भगवान क्या इतने निर्दयी हैं? मगर इनके बापू उत्कलमणि मंडल कहाँ गए?"

सुबह के नहाने-धोने का वक्त तो बीत गया! सुबह हुए काफ़ी वक्त हो चुका है पर अँधेरा कट नहीं रहा! नाशपीटी आँधी उफन-उफन कर थक चुकी है।

इतनी ज़ोर से युद्ध करने से तो राक्षस भी थक जाएगा। मणि मंडल की आवाज़ सुनाई दी क्या? माँ और तीनों बच्चे सांवलिया नदी के तटबंध के किनारे-किनारे हंसुवा नदी पर दृष्टि रखे मणि मंडल के लौटने की आस किये हैं। मगर तीनों के होश उड़ गए सामने देखकर। तूफ़ान फिर एक बार उठ रहा है। सिर पर कोई घायल आकाश बौछारें छींटता चल रहा है। इस बीच एक राख सना अवधूत-सा आकाश दहाड़ें मारता पूरब से रौंदता आ रहा है। ऐसा असुर-सा आकाश कभी नहीं देखा मंदोदरी ने। दो-दो आकाश होश सँभाले तब से नहीं देखे एक साथ! कौन-सा सच आकाश और कौन प्रलय आकाश, पता ही नहीं चलता। मानो आकाश और समुद्र एक हो गए हैं प्रलय के षड्यंत्र से—अतः नीचे-ऊपर, आगे-पीछे दबोच लेने को दौड़ रहे हैं। कुछ पता चले उससे पहले ही लोना ज्वार बढ़ आया सूं-सा करता। एक बहते मचान पर बच्चों को चढ़ा दिया और फिर मंदोदरी खुद चढ़ गई। माँ-बेटे तीनों बह रहे अनंत पथ की ओर। उत्कलमणि की चिंता अब मन में न थी।

सैकड़ों, मचान, हज़ारों आदमी, गाय-गोरू बह रहे थे! पूरबी पवन में मचान लड़खड़ा गया, बढ़ रही समुद्र के पेट की ओर। फिर भी मचान छोड़ नीचे कूदने का उपाय न था। नीचे अथाह पानी! पानी में सैकड़ों तैरते जीव! कोई मृत, कोई अर्धमृत, कोई जीवित। पर मृत्यु के देश द्वार पर सब खड़े थे। मंदोदरी की आँखों के आगे परिचित चेहरे समुद्र में बह रहे थे। कुछ तो लापरवाह बने-से चित लेटे

बहते जा रहे थे। मुँह खुले हैं। अपने को बचाने के लक्षण वहाँ नहीं। वे जीवन के उत्तरदायित्व से मुक्त हो चुके थे। मंदोदरी सोच रही थी—'मचान बहते-बहते कहीं कूल पर तो लगेगी। माटी छूने पर जान बचेगी। जितने बह रहे हैं, सब एक साथ मरेंगे, विश्वास नहीं होता। बीज बनकर कुछ बच तो जायेंगे, तो बेटी-बेटों को बहाती मचान कहीं तो अटकेगी!'

वह खुद को धिक्कार रही थी। लोभ में पड़ गंगा माता मंदिर से कदम उल्टे न डालती, बच ही जाती। मेरे कारण तीनों बच्चे मंदिर का आसरा छोड़ पीछे दौड़े। अब बह रहे अथाह जल में। कोई किवाड़ के पट्टे पर, कोई अलमारी, संदूक पकड़े हैं। कोई गाय-गोरू की पूँछ थामे। कोई पेड़ पर, कोई मचान पर तैर रहा। पर बह रहे हैं सब। बूढ़े-बुढ़िया, लड़के-लड़की, बाल-बच्चे। एक दिन ही सब मरेंगे, कैसे इतने लोगों के कपाल में यह लिख गया था। चक्रवात समुद्र का पानी मथ रहा था। पूरब-पश्चिम, उत्तर-दक्षिण हर तरफ से। एक बार मचान दाहिने घूमती पूरबी हवा में, फिर उत्तरा वायु के ज़ोर से बायें। घिर-घिर फिर रही है छान आश्रित आदमियों को बेहाल करती हुई। मंदोदरी बच्चों को समेटे मचान पर आये संकट को पार करने की सोच रही थी। तभी दो पुरुष ऊँचे खड़ा हो गया समुद्री ज्वार, दक्षिणा हवा के ज़ोर से मचान को घिर-घिर घुमा कर उलट दिया। भंवर में माँ के रक्षा कवच से तीनों बच्चे छिटककर कहीं के कहीं बह गए। अथाह दरिया में।

मंदोदरी तब पता नहीं बच्चों को बचाने की कोशिश में थी या खुद को बचाने में। दिमाग काम नहीं कर रहा। सारी चिंता संसार बंधन का रास्ता रोक सामने खड़ा है अपनी मृत्यु का हौवा। केवल अपने लिए ही प्रार्थना करती रही। रक्षा करो...रक्षा करो...प्रभु रक्षा करो! तभी किसी देवदूत के हाथ ने खींच लिया। आँखें खुली एक नाव में। बच्चे भी तीनों डोंगी में जगह पा चुके थे गाँव के अन्य 30-40 लोगों के साथ। हवा में पतवार लिये जो मज़बूत मर्द समुद्र संग बराबरी कर खड़ा था, वह था विपद घड़ी में केवट कर्णधार उत्कलमणि मंडल! उसका घरवाला, जो उसके तीन बच्चों का बाप-सा नहीं दिख रहा था, दिख रहा था सचमुच भाग्य विधाता सरीखा!

~

बुढ़ापा जितना नहीं डराता, मन का बूढ़ापन उससे अधिक डराता है। भारत मंडल जानता था कि कब से बूढ़ा हो चुका है, पर बुढ़ापा कब्ज़े में कर न सका। कल रात से बुढ़ापा उस पर हावी हो चुका था। ऐसी विपदा से परिवार के सबका उद्धार करने का बल-ताकत उसमें नहीं, उसका रोम-रोम समझ चुका है। अतः वह

कुंडल पंडा को ले समुद्र बाँधने के लिए नाव खोलने का साहस नहीं कर सका। कुंडल पंडा ने किसे लेकर नाव खोली ? राम जानें। एक रात में उसके हाथ-पाँव, छाती सबमें बुढ़ापे का ज़ंग लग चुका है। अपने जीवन को आँधी से कैसे बचाएगा, यही ज़्यादा सोचता रहा।

सन् निन्यानवे अक्तूबर उनतीस। रात बीती कि भारत मंडल के तो होश उड़ गए। इतनी कराल भोर! विकराल आकाश! उत्ताल पवन! जीवन में कभी नहीं देखा। घर कुछ ऊँचे में था, अतः बरामदे तक पानी आ गया। मगर घर में इतना पानी न था। सब रात भर किवाड़ बंद कर घने अंधेरे में बैठे रहे। किसी के मुँह पर बोल न थे। किवाड़ की फाँक से झाँक कर सूं-सां गर्जन सुनाई दे रहा था। माटी का घर दुलकता रहा। बौछारें सबके साहस को ठंडा करती रहीं।

भारत मंडल हनुमान चालीसा पढ़ता रहा। बाहर कल्कि अवतार दाँत कटकटा रहे, चड़-मड़ तोड़ते रहे विशाल दरख़्त।

भारत मंडल का घर, कच्ची ईंट की दीवारें। टीन का छप्पर। उसी में ठुँसे पड़े बाल-बच्चे समेत अठारह प्राणी! तब पद्मा की बात बहुत याद आ जाती। पद्मा के बेटे, पोते कपिल की बात! बाको बेटियाँ दूर, ओडिशा के बाहर ब्याही थीं। मेदिनीपुर में हैं, सुरक्षित हैं, भारत मंडल मन को ढाढ़स बँधाता रहा।

इस बीच रेडियो कह रहा था कि तूफ़ान मेदिनीपुर की ओर दिशा बदल रहा है। छाती से डर उतर रहा था, लेकिन फिर धड़कने लगा। मेदिनीपुर में बेटियाँ हैं, तूफ़ान से बच पायेंगी! तूफ़ान यहाँ सत्यानाश करे, उधर न जाये! सोच कर ही सिहरन भर जाती है। सोच रहा है—तूफ़ान ऐसे ही उड़ जाए तो क्या नहीं चलेगा ? तभी काल भैरवी चीख से कान फट पड़े। बुढ़ापा गले में अटक कर भारत मंडल के जीवन भर की मर्दानगी को पानी कर दिया। किसी के पास सोचने की घड़ी न थी। महाप्रलय आ गई। प्रलय के सख्त आघात में खिड़की, किवाड़ों ने टूट कर मुँह खोल दिया। घर में घुस आया भस-भसाकर तूफ़ान! बाहर सब कुछ धुआँमय-चारों ओर जलार्णव! मचान से फूस उड़ गए। टीन की चादर फटे कागज़-सी आकाश में उड़ती पता नहीं कहाँ जा गिरी! सिर पर खुला स्याह आकाश! तूफ़ान के फन के सिवा कुछ नहीं। बच्चे घबरा कर रोने लगे। गाय-गोरू रंभा उठे। पेड़-पौधे आकाश में तैरते-उड़ते हो-हल्ला मचा रहे थे। धरती पर चितपटांग हो गिर रहे थे। द्वार की खिड़की खुल गई। हवा को पूरा रास्ता मिल गया। धमाधम भारत मंडल के घर की दीवारें गिर गईं। पृथ्वी मुँह बाये उसके घर की ओर देख रही। क्योंकि भारत मंडल के घर के चारों ओर पानी और पवन के सिवा...घर-बार कभी

भी नहीं था। वह सदा एकाकी रहा। आज यह एकाकीपन ही उसे ज़्यादा डरा रहा था। कहाँ जायें सब ? मचान के ऊपर के सिवा सुरक्षित स्थान नहीं दिखता। सब बाल-बच्चों को ले मचान पर चढ़ गया।

इसी बीच ज़रा-सी धूप की किरण चमकी। बरसा ने दम लिया। पवन थकावट मिटाने कहीं घड़ी भर बैठ गया। प्राण छूटते-छूटते फिर जीवन लौटा! उफ्! राह छोड़ कहीं और भटक गया यह तूफ़ान ?

घर के फ़र्श तले से माटी खोद पैसे-कौड़ी, गहना-गाँठी इसी समय लाना ठीक होगा। छान से उतर घुटनों तक पानी में झुक भारत मंडल खोजने लगा। जीवन की परवाह नहीं थी।

नौ नदियों ने सलाह करके आज नवग्रहों की तरह तबाही रची थी। एरसमा के माथे से भाग्यरेखा पोंछ कर घड़ी-घड़ी पानी बढ़ रहा। भारत मंडल ने जीवन में अनेकानेक तूफ़ान देखे हैं। नदी में रहकर मगर से कैसा बैर ? भारत मंडल के बाप-दादा चौदह पीढ़ी थे पद्मा नदी के मांझी। कहाँ से कहाँ वन्या में नाव चला न जाने कितने डूबनेवालों का उद्धार किया है पूर्वजों ने। भारत मंडल भी नाव खेने में किसी से कम नहीं। पर आज! आँधी-तूफ़ान मिलजुल कर उस पर दांव खेल रहे हैं। उसकी अक्ल काम नहीं कर रही है।

कार्तिक की नरम-नरम भोर का आकाश क्यों इतना स्याह हो रहा है ? सोच नहीं पाता कि यह समुद्र चढ़ता आ रहा है! समुद्र अकेला नहीं चढ़ा आ रहा, साथ में नदी, नाले, पोखर, ताल-तलैया सब मिल कर एरसमा को तबाह करने पर उतारू हैं। गाँव में देखते-ही-देखते सात ताल पानी हो गया। लोगों में हरिबोल हुलू ध्वनि की जगह हाहाकार, चीख-पुकार मच गई। समुद्र के उस क्षमाहीन गर्जन में सारा हाहाकार, सारी चीख-पुकार खो गई। एक झोंके में भारत मंडल के हाथ-पाँव से बुढ़ापा छूट गया। उसने उमर की परवाह किये बिना पानी में घुस कर नाव खोल दी। वैसे देखें तो भारत मंडल बूढ़ा हो गया। दूसरे ढंग से देखें तो इस ज़माने के निकम्मे छोकरों से वह काफ़ी तेज़ है, जवानों की ताकत है देह में, मन में! वह चाहता है कि बेटे वगैरह उससे सवा हों। पर वे बाप से नीचे रहना चाहते हैं। क्या वह सदा तांबे से शरीर को बाँधे रहेगा ? वह अमर ताबीज क्या सदा रहेगा ?

मंडल गाँव की विपदा में चुप नहीं रह सका। अपने माझीपन पर आस्था थी। बाहुबल पर भी भरोसा है। केवल भरोसा नहीं था इस पूरब दखिन उत्तर की ओर मुँह कर घर्र-घर्र करते चक्रवात सहित विचारहीन नमकीन ज्वार पर। नाव डूबने की जान कर नाविक पतवार छोड़ नदी में छलांग नहीं लगाता। पतवार चलाते-

चलाते दिशा थाम मरता है या बच जाता है। यही नाविक का दस्तूर है। पहले नाव में घरवाली, तीनों बहुओं और पोते-पोतियों को चढ़ाया। दो बड़ी पोती, दो नालायक बेटे। आठ प्राणी मुर्दे-से प्राणहीन, दबे हुए दिखते। उधर निगाह न थी। अब पानी में से छान-छान बंधु-बाँधवों को नाव में बिठाया। उन्हें ऊँचाई पर छोड़ आऊँ, तब कोई बात। ज़्यादा को चढ़ा लूँगा तो नाव बोझ सँभाल नहीं पाएगी। माँ शारला, माँ दक्षिणकाली, माँ बासुली को सुमर कर भारत ने हिम्मत से पतवार चलाई। उफनते बहाव में धार काट-काट कर बालू के ढूह की ओर बढ़ा। बालू के ढूह पर जगह न मिले, तो हाईस्कूल का मकान है। दानकर्ण का नया दुमंज़िला घर है। कुछ-न-कुछ सही, जहाँ ऊँची जगह देखेगा सबको वहीं उतार देगा। फिर नाव मोड़ आदमी छान कर निकालेगा पानी से। तभी भारत ने देखा—बेटा-उत्कलमणि पचासेक आदमियों को लेकर नाव को बेताल लगने की तरह बेतहाशा पतवार खे रहा है। एक अचिंत्य ज़िद सवार थी भारत मंडल के बेटे के दिमाग में। पानी के पास जीवन की परवाह न कर केवट बच्चा जिस झोंक में होता है, वह दूसरे में दुर्लभ है। वह झोंक क्यों है, नाविक ही जानता है। शायद खून में ही झोंक है। पानी नहीं जानता कि क्यों मदमस्त हो उठा है, उत्कलमणि वैसे ही नहीं जानता असंभव को संभव करने में क्यों जुटा है!

पचास लोगों को बिठा कर ले जाने में खुद डूबेगा, बाल-बच्चे भी डूबेंगे। यह कैसी मूर्खता की है उत्कलमणि ने! अपने को बचाने की आकांक्षा जैसे अंदर बलवान है—दूसरों को बचाने की आकांक्षा वैसे ही किसी-किसी में ही होती है। वहाँ लाभ-हानि का प्रश्न नहीं होता। भारत मंडल का बेटा उत्कलमणि आज गाँववालों को बचाने में मस्त है, मस्त रहे! ऐसी बातों में मदमस्त रहना बुरी बात नहीं। पर नाव इतने लोगों का बोझ सँभाल पायेगी, यह विश्वास नहीं हो रहा था।

इतने लोगों का जीवन है बेटे उत्कलमणि के हाथ में! उसके हाथ में पतवार है! इस घड़ी आदमी तुच्छ होता है, बाँस की पतवार ही त्राणकर्ता होती है! फिर भी आदमी का गर्व कम नहीं! अति दर्पे हतो लंका—यह बात जान कर भी उनचास पवन न बहने तक आदमी को होश नहीं आता। उत्कलमणि शायद सोच रहा था कि उसका हाथ ही सब कुछ है! ज्वार चेष्टा कर रहा है नाव खींचने की और इधर तूफ़ान उसके हाथ से पतवार खींचने के लिए प्रतिबद्ध लगता है। इस घड़ी आदमी के दो हाथों पर ही भरोसा होता है? मगर पतवार को पवन खींच ले तो हाथ क्या कर सकते हैं? सिर पर सांय-सांय उड़ रहे हैं मचान से निकले बाँस। मानो आकाश बर्च्छे फेंकता जा रहा है चारों ओर से। पतवार उड़ा लेना विचित्र न था।

बेटे मणि के हाथ की जगह, भारत मंडल ने उन हाथों को याद किया जो सुदर्शन चक्र भेज कर दुष्टों के सिर काट देते हैं। जब कोई हाथ निरीह प्राणी की रक्षा में बल लगाता है, वह हाथ मानव हाथ नहीं रह जाता, वह हाथ हो जाता है भगवान का। उस हाथ में भगवान उतर आते हैं। वरना वे साठ बरस की उमर पार कर अधमरे हाथ जवान की तरह फिर तेज़ीयान हो कैसे पाये? शतसिंहों का बल कहाँ से आ गया भारत मंडल की देह में? सब ऊपरवाले का खेल है। वे ही प्रलय बन नाव डुबोते हैं और वे ही पतवार बन पार लगाते हैं। तारण-मारण का खेल चल रहा था—भारत की नाव ढूह की ओर बढ़ने से पहले बेटे को आवाज़ लगाई—"मणि रे...मैं आया, इन्हें छोड़...तुझसे मिलता हूँ। नाव दाहिने सीधी कर दे...माँ बासुली तेरी रक्षा करें...शाबाश...मणि...!"

मणि ने एक बार बप्पा पर नज़र डाली। नाव काबू में करते-करते देखा बप्पा की नाव बेकाबू हो उलट गई। वंश-कुटुंब कहीं बह गए! भारत मंडल लहरें तोड़ते-तोड़ते आखिरी बार चिल्लाया—"शाबाश, मणि! शाबाश साहस मत खोना रे..." उसके बाद केवल तूफ़ान का खूं-खां गर्जन और मुहाने की फूं-फां फुँकार! ऊपर से मूसलाधार बरसा के संग मणि मंडल की हिम्मत भी निचुड़ रही थी ज्वार की छाती पर। नाव किस गहराई में पड़ गई शायद, पतवार काम ही नहीं करती। नाव वश में ही नहीं आती। पतवार, हाथ सब होते हुए भी पचासों की जान अधर में लटक रही थी! सामने भंवर ने चक्रव्यूह रचा रखा था अभिमन्यु-सी उसी में खिंच गयी अकेली नाव! चारों ओर से सप्तरथी राह रोक रहे—लहर-दर-लहर। नाव बेकाबू हो एक तरफ़ झुक गई। पल भर में कुछ लोग नाव से गिर पड़े। उनमें तीन बच्चे—मणि के, बहते दिखे। यह दृश्य देख मणि मंडल की स्त्री पछाड़ खा चीख उठी। बच्चे उफने पानी में समुद्र की ओर खिंचते जा रहे थे! कौन माँ सँभालती! मणि मंडल ने सांस रोक, खून में उबाल भर, पूरा कसकर दाँत भींच नाव को काबू में किया। बच्चे हाथ उठाये चीख रहे थे—ऊब-डूब हो रहे थे! "मेरे बच्चे को बचा लो!" घरवाली विलाप कर रही थी। मणि बच्चों की ओर नाव मोड़ने लगा। बैठे उन 30-35 जन विकल हो चीखे, "हमें बचा लो। बचा लो!" मणि मंडल घबरा गया। उधर कुछ दूरी पर बह रहे थे उसके खून के तीन अंश! इधर नाव डोल रही थी। तीनों का उद्धार करने के लिए जाकर नाव भंवर में पड़ जाये, तो चालीस मरें! निश्चित जीवन को अनिश्चित के लिए बाज़ी पर फेंकना सहज न था। इधर नाव तक कई लोग तैर आये हैं। हाथ पहुँचा तो कुछ को चढ़ा लिया। कहा—"धीरज! रखो! तुम्हें ढूह तक पहुँचाने के बाद कोई और बात!"

"मणि मंडल की जय! जय मणि...हे भगवान मणि का मंगल हो...उसकी बढ़ोतरी ही बढ़ोतरी हो..." इस ध्वनि से तूफ़ान भी मतवाला हो उठा। उधर देखने का साहस भी नहीं मंडल में। तीनों बच्चों का स्वर सुनाई नहीं दे रहा। औरत इधर नाव में छटपटा रही, पछाड़ खा कूदने पर उतारू। लोगों ने पकड़ कर रखा था। कहते रहे—"30-40 लोगों की जान बचाकर कार्तिक मास में तुमने कितना बड़ा धर्म का काम किया! मंडल भाई का मंगल हो! तेरे बच्चों का भगवान भला करें!"

मंडल ढूह की ओर ज़ोरों से पतवार चला रहा था। सोच रहा था—"हुँह! शुभ होगा! मंगल होगा! कार्तिक में धर्म का फल तो मिल ही गया। आँखों के आगे वंश-कुटुंब बह गया। बच्चे मुहाने की ओर बह गए। अब और किसी की क्या जय होगी?"

उत्कलमणि को नाववाले आशीष पर आशीष देते रहे। औरत होश खो बैठी। जा—साले बच गयी! इतनी बड़ी विपदा, दुःख, जीवन-मरण का द्वंद्व और संकट की घड़ी में खसम को क्या हिम्मत दे...उल्टे विचलित कर रही थी।

मणि भाई तू ही हमारा भगवान...विधाता...आदमी नहीं देवता है! सात जन्म में तेरा ऋण नहीं उतार सकते। बस कहीं ढूह देखकर उतार दे। फिर नाव ले बच्चों को ढूँढ़ ला। केवट बच्चे! भंवर काट तैर रहे होंगे। हे प्रभु बच्चों की मदद करना।"

मणि को कुछ नहीं सुनायी पड़ता। वह नाविक न रहा, एक पतवार बन गया। पतवार-सा दृढ़, कर्तव्यनिष्ठ और निर्लिप्त। जिसे हँसी, रुलाई, प्रशंसा, निंदा कुछ नहीं सुनाई दे। कौन मरा, कौन बचा, उसे कोई फरक नहीं पड़ा। अपना पराया नहीं। पतवार का धर्म है नाव किनारे लगाना, डुबाना नहीं। जो डूब ही गया, उसे उठाना पतवार के वश में नहीं। जो डूब-डूब हो तैर रहा, उसे डूबने न देना पतवार का धर्म है। मणि मंडल पतवार बनने के बाद पागल-सा नाव भर लोगों को गाँव से लेकर ऊँचे ढूह पर पहुँचाता रहा। पता नहीं कितने झुंड का उद्धार करने के बाद मणि ने नाव मोड़ी उधर उस भंवर की ओर। शायद बच्चे मिल जायें, इसी आस में। पीछे से आवाज़ सुनाई नहीं पड़ती। जीवित लोग ऊँची जगह जा चुके थे। बाकी जो पुकार नहीं रहे, पर पानी में तैर रहे, उन्हें पानी से निकालने में कोई लाभ नहीं। क्योंकि वे ज्वार संग जूझ-जूझ कब के सबसे ऊँचे स्थान सिधार चुके थे, जहाँ से लौटने का रास्ता नहीं था। मंडल की घरवाली होश पाकर केवल गाली बरसा रही थी—"हे विधाता! यह राक्षस बाप बेटों को पानी से निकाल लाया था मारने के लिए—विधाता..."

"गाँववाले अपने हो गए, अपने बच्चे पराये! मेरे बच्चों, विधाता मुझे क्यों नहीं ले गया।" मणि की घरवाली छाती का सारा कोह और संताप शोक उँड़ेलने को सही भाषा नहीं पा रही थी। पत्थर दिल बाप को कोसने में गालियाँ कम पड़ रही थीं। एक अमुँही छाती का कोह उँड़ेल देने को दो आँखों के लिए इतने आँसू कहाँ हैं! आँखें रो नहीं रही थीं। अब सिर्फ़ छाती रो रही थी। लोग उसे हिम्मत दे समझाते रहे। उत्कलमणि को मनुष्य से देवता बना दिया। देवता तो अदृश्य रहते हैं। स्त्री की धिक्कार वाणी, गाँववालों की प्रशंसा सब पीछे छोड़ मणि मंडल तीन-तीन बच्चों की चीख़ का पीछा करता क्रमशः लहरों में अदृश्य हो गया।

~

व्यवसाय और तूफ़ान आमने-सामने खड़े थे। तूफ़ान के असली घाटी पार करने से पहले कारोबार समेटने के लिए घेरी के मालिक जी-जान से जुट गए। भाग्यधर को साथ ले सांझ में ही पहुँचा तब तक बैकुंठ जाल फेंक घेरी से मछली पकड़ रहा था। मछली व्यापारी एडवांस दे गए थे। अतः जान की बाज़ी लगा, तूफ़ान की चेतावनी पर कान बंद कर आ बैठा घेरी के पास। जाल उठाते ही ऊदबिलाव-सी सबकी आँखें चमक उठतीं बरसा-पानी पीछे छोड़। झट मछली पकड़े तो व्यापारी फटफटिया पर भागेंगे कटक-भुवनेश्वर। बैकुंठ के हाथ सँभल नहीं रहे पवन वेग में। बेपारी घड़ी-घड़ी हड़बड़ी मचा रहे। रात दस बजे तक मछली पकड़ना चला। चार जन पारी से पकड़ते रहे। चटपट मछलियाँ व्यापारियों को पकड़ा रहे विपिन, भाग्यधर, मदद कर्ता। दस बजे ज़ोर पकड़ लिया पवन ने। घेरी और केनाल में उफनता ज्वार का पानी भर आया।

पास में रेडियो तूफ़ान का गतिपथ, हवा का वेग सब बताता रहा। विपिन और भाग्यधर के भरपेट भोजन का हिसाब कर छाँटी हुई झींगा रख बाकी बाँध-बूँध विपिन ने बैकुंठ को गाँव भेज दिया—"तू झटपट जा। मैं माँ को कह आया हूँ आज झींगा का शोरबा बनेगा। घर पर काफ़ी मेहमान हैं। मछली भी काफ़ी बची हैं। साले कुछ जगतसिंहपुरी ख़ुदरा बेपारी जान की परवाह कर नहीं आए। उन्होंने अग्रिम नहीं दिया था। अतः हमारे नुकसान से उनका क्या फ़र्क पड़ता है? हमने मछली पकड़ी, वे नहीं आये। ये मछली सड़ी या नहीं? उनके पैसे भी उड़ गए। खैर, तू जा बर्षा-पानी बढ़ने लगा है।"

"और तू! माँ मुझे छोड़ेगी?" बैकुंठ रुआँसा हो गया।

"हम यहीं पका कर खा लेंगे। सारी हिफ़ाज़त कर हम दो घंटे में पहुँच रहे हैं।

भागू का बेटा बीमार है—बहन को बच्चा होने वाला है, शंख भाई ससुराल में है। हम क्या समुद्र के मुहाने पर घेरी में रहेंगे? देख—सब घेरी में मछली पकड़ना चल रहा है। ऐसे डरे तो क्या व्यापार चलेगा?'' बैकुंठ को मछली देकर भेज दिया विपिन ने। उबले ऊसना भात से गरम-गरम भाप निकल रही थी। अच्छे मिर्च-मसालेदार झींगा का शोरबा खूब लाल और ताज़ा दिख रहा था। साथ में भूख। इतना झींगा भाग्यधर ने कभी नहीं खाया। विपिन ने भी नहीं। व्यापार सलीके से चले तो केवट हो या अन्य कोई अपनी घेरी से अपने जाल में मिली मछली बिना बेचे खाता है क्या? पानी-पवन की परवाह न कर, मन को समझा कर मछली खायी गई। भात भी भर पेट खाये। पानी पीने की जगह नहीं बची। तूफ़ान नाच रहा था उधर एजबेस्टस की छत पर। बरसा अपनी मन मर्ज़ी कूद रही थी। कस कर खा-पीकर छहों सो गए थककर। भाग्यधर भूल गया बेटे की बुखार की बात—घर की बात। सोचा, 'रात बीतने से पहले घर भागेंगे। पानी आने की बात अगर सच हो तो सुबह से पहले कुछ होना नहीं है। तूफ़ान अपना ज़ोर खत्म करता है, करता रहे। रात में घड़ी भर सोये रहें, सुबह कितनी ताकत लगानी होगी, भगवान जानें।' भाग्यधर ठाकुर का नाम ले सो गया। विपिन की खर्राटे की आवाज़ आने लगी है।

इससे पहले कि तूफ़ान सुबह को घसीटकर लाता, छहों हड़बड़ा कर उठ बैठे। तब तक तूफ़ान सिर पर से एजबेस्टस उड़ा चुका था। ऊपर से मूसलाधार बरसा हो रही थी। झींगा का खाद्य और रुपये-पैसे पॉलीथिन बस्ते में रख विपिन ने कंधे पर डाला। अंधेरे-अंधेरे में गाँव चलें तो ठीक। पर बरसा-तूफ़ान का वेग इतना हो चुका है, बाहर निकल भी न सके। रात में आस-पास घेरीवाले सब विपिन की घेरी तक आ चुके थे। उनकी घेरी के पास वाला घर औरों से ऊँचा था। ठोस भी। बाहर की हालत देख सबके हलक सूख गए। सुबह आठ बजे हवा की दिशा बदली, तब गाँव को चले। पर तीन-चार फुट चलने में दस बार गिरे। बरसा की धार छुरी-सी काट रही थी। सँभाल न पाये तो पास के धोबी घर में घुस गए। पॉलीथिन से सूखे कपड़े पहनने लगे तो घुटनों तक पानी में सब भीग गए—''समुद्र चढ़ आया—हरि बोल!'' चिल्ला कर सब ऊँची जगह की ओर दौड़ पड़े।

साहाड़ाबेदी गाँव में झांऊ के पेड़ के नीचे रेत खिसकने लगी थी। बार-बार पानी में गिरने लगे। केवड़े की बाड़ लाँघ ऊँची जगह की ओर भागे। इसमें जाँघ, पाँव छिल गए। दर्द का पता ही न था। जी-जान लेकर भाग रहे। चाय दुकान, किराने की दुकान वगैरह सब डूब चुके हैं। धमा-धम सड़क के दोनों ओर की

दुकानों की दीवारें ढहने लगीं। केबिन पर सात-आठ लोग बहने लगे थे। देखते-देखते वे धुआँ उठते समुद्र मुहाने की तरफ़ बढ़कर धुएँ में लीन हो गए। समुद्र मानो प्रलय प्रतिज्ञा में फू-फां कर गरम सांस से पानी को धुआँ कर रहा था। आकाश, पृथ्वी, समुद्र सब एकाकार हो रहे थे। कुछ पता न चले। त्रिलोक मिलकर कलयुग की शेष यवनिका पात के लिए पक्का निर्णय कर चुके हैं।

विपिन और भाग्यधर के साथ और भी 40-50 लोग बेंत का झुरमुट पार कर एक ढूह पर चढ़ गए। बचाव हो गया। ढूह पर बड़े पेड़ नहीं थे, प्राणघाती हवा की चोट और बरसा की मार जानलेवा लग रही थी। भस-भस कर पानी भर गया। दक्षिणा पवन बहने से पानी में बहे लोगों को समुद्र में खींच ले गया तूफ़ान। दक्षिण का वेग उत्तरा से इतना ज़्यादा था कि दो-तीन बच्चे भी माँ के हाथ से छूटकर पेड़ों से टकरा गए। सब मूक थे।

29 तारीख सुबह से 30 तारीख रात दस बजे तक खूब बरसा। दक्षिणा पवन चला। दक्षिणा ने ही ज़्यादा जन-जीवन का विनाश किया। विपिन और भाग्यधर साथ बैठे दिन भर हवा-वर्षा की मार खाते रहे। मरे लोग मुहाने की ओर औंधे मुँह बहते रहे दिन भर। पहले जब पच्चीस फुट ऊँचा पानी जटाधारी मुहाने की तरफ़ से फुंकार भरता चढ़ आया, तो उफ़नते ज्वार ने एकदम नंगी औरत को पटक दिया भाग्यधर और विपिन पर। वे दोनों आँखें मूँद सिर नीचा किये बैठे थे। बरसा की चोट और तेज़ हवा में आँख खोलना कठिन हो रहा था। सामने पड़ी थी बेहोश नंगी औरत! एक बार आँख खोल फिर बंद कर लीं दोनों अभयपुरिया ने। उनकी तरह सब आँख मूँद इष्ट देव को याद कर रहे हैं। पता नहीं कब उस औरत को होश आया, वह चीखने-चिल्लाने लगी—"मेरा बेटा!...बेटा!" कहकर ढूह से नीचे कूदने वाली थी कि दोनों साथियों ने पकड़ लिया। पागल हो, गैरज़रूरी हो, उपेक्षित हो, जीवन तो जीवन है, जीवन का मूल्य होता है। आँखों के सामने सैकड़ों जीवन का विनाश पर्व हो गया, कोई कुछ न कर सका। माँ के हाथ से बच्चा फिसल रहा, माँ देखती रह गई। पति के हाथ से पत्नी खिसक रही, पति पत्थर बना खुद को सँभाल रहा था। जहाँ वश न चलें, आदमी पत्थर बनने को बाध्य है। पर इस पगली को कैसे छोड़ दिया जाये? पास बैठे बूढ़े ने गठरी में से साड़ी निकाल पगली पर डाली। पगली ने झट से साड़ी अपने पर ढाँप ली—लज्जा के लिए नहीं, ठंड और बरसा से बचने के लिए। बूढ़ी अपनी बेटी के यहाँ कुमार पूर्णिमा पर ऊखड़ा (मीठी लाई) देने आयी थी। साथ था बारह बरस का पोता। बुखार से काँप रहा था पोता। देह तवे-सी तप रही थी। हाथ-पाँव बर्फ़ हो रहे थे। बूढ़ी

विकल हो रही थी पोते की हालत देख। बाहर इतना बड़ा प्रलय संहार जारी है, उसकी इसे कोई खबर नहीं। उसका ध्यान पोते पर केंद्रित था।

किसी बीड़ी पीनेवाले ने थैले से माचिस निकाली, दूसरे ने पॉलीथिन से पुराना कपड़ा। आग सुलगा कर बच्चे को सेंका, दादी गोद में लेकर बैठ गई। दिन भर के भूखे। फिर भी दादी के पास अब छटपटा नहीं रहा। उसे कुछ चैन मिला शायद। आँख मूँदे पत्थर बना पड़ा है। पगली आँचल खींच दिन भर बूढ़ी के पोते को सहलाती रही। रात दस बजे तूफ़ान कम हुआ—मगर बर्षा और ठंडी हवा कम होने का नाम नहीं ले रहे थे। रात बहुत भयंकर लग रही थी। ढूह पर दिन भर शरणार्थियों की संख्या बढ़ती गई। सात-आठ सांपों को पानी से तैरते हुए आकर पास के झुरमुटों में आश्रय लेते सबने देखा है। उधर ऊँचे पेड़ पर तीन-चार सांप झूल रहे थे। मगर वे साँप ठंडी हवा और वर्षा से निस्तेज हो पड़े थे। भले ही रात में स्वभावतः चोट कर बैठें, पर अभी कुछ भी करने की हालत में कोई न था। कुछ लोग 'ॐ नमः शिवाय' भज रहे थे। विपिन के कपड़े भीग चुके थे। उसके घुँघराले बालों से पानी झर रहा था और वह ठंड से काँप रहा था। पॉलीथिन में सूखी पोशाक इस बीच दाता कर्ण की तरह किसी और को दे चुका था।

विपिन इस किट-किट अंधेरी रात के प्रति कृतज्ञता जता रहा था क्योंकि चारों ओर ढेर की ढेर नंगी लाशों को इस अंधेरे की चादर ने ढाँप लिया था और उस पर अनवरत रोती जा रही थी। तभी उसे लगा वह काँप रहा है। भय में नहीं, ज्वर में। पिछले कुछ महीने से उसे मियादी बुखार चल रहा है। मलेरिया की गोलियों से सिर चकराने लगा। आँखों को साफ़ नहीं दिखता। बराबर बुखार-ज्वार-भाटे की तरह चढ़ता-उतरता था। मछली व्यापार के नशे में विपिन इसकी कोई परवाह नहीं करता। बालू ढूह पर लोग ठसाठस भर गए हैं इस बीच। कोई कहीं से बह आया और भाग्य से ढूह के किनारे लग गया। गाँवों को चक्रवात ने ऐसा रौंद डाला है कि पूरब-पश्चिम, उत्तर-दक्षिण सब दिशायें उलट-पलट हो गई हैं। गाँव के गाँव समुद्र में लीन होने के बाद लोग अपने गाँव का परिचय भी नहीं दे पाये।

जो औरत बाल-बच्चे गँवा कर पागल हो चुकी थी, वह ठंड में अकड़े बूढ़ी के पोते को सहला रही थी। संभवतः जान चुकी थी कि वह एक माटी के पिंड को ही सहला रही है, क्योंकि सांझ से उस देह से प्राणवायु उड़ चुकी थी। अपना बच्चा समझ अब तक शांत थी। अचानक वह मृत्यु की शीतलता पहचान कर चीख उठी—"मेरा बेटा तो अब नहीं रहा, मैं क्यों जीवित रहूँ?" वह अंधेरे में ही छलाँग लगा छपाक से पानी में चली गई। पीछे-पीछे भाग्यधर की ऊँची आवाज़ थी—

''रे...क्या करती है? ठहर, तेरा बच्चा जीवित है!'' विपिन कुछ बोले इससे पहले ढूह के पास पानी में छप-छपाक दो शब्द। इसके बाद सब लीन हो गया मेघ, हवा, चढ़ते ज्वार के गरजते स्वर में। भाग्यधर ने ऐसी सत्यानाशी अक्ल क्यों लगाई! अंधेरे का विष पीकर, गाँव की डीह खा-खा कर बने गड्ढे में भरे पानी में से अब वह क्या जीवित हो लौटेगा? कल सुबह अगर गाँव को राह मिल जाये, राह के बीच गाँव मिले, गाँव मिलने के बाद उद्धव मंगवाल या उसकी बहू मिल जाये, तब पूछेंगे कि भाग्यधर कहाँ गया? तो वह क्या उत्तर देगा? विपिन सोच में पड़ गया। हालाँकि ऐसे प्रश्न का उत्तर उसे या किसी को नहीं देना पड़ेगा। प्रलय से प्रश्न करने का अंधिकार किसी को नहीं, यह बात कौन नहीं जानता?

~

क्या विपिन को बुखार अभी दबोचना था? घर याद आ रहा है। ऊष्म वह बिस्तर! माँ का सहलाना। कंबल, कथरी डाल उसे ऊष्मा देना। गरम सरसों तेल से हाथ-पाँव पर मालिश करना। क्या हमारा घर अब बचा होगा? माटी का घर तूफ़ान ने छोड़ा होगा? उफ्...यह कँपकँपी अपने सिवा कोई और चिंता रहने ही नहीं देती!

''उह...ओह हाय राम!'' विपिन कराहने लगा है।

तभी पता नहीं किसने उसकी थरथराती देह को ढाँप लिया। कांटिया चादर जैसा ऊष्म आँचल उस पर डाल दिया। हाथ-पाँव सहलाने लगा। कँपकँपी बढ़ गयी तो समूची देह जकड़ ली। विपिन की नाक में किसी अनजान तेल की गंध भर गई! गंध तेज़ थी, पर मीठी। आराम लगा। उसे जकड़ने वाली देह किसी की माँ, बहन, स्त्री या बेटी होगी। विपिन को लगा भगवान ने मेरी सुश्रुषा के लिए माँ को ही भेज दिया है। क्योंकि ऐसी ऊष्मा तो मेरी माँ के स्पर्श में मिल सकती है। पत्नी की सुश्रुषा कैसी होती है, वह जानता न था। मगर पत्नी के स्पर्श में माँ के खून की ऊष्मा कहाँ होगी? घरवाली की प्रेमसुधा से माँ का निशर्त खून गाढ़ा है, विपिन जानता है। देह निविड़ होने पर विपिन समझ गया कोई युवती देह है जो प्रशांत आत्मीयता से कष्ट कम करने निकट आ रही है। नारी कोई भी हो, उसकी यह हालत देख, लाज-संकोच भूल मातृभाव में पूरी देह को जकड़े है, विपिन अनुभव कर रहा है। इस बारे में उसमें कोई संदेह या संकोच भी न था। सुबह होने पर इस प्राणदात्री का चेहरा देखूँगा। उसके गाँव पहुँचा दूँगा। चिर ऋणी रहने के अलावा गति नहीं।

पता नहीं कब विपिन स्वप्न राज्य में पहुँच गया। पोते का शव लिए बैठी बुढ़िया की करुण रुलाई से बीच-बीच में नींद टूट जाती। उसे लगता, रात भर सुरक्षित आश्वासन के बीच वह सो रहा है। ठीक समय पर रात कटी—मगर विपिन की नींद टूटी तब तक भोर और भोर न थी। सुबह हो चुकी थी। सुबह अपना भारी मुँह लिए खड़ी थी। शायद प्रलय तांडव के बाद ऐसे अकल्पनीय शोक की पृथ्वी के सामने मुँह न दिखा अपराधी-सी खड़ी है। विपिन ने पहले ढूँढ़ा भाग्यधर को। उसका कोई पता न था। उफ् रात में भाग्यधर तो अभागे की तरह कूद पड़ा पगली के पीछे पानी में। अब उसने ढूँढ़ा उस मातृमूर्ति को जिसने रात भर आश्रय दिया था ऊष्म आंचल तले। वह नारी भी अंतर्धान थी। शायद राह खोज, घर-परिवांर, नया भाग्य खोजते-खोजते अन्य सबकी तरह दिशाहीन पृथ्वी पर चल पड़ी है। उफ्...एक बार कृतज्ञता जताने का अवसर भी नहीं मिला! विपिन हड़बड़ा कर उठा। रुपयों की पोटली जेब में वैसे ही सुरक्षित है मगर पॉलीथिन में बँधी एक दूसरी पोटली उसके पास पड़ी थी। उसमें चाँदी के कान के बाले, ताबीज, गले की हंसुली और साथ में पीर बाबा की कुछ शीरनी...थी। ऐसे कान के बाले तो मुसलमानों के यहाँ पहने जाते हैं। तो वह कोई मुसलमानिन थी? पिछली रात करुणा और नेह के आगे हिन्दू-मुसलमान एक हो गए थे। पोटली को सावधानी से सँभाला। उसमें से तैर आती महक में मुसलमानी खासियत, नारी प्राणों की ममता, हृदय की महक साफ़ झलक रही। कहाँ ढूँढ़े? कैसे पाये उसे? उसका यह संचित धन कैसे लौटाये? विपिन का मन उस सुश्रुषा कारिणी के प्रति श्रद्धा, सम्मान व कृतज्ञता में भर गया, उसे भी लौटा न सकेगा! हर ऋण चुकाया नहीं जाता। नि:शर्त करुणा के ऋण को कैसे चुकाये? जीवन में लोग तरह-तरह के ऋणी बनकर रह जाते हैं।

इसी एरसमा धरती पर तीस साल से हिन्दू-मुसलमानों को मन मिलाकर रहते देखा है। पता नहीं कैसा अवांछित कारण हुआ कि वह मुसलमान को अपना भाई मान ही नहीं पाता। मानो यह धरती केवल हिन्दुओं की है। जैसे गोलमस्ता, शेख रहमान, शेख सालबेग वगैरह जबरन घुस कर रहते हैं। न कहते बनता है न सहते बनता है। जबकि प्रलय की एक रात में रोम-रोम ने यह भ्रांति पोंछ डाली। अब समझ रहा है—धरती सबकी है। जिसने धरती को चाहा, यह उसी की है। जिसने इसे नहीं चाहा, वह विधर्मी है। प्रलय ने बता दिया कि यही धर्म है।

विपिन ने पोटली माथे से लगाई। शीरनी खाकर बूढ़े पीर के प्रति कृतज्ञता जताई कि इस सुन्दर पृथ्वी पर एक और सुनहरी भोर देख सका। मगर ढूह के नीचे

की ओर देखा—आँखें मुँद गईं। क्या यही है उसकी सुन्दर पृथ्वी—हरीतिमा धारिणी एरसमा!

~

जब जुड़वां बेटों का चाँद-सा मुखड़ा देख शंखधर फूल उठा था, तभी उन्मत्त समुद्र और मत्त हाथी-सा तूफ़ान मिलजुल कर बढ़े चले आ रहे थे। सांड जैसे मरद शंखधर के होश उड़ गए। गाँव लौटने को तैयार हो रहा था, पहाड़-सा ऊँचा समुद्र चढ़ आया। जिस गाँव में मेंढकी मूत दे तो कमर तक पानी भर जाये, वहाँ देखते-देखते पानी फैल गया। गाँव समूचा समुद्र बन गया। किधर जायें, सोचने को भी समय न था। आँखों के आगे समुद्र देख सबकी आँखें मुँद गईं। आँख खुली—सब समुद्र पर तैर रहे हैं! समुद्र का अट्टहास, तूफ़ान की ऊँची सांस में हज़ारों की चीख-पुकार डूबती जा रही थी। खुद को भी अपनी चीख सुनाई नहीं देती। शंखधर ने देखा—ससुर राम बेहरा के मचान पर बैठी उसकी सोहरारी घरवाली, जुड़वां बच्चे सहित ससुराल के अठारह जन तेज़ स्रोत में समुद्र गर्भ में बह गए! भाग्य बल से या भाग्य दोष से। शंखधर साथ में बहते-बहते विकल हो कुछ पकड़ कर अटक गया।

डूबनेवाला तिनके का सहारा लेता है। पर वह तिनका न था। वह थी किसी ज़माने में समुद्र में टूटे जहाज़ की जीवन तरी। जीवन तरी कहाँ बहा रही है, वह जान ही नहीं पाया। जीवन की ओर या मौत की ओर? जिधर भी बहा ले, शंखधर का उस समय कोई चारा न था। बहते जाना ही निरुपाय कर्तव्य था। होश खो रहा था। फिर लौट रहा था। ऐसे ही बहता हुआ एक बाँस के झुरमुट में अटक गया। इसके बाद निढाल हो पड़ा रहा। पता नहीं कितने युग? उसे लगा कई सांप उस पर से सर्र-सर्र आवाजाही कर रहे हैं। वे केवल अपने लिए कोई सुरक्षित जगह तलाश रहे हैं। उनके लिए शंखधर माटी का ढेर था। उसमें हलचल नहीं थी। जो आँखों के आगे समुद्र में गए, उनकी चिंता नहीं रही। वे कैसे हैं, कहाँ हैं, सब जानता है। अब और क्या चिंता करे उनके लिए? उसकी चिंता थी जिन चार बेटी-बेटों को माँ-बाप के ज़िम्मे छोड़ आया था, उनके लिए। खैर, बापू उद्धव मंगवाल तो उन बच्चों को समुद्र में धकेल नहीं देगा! जैसे भी हो रक्षा करेगा। बापू पर शंखधर को सबसे ज़्यादा भरोसा था। भगवान पर भी उतना न था। भगवान ने क्या किया निर्दोष स्त्री और नन्हे बच्चों का? क्या कसूर किया था उन बच्चों ने?

उन्हें ले जाना था तो औरत को तीन दिन तीन रात गर्भ कष्ट क्यों दिया? करुणासागर की निष्ठुरता से कौन प्रश्न कर पायेगा?

टूटी नाव में रहकर शंख़धर ने देखा—समुद्र ही समुद्र में बही जा रही है गंगा। जटाधारी मुहाने के अजगरी मुँह में कितना कुछ नहीं चला जा रहा! जाने, अनजाने, कोई गाँववाला, कोई रिश्तेदार, पराया, अपना, मित्र-शत्रु की भावना कहीं न थी। सब अपने-अपने विचारों में बह रहे थे। गंगा कैसे आकर समुद्र में मिली, कौन जाने? गंगा स्वयं भी नहीं जानती। उस दिन तूफ़ान की अफ़वाह से उफने कौतूहल ने उस किशोरी मन को इतना बेचैन कर दिया, सारे गाँव में घूमने-फिरने लगी। यहाँ-वहाँ झुंड के झुंड लोगबाग अफ़वाह को बढ़ा-चढ़ा कर कह रहे थे। किसी ने कहा कि तूफ़ान पूरब से आयेगा, तो गंगा पूरब की ओर मुँह कर बैठ गयी, हंसुवा नदी के किनारे। कब अंधेरा हुआ, बरसा आयी, तूफ़ान आया, उसका उधर ख़याल नहीं। पीछे से पदचाप सुनी तो उठकर घर की ओर पांव बढ़ाए। सामने यमदूत-सा खड़ा था कोई राजनीति वाला छोकरा। ऐसे छोकरे गाँव में कुकुरमुत्ते की तरह हर तरफ़ खिलते हैं चुनाव के दिनों में। चुनाव के बाद गायब हो जाते हैं। कहाँ-कहाँ से आते हैं ये किराये के कार्यकर्ता। अभी चुनाव समाप्त हुआ है। कहते हैं एक और चुनाव तूफ़ान-सा चला आ रहा है। अतः ये किराये के कार्यकर्ता इधर-उधर मिल जाते हैं। उनका न गाँव है, न घर-परिवार। यहाँ तक कि जो भाड़े पर लाकर काम कराते हैं, वे भी नहीं जानते। गंगा तो पढ़े-लिखे बाभन परिवार की लाडली बेटी। छोकरों को देख जान गई कि ऐसे आवारों को न तूफ़ान की परवाह, न कानून की खातिर है, न मरने का डर है। अंधेरे में उसे यमदूत-सा लगा, छाती काँपने लगी। आगा-पीछा न देख पाँव पीछे सरकाया। नदी में गिर पड़ी। छोकरा भी छलांग लगा गया, तूफ़ान व बरसा एकाकार हो गंगा को बहा ले चले, उस अनंत दूरी की ओर जहाँ छोकरे के हाथ नहीं पहुँचते।

मगर विपदा आती है—अपने साथ बाल-बच्चों को भी लाती है। एक दानव से छूटने वह नदी में कूदी, समुद्र दानव के कब्ज़े में आ गई। जटाधारी मुहाने के कब्ज़े में आने से पहले एक और परिचित दानव के कब्जे में आयी। उसने पवित्र कुँवारी देह को पानी से निकाल कर पीठ पर डाला, भैंस-सा तैर अनजान टापू की तलाश में चला, जहाँ जीवन हो या न हो, प्रलय नहीं होगा। प्रलय के आगे निशर्त सौंप चुकी गंगा उस भयंकर दानव के हाथ स्वयं को सौंप कर निश्चिंत हो गई।

अब मरने के लिए जूझने की ज़रूरत नहीं। क्योंकि वह दानव दोनों के लिए पानी से जूझ रहा था।

शंखधर अवाक् देखता रहा। चाह कर भी वह गिरिमा की प्राण प्रिय सहेली कुँवारी गंगा को मौत के हाथ से बचा नहीं पा रहा था। पानी से जूझते-जूझते दानव ने सिर निकाला एक हाथ उठा कर मरणकालीन सहायता माँगी। फिर निश्चेत हो मुँह झुका लिया, गंगा को धारण कर समुद्र के मुँह में समा गया।

शंखधर की छाती कचोटने लगी। उफ्, नर्कू राउतराय का उद्दंड तैराक बेटा अर्जुन राउतराय गंगा को बचाने की चेष्टा न करता तो वह बच गया होता। इस छोकरे ने एक कुँवारी लड़की का बलात्कार कर गला घोंट दिया था। क्या उसकी आह लगी। वह झींगा घेरी की रखवाली पर था। रात में समुद्र की चपेट में पड़ तैरता जा रहा था, बेचारा अकेला होता तो बच जाता। कहते हैं इस लड़के ने किसी कुँवारी लड़की का बलात्कार करने के बाद गला दबाकर मार दिया था। बाप के काले धन से कुसंगत में पड़ चोरी, दारी, फ़ौजदारी करता रहा। बिगड़ गया। वरना छोकरा बुरा नहीं था। प्रभु उसकी आत्मा को शांति दें। और बिचारी गंगा...। शंखधर भला क्या कर पाता—वह तो खुद ही अथाह जल में बह रहा था।

ग्यारह

प्रलय का भी अंत होता है। क्योंकि विश्व स्रष्टा नित्य सृष्टि रचना करते हैं, पर नित्यप्रति प्रलय नहीं करते। प्रलय की रचना तभी करते हैं जब मानव, सृष्टि की अवमानना करता है।

कलयुग के पाप ने केवल सृष्टि की उपेक्षा ही नहीं की थी, सृष्टिकर्ता की भी उपेक्षा की थी। कभी आकाश की, कभी समुद्र की, कभी पानी, हवा, मंदिर, मस्जिद में भी फैला कलयुग के इंसान के पापी मन का हलाहल।

त्राहि-त्राहि पुकार रही थी धरती माता। अत: प्रलय रचने की कठोर शपथ ली थी वरुण देवता ने। सत्ययुग के समुद्र देवता ने वचन रख कर निन्यानवे हाथों में सिर्फ़ तीन अस्त्र धारण किये—चक्रवात, घोर वृष्टि और अशांत ज्वार। वे तीनों अस्त्र भेज कर छत्तीस घंटे संहार पर्व चलाया सर्वंसहा धरती पर। पाप दलन के लिए अभिप्रेत प्रलय के कब्ज़े में बलि पड़े पुण्य, करुणा, हँसी-खुशी भरा संसार। कुरु-पांडव धर्म युद्ध में केवल कौरवों का नाश नहीं हुआ, पाँचों पांडवों के कुलदीपों का भी नाश हो गया था। पापी-निष्पाप सब बलि चढ़े धर्मयुद्ध में। प्रलय और युद्ध की यही नियति होती है। प्रलय की हाँडी में कच्चे-पके, भले-बुरे, साधु-असाधु सब लीन हो जाते हैं। सौगंध लेने की तरह फुँकार में सब कुछ शेष कर डाला प्रलयदेव ने। उस अशुभ 29 तारीख की सुबह हरिपुर ज़िले के आत्ममग्न गाँवों को पहली सौगंध में कुम्हड़े से भरी मचान को, भित्तिचित्र से अलग कर दिया एक ही फुँकार में। दूसरी सौगंध की फुँकार से समूचे घर के विपन्न लोगों को आसरा दिये ढुलमुल मचान को चक्कर की तरह फिरा कर औंधे पछाड़ा। तीसरी सौगंध की फुँकार में समुद्र के अनंत गर्भ की ओर सोख लिया मचान, आदमी, गाय-गोरू, पेड़-पौधे, धरती के एक टुकड़े की हज़ारों साल की बुनियादी डीह को। इन तीन सौगंध को पूरा करने में लगीं केवल कुछ ही घड़ी। मोटी रोटी पलटने

की तरह ऊँचे ज्वार ने उलट डाला हज़ारों पीढ़ी पुरानी डीह सहित सुख-दुःख भरे संसारी मानव के इहकाल को। नमकीन पानी की लपलपाती जीभ पसर कर भरी-पूरी कातिक की धरती पर प्रलयपयोधि, माँ काली की तरह खड़ी थी। छत्तीस घंटे के तूफ़ान के बाद और चार दिन।

प्रलय तांडव का घू-घां गर्जन, घर-बार, पेड़-पौधे आशा-भरोसा को कड़मड़ाते तोड़-फोड़ के शब्द, हुलुध्वनि, हरिबोल, आर्त प्रार्थना, रोना-चीखना, आत्मरक्षा के लिए छाती विदीर्णकारी चीख, जटाधारी मुहाने की 'निगलूँगी-निगलूँगी' की चीत्कार शांत हो चुकी थी। सब शेष कर क्रमशः छत्तीस घंटे बाद प्रलय थम गयी। अपने किये कर्म की परिणति देख अवाक् खड़ी रह गई प्रलय सुनसान गाँव के रास्ते पर कमर तक समुद्री पानी में। तीस तारीख, शनिवार, सिंदूरा खुलने से पहले हरिद्रावसना हरिपुर इलाके के आस-निरास में भरे-पूरे गाँवों के भाग फूट चुके थे। रात बीती, सूरज निकला। पर सूर्योदय को देखने वहाँ कोई न था। जो कुछ थे, उन्हें चारों ओर अंधेरा दिख रहा था। श्मशान की चिता-सी दिख रही थी उगते सूर्य की लाल किरणें!

रात क्या ऐसे बीतती है? पक्षियों का स्वर कहीं नहीं। मुर्गों की 'चक्रधर रक्षा कर' (कुकड़ूँ-कूँ) शांत हो गई है। बच्चों का रास्ते पर कोई शोर-शराबा नहीं। हल लेकर खेत जाते किसान भाई का हल-गीत कहीं नहीं। बहू-बेटी की नदी घाट पर पायलों की रुनझुन नहीं। मंदिर की घंटी या मस्जिद की अजान कहीं सुनाई नहीं दे रही थी। बाँस के झुरमुट न होने के कारण हवा की सनसनाहट भी नहीं। उस भोर के समीर में जूही या चंपा, मालती की महक भी गायब थी। कुल मिला कर उर्वर धरती ही न थी, पेड़-पौधे, गाय-गोरू, पशु-पक्षी, आदमी कहाँ से आते? ढेरों तूफ़ान आए हैं। पेड़ टूटे हैं, पर बाँस के झुरमुट, बेंत के झुरमुट अपनी ज़िद पर अटल खड़े रहे। यह प्रलय ऐसी थी कि इलाके में बेंत, बाँस या केवड़े किसी का झुरमुट न बच पाया। वृक्ष शून्य, पक्षी शून्य, जीव-मानव शून्य, अपुष्पक धरती बन गई जगतसिंहपुर ज़िले के नब्बे प्रतिशत गाँव में।

उस दिन सुबह भी अपने पवित्र चरण रखने को ज़रा-सी जीवंत माटी भी नहीं पा सकी। अतः दुविधा में निरीह सुबह खड़ी थी हज़ारों मानव लाशों पर। आँधी-तूफ़ान, दीवार पर से मचान उड़ा लेते हैं, पर निन्यानवे के तूफ़ान ने तो धरती पर से गाँव के गाँव उड़ा लिये। समुद्र को जीवन मान समुद्र के किनारे-किनारे बस्ती बसाने वाले गाँव निश्चिह्न हो गए थे। धोबेई और जटाधारी जंगलों ने आत्मसमर्पण

कर दिया था प्रलय के सामने। नारियल के पेड़ के तनों का ढेर छोड़कर बाकी टूटा-गिरा कोई पेड़ पहचान में ही नहीं आता। लाशें समुद्री पानी में फूल कर अपरिचित बन गईं। कहीं कुछ बचे लोगों के आगे समूची पृथ्वी अनजान हो गई है।

नमकीन ज्वार डेढ़ दिन बाद अपराधी की तरह धीरे-धीरे पाँव हटा रहा है गाँवों की मरी छाती पर से। पानी हटने के बाद जिधर देखो उधर लाश, मरे पशु-पक्षियों के ढेर। टूटे पेड़ों में सड़-गल कर अटक कर वीभत्स लग रहे। उसके बीच-बीच कहीं संतान खोये आदमी-से पक्के मकान खड़े हैं। उसमें भो-भो कर रो रहे हैं भाग्य के बल पर बचे अभागे लोग। अपने आत्मीय, स्वजन, घर-बार, सुनहली फ़सल, गाय-गोरू और समूचा इहकाल गँवा चुके थे। अभयपुर गाँव पूरी तरह सफाचट कर ले गयी थीं समुद्र की लहरें।

गजलक्ष्मी पूजा समाप्त हुई थी। माँ गजलक्ष्मी का विसर्जन होता माटी महोत्सव के बाद। पर माँ की खंड-विखंडित माटी की मूर्ति ही नहीं स्वयं माटी भी विसर्जित हो चुकी थी प्रलय पयोधि जल में। लहराते सुनहरे धान के खेत, हरियाली भरी सब्ज़ियों से भरी बाड़ी-बगीचे। धन-धान्य से भरपूर संदूक, हज़ारों हज़ार मनुष्य, गाय-गोरू, घर-बार खाकर भी मन बोध नहीं हुआ, सर्वस्व अपहरणकारी समुद्र का। अतः वह उर्वर माटी को भी चाट कर लौटा। मारण, तारण, यश, अपयश, सबमें दाँत निपोरते, दूसरों को धन्य करते सर्वस्व निगलते प्रपंची नेता की तरह सर्वग्रासी समुद्री ज्वार फेन के दाँत दिखाकर अज्ञानी मनुष्यों के आगे अपनी शक्ति प्रकट कर गौरव के साथ ताकत और धौंस दिखा लौट गया समुद्र की छाती में।

धनी, दरिद्र, जाति-धर्म, ज़मींदार, प्रजा, नेता, वोटर, महाजन, खातेदार, दाता, ग्रहीता, भाषा और भौगोलिकता में भेद किये बिना मनुष्य में जितने भेद थे, जितनी विषमताएँ थीं, प्रलय ने एक बिंदु पर सबको समान कर दिया था। वह बिंदु है मौत। एरसमा मानो एक सार्वजनिक श्मशान में तब्दील हो गया। वरना बिना भेदभाव के इतने मरण के लिए इतना विशाल श्मशान कहाँ से लाते ये छोटे-छोटे गाँव? जितने निर्लिप्त होने पर भी, श्मशान की सहने की एक सीमा होती है, मगर श्मशान बने गाँव उस सीमा के बाहर खड़े थे। महाप्रलय को स्वीकार लेने में इन मामूली गाँवों में क्या सामर्थ्य है? शवदाह के लिए सूखी लकड़ी न थी, चिता बनाने को खाली जगह न थी। अरथी उठाने को चार कंधे अपनों के नहीं बचे। कौन किस का है, पहचान के लिए कोई लाश साबुत न थी। साड़ी-ब्लाउज़, धोती-चादर, पैंट-शर्ट, गमछा, झाड़न, गहना-गोदना गुदाई का निशान, काला-गोरा देख

पहचान के लिए किसी की देह पर कुछ न था। कीच-गारा, समुद्र के पानी में लिपट जीवन की बाज़ी लगा, प्रलय से जूझते-जूझते आत्मा को प्रलय के कब्ज़े से छुड़ा लाई देह पर चमड़ी तक न थी। एक जैसे विवर्ण, विकृत, नंगे, आवरणहीन हो पड़े थे, एक लक्ष्मीवान इलाके के लक्ष्मीहीन मुर्दे। उनके लिए आँसू बहाने को कोई आँख नहीं। प्रलयकालीन दुःख में आदमी जहाँ पत्थर बन जाता है, वहाँ आँख आँसू, रुलाई का प्रश्न कहाँ ?

लाशों को खाने के लिए सियार, कुत्ते, कौवे, गिद्ध तक कम पड़ गए। वे भी पता नहीं किधर जा छुपे थे। मुर्दों के लिए अपनी-अपनी जगह सुरक्षित रह कर अपने आपको सड़ा-गला कर आत्मसत्कार करने के अलावा कोई और चारा नहीं था।

जो जूझ-जूझकर मरे, वे तर गए और जो प्रलय से मुकाबला कर बल से नहीं, भाग्य के ज़ोर से बच गए, उनका जीने का दुःख मरण से बढ़कर था। प्रलय के हाथ से कुछ बच गए ऊँचे मकान पर, कुछ पेड़ों की डाल पर, मंदिर की छत पर और टूटे पेड़ के बीच अटकी मचान पर लोग तीन दिन से खाना या पानी नहीं पा सके। केवल बरसा की बौछार, ठंडी हवा, तूफ़ान की चोट, हताशा की चाबुक खा-खा कर अधमरे हो रहे थे। जिसने जो पाया खाकर जीना ही एक उपाय था। नमकीन पानी में तैरते गाँवों में गला गीला करने के लिए चुल्लू भर पीने का पानी न था। ऊपर से झरता ब्ररसा पानी, उसे रखने को हाथ न थे। क्योंकि तूफ़ान का प्रहार सँभालने में हाथ जकड़ गए थे पेड़ में, छान में, लकड़ी-बाँस-लता में, सांप की पूँछ में, भैंस की पूँछ में। फिर भी जीने की इच्छा थी, आगे केवल दुःख-कष्ट या हताशा जानकर भी जीने की दुर्वार आशा बलवत्तर थी। आदमी अपने लिए जीता है, अपना जीवन सबसे मूल्यवान है, इस कठोर सत्य को प्रकट कर सर्वहारा मानव अपने-अपने ढंग से उम्र सहेजने लगे। किसी के कहने से नहीं, आत्म प्रबोधन से शक्ति पाकर उद्धार के पलों की प्रतीक्षा करते रहे सब।

रात के आकाश में जितने तारे खिलते, दिन के उजाले में सब बुझ जाते हैं। यह आकाश का नियम है। पृथ्वी पर जितने जीव जन्म लेते हैं, सब एक न-एक दिन मर-खप जाते हैं। यह पृथ्वी का नियम है। इतने जीव कैसे जन्म लेते हैं, यह अचंभा है। कैसे मरते हैं, यह अचंभा नहीं। मरणशील जगत में पैदा होने पर देवता को भी मरना पड़ता है। यह भागवत वाणी है।

यह सच है। कोई मर कर पुनर्जन्म चाहे न पाये, पर जन्म लेकर मरेगा ही। लेकिन हज़ारों मनुष्य एक दिन में, एक तरह से मरना अचंभा था।

सच, एरसमा में जितने मर कर सोये, सबको एक जैसी मौत मिली? यह सच है कि सब मिलजुल मरकर एक साथ सेज पर सोये हैं। पर अकेले-अकेले मौत से जूझे हैं। अकेले-अकेले मरे हैं। लेकिन कौन कैसे जूझा, मौत का क्या रूप देखा, कितने समय तक जीवन से लड़ने के लिए आखिरी सांस तक संग्राम किया, वो बात सिर्फ़ वही जानता है। वैसे मृत्यु की विकटता से संग्राम की उत्कटता जानी जाती है, उन संग्रामियों के चेहरे से। खुली आँखों से, दाँतों में दबी जीभ से, खिंची नस-नस से, खुले जूड़े से, चमड़ी छिली मांसपेशियों से, छटपटा कर मरी क्षत-विक्षत देह से, अंत में अपने को तिल-तिल तर्पण कर देने की भंगिमा से, पता चल रहा था कि मृत्यु पाये सब एक तरह नहीं मरे। हर मौत यहाँ एक-एक विरल वीरगाथा बन गई। किसी की मुट्ठी में घास, किसी के पाँव फँसे बाँस की संधि में, किसी के केश लिपटे केतकी के झाड़ में, किसी की खोपड़ी के बाल खड़े हो गए थे भय से। विद्रोह से, किसी की आँखें बाहर निकल आयी थीं, जी-जान से संग्राम में। कोई दीवार तले समाधि पा गया, कोई झूल रहा था पेड़ की डाल पर, कोई समुद्र में बहकर गायब हो गया था। समुद्री पानी धानखेत में पानी भरने की तरह फैल गया था। कोई पेड़ से खुद को बाँध पेड़ के साथ मर गया। कोई पानी से जूझा, कोई पवन से, कोई बरसा के थपेड़ों से, कोई बिजली से, कोई धँसती दीवार से। पर जूझे सब थे। सब सबसे विछिन्न हो गए थे। फिर भी मिलजुल कर विलीन हो गए थे मरण के पेट में। नंग-धड़ंग देह, खुली आँख, खुले मुँह, हाथ-पाँव मुड़-तुड़ शरीर से लगभग अलग। होंठों पर मौत का नीला रंग। देह-हाथ-पाँव में समूची देह में अपने प्रिय गाँव की माटी-गारे के समुद्री अंगराग लेप कर मृत्यु के विरुद्ध निरर्थक संग्राम करते-करते अनाथ की तरह पड़े थे ढेरों लड़ाके मनुष्य।

संग्राम के बाद जय-पराजय का हिसाब करने के लिए कोई न था। पर ये संग्रामी होने के कारण मौत से लड़कर सोये, फिर भी जीवन युद्ध में सब विजयी हुए। मौत के आगे सब पराजित होते हुए। इनकी जुझारू मौत को पराजय कहने के लिए मज़बूत सीना किसका है? प्रलय कितना ही निर्दय हो, अपने किये कर्म देख, निरंतर रो रहा था ढेरों शवों पर और दुःख की छाती पर खड़ा हो दुःख बढ़ा रहा था सबका। आकाश भूल गया अपना वादा। समुद्र भूल गया अपनी प्रतिज्ञा। धरती भूल गई हज़ारों बरस का अटूट स्नेह। मनुष्य भूल गया अपनी अतीत और भविष्य की आशायें। रेत के घर ढहा देने की तरह हज़ारों साल के श्रम और श्रद्धा से बने गाँवों को तोड़ समुद्र निर्लिप्त होकर लौट गया था। सब खो चुका मनुष्य भी निर्लिप्त हो गया था।

समुद्र लौट जाता है—भाग्य नहीं लौट आता। मरे आदमी का न भाग्य है न भविष्य। मौत के बाद और क्या रह जाता है? आकाश, धरती, समुद्र, नदी, हवा, पेड़-पौधे, सूरज, मेघ, सबने मिलजुलकर षड्यंत्र रचा था। निन्यानवे की संहार लीला करके शांत हो गए। समुद्र लौट गया था धरती के माथे से भाग्यरेखा पोंछ कर। धरती का छोटा-सा टुकड़ा प्रलय तांडव से विछिन्न हो गया था बाहरी जगत से। गाँव में घंर-बार, रास्ते कुछ नहीं बचे। बिजलीवाले गाँवों में न था एक भी बिजली का खंभा, रोशनी नदारद हो गई थी। एक दीया भी नहीं जल रहा था। प्रलय ने बिना भेदभाव के हर घर से बुझा दिया था जीवन दीप। ऐसा एक भी घर न था जिसे प्रलय अक्षत छोड़ गया था। ऐसा परिवार न था जहाँ से प्रलय ने बलि न ली हो। सब घरों की दीवारें गिरी थीं, सब घर में मौत देवता के कदम पड़े थे। आस न थी, भविष्य न था, कल का दिन न था, कल का मनुष्य न था, कल की उर्वर माटी न थी। पकी क्यारी न थी, नारियल से भरे-पूरे पेड़ न थे। आंबीकी पंचायत के पक्के घर भी प्रलय के हाथ से बच नहीं सके। बस, खूँटा-सा खड़ा था गाँव के छोर का स्तब्ध देवल और मरघट की समाधियाँ, ईश्वर एवं मृत्यु, दो चिरंतन सत्य को प्रकट करते हुए।

इस तरह सारे आज, कल और परसों, तरसों अतीत बन जाते हैं, स्मृति में धुँधले पड़ जाते हैं, जीवित लोग भूत-प्रेत बन जाते हैं। मनुष्य का मनुष्य संपर्क स्मृति की छाया बन जाता है। जीवन जिस कायदे से हो, एक दिन मौत बन जाता है, आँखों के आगे हुईं घटनाएँ झूठी हो जाती हैं। चार दिन पहले यहाँ क्या था, कौन थे, इस बात पर आँखों देखे लोगों को भी विश्वास नहीं हो रहा था। निर्दयी प्रलय के करुण अवसान ने धरती और आकाश के बीच एक स्तब्ध दिशारेखा खींच दी थी। मानो पहले यहाँ गाँव-गली, घर-बार, जीव-जंतु कुछ भी न था। थी केवल आकाश और धरती को वृत्ताकार काट कर एक अटूट दिगवलय। उसकी परिधि में नज़र जितनी दूर जाती, नमकीन पानी से तबाह माटी दिखाई देती।

मरे लोगों के सफ़ेद, शीतल फैली हथेली की अमिट भाग्यरेखा की तरह आदिकाल की निर्लिप्त दिशारेखा, तबाह माटी के माथे पर गाढ़ी होकर माटी को आकाश से अलग कर दिया था। उस भाग्यरेखा के सिवा धरती पर और कुछ नहीं था। भाग्य, दुर्भाग्य, सब मिट गया था धरती के कपाल से। धरती स्वयं मिट गई थी समुद्र के उफने हाथ से। धरती खोजो तो मिलते मुर्दे, लाश, प्रलय की वीभत्स जूठन!

~

सारी पृथ्वी से विछिन्न होकर एरसमा की धरती जब मृत्यु के मेले के मैदान में चेतनाशून्य पड़ी थी, दुर्भाग्य से भाग्य माँग रही थी और तब तीन-तीन तांत्रिकों का आतिथ्य उद्यापन कर एक बुनियादी जाति की गणतांत्रिक सरकार, जनता के रक्षक, भाग्य विधाता राजधानी के राजप्रासाद में सुरक्षित रह सारे विश्व के आगे हाथ पसार गा उठे—"भिक्षां देहि...भिक्षां देहि...भिक्षां देहि!"

बिजली की गति से खबर फैल गई पृथ्वी के इस छोर से उस छोर तक—"ओडिशा का आधा टुकड़ा निश्चिह्न हो गया। जगतसिंहपुर ज़िला ध्वस्त-विध्वस्त हो चुका है। आंबीकी पंचायत का नामोनिशान मिट गया।" अपनी इज़्ज़त खुद रखो—इस आधार पर जीते आत्मनिर्भरशील स्वाभिमानी गाँव भाग्य से समुद्र के पेट में समा गए थे। वरना शायद विरोध कर वे कहते—"अरे अपनी इज़्ज़त खुद रखो।" तूफ़ान ने दरिद्र बना दिया तो क्या भिखारी बना दिया एक महान जाति को?" महाप्रलय की क्षति का आकलन करना मनुष्य की क्षमता से बाहर था। कितने मरे, कितने गए, कौन इसका हिसाब देगा? उस हिसाब को पीछे कर सरकार हिसाब कर रही थी सहायता का परिमाण—लाखों में नहीं, करोड़ों में। करोड़ों करोड़, हज़ारों करोड़ उँड़ेल देने पर भी भरपाई संभव न थी। जल, थल, आकाश वाहिनी जी-जान से लगी थी दुर्गतों का अगम्य स्थान से उद्धार करने के लिए। आकाश मार्ग से अंधाधुंध गिरते रिलीफ़ पैकेट। अनेक स्वयंसेवी संस्थाओं ने सहायता का हाथ बढ़ाया था, देश के राज्यों से, विदेशी दाताओं की तरफ़ से, अगणित दानी संस्थाओं की तरफ़ से, सहृदय दाताओं से रिलीफ़ सामग्री का ढेर लग गया सरकार के कैपिटल वाले मालगोदामों में। खाद्य, वस्त्र, औषधि, पेयजल, कपड़े-लत्तों का बाज़ार बन गया कैपिटल शहर और एरसमा ब्लाक ऑफ़िस। दुर्गति भोगनेवालों के मन में प्रश्न उठा—"क्या इतने सारे राज्य थे हमारे देश में? इतने देश थे इस पृथ्वी पर? इतने दाता, इतने धार्मिक थे, इस कलयुग में? अभूतपूर्व प्रलय की अभूतपूर्व रिलीफ़ व्यवस्था से चमत्कृत होने के बदले चकित और परेशान हो उठी भिक्षाथाल फैलाये बैठी सरकार। क्या रिलीफ़ के नाम पर इतने दुर्लभ पदार्थों का अधिकारी बनने के योग्य ये हैं?

इस दैवीय दुर्विपाक से ओडिशा का उद्धार करने सबसे पहले अकुंठ सहायता का हाथ किसने बढ़ाया? क्या वे सर्व संकटमोचन स्वयं भगवान हैं? कई अनुत्तरित प्रश्न उठते सबके मन में। लोग कहने लगे—"चंद्र से आयी है मदद! फिर चिंता क्या? चंद्रदेवता का आशीर्वाद मिलने के बाद मुड़े हुए बिजली के खंभे सीधे खड़े हो गए। बत्ती के खंभों पर चंद्र झलक उठे। मुख्य सड़कों पर रिलीफ़ के लिए राह खुल गई। चंद्र लोक के मुख्यमंत्री ने सहायता भेजी है"—असहायों ने

सुना। हमारे मुख्यमंत्री ने माँगी थी!

"हमारे मुख्यमंत्री कौन हैं? कौन हैं हमारें दयालु, विचक्षण मुख्यमंत्री?"

"अरे नहीं जानते हमारे मुख्यमंत्री कौन हैं? धिक्कार है तुम्हारा जन्म! हमारे मुख्यमंत्री हैं चंद्रदेवता!"

"चंद्रदेवता को मुख्यमंत्री क्यों कह रहे हो? इसमें देवता का अपमान होगा, रे? वे हमारे जीवनदाता हैं! दैव विधाता!"

"अरे! आज के युग में मंत्री हैं देवता। फूल, चंदन, दीप-धूप, नैवेद्य भोग-प्रसाद बिना लगाये नहीं चलेगा। अतः मंत्री को देवता कहना और देवता को मंत्री कहना एक ही बात है। इस प्रकार चंद्रदेवता को मंत्री कह हम सम्मान कर रहे हैं। वे हैं हमारे जीवनदाता—वे हमारे दुर्गतिनाशक हैं!"

रिलीफ़ पैकेट खोल कर खाते-खाते आँसू भरी आँखों से चंद्रदेवता की जय-जयकार कर रहे हैं। सरल, क्षुधार्त, प्रलयार्त जनता! वात्या स्तब्ध, मूक जनता की ज़बान पर चंद्रदेवता का जयगान विश्ववासियों को आमोदित कर रहा था। आकाश से पैकेट गिरते ही चंद्रदेवता के आगे प्रणाम कर रही थी जनता। यह सब हमारी धर्मपरायण, ज्योतिष परायण सरकार के पुण्य बल से संभव हुआ—ऐसा कुछ लोगों का ख़याल था, वरना चंद्रदेवता कहाँ—एरसमा कहाँ?

"हाँ...हाँ...सरकार के घर में पहले पवनपुत्र की पूजा हुई। मगर बेटे का कहा पिता ने न माना। तो चंद्रदेवता की पूजा हुई। चंद्रदेवता के पीछे-पीछे तैंतीस करोड़ देवी-देवताओं की पूजा हुई। देखो, सहायता की ढेरियाँ लगती जा रही हैं!"

"हमारे मुख्यमंत्री अब तक नहीं पधारे! न आयें यहाँ—महल में रह कर पूजा करते रहें कुबेर देवताओं की। मुर्दों की लाशों पर उतरेंगे तो प्राणों को चोट पहुँचेगी। बीमारी पकड़ लेगी! क्या लाभ? हाथ फैला कर सहायता इकट्ठी कर लें तो बहुत हो गया।"

"तभी तो मुख्यमंत्री लोग पहले आकाश मार्ग से सब देखते हैं। सब व्यवस्थित होने के बाद, सड़क वगैरह साफ़-सफ़ाई होने के बाद जल, वायु, माटी शोधन होने के बाद, थल मार्ग से दुर्गत इलाके से मुख्यमंत्री, नेता-नेत्री का पधारना होता है। यही तो रीति है। देवी-देवता का प्रसाद पाकर-जीवन धन्य हो जाता। साक्षात् देवी-देवता के दर्शन किसे मिलते हैं? ज़रूरत भी नहीं।"

प्रलय के बाद सहायता दलों के मेले में तरह-तरह के मज़ाक हो रहे थे। पराये दुःख में क्या सचमुच कोई रोता है?

~

घोर अंधकार भरे कटक शहर होकर आर्मी वैन में बैठ एरसमा पहुँचने तक रास्ते में लोगों की बातें सुन, चंद्रदेवता को कोटि-कोटि प्रणाम करते, मणिजंगा बाज़ार में उतरा कारगिल युद्ध का वीर सैनिक। आगे गाड़ी नहीं जा सकती। रास्ता बंद! तूफ़ान आए को सिर्फ़ आठ दिन हुए हैं। भगवान स्वयं अवतरित हों तो भी इतनी बड़ी प्रलय से इतनी आसानी से दुर्गत जनों को बचा नहीं पाते। किसी को दोष देकर क्या लाभ।

तीनों सेनाओं के अन्य फ़ौजियों से कारगिल का योद्धा विक्रम बलवंतराय न्यारा था। क्योंकि वह था एरसमा की माटी का एक अभिन्न अंश। ग्यारह बरस पहले वह सेना में भरती हुआ था। पीछे तीन साल पहले छुट्टी पर आकर गाँव में रहकर गया था। वह उन दिनों को खोज रहा था, जब तूफ़ान की खबर मिली, विश्वास नहीं हुआ कि आदमी या घर-बार ही नहीं गाँव के गाँव, एकड़ की एकड़ पकी फ़सल, सब मिलकर गाँव और उर्वर माटी भी खो गई होगी! पेड़ों के बगैर सड़क के दोनों ओर नंगा दिख रहा है! इधर टूटे पेड़ों का पहाड़ लगा था। सड़क पर ढेर की ढेर लाशें बिछी देखकर, विक्रम के परिचित जीवित होंगे, विश्वास नहीं होता। अपने को खोजने की हिम्मत ही नहीं हो रही थी। वे सब लापता रहने से झूठी दिलासा होगी कि—''शायद ज़िंदा हों कहीं!'' पर खोज कर पता लगाने में क्रूर सत्य का सामना करना होगा। उसे सहना आसान न था। सीमा पार के दुश्मनों को गोली मारकर सुला दिया है विक्रम ने। वहाँ लाशों को देख वीर का मन गौरव से भर जाता। देह में सिंह का बल पा जाता शत्रु पक्ष के मृत सिर गिनते-गिनते। पर यहाँ मुर्दों को देख एकदम मूक हो जाना विक्रम के लिए पहली बार था।

इन मुर्दों में सड़ते होंगे शायद विक्रम के पिता, माँ, भाई-बहन, बंधु-कुटुंबी, गाँव के संगी-साथी, यार-दोस्त। वह सुन चुका था कि गाँव अब और नहीं रहा। गाँव के सब समुद्र में बह गए हैं, केवल बारह साल के एक छोकरे 'सना' को छोड़कर। छोकरा इमली के पेड़ की ऊँची शाख पर बैठा-बैठा इमली के पत्ते चबाता रहा। बच गया। अब पेड़ से उतार कर उसे अनाथों के डेरे में रखा गया है। विक्रम को छोड़कर सना ही है गाँव का एकमात्र उत्तराधिकारी। पर उसका गाँव है कहाँ?

देश की धरती को दुश्मन के हाथों बचाने के लिए घुले चंदन की तरह जिस छोटे सरल गाँव को छोड़ गया था, वह गाँव ही समा गया समुद्र के पेट में—और भी कई गाँव लीन हो गए। अभयपुर, नगरीतुठ, लवणीपुर, शोभनपुर, पाकिस्तानी टोला, कुंज कोठी, हीराडीह, कियादा आदि गाँव पृथ्वी पर से मिट चुके थे। केवल एरसमा ब्लॉक से ही तीस-चालीस गाँव समुद्र में लीन हो गए। कौन कहाँ बह

गए किसी के पास हिसाब नहीं था। उसके लिए स्नेहमय स्वागत में जो प्रतीक्षा में थे, उनका स्नेह केवल अनमिट स्मृति बन कर रह गया, वे सब भूत-प्रेत, अशरीरी आत्मा बन गए। वे आज अतीत थे। जो देह सड़-गल कर माटी में मिल रही थी, वे अब माटी के पिंड थे। उन्हें पहचान कर क्या होगा? केवल दुःख ही दुःख।

फिर भी विक्रम ने आशा नहीं छोड़ी। वह फ़ौजी है—हारना सुनिश्चित जान कर भी आशा छोड़ देना फ़ौजी की कुंडली में नहीं। आशा थी कि कहीं कोई आत्मीय, संगी, साथी, परिचित मिल जायेगा। ज़रा-सी गाँव की धरती मिलेगी, जीवन मिलेगा। उसकी प्रिय धरती फिर जी उठेगी। जैसे चितपटांग पेड़ों की टूटी डालों में लाल-लाल किसलय मुस्काने लगीं, वैसे ही समुद्री पानी फैली धरती पर आज नहीं तो कल मुस्का उठेगा जीवन। मुर्दे, टूटे पेड़, कँटीले बाँस, हटा-हटाकर जितना आगे बढ़ता उतने-उतने उसके होश उड़ रहे थे। एरसमा में बैठी थी मुर्दा हाट। मनुष्य के दुर्भाग्य को पूँजी कर तरह-तरह की खरीद-फरोख़्त चल रही थी। विक्रम को सारी बात थोड़ी-बहुत दिख रही थी। मणिजंगा बाज़ार से जगन्नाथपुर तक विध्वस्त गाँव पार करते समय लग रहा था जैसे कोई भूकंप पीड़ित इलाके से आगे बढ़ रहा है। कहीं दीवार नहीं दिख रही। मचान आयेगा कहाँ से?

कौवे, मुर्गे, बगुला, चील, गिद्ध कहीं कोई नहीं मिला—गाय-बैलों का रंभाना कहीं नहीं था।

सड़क के किनारे, नाले, खेत सब जगह लाशें बिछी हैं। सब लगभग नंगी। प्रलय मनुष्य से वस्त्र छीनकर खेत में फेंक गयी है। दोनों ओर खेत में पड़ी हैं साड़ियाँ, ब्लाउज़, पेटीकोट, अंगौछा, चादर, कमीज़, पैंट, घर की चीज़ें।

चारों ओर धुआँ उठ रहा था। मुर्दे जलाने की चिरायंध के साथ पानी में सड़ रहीं लाशों की दुर्गंध, उन पर छिड़की ब्लीचिंग की गंध मिलकर दुनिया के प्रति वितृष्णा पैदा कर रही थी। नाक में मास्क, पाँव में गम बूट, हाथ में ग्लब्स पहने निर्विकार स्वयंसेवक और शवदाह करने वाले पागलों की तरह शवदाह के काम में लगे थे। दल के दल सेना, झुंड के झुंड स्वयंसेवक, तरह-तरह के धार्मिक दल, तरह-तरह की समाजसेवी संस्थायें बड़ी तत्परता से शवदाह में जुटी हैं, पीड़ितों के उद्धार में लगी हैं। लगता ही नहीं कि यहाँ ज़िंदों से मुर्दे ज़्यादा हैं। शव तो शांत हो गए थे। पवन को दूषित करने के सिवा स्वयं को ज़ाहिर करने की कोई क्षमता उनमें न थी। हाथ में हुक, लोहे की छड़, रस्सी लेकर शवों को पानी से खींच कर एकत्र करते। उन पर टायर जमा करते, कैरोसिन डाल मृत्यु का अग्न्युत्सव पालन कर रहे थे वे शवदाह करने वाले। जो जितने ज़्यादा मुर्दे जलाता, उसे उतना

ज़्यादा आत्मसंतोष मिलता। यह देख झुंड के झुंड अधजले कंकाल राख के ढेर में से खींसें निपोर रहे थे।

दाह संस्कार के समय आत्मा के मोक्ष के लिए यहाँ कोई धर्मयाजक न थे। मंत्र पाठ न था। पारंपरिक क्रिया कर्म न था। शव के मुँह में अग्नि देने वाले बेटे-भतीजे न थे। चंदन, अगरू, घी के बदले सब कैरोसिन तेल और पुराने टायर में जल-जल कर राख हो रहे थे, मिट रहे थे। छुप रहे थे दृश्य से अदृश्य में। हिन्दू, मुसलमान, सवर्ण, असवर्ण, ओड़िया, बांग्लादेशी, पाकिस्तानी सब एकाकार हो रहे थे। सब एक वर्ण, पांडुर, विकृत, वीभत्स, साम्यवाद व्यक्त कर रहे थे। कुरुक्षेत्र युद्ध में यों ही मिलजुल कर मरे होंगे पांडव पक्ष, कौरव पक्ष की सेना, मरी होगी अगणित अक्षौहिणी निष्पाप जनता।

जहाँ कल संसार भरापूरा था, सोने-सी धरती लहलहा रही थी, वहाँ गले शव सड़-गल माटी में मिल रहे थे। दाह संस्कार हो या न हो, माटी की देह माटी में मिलने का प्रकृति का नियम है। जो मर गए उनके लिए नहीं, जो बचे रह गए, उनके लिए परिवेश को बचाने के लिए शवदाह का कार्य ही पहला काम था। एरसमा बाज़ार में स्वयंसेवक संगठनों की हाट बैठी थी। स्वास्थ्य सेवा के कर्मचारी, रिलीफ़ बाँटने वाले, पुलिस वाहिनी, सेना वाहिनी, बिशिष्ट सरकारी कर्मचारी, पत्रकार, फ़ोटोग्राफर, कुतूहली दर्शक मिलकर हो-हा हो-हा कर रहे थे। एरसमा ब्लॉक ऑफ़िस के अहाते में रिलीफ़ सामग्री का पहाड़-सा लगा है! जो लोग चार-पाँच दिन बरसा-तूफ़ान झेलकर बच गए, वे घुटने तक, कमर या छाती तक पानी में घुस, आत्मीयजनों की लाशें हटाते-हटाते, कभी लाशों पर कूदते-फाँदते आकर ब्लॉक ऑफ़िस पहुँच जाते तो पा जाते दो-चार किलो गंधाता चावल। चावल लेकर उबालें कहाँ? हाँडी-बर्तन कहाँ? पीने का पानी कहाँ? यहाँ दूर तक चारों ओर तो मुर्दों की गंध भरी थी? आत्मीयजनों की मुरदांध थी—पानी में, हवा में, धूप में, बरसा में, आगे बचे जीवन में।

सारे विश्व से आकर सहायता सामग्री ढेर हो रही थी। परंतु राज्य सरकार ब्लॉक ऑफ़िस से गाँवों तक रिलीफ़ का वितरण नहीं कर पा रही थी। रिलीफ़ को लेकर हर तरफ़ लूटपाट शुरू हो गई। तूफ़ान को लेकर चल रही थी राजनीति। महातूफ़ान के बाद रिलीफ़ की आंधी ने पैदा कर दिया मनुष्य में लोभ का तांडव, मानवीयता का प्रलय। जो क्षतिग्रस्त हैं उनके सिर पर छाँव, पेट में दाना चाहिए। बाकी जो बह गए वे फिर नहीं लौटेंगे। उस क्षति की भरपाई इस जन्म में भगवान तो नहीं कर सकेंगे, सरकार भला क्या कर सकेगी? कौन परवाह करता है सरकार की?

ब्लॉक ऑफ़िस के पास भूखे लोगों का जुलूस—''मुझे दो! मुझे दो...'' यह दयनीय शोर दमघोंट रहा था विक्रम का। वह जानता था तूफ़ान ने घर-बार तोड़े हैं, किन्तु सुनहली धरती को यों नर्कपुर बना-डाला होगा! यह नहीं सोचा। ब्लॉक ऑफ़िस से जितनी दूर चला उतना ही अधिक हताश होता गया।

आकाश और पृथ्वी के बीच जो कुछ था, अब कुछ न रहा! एक धू-धू करता सन्नाटा था। उस सन्नाटे के चारों ओर रेखा खींच भरी-पूरी पृथ्वी को खोज रहा था सर्वस्व खो चुका क्षितिज। वहाँ आकाशी दीवार पर तूफ़ान में लुटे कुछ नारियल के पेड़, रेखा खींचने की तरह खड़े थे। मानो कोई अनपढ़ बहू दीवार पर रेखायें खींचकर पति से वादे के दिन की प्रतीक्षा करती है। उनके फल या फूल ही नहीं, सींक, टहनी, पत्ते-चंवर कुछ न थे। खेल खत्म होने के बाद एक खाली मैदान-सी अनाथ पड़ी है भरी-पूरी पृथ्वी। कल तक जो उर्वरा थी, दो फ़सलों वाली लक्ष्मी-सी धरती थी। जिधर देखो, आँसू डबडबाई आँख फैलाकर देख रही थी घर-बार सूने गाँव की एक-एक पोखरी। हवा बहने पर भी टहनियाँ हिल नहीं रहीं। चेतना शून्य, किंकर्त्तव्यविमूढ़, नारियल के कुछ जीर्ण-शीर्ण पेड़, आँसू डबडबाई कुछ पोखर बता रही हैं कि यहाँ गाँव था, घर-बार थे, भीड़-भाड़ थी, जीवन था—जीवन के किसी रस की कमी नहीं थी इस निरीह देहाती धरती पर।

पर आज! न गाँव है, गाँव का परिचय देते वे पुराने दरख़्त भी नहीं, दीमक की ऊँची बाँबियाँ, केवड़े की कतार, खानदानी ऊँचे बरामदे, बरामदे में सवारी पालकी, अल्पना भरी दीवारें, ऐसा कुछ भी नहीं जो पहचान करा देता कि कौन-सा गाँव किसका है। कहाँ थी किसकी युगों की घरडीह। प्रलय सब पोंछकर ध्वंस के ढूह पर विकट साम्यवाद का ढिंढोरा पीटती एक अपरिचित धरती छोड़ गई है। इस पर अजान पथिक को राह दिखाने वाले लोग भी मर गए हैं। कुल मिलाकर अतीत की पृथ्वी पर खड़ा विक्रम बलवंतराय अपना गाँव ढूँढ़ रहा था, ढूँढ़ रहा था वर्तमान और भविष्य। परंतु उसके सामने अतीत मुँह फाड़े खड़ा था, सेवा मनोभाव लेकर सेना के साथ आया था, पर इतना निःस्वार्थी नहीं हो पा रहा। वह हाड़-मांस का मनुष्य है, जिसका इस गाँव में अतीत, वर्तमान, भविष्य, घर-बार, माँ-बाप, भाई-बहन, बंधु-कुटुंब, संगी-साथी थे। पिछले ही महीने विक्रम को आना था। अगर आ जाता तो सबसे भेंट हो जाती। भाग्य की विडंबना से आ न सका। वादा करके भी निभा न सका।

अब आकर देखता है तो सब नदारद हैं। फिर से जी भर कर गाँव को देखना भाग्य में नहीं लिखा था। संसार में सबसे सुन्दर था उसका गाँव। कितने अपने

थे ये गाँववाले। विक्रम युद्धक्षेत्र में रहकर गाँववालों को याद कर रहा था। परंतु पहले कभी गाँव के लिए यों अपनापन अनुभव नहीं किया। सब हाथ से निकल जाने के बाद गाँव का सब कुछ अनमोल लग रहा है। पर सपने में भी नहीं सोचा कि गाँव खोजने जाकर वह सूनी धरती पर पहुँच जायेगा। न...न, ऐसा नहीं होता। पृथ्वी के शेष प्रलय में ही ऐसा होने की बात है। खंड प्रलय में नहीं। शायद विक्रम रास्ता नहीं पा रहा था। रास्ता पा जाये तो कम-से-कम एक गाँव, एक अल्पना बनी दीवार या आत्मीय स्वजन मिल जायेगा। औरों की बात भूलकर वह अपना गाँव खोज रहा था, तर्क दे रहा था कि पहले घर के देव, फिर ग्राम देवता। घर बार शून्य, खुले आकाश तले, लाशों से भरे खेतों में आशा खोकर खड़ा था वीर विक्रम। सोच रहा था कि आकाश की एक सीमा है, पृथ्वी पर वही दिशारेखा है। पर मनुष्य के दुःख की कोई सीमा नहीं। किसका दुःख ज़्यादा है? जिसके बाईस प्राणी बाल-बच्चे बह गए उसका या जिसके पाँच प्राणी कुटुंबी बह गए उसका? किसका संतान दुःख ज़्यादा है? एक पुत्र कर्ण की मृत्यु से कुंती का या सौ बेटे खो बैठी गांधारी का? ना, संतान शोक को दो दूने चार के हिसाब की तरह नहीं लगा सकते।

बाढ़ या सूखे में किसी की साल भर की फ़सल खत्म होती है, यहाँ तो लोगों की पूरे जन्म की आशा, भरोसा बह गए। दुःख का जोड़-घटाव गुणा-भाग करने की ताकत यहाँ तो भगवान में भी नहीं। शत्रु के आक्रमण से भी यह दैव दंड निष्ठुर और विचार शून्य जैसा लगता है। विक्रम ने सोचा था जब यहाँ पहुँचेगा, रोना-धोना मचा होगा। पर ऐसे दुःख में आदमी पत्थर बन जाता है। कौन है यहाँ किसी के लिए रोने के लिए? मनुष्य के ऐसे दुःख में पेड़-पौधे रोते, पर यहाँ पेड़-पौधे कहाँ जो मनुष्य के दुःख में रोयेंगे? पेड़-पौधों का दुःख तो आदमी के दुःख से बढ़कर था।

खेत में औंधे मुँह पड़े पके धान से भरे गुच्छे फूस के साथ समुद्री ज्वार में सड़-गलकर काले गोबर बन चुके हैं। उसी में औंधे मुँह पड़े हैं लोगों के शव। वे सड़ने लगे हैं। ये माटी में मिलकर माटी को उर्वर बनायेंगे। उत्तराधिकारियों को पुष्ट करेंगे। भाग्य से यदि इनके वंश से कोई उसकी तरह बच गया होगा, तो नये धान में वे समाकर इनके खून में बहेंगे। कभी कोई हल चलाते-चलाते बाप, भाई, माँ-बहन का कंकाल दिख जायेगा, तब रोयेगा नहीं। हल-बैल छोड़...दौड़ेगा, दमादम गिरती छाती पर थूकेगा। ओझा तक झाड़-फूँक करा बायें हाथ पर ताबीज

बाँधेगा। छिः ये तुच्छ जीवन है...भक्त चरण दास के 'मन बोध चौतीसा' से दो लाइन याद आ गईं—

चित्र प्रतिमा-सा लगते हो सुन्दर। चीर कर अंदर देखो, कैसा भयंकर।।

हमारे पूर्वजों ने कितने गहरे से देखा, वे कितना सच कह गए दो पंक्तियों में।

विक्रम ने रास्ता नहीं खोजा। रास्ता हो तो वह खोजे! चलने के लिए क्या चाहिए? पाँव या रास्ता? पहले आदमी के पाँव या रास्ता? रास्ते ने पाँव नहीं बनाये। जिधर कोई चला, उधर ही चलते-चलते रास्ता बन गया। रास्ता बनना मनुष्य पर निर्भर करता है—मनुष्य आगे बढ़ने के लिए रास्ते पर निर्भर नहीं करता। यही है मनुष्य के अंदर का अजेयपन। मनुष्य हारना नहीं चाहता। तभी तो इस विपन्न धरा पर विजय पताका उड़ाये जा रहा है और सब कुछ खोकर विक्रम देह लिए खड़ा है।

विक्रम के सहकर्मी जवान मिल-जुलकर रास्ता साफ़ कर रहे थे, रिलीफ़ ट्रक पासवाले गाँव तक जाने के लिए। कारगिल युद्ध का लड़ाका जवान विक्रम बलवंतराय अपने गाँव को पहचानने के लिए पुराने रास्ते पर निर्भर करे तो रास्ता नहीं पा सकता, जैसे कि रुलाई और आँसुओं पर निर्भर करो तो मरकर लेटे गाँववालों का इहकाल नहीं मिलेगा। पत्थर बना विक्रम मुर्दों पर चढ़, एक के बाद एक लाशें लाँघता पागल-सा गाँव की ओर, घर की ओर चल रहा था—हालाँकि निश्चित हो चुका था कि अब उसे अपना गाँव नहीं मिलेगा, घर नहीं मिलेंगे, माँ-बापू, स्वजन कोई नहीं मिलेगा।

आकाश बरसे तो मुहाने की ओर चलती ज्वार वाली नदी का पानी मीठा हो जाता है। आँख बरसें तो दुःख की ओर बढ़ते जीवन की वेदना का बोझ हल्का हो जाता है। आँख के जल से धुल कर शालग्राम की तरह दुःख को उसके स्थान पर रख मनुष्य फिर संसार की ओर मुँह कर राह चलता है। दुःख में ठोकर खाकर जीवन रुक नहीं जाता। रुआँसा-सा जीवन अपनी राह चल पड़ता है।

खेत-ही-खेत में मुर्दों पर से विक्रम चल रहा था। प्रलय की स्तब्धता चारों ओर तब भी व्याप्त थी। पीछे की कितनी बातें विक्रम को याद आ रही थीं। वह समझ रहा था कि अब अतीत केवल दुःख देने के लिए ही रह गया है। कल की सुख-स्मृति केवल दुःख ही बढ़ायेगी। मृत आत्माओं के लिए सफ़ाचट होकर सिर के बाल, मूँछ-दाढ़ी कटा कर शुद्ध होने के बाद अतीत को मिटाया नहीं जा सकता। अतः दुःख-ही-दुःख में एरसमा के प्रलय के जूठे अभागे मनुष्यों का बाकी

जीवन अतीत बनकर बीतेगा। धराशायी पेड़ों की टूटी शाखाओं पर दु:ख धकेल लाल-लाल सुर्ख कोंपलें खिल आयी हैं। वे नयी पत्तियों-से दिख रहे थे, असल में वे नये पत्ते नहीं पुराने दुख थे, दुख में रोती-रोती लाल आँखें हैं।

पाचेरा हाट में कोई ग्राहक न था। कोई हाटवाला नहीं—केवल सड़े माल की तरह चारों ओर ढेर की ढेर लाशें पड़ी थीं। दुर्गंध से दम घुट रहा था। दुर्गंध से लड़ने की मन में मानो कोई ज़िद जाग उठी है। वह हाट पार कर गया लाशें लाँघता हुआ। धोबेई जंगल पूरा एकदम सपाट मैदान बन गया है। कहाँ उड़ गए गगनचुंबी पहाड़-से पेड़ वगैरह? जंगल मैदान बन जाने पर साफ़ दिख रही है चंदनपुर गाँव की चंदनपोखर। (जहाँ चंदन यात्रा हुआ करती थी।)। कुमुदिनी खिलनेवाले तालाब में तीन कमल तैर रहे थे। किसी अभागी माँ के गलहार तीन शिशु पानी में फूल बनकर बह रहे थे। मरी आँखें देखकर के विक्रम की फ़ौजी पथरीली छाती मानो फटकर टूक-टूक हो रही थी।

झूलन मंडप के पास ठिठक गया विक्रम। अपने प्यारे गाँव को पा चुका है—सोचकर उल्लास में भर गया। हालाँकि जानता है कि गाँव मिलने के बाद दु:ख ही दु:ख मिलेगा। तभी एक सड़ी लाश पर पाँव पड़ गया। उस कंकाल से हड्डी निकल कर चुभ गई विक्रम के पाँव में। 'ओह' कह हड्डी निकालने लगा। सड़ी हथेली की अँगुली में पड़ी चाँदी की अँगूठी से लाश पहचान में आ गई। यह हाथ, अँगूठी, लाश, कंकाल की हड्डी सब पहचान में आ गए। छोटी बहन लाड़ली बिमला के हैं! लाश पर तब भी ब्लाउज़ था। शरीर का निचला भाग कीचड़ में दब चुका था। यहाँ हाड़-मांस नोचने के लिए सियार, कौवे या कुत्ते न थे। लेकिन गहने-गाँठी खींचने को लुटेरों की कमी न थी। शव के हाथ, गले, नाक से खींच कर गहने लूट ले गए थे पापी। दारुण प्रलय से भी निष्ठुर हैं ये मनुष्य। वो दल बाँध, नाव चला माटी के नीचे से भारत मंडल और भैरव माझी के पैसे-कौड़ी, गहने-गाँठी खोद ले गए थे। एरसमा बाज़ार से ऐसी कई-कई बातें सुनकर आया था विक्रम। विक्रम ने पत्थर सा सख्त होकर बहन को निरखा। फूलकर मुट्ठी बंद हो गई थी। हड़बड़ी में खुली नहीं, अत: उसकी अँगूठी लुटेरे छोड़ गए थे। वरना बहन को पहचानने का उपाय न था। सात दिन का मृत चेहरा अपरिचित ही नहीं वीभत्स लग रहा था। एक जैसे वीभत्स, गले, सड़े, गंधाते, हृदयविदारक दिख रहे थे सब।

इकलौती छोटी बहन थी बिमला। कितनी सुन्दर दिखती, वह तेल-हल्दी में चुपड़ी महकती देह, चेहरा, चंपई सुगंधित जूड़ा, केतकी महक वाले पान से

रचे होंठ! सूरजमुखी की पंखड़ियों पर काले भंवरे की तरह सुंदर लगते गोरे चिबुक बाईं ढलान पर काला तिल। आज सब झूठा-झूठा लगता है। मानो स्याही उड़िल गई है किसी सुन्दर चित्रपट पर। उफ्! कितनी गैर ज़रूरी बन गई यह लाड़ली बहन बिमला! प्रिय बहन को गले नहीं लगा पाया विक्रम। भला सड़े शव को गले लगाकर कोई रो सकता है? बिमला को छूआ नहीं जा सकता। वहाँ से हटा नहीं पाता! उसके शवसत्कार का कोई उपाय नहीं दिखता! सैकड़ों शवों को हटा कर एक गले शव को अन्यत्र उठा स्नेह से सत्कार का भी उपाय न था। किंकर्तव्यविमूढ़ रह गया विक्रम।

बहन की लाश से दृष्टि हटा ली। पक्का घर खोज रहा था। खून-पसीने की कमाई से सीमेंट, छड़, ईंट खरीदी थी। किसने तोड़ डाला? कोई इशारे से विक्रम को उधर दिखा रहा है। उधर आगे बढ़ा विक्रम। पक्का घर पूरा धँस गया था। उसी के नीचे आश्रय लिया था माँ, बापू, गाँव के और कई लोगों ने। बिमला अपने डेढ़ वर्ष के बच्चे के लिए बिस्कुट लाने दुकान जाने के लिए निकली थी। तभी छत धँस गई। उस हादसे से बच गई थी वह। पर उधर से समुद्र का ज्वार बहा ले गया, फिर लाकर फेंक गया, लाश बना कर इधर। उस आदमी के मुँह से सारी कहानी सुनी विक्रम ने। ऐसे कितने मरण, कितनी कहानियाँ, किंवदंती बन गई हैं जिन्हें देखने आने वाले आग्रह से सुनते हैं। जानने वाले आग्रह से उन्हें बखानते हैं।

विक्रम के ब्याह की उत्सुकता से प्रतीक्षा में थी बिमला। देहरी पर पाँव पसारे ननद का दस्तूर (नेग) वसूल करती। सोने की अँगूठी न लायी तो देहरी लाँघने नहीं दूँगी उसे। विक्रम के घर आने की सुनकर बेटे को गोद में लेकर पास के पंचपल्ली गाँव से महीने भर पहले ही चली आयी थी बिमला। खास यहीं मरने! पंचपल्ली में होती तो ग्रामेश्वर की दया से बच गई होती बिचारी!

अब न देहरी है और न वह लड़की जो बिमला की भाभी बनने बैठी थी। जिसे पाँच साल से विक्रम की माँ मन-ही-मन बहू बना बैठी थी। मर गए हैं सब। ब्याह न हुआ, न सही, एक बार उस लड़की संग भेंट होने के बाद ही विधाता प्रलय रचते तो क्या बिगड़ जाता? विक्रम तो क्षमा माँग सकता था विवाह प्रस्ताव तोड़ने के कारण! कम-से-कम वह इतना तो कह सकता था कि वह फ़ौजी है, जात-पांत नहीं मानता—पाइक (सैनिक) और केवट एक जात में न सही, एक मनुष्य तो हैं। अतः वह एक संस्कार लाने के लिए प्रतिज्ञाबद्ध था। पता नहीं प्रलय न होती तो ऐसी दुःस्साहसिक घोषणा कर पाता या नहीं। विक्रम के पिता के वंश

में अहंकार, कुलमर्यादा की झूठी बड़ाई पर ठो-ठा बंदूक चलाना संभव होता या नहीं, भगवान जानें। कारगिल युद्ध का वीर विक्रम, चाहे गाँव में पिता के सामने चूहा बन जाता, पर चार आँखों के मिलन पर—''इस जन्म में जो न हुआ, अगले जन्म के लिए बाकी रहे,'' इतना तो कह देता, छल-छल कविता-सी बहनेवाली उस केवट लड़की को। विधाता से कृपण और कोई नहीं, सरपंच कुंपनी स्वाईं, अथवा बड़े-गुलगुले बेचता मथुरी साहू भी इतना कंजूस नहीं। वे सारे कंजूस भी उदार मृत्यु के हाथों सद्गति पा गए होंगे। यह सोचकर भी विक्रम को दुःख हुआ।

~

मनुष्य का सबसे बड़ा बैरी पेट है, उसकी भूख है। पेट भरने पर दूसरा बैरी है मन का लोभ।

प्रलय से स्तब्ध मनुष्य को अब भूख लगने लगी। विक्रम को भी भूख लगी है। कुछ दूर धुआँ उठ रहा है। चंदनपुर गाँव से अभयपुर तीन ही कि.मी. है। बीच में फैला था केतकी वन और कुछ नहीं। पर धुआँ उठ रहा है, मतलब घर-बार हैं। भाग्य से कोई बच गया है। उद्धव मंगवाल का घर! मज़बूत दीवारें, ऊँचा बरामदा। सब बच गए होंगे! मछली-भात बन रहे हों शायद! छप्पर तो नहीं दिखता, पर धुआँ दिख रहा है। मन में आशा सुलग उठी। उसे बाट-अबाट कुछ न दिखा। किसी का घर हो—भार्जन मल्लिक के घर भी भात बन रहा होगा तो भी, वह पत्तल बिछाकर खायेगा। फिर फ़ौजियों के साथ मिलकर रास्ता बनायेगा, लाशें साफ़ करेगा। रिलीफ़ बाँटने, बचाव के काम में लगेगा। भूल जायेगा कि इस गाँव में उसका कोई अतीत था। भूल जाने से बड़ा भाग्य नहीं, ऐसी घड़ी में। पर मनुष्य का इतना भाग्य कहाँ कि स्लेट पर थूक, खड़िया से लिखे अक्षर पोंछने की तरह पीछे की बातें मिटा दे मन से? मन तो एक पत्थर की दीवार है जिस पर सुख के दिन निहान-मोगरे से खुदे होते हैं, सहज ही मिटते नहीं मन से। कोणार्क मंदिर से धँस कर प्रांगण में पड़े टूटे पत्थरों पर आठ सौ वर्ष पहले का खुदाई का काम साफ़ दिखने की तरह टूटे-फूटे जीवन के खंडित अंश में स्मृति साफ़ रहती है। उससे कालक्रम में रक्त नहीं बहता और न सूखता है। मनुष्य ही ऐसी अवस्था में छटपटा कर जीता है।

किसी दिन की तरह दिन समाप्त होता है। पर वह दिन फिर लौटता नहीं। पेड़ से टूटा पत्ता फिर जुड़ता नहीं। हालाँकि नये पत्ते से पेड़ भर जाता है। इतने मनुष्य चले गए। फिर जन्म लेंगे उससे ज़्यादा। पर वे मनुष्य और लौटेंगे नहीं,

उनकी स्मृति लौटेगी शयन, सपन, जागरण में। जीवन अगर प्रतिदिन एकदम नये ढंग से जीया जाता, आदमी इतना दु:ख नहीं पाता।

आदमी का सब खोने पर भी अंदर का 'मैं' नहीं खोता। तभी तो वह अपने चारों ओर माया का एक परिसर बना लेता है। वह माया ही आदमी को सारे दु:खों में भी जीवित रखती है, फिर मार भी देती है। लोग बातें कर रहे थे—उद्धव मंगवाल के वंश सहित 28 लोगों को प्रलय पोंछ ले गया है। शंख भैया भाग्य से बच गया था। वह बाल-बच्चों, बीवी को ढूँढ़ता फिर रहा था। मुफ़्त भोजन केंद्र पर खाना भी खाया। पेट में दाना पड़ा, 'मेरा बेटा, बेटी!' कह सबकी आँखों में झाँकता फिरा, और हंसुवा नदी की तेज़ धार में कूद गया। क्या यह माया नहीं? कूदकर क्या बाल-बच्चों को पा गया? तो फिर?

यहाँ जितने भी अभागे बाल-बच्चों को खोये, जान लेकर बैठे हैं, लाशों के बीच बैठ अशौच, अशुद्ध बने, मुफ़्त केंद्र में पका खाना खा रहे हैं, रिलीफ़ के लिए धक्का-मुक्की कर रहे हैं, उनका 'मैं' संकीर्ण क्षेत्र में 'अकाले नियमो नास्ति' की तरह खो गया। खो जाने को बाध्य है। जहाँ सिर पर आकाश टूट जाता है, वहाँ बज्र पड़ने को कोई विपदा कहेगा? जब आकाश टूटने पर भी पाँवों तले धरती है, तब सामने विपदा देखकर भी वह आत्महत्या नहीं कर लेता। उल्टे जीवित रहने के लिए मन को मज़बूत बनाकर विपदा में छलाँग लगाता है। विक्रम ने मन से सहसा उस 'मैं' को निकाल फेंका। उसने देखा विशाल परिसर में वह एक विराट व्याप्ति बन चुका है। देखते-ही-देखते अजीब कोफ़्त से निकलकर वह छूटकर बाहर आ रहा है असीम, अपरिमेय के द्वार मानो उसके लिए एकदम खुल गए हैं।

~

जटाधारी मुहाने के पार समुद्र अस्थिर है, जबकि क्षितिज शांत और स्थिर! प्रलय से पहले और बाद में क्षितिज में कोई रत्ती भर अंतर नहीं। जबकि गाँव-गली, घर-बार, पेड़-पौधे न होने की वजह से क्षितिज की व्याप्ति असल असीमता को गाढ़ा कर व्यक्त कर रही थी। अनजान, विक्रम का मन ध्यान के स्तर में चला गया। उसके मन के अंदर अतीत की चिंता-भावना-दु:ख और भावुकता चुप पड़ गए थे। खाली आँखों को दिखाई न देते एक अद्‌भुत उजाले से चारों दिशाएँ दीप्तिमय हो गयी थीं! उस उजाले में हृदय के भीतर एक पंक्ति कविता पढ़ पाया—जीवन हंसुवा नदी-सा प्रवाह है, वह समुद्र मुहाने पर आकर भी नहीं सूखती! लक्ष्य तक पहुँचकर भी बहती रहती है असीम में लीन होने के लिए।

जीवन का अगर यही लक्ष्य है, तो जो असीम में लीन हो गए, उनके लिए दु:ख में जड़ बन जाएगा या जो असीम की खोज में जूझ रहे हैं, उनके चारों ओर निस्संग, शून्य, अखंड क्षितिज की तरह घेरा बन जायेगा?

~

कातिक की सरसों फूल से बोझिल हवा में, जहाँ पके धान की मीठी-मीठी महक भरने की बात है, वहाँ उजड़ी क्यारियों से सड़ांध भरी आमिषी गंध फैल रही है। साथ में दु:ख और हताशा पवन को इतना सघन बना देती है, जीवित लोगों की सांस घुटने लगती है। जीवन भर हृदय को महक से भरते रक्त के मनुष्य, प्राणवायु उड़ते ही जीवित बचे लोगों को गंधाते, छाती फाड़ कर उल्टी करते, घृणा भी उपजाते। यह बात इससे पहले मंदोदरी को पता न थी। कल सुबह गले लगाने वाले आत्मीयजनों को अब छूने की हिम्मत नहीं हो रही थी। किसी का जी नहीं करता था। अत: आँखों के आगे स्वजनों के शव देखकर भी पत्थर की तरह बैठा था कुछ लोगों का झुंड! परंतु मंदोदरी खोजती जा रही थी अपने तीनों बच्चों और पति को। हालाँकि समझ चुकी थी कि उन्हें जीवित पाने का भाग्य नहीं है। फिर भी औरत का मन कह रहा है—शायद बहकर कहीं अटक गए हों, शायद प्राण बच गए हों! कई लोग मौत के मुँह तक जाकर भी बच गए हैं। उसका भाग्य तेज़ होगा तो उसके बच्चे भी...आगे सोचने की उसमें हिम्मत नहीं थी। उसके पति उत्कलमणि मंडल तो मनुष्य से देवता बन गए—स्वर्गपुरी में जगह मिली होगी उसे। अब उसे क्या ढूँढ़ना? पर बेटी सुन्दरी, बेटा जगन और बलिया क्या नर्क में छटपटा रहे होंगे?

अइघेरा माघ पूर्णिमा को अभी काफ़ी दिन थे। इधर तो दिन दोपहर में लाश जलावन उत्सव चल रहा था! कुछ दिन पहले का भरा-भरा घर कैसे सूना हो गया! बाल-बच्चे, पति सब बह गए। सब तो याद है मंदोदरी को और वे ही पुरानी बातें उसकी छाती को विदीर्ण कर रही थीं। फूलों भरा गाँव, धनुर्धर पति, हीरा-नीलम, मोती-माणिक से बढ़कर तीन बच्चे। कैसे लीन हो गए पानी पर बुलबुला लीन हो जाने की तरह। सात दिन हुए सुन्दरी खेतों में ढूँढ़ते-ढूँढ़ते कमज़ोर हो गई थी। उस पर आग लगी भूख! बेटे-बेटी, पति को अनायास खो बैठी औरत को भूख भी लगती है—इससे बढ़कर भाग्य की विडंबना और क्या होगी?

थककर एक अनजान धरती पर बैठी मंदोदरी, जहाँ एक भी पेड़ साबुत नहीं बचा। एक भी डाल फल-फूलों का अर्घ्य ऊपर आकाश को नहीं दे रही। मंदोदरी

के कपड़े फटकर तार-तार हो चुके हैं। हाथ-पाँ३व में टीस उठ रही थी। सब उसकी तरह किसी-न-किसी को ढूँढ़ रहे थे। पर कोई किसी को नहीं पाता। मंदोदरी ने देखा कमर झुके खजूर के पेड़ के तने पर टिका एक अधेड़ पत्ते-सा काँप रहा था। मुँह उठाते ही काश बन जाता उसका मर्द उत्कलमणि मंडल! पर नहीं, पति इतना ऊँचा, छरहरा नहीं, गोरा भी नहीं। कमर सीधी कर उठी, पाँव उठे मुफ़्त भोजन केंद्र की ओर। कई लोग खिचड़ी लिए लौट रहे हैं। कोई खड़े-खड़े खा रहा था तो कोई पलथी मार बैठकर खा रहा था। पीले रंग की महक भरी खिचड़ी! पेट में रहकर पिशाची भूख मंदोदरी को सब भुलाये दे रही। मुफ़्त भोजन केंद्र की ओर खिंची जा रही है वह। फिर सोच रही थी क्या मैं भिखमंगे के घर की बहू हूँ? फिर हाथ पसार खाना कैसे माँगूँगी? पाँव वहीं रुक गए। अधेड़ ने काँपते हुए पूछा—''मुफ़्त भोजन केंद्र जा रही हो? देर न करना, यहाँ सब कंगाल बन गए हैं। जो अफ़सर काम कर रहे हैं वे भी उधर लाश के पास खड़े-खड़े भोजन कर रहे हैं। प्रलय ने सबको भिखमंगा बना डाला। जल्दी जाना। मंदोदरी ने असमंजस में कहा—''जाना तो होगा। आग लगी भूख की जात-पांत, मान-सम्मान कुछ नहीं। अब कैसी लाज-शरम?'' वह फिर चली। पीछे से ज्वर वाले अधेड़ ने कहा—''मेरे लिए भी दो मुट्ठी लेती आना! पेट में दाना पड़े तो ज्वर कम होने पर दोनों मिलकर बच्चों को खोजेंगे! मेरा संसार पूरा ही ईंटों की दीवार तले समाधि बन गया तूफ़ान वाले दिन। तूफ़ान के दिन बीमार पड़ी एक बुढ़िया मर रही थी, उसकी आत्मा को मुक्त करने के लिए वैतरणी दान देने गया था मणिजंगा गाँव। लौटकर सुना तो मेरा संसार लुट चुका था। अब देह घसीट-घसीट कर जीना रह गया। बेटे ब्राह्मण होने पर भी उन्होंने पूजा-पाठ में मन नहीं दिया। सोचा, बाप की तरह दानवाला ब्राह्मण होना शाप की बात है। अतः झींगा मछली की घेरी लगाई। अच्छा पैसा कमाया। पक्का मकान बन गया। मैं दान लेने गया तो सोचा वे सुरक्षित होंगे, तूफ़ान के हाथों बीच में मेरे ही प्राण छूट जाएँगे। पर भाग्य ही ऐसा है कि मैं अधेड़ बच गया। वे सब मिट गए...।'' कंपन और सिसकियों ने बूढ़े को परेशान कर डाला। हाँफ़ने लगा। मंदोदरी ने कहा—''कैसे लोभी आदमी हो जी! तूफ़ान के दिन बच्चों को छोड़ दान लेने गए थे? इतनी दूर?'' मुँह को घुटनों में रख गुसाईं ने कहा—''तू मुझे नहीं पहचान सकी मंडल की बहू। मैं हूँ बंदाण गाँववाला दानकर्ण मिसिर! कुछ प्राणी दान लेने के लिए पैदा होते हैं, कुछ दान देने के लिए। वैतरणी दान में ब्राह्मण भी गोदान लेते हैं। बाभन कभी दान देते हैं? ये दान लेते हैं। क्यों, बोलो, यजमान के मंगल के लिए उसे बूढ़ी गाय भी लेनी पड़ती है।

उधर यजमान की उल्टी सांस चल रही, इधर निन्यानवे का तूफ़ान आने को तैयार! दानकर्ण मिसिर यजमान की बात सोचता या नहीं? तब सोचा, यदि सचमुच तूफ़ान के साथ कार्तिक की झड़ी लगी रहे, हफ़्ते दो हफ़्ते, तो घर से ही न निकलता। तो यजमान बिचारा बिना वैतरणी दान के चल बसता। कुंभी पाक नर्क में सात जन्म रहता। क्या दोष नहीं लगता बामन दानकर्ण मिसिर को? यही सोच-सोच घर से निकला, अब खुद पड़ा है दुःख में, संताप के नर्क में। इस जन्म में इस नर्क से कोई किसी को निकाल नहीं सकता।''

दान कर्ण मिसिर ने काँपते-काँपते गला भींच कर कहा—''अरी, जा, जल्दी जा...खिचड़ी खत्म न हो जाये। तेरी सास बीमार थी, मैं वैतरणी दान लेने गया था। मैं क्या तुझे नहीं जानता? कैसी लक्ष्मी वाला हाथ है तेरा? भरत मंडल की बड़ी बहू ही तो है। तेरा मन भी बड़ा है। दुःख में क्या छोटा हो जायेगा? कई लाशें देख तेरी आँखें भीग जाती हैं, मैं यहाँ बैठे-बैठे देख रहा हूँ। भगवान तेरे बच्चों को कहीं तो किनारे लगाये होंगे। यह हो-हा, घो-घा थमे, पता चलेगा...मेरा आशीष है!''

मंदोदरी समझ गई—बाभन गुसाईं उससे भी अधिक असहाय हैं। हालाँकि गुसाईं रो नहीं रहे। मानो कोई पत्थर बोलता जा रहा है। किसका दुःख ज़्यादा है! गुसाईं जात में बाभन है, वह है केवट। तो क्या गुसाईं का दुःख ज़्यादा है, मंदोदरी का कम? नहीं, बच्चे खोने का दुःख जात-पांत, गरीब-अमीर नहीं जानता। वह दुःख एक जैसा प्राणघाती है। पर मंदोदरी का दुहरा दुःख है। तीन बच्चे जनने का दुःख, फिर तीनों को खो बैठने का दुःख। गुसाईं ने पेट से तो पैदा नहीं किये। तो क्या उनका दुःख मंदोदरी से कम होगा, यह कह नहीं सकते? गुसाईं बाभन हैं। मुँह खोले तो आशीष, वरना शाप। भोजन केंद्र से दो मुट्ठी खिचड़ी ला दूँ, वे आशीष देंगे, ऐसा कह दिया है। फिर जहाँ भी हों बच्चे जी उठेंगे और मिल जायेंगे। वह गुसाईं के चरणों में गिरी—''गुसाईं, आशीष दो अभागिन को। बच्चे बच जायें, पति मिल जायें। सबके हाथ में ताबीज बँधे हैं। दो सौ रुपये लेकर ओझा ने तैयार किये थे। वे कैसे झूठे होंगे, मैं चली, खिचड़ी ला रही हूँ। बस आप आसिरवाद करते रहो...!''

पागल-सी भोजन केंद्र की ओर तेज़ी से चली मंदोदरी। दानकर्ण गुसाईं ने खुद को धिक्कारा। सोचा, आदमी कितना भोला है, बाभन गुसाईं को ठाकुर जी मानता है। इतने बड़े प्रलय पर भी सोचती है ठाकुर हैं, बाभन ऊँची जाति के हैं। उनका आशीष फलता है...जो गुसाईं अपने परिवार का मंगल नहीं कर सका, उनके

चरणों में पड़कर आशीष माँगती है उस पुर से बच्चे लौटा लाने के लिए! हाय रे लाचार मनुष्य! इस लाचारी का फ़ायदा उठा रहे हैं सामंत, ज़मींदार, नेता, गुसाईं, ज्योतिषी, तांत्रिक, ओझा, झाड़-फूँक वाले ढोंगी। उन ढोंगियों में दान मिसिर भी एक है। कई झूठ सच यजमानों के आगे कह, चरणामृत देकर, मनगढ़ंत भय दिखाते हैं। अनेक झूठे दुष्ट ग्रहों को यजमानों के आगे खड़े कर भय दिखाते हैं, पोखर पानी को चरणामृत कह भक्ति में हाथ फैलाये सुख की आस में मनुष्यों के हाथ में देकर बहकावा देते हैं। पीढ़ी-दर-पीढ़ी अपना स्वार्थ पूरा करने दस गाँव में मान-इज़्ज़त पाकर गुसाईं कहला कर जीते रहे हैं। आज सब झूठ प्रमाणित होने पर भी होश नहीं आया सीधी-सरल औरत को... ? बिचारी कितने विश्वास में भाग रही है, उनके लिए खिचड़ी लाने। जाये—लाये खिचड़ी—खाकर दानकर्ण के प्राण तो बचें—लेकिन पगली के बच्चे वे नहीं लौटा सकते। इस केवट बहू से भी दानकर्ण कितने असहाय हैं? बिचारी कितने झूठ पर विश्वास कर बैठी है। दानकर्ण तो झूठा भरोसा देकर सरल विश्वास में विष देते आ रहे हैं...।

मंदोदरी आंचल में बाँधकर गरम-गरम खिचड़ी ला रही है। भूख से विकल पहले उसने कुछ खा लिया। लपलपाती आग-सी भूख दबने आयी तभी संतान शोक की ज्वाला भभक उठी अभागिन के अंतर में। उफ् आंधी सँभाल जाते बच्चे भी कुछ अच्छी चीज़ खाते। दयालु दाता कितना खाद्य बाँट रहे हैं! पावरोटी, गुड़, चिवड़ा, पराँठे और गरम-गरम खिचड़ी। बापू की तरह बच्चों का भी खिचड़ी में लोभ। छोटू का पावरोटी पर मन रहता। खाते-पीते घर के बच्चे रंक की तरह होते। बड़कू का गुड़ चिवड़ा पर चाव रहता। उफ् कुछ दिन और जीते, खूब खा-पीकर बाद में मरते। मंदोदरी अपने इन खयालों पर चौंक उठी। कुलछनी, कालतुंडी, माँ या डायन? बच्चे तो गुसाईं के अशीष से जी उठेंगे। मिल जाएँगे, मरने की बात ज़ुबान पर क्यों? खेत ही खेत वह गुसाईं की ओर लाशें रौंदती चली। गुसाईं की भूख मिटने पर धर्म होगा।

मंदोदरी गुसाईं तक पहुँची, गुसाईं ने आतुर हो थरथराते कमज़ोर हाथ बढ़ा दिये। कहा—''दे...दे...बहुत भूख है...इतनी देर कर दी। अधिक देर करती तो सच...मर ही जाता।'' गुसाईं का भूखा चेहरा, फैला हाथ, मिन्नत कर रही विकल आँख देखकर मंदोदरी को होश आ गया। अब वह धर्म संकट में पड़ गई। मैंने तो कमर में रखी खिचड़ी की पोटली में से थोड़ी खा ली है, भूख से विकल होकर! अब मैं केवटनी—गुसाईं को जूठन कैसे दूँ? बच्चों को दुराशीष लगेगा! फिर पाप, अधर्म होगा? मेरे बच्चों का अकल्याण होगा। वे लौट नहीं सकेंगे! इधर

खिचड़ी न दूँगी तो गुसाईं के प्राण चले जाएँगे, तो ब्रह्महत्या का पाप लगेगा। इधर गो हत्या, उधर ब्रह्महत्या! क्या करूँ मैं समझ नहीं आता। उसका औरत मन एकदम विकल हो उठा। आतुर होकर कहा—"गुसाईं, मैं केवटनी, भूख के मारे ख़याल न रहा, थोड़ी-सी खा ली है। अब जूठी आप को कैसे दूँ? मैं तो घोर पातकी। आप राह दिखायें!"

दानकर्ण मिसिर ने आतुर होकर कहा—"तू जन्म से केवटनी है। मैं तो बाभन के घर जन्मा, लेकिन करम से चंडाल हूँ! तुझे पता नहीं मैंने क्या पाप किये हैं? मेरे पाप मुझे खाये जा रहे हैं। घोर चंडाल भूख जात-पात भुला देती है। दे...दे... खिचड़ी दे मुझे। पहले जान तो बचे। बाद में सब कहूँगा! मरने से पहले सारे पाप तेरे सामने खोल दूँगा। तू तो मेरी माँ अन्नपूर्णा है! साक्षात् देवी माँ सारला। मैं हूँ तेरी मूर्ख संतान! मेरे प्राण नहीं बचाओगी? शबरी ने भी तो प्रभु श्रीराम को जूठन खिलाई थी। मैं तो चंडाल हूँ। बताऊँगा...सब बताऊँगा। पहले खाने को दे, माँ...माँ...!" गुसाईं की आतुरता में मंदोदरी विचलित हो उठी। पाप पुण्य सब भूल गई। पल्लू खोलकर गुसाईं के आगे रख दिया। मंदोदरी के मैले, कीच सने, आँसू भींगे आँचल से वह जूठी खिचड़ी निर्मल मन से खाने लगे मिसिरजी! मानो मंदिर का प्रसाद खा रहे हैं। अपने बच्चे, पति के न होने पर भी सामने एक भूखे आदमी को भर पेट खिलाने से अपना पेट भर जाता है—यह पहले सुना था, पर कभी अनुभव नहीं किया था मंदोदरी ने। अपने अभावी संसार से कुछ बचता तब तो वह हाथ बढ़ाकर किसी को देती, कुछ ज़्यादा खिचड़ी लाई होती तो गुसाईं का पेट भर जाता पूरा। करमजली वह भी रास्ते में थोड़ी खिचड़ी खा बैठी! कल गुसाईं के लिए अलग से लाएगी। कुछ ज़्यादा लाऊँगी। दान खानेवाले गुसाईं का पेट गरीबों के पेट की तरह का पेट नहीं। ऊँची जात-मोटा पेट! और कुछ खिचड़ी खाते गुसाईं! एक कण भी न छोड़ा!

पेट की आग कुछ कम हुई। आग लगी कंपन पता नहीं कहाँ थी, गुसाईं की नंगी देह को दबोच बैठी। बरसा-पानी में भींग कर ठंडी हो चुकी हवा सांय-सांय कर रही थी। गुसाईं ने काँपते स्वर में कहा—"तुझे आशीष देने लायक मेरे पास कोई पुण्य नहीं, बेटी! बस, तूने पापी चांडाल को अन्नदान कर उसके प्राण बचाए! मैंने जो पाप किये, फल भोग रहा हूँ। इतने में मेरे पापों का प्रायश्चित नहीं होगा। मुझे तो नर्क ही भोगना है, बेटी! हाँ, यही तो है नर्क! और अब क्या मनुष्य के लायक पृथ्वी रह गई? जो मर गया, वह तर गया! मैं बच गया नर्क भोगने। जो किया चांडाल भी न करता। उफ! हे भगवान!" पता नहीं गुसाईं घुटनों

के बीच सिर रखकर बुखार से काँपते रहे या सिसकियों से, मंदोदरी समझ नहीं पाई, गुसाईं के लिए मन विकल हो उठा। नरम स्वर में कहा—"आपने किसी का क्या दोष किया? आप किसी को कुछ नहीं कहने वाले आदमी, फिर पाप कैसा? सब तो दैव ने किया। ये तूफ़ान, समुद्र का ज्वार, लोगों का मरना, आप कैसे रोकते, गुसाईं जी? दैवी दंड के आगे मनुष्य का क्या ज़ोर?"

"आदमी! अब आदमी नहीं रह गया, मंडल की बहू! मैं खुद अमानुष बन गया, पक्का बाभन होकर भी! इस तूफ़ान ने किसका बुद्धि-ज्ञान नष्ट नहीं किया? मेरी ही सुन ले! पाप खोलने से घटता है। उस दिन तूफ़ान रुका, खुद को टूटे पेड़ की डाल में अटका पाया। पेड़ आधा पानी में था, आधा सूखे में। ऊपर से बरसा कूट रही थी। देह ठंड से अकड़ रही थी..." कहते-कहते गुसाईं और काँप उठे। मुँह से आवाज़ नहीं निकल पा रही थी। मंदोदरी ने उनकी पोटली की ओर हाथ बढ़ा दिया। "आप को ढाँप दूँ। कंपन सँभल जाये, फिर जो कहना हो कह देना।" गुसाईं ने मंदोदरी के हाथ से पोटली खींच ली—"वो न खोल, मंडल की बहू! मैंने जो किया है, मुझे चांडाल के सिवा कुछ न कहोगी! उस दिन पेड़ से उतर खेत में एक जवान लड़की को अद्‌भुत नंगी कर छोड़ा। आदमी का शरीर कभी-कभी विवेक-बुद्धि सब भूल जाता है। शरीर की ताड़ना में मैंने जो किया...छिः! धिक्कार है! मेरा यह जीवन!"

"छिः! बुढ़ापे में शरीर की ताड़ना! क्या किया गुसाईं!...अब और वो बात मत कहो!" मंदोदरी के स्वर में भर्त्सना थी।

"तू सुन ले मंडल की बहू! मेरी छाती का बोझ कुछ हल्का हो जायेगा। जाड़े में काँपते, बर्फ़ीली हवा, तेज़ बारिश में मैंने एक जवान लड़की को एकदम नंगा कर दिया। वह साड़ी मैंने खुद ओढ़ ली! पीछे देखा नहीं, सीधा आगे चला। उस नंगी लाश को मुड़कर ज़रा भी नहीं देखा। सच कहता हूँ! पर अब सोचता हूँ मैं बूढ़ा बाभन, मैंने नहीं देखा उसे पर, ये जो दल के दल छुपे रंगीले कार्यकर्ताओं के दल, छोकरों का झुंड तो उसे देखता ही होगा! कितना सुन्दर गोरा चिट्टा चेहरा! सागर की लहरों-से बाल बिखरे थे खेत में। सोने का नकबेसर चमचमा रहा था! कुछ दूरी पर दो बच्चे मरे पड़े थे! एक दूसरे से चिपके हुए। शायद पेड़ का सहारा लिए थे। पेड़ उखड़ गया होगा। पेड़ के साथ बहते हुए आकर पड़े थे उस खेत में। उस लड़की का आंचल एक बच्चे की मुट्ठी में दबा था। शायद भाई-बहन होंगे...!"

"अरे! क्या कहा! घने बाल! नाक में सोने का नकबेसर, छोटे-बड़े दो

बच्चे!'' पगली-सी मंदोदरी ने पोटली चीर डाली। लाल रंग पर काली पट्टेदार मोटी साड़ी खींच ली। छाती से लगा रो पड़ी मंदोदरी—''सुन्दरी! मेरी सुन्दरी! मेरी लाडो! कहाँ गई! जगन-बलिया कहाँ गए? यम मुझे क्यों नहीं ले गया?'' बिसूरने लगी। अचानक थप से चुप हो गई। अगले क्षण रणचंडी-सी आँखें फाड़-फाड़कर कह उठी—''चंडाल! मेरी बेटी को नंगा किया? धरम सहेगा? नीच! वंशनाश हो तेरा...पानी देने कोई न रहे तेरे मुँह में...तेरी डीह पर सियार कूदेंगे रे निरबंशिया गुसाईं...!''

काफ़ी गाली-शाप के बाद साड़ी लेकर नंगी लाशों में ढूँढने लगी। ज़ोर-ज़ोर से चीखने लगी—''सुन्दरी! सुन्दरी! मेरी बिटिया! जगन...बलिया...! बेटे! मेरे धन! कहाँ हो रे! जवाब दो!''...पहले तो दानकर्ण अवाक् रह गए। फिर 'मैं चंडाल! मैं चंडाल हूँ!' कहकर फफक-फफक कर रोने लगे। फिर ज़ोर से हँस कर कहा—''मंडल की बहू पगली हो गई।'' वे ठहाका मारने लगे। मुझे शाप दे रही है कि मेरा वंश नाश होगा! मुझे पानी देने वाला न रहेगा! हा...हा...दैव क्या शाप के इंतज़ार में बैठा है? यह कौन है ऐसी? केवटनी का घमंड देखो! बाभन गुसाईं को शाप दे रही है! दैव ने तो पाँच दिन पहले ही मेरा सब नाश कर डाला है। घर बार कुछ नहीं बचा। डीह पर सियार कूदेंगे कहाँ? बस इतना ही फलेगा कि आखिरी घड़ी में पानी देने वाला कोई नहीं होगा मुँह में! न रहे दस-पच्चीस हज़ार लोग मरे हैं, प्राण छूटते समय उनके मुँह में किसने पानी दिया? पानी न दे तो भी प्राण तो छूटते ही हैं। मेरे भी प्राण यों ही निकलेंगे! पगली की बात की परवाह कौन करता है?

दानकर्ण मिसिर काँपते-काँपते ज़मीन पर गिर पड़े। काठ बना जो छोकरा यह नाटक देख रहा था, उसे मिसिर ने कभी जीवन में नेह से नहीं देखा क्योंकि वह आवारा साकुला महांति था। वही जो बहू-बेटियों की फ़ोटो खींचकर उन्हें बेचकर या डरा-धमकाकर पैसे कमाता! एक स्वयंसेवी संस्था की लड़की से बलात्कार कर, मारकर नदी में बहा दिया था। उसके बाप टहली महांति ने पुलिस में ले-दे कर बेटे के पाप को रफ़ादफ़ा किया—यह सब जानते हैं। उसी साकुला महांति ने 'ओहो गुसाईं' कहकर मिसिर जी की तवे-सी तपती कमज़ोर देह को थामा। तब तक गुसाईं के जबड़े भिंचने लगे। घूँट भर पानी दे, पर आस-पास कहीं पानी न मिला। और न ही गुसाईं। उनका प्राण-पखेरू। उनका आत्म पक्षी उड़ गया था, तूफ़ान की मार खा चुकी तपती देह से। अब उन्हें भूख-प्यास, दुःख-शोक कुछ न था।

इतने मुर्दे देख साकुला रोया न था—सामने गुसाईं को गिरते देख उस मानुष मारु छोकरे की आँखें भर आयीं। गुसाईं के बर्फ़ीले पाँवों पर सिर रख आँसू बहाये। सिर उठाकर देखा, वहाँ कुछ फ़ोटो पत्रकारों के साथ विक्रम बलवंतराय खड़ा है। पत्रकारों से वह कुछ जिरह कर रहा है। साकुला दौड़कर विक्रम के गले लिपट गया। गद्‌गद होकर बोला—"विक्रम भाई तू ज़िंदा है, जानकर सब कितने खुश होते! उनमें कोई न रहा। हमारा पवित्र गाँव क्या से क्या हो गया!" विक्रम ने साकुला के हाथ कसकर थाम लिये। अंतरंग स्पर्श से सहला दिया। मुँह में बोल न थे। गुसाईं की देह देखकर बोला—"गुसाईं का सत्कार कैसे करें? कुछ भी हो गाँव के बाभन गुसाईं तो थे..."

विक्रम ने निर्लिप्त स्वर में कहा—"माटी सबका अंतिम संस्कार कर रही है। इसके पास बाभन, पाण, पठान, साहूकार, रैयत का कोई भेदभाव नहीं। यह समझने के लिए और कितनी बड़ी प्रलय देखने की प्रतीक्षा है? सबका संस्कार जैसे हो रहा है, गुसाईं का भी वैसे ही होगा! सामरिक, गैर सामरिक, सरकारी, गैरसरकारी कई संस्थायें लाश जलाने के काम में लगी हैं। हम मरे हुओं पर ध्यान न देकर बचे हुओं पर ध्यान देंगे। वरना वे भी मर जायेंगे। देख आया हूँ कुंडल गुसाईं की लाश केतकी जंगल में फेंक गया है समुद्र। हाथी की तरह फूलकर वे पहचान में ही नहीं आ रहे। उनके बेटे पंचकी गुसाईं बचे हैं। भतीजा भी है, भांजा है। किसने संस्कार किया उनका। सब तो रिलीफ़ समेटने में व्यस्त हैं। पिता के संस्कार के लिए मैंने पंचकी से कहा। क्या जवाब दिया जानता है—'खुद बचूँ तो पिता को पिंड दूँगा। रिलीफ़ बीच में हड़प हो रही है। खुद नहीं जाऊँगा तो दो मुट्ठी चावल नहीं मिलेगा। जो सक्षम हैं वे कई तरह से ले जाते हैं। अब की बार खलिहान से धान का दाना भी आने से रहा। रिलीफ़ चावल, दाल सहेज कर न रखें, जो लोग बचे हैं, सब मर जायेंगे। फिर मुर्दे फूँकने का काम सरकार ने हाथ में लिया है। हम क्यों सड़े-गले मुर्दे उठायें? बापू का यों चले जाना दुःख देता है। बहुत-बहुत। पर किसने उन्हें कहा था समुद्र बाँधने जाने के लिए? बड़े-छोटे किसी की न सुनी।' हालाँकि बापू के लिए दो धार आँसू बहाये पंचकी गुसाईं ने। ज़्यादा वे क्या करते? सचमुच सड़े-गले मुर्दे उठाना वश के बाहर है। आनंदमार्गी इस बारे में खूब तत्परता दिखा रहे हैं।"

विक्रम को अवाक् कर साकुला दौड़ा कैमरा लिए पत्रकारों की ओर। गरज उठा—"तुम लोग आदमी हो या जानवर? घर पर माँ-बहन नहीं! हमारी बहू-बेटियों की नंगी लाशों की फ़ोटो खींच रहे हो? उन्हें बेचकर पैसे कमाओगे? समझ

क्या रखा है ? गाँवों के लोग कंगाल हो गए ? अत: उनकी आँखों के आगे बहू-बेटियों को बेइज़्ज़त करोगे ? इनकी मृत देह की भी कोई इज़्ज़त है। एक भी छोकरा ज़िंदा रहने तक ये काम करने नहीं देगा। सोच लिया कि सब मर गए हैं ? जो मर्ज़ी वही करोगे ? कारगिल का वीर विक्रम ज़िंदा है और मैं ज़िंदा हूँ। और भी कई हैं गाँव में। हम इज़्ज़त नहीं जाने देंगे—भागो यहाँ से ?''

साकुला कटखौने कुत्ते की तरह दौड़ा पत्रकारों के पीछे। विक्रम सोच रहा था—

'चरित्रहीन कहाने वाले इस छोकरे के अंदर से चरित्र खोज लेने के बजाय घृणा ही घृणा में चरित्रहीन कहना बड़ा आसान काम है, पर उचित नहीं।'

~

आदमी मरने पर भूत बनता है, पर मनुष्य का वर्तमान और भविष्य तथा भाग्य मर जाने के बाद जीते-जी भी आदमी भूत बन जाता है। उद्धव मंगवाल शायद हज़ारों वर्ष से मृत्यु गह्वर में पड़ा था। उसके शव का कोई पता नहीं लगा पा रहे। अत: उसका नाम मृतकों की सूची में नहीं चढ़ा। उसके जैसे ढेरों लोग पहचाने न जाकर मृतक सूची में नहीं आ सके। उद्धव मंगवाल की आत्मा नहीं चाहती थी कि उसे पहचाना जाए। वह चाहता था उसके संगी-साथी गोलमस्ता, बांछू तरई, भारत मंडल, भैरव माझी, गाँधी दास, कुंडल पंडा, मागन भोई वगैरह के शव पहचान लिए जायें। संस्कार हो। जाति धर्म के कारण जीते-जी मिल-जुलकर न रह पाए लोग, चलो मरने पर मिलजुल कर राख बनें। पर शवदाह की प्रतियोगिता में कौन सड़े मुर्दों के चेहरे देख पहचान पाएगा ?

उद्धव मंगवाल कितने बरस पहले भूत बन गया याद नहीं। याद नहीं कि उसे किसने मारा, मनुष्य, भगवान या शैतान ने ? इतना याद है कि कल्कि अवतार के निन्यानवे हाथ की लपलपाती तलवार की संहार लीला ही होगी। खुद बच गए यह सोच-सोच उद्धव गुनगुनाया—''जिसे राखे अनंत...क्या करे बलवंत ?''

फिर ठहाके लगाकर हँसा, ''उसका भूत हूँ...अनंत जिसे रुलायेंगे उसे बलवंत कैसे मारेंगे ? जो अनंत है वे ही बलवंत हैं—वे ही रखते हैं, वे ही मारते हैं।'' फिर अनंत का आसरा मिले तो खुद को, बलवंत सोचता है छाती फुला कर कहता है—''मैं लड़ा, मैं बच गया, जगत का उद्धार किया...!''

अनंत भी कम मायावी नहीं!

स्वयं प्रलय रची, वटपत्र पर तैरते रहे, अपनी रक्षा आप नहीं कर पाये। लोगों

को दिखाने के लिए अपने कर्णमूल के मैल से पैदा किया उद्धव मंगवाल के पूर्वज को। नाम दिया कैवर्त। कहते हैं कैवर्त ने प्रभु की रक्षा की। पर उद्धव किसी की रक्षा न कर सका—यहाँ तक कि इतना बड़ा तैराक होकर अपनी भी। अनंत बलवंत की लीला आदमी को जितना हँसाती नहीं, उतना रुलाती है।

उद्धव जड़ हो जाने के कारण इतनी बड़ी प्रलय देख भी चिल्लाकर रो नहीं पाता, बल्कि सोचता—'जा, साले, अच्छा हुआ, कलियुग का पत्ता साफ़ हो गया। आखिरी घड़ी में कलियुग बड़ा उत्पाती निकला। इंद्र, चंद्र किसी को नहीं माना। रोज़ मारकाट, लड़ाई-दंगा, व्यभिचार, भ्रष्टाचार, बलात्कार, पाप, अधर्म, क्या नहीं हुआ, उद्धव के एक जीवन के दौरान। दूध उफने तो चूल्हे में गिरे। आदमी गिरे तो गड्ढे में गिरे। काल बढ़े तो जाये महाकाल के मुँह में। अहंकार, नृशंस, स्वार्थी, लोभी प्रमत्त कलि को महाकाल न निगलता तो सतयुग नहीं आता। पर कहाँ? उद्धव मंगवाल का सतयुग कहाँ? सतयुग के बीज बने उसके बेटे-बेटी, पोते-पोती कहाँ? उन्हें सतयुग के इंसान-सा बनाया था! सत्यनिष्ठ-सीधे-सादे-देशप्रेमी, कर्तव्यनिष्ठ बनाया।' उद्धव के भूत ने गह्वर में पड़े-पड़े पहले विकट आवाज़ दी बच्चों को। शायद लाशों के बीच पड़ होश खो बैठे होंगे। बापू की प्रिय आवाज़ सुनकर ज़रूर उत्तर देंगे। 'बापू'...! वे कल के बच्चे हैं, क्यों मरेंगे? पहले सबसे छोटे को पुकारा—"वेणुधर...वेणु...अरे वेणु...अरे शंख, चक्र, गदा, पद्म...भाग्य...अ...भाग्य!"

चेतना शून्य, पेड़-पौधों से सूनी पृथ्वी का क्षितिज तक कँपा रही उद्धव की आत्मा की आवाज़। भाग्य को पदाघात कर लौट आई उसकी आवाज़ अभाग्य...अभाग्य...अभाग्य...!

उद्धव का भूत चुपचाप हो गया। अब वह जान चुका था कि भाग्य अब लौटेगा नहीं। अब उद्धव ने अपनी पोती और बेटियों को आवाज़ दी, "गिरिमा...देवी...तरु...मरु...मरुवा...भरुवा...!"

'मरा...मरा...मरा' प्रतिध्वनि 'राम..राम..राम' होकर जवाब देती है—सब राम नाम सत्य प्राप्त हो गए! उद्धव ने फिर एक बार आतुर होकर लाडली बेटी को नाम लेकर पुकारा—"गिरिमा...गिरिमा...मा...मा..." चारों ओर से तैर आती अनाथ बच्चों की माँ-माँ-माँ ध्वनि उसके साथ मिलकर लीन हो गई। भूत बन चुके उद्धव का सिर भन्ना उठा। अब वह भूत किसी का नाम-गाँव स्मरण नहीं कर सका। जन्मांतर से खून की डोर से बँधे नाम-गाँव भूल गया है। पिछले जन्म की बात जो याद नहीं कर पाता, वह अपने बेटे के पिछले जन्म का चेहरा भी पहचान नहीं

सकता। उद्धव की हालत उससे भी बढ़कर। पर 'सत्ययुग'? उसकी नाव मर नहीं सकती। सत्ययुग को उद्धव कभी भूल नहीं सकता। पूरा कलियुग लगा दिया उसने एक सत्ययुग गढ़ने में। एक जन्म की साधना तो दूसरे जन्म में संस्कार बन जाती है—सत्ययुग को कैसे भूल सकता है? बेटे-पोते, वंश कुटुंब मर-खप गए प्रलय में, उसी का नहीं, सबका। पर यदि सत्ययुग मर-खप गई होगी तो प्रलय का क्या अर्थ है? सत्ययुग के लिए तो प्रभु की प्रलय रचना है! यदि सत्ययुग बिखर गया, तो फिर हाथ-पतवार-ताकत और इहकाल नहीं मिलेगा गढ़ने के लिए एक और 'सत्ययुग' (नाव)!

भूत मौत के गड्ढे से कीचड़ में लिपटा ऊपर उठ आया। उसे याद आया कि नाव, पतवार किसी ने बढ़ा दी थी उसके हाथ में। उसने आहत जनों को पानी से निकालकर भैंसों के झुंड वाले टापू पर छोड़ा था। भैंस की पूँछ पकड़ बह रहे कई जवान भैंसवालों को भी नाव में बैठा टापू पर छोड़ा था। तूफ़ान खींच ले गया पतवार उसके हाथ से। नाव को समुद्र ज्वार ने सात घेरा फिरा भंवर की चपेट में ले लिया। उद्धव मंगवाल बहते-बहते मौत के गड्ढे में पड़ गया और मर गया।

अब पता नहीं तूफ़ान के कितने दिन बाद उसका भूत उठकर अपनी नाव 'सत्ययुग' को खोजने दौड़ा। दौड़ते-दौड़ते इहकाल के जले कपाल में हृदय विदारक दुःखों को देखा। कल तक बछिया से फुदकते पोते-पोतियों को पानी में गली-सड़ी हालत में बहते देखा। दुबले-पतले बच्चे फूल कर मोटे हो गये थे। उनकी माँ, दादी बच्चों को गोल-मटोल देखती तो पहले खुश हो जाती! फिर मर जातीं। अच्छा हुआ वे भी अब नहीं बचीं यह सब देखने को।

चारों ओर खेलते-कूदते किलकारी भरते पोते-पोतियों को छाती से लगा प्यार करने का समय उद्धव को कभी नहीं मिला। जीवन भर में बेटों को लाड़-प्यार कर वात्सल्य-ममता में भीगने का सुख, मर्द के भाग्य में नहीं लिखा होता। बाल-बच्चे कुटुंब का पालन-पोषण करते-करते आदमी बूढ़ा हो जाता है, बाप से दादा बन जाता है। इसका मतलब यह नहीं कि काम छोड़कर पोते-पोतियों के साथ वह खेलने बैठ जाए। फिर उद्धव-सा कर्मयोगी केवट चाहे मछली-केकड़ों को लाड़-प्यार कर ले, पोते-पोतियों के लिए समय नहीं था उसके पास। आज उनके शव फूल गए हैं, फूल कर नदी-नाला जाने का रास्ता बंद कर दिया है! कोई सहाय-भरोसा नहीं। काम-धंधा नहीं, जीवन-जीविका कुछ नहीं। समुद्र के उन्हें खींच ले जाने से पहले उनको एक बार लाड़ तक नहीं कर पाया। विसर्जन के फूलों-सा अपने जिगर के टुकड़ों को एक लय से देखता रहा उद्धव का भूत! उनमें पद्मा

के बेटे कपिला को गौर से देखा और पंक-पानी उँड़ेला अपनी मरी आँख से। उद्धव की घरवाली की डोरिया कुंभदार किनारी वाली साड़ी ताड़ के पेड़ की डाल से उलझी हुई झूल रही थी। बेचारी हाथी पाँव वाला फूला पैर लिए ताड़ के ऊँचे तक कैसे पहुँची? जान बचाने के लिए आदमी क्या कुछ नहीं करता है। पर समुद्र ने हाथ बढ़ा कर खींच लिया उसकी मेहनती थकी देह को! मौत के इश्तहार की तरह छोड़ गई अपनी साड़ी उद्धव के लिए। ऐसी कई-कई साड़ियाँ पेड़ से पेड़ पर फैली हैं। इतने ऊँचे उठ समुद्र उसके वंश कुटुंब को खींच ले गया! इतनी हिम्मत समुद्र की! बहू-बेटियों का वस्त्रहरण कर मन शांत नहीं हुआ, उन्हें खींच ले गया अपनी छाती से लगाने! उद्धव अपनी औरत की साड़ी खींच लाया—सीने से लगाकर आगे बढ़ गया।

~

इस इलाके में अंग्रेज़ आये, पाटवस्त्र, धनसंपदा हरण करने। जी भर लूटी यहाँ की संपदा। देश स्वाधीन होने के बाद नेता, ठेकेदार, अफ़सर, व्यापारी—सबने अपने-अपने ढंग से इस इलाके की संपदा, हरियाली, जंगल, समुद्र सब लूटा। तरह-तरह से धरती को नंगा किया, लूटा-खसोटा। अब प्रलय ने धरती से हरियाली, संपदा लूटकर इस शस्यश्यामला स्वर्णप्रसू धरा को निर्वस्त्र किया है। हज़ारों हाथ बढ़ आये दुर्गति प्राप्त मानव की मदद करने—खाद्य, वस्त्र, कंबल, पॉलीथिन। पर धरती की दुर्गति कौन टालेगा? प्रलय के ध्वंस स्तूप में बिवसना धरती के लिए कहाँ से आयेगा हरियाली का अम्लान वस्त्र! उद्धव ने क्या पाप किया है कि भूत बनकर भी नंगी धरा, नंगी बहू-बेटियों को देख रहा है—भूत की आँख हैं—तभी इतने आँसू नहीं बहते, खैरियत है! वरना एक और आँसू का समुद्र फिर से गाँव-गली, मुर्दे सबको बहा ले जाता। अच्छा ही होता। पर उसकी तो मृत आँखें हैं, पुतलियाँ स्थिर हैं।

छाती काठ हो गई—मन पत्थर—उद्धव के भूत का भाग्य था या अभाग्य, वह अपने प्रियजनों को इधर-उधर बिखरे देख सका और पहचान भी गया। शेख गोलमस्ता, भैरव माझी, भारत मंडल, बांछू तरई, कुंडल पंडा, सब अपने-अपने ढंग से जूझ-जूझ कर मर गए। खेतों में बिखरे सड़ने लगे। बांछू तरई एक लकड़ी के बक्से को जकड़े मरा। उसमें ज़मीन-जायदाद के पटा-पावती थे। कुशल पंडा के हाथ जकड़ गए चरणामृत वाले लोटे में। समुद्र को बाँधने गए थे। समुद्र ने फेंक दिया धरती पर। भारत मंडल जीवन भर खुले हाथ वाला था। हाथ-पाँव फैलाये

पड़ा है नदी की रेत पर। बेटे उत्कलमणि मंडल को जब जटाधारी मुहाने में जाते देखा भारत मंडल ने—हाथ से पतवार छूट गई। यह बात लोग आपस में कह रहे थे। भैरव माझी रुपये-पैसों, गहने-गाँठी बक्से में भर कर उन पर औंधा पड़ा था। पर बक्से में कुछ नहीं था। माँगन भोई बिचारा अपनी बछिया को जकड़े ही मर गया। उद्धव का भूत केवल सुन नहीं रहा, देख भी रहा था प्रलय की ध्वंसलीला और प्रकृति की प्रलय के बाद के रिलीफ़ का प्रलय, विवेक और मानवीयता की प्रलय।

कितना अद्‌भुत है यह मानव नाम का जीव! उद्धव मंगवाल और उसके साथी मरकर तर गए—यह बात उद्धव का भूत हृदयंगम कर रहा था, वरना प्रलय के बाद नित-प्रति हो रही प्रलय का सामना उनको करना पड़ता। किसी के साथ भेंट होने लायक अवस्था रखी न थी प्रलय ने। अतः गाँधी दास के भूत के साथ उसकी भेंट नहीं हुई। न ही उसके अपने वंश-कुटुंब के भूतों के साथ। उसने और किसी को नहीं ढूँढ़ा। लाशों पर चढ़ प्रलय के वेग से भी ज़्यादा तेज़ दौड़ा अपनी नाव सत्ययुग की खोज में! नदी के घाट पर आकर तो वह पत्थर हो गया। वात्या से पहले नयी-पुरानी सारी बड़ी नाव, डोंगियाँ घाट पर कस कर बाँध कर केवट लोग निश्चिंत हो घर की ओर दौड़े थे बाल-बच्चों को सँभालने। इस सत्यानाशी तूफ़ान ने उनमें से एक भी नाव को साबुत नहीं छोड़ा था। हाँडी-मटके सब ज़मीन पर पटकने की तरह नावों को उठा-पटक कर छिन्न-भिन्न कर डाला था। इतनी मज़बूत बनी उद्धव की नयी नाव 'सत्ययुग' के ठीकरे इधर-उधर बिखरे पड़े हैं! उद्धव का इहकाल हाथ से छूट गया था, अब परकाल भी नहीं बचा। चूँकि वह भूत बन चुका था, उसका आत्म पुरुष हार मानने को तैयार नहीं था। राघव बालिया का पेट फाड़ दास राजा बाहर आने की तरह प्रलय का पेट चीर निकलने को कमर कसे खड़ा था उद्धव अपने सपनों के ठीकरों के स्तूप पर।

वह गला फाड़ कर ज़ोर से चिल्लाया—उसके बाद नदी के उस पार दिखते धू-धू जटाधारी मुहाने की ओर बंगोपसागर की लहरों को चुनौती देकर ऊँची आवाज़ में चिल्लाया—"समुद्र! क्या समझा है खुद को! धरती से बली? धरा से सरस? हा...हा...तू तो खुद धरती का आसरा लेकर वपु बिस्तार किये है। तू क्या नहीं जानता कि सात समुद्र के नीचे ही नीचे फैली है धरती की बुनियाद? तुझे धरती की शक्ति का पता नहीं? धरती चाहे तो तुझे उठाकर गोबर-पानी की तरह एक बार में बिखेर दे पृथ्वी पर। तेरी जगह खड़ा कर दे आकाश-सा पहाड़-पर्वत! जितना तू फूं-फा कर, धरती को निगल नहीं पायेगा। उसे तू मार नहीं सकता, क्योंकि

धरती पर निर्भर हो जीते हुए भी धरती के पीछे है मनुष्य की आशा। धरती उसे दाना-कपड़ा देकर बलवान बनाती है, फिर मनुष्य माटी को बली बनाता है। यों है माटी और मनुष्य का अटूट रिश्ता! आज जहाँ नमकीन पानी भर गया, वहीं उठेगी अनादिकाल की पुरानी छाती पर नई धरती। जो फ़सल सड़ गई, जो शव सड़ कर गंधा रहे, वही माटी होगी और भी उर्वर! तू ऐसे ही बार-बार बल खर्च करता रह—देखता रह कैसे प्रलय को बेखातिर कर बली धरती पर फ़सल लहलहायेगी! आदमी के लिए आकाश कृपण हो सकता है पर धरती कृपण नहीं।''

ज़ोर से हुँकार भरने के बाद उद्धव का भूत चुप हो गया। सोचने लगा—'कौन इस सोयी धरती को जगाये? जो मर गए वे तो खाद बन सकेंगे, जो बच रहे थे वे निर्बल हो गए, हाथ-पाँव नहीं चलते।' रिलीफ़ पर निर्भर कर 'दे...दे...' की चीख में शक्ति खत्म करके कूड़ा बन जायेंगे! सूखी लकड़ी भुसभुसी हो जाती है, जीवित डाल जीर्ण नहीं होती। मनुष्य सूखी लकड़ी नहीं, मनुष्य है अनंत भविष्य की हरी डाल! वह भुसभुसा कैसे हो जायेगा?

उद्धव के भूत ने उम्मीद नहीं छोड़ी। सामने टूटे बिखरे पेड़ों का ढेर पड़ा था। उसके जैसे कुछ भूत मिल जायें, कई-कई नावें बन जायेंगी। सत्ययुग की एक ही नाव बना देने पर समुद्र को जवाब मिल जायेगा कि प्रलय साल भर की फ़सल नष्ट कर सकता है, पर बुनियादी जाति की हज़ारों साल की संस्कृति और परंपरा को धो-पोंछ मिटा नहीं सकता। इस इलाके की संस्कृति की जड़ें इतनी गहरी हैं कि वे पृथ्वी के उस पार पहुँच गई हैं। उसे मारने की क्षमता किसी में नहीं है। उसके बाद वह भूत कूदते-फलांगते टूटे पेड़-पौधों की ढेरियों में अदृश्य हो गया?

~

समुद्र और श्मशान इस तरह दो भागों में बँट गए कि एक ओर हरिद्रावसना एरसमा की अनंत लहरें, तो दूसरी ओर अगणित शव। बीच में खड़ी मुर्दा बनी उद्धव मंगवाल की दीर्घ छाया। कहते हैं भूत की छाया नहीं होती। क्योंकि भूत होता है छाया। छाया की फिर छाया कैसी? भूत जब चले, वह छाया ही चलती है। पर उद्धव को ऐसा जन्म मिला है कि भूत होने पर भी जहाँ खड़ा होता है उसकी छाया ज़मीन पर लंबी होकर पसर जाती है। कहते हैं माटी में मिलकर मनुष्य अपनी छाया खोजता है, तब ख़याल नहीं रहता कि वह मर-मिट चुका है। छाया देख बच्चे डरते हैं, ओझा बुला कर झाड़-फूंक कराते हैं। खून-पसीने की उसकी

कमाई का भोग करते-करते बच्चे भूत-भूत कह दूर भगा देते हैं इमली के पेड़ पर। हाथ में ताबीज बाँधे, नज़र बचाते हैं। भूत को कष्ट होता है इससे, उसकी आत्मा रोती है। आत्मा की छटपटाहट की हालत है यह। कुछ समय बाद भूत को होश आता है कि एक जन्म खत्म हुआ, दूसरी जगह जन्म लेना मर्ज़ी पर होता तो क्या यहाँ मन करता? पिछले जन्म की पुनरावृत्ति को चाहता? हालाँकि भिखारी, भिखमंगे जीवन को दुबारा नहीं चाहते। क्या राजा वही जन्म दुहराना चाहता है? वह और बात है। क्या उद्धव उद्धव ही बना रहना चाहेगा? वह तो फिर से उद्धव मंगवाल बनकर जन्म ले चुका है। यह है उसका नया जन्म, लेकिन उसे कोई पहचान नहीं पाता और भूत-भूत चिल्लाते हैं। सच उद्धव मंगवाल को पहचानने वाले लोग हैं ही कहाँ... ?

नर्कलोक से उद्धव मंगवाल की मोक्ष पथ पर यात्रा शुरू हुई। कितने समय अंधकारमय नर्क गह्वर में वह पड़ा रहा, हिसाब करना भी कठिन है, क्योंकि इहकाल खत्म होने के बाद नर्क में फिसलने का महीना, दिन, घड़ी, पल याद नहीं रहा।

उद्धव मंगवाल खूब जीया, पर मरण घाटी पर ही वह जीवन को पहचान सका और दुर्लभ मानुष जीवन से प्रेम करने लगा। सारे जग को प्रेम किया। संसार में कोई बुरा नहीं, उसे समझ आया कि न कोई दुष्ट है न दानव, अतः वह जन्मांतर को मोक्ष समझ फिर से पृथ्वी को प्रेम करने की कामना कर रहा है।

उद्धव ने प्रलय से पहले लवणीपुर गाँव की धरती पर कदम नहीं डाला था। वह गाँव उसके लिए निषिद्ध था। हालाँकि निषेधाज्ञा दूसरे किसी की नहीं, उसकी अपने विवेक की थी। जहाँ हेम नाम की लड़की हो, अमावस के दिन जन्मी होने पर भी, बाल-बच्चों का संसार लेकर सुख चैन से थी, मन-ही-मन उसे मानने वाले पुरुष की छांव पड़ना मर्यादा से बाहर था। उद्धव अपने विवेक का कहना मान जितने दिनों तक जिया, उसमें ज़रा भी मैल नहीं था, पर अब एरसमा की धरती पर गाँव वगैरह नहीं है। धरती पर मानव मुर्दे ज़्यादा हैं, जो कुछ बचे वे वंश डुबोने वाले ही नहीं, विवेक बुद्धि भी डुबो चुके हैं। उद्धव मंगवाल भूत बन जाने के कारण विवेक और बुद्धि का निर्देश नहीं मानता। अतः हेम से महकते गाँव में श्मशान न मिलकर धरती मिल सकती है, इस उम्मीद में सांझ की छाया फैलाकर खड़ा हुआ था लवणीपुर गाँव में। उसे याद है कि हेम सुहागन बनकर न जाने कबकी मर चुकी थी।

हेम का भाई बेवक्त में पता नहीं किसी रोग से चल बसा। तब से हेम का पति लवणीपुर गाँव में आकर घरजवाई बनकर रहता था। हेम की देख-रेख में जल्दी

ही लवणिपुरिया बन गया। साले की विधवा और उसके पाँच अनाथ बच्चों का सहारा बना है। उद्धव का अपने भाग्य पर से भरोसा टूट गया था। फिर भी सोच रहा था, शायद हेम के परिवार में कोई बच गया होगा! देश-दुनिया जान चुका —निन्यानवे के तूफ़ान में आंबीकी पंचायत में अभयपुर, चंदनपुर, लवणीपुर आदि गाँव रसातल में समा चुके थे । उद्धव मंगवाल का भूत चंदनपुर, अभयपुर घूम-घूमकर देख चुका था। उद्धव के बाल-बच्चे घर-बार, बंधु-कुटुंब कुछ नहीं बचा। वैसे कहें तो उद्धव खुद भी तो नहीं है। इसका मतलब यह नहीं कि संसार में कोई और नहीं रहे। उसका जो बह गया, लौटने वाला नहीं। तो किसी दूसरे का कोई नहीं रहे। यह बात कभी सोच नहीं पायेगा उद्धव?

उद्धव जानता है हेम अपने पति की उमर बढ़ा कर सधवा के रूप में जाने के बावजूद वह रोगना पति किसी काम का नहीं था। क्या आँधी-तूफ़ान, समुद्र के हाथों उसके बच्चों को बचा पाया होगा? पता नहीं उसका पति अपनी रक्षा कर सका या नहीं? उद्धव का क्या कोई कर्त्तव्य नहीं हेम के परिवार के लिए? विपदा में यदि एक-दूसरे के पास खड़े नहीं हुए, वह जीवन भर हज़ार उपकार करने पर भी अपनों की सूची में नहीं गिना जाएगा। कोई जाने या नहीं। उद्धव जानता है कि हेम और उसके बच्चों का, यहाँ तक कि उस निकम्मे पति का वह शुभचिंतक है। कभी उनका अमंगल नहीं सोचा, आज भी उसके अभाग्य की बात मन में नहीं।

समुद्र तट पर एक कण की तरह एरसमा की धरती पर लवणीपुर एक छोटा-सा गाँव है। वह भी अब नहीं रहा। श्मशान बन गयी लवणीपुर की धरती। उसमें मृत देह सड़ने लगीं, परिचित भी अपरिचित लगने लगे। उद्धव के कितने परिचित थे यहाँ। पर हेम का चेहरा कभी सीधे नहीं देख पाया उद्धव। अपरिचित ही अपरिचित में जो भाव बढ़ा, परिचित में उससे ज़्यादा शायद नहीं होता, ऐसा उद्धव का मानना है। अब वह चेहरा नहीं खोज रहा। खोज रहा था जीवित चेहरा। किसी का भी हो, वह तो लवणीपुर का वाशिंदा था, इतना ही काफ़ी है। नदी के इस पार—उस पार धारा के पास दो गाँव अनादिकाल से धरती को अपनाये, मुँह से मुँह सटाये युगों से राज करते रहे। उस गाँव में संसार बसाये सब एक-दूसरे के अपने थे। यह भूत भी जानता है। तभी भूत इस पार से उस पार पहुँचकर काठ-सा खड़ा था। कहाँ? कोई तो नहीं यहाँ। तो क्या हेम का वंश समूचा डूब गया?

कुछ दिन पहले आदमी यहाँ इस धरती पर पानी में, धान में, मीन में, पान में भाग्य ढूँढ़ता। आज जो बचे हैं वे दुर्भाग्य को ढूँढ़ रहे हैं। मुर्दों को निरख-निरख

आत्मीयजनों को तलाशने से बड़ा दुर्भाग्य क्या हो सकता है? मुर्दों में आत्मीय को खोज लेने पर मिलने के बदले खो देने का कारुण्य ज़िंदा को मरने से ज़्यादा दु:ख देता है।

कोई पगली मुर्दे देख-देख बाल-बच्चों को पुकारती क्षितिज की ओर जा रही है। बेटे-बेटी का जवाब नहीं आता। पगली की पुकार ही लौट आती। ऐसे दहाड़ें मार रो रही है कि उद्धव की पत्थर की छाती भी फट जाती थी। उफ़, कैसी माया! कमल के पत्ते पर डोलती जलबूँदों-सी आत्मा निर्लिप्त होने पर भी, मन तो आदमी का मोहग्रस्त है! पगली ढूँढ़ रही है उन्हें—न मिलें तो अच्छा है! मिलेगी तो सड़ी-गली लाश मिलेगी! तब? हे भगवान! इतना संताप शोक, कुटुंब शोक, बंधु-परिजन का शोक एक साथ उँड़ेल दिया इतने लोगों पर! कमर सीधी न हो सके! अच्छा हुआ जो हेम बिचारी तूफ़ान से पहले भरे पूरे संसार की गोद में आँखें मूँद चुकी थी। वरना ऐसे ही पगली बनी फिरती! अमावसो कन्या होकर भी इतनी भाग्यवान थी जो पति, पुत्र, कुटुंब किसी का शोक नहीं देखा। उसकी अकाल मृत्यु को धिक्कारता उद्धव आज मृत्यु को प्रणाम कर रहा है, कृतज्ञता व्यक्त कर रहा मृत्यु के आगे। कुछ दूर एक छाया मुर्दे टटोल रही थी। न पाकर हताश हो उठती है। नज़दीक से देखा। वह है हेम का नालायक पति मंदर बेहरा। हेम की चूड़ियाँ इतनी बज्र थीं कि ये रोगी, सांसला-खांसला मुर्दों में भी अमर खड़ा था। पतिव्रता हेम की महिमा प्रकट कर रहा था। यह कभी उद्धव का प्रतिद्वंद्वी नहीं था। उद्धव का शत्रु भी न था। निकम्मा, बुद्धू, निखट्टू था तभी लड़की नहीं मिलती थी। घर में चाहिए बहू काम करने के लिए। बचपन में अनाथ भतीजे के गले अमावसी कन्या काका-काकी ने बाँध दी। इस निरीह को तो पता भी न था कि उद्धव मंगवाल कोई अभयपुरिया मरद उसकी स्त्री हेम की छांव को हंसुवा नदी के पानी से छान बचा कर मूर्ति बना जीवन भर पूजा करता रहा। हेम का यह सहनशील मर्द सब जानता तो भी कभी उद्धव को प्रतिद्वंद्वी मान उसके प्रति आक्रोश नहीं रखता। पर उद्धव समझदार है, यह सारा इलाका जानता है। गाय जैसा इतना सरल आदमी हेम का पति होने के कारण इसको जीवन भर शाप देता रहा। उद्धव को वरन इस निरीह पति के प्रति कृतज्ञ रहना चाहिए था। क्योंकि वह खुद जो दुस्साहसी काम नहीं कर पाया उस काम को इसने कर दिया। अमावसी से ब्याह किया, हेम के कुँवारेपन का दोष दूर किया, घरवाली की मर्यादा दी, मातृत्व का गौरव दिया, खाना-पीना, घर-बार दिया, प्रेम दिया। उद्धव अपनी घरवाली को जितना प्रेम देता, इसने

उससे कम प्रेम हेम को दिया, इसका प्रमाण कहाँ रहा? जीवन भर इस विश्वस्त पुरुष के प्रति बेमतलब असूया रख उद्धव ने खुद कष्ट भोगा। अपने अंदर कुढ़ता रहा। अपने को छोटा बना दिया। इस नाटे मनुष्य ने स्वयं को और भी छोटा बना दिया। वह उद्धव के सामने न्यून दिखने पर भी छोटा नहीं दिखता। अपनी महिमा में उद्धव से यह बित्ते भर ऊँचा खड़ा था। अपना ढिंढोरा पीटने वाला वह नहीं, मानुष सरीखा मानुष है!

उद्धव का भूत उसे एक लय में देखता रहा। छाती से लगाकर दुःख बाँटने का मन कर रहा था। उद्धव का अपना दुःख इतना था कि किसी और का मिले तो अथाह समुद्र में डूबने जैसा होगा। पर उद्धव जान चुका है कि दुःख में दुःख मिलने पर एक अजीब मीठा दरद उभरता है, जो दुःख के समुद्र को भी सुखा देता है।

जीवन बीत जाने पर भी उद्धव समझ रहा है कि आदमी व्यर्थ अहंकार, फालतू ईर्ष्या, अनबूझ आक्रोश के कारण हठ कर अकेला पड़ जाता है। मन में असहनीय किवाड़ बंद करके स्वयं के अंधेरे से अंधा बन जाता है। उद्धव अगर अंदर से वह किवाड़ उढ़ाल देता तो हेम के विश्वस्त पति जैसा कितना विश्वस्त बंधु मिलता, जिसे छाती से लगाकर वह आज कुटुंब नाश के शोक में भें-भें रो पड़ता। आज भी क्या इस निर्माया अकेले मनुष्य को छाती से लगा रो न सकेगा उद्धव? जीवन की अंतिम सांस में अगर कोई अमृत बूँद दे तो क्या उसे मना किया जा सकता है? जीवन में एक बार अमृत चखना सारे जीवन के लिए क्या काफ़ी नहीं?

उद्धव का भूत निर्लिप्त छाया-सा हेम के कंकाल पति के सामने खड़ा हुआ। वह डरा नहीं क्योंकि वही अकेला अभयपुरिया उद्धव मंगवाल को पहचान पाया। कुछ सहारा जैसा लगा। उद्धव के उखड़े चेहरे को अपलक देखता रहा, भर्राये स्वर में कहा—"उद्धव...भाई...हेम जीवित होती तो ऐसी प्रलय गाँव में नहीं आती। वैसी लक्ष्मीवंत स्त्री पहले चली गई, इसलिए गाँव में प्रलय ने तांडव किया। मेरे बाल-बच्चे कोई न बच पाये। हेम मरते समय कह गई थी—'बच्चों की ज़िम्मेवारी तुम पर रही! उन्हें देख मेरे मरने का दुःख भूल जाना।' उद्धव बता, अब क्या देख हेम का दुःख भूलूँ? हेम धरती को चाहती रही। उसके बिना इस अनाथ धरती पर जीवन कहाँ कि कोई ज़िंदा रहे। देख, नमकीन पानी फैलने से माटी कैसे काली स्याह दिख रही है। यह माटी मर गई ऐ उद्धव भई!"

उद्धव का भूत अब होश में आया कि वह लवणीपुर गाँव में हेम के बच्चों को नहीं ढूँढ़ रहा था, वह तो जीवंत माटी—जीवित धरती ढूँढ़ रहा था—जिसमें

अपने हज़ारों जन्म देख पाता। पर कहाँ है, हरिद्रावसना गाँवों की धरती? श्मशान में भी मुट्ठी भर मिट्टी मिल जाती है, पर यहाँ राह, घर-आंगन, खेत-बाड़े जहाँ भी माटी उठा लो, आत्मीय-स्वजन, बंधु-परिजनों की सड़ी गली काया में से मुट्ठी भर हाथ में आ जाती है। क्या सचमुच माटी भी मर गई?

हेम के बालसुलभ पति को देख उद्धव समझ गया कि यह हेम की भलमनसाहत को जी जान से चाहता रहा। मगर हेम में जो औरतपना था उसे नहीं समझ पाया। पहचानता तो माटी मर गई यह विश्वास नहीं करता। हेम के कदम जहाँ पड़े, हेम के हाथों ने जिस माटी को छुआ है, हेम की प्रेम करने की अबीर जिस माटी पर बिखरी है, वह माटी मर नहीं सकती। तूफ़ान के बाद की पृथ्वी की तरह, प्रलय के बाद के आकाश की तरह, माटी अब अपने में आत्मस्थ होकर 'मैं' को ढूँढ़ रही थी, अपनी छाती में उजड़ी दीवार पर अद्‌भुत भित्तिचित्र बनाने के सपने में अब भी मग्न है। इस प्रलय को टालने की शक्ति माटी में न हो तो भी एक-एक प्रलय का सामना करने में माटी पीछे नहीं रही—आज भी नहीं रहेगी।

उद्धव ने सोचा कि प्रलय में मरे चेहरे न खोज, जीवित चेहरे खोजना निष्ठुर प्रलय को उचित जवाब होगा। हेम का पति हेम को न खोज माटी में हेम कण खोजे तो सबका मंगल होगा। हेम सरीखी न्यून, सर्वंसहा, त्यागमयी, घरवालियों को जीवन में क्या मिलता है? इस बातूनी पति को जीते-जी हेम ने कितना पाया था? कितना खोया? क्या दिया? हेम नहीं, पति ही उसके सहारे जीता रहा। जैसे माटी का सारा कर्षण, ताड़न कर धरती की छाती पर पाँव ठोंक कर खड़ा पेड़ जीता है, ठीक वैसे ही। हेम आज भी जीती तो भी प्रलय होती, इस अनाथ पुरुष में प्रलय होने के बाद, जितनी प्रलय आयी है उसे टाल देती। हेम नहीं है तो यह आदमी क्या बाकी जीवन प्रलय ही भोगता जायेगा? हेम शरीर से नहीं, आत्मा से तो है, आच्छन्न किये है इस आदमी को। यह हेममग्न आदमी समूची आत्मा क्यों नहीं हो जाता? आत्मा हो जाने पर वह बाल-बच्चों के मृत चेहरे ढूँढ़ने की जगह जीवंत चेहरे देख सकता, वे किसी के भी हों, उनमें अपने बच्चे देखता, परमात्मा को देखता, क्रमशः प्रलय के चंगुल से छूट जाता। उद्धव भी अपने अट्ठाईस कुटुंबीजनों को खोकर आत्मा बन गया। प्रलय के पंजे से क्रमशः छूट रहा है—यह आदमी क्यों नहीं छूट सकेगा?

ढलती सांझ के धुँधले अंधेरे में कुछ स्वयंसेवक मुर्दों में दो छाया देख—'भूत...भूत..' चिल्ला उठे। उद्धव का भूत हेम के पगलाये पति के हाथ पकड़ दौड़ने लगा। हाँ, भूत बनने पर ही जीवित मनुष्य और जीवंत माटी पा सकते हैं।

बाकी सब जितने झूठे भले बनते हैं, रिलीफ़ का नाटक लगाये हैं, वे सड़े गलों के चेहरे गिनने लगे हैं, वाहवाही ले रहे हैं। प्रकृति की इस प्रलय को देख मनुष्य के दुर्भाग्य में, जिसकी छाती में प्रलय नहीं हुई वह प्रलय टालने की बजाय सैकड़ों हज़ारों प्रलय सृष्टि करते हैं, प्रलय ध्वस्त धरा पर।

दोनों छाया अंधकार में गायब हो गईं। आधी रात में सुनाई देता है ध्वस्त वन के अंदर से ठक-ठक आवाज़। वह आवाज़ ध्वस्त-त्रस्त मानव मन के हज़ारों अमोक्ष आत्मा का झूठा भय पैदा करता है। इस भूत-प्रेतों के राज्य में आगे और भी कई प्रलय आ रही। हवा सांय-सांय बहते ही भय, हवा रुँधे तो भय, अभयपुर सहित गाँव जो बच गए उन लोगों में केवल भय ही भय है! क्या बाकी का सारा जीवन भय में ही बीतेगा?

बारह

थोड़ी खिचड़ी गमछे में बाँध कर भार्जन मल्लिक मुफ़्त भोजन केंद्र से धीरे-धीरे लौट रहा था। कहाँ जायेगा? घर नहीं, गाँव नहीं, बाल,बच्चे, बीवी कोई नहीं। इतनी खिचड़ी बँट रही है कि खाने वाले नहीं हैं। दोनों छोटे बच्चों की 'बाबा-बाबा' पुकार छाती को कचोट रही है। खिचड़ी लेने के बाद उनका मरण और भी साल रहा है। मरण नहीं मारण! पिता होकर भी मैंने मारा है। कोई जाने-न-जाने उन बच्चों का हत्यारा मैं हूँ।

अपने बच्चों को खिसका कर पंचकी गुसाईं के बच्चे को भार्जन मल्लिक ने बचाया था—प्रलय की हाहाकार में भी तूर्यनाद हो रहा था। जो सुनता, भार्जन मल्लिक को धन्य कहता। पंचकी ने तो देबू की आस छोड़ दी थी। तूफ़ान रुकने के तीन दिन बाद भी देबू न मिला तो पंचकी पागल हो गया। कुंडल गुसाईं की लाश केतकी वन में अटकी थी। पड़ी-पड़ी सड़ चुकी थी—बापू का दाह संस्कार न कर वह बेटे को ढूँढ़ने में लगा रहा। जब भार्जन मल्लिक देबू को कंधे पर बिठा उधर से लौट रहा था, पंचकी गुसाईं देबू को गले लगाने से पहले भार्जन को गले लगाने लगा। अपने बेटों को समुद्र को सौंप देबू को बचाने की बात जान कर उसके पाँवों की धूल लेने झुका। भार्जन ने रुको-रुको कहकर गुसाईं को रोका। पंचकी गुसाईं आँसू बहा कहने लगा—"तू पिछले जन्म में मेरा क्या था रे भार्जन! जो इस जन्म में इतना बड़ा कर्म किया? तू मल्लिक घर में जन्म लेकर भी इस इलाके का देवता है! तुझ-सा निःस्वार्थ आदमी पूरे इलाके में मिलना मुश्किल है! ऐसा त्याग पराये बच्चे के लिए कहीं कोई करता है? कैसे अपने अंश को फेंक सके? मैं तो नहीं फेंक सकता था। पराये बच्चे को समुद्र को सौंप सभी अपने को बचाते हैं। तेरा नाम एरसमा के इतिहास में लिखा जायेगा। भार्जन मल्लिक का त्याग, परोपकार की कहानी बिना निन्यानवे के तूफ़ान का इतिहास अधूरा रहेगा। कैसे तेरा

यह ऋण चुकाऊँगा? आज तो सब कंगाल बने हुए हैं भार्जन! हम सब बेघर हैं। तेरा ऋणी बनकर रहना इस ब्राह्मण के भाग्य में लिखा है, मैं अंतर से अशीष देता हूँ, तू अगले जन्म में फिर हमारे गाँव में भार्जन मल्लिक बनकर हमारा सेवक बनेगा। मैं पंचकी पंडा बनकर जन्म लूँगा, खास तेरा ऋण चुकाने के लिए! इस जन्म में तो पूरा ऋणी रहा, भार्जन! शायद अगले जन्म में उतार सकूँ। तूने मेरा कुल-वंश रखा, तू मानुष नहीं, देवता है, देवता!

उस दिन कुंडल गुसाईं ने सात बेटी के बाद एक बेटे देबू को पुनर्जन्म देने पर आनंद में जो आशीर्वाद दिया, भार्जन को शाप जैसा लगा। भार्जन क्यों जन्म-जन्मांतर सेवक बनेगा? पराये बच्चे को बचाना पुण्य है तो पंचकी पंडा की माँ के पेट से भाई बनकर क्यों नहीं जन्म ले सकता?

पंचकी पंडा ने अपने जीवन में ऐसा क्या पुण्य किया है जो अगले जन्म में भी पंचकी पंडा बनकर जन्म लेगा? भार्जन फिर से उनका सेवक बनकर पैदा होगा? क्या यह ब्रह्म शाप फलीभूत होगा? कुंडल गुसाईं समुद्र बाँधने गए थे, क्या बाँध सके? समुद्र उनका कहा मानने के बजाय उन्हें ही निगल गया। पंचु गुसाईं का शाप फलीभूत नहीं हो सकता। भार्जन किसी और का रैयत बन न जन्मे...भले ही वह पशु-पक्षी, पेड़-पौधे बनकर जन्म लेगा, जाति भेदभाव वाला मनुष्य जन्म नहीं लेगा। पर मेरी यह प्रार्थना फलीभूत हो यह भगवान के सिवा कौन कह सकता है?

कितनों को समुद्र बहा ले गया! भार्जन पर क्यों दया करता? सबका जो दुःख, भार्जन का भी वही दुख होना था। पर भार्जन का दुःख सबसे बढ़कर है। सबने किसी-न-किसी को खोने का दुःख सहा है, पर भार्जन सह नहीं पाता था। क्योंकि भार्जन ने खुद जीने के लिए दोनों बच्चों को पानी में फेंक दिया था। लगता है जैसे खुद दोनों बेटों को गला दबा कर मार डाला था। देबू अगर पीठ पर तूंबा बन कंधे पर बैठता तो अपनी जान बचाने के लिए उसे भी पानी में विसर्जित कर देता। भार्जन कतई निःस्वार्थी, परोपकारी, साहसी, त्यागी, देवता जैसा आदमी नहीं है। वह तो जल्लाद है, केवल नारियल की डाल नहीं काटता, वक्त आने पर आदमी तक को काट डालेगा। ये लोग मौत के द्वार जाकर लड़ते-लड़ते लौट आये, फिर भी इतनी-सी बात नहीं समझते? केवल नमक पर नमक छिड़क रहे हैं।

यों अतिरंजित प्रशंसा सुन भार्जन की छाती में अपराधबोध कचोट रहा था। कलेजा टूक-टूक हो रहा था, जलन भर रही थी। वहाँ खून का रिसाव कोई नहीं देख पाता। अपना खून खुद पीकर कैसे जीता रहा, सोचकर ताज्जुब लगता है।

भार्जन न मर पा रहा था न जी पा रहा था। जन्म से प्रताड़ित, हीन जीवन के लिए इतना लोभ? वह खाता था, पीता था, सोता था, रिलीफ़ के लिए हाथ पसारे कतार में खड़ा रहता था—पर एक ही सवाल—किसके लिए, कौन-सा भोग करने को जी रहा है वह? क्या सच में वह खुश हो हँस पायेगा जीवन में कभी, किसी बात पर खुश हो सकेगा? मनुष्य अजीब जीव है। न सुख के लिए जीता है, न दु:ख के लिए। केवल जीने के लिए जीता है। जीने से बड़ा भाग्य मनुष्य का कुछ नहीं। जीने के नशे में वह तमाम बदनसीबी के आगे सिर झुका सह लेता है। पर भार्जन जैसी बदनसीबी किसी की नहीं। इस इलाके के दस-बीस हज़ार लोग मर गए— बाकी जो आत्मीयों को गँवा कर जी रहे हैं, भार्जन जैसा अमानुष अभागा कोई नहीं, जिसने अपने प्राण बचाने के लिए अपने बेटों को सागर में फेंक दिया।

भार्जन को बहुत सारे रुपये मिलेंगे। एक मृत बच्चे के लिए पचहत्तर हज़ार। मंत्री को मिला कर नौ लोग गए हैं समुद्र में। पचहत्तर हज़ार मिलेंगे एक-एक के लिए! क्या करेगा भार्जन इतने रुपयों का? एक साथ मिलकर होगी राजा-ज़मींदार की संपदा। अपने बच्चों की मौत पर मिले रुपयों को वह भोग पायेगा? बच्चों का सागर में बह जाना दूसरी बात है, बच्चों को समुद्र में फेंकना और बात। भार्जन अब तक पागल नहीं हुआ था दु:ख से, परंतु बच्चों के और औरत के मिले मरण के रुपये पाकर दु:ख में पागल हो जायेगा। भार्जन ने तय किया था उनमें से आधे रुपये वह देबू को दे देगा, क्योंकि वह देबू को पीठ पर लादकर बचा लाया था। देबू मरते-मरते बचा। उसके शरीर में देवता न होते तो वह नहीं बचता। देबू सत्ययुग का बीज होगा शायद। जीकर दुनिया का मंगल करेगा। बाकी आधा दान कर देगा 'ममतागृह' को। तूफ़ान में माँ-बाप गँवा चुके अनाथों को लेकर गाय-गुहाल में भरने की तरह एक घर में ठूँस दिया है। उस सीलन भरी जगह को नाम दिया 'ममतागृह'। वहाँ मच्छर, मक्खी, कीचड़, अंधेरा, अखाद्य, अनादर, दु:ख, शोक सब है—नहीं है तो ममता। उस ममतागृह को आधे रुपये दान देना तय किया है। वह जानता है कि इससे पाप का कोई प्रायश्चित नहीं होगा। उसके हृदय का बहता खून नहीं सूखेगा, आँख के आँसू भी नहीं रुकेंगे। पर उसके बच्चों जैसे कई बच्चों के आँख से आँसू सूखेंगे। देह में कुछ खून बनेगा, देह में ढंग का खाद्य जाने पर। लाखों रुपये से न जाने कितना कुछ किया जा सकता है। कितनी ही बातें हो सकती हैं। ये रुपये क्या सचमुच मिलेंगे? भार्जन ने सुना है कि वे रुपये मिलने में काफ़ी पेंच हैं, राजनीति है, घूस है। दौड़धूप है, कागज़-पत्तर लिखा-पढ़ी है! उन रुपये

में नीचे से ऊपर तक सबका हिस्सा होगा। इतने रुपये। यों इतनी बड़ी राशि इन अभागों को मिलने की बात भाग्यवान लोग सँभाल नहीं पाते। भार्जन का मन संसार से उचट जाता है। सोचता है प्रलय आयी पर सारा शेष न कर आधा पाप क्यों छोड़ गई?

फिर भी कुछ रुपये मिलने की बात सुन रहे हैं। भार्जन रुपये बाँटेगा तो लोग कहेंगे वह दानवीर कर्ण है, दयावान है, निःस्वार्थी है। पर भार्जन जानता है कि वह कर्ण नहीं, दयावान भी नहीं। परिवार में एक-आध सदस्य बच जाता तो हर्जाने के रुपये से एक पैसा किसी को नहीं देता। अब उसके परिवार-नाते-रिश्तेवाले बुलाते हैं उसे। वे दुःख के दिनों में कभी नहीं आये। तब अभाव था, भार्जन कई बार खाली हाथ लौटा है। दो घूँट छाछ तक वहाँ नहीं मिली। अब आगे बढ़कर घर बुला रहे हैं। घर पर रख सेवा-सुश्रूषा के लिए तैयार हैं। भार्जन उनके सम्मान का रहस्य जान चुका है। जब कुंडल गुसाईं के सिर पर मंत्री ने दुष्कर्म कर डाला, तब उन्होंने हल्ला मचाया कि मंत्री को घर में जगह दी, जाति से बाहर कर देंगे। रिश्ता तोड़ देंगे। आज सब मंत्री के लिए, अन्य बच्चों के लिए झूठे आँसू बहाते हैं। इतने दुःख में भी भार्जन को हँसी आ रही थी।

आदमी का तरह-तरह का रूप, रंग देखकर बुद्धू, बेवकूफ़ भार्जन की बंद आँखें एक-एक करके खुल रही थीं।

पंचकी गुसाईं देबू को वापस पाकर भार्जन के आगे ऋणी और नम्र दिखे। खूब मीठी-मीठी बातें करने लगे थे। पर अब उनका गुसाईंपन फिर उभरने लगा है। कृतज्ञता के बहाने भार्जन को भगवान कहते, फिर भी तो रैयत ही है—दो दिन पहले गुसाईं ने भार्जन को बुलवाया था। पिछवाड़े से टूटे पेड़ वगैरह काट कर साफ़ करने को कहा। गुसाईं के मुँह पर भार्जन ने मना कर दिया।

कहा—"मेरी देह या आत्मा में अब काम करने की ताकत नहीं रह गई। किसके लिए मेहनत करूँगा, पराये घर की मजूरी करूँगा? अब किसी का पहले जैसा डर भय नहीं रहा। अब मेरे आगे-पीछे कोई नहीं रहा, जिसके लिए न तो कोई दायित्व है न लोभ।" भार्जन का उपकार भूल गुसाईं गुस्सा हो गया। आँखें तरेर कर कहा—"अरे भर्जनिया दुसाध! तूने मेरे बेटे को बचाया ज़रूर। इसका यह मतलब नहीं कि मैं तुझसे ऊँची जाति का नहीं। मानता हूँ बड़ा दुःख पड़ा है तुझ पर। कुछ दिन मन मारकर बैठा। बहुत हुआ, अब तुझे मजूरी तो करनी होगी। अरे दुःखी घर में शोक-दुःख पालन करने को इतना समय कहाँ रहता है, हर्जाने का रुपया मिलेगा, ये सुनी-सुनाई बातों पर इतना गर्व? अगर सचमुच पा गया,

तब तो धरती पर पाँव नहीं पड़ेंगे। यों मुँहतोड़ जवाब देने वाला तो तू पहले नहीं था? पिता के बाद इस इलाके का गुसाईं मैं हूँ। तू नहीं जानता? जो रुपये मिलने की बात पर छाती फुलाये घूम रहा है, वह इतनी आसानी से नहीं मिलने वाला, बेटे! देख, उस पर कितना तमाशा होगा, बल्कि अपनी सीमा में रहे तो हम इसमें मदद कर सकते हैं। पर सत्यानाशी तू आदमी ही नहीं पहचानता! इतना गर्व किस लिए?''

भार्जन ने कोई जवाब नहीं दिया। जवाब देने को वह बाध्य न था। खिचड़ी लेकर वैसे ही बैठा रहा। याद आयी तूफ़ान के बाद पहली बार रिलीफ़ बँटी, तब की बात। उनके वार्ड में सर्वहारा भूखों की लंबी कतार लगी थी। कुछ ऊँची जात वाले खुद को हरिजन कह भीड़-भड़क्के में घुस गए थे। उसी कतार में खड़े थे पंचकी गुसाईं और अन्य कुछ गुसाईं। युगों की लांछना से झुक गया भार्जन। गुसाईं को पालग्गी कर—''गुसाईं, ये क्या? हरिजन वार्ड में एक कतार में खड़े, पकाया अन्न, पुराने कपड़े आप लेंगे? हमें बड़ा पाप होगा। हमारे रहते आप कतार में खड़े हों? हम क्या मर गए?'' पंचकी गुसाईं तब और ही किस्म के हो गए थे। कतार में दृढ़ होकर कहा—''इस प्रलय ने बाभन, कायस्थ, क्षत्रिय सबको दु:ख के द्वार पर एक पाँत में ला खड़ा किया है। सब एक जाति के हो गए हैं। सब सर्वहारा, भूखे हैं। छोटे-बड़े कहाँ रहे?'' गुसाईं की उदारता के कितने उदाहरण भार्जन ने देखे। मुफ़्त भोजन केंद्र पर सबके साथ पत्तल लगा दुसाध, बाभन, बनिया सबने दुख के द्वार पर पाँत लगाई है। वही पंचकी गुसाईं कुछ दिन में पलट गया। अब घर में रिलीफ़ के दस-बारह बोरे चावल हैं, बीसों कंबल हैं। ढेरों बर्तन हैं। उनकी पक्की छत पर गुहाल के लिए ज़रूरत से ज़्यादा पॉलीथिन चादर हैं।

इधर हज़ारों लोग धूप बरसा में पड़े हैं। एक भी पॉलीथिन नहीं मिला। बाल-बच्चे, बूढ़े, बड़े, सर्दी, खांसी, बुखार भोग रहे हैं। इनमें कई टपाटप टपक जायेंगे। उन्हें कौन पूछता है? भार्जन मल्लिक को भी अब तक एक पॉलीथिन का टुकड़ा नसीब नहीं हुआ। न मिले, उसे तो घर बाँधना नहीं। पेड़ भी नहीं जिसके नीचे आसरा ले सकेगा। धूप बारिश में पड़े-पड़े जल्दी चले जाना ठीक होगा। परिवार होने के दु:ख से मर जाना बेहतर है।

भार्जन आज तक नहीं जान पाया कि उसमें बाल-बच्चों के लिए इतनी ममता, इतनी माया-मोह थी! पति-पत्नी ने हँस-बोल कर साथ दिन नहीं बिताए थे। गरीबी की ताड़ना, समाज की लांछना, रोज़ की हाड़तोड़ मेहनत में डूब कर तोतों के झुंड की तरह बच्चों को कभी करीब से नहीं देखा। बाप के नाते नेह तो दूर, उलटे दुतकारता

बच्चों को। जवान बेटियाँ ब्याही नहीं जा रही थीं, भाग्य की बजाय उनकी निंदा करता। बच्चों के पेट की भूख न सँभाल कर वह उनकी पीठ पर गुस्सा उतारता। मंत्री की माँ की अनिच्छा के बावजूद हर साल उसे माँ बना देता और उसको गाली देता—तोतों के झुंड की तरह क्यों पैदा करती हो ? खूब कष्ट दिया। बड़ा बेटा मंत्री मल्लिक श्मशान में मरने की बजाय ज़िंदा क्यों है—इस बात पर ठाकुरजी को भी भला-बुरा कहता। पर उसे निश्चिंत कर सबको साफ़ कर गए भगवान। अब समझा कि एक झूठा रूप प्रकट कर अपनी कमज़ोरी ढाँपता रहा। आज वह डंके की चोट पर कह सकता है कि बीवी-बच्चों को वह जितना चाहता था, उतना अन्यत्र नहीं मिलेगा। गाँव में लोग उसे दुर-दुर, हट-हट कहते, उन सबको कहता कि वह उन्हें आत्मा से चाहता था। आज वह अपने बच्चों के लिए ही नहीं रोता, उन सबके लिए रोता है। असनेही-सा दिखता भार्जन मल्लिक कितना सनेही है ! कोई नहीं जानता था। सच, कितना अभागा है भार्जन मल्लिक !

मंत्री ने इतना नालायक जीवन पाया, उसे भूत-प्रेत नहीं खा सके, पर समुद्र खा गया! ऐसा पेड़ चढ़ना जानता, समुद्र में तैराक था! भाग्य के आगे महा-महारथी लुढ़क गए। मंत्री तो कुछ न था उनके आगे! किसी के लिए मंत्री न कुछ हो, पर भार्जन के लिए महाभाग्य था! भाग्य भार्जन के हाथ से छूट गया, अब कहाँ मिलेगा मंत्री ?

ज्यों-ज्यों दिन बीतने लगे, दु:ख बढ़ने लगा। रिलीफ़ में भूख मर जाती है, दु:ख नहीं मरता। यह बात न दाता लोग समझें, न नेता समझें। जो मिलता है, ले जायें, कूड़ा-करकट लेने की झोंक में, घर भरने के नशे में फटे जूते, पुराने कपड़े, फटी-पुरानी पोशाक, सड़े-फफूंद लगे चावल के लिए लोगों में मारा-मारी मची थी। भार्जन का मन करता धक्के मार सबको निकाल दूँ। पर किसी बात का बल न था। गाँव के ध्वस्त चबूतरे पर बैठ आकाश-पाताल सोचने लगा। वह जानता ही न था कि इतनी सोचने की शक्ति उसमें है। शोक-दु:ख में भगवान देह की तरह मन को कमज़ोर क्यों नहीं कर देते हैं ?

"बापू!"

अचानक उसे लगा तपती धूप में किसी ने सिर पर छप्पर डाल दिया। ठूँठ में कोंपल उग आयी! सूखी नस-नस में खून बह चला!

"कौन ?" खिचड़ी कसकर थाम खड़ा रह गया भार्जन।

"बापू! तुम ज़िंदा हो! और सब लोग ?"

"मेरे मंत्री! मंत्री रे...! तू जीवित है! बेटे! सारी दुनिया छान ली। तू कहाँ

था? कैसे बच गया? तेरी माँ होती तो उसे अनमोल निधि मिल जाती! बड़ी अभागिन थी! जीवन में कभी सुख नाम जाना नहीं। अभागिन आधी उमर में ही चली गई! साथ अभागे बच्चों को—भी...! बस, मुझे छोड़ गई दुःख भोगने...!''

बाप-बेटे ने एकाकार होकर सागर उँड़ेल दिया। फिर भी आँसू थम नहीं रहे। जीवन भर अलग रह जीते बाप-बेटे प्रलय के बहाव में मिल गए। प्रलय ने बहुत कुछ तोड़-फोड़ की है, पर कुछ गढ़ भी दिया है। अनेकों को बहा ले गया! अनेक हृदयों को मिला भी दिया। बाप-बेटे का रिश्ता इतना गहरा, इतना विस्तार भरा है—इतना गाढ़ा है—दोनों को पता ही न था। लगता था जैसे कभी विच्छिन्न नहीं हुए। मंत्री कभी मानो त्याज्यपुत्र नहीं हुआ। झूठे मान-गुमान में या अड़ियलपन में जो घट गया, वह ऊपर-ऊपर था। भीतर में रक्त का अभिन्न संपर्क था। स्वतः रोना थम गया। सिर से पाँव तक देखा। सोचा—'आह! कितना दुःख-कष्ट पाया!'

भार्जन ने जल्दी में खिचड़ी टूटे-फूटे चबूतरे पर रखी। बड़े प्यार से कहा—''लगता है कब से नहीं खाया, बेटे! आ दो कौर खिचड़ी खा ले। देह में जान आ जाएगी! आज क्यों खाने को मन ने कहा नहीं, पेट में खाद्य गया ही नहीं। तुम सबकी बहुत याद आ रही थी...!''

मंत्री भूखा था। मुफ़्त भोजन केंद्र की ओर जाने को फ़ुर्सत नहीं मिली। उसने दो-चार कौर खाये। साथ में बापू को भी खिलाया। पता नहीं कितने जन्म के बाद बाप-बेटे ने साथ खाना खाया है। कैसे समुद्र के चंगुल से छूटा, तूफ़ान के पंजे से बचे, किसी ने किसी को कुछ न कहा। क्योंकि सबने मौत से लड़ने के रोमांचक पल खुद सहे हैं। किसी का लड़ना दूसरे से कम न था। मंत्री ने भी भाई-बहनों, माँ की बात नहीं पूछी। बिन कहे भी वे कहाँ हैं, यह बात भार्जन को अकेला देखा तभी जान गया। मंत्री जाने की हड़बड़ी में था। कहाँ, किस काम के लिए भूख-प्यास नहीं श्मशान वाले बेटे को? भार्जन ने मंत्री को रोककर पूछा—''कहाँ जाते हो? घर चलो! अब श्मशान जाने को नहीं छोड़ूँगा। मेरा कोई क्या करेगा, कर ले!''

इतने दुःख में भी मंत्री हँस पड़ा। बोला—''घर चलें! घर कहाँ? कहाँ माँ—मेरे भाई-बहन? देखो बापू—खुद श्मशान में खड़े होकर कहते हो कि श्मशान में नहीं छोड़ूँगा? कुंडल गुसाईं के डर से सबने मिलकर मुझे श्मशान चंडिया बनाया। अब पूरा इलाका श्मशान बन गया। जिधर देखो सब श्मशान चंडिया हैं। चारों ओर, जिधर देखो चिताएँ जल रही हैं! आकाश में लपटें उठ रही हैं, धुआँ फैला है। भाग्य से कुंडल गुसाईं तर गए। उन्हें श्मशान चंडिया नहीं बनना पड़ा। लाशों में

लाश बनकर वे सबको श्मशान चंडिया बना गए। यहाँ तक कि अपने बेटे-पोतों को भी। गुसाईं की बाड़ी के पास भी लाशें ही लाशें पड़ी हैं। अब श्मशान चंडिया बेटे के लिए दु:ख करने की कोई बात नहीं। बचपन में घर छोड़ा है। मुझे अब घर की माया में न डालो, एक दिन छोटे श्मशान का दायित्व लिया था, आज विराट श्मशान सामने फैला है। मेरा दायित्व कितना है, समझ रहे हो ना? कूड़े-करकट की तरह गैरदरकारी अपरिचित जलते शवों पर फूलमाला डालने को भी इस इलाके में कहीं दो फूल तक नहीं छोड़े सत्यानाशी तूफ़ान ने।''

जब बेटा लड़खड़ाते पाँवों से चलना सीखता है, बेटे के आगे बढ़ने पर बाप उसके पीछे चलता है कि कहीं गिर न पड़े। बेटा जब बड़ा हो जाता है, मज़बूत कदमों से बड़े-बड़े डग भरता आगे बढ़ता है, तब उमर ढला बाप बेटे के साथ-साथ चलता है, कहीं खुद न गिर पड़े! तब बाप पीछे छोड़ चुका होता है भूल-ठीक की बड़ी दुनिया। वहाँ खोया-खोजने का या टूटा जोड़ने का उपाय नहीं रह जाता। पर बेटे के आगे फैली होती खोजने-जोड़ने, गढ़ने को दुनिया। साथ चलने में ही हिम्मत लौटती लगती है। बेटे की पृथ्वी की डाल स्वर्ग, मर्त्य, पताल तक पसरी होती है। वह होता है पिता का सौभाग्य। मंत्री के पीछे-पीछे चलने में आज भार्जन को आनंद मिल रहा था। दु:ख के अथाह समुद्र में जीवन तरी की तरह लाशों के बीच तत्पर हो चल रहा था मंत्री। लाशों को उलट कर मुँह पहचान रहा था पागल की तरह। मंत्री जन्म से अधपगला था। महातूफ़ान में पड़ महापागल हो गया। प्रलय से उठने की घड़ी में ऐसे पागलपन का बहुत मूल्य है। अत: मंत्री एकदम पागल हो गया। यह सोचकर भार्जन मल्लिक को दु:ख न था।

~

पुरखों से खड़े बरगद को एकदम ठूँठ बना दिया था प्रलय ने, मगर उजाड़ नहीं सका। हज़ारों वर्ष की बुनियादी धरती की गहन गंभीरता को भेद गईं सदियों की मूल जड़ों को हिला दिया मगर अपनी अकड़ नहीं छोड़ी। कुरुक्षेत्र युद्ध में चौदह दिन बाद भी ठूँठ बैठे वंश डुबोऊ धृतराष्ट्र राजा की तरह। धरती को जकड़े खड़ा था बरगद। बरगद की जटा सारी तहस-नहस हो चुकी थीं। पेड़ पर डाल नहीं थीं। जो छोटी-मोटी रह गईं, वहाँ पत्ते न थे। आस-पास चारों ओर उजाड़ का सन्नाटा पसरा था। पर बरगद बिलकुल विचलित न था। युगों पुराने पक्के चबूतरे के बीच में खड़ा बरगद मानो प्रतीक्षा कर रहा था कि कब

ग्राम सभा के लिए आ पहुँचेंगे गाँधी दास, कुंडल पंडा, दानकर्ण मिसिर, भैरव माझी, उद्धव मंगवाल, भारत मंडल, दानकर्ण महांति, बांछु तरई, शेख गोलमस्ता, कुंपनी स्वाईं, टहलिया महांति, धड़ी बारीक वगैरह। कहाँ हैं वे लोग ? इतनी बड़ा प्रलय हो गयी, अभी एक सभा तक नहीं हुई ? एरसमा के छोटे-छोटे गाँव वार्ड मेंबरों, सरपंचों का इंतज़ार नहीं करते। बाप-दादा के ज़माने से चली आ रही रीत में गाँव के मुखिया ग्राम सभा बुला कर गाँव की समस्या का समाधान कर लेते हैं। वरन सरपंच, वार्ड मेंबर, पंचायत समिति के चेयरमैन चाहे समस्या खड़ी करें, समाधान नहीं करते। सरकारी अनुदान के लिए उनकी भूमिका राजनीति के स्तर पर है। मगर गाँव में वे अन्य लोगों की तरह हैं। उन्हें ज़्यादा महत्त्व देने पर सहज जीवन राजनीति के जाल में पड़कर जटिल हो जाता है। अतः आज भी इस इलाके में सरपंच, वार्ड मेंबरों का इंतज़ार नहीं था। गाँव के पाँच-सात लोग भी बच गए तो भी सभा बैठ सकेगी।

आगे क्या होगा—कैसे धरती जी उठेगी, उसका कोई सूत्र निकाल सकेंगे। पर कहाँ हैं वे लोग ? एकदम फट चुके चबूतरे का आसरा लिए ठूँठ बने खड़े एक मात्र पुरखा, जिनकी जड़ें इस धरती में कितनी गहरी गई हैं, वो गाँधी बूढ़े जैसे दिख रहे, पर गाँधी दास न थे। हालाँकि यहाँ जो हो रहा, जो हुआ, या जो होने जा रहा, वह सब आँखों देख वह गाँधी बन गया है, इस समय में गाँधी का अर्थ है एक मूर्ति, जिसकी यश कीर्ति अतीत में थी, अब नहीं रही। क्योंकि अगाँधी के राज में केवल गाँधी ही बलि नहीं पड़ते, गाँधी नीति और आदर्श भी बलि पड़ते हैं। इस समय में सत्य-अहिंसा धर्म को आदर्श मान जो लोग राह चलते हैं, वे हिंसा के शिकार बनते हैं। अधर्म के शिकार होते हैं, ठीक गाँधी की तरह। आज जो गाँधी बन अतीत में जीते हुए अभयपुर गाँव की पिंडी पर खड़े हैं, वे मूर्ति की तरह सब देखते हैं, कुछ नहीं कहते। वे भी प्रतीक्षा में न थे उनकी, जो अतीत बन गए हैं। वे प्रतीक्षा कर रहे हैं संभावनामय भविष्य की।

प्रलय के ध्वंस स्तूप में नये भू-भाग की तरह फ़ौजियों के बीच से दिख गया विक्रम बलवंतराय का जीवंत चेहरा। पराजय के विमर्ष आकाश में विजयपताका उड़ाने का संकल्प उस चेहरे पर दुःख की छेनी की नोंक से खुदा है। मूर्ति जीवन्यास पा गई। विक्रम ने दौड़ कर मूर्ति को बाँहों में भर लिया—''मास्टर-मास्टर...क्या आप जीवित हैं ? कहते हुए रो पड़ा। इतने दिन पत्थर बन चुकी फ़ौजी छाती का खून आज पानी बनकर बह चला। आँसू बह गये। यहाँ कोई किसी के लिए नहीं रोता। चलो कोई एक तो रोये। रोना कोई कमज़ोरी नहीं। रोना शक्ति है।

एक-दूसरे के लिए रोने का अर्थ है दूसरे के आँसू हाथ बढ़ाकर पोंछने की स्पृहा उसमें है। बस इतना ही काफ़ी है!

द्रोण मास्टर जी चुपचाप विक्रम की पीठ थपथपाते जा रहे थे। उनका दुर्बल शरीर जवान फ़ौजी को सांत्वना देने में समर्थ है, यह वे जानते हैं। विक्रम भी जानता था। घड़ी भर किसी ने किसी को कुछ न कहा। जड़ बने उस दरके चबूतरे पर दोनों मिले, बैठे रहे। तब विक्रम ने कहा—"मास्टरजी यहाँ कोई नहीं, कुछ नहीं, क्या करेंगे, सब अनाथ हैं। कौन किसका भरोसा होगा?" मास्टर जी ने कहा—"आज अनाथ ही अनाथ का भरोसा बनेगा। वरना कोई नहीं टिकेगा। क्या सरकार पर भरोसा करने से दुःख मिट जाता है? दुःख क्या भात-दाल, पॉलीथिन, पुराने कपड़े-लत्तों में भरता है? तूफ़ान को महातूफ़ान नाम देने से क्या बड़े-बड़े दुःख टल जाते हैं? इस साल सबसे ज़्यादा अंधेरी दीवाली गई। बड़े-पुरखों को पानी देनेवाला कोई न था। जीवितों के मुँह में दो बूँद पानी देने वाला कोई नहीं था। पूर्व-पुरुषों को कौन पूछता है? देखो, भैरव माझी का बेटा कार्तिक माझी बचा है। भूदान, बैकुंठ, विपिन वगैरह बच गए हैं। मंत्री भी लौट आया। पागल बना मुर्दे फूँकने में जुटा है। और कुछ छोकरे बचे हैं। उनके रहते चिंता कैसी? और भी कई बच गए होंगे। वे भाग्यवश गाँव खोजते-खोजते आयेंगे। मेरे बाल-बच्चे, पोते-पोती कहीं बह गए। पर मैं ठूँठ नहीं। तुम सब गाछ बन जाओ, देखना घने हो जाओगे। मानव कितना भलेपन का खज़ाना है! केवल प्रकट होने की बात है। इस प्रलय धरा पर खड़े हो मैंने बहुत भलमनसाहत देखी है।

कुंडल पंडा ने अपने दैवीय विश्वास से गाँव की सुरक्षा के लिए जीवन दिया, रेल लेवल क्रॉसिंग का चौकीदार वेणुधर मंगवाल शहीद हो गया। उत्कलमणि मंडल जीवन भर यहाँ शरणार्थी कहलाता रहा, मगर गाँव के लिए जान दे दी। उत्कलमणि का कैसा त्याग! नर्केश्वर राउतराय, टहलि महांति वगैरह जो कूट-कृपण, स्वार्थी, खाऊ, कपट के लिए जाने जाते, उन्होंने घर-बार खोल दिये जाति, धर्म, छोटे-बड़े का भेद भुला कर। सबको आसरा दिया है। काले पैसे से बने उनके बड़े घरों की छत के नीचे गाँव के कई लोग बच गए। अपना भंडार खोलकर चूल्हा लगा कर भात-दाल पका कर सबको भोजन दिया। वे अपने घर में ताला लगा लेते तो इस गाँव के और कई लोग मर-खप जाते। उन्हें दुष्ट कहकर कभी हम भौंहें सिकोड़ा करते थे। पर उनके अंदर इंसानियत की कमी नहीं थी। आदमी एक रसीला आम होता है, कच्चा खट्टा होता है, पकने पर मीठा। फिर मीठे रस के नीचे भी कठोरता की गुठली रहती है। वह एकदम निचुड़ जाने पर भी कड़क लिए रहती

है, रसहीन गुठली से भी वह अनंत भविष्य गढ़ती है। कच्चे में से टुकड़ा लेकर खट्टा-खट्टा कह शोर कर आम पर नाक-भौंह सिकोड़ता है, वह पके आम की मिठास कैसे जानें? जिन्होंने आज कुठले (अनाज रखने की जगह) खोल दिये हैं, निःस्वार्थ भाव से गाँववालों को अन्नदान दे रहे हैं, उनमें गाँव के लिए इतनी करुणा, इतना अपनापन है, कौन जानता था? प्रलय सबको छिन्न-भिन्न कर देती है, फिर सबको एकत्र भी कर देती है। इस घड़ी जात-पांत का भेद भुलाकर एक होने पर दुःख समूल पुँछ नहीं जाता पर कम ज़रूर हो जाता है। क्रमशः दुःख की श्मशान भूमि पर आनंद की पौध अंकुरा जायेगी। तुम लोगों को देख मेरा दुःख भी धीरे-धीरे कम हो रहा है। बस अन्दर के खंडहर को सँभाल लेने पर गाँव-घर-बार फिर बन जाते हैं!

विक्रम मास्टर जी की बातों से कुछ सहज हुआ। भूदान, कार्तिक, विपिन, बैकुंठ जी रहे हैं, यह जानकर वह गाँधी दास के घर की ओर चल पड़ा। फिर ख़याल आया—घर अब किसका कहाँ रह गया? सब बेघर हैं। आदमी का बाहर घर ढूँढ़ने के बजाय, आदमी को अन्दर खोजो, घर मिल जायेगा, गाँव मिल जायेगा, परिवार-कुटुंब मिल जायेगा, गुठली दरका कर उसमें आशा की नयी कोंपल खुल आने के लिए माटी का नेह गुठली की साधना और आदमी का धीरज एक साथ होने में समय लगेगा। रातोंरात प्रलय हो जाती है, सृष्टि में तो एक-एक जन्म बीत जाता है। आगे जीवन और जितना बाकी रहा, वह सृष्टि-साधना में लगे, इसमें हर्ज क्या है?

~

कमर में घंटी बाँध पटवा नाच नाचने की तरह गाँधी दास के परिवार को कमर में बाँध हवा में कुछ-कुछ डेढ़ा होकर नारियल का पेड़ नाच रहा है। समुद्र की लहरें दोनों पेड़ों की फुनगी तक पहुँचकर उन्हें तबाह कर लौट गई थीं। पेड़ पर एक भी नारियल नहीं छोड़ा, इस निर्वंशी तूफ़ान और वंश डुबोऊ समुद्र ने। दोनों पेड़ों ने अपना सब कुछ समुद्र को समर्पित कर दिया फिर भी गाँधी दास के परिवार को नहीं सौंपा।

कैसे सौंप देते? गाँधी दास ने खुद पेड़ लगाया था। जूट की रस्सी से कस कर पेड़ से बाँध दिया था खुद को और अपने परिवार सहित सबको। केवल बड़ा बेटा भूदान कटक गया था अतः वह यमराज के पिंजरे में नहीं फँसा। तूफ़ान में कितने दिन उठ-गिर कटक से पैदल चल-चल भूदान अपने घर की डीह पहचान सका। क्योंकि उनके घर के आंगन में सीमेंट का बना तुलसी चौंरा जो था। उस

पर सीमेंट की बनी वृंदावती वैसे ही घुटना मोड़े बैठी थी और अभयमुद्रा में दाहिना हाथ ऊँचा किये आशीर्वाद दे रही थी। भूदान को लगा जैसे माँ का आंचल बेटे के सिर से पसीना पोंछने को आगे आया है। कुंपनी स्वाईं का एक मंज़िला पक्का घर आधा खड़ा है। आधा समुद्र उखाड़ ले गया।

मझले दोनों बेटों को छोड़ कुंपनी स्वाईं के परिवार के सब बच गए हैं। दो बेटे घेरी रखवाली करने जाकर समुद्र में बह गए। इस इलाके के आधे लोगों के लिए झींगा घेरी ही काल बनीं। भूदान ने नारियल पेड़ के तने से बापू, माँ, भाई-बहन की मुर्दा लाश देखी तो ठिठक गया, मानो जान निकल गई हो, गाँधी दास जैसा बुद्धिमान विपदा में बुद्धि खो बैठा। समुद्र आकाश जितना उठकर भी उनके प्राण लिए बिना लौट जायेगा! समुद्र सब कुछ लौटा देता है परंतु जीवन नहीं लौटा सकता। पेड़ पर भरोसा कर सकते हैं पर क्या पानी पर कभी कोई भरोसा करता है? नाक से ऊपर पानी चढ़ा कि दो मिनट में प्राण गये समझो! घबराहट में गाँधी दास इतनी-सी बात नहीं समझ पाया?

कुंपनी स्वाईं के संग नीति और आदर्श को लेकर गाँधी दास में मतभेद था। पर विपदा की घड़ी में बच्चों को लेकर कुंपनी स्वाईं की छत के नीचे गए होते तो सब बच जाते। गाँधी दास ने अपना अहंकार नहीं छोड़ा, कुंपनी स्वाईं और भी अड़ियल थे। अगर गाँधी दास छोटा भाई होते हुए बड़े भाई के बरामदे में चढ़कर बच्चों सहित आसरा नहीं माँगता, तो बड़ा भाई क्यों निमंत्रण देता? चूँकि उनका घर कालेधन से बना है, गाँधी दास के साफ़ चरित्र पर दाग लग जाता। कितने सवर्ण-असवर्णों ने उनके घर में आसरा लिया था! क्या कुंपनी स्वाईं ने किसी को बुलाया था? कुंपनी और औरत भी कम ऐंठवाली नहीं थी, कम अहंकारी, कम असहनशील न थी। भूदान की माँ और कुबेर की माँ किसी ने अकड़ न छोड़ी। बड़ी बहू ने बुलाया नहीं, कि छोटी बहू बाल-बच्चे लेकर जेठ के पक्के मकान में शरण लेने गई नहीं। भूदान गाँव में होता तो सारा वाद-विवाद तोड़ ताऊ के घर आसरा लेने सबको ले जाता। पानी के छींटे खाये, हवा के झोंके सहे, मुर्दा-सुर्दा हटा कर भूदान कटक से पैदल आया था। रास्ता साफ़ होकर गाड़ी मोटर चलने तक का धीरज न था। दो दिन पैदल चला, प्रलय का विकराल रूप देखते-देखते गाँव पहुँचा था भूदान। माँ, भाई-बहन, बापू की लाशें देख वह रो भी नहीं सका। निर्जीव की तरह कीच में पाँव गड़ाकर खूँटा-सा खड़ा रहा! तभी कुंपनी स्वाईं का बड़ा बेटा कुबेर अंदर से दौड़ा आया, बाँहों में भर लिया भूदान को। दोनों भाई सारी विपदा भूलकर दुःख के एक स्वर में रो उठे। कुछ हटकर कुंपनी स्वाईं अपने

बहते आँसू पोंछता रहा। भूदान ने पास जाकर क्षोभ प्रकट कर पूछा—''ताऊ, आप थे, आपका पक्का घर होते हुए हमारा वंश डूब गया? मरते समय कितने छटपटाये होंगे माँ, बापू, भाई-बहन! कटक में तूफ़ान की खबर सुन-सुन मैं तो हिम्मत बाँधे रहा कि आप हैं, आपका मकान है! सब सुरक्षित होंगे। जानता हूँ बापू ने नीति पर अटल रह कितने कष्ट सहे, उस नीति-आदर्श पर सारे वंश कुटुंब की ऐसी मौत कैसे बरदाश्त की? समय देख सबको घर में क्यों नहीं खींच लाये?''

कुंपनी स्वाईं ने छाती पीट ली, रो पड़ा खुद को धिक्कार कर कहा—''मैं चांडाल हूँ। मेरी ऐंठ ने मुझे न छोड़ा। हज़ार बार मन ने कहा तूफ़ान की परवाह न कर बाहर जाऊँ, सबको ले आऊँ! पर अहंकार ने राह रोक ली। गाँधी दास छोटा है, यदि बड़े के घर आसरे को न आया, मैं क्यों आगे बढ़ भले मानुष को काले धन से बने घर में लाऊँ? सच, जब विवेक ने अहंकार को दबा कर किवाड़ खोले, सबको लाने के लिए तत्पर हुआ, तब आँधी इतनी तेज़ हो गयी कि किवाड़ बंद करने में सब ज़ोर लगाना पड़ा, तब हम बच पाये। वरना घर-बार सब उड़ जाते। आधी खिड़की पहले टूट चुकी थी। हवा ने उधर से उड़ा दिया। भाग्य से उस कमरे में कोई नहीं था। हाँडी, कुंडी, ज़मीन-जायदाद के पट्टा-पावती सहित संदूक, बक्से सब बहा ले गया समुद्र। अब सिर पटकने से भी गाँधी को या उन बच्चों को लौटाने का कोई उपाय नहीं रे बेटे! धिक्कार है मेरी इंसानियत को। अगर गाँधी अहंकार से नहीं आया, तो मैंने कौन-सी यश-कीर्ति कर डाली? बाकी जीवन भर अब पश्चाताप में उबल-उबल जीना होगा। जो काला पैसा लगा सरकारी ज़मीन पर झींगा घेरी बनाई, वह मेरे दो जवान बेटों को समुद्र ने भोग लगा दिया। मेरे पाप का फल मुझे मिलता, बच्चों को लेकर समुद्र को क्या मिला। उन बेचारों का क्या दोष था?''

इधर कुंपनी स्वाईं का पुत्रशोक और भूदान का माता-पिता का शोक, कौन-सा कम, कौन अधिक, कौन तौलता? सब तो अपने शोक में डूबे हैं। बीच की दीवार टूटे आंगन को देख भूदान ने कहा—''बापू होते तो कितने खुश होते। वे सदा कहते—'इस बाप-दादा के आंगन से एक-न-एक दिन दीवार मिटे। पहले की तरह सब समतल होगा। माटी मिली तो मन मिलेगा। हम फिर मिल-जुल कर रहेंगे। हमारे कितने संयुक्त परिवार टूट-टूट कर खत्म हो गए। अब तो पति-पत्नी के साथ परिवार बाँध कर रहेंगे या नहीं, आशंका होने लगी। उससे पहले ठाकुरजी कोई व्यवस्था करेंगे'। मगर ठाकुर ने यही समाधान किया?'' धीमे स्वर में गाँधी दास की बात को भूदान दुहरा रहा था। कुबेर स्वाईं ने भूदान का हाथ

पकड़ा। कोई अस्पष्ट स्वर ऊँचा कर कहा—"अब आंगन में दीवार न होगी, खेत में मेड़ न उठेगी बीच में। मेरे बाप का इकलौता मैं बचा हूँ। तेरे बाप का केवल तू है। अब अकेले जी न सकेंगे भई! मिलजुलकर जीयें। मिल-जुल कर दुःख सहेंगे। मिल-जुल अतीत को याद करेंगे। मेरे माँ-बापू ज़्यादा दिन के नहीं हैं। बेटों को बिसूर झर जायेंगे। माँ तो तब से पानी भी नहीं ले रही।"

दोनों भाई हाथ थामे एक-दूसरे को सांत्वना देते हुए कीच-गारे को रौंदते नारियल पेड़ तक गए। रस्सी खोलने की चेष्टा की। रस्सी टूट गई और रस्सी में बँधे हुए सारे सड़े-गले शव पानी में गिर पड़े एक साथ। दुःख की ताड़ना, दुर्गंध की विकटता को दबा न सकी। दोनों भाइयों ने नाक पर गमछा बाँध पानी में मिले अपनों की ओर देखा। हताश हो भूदान ने कहा—"माँ-बाप की चिता जलाना भी सबके भाग्य में नहीं होता। उन अभागों में एक मैं हूँ।" कुबेर ने आश्वासन दिया—"इनका दाह संस्कार संभव नहीं। अपनी बुनियादी माटी में मिलने दो सबको। जिधर देखो पानी ही पानी। सूखी जगह तक उठा ले जाने की हालत में नहीं हैं। गाँधी काका गाँव धरती को चाहते थे, धरती उनका संस्कार करेगी। पवित्र होगी यह धरती। हमारे पास और क्या उपाय है?"

गहरी सांस छोड़ते हुए भूदान ने कहा—"अब क्या करें? कहाँ से शुरू करें? कुछ समझ नहीं आता?"

पीछे से किसी ने कहा—"आरंभ तो सदा शेष से ही करना पड़ता है। एक युग शेष हुआ। गाँव में नया युग शुरू करें। हम सब एक नाव में बैठे हैं। तेरे तो कुंपनी ताऊ और कुबेर भाई हैं। मेरा? कोई नहीं। फिर भी इतने लोग जी रहे हैं। यह कैसे कहें कि कोई न रहा। हम क्या किसी के कुछ भी नहीं?"

भूदान ने पीछे मुड़ कर देखा। सामने कारगिल का वीर विक्रम बलवंतराय खड़ा है! भूदान ने विक्रम को बाँहों में भर लिया। गद्गद स्वर में कहा—"विक्रम तू ज़िंदा है? कैसे बचा? तेरी तो मौत की खबर थी। सारे गाँव में तेरी मौत की खबर ने कितना दुःख दिया। भाग्यधर, उद्धव मौसा, गिरिमा, भारत मौसा, भैरव मौसा, गोलमस्ता चाचा, मेरे बापू, कुंडल गुसाईं, केतकी, मंत्री सब रोये तेरे लिए। आज ज़िंदा होते तो वे कितने खुश होते! आज कोई न रहा। तू बचा हुआ है। तार ही कर देता, तो सीने में तेरी मौत का दुःख लेकर तो नहीं मरते।" विक्रम जानता था उसके वंश कुटुंब में कोई नहीं बचा। फिर भूदान के मुँह से मृतकों की सूची सुन हताशा की छाया घिर आयी। विषाद में भर कर कहा—"मैं तो कभी नहीं गायब हुआ! ड्यूटी के समय पहाड़ से पत्थर फिसला, आहत हुआ। सीमांत

के एक गाँव, जिसका आधा पाकिस्तान में और आधा भारत में रहकर दुःख भोगता जा रहा था। वहीं एक मुसलमान परिवार ने मेरी सुश्रूषा की। बचा लिया। लाकर कैंप में छोड़ गए। सबने सोचा मैं गायब हो गया हूँ और बापू को तार कर दिया। पर यह किसने कहा कि मैं मर गया? कैंप में पहुँचने के बाद तार की सोच रहा था! तब तक वात्या की खबर चारों ओर फैल गई। अब मैं छुट्टी पर नहीं आया हूँ। ड्यूटी पर हूँ। फ़ौजियों के साथ मिल कर मेरे कुटुंब-परिवार के मुर्दे फूँकने, पेड़ काट रास्ता साफ़ करने, विपन्नों का आवास ठीक करने, मैं आया हूँ। पर कौन जानता था कि मैं खुद भी विपन्न हूँ—मेरा भी दुःख असीम है—मेरे जीते जी माँ-बापू ने शोक भोगा, उसी दुःख में छत के नीचे दब कर चल बसे। मैं उनका चेहरा भी देख न सका। इस लिहाज़ से तू भाग्यवान है!'' विक्रम रो पड़ा।

भूदान हँस रहा था—वह हँसना रोने से भी बढ़कर था—''हाँ, भई! हम सब ऐसी हालत में पड़े हैं कि दुर्भाग्य को भी भाग्य माना जाता है। मैंने माँ-बाप को जिस हाल में देखा वह भी भाग्य की बात है!'' कुबेर ने कहा—''कार्तिक माझी का पूरा परिवार गया है। एक भी लाश न मिली। तूफ़ान के आठ दिन बाद सूरत से लौटा, वह पागल-सा लाशें खोज रहा है। उससे मिलने पर तुम समझोगे! उसके मन का हाल क्या है?''

''तो कार्तिक ज़िंदा है!''

विक्रम ने कार्तिक के घर की डीह की ओर निगाह डाली—भैरव माझी के सात खंडी घर का कुछ भी न था। एक सूनी धरती पड़ी थी। समुद्र में बह गया भैरव का घर-बार।

~

कुल तीन साल बाद कार्तिक माझी घर लौटा था। जबकि वह जानता है कि घर पर कुछ नहीं बचा है। निन्यानवे के तूफ़ान ने कार्तिक का सब उजाड़ दिया —सारी दुनिया जानती है। इसमें अविश्वास की कोई बात न थी। दूरदर्शन के परदे पर एरसमा तूफ़ान के कराल दृश्य देखकर तो होश उड़ गए। नौटंकी दल के सभी तो जगतसिंहपुर ज़िले के हैं। अख़बार, टी.वी. पर लाशों के ढेर देखकर नाटक में झूठे रोने वाले नौटंकी दल वाले परस्पर को बाँहों में भर भो-भो कर सचमुच रो पड़े। कुछ के मन में भले ही आशा का दीप टिमटिमाता होगा, पर आंबीकी पंचायत के अभयपुरिया कार्तिक माझी में तो आशा एकदम डूब गई। भाग्य आकाश के कृष्ण पक्ष के अंधकार को निराशा का अंधकार ढँकने के बाद कार्तिक की आँखों

में पुतलियाँ होते हुए भी उसे चारों ओर अंधेरा दिख रहा था। 'बात रही मगसिर की' नाटक सूरत में जम रहा था, तभी अगहन के पहले ही सत्यानाशी तूफ़ान ने सब बिगाड़ दिया। पैसे मिले, इसके बाद अगहन में लौटने का जो वादा किया था, आज ढोल बजाने पर भी कोई लाभ नहीं। हर्ज भी नहीं। जिसे वादा किया, वह भी न होगा। जो लोग कार्तिक के स्वप्न और आशाओं को नीचे-ऊपर कील ठोंक कर गाड़ देने की प्रतीक्षा में थे, वे आज नहीं होंगे। पद्मा इस बीच भाग्यधर की पत्नी हो चुकी थी। गिरिमा उद्दंडी का षंडकुद में ब्याह तय हो चुका था। एक पर एक विपद बाधा कटा कर तीन साल बाद अगले अगहन में लौटने के दिन ही नहीं गिन रहा था, पैसों का भी हिसाब लगा रहा था। तीन साल हुए गाँव से आकर नौटंकी में शामिल हो पैसे कमाता रहा। बरसात के समय में नौटंकी पार्टी तो लौट गई। वह गाँव न लौट, कपड़े की मिल में काम कर कमाई करता रहा। पैसे का ज़ोर न हो तो समाज के व्यर्थ बाधा-बंधन तोड़ घर बसाने की हिम्मत किस मर्द में होगी?

कार्तिक का बापू भैरव माझी समझदार था। पर कार्तिक के मामले में घोर अड़ियल। तीन बातों से वह गुस्सा था। पहली यह कि वह नौटंकी में शामिल हो गया था। दूसरी पद्मा से ब्याह के लिए मना कर दिया। तीसरे गिरिमा से विवाह के बारे में कोई स्पष्ट बात न कह टालता रहा। भैरव जैसा नीरस बाप कैसे समझता कि लड़कियों को न-न करते जवान गबरू के मन में कहीं असल लड़की का नाम लिखा जा चुका है। पर यह बात कार्तिक जैसे के पिता कभी अपने जवान बेटों से पूछते नहीं। कार्तिक जैसे बेटे भी बाप के मुँह पर कुछ कह नहीं पाते। घर से बाहर निकलें तो खुले सांड़, बाप के सामने वे चूहे बन जाते हैं। कब तक चलता पिताओं की मन मर्ज़ी का अत्याचार?

नौटंकी दल के हीरो कार्तिक, अभिनेता बाप के मुँह पर अपने प्रेम-प्रसंग को लेकर ठोस डायलॉग खटाखट झाड़ कर तालियों की बौछार कराते समय वह अपने मन में कुछ-कुछ साहस संचय करने लगा। पिता के आगे सांड़ मार्का प्रेमी बन खड़े होने का समय आने लगा तभी घोर शत्रु बन तूफ़ान ने सत्यानाश कर डाला। छोड़ो, इतने दिन की दुर्भावना भी खत्म हुई। उफ्! दुर्भावना का अंत भला ऐसे होता है? इतने दिनों की आशा और उससे उपजी दुर्भावना एक साथ सब तहस-नहस करके गए! दैव को क्या वाहवाही मिली? कार्तिक की आस चाहे आस रह जाती, पर ऐसी प्रलय न होती! ध्वंस स्तूप पर खड़े होकर यह प्रार्थना करने पर मिलती है एक मुट्ठी राख। आज प्रार्थना का भी कोई मूल्य नहीं।

कार्तिक ने गाँव छोड़ा तब अगहन का आखिरी गुरुवार था। उस दिन घर में लक्ष्मी पूजा वाले ठेकुआ खाये। माँ व भौजी के हाथों गोबर से लिपाई की दीवारों पर सफ़ेद रंग का भित्तिचित्र गौर से देखा। उस भित्तिचित्र को बनाने वाली को वचन देकर आया था कि अगहन में लौटूँगा। तब तक पुराने भित्तिचित्र पर नये लिखे जा चुके होंगे। लेकिन उस भित्तिचित्र जैसा चेहरा बिलकुल पुराना नहीं होगा। भीत से चूना झड़ने पर भित्तिचित्र पुराने पड़ जाते हैं। पर आशा से क्या माटी झड़ती है? उस आशा से तो मन की सुनहरी भीत पर हीरों से खुदाई की गई है। मगर सत्यानाशी तूफ़ान ने एक भी भीत नहीं छोड़ी, वह चेहरा अब होगा या नहीं कौन जाने?

कार्तिक को याद है लंबे-लंबे, कतार में बने घर की दीवारों पर सुन्दर भित्तिचित्रों में पेड़-पौधे, फल-फूल, डाल पर उलटे तोते। दोनों ओर सूंड़ में कलश लिए हाथी, पद्म, कुईं, देवल, पताका, सुन्दर लक्ष्मीपाद, श्रीजगन्नाथ, सुभद्रा, बलभद्र और कई जीवंत चित्र। औरतों के कामकाज़ी हाथों की अँगुली मांडने के वक्त विश्वकर्मा की तूली बन जाती है। किस दीवार पर भित्तिचित्र अच्छे, किसके चित्र हल्के, यह जानना मुश्किल था। कार्तिक को लगता जैसे सबकी माँ के चेहरे की तरह हर दीवार के चित्र सुंदर हैं। उस आकृष्टता में भी किसका हाथ किसकी दीवार पहचान में आ जाती है। माँ के हाथ के मांडने देख जान लेता, कौन-सा उनका घर था। सिर्फ़ घर ही याद नहीं पड़ता, भींत पर छान, छान पर पसरी लता, कुम्हड़े की लता भी। फिर याद आता घर के पिछवाड़े बाड़ी में पोई की लता, और उस पर झूलते जामुन-से छोटे-छोटे फल। माँ का कहा न मान कर बचपन में उससे रंग निचोड़ हाथ रंग देती बहनें। कार्तिक प्रलय का ध्वंसस्तूप हटा कर जितना आगे बढ़ता, उतना याद पड़ता अतीत बन गये हरे-भरे गाँव की शोभा-श्री। गाँव के आकाश में छत्र बनकर खड़े ताड़ वन की शोभा। चंवर डुलाती नारियल की टहनियों की सिहराती हवा संग खेलकूद याद आ रहा। इन सबके अंदर याद आता अपने लोगों का चेहरा, एक-दूसरे के लिए स्वप्न, स्नेह, जीवन देने-लेने का भाव। यादों से बढ़कर दुःख कार्तिक के लिए कुछ नहीं आज।

एरसमा बाज़ार से जब नगरी गाँव की राह पर घर की ओर चला, उसकी छाती पत्थर बनने लगी। एक के मरने पर छाती फटती है, वंश-कुटुंब सबके मरने में छाती पथरा जाने के अलावा कोई राह न थी। तूफ़ान की खबर पाकर सब खैरियत से रहें प्रार्थना कर कार्तिक एकदम निश्चिंत था, सूरत से गाँव के लिए चलने के दिन। सचमुच वह अब निश्चिंत होने लगा। अब चिंता किसके लिए? लाशों से

भरे खेत में खड़ा होकर पेड़-पौधे शून्य चारों दिशाओं की ओर निगाह दौड़ाने लगा। उसने दिशा बदल पूर्व, पश्चिम, उत्तर-दक्षिण होकर चक्रवात की तरह घूम-घूम कर गाँव खोजा। दिशाएँ खोजीं। दिशा-निर्देश लायक कुछ तो आँख में न पड़ा। बायीं बाँह में ताबीज की तरह गाँव का रक्षा कवच बन करके भागवत गादी, लक्ष्मी नारायण का माटी से बना मंदिर, खेत बाबा की बांबी, माँ बासलेई का मंदिर वगैरह कुछ न था।

छोटे बगीचे में सदाबहार फूलों में बारहमासी महोत्सव पालन करते छान-छप्पर का गोबर लिपा पवित्र माटी का घर माँ की गोद जैसा प्रिय था—अपना प्राइमरी स्कूल। उस स्कूल घर को कार्तिक ढूँढ़ने लगा जहाँ फ़र्श पर पल्लीभाई ने अ-आ लिखना सीखा था, पचीस तक पहाड़े कंठस्थ किये थे। 'अखिल ब्रह्मांड पति, मेरे जीवन धन', 'हे दयामय विश्वबिहारी, रघुपति राघव राजा राम', 'जनगणमन अधिनायक' गाया संगी-साथियों के साथ स्वर मिला कर उस सरल स्कूल के फ़र्श पर बैठ जटिल संयुक्ताक्षरों की साधना की थी। अपने को 'बूढ़ाबैल' मान कर निबंध लिखा था। मास्टर जी के ऊँघने लगने पर दोस्तों के साथ 'ज़ीरो क्रॉस' खेलता। इसके लिए कान पकड़ उठ-बैठ करना पड़ता था। दीवार के सहारे सटकर कुर्सी बना। नरम हाथों पर गिन-गिन कर दस बेंत खाये थे। मास्टर जी के बेंत छूने भर से पढ़ाई में मज़बूत बन कर उच्च प्राइमरी में पहुँचा। फिर हाई स्कूल और आगे कुजंग कॉलेज में फ़ेल हो गया। एलपीयूपी हाईस्कूल, कॉलेज आदि सबमें अपना प्रिय सुन्दर नि.प्रा. स्कूल ही ज़्यादा अच्छा लगा। वह उसकी पढ़ाई का जच्चाघर था। तूफ़ान का क्या कसूर किया था निरीह-परोपकारी स्नेही नि.प्रा. स्कूल ने? उसे तोड़-मरोड़ कर यों माटी में मिला दिया था और उस पर लाशों को सूखी मछलियों की तरह फैला दिया था। स्कूल खो गया सोचकर आँसू नहीं बहे थे, इतने सुन्दर, भले लोग कहाँ गए, यह सोच कार्तिक की आँख से जार-जार आँसू बह चले थे।

कहाँ गए बाप की कमाई के घर-बार, मछली का पोखर, नारियल के पेड़? कहाँ गए उसके बापू, माँ, भाई-बहन, भतीजे-भतीजी? बाकी लोग कहाँ? पद्मा, गिरिमा, मासूमा, केतकी, रेणु कहाँ खो गए? रेणु संग उसका ब्याह हो जाता अगर मुँह खोल बापू को कह देता वह अपने मन की बात। उसके मन को उसके सिवा कोई नहीं जानता। बांछू काका की बेटी रेणु तक, जो छः माह का बच्चा गोद में लिए दहेज का कष्ट न सहकर ससुराल से चली आयी पीहर में थी। बाप के गले का बोझ बन गई। कैसे वह केवट होकर किसान की ब्याहता बेटी रेणु से कहता—''रेणु, मैं तुझे चाहता हूँ। तेरे बच्चे को भी चाहता हूँ। मैं उसे बाप का प्यार दे

सकता हूँ। तेरे सिवा किसी और से ब्याह नहीं करूँगा। अब तू उस यमपुर नहीं जाएगी —वे राक्षस कैरोसिन डाल आग लगा देंगे। मेरे मंगसिर में लौटने पर सब ठीक हो जायेगा।'' मंगसिर में लौटने का फ़ैसला मन में लिए था, रेणु को नहीं कह सका। छि: कैसे रेणु से वादा करता? उसके मित्र विपिन की बहन ठहरी। बड़ी लाज की बात। हाय, बेशर्म होता, रेणु जान तो लेती कि कोई उसे चाहता है, हृदय से पूजता है...संसार में वह अनाथ नहीं, संसार में सब राक्षस नहीं। और पद्मा, पद्मा भी कार्तिक जैसे नौटंकीवाले को मन-ही-मन प्यार कर मन हार बैठी थी। भाग्यधर से ब्याह कर अभाग्य को वरण कर लिया। बहनों की तरहं अगर मेदिनीपुर में ब्याह कर लेती, बाकी जीवन तो जी सकती थी। केतकी, गिरिमा, मासूमा...वगैरह सब अभागी एक ही गाँव में जन्मी थीं, साथ मरने के लिए। जीवन-मरण एक साथ भोगना भी भाग्य है! कार्तिक बेशुमार सवाल करता जा रहा था। भाग्य से जिनका उत्तर नहीं मिला। चारों ओर से अभागों के आर्त स्वर सुनाई दे रहा था—''दो-दो...दो!''

आज माणबसा गुरुवार (अगहन का हर गुरुवार लक्ष्मीवार होता है) दरकी दीवार पर भी सुलक्षणा ओड़ियानी ने हृदय की घनी सिसकियों में आँसू मिलाकर आँके आशा के चित्र। महातूफ़ान घर-बार बहा ले गया। पर एक बुनियादी जाति के हज़ारों साल की पवित्र परंपरा बहा लेने की ताकत उसमें कहाँ से आती? दरकी दीवार के चित्र के पास कार्तिक के डग रुक गए।

~

लक्ष्मी पूजा समाप्त होने की घड़ी। ओड़िया बहुओं द्वारा लक्ष्मी मैया की विदायी की ध्वनि मंत्री मल्लिक के कानों को मरने की रुलाई-सी सुनाई दे रही थी। वह माँ लक्ष्मी के मायके जाने का दिन और मंत्री मल्लिक की ढुँढ़ाई का आखिरी दिन था। मंत्री मल्लिक को केतकी मिल गई—अब तक न मिल उसे संताप दे रही थी। मिलने के बाद संताप उससे ज़्यादा दिया। उसके चेहरे को देख मंत्री जड़ बन गया। केतकी के मरे होंठों से मंत्री के जीवित होंठ ज़्यादा नीले पड़ गए। तूफ़ान से बचने के बाद वह शवों के चेहरों में केतकी का चेहरा ढूँढ़ता था। पर इस केतकी की तलाश न थी। ढेर की ढेर लाशों के चेहरों में वह एकमात्र जीवित चेहरा तलाश रहा था। केतकी का ताज़ा, सहज, अमलिन चेहरा। केतकी के मरे हाथ में चाँदी का कंगन देख पहचान गया। इतने दिन बाद उसे मिल गई केतकी! पर क्या इसे मिलना कहते हैं? केतकी का वह डरपोक, अधेड़, कामचोर भाई अइंठू

ज़िंदा मिल गया था। पेड़ की डाल पर चिपका हुआ था अइंठू। चमगादड़ के बच्चे की तरह चीं-चीं कर जीवन की भीख माँग रहा था। तूफ़ान थमने के दो दिन बाद लोगों ने उसका उद्धार किया। मंत्री ने उसे पास रखा है। सरकारी 'ममता घर' जाने से बारह वर्ष के अइंठू ने इनकार कर दिया। रो-रो कर बोला—"मैं क्यों अनाथालय जाऊँ? मेरे माँ-बाप तो कबके मर गए थे, मैं अनाथ नहीं बना। क्योंकि केतकी दीदी ज़िंदा थी। दीदी अगर मर गई होगी, मंत्री भैया तू तो है। हमारे घर का भरोसा तुम्हीं तो थे। फिर मैं अनाथ क्यों बनूँ? क्यां तुम केवल दीदी के ही सब कुछ थे? मेरे कुछ न थे?"

अइंठू को गोद में भर लिया। कितनी बड़ी बात कह दी अइंठू ने! गाँवों में सब नहीं मरे। फिर इतने बच्चे अनाथ कैसे हो गये? ममता शून्य 'ममता घर' की क्या ज़रूरत पड़ी एरसमा में?

बंधु-कुटुंबी कोई आगे नहीं आया माँ-बाप खोए इन अनाथ बच्चों को गोद में भरने? "हाँ, तब आये जब कोई संस्था अनाथ बच्चों के लालन-पालन का दायित्व लेने बढ़ी। सारे दादा-काका, मामा, मौसा कहाँ थे? सब आगे बढ़े, हमारे रहते हमारा भतीजा अनाथ कैसे हुआ?"

"तो हमारे रहते-रहते अनाथ के रूप में गिनती कैसे हुई? इन्हें पास क्यों नहीं रखा?"—इनके संगत उत्तर भी थे—"हम तो धूप बरसा, शीत में पड़े हैं। सिर पर छांव नहीं, 'ममता घर' चाहे गोरू-गुहाल से हीन हो, छान-छप्पर तो है। दाल-भात है? हमारा घर-बार जब होगा, उन्हें पास ले आयेंगे। दायित्व लेंगे।" इतना ही नहीं, इनका अभिभावक कौन होगा, इस बात पर खींचतान चली मामा-काका, ताऊ-मौसा के बीच। मंत्री मल्लिक असल बात जानता है। बाप-माँ दोनों के मरने पर पचहत्तर-पचहत्तर हज़ार रुपए बच्चों को मिलेंगे। वह हाथ में आने के बाद बच्चे बनेंगे बंधुआ मज़दूर। महातूफ़ान के जीवन का महासत्य प्रकट करने के बावजूद आदमी के मन में स्वार्थ का महामेरु दृढ़ हो बैठा है। जो बाबू दया पाकर शहर से दौड़े आते हैं, वे खोजते हैं अच्छे-अच्छे अनाथ बच्चे, गोद का बच्चा नहीं, बिना वेतन का गुलाम बनाने में किसी को आपत्ति नहीं होगी। मंत्री मल्लिक के कई-कई प्रश्नों के कोई उत्तर नहीं। मिलेंगे भी नहीं। एक अइंठू का अनाथपन दूर करने की ताकत है उसमें। दुनिया भर के अनाथ बच्चों का अनाथपन दूर करने की ताकत उसमें नहीं, क्योंकि वह भगवान नहीं, मामूली श्मशानवाला है। अइंठू ने उसे अपना लिया, उसने अइंठू को गोद उठा लिया, इतनी ही उसकी शक्ति थी।

भाग्य अच्छा था कि केतकी का सड़ा-गला शरीर अइंठू ने नहीं देखा। ''दीदी अब नहीं?'' इस सत्य पर विश्वास करने और दीदी के सड़े शव को उपेक्षा में सड़ी हालत में देखने का फ़र्क दीदी का वह लाडला सह न पायेगा। उसकी दीदी समुद्री ज्वार में बह गई, इतनी बात ने उसे काफ़ी रुलाया था और ज़्यादा क्यों देखेगा?

आनंदमार्गी अन्य शवों के साथ केतकी के शव को लोहे के अंकुश से खींच तान कर रह थे, शवों को एकत्र कर कैरोसिन डाल जलाने के लिए। वे रात दिन मुर्दे फूँकने में लगे थे। परिवेश निर्मल बनाने हेतु उनके इस अक्लांत कार्य की मंत्री तारीफ़ कर रहा था। पर केतकी के शव की खींचतान वह सह न सका। चिल्ला कर उनकी ओर लपका। ऊँचे स्वर में बोला—''क्या समझा है खुद को तुमने? यहाँ शव संस्कार हेतु कोई किसी का नहीं रहा! तुम्हारे लिए सब मर गए? या जो कुछ अभागे बच गए उनकी तुम्हें परवा नहीं? वो शव छोड़ दो-चाँदी के कड़े वाले हाथ के शव को छोड़ दो! मैं उसका शव-दाह करूँगा।''

एक स्वयंसेवक ने पूछा—''इस शव के तुम क्या लगते हो?''

''मैं...मैं क्या लगता हूँ, पूछते हो? मैं उसका सब कुछ हूँ...!'' मंत्री ठहाका लगा कर कह उठा।

''सब, यानी भाई, पति, कुटुंबी... ?''

''मैं उसके गाँववाला! गाँव भर की लाडली थी वह। उसका भाई, बंधु, कुटुंबी मैं नहीं तो क्या तुम कहोगे कि मैं उसका कोई नहीं? अरे बाबू, आपका क्या गाँव वगैरह नहीं? कुटुंब के बाहर और कोई अपना नहीं होगा? आप लोग निपट स्वार्थी लगते हैं।'' उन्होंने शव छोड़ दिया। उनके हिसाब में एक शव कम हो गया। गाँव में ऐसा काम का छोकरा अब तक था कहाँ?

एक शहरी पत्रकार ने कहा—''इतने दिन बाद अपने घर को खुद निर्मल करने वाला छोकरा देखा। यहाँ तो छोकरे मुफ़्त भोजन केंद्र में पेट भर खाकर टूटे बरामदे में ताश फैलाकर खेल रहे हैं। अपने घर के सामने मुर्दा हो तो भी नहीं उठाते। कैरोसिन उँड़ेल, एक तीली माचिस लगाने को भी हाथ नहीं चलाते? उन्हें कहो तो जवाब देंगे—'हम डोम हैं या दुसाध? जो मुर्दा फूँकेंगे। हम क्यों सड़क साफ़ करें, घाई (नदी तटबंध टूटने पर बनी दरार) हम मरम्मत करें, तो सरकार क्या करेगी?' खाली हाथ फैलाने पर देश दुनिया से मदद माँगें, रिलीफ़ समेटें, केवल बासमती चावल, बिस्कुट, चिवड़ा, दाल खायेंगे, कंबल,पॉलीथिन भी डकार जायें और वाहवाही लूटें।'' यह सुन किसी देखने वाले ने कहा—''लड़कों ने सही बात

कही। बेचारे तूफ़ान संग लड़े, बाप, भाई, बंधु सब खो चुके हैं। घर-बार गए। देह में इतनी शक्ति कहाँ कि मुर्दे फूँक सकें। टूटे पेड़ हटा कर रास्ते साफ़ कर सकें? इतने बड़े धक्के से क्या इतनी आसानी से उबर सकेंगे? बेचारे सदमे में हैं।''

केतकी के सिरहाने खड़े हो फिर चीखा मंत्री मल्लिक—''आप कौन हो जी मौकापरस्त भलमानुषो? कुछ छोकरों को देख इस इलाके के लड़कों को जो मर्ज़ी कहे जा रहे हो! अखबारों में छपाये जाते हो! एरसमा ब्लॉक ऑफ़िस के आगे रिलीफ़ का तमाशा लगा है—लोग 'दो-दो' चिल्ला रहे हैं। बाकी गाँवों में आपमें से किसी ने कदम डाला? जाकर देखा, अभयपुर, चंदनपुर, पाकिस्तानी बस्ती, कुंजबेदी, नगरी, कियादा में गाँवों में बचे अँगुलियों में गिनने भर के छोकरे कैसा काम कर रहे हैं! विक्रम बलवंतराय को पहचानते हो? फ़ौजियों के साथ ड्यूटी पर आया है, पर वह है इस गाँव का लड़का—कारगिल वीर! हमारा नेता! जाकर देखो कैसा काम करता, कराता है।'' मंत्री का पक्ष लेकर एक और ने कहा—''हमारे इलाके में आपके मंत्रियों के चरण क्या अब तक पड़े? हाँ, अब पड़ेंगे। चुनाव आ रहा है। चुनाव से पहले तूफ़ान की ज़रूरत थी। जाकर उन्हें सद्बुद्धि दो। हमारे गाँव में वोट माँगने न आयें। आये तो एक-एक का सिर फोड़ दूँगा।'' केतकी के वीभत्स मरण के दुःख से मंत्री मल्लिक उदास था। छाती की सिसकियाँ कोप में बदल गयीं। गुस्से से फनफना उठा मंत्री मल्लिक।

''ओफ! बाबू! कुछ बुरा मत मानना। प्रियजनों के मरने के शोक में यहाँ कोई गूँगा हो गया तो कोई वाचाल। विधाता को सामने पायें तो उस पर ही गुस्सा उतारें। वह तो संभव नहीं। ये अभागे किस पर गुस्सा उतारें?'' एक स्वयंसेवक ने कहा, ''पत्रकार को खीझ न थी। सबके दुःख में उनका हृदय भी द्रवीभूत है, सहानुभूति में।'' मंत्री की पीठ थपथपा कर पूछा—''अच्छा! तुम्हारा नाम क्या है, बाबू? कितने ऊँचे विचार हैं तुम्हारे! इतने ऊँचे विचार वाले युवक गाँव में हैं पता ही न था! माफ़ करना भई अपना नाम बताओगे?''

''नाम! क्या करेंगे नाम जान कर? अखबार में छापेंगे? गले में माला डाल फ़ोटो उठायेंगे? इसमें हमारा क्या लाभ? देखो, हमारे गाँव में फूल नहीं बचे। बिना फूल के केतकी का शव संस्कार होगा। चंदन नहीं, घी नहीं, विधि-विधान कुछ नहीं। ले चलो भाइयो, सबके साथ कैरोसिन डाल इसे भी फूँक दो। मुट्ठी भर राख बन इसी गाँव की माटी में मिल जाये। इससे ज़्यादा कुछ करना मेरी क्षमता से बाहर है। यह भगवान जानते हैं। केतकी की आत्मा भी जानती होगी।'' केतकी

के शव पर मंत्री के दो बूँद आँसू टपके या नहीं, अंकुश लगाकर आनंदमार्गियों ने लाश खींच ली। ढेर पर कैरोसिन उँड़ेला गया, आग धू-धू जल उठी।

बंद आँख से आँसू बहाता मंत्री खड़ा रहा। केतकी की आत्मा के मोक्ष पथ में श्रद्धा का अगरु-चंदन उंड़ेल रहा था। "केतकी बच जाती तो विधाता का क्या नुकसान होता," स्वयं से पूछा—कोई उत्तर नहीं मिला। जा, एक खोजना समाप्त हुआ। अब टूट चुके सब कुछ को गढ़ना होगा। विक्रम बलवंतराय के हाथ मज़बूत करने होंगे। दु:ख रह गया कि केतकी के शव पर दो फूल नहीं रख पाया। पेड़ पर फूल खिलते तो हार गूँथ कर अभागिन के गले में डाल उसे विदा करता। पर केतकी के भाग्य में इतना भी न था। लपलपाती शिखा देख ज्ञानोदय होने की तरह अचानक स्वयं से कहने लगा—"केतकी की लाश पर फूल चढ़ाने का अधिकार तुझे किसने दिया रे श्मशान चंडिया? कुंवारी छोरी को इस समाज ने कम बदनाम नहीं किया। फिर मरने के बाद बदनाम करने वाले भी इधर हैं। तरह-तरह की प्रलय आदमी की आँखों से पर्दा नहीं हटा सकी। पूरी प्रलय न होने तक पृथ्वी बेबाक पवित्र नहीं होगी। ठाकुरजी बड़े हैं जो पेड़ पर दो फूल तक उन्होंने नहीं छोड़े। वरना फूल होते तो केतकी के गले में माला डाल उसकी आत्मा की पूजा करता, लेकिन समाज तो कहता, श्मशान चंडिया कंडरा छोकरे के साथ केतकी के पाप संबंध थे।"

~

सुख समाप्त होता है, दु:ख समाप्त होता है। संपदा, विपदा सब समाप्त होते हैं, जीवन भी समाप्त होता है, पर पृथ्वी से पाप समाप्त नहीं होता। यह बात मंत्री मल्लिक भी जानता है। फिर भी पृथ्वी ने जीने के लिए गोद पसार दी, मरने के लिए नहीं। तूफ़ान से घायल शाखाओं में लाल-लाल कोंपल उगने लगी। एक अकेली चिड़िया निष्ठापूर्वक तिनके लेकर घोंसला बना रही है। सड़े पानी में नील कुईं भी निरीह पंखड़ी फैलाने लगी। भाग्यहीन मानुष के मन में जीने की आस उभरने लगी है। मंत्री मल्लिक भी जीयेगा, औरों को बचायेगा। मंत्री ने प्रण लिया।

~

पहाड़-से टूटे पेड़ों के ढेर में ओड़ियानी हाथों की कढ़ाई में लकड़ी के फ्रेम में बँधी फ़ोटो की तरह चिपका पड़ा था एक खुला खाता। उसमें लाल डॉटपेन से लिखे अक्षर श्मशान के फूल की तरह झाँक रहे थे। जहाँ धन संपदा गायब

हो रही थी। तुच्छ अक्षरों को कौन पूछे?

टूटी डाल के बीच टीन का एक बक्सा मुँह बाये पड़ा था। विक्रम बलवंतराय फ़ौजियों के साथ मिलकर पेड़ काट कर साफ़ कर रहा था। अभयपुर गाँव का रास्ता बंद कर गिरे पेड़ जाल की तरह चित पड़े थे, रिलीफ़ ट्रकों की आवाजाही में रुकावट पैदा हो रही थी। बीच-बीच में सड़क टूट कर गड्ढे बन गए थे बड़े-बड़े। पगडंडी पर चलना तक मुश्किल हो रहा था। जिधर फ़ौजी न थे, विपिन, भूदान, अलवर वगैरह रास्ते की सफ़ाई में जुटे हैं। भूदान की नज़र उस खाते और टिन के बक्से पर चली गई। ठिठक गया। डालों का जाल हटा कर बड़े जतन से खाते को निकाला ध्वंस के ढेर में से। मानो प्रलय में से अपने प्रियजन को निकाल रहा है। उसका चेहरा चमक उठा। खाते को पोंछ-पोंछ छाती से लगाया। फटेचिटे कागज़ों को सहेजा। स्नेह गद्‌गद स्वर में कह उठा—

"विक्रम! देख मेरी बहन!"

"तेरी बहन!"

"हाँ, मेरी लाड़ली गिरिमा!"

"गिरिमा! कहाँ?" विक्रम के कर्म तत्पर हाथ अचानक रुक गये। आँखों में आशा की चमक उभर आयी।

"ये देख! गिरिमा के गीतों की कॉपी! कितने यत्न से सहेज रखा था इस बक्से में। कितनी बार मुझे पढ़ाया था। जितने गीत लिखती थी, सब मैंने पढ़े। उसके प्राणों के गीत हैं। समुद्र उन्हें छोड़ गया। इन अक्षरों को समुद्र मिटा नहीं सका। हमारी गिरिमा के हृदय के जादू भरे अक्षर..." गिरिमा नहीं उसके गीतों की कॉपी मिलने पर पता नहीं विक्रम खुश होगा या दु:खी। भूदान पल भर पहले अमूल्य वस्तु पाने की तरह खुश हो रहा था। अब वह आँसू बहा रहा था। भूदान अपने वंश के शव देख-देख पथरा चुका था। मगर अभागे भाग्यधर की बहन गिरिमा की गीतों की कॉपी देख उसका शव देखने की तरह रो रहा था। कितने अद्‌भुत और पवित्र होते हैं इन देहाती लोगों के हृदय के बंधन, कितनी कोमल, निर्मल है संपर्क की डोर! फूलमाला यत्न से हाथ में लेने की तरह विक्रम खूब हल्के से छू रहा है यह कॉपी। भूदान से अपने हाथ में ले ली वह कॉपी। मानो गीत लिखती उस तेजस्विनी लड़की गिरिमा के हाथ को पहली बार छू रहा है, पकड़ रहा है। हृदय में अनसमझ सिहरन भर गई, फिर लीन हो गई। क्या यह गिरिमा का मरा हाथ है? गिरिमा तो है नहीं—मरी या जीवित है सोचने को मन नहीं करता। गिरिमा न हो—उसका हाथ न हो—उसके हाथ के लिखे अक्षर तो हैं! आदमी मरकर

बुझ-मिट जाता है। अक्षर नहीं मरते, नहीं मिटते। अक्षर तो अक्षर ब्रह्म है! ओडिशा के आदि कवि, इस धरती की संतान शूद्र मुनि सारला दास छः सौ बरस पहले खो गए, पर ताड़पोथी पर लिखे उनके अक्षर नहीं खोये, गीत नहीं खोये, 'महाभारत', 'रामायण', 'चंडी पुराण' खोये नहीं। ओड़िया के हृदय में लिखे हैं वे अक्षर, उनके हृदयों को बल देते हैं, उकसाते हैं, ओड़िया कवि बना देते हैं। उसी धरती की बेटी गिरिमा, मरी हो तो मर गई होगी। आदमी मरने के लिए जन्म लेता है। जाने के लिए ही पृथ्वी पर आता है। गिरिमा आयी थी, चली गई। संसार का नियम है। पर उसके अक्षर बचे हैं, इतना ही भाग्य है। फटे-चिटे कागज़ों पर अधमिटे अक्षर जोड़कर धीरे-धीरे पढ़ने लगा विक्रम। शायद यही था गिरिमा का शेष गीत—

''योद्धा
तू बर्फ़ से जूझ पाता
तू समुद्र से जूझ पाएगा या नहीं
मेरी सौं, छाती पर हाथ रख कहना।
बर्फ़ में होती छाती की बर्फ़ीली शीतल,
समुद्र में होती है आँखों की नमकीन धारा।
छाती से रक्त बिन बहाये क्या आँसुओं की धारा परख पाओगे।।

आगे कुछ नहीं पढ़ा जाता। आँखें गीलीं। छाती भर आयी। अधपढ़ लड़की में इतना गहरा समुद्र! उस समुद्र के नीचे ऐसे मोती हैं! अंदाज़ लगाना कठिन वह सब, उस केवट बाला से मोती पाने के लिए प्रतीक्षा करनी होगी एक और जन्म तक!

गीत पढ़ने तक मानो विक्रम हज़ारों वर्ष पीछे से लौटा है। इतिहास किसी अनजान जगह से लौटा है, पता नहीं कितने जन्म पार कर आया है। एक नया जन्म जीने, नई पृथ्वी गढ़ने। मधुछत्ते के रंध्र-रंध्र में मधु रस की तरह। प्रेम के हर अक्षर में मधु आशा ऐसे ही बौछार भेद जाती है, फ़ौजी विक्रम यह नहीं जानता था। मधुमक्खी के दंश की तरह दुःख का दंश सहकर मधु संग्रह कर सके तो आदमी जी पाता है। न कर सके तो जीवन भी मौत बन जाता है। आदमी के आगे ये ही दो रास्ते हैं। फ़ौजी विक्रम को राह दिखाने और कोई न हो, प्रलय से छूट आये जीर्ण कागज़ पर प्रेम के अक्षर, दुःख में उथल-पुथल जीवन खाते में अमृत भर देने वाले अक्षर थे। अमृत नदी में बहते समय दुःख कभी बाधा नहीं बनता।

महातूफ़ान के पंजे से बच गए सत्ययुग के बीज की तरह कुछ छोकरों को

लेकर सड़क मरम्मत का काम करते-करते विक्रम बलवंतराय सोच रहा था—'महातूफ़ान ने केवल घर-बार, पेड़-पौधे ही नहीं तोड़े, हज़ारों साल की संयुक्त परिवार परंपरा को उत्कल भूमि से तोड़-फोड़ डाला। आत्मकेंद्रिकता और संकीर्ण स्वार्थीपन की व्याधि के साथ आधुनिक जीवन के वस्तुवादी सुख के मुँह में शहरी जीवन का संयुक्त परिवार आर्थिक कठिनाई की पुष्टिहीनता में भी लक्ष्मी व्रत की छोटी टोकरी की तरह स्नेह, प्रेम, रोष, हँसी रुलाई की रोज़ की मानवीयता से भरपूर था। सटे घर, उदार छाती की तरह लंबा चौड़ा आंगन, आंगन के चारों ओर "कुंवार पूनों के चाँद रे!" स्वर में कमर में हाथ डाल कुंवारी कन्याएँ लाड़-चाव में रात बीतने तक देह से देह सटा कर सात भाई सत्तर कुटुंब को लेकर रात-दिन साल-महीने मुखर रहते। बाप-दादा चौदह पीढ़ी के कोलाहलमय, आनंद में भरे परिवार में अभाव, असुविधा सुबह झरे बासी फूलों की तरह गैर ज़रूरी लग रहे थे। आपदा-विपदा में सब चट्टान की तरह एक हो खड़े हो जाते और तटबंध टूटने पर सभी मिलकर उसका मुकाबला करते।'

पर इस महातूफ़ान ने दो-तीन हज़ार रुपये के लिए ही संयुक्त परिवार को एकदम मटियामेट कर डाला। टूटे घर पर एक परिवार को दो-तीन हज़ार रुपये मिल रहे थे। अतः जिस परिवार में भाग्यवश चार-पाँच बच गए, वे सब अलग-अलग हो गए थे। अठारह वर्ष से ज़्यादा के सारे लड़के-लड़कियों का अलग-अलग घर दिखाया गया था। बूढ़ी माँ से बेटा अलग हो गया। पति से पत्नी अलग। केवल दो-तीन हज़ार के लिए। सरकारी काग़ज़ों में सारे परिवार छिन्न-भिन्न। युगों के संपर्क का मूल्य केवल दो-तीन हज़ार रुपये। उत्कल माँ के गले में संयुक्त परिवार की जो गुँथी माला युगों से शोभा पा रही थी, छिन्न-भिन्न होकर स्वार्थ की धरा पर बिखर गई। अब टूटे घर की जगह जो नए घर बनेंगे, वे बड़े आंगन वाले नहीं होंगे। लोगों में अब वह रिश्ता और स्नेह नहीं रहा। 'सरकारी मकान' की तरह निम्न मानक के कमज़ोर बेढंगे घर बनेंगे। भविष्य में बच्चों के लिए संयुक्त ग्रामीण परिवार नानी-दादी की कहानी में ही होंगे, ग्राम-सौंदर्य महज़ चित्रपट बनकर रहेगा।

~

अब रिलीफ़, तूफ़ान को अजीब रूप देकर चुनावी चक्रवात बनकर आ रही थी। लोग आपस में चर्चा कर रहे थे—अभागे वोटर सड़-गलकर माटी में मिल रहे थे, ऐसे समय चुनावी तूफ़ान चाहे बहे, मगर उसके फलस्वरूप नेताओं के कदम इन गाँवों में पड़ेंगे। वरना तूफ़ान के बाद इधर से मुँह मोड़ राजधानी में लाइन लगा

रहे थे। अब जो टिकट पायेंगे, अपनी समर्थक मंडली लेकर कलकत्ता बाज़ार से लाए हुए गेंदे की माला गले में डाल गाँव-गाँव घड़ियाली आँसू बहायेंगे। सरल जनता पर दैवी दुर्विपाक का फ़ायदा उठायेंगे। केंद्र सरकार महातूफ़ान को राष्ट्रीय आपदा घोषित न करने पर कुछ विरोधी दल के नेता रात में 'अमृतमणोही' (दिव्य भोज) कर दिन में आमरण अनशन पर बैठ गए हैं। जन समर्थन के इस अभिनव नाटक-तमाशे को कुछ सरल, असहाय, अनाथ लोग सच भी मान रहे हैं। बिल्ली के आँख मूँद दूध पीने की तरह चतुर नेता सोचते हैं, ये गरीब देहाती सर्वहारा लोग कुछ नहीं समझते, नदी की बाढ़ में तिनका मिल जाने पर एक बड़ी संपत्ति पाने की तरह थोड़े में संतुष्ट हो जाते हैं। लोगों से वोट पाने के लिए ऐसा अभिनय करना होगा। सरल लोग सच के आँसू और झूठ में क्या फ़र्क समझेंगे? उन्हें आँसू चखा देंगे, तो वे जानेंगे हर आँसू नमकीन होता है, मिर्च से आँख के आँसू क्या अल़ोने लगते हैं? तो फिर चिंता क्या?

देश-विदेश, अन्य राज्य, गैर सरकारी सेवा संस्थाएँ, विदेशी संस्थाएँ स्वतः प्रवृत्त होकर सेवा सहायता उँड़ेल रहे हैं। खाद्य, वस्त्र और अर्थ की तूफ़ान पीड़ितों के लिए कोई कमी नहीं थी। फिर भी सरकार कह रही है—दो और दो...! लाख नहीं करोड़ों-करोड़ों दो, इधर दुर्गत जनता भी गा रही है...दो मुट्ठी अन्न दो, एक कपड़ा दो, हज़ार-दो हज़ार घर टूटने की सहायता दो। कहते हैं—पुनःनिर्माण के लिए सैकड़ों करोड़ रुपये की योजना लागू करना मुख्य चुनावी मुद्दा होगा। जनता की वास्तविक समस्या न समझ लक्ष्यहीन होकर करोड़ों-करोड़ रुपये खर्च कर हाथ चिकने करने मंत्री, नेता, प्रशासन अधिकारी, स्थानीय छोटे-बड़े नेता तत्पर हो उठे हैं। समस्या समाधान करने के नाम पर नई-नई समस्याओं में उलझा रहे हैं तूफ़ान पीड़ित आवासहीन लोगों को। मृतक सूची में कहीं कोई नाम छूट गया तो कहीं जीवित का नाम मृतक सूची में आ गया तो पैसे लेकर पार। मृतक सूची में तूफ़ान द्वारा चूस लिये गए बच्चों एवं परिवारों का नाम चढ़ाने के लिए कुछ-कुछ भेंट देनी पड़ती है। मृतकों के क्षतिपूरण के पैसे को लेकर मामले हाइकोर्ट तक पहुँच गए। नुकसान का सही आकलन न कर पाने के कारण मृताहतों और अन्यान्य क्षयक्षति का हिसाब जल्दबाज़ी में चिट्ठी तैयार कर सहायता राशि माँगने की मात्रा बढ़ाती चल रही सरकार। यदि इतना धन विनियोग हुआ तो इतने लोग खुले आकाश के नीचे क्यों पड़े हैं? करोड़ों रुपये विनियोग की उपादेयता लोग क्यों नहीं समझ रहे? विदेशी, गैरसरकारी सेवा संस्थाएँ में देसी कार्यकर्त्ता के कार्यकलाप महातूफ़ान से अधिक कराल हो उठे हैं। सरकारी-गैरसरकारी संस्थाएँ कोई निःस्वार्थ नहीं, यह

बात लोग समझने लगे। गृहशून्य लोगों को अनेक झूठी प्रतिश्रुति देकर यश पताका उड़ाकर एरसमा से चले गए। केवल उनकी प्रशस्ति और प्रचार पत्र इधर-उधर ध्वजा बने उड़ रहे हैं। कहते हैं स्वयंसेवी संगठनों पर सरकार का कोई नियंत्रण नहीं। ठीक है। तुम्हारे घर में घुसकर दाता लोग राहत के लिए मिली बड़ी राशि में से आधा बीच में डकार जाते हैं। बाकी आधे को लोभी समस्या न समझ जैसे-तैसे बाँट कर अपनी सफलता का ढिंढोरा पीट रही है सरकार। तुम्हें लूटें, धोखा दें, यश पताका उड़ा कर कहें—ये हैं ग्रहीता, ये दरिद्र हैं। हम भगवान हैं—स्वामी-स्वामिनी ने इस इलाके का अवतारण लिया है, इनका उद्धार किया! गृहस्वामी का बाहर के बहुरूपियों पर क्या कोई नियंत्रण नहीं? तूफ़ान में केवल एरसमा में गृहशून्य होकर आकाश के नीचे पड़े चालीस हज़ार परिवारों में कितने स्वयं को सुरक्षित समझते हैं?

21 सितम्बर, 1885 को सुनिया तूफ़ान के बारे में तत्कालीन कमिश्नर सा'ब ने खज़ाना वसूलनेवालों से तूफ़ान नुकसान और मृत्यु का हिसाब माँगा था। कितने सुनिया बतास में मरे उसका सही हिसाब सरकारों ने उस इलाके के नक्शे के सहारे गणना कर तुरंत उपलब्ध करा दिया था। मगर 1999 के वैज्ञानिक युग में महातूफ़ान की मृत्यु सूची अन्त तक सही-सही रूप में सरकार को नहीं दी जा सकी। ऐसा कैसा शासन है? कैसी सरकार है? वरन अंग्रेज़ सरकार ठीक थी—क्यों, क्या कहते हैं? लगता है फिर एक बार अंग्रेज़ राजत्व होगा। अब अंग्रेज़ी का आदर बढ़ रहा है। एरसमा में जो जहाँ से आ रहा, अंग्रेज़ी बोले बिना कोई किसी को नहीं समझ रहा। अतः लगता है अंग्रेज़ी सरकार शासन करेगी! हमारा इसमें क्या आता-जाता है? ऐसी चर्चा के बीच काम जारी था।

"कौन? कौन? ऐसे अज्ञान की तरह बात कर रहा है? अंग्रेज़ सरकार को दरिया पार कराने में हमारे बाप-दादों ने प्राणों की आहुति दी थी। तुम अंग्रेज़ सरकार द्वारा फिर शासन की बात करते हो? आकाश से बात उतार कर ला रहे हो?" भूदान ने रास्ते का काम बंद कर माथे का पसीना पोंछते हुए उस आदमी की ओर झपट कर कहा, "ओड़िया भाषा का सोहर है यह सारला दास की पवित्र धरती। इस धरती ने ओडिशा की ज़बान पर बोली दी है। तुम इस धरती की संतान हो। तुम्हारे लिए मातृभाषा कुछ नहीं? रोटी, कपड़ा, मकान ही बड़े हैं? हाँ, मानता हूँ—हम पर दुःख पड़ा है। बिजली गिरी है। पर आकाश तो टूटा नहीं। सूरज-चाँद तो नहीं टूटे? हमेशा यह हाय-तौबा नहीं रहेगी। पावों तले की धरती सब सँभाल लेगी। तुम सुनिया बतास की बात करते-करते विलायत जाकर अंग्रेज़ सरकार को बुला

लाये? याद रखो, अब देश में गाँधी, तिलक, जयप्रकाश, जवाहर नहीं हैं, जो अंग्रेज़ शासन हटाकर तिरंगा फहरा देंगे। जो कुछ करना है, हमें करना है। क्या ताकत है हममें विदेशी हाथों से खुद को छुड़ाने की? हम सबको तो विदेशी चीज़ें प्रिय हैं। विदेशी पैसे से सेवा संस्था चलाकर हम मालामाल हैं। हमारे पूर्वज विदेशी माल की होली जलाते, हम विदेशी चीज़ों को चोरी से खरीदते हैं। बोलो—हम पूर्वजों के लायक बन सके? क्यों बोलो बिकू?'' धूप-ओस में पड़े भूखों के लिए भाषा से बड़े भात हैं—यह बात विक्रम समझ चुका था। उसने कुछ जवाब नहीं दिया। मन-ही-मन नक्शा बनाने लगा। इधर कुछ दिनों से बहुत कुछ कल्पना कर रहा है। हालाँकि उसे यथार्थ में लागू करना कठिन है, पर असंभव नहीं। असंभव को संभव करने में विक्रम कभी पीछे नहीं रहा। कारगिल सीमा पर महीनों रह जिसने शत्रु का मुकाबला किया, दूसरे किसी काम को असंभव और कठिन मान बीच में नहीं छोड़ सकता। अनेक शत्रु यहाँ आकर नौटंकी कर रहे हैं। रिलीफ़ चावल बाँट कर मुल्क की प्राण शक्ति लूटने बैठे हैं।

आज यह धरती वास्तव में फ़ौजी की कर्म भूमि बनी है। जो समुद्र के साथ लड़ उस पार गए, वे लड़ते समय 'किन्तु' की चिंता नहीं सोच रहे। जीने के लिए आदमी हवा के साथ लड़ता है, जबकि हवा ही प्राण है, पानी से लड़ना पड़ता है। पानी जीवन है। माटी के साथ लड़ना पड़ता है जबकि माटी आश्रय है। पेड़-पौधों के साथ लड़ना पड़ता है, पर पेड़-पौधे बहुविध सहायक हैं। तभी कहते हैं धर्म वृक्ष। आदमी को स्वयं से लड़ना पड़ता है। अपने अंदर की न्यून प्रवृत्ति और हीनमन्यता के साथ आदमी लड़ता है। जबकि आदमी स्वयं अपना अभिन्न अंश है। अतः लड़ना है जीवधर्म। वहाँ सफलता-विफलता का सवाल नहीं उठता। सब के घर माटी में मिले हैं। माटी पर नमकीन ज्वार चढ़ गया, पेड़-पौधे ध्वंस हो गए। बंधु-कुटुंबी मर गए। वे खुद को बचाने के लिए समुद्र से लड़ते-लड़ते मर गए। जो इतनी बड़ी विपदा में बच गए, वे लड़-लड़ कर बचे हैं। आगे प्रतिकूल परिस्थितियों में लड़-लड़ कर जीयेंगे। विक्रम कारगिल का लड़ाका फ़ौजी है। यहाँ भी सभी महातूफ़ान के लड़ाके फ़ौजी हैं। सभी विक्रम से सौ या हज़ार गुणा लड़ाके। जो मरे, सब शहीद। अतः बारिश, बाढ़, तूफ़ान भोगती यह धरती है जुझारू धरती। यह धरती हारनेवाली नहीं। मानव हार गया तो माटी को जिलाएगा कौन?

दुःख-शोक में टूट जाना आसान है, सँभलकर उठ पाना आसान नहीं, पर असंभव भी नहीं। इस मानव ने पर्वत काट कारगिल का रास्ता बनाया। अगम्य को सुगम बनाया—तो यहाँ के लोग इस गाँव की माटी क्यों नहीं सँभाल लेंगे?

विक्रम ने देखा महातूफ़ान रुका नहीं—आदमी के अंदर वह रोज़ पता नहीं कितनी तोड़-फोड़ करता है। यहाँ तो सरकार द्वारा मरनेवालों की गिनती खत्म नहीं हो रही, ज़िंदों को पूछता ही कौन है?

टूटा पेड़ खुद ही अंकुराता है।

क्या इंसान पेड़ से भी तुच्छ है?

लकड़ी जलती है पर इसके लिए आग चाहिए। लकड़ी से लकड़ी घिसने पर भी आग निकलती है, पर यहाँ तो सब अपने-अपने दुःख में डूबे हैं। सबसे अलग-थलग। अंतरंग हुए बिना, एकत्र हुए बिना आग कैसे जलेगी? सुलग-सुलग राख बन जायेंगे। यहाँ काठ बने आदमी को जगाने किसी को तो आग बनना होगा। सबके मन को एकत्र करने कोई तो आगे आना चाहिए। तूफ़ान और समुद्र संग अकेले लड़-लड़ कर बचे निःसंग जीव अब इंसान नहीं रह गए। इनके पीछे रह कोई जागरण की आग न जलाये तो ये दो कदम आगे न चल सकें। सिर पर छप्पर, पेट में अन्न, पीठ पर कपड़ा, सरकार ही देगी—क्योंकि वे तूफ़ान की मार खा सर्वहारा हो गए हैं—इस भावना ने इनकी इच्छाशक्ति को भोथरा कर डाला। क्या इन्हें छोड़कर विक्रम लौट जाये कर्मक्षेत्र? यह क्या विक्रम का कर्मक्षेत्र नहीं? फ़ौजियों ने दुर्गतों को दुर्गम स्थान से निकाला। मुर्दे फूँके, बिजली के खंभे सीधे किये। टूटे पेड़ हटा कर रिलीफ़ के ट्रक आने का रास्ता खोला—फिर चले गए कर्मक्षेत्र की ओर। उनका कर्त्तव्य इतने में पूरा हो गया। इतना ही था उनके लिए निर्देश? मगर क्या इतने में विक्रम बलवंतराय का कर्त्तव्य खत्म हो गया? लोगों का भाग्य इतने में भर गया? विक्रम क्या मृतक गिन, रिलीफ़ ट्रक गाँव में घुसा कर, गाँव-गाँव में बाहरवालों के लिए खुला राज छोड़, सहमे शोक भरे गाँववालों को पराश्रित कर फ़ौजियों के साथ लौट जा सकता है? हाँ, लौट जाता। वही उसके लिए भी निर्देश था। कर्त्तव्यपरायण, अनुशासित विक्रम के पास उपाय क्या था? गाँव के पुनर्निर्माण के सपने ने उसे कर्त्तव्यबद्ध कर दिया है। इसमें फ़ौजी नौकरी के नियमों का उल्लंघन न होने पर भी, उन्हें माना भी नहीं जा सकता।

विक्रम आवेदन पत्र लिखकर जा खड़ा हुआ अपने ग्रुप कैप्टन अजय मल्होत्रा के सामने। कैप्टन काफ़ी सहृदय और विचारशील व्यक्ति ठहरे। नीति, नियम, कर्त्तव्य पालन में जितने कठोर, अपने अधीनस्थ फ़ौजियों की व्यक्तिगत समस्याओं के प्रति उतने ही संवेदनशील। आदमी की दुःख-दुर्दशा में कभी-कभी इतने व्यथित हो उठते हैं, विक्रम को लगता है, मल्होत्रा सैनिक अफ़सर नहीं, कोई समाज सेवक हैं अथवा एरसमावासियों के भाई-बंधु हैं। कैप्टन दरखास्त पढ़े बिना कहने लगे—

''यहाँ कुछ दिन और ठहरना ज़रूरी समझते हो शायद! अच्छी बात है, विशेष परिस्थिति में छुट्टी मंज़ूरी की सिफ़ारिश करूँगा। कर्नल सा'ब भी तुम्हारी निष्ठा और परिश्रम देखकर खुश हैं। तूफ़ान विध्वस्त इलाके में सेवाभाव और निष्ठा पर कार्यकर्ताओं में तुम्हारा नाम शीर्ष पर है। मैं जानता हूँ कोई भी गाँव होता, तुम ऐसे ही काम करते। कारगिल युद्ध में अद्‌भुत साहस और देशप्रेम दिखाया है। हमारे विभाग के रत्न हो! भविष्य तुम्हारा उज्ज्वल है। कितने दिन की छुट्टी माँगी है—पंद्रह दिन या एक महीना... ?''

विक्रम ने विनीत पर दृढ़ स्वर में कहा—''अभी छुट्टी बढ़ाने का आवेदन है। मेरा आवेदन मंज़ूर न होने तक छुट्टी पर रहना होगा। मुझे विश्वास है—गाँव के अकल्पनीय दुर्विपाक को विशेष परिस्थिति में विचार कर स्वैच्छिक सेवानिवृत्ति का आवेदन मंज़ूर होगा। इसमें आपका अनुमोदन ज़रूरी है, आप तो यहाँ की परिस्थिति देख ही रहे हैं... !''

कैप्टन चमत्कृत होने की बजाय चकित हो गए। अविश्वास भरे स्वर में पूछा—''क्या समय पूर्व रिटायरमेंट का आवेदन किया है? पर यह सोच-विचार कर है या भावुक होकर? कल तुम अफ़सर बनोगे। जीवन भर गाँव में रह करोगे क्या? बाढ़, तूफ़ान, अकाल तो हर साल आते हैं यहाँ। इसके लिए नौकरी छोड़ोगे? वह भी बीच में?'' विक्रम ने विनम्र होकर कहा—''एक जीवन काफ़ी नहीं, सर! यहाँ तो नये सिरे से गाँव बनाना होगा। प्रलय से उठेगा नया गाँव, नया युग। शून्य से सब कुछ शुरू होगा। तूफ़ान ने घर-बार तोड़े हैं। दुःख में लोगों के मेरुदंड टूट गए हैं। हर साल के तूफ़ान से यह तूफ़ान हज़ार गुना भयंकर था। हम कुछ लोग एकजुट न होंगे हिम्मत करके तो गाँव फिर से बस नहीं पाएगा...।''

''पर तुम्हारा तो गाँव में कोई नहीं रहा! दो माह छुट्टी बढ़ा कर गाँव को ठीक कर दो—दूसरों को प्रेरणा के लिए यह काफ़ी है। बाद में किसके लिए गाँव में पड़े रहोगे? बल्कि देश की सेवा ठीक से करके समय पर रिटायर होने में कई लाभ हैं...। मैं तुम्हारे भले के लिए कहता हूँ। तुम विवाह कर घर बसाओ। शहर में घर-बार कर बच्चों को सही नागरिक बनाओ। बाढ़, तूफ़ानग्रस्त इलाके में क्यों जीवन भर रहोगे? तुम्हारा आवेदन बेबुनियाद नहीं है। सहानुभूति के साथ उस पर विचार हो सकता है। पर स्वीकार होने पर तुम कई सुविधाओं से वंचित हो जाओगे। एक बार फिर सोच-समझकर केवल छुट्टी बढ़ाने का आवेदन करो...'' दरखास्त लौटा दी कैप्टन ने। विक्रम ने नहीं ली। हाथ जोड़ अनुरोध किया—''सर, आप पर मेरा स्वप्न और भविष्य निर्भर है। इस गाँव में मेरा कोई नहीं। ऐसा सोचने पर

दु:ख में छाती फट जायेगी। यह धरती मेरी अपनी है, मेरे देश की धरती का अभिन्न हिस्सा है मेरा गाँव। इस गाँव को नया रूप देना चाहता हूँ। यह होगा प्रलय से जागी धरती पर सत्ययुग का पहला गाँव। अशिक्षा, अनीति, हिंसा, आलस्य यहाँ नहीं रहेंगे। फ़ौजी की तरह सब यहाँ जुझारू होंगे। सब प्रेम करेंगे धरती से, इस देश से। बांग्लादेशी, पाकिस्तानी, हिन्दू, मुसलमान सबको लेकर बनेगा अखंड भारत का अनोखा गाँव। एक दिन इस गाँव से जन्म लेंगे हज़ार-हज़ार भेदभाव शून्य पवित्र गाँव। धरती को बाँट कर अलग करती सीमा रेखाएँ एक दिन पृथ्वी की छाती से मिट जायेंगी इस गाँव के आदर्श से प्रेरित होकर। फिर युद्ध क्यों होगा? शांति, मैत्री, अहिंसा स्थापन के लिए तो प्रलय आयी। परिवर्तन ही प्रलय का लक्ष्य है। यह प्रलय नहीं, शुभंकर क्रांति है।'' अभिभूत हो गए कैप्टन मल्होत्रा। क्योंकि विक्रम की बातों में भावुकता के बावजूद अतिशयोक्ति नहीं थी। आत्म प्रचार न था। एक-एक शब्द और वाक्य में ध्वनित हो रही थी उसकी विश्वस्त अभीप्सा, जिसमें ढेरों पवित्र गाँव चित्रित हो रहे थे।

आवेदन रख लिया कैप्टन ने। उस पर सहानुभूतिपूर्वक सिफ़ारिश लिख दी थी। हाथ मिलाकर कहा—''मेरी शुभकामनाएँ! मैं हर प्रकार की सहायता करूँगा। मुझे विश्वास है यह स्वीकृत होगा। पर देश को किसी भी आपातकाल में तुम जैसे फ़ौजी की ज़रूरत पड़ेगी, यह भूल मत जाना!''

''देश सेवा के लिए सदा तैयार रहूँगा, सर! रिटायरमेंट के बाद भी फ़ौजी रहूँगा। देश के समक्ष वचनबद्ध हूँ। इसका उल्लेख आवेदन पत्र में किया है। गाँव की ज़िम्मेदारी में पड़ देश की सामरिक सेवा से स्वयं को वंचित करने में क्या मुझे कम तकलीफ़ हो रही है? आप समझते हैं इसे। फिर देश को ज़रूरत पड़ने पर अपने को धन्य समझूँगा,'' विक्रम की आँखें छलछला आयीं।

''मेरी क्षमता में जितना है, पुरज़ोर कोशिश करूँगा। ईश्वर तुम्हारी मदद करें!'' कैप्टन ने कहा।

''आप सदा याद रहेंगे, सर!'' विक्रम का गला भर आया, मुग्ध, विमर्ष कैप्टन ने विदा ली।

तेरह

आगे बूढ़ी जागुलाई (ग्रामदेवी) का मंदिर। पीछे गाँव-गाँव के श्मशान। कार्तिक थककर बैठ गया मंदिर की सीढ़ियों के नीचे। सीढ़ियों से हटकर चौकोर पोखर। पोखर के नीले पानी में सफ़ेद कुईं सुबह की नरम धूप में अपना गोरा चेहरा देख रही थी। कुईं ने क्या इतनी बड़ी प्रलय नहीं देखी? उसे कोई दुःख नहीं? इसी पानी में कितने ही लोग सुबह नहा कर सूर्य को जल का अर्घ्य देते थे। ग्रामदेवी के दर्शन करते। उस पानी में शव तैरने लगे हैं। सड़-सड़ कर घुल गए। कीच-गारे में मिल गए। उसी पंक में से कुईं की नाड़ ने सिर उठाया। पहले की तरह कुईं फूल फिर खिल उठे। इन्हीं से ठाकुरजी की पूजा होगी, कुछ महीने बाद खुदरकुणी (ग्राम पर्व) की भालकुणी (उस पर्व की लोक देवी) इनसे सुशोभित होंगी। पर वे लड़कियाँ नहीं होंगी। फिर भी कुईं के खिलने में कोई फ़र्क नहीं है। फ़र्क यही है कि फूल मुरझा जाते हैं और नये फूल खिलते हैं। नये फूल पुराने फूल जैसे ही लगते हैं। दुःख की टीस पर मलहम लगता है। नये कुईं फूलों में अतीत के कुईं का चेहरा दिखता है, जो अतीत में भालकुणी के चेहरे की शोभा बढ़ाते थे। पर आज गाँव में आते-जाते लोगों के चेहरे पहले जैसे लोगों के चेहरे-से नहीं दिखते। फूल का चेहरा अलग नहीं जान सकते। यह उसका भाग्य है। आदमी चेहरे के कारण ही एक-दूसरे से अलग लगते हैं, यह उसका दुर्भाग्य है। फिर पुराना चेहरा खोजे कहाँ से आयेगा? क्या आज रेणु सचमुच ज़िंदा होगी?

पश्चिम के रास्ते से सटकर एक कोठरीवाला माटी का घर दिखा। नीची माटी की दीवार को गोद में भरने की तरह पॉलिथिन ढकी है। मानो सब कुछ मिल गया—कार्तिक उधर बढ़ा। अगर उस माटी की दीवार पर भित्तिचित्र बना होगा, तो रेणु ज़रूर मिल जायेगी। मगर वह पास जाकर निराश हो गया। दीवार पर गोबर का पोंछा तक नहीं फिरा था। यह सामान्य-सा अकेला घर इस उजाड़ खेत में पहले

नहीं था। किसका है यह घर ?

उस एक कोठरीवाले घर के धूल-धूसर आंगन में कोई किशोरी बैठी थी। उसके घने बालों की मोटी बेणी पर ताज़ा खिला कुईं फूल मानो विषधर सांप के फन पर मणि की तरह दिख रहा था। किशोरी के सरल निरीह चेहरे ने रंगोली से ज़्यादा सरस कर दिया कार्तिक के उदास मन को। लड़की की माँ की निगाह कार्तिक से पार दूर क्षितिज पर टिकी। मानो कार्तिक उसके लिए कोई शून्य स्थान है। वह जानती थी कि कार्तिक का होना न होना उसके लिए कोई मायने नहीं रखता।

कार्तिक ने पूछा—''क्या 'घर टूटने' वाला हर्जाना मिल गया ? कितना ? दो या तीन हज़ार ? घर तो एकदम नया दिख रहा है !''

''कुछ नहीं। बदकिस्मती से हम तूफ़ान के बाद यहाँ आये। हमने तूफ़ान का कहर नहीं भोगा।''

''कहाँ थे ?''

''मेदिनीपुर! ससुराल है। पीहर यहीं कियादा में।''

''यहाँ मुर्दों की हाट लगी है। देखकर दुनिया से मन उचट जाता है। तूफ़ान के बाद आयी होगी ससुराल से पीहर—माँ-बाप को देखने के लिए। फिर घर बनाकर क्यों रह गई ?''

''मेदिनीपुर में हमें मजूरी कर पेट भरना पड़ता। काम रोज़ मिलता नहीं। पेट भरना मुश्किल। इधर तूफ़ान के बाद खूब रिलीफ़ बँटी। किसी को कम किसी को ज़्यादा, कुछ तो हमें भी मिला। सुना था यहाँ खाद्य के बदले काम मिलेगा। इसके अलावा तूफ़ान के बाद माँ-बापू के मरने के कारण भाई को डेढ़ लाख मिले। सोचा था रिलीफ़ मिलेगी, काम मिलेगा, माँ-बाप के मरने पर जो पैसे मिले, उसमें बेटी का भी हिस्सा मिलेगा। पर भाई इतना लोभी है, स्वार्थी है, मैं नहीं जानती थी। सौ रुपल्ली भी नहीं दी। कहा—'माँ-बाप के धन में बेटी का कैसा हिस्सा ?' कहा—'ब्याहता बेटी का मायके की ज़मीन पर भी हक नहीं।' इस इलाके में रिलीफ़ भी उतनी नहीं मिली। अब काम-धंधा कर गुज़र-बसर कर रही हूँ।''

''एक बवंडर के झोंके से यह फूस का घर उड़ जायेगा। बाल-बच्चों को लेकर कहाँ जाओगी ? अब तो मेदिनीपुर जाना ही ठीक होगा।''

''आँधी-तूफ़ान में घर उजड़े तो अच्छा है। हमें हर्जाना मिलेगा, इंदिरा आवास भी मिलेगा। इस इलाके में तो हर वर्ष आँधी-तूफ़ान होता है, मेदिनीपुर में इतना तूफ़ान कहाँ ? अतः यहाँ रहने की बात मेरे पति ने कही। मेरा मायका भी तो यहीं है। बुरा क्या है ?''

''क्या तुमने यह जगह खरीदी है ? यह तो सरकारी ज़मीन है।''

कार्तिक की बात पूरी हुई कि किशोरी की माँ फट से हँसकर लापरवाही से बोल उठी—''यहाँ जो घर देखते हो, किसी ने खरीदी है ज़गह ? मेरे बप्पा ने भी ज़मीन या जगह नहीं खरीदी। सब गैर कानून-दखल में है। नेताओं ने वोटर लिस्ट में नाम चढ़ाया, चिरकुट पकड़ा दिया। रहते-रहते रह गए। तुमने यदि वोट दिया, तो यहाँ जंगल काटो, ज़मीन आबाद करो। नेता तो सब जानते हुए भी अनजान बनेंगे—तुम कहाँ से आये हो कि ये सब नहीं जानते ? मेरा इसी धरती पर जन्म है। बप्पा बांग्लादेश से आये थे। इस धरती को आबाद किया। कई एकड़ ज़मीन पर खेती की। फ़सल उपजाई, पेट भरा, बेची, जमा किया। बाप की कमाई बेटों ने भोगी। पर बप्पा ने हमें ब्याह दिया मजूरों के घर। अब माँ-बाप के मरने का भी भाई ने फ़ायदा उठाया। बप्पा ने ब्याह किया, पार किया।'' कार्तिक खीझकर उल्टे पाँव लौट आया। वह जानता है इस गैर-कानूनी दखल की करुण परिणति। हज़ारों बंगाली बह गए। कोई हिसाब नहीं। उनका कोई हर्जाना बच्चों को नहीं मिला। उल्टे इलाके के हृदयहीनों ने कहा—''बंगाली-जंगल साफ़ हुआ, फ़ायदा हो गया। अब हर्जाना कैसा ? क्या वे इस गाँव के हैं या इस धरती के हैं ?''

उफ, आदमी में करुणा, स्नेह के साथ क्रूरता और स्नेहहीनता भी कितनी है।

इन अनाथ बच्चों का दुःख क्या कहें ? माँ-बाप के मरने पर हर्जाने के पैसों के लोभ में मेरा-मेरा कह बच्चों की खींचातानी करते हैं, काका, मामा, फूफा वगैरह। पर बच्चे बंधुआ बने मेहनत कर रहे हैं। इन्हें खून के रिश्ते के बंधुआपन से छुड़ाकर कुछ करने की सोच रहा है विक्रम बलवंतराय। वह पाइक (सैनिक) घराने का बच्चा ठहरा। सिर्फ़ योद्धा ही नहीं, वह कवि भी है, शास्त्र पुराण खूब पढ़ा है, ज्ञान है, विवेक भी है। फ़िलहाल ऐसा नेता इस इलाके में चाहिए। पर वह फ़ौज में है। कारगिल युद्ध में साहस के लिए राष्ट्रीय पुरस्कार मिला है। नौकरी में पदोन्नति मिली। कुछ दिन में वह अपने कर्म क्षेत्र लौट जाएगा। यह इलाका अनाथ हो जायेगा। पेड़ मरने पर पेड़ लगा देते, माटी मरे तो इंसान क्या करेगा ? कार्तिक का सिर चक्रवात-सा घूम रहा था।

अब इस इलाके में खड़े होंगे झुंड-के-झुंड सरकारी आवास। ऐसे हल्के-फुल्के आवास क्या एक और तूफ़ान से इन अभागों को बचा सकेंगे ? बल्कि बाप-भाई, बाल-बच्चों के मरने से मिले रुपयों से बने मज़बूत मकान लोगों को बचा सकेंगे। उफ़, मरण रुपयों से क्या छाती के घाव भर सकते हैं ? कार्तिक सोच ही

नहीं पाता कि कैसे माँ-बप्पा, भाई-बहन के मरण रुपये से घर बना उसमें रात में नींद कैसे आएगी—जीवन कैसे बीतेगा। कार्तिक जैसे कई लड़के-लड़कियाँ यह सब सोच अधीर हो उठते हैं। घरवालों के खून से जुड़े ईंट-सीमेंट के घर में बाकी जीवन काटना इतना आसान नहीं। सभी हृदयहीन नहीं हैं।

कार्तिक सोच रहा था जिस घर की दीवार पर रंगोली नहीं, जिस घर के छप्पर पर लौकी या कुम्हड़े की बेल नहीं, उस घर में नेह नहीं, हृदय का देन-लेन नहीं। दैवी विपदा से आत्मरक्षा का नाम जीवन नहीं। ऐसी आत्मरक्षा भी एक आत्म प्रवंचना मात्र है।

भोले बच्चों को टूटे खिलौने के फटे स्वर बजाकर मन बहलाना जो है, बेघर को सिर ढाँपने कामचलाऊ आवास खड़े कर राजनैतिक वाहवाही लूट लेना वैसा ही है। जबकि उसमें भी बीच में उचकना, घूस, बेईमानी, हृदयहीनता, ठगी की सीमा नहीं। कार्तिक का मन करता इस हृदयहीन परिवेश से निकलकर कहीं चला जाए। किसके लिए, किस सुख की आस में यहाँ रहकर यह सब देखूँ? वास्तविक जीवन अगर इतने कूट-कपट भरा है, इतना निष्ठुर है, दुःखमय है, तो बासू रथ की नौटंकी पार्टी ही भली है। कल्पना की दुनिया में कम-से-कम क्षणिक सुख तो मिल सकेगा, अतीत का दुःख और ज्वाला भुला सकेंगे। पर इतना भी सहज नहीं। आदमी के लिए आदमी की तरह जीना आसान नहीं।

पूरब की ओर वाली बस्ती का नाम था अहिराज बेदी। नाम है, अब बस्ती नहीं रही। लोग भी नहीं। समुद्र सब कुछ साफ़ कर गया। वहाँ दिख रहा था एक कमरे का घर। माटी की दीवार, नीली पॉलीथिन का छप्पर। गुहाल की तरह लंबा, नीचा। "किसका घर होगा?"

किशोरी की माँ ने चावल बीनते-बीनते कहा—"किसी का घर नहीं। कुछ अनाथ बच्चे हैं। कुछ असहाय औरतें हैं वे ही इन बच्चों की माँ हैं। दो मुट्ठी खाकर पड़े हैं। अपने बच्चों को बिसूर-बिसूर कर कोई अंधी, कोई पागल, कोई गूंगी, कोई बहरी हो गई। क्या सरकार किसी का बाप हो सकती है या पूत खाई औरतें किसी पराये बच्चों की माँ? फिर तो पृथ्वी स्वर्ग बन जाती। पर रेणु नाम की जो अभागिन है—वह है असल माँ! बिसूरती है—'मेरे बच्चे को समुद्र ने घसीट लिया!' पर बहुत दयावान और नेहमयी है बच्चों के प्रति! वह रोती नहीं, हँसती नहीं, बोलती नहीं। मानो कोई चलती-फिरती लाश हो। वह फिर भी इतने बच्चों को दाल-भात बनाकर खिलाती है। गोद में लेकर सोती है। नाक-कान पोंछती है। सब बच्चों का ध्यान रखती है बिचारी! सरकार ने नाम रखा है 'ममता घर'!" उपहास से

उसने मुँह फिरा लिया। तो बाछू काका की बेटी रेणु अब भी ज़िंदा है? पर इस इलाके में क्या एक ही लड़की का नाम था रेणु? आशा-आशंका के द्वंद्व में हड़बड़ा कर कच्ची सड़क पर दौड़ पड़ा। रेणु जीवित है, तो कार्तिक को आधा संसार मिल ही गया। बाकी आधा मिले या न मिले, रेणु की मर्ज़ी। उसे देख रेणु न हँसे, न सही, रो पड़े तो भी चिलचिलाती धूप भरी निराश पृथ्वी हुलस उठेगी।

वहाँ ममता घर की दीवारों पर किसी की ममता का पोंछा नहीं लगा था। भित्तिचित्र भी जैसे नेह भरी। सूक्ष्मकला का सवाल ही कहाँ उठता? किसी उजाड़ गोबाड़े की तरह माटी का घर विकृत दिख रहा था। कुछ नंग-धड़ंग, सूखे छोकरे, लावारिस कुत्तों के बच्चों की तरह इधर-उधर फिर रहे थे। उन पर निगाह डाल गाल पर हाथ रखे अतीत की ओर दृष्टि किये कोई अधेड़-सी दिखती कम उमर की विधवा खड़ी थी। उसे देख कार्तिक की अंतरात्मा बिलख उठी। उफ़, दहेज का कष्ट सह पति परित्यक्ता बनी पीहर में आसरा लेने पर भी माथे पर सुहाग सिंदूर लगाये ग्रामदेवी-सी दिखती रेणु का यह कैसा रूप है? तो क्या हृदयहीन तूफ़ान रेणु के हृदयहीन पति को साथ ले गया? रेणु की गोद में बच्चा नहीं, कलेजे का टुकड़ा उसका बेटा भी छीन लिया? अभागी रेणु, पति, पिता, पूत, गँवा कर अनाथ हो गई? विपिन, बैकुंठ तो जीवित हैं, फिर भी रेणु यहाँ कैसे? हालाँकि उन दोनों के सिर पर छत भी नहीं। मरद ठहरे, नदी की बालू पर भी रात बिता लेंगे। कम उमर की रेणु ने इस सरकारी अनाथाश्रम में आकर ठीक किया।

पीछे पदचाप सुन चौंककर विधवा ने मुड़कर कार्तिक को आँखें फाड़कर देखा। उस निरमोही घर की तरह रेणु का चेहरा पथरीला, निष्करुण जो दिख रहा था। उसे लगा रेणु को नहीं, रेणु का मुर्दा देख रहा है। होश-ओ-हवास भूलकर दोनों हाथ से रेणु का हाथ थामकर रुआँसे स्वर में बोला, "रेणु...। इस ममता घर की उपेक्षित दीवारों को लीप-पोत चित्र नहीं आँक सकती? सत्यानाशी तूफ़ान से तू बच गई। इतना ही क्या ईश्वर पर विश्वास रखने को काफ़ी नहीं? जो गए, उन पर रोना मना नहीं। लेकिन जीवित रहकर भी मुर्दा बन जाना शास्त्र में कहाँ है? वह पाप है। तेरा पति निष्ठुर था। फिर भी उसे बिसूरेगी। तेरे लिए सुखद स्मृति नहीं छोड़ गया है। फिर भी उसकी निष्ठुरता को बिसूर-बिसूर कर आँसू बहा रो रही हो। तेरा मन ऐसे ही उपादानों से बना है। उसकी मनाही नहीं। यही तो आदमी को पशु से अलग करता है। रेणु, तू इन हाथों में फिर चूड़ियाँ पहनेगी, माथे पर सिंदूर —सुहाग सिंदूर लगायेगी—माटी से दीवार लीपकर पुराने दुःखों को छाती से मिटा देगी। फिर आँकेगी निर्जीव दीवार पर लक्ष्मी के पदचिह्न, कलश, मयूर,

पद्मफूल...मुझ पर विश्वास कर, मेरे रहते हुए तेरा अनाथ होना मैं नहीं देख सकूँगा। अपने मन की क्या कहूँ, रेणु, तेरे कारण तो पद्मा को मना किया। गिरिमा को टालता रहा। मेरा विश्वास कर...!''

दया माया न रख रेणु ने बेबाक कह डाला—''हाँ, इन निर्जीव दीवारों पर चित्र आँक सकती हूँ। सूने माथे पर सिंदूर लगा सकूँगी, जो कहोगे करूँगी, मेरे पति और पूत की मौत पर मिले रुपये तुम्हारे चरणों में डाल दूँगी। पर क्या मेरे बेटों को तुम ढूँढ़कर ला सकोगे? मेरे पति की लाश लोगों ने देखी है। पर बेटों का पता नहीं चला। कैसे विश्वास करूँ कि मेरे बेटे अब नहीं रहे? उन्हें देखे बिना मैं तो अंधी हो गई। चित्र बनाने का आँख कहाँ? आँसुओं की धार में आँखें कुछ नहीं देख पायीं।''

कार्तिक ने भरोसा दिया—''रेणु! मेरी आँख से दुनिया देख! दुःख तेरा अकेले का नहीं। मुझे भी कम दुःख नहीं। हम दुःख में दुःख मिला दें, जीवन, अपनी राह चल पड़ेगा।''

सब पर से आस्था खो चुकी रेणु ने स्पष्ट कर दिया—''जब बच्चे को गोद में लेकर पीहर लौट आयी, किसी ने ऐसा भरोसा नहीं दिया। यह सुन लेते तो बापू कितने चैन से मरते? तू ही नहीं, कार्तिक भाई, तुमसे कई जाने-अनजाने छोकरे माथे पर सिंदूर भरने, तूफ़ान के बाद आ रहे हैं। रुपये की कितनी करामात है! इतना बड़ा जीवन पड़ा है आगे। डेढ़ लाख रुपये कितने होते हैं? इस ममता घर में ऐसी भाग्यवान अनाथिनी पड़ी हैं, जिन्हें चार-पाँच लाख मिलेंगे! उनके पास जा कार्तिक!''

''छि: तूफ़ान ने बिलकुल हृदयहीन बना डाला तुझे! तूने ऐसी कठोर बात कभी नहीं कही।'' कार्तिक ने अभिमान में कहा। रेणु ने व्यंग्य में कहा—''जिस लड़की को वर नहीं मिलता था, मौत के रुपये मिलने पर आज ब्याह करने वरों की आपस में होड़-सी लग गई। रोज़ ऐसे नाटक देख-देख सबको मैंने पहचान लिया! अंत में तू था कटे पर नमक लगाने के लिए?''

अब अंधी आँखों से हंसुवा नदी का लोना ज्वार तटबंध तोड़ बहने लगा कार्तिक के जकड़े पड़े हाथ पर। कार्तिक ने दुःख में बिलकुल अंधा होने से पहले उसके हाथ से अपना हाथ हटा लिया। पाँव लौटा लिए उजाड़ धरती की ओर।

मगर मुड़कर देखा उजाड़ धरती अचानक परिपूर्ण हो गई है। उजड़े खेत में उसे देखते खड़े है विक्रम और भूदान दास। उनको देख कार्तिक को रोना आ गया। दुःख या खुशी से—वह खुद ही समझ नहीं पाया।

कार्तिक ने दोनों को बाँहों में भींच लिया और ऊँची आवाज़ दी। भूदान

ने कहा—"अरे हीरो! क्या पहाड़ के शिखर पर कहीं दूब अंकुराती है? इतने बड़े दुःख के पहाड़ पर खड़े होकर तेरी आँख से आँसू कहाँ से आये? हमारी आँखों की तरह तेरी आँख पथरा जानी थी। कार्तिक ने अपनी सिसकियाँ सँभाल कर कहा—"शिखर से पत्थर भी फिसलता है और चूर-चूर होकर माटी में मिल जाता है। यही हाल है आज मेरा।"

विक्रम ने कार्तिक की पीठ थपथपा कर कहा—"अरे, तू तो नाटक में हीरो होकर अनेक दुःखों को छलाँग कर पार करता था। जीवन एक नाटक है। सचमुच नाटक में हीरो बन पहाड़-से इस दुःख को लाँघने को तुम-सा हीरो यहाँ पर और कौन है? देख, मैं हूँ फ़ौजी, मेरे लिए यह एक युद्धभूमि है। मैं लड़ता हूँ। तू एक हीरो है। जो कुछ हो गया, नाटक का क्लाइमेक्स वाला सीन है। उसके बाद में तो भेंट, मिलन, बाँहों में भरना, अतीत भूल नये जीवन को जीने का सपना—बिना कोई दुःख वाला नाटक देखा है किसी ने—कोई ऐसा जीवन जी सका है?"

"सच कहते हो, अब तो केवल अभिनय करना होगा। मर कर जीने का अभिनय, सब कुछ खोकर पा लेने का अभिनय।" कार्तिक ने कहा। अब आँखों में आँसू न थे। एक संकल्प उसके अंदर उसी समय जन्म लेकर शाखा फैला चुका था।

विक्रम ने हाथ मिलाकर कहा—"हाँ, तुम्हें अभिनय करना होगा। मगर तू 'हीरो' बन अभिनय करेगा। हम सबं पार्श्वनायक। पर यहाँ एक हीरोइन नहीं, कई हीरोइनें हैं—कई लक्ष्य होंगे। पर हम में कलह का प्रश्न नहीं, एक नाव में बैठे हैं। नाव उलटने पर सब मरेंगे, अतः सबको एक-एक पतवार लेनी होगी।"

"मगर माझी तो एक होता है—वो ऊपरवाला, वही दिशा मोड़ता है और वही सीधा करता है," कार्तिक ने कहा।

"मगर हाथ में पतवार न सँभालो तो नाव डूब जाती है," भूदान ने कहा। कार्तिक ने कहा—"कितनी सहजता से समझा दिया मुझे! अब मन को समझाए बिना कुछ नहीं होगा।" कार्तिक आगे-आगे चल पड़ा, पीछे विक्रम और भूदान थे। समुद्र में द्वीप की तरह दिखती अनटूटी मसजिद की ओर सभी चले।

~

गाँव खोजते-खोजते एक अभागन घर-घाट विहीन अनजान धरती पर चल रही थी। कहाँ जाये! सब कुछ एकाकार कर दिया है प्रलय ने। पता नहीं कब से चल रही थी। कितने दिन से पेट में दाना नहीं पड़ा। अब सारा जीवन अकेले जीना

होगा। आत्मीय स्वजन, बीते दिनों के गाँव-गली अब मिलने वाले नहीं। उसका न अतीत है, न भविष्य।

अभागन के कपड़े-लत्ते फट चुके थे, उधर उसका ध्यान नहीं। भूख, दुःख, हताशा और थकान ने उसके लाज-संकोच को, मनोबल को वश में कर लिया था। जिसे देखती, हाथ फैलाकर दो मुट्ठी खाना माँगने में कोई संकोच नहीं था। किसी के बरामदे में थकी हारी देह लिए लेटने में झिझक नहीं थी। मगर थकान मिटाने को सड़क के किनारे वहाँ कोई पेड़ की छाया नहीं थी। थकान मिटाने के लिए अपरिचित गाँव में दाता लोगों के घर-बार, बरामदे न थे। गाँव की चौपाल भी न थी। भूखों को परोस देने के लिए किसी समर्थ की हाँडी में भात का मांड तक न था। प्यास मिटाने के लिए दो घूँट पानी कहीं नहीं था। कहाँ से आता? घर में चावल नहीं। चूल्हा, छप्पर, मटका कुछ न था। अकाल पड़ने पर गरीब का खाद्य लता-पत्ता, फल-मूल, कंदा, जड़ वगैरह कुछ नहीं था। प्यास मिटाने को दो चुल्लू पानी तक न था। केनाल, पोखर, नदी, कुएँ सबमें लाश ही लाश उतरा रही थीं, दुर्गंध ही दुर्गंध, नरककुंड बन गया! चलते-चलते पाँव में ऐंठन होने लगती। धू-धू जलती भूख की आग। सबको खो देने का हृदय विदारक शोक, छाती से सिसकियाँ उठकर आँखों से धार बह जाती। पेट की आग को आँख के आँसू बुझा नहीं पाते। आँख के आँसू को पेटं की आग भी सुखा नहीं पा रही थी। भूख और शोक मिलकर अधमरी देह को और भी अधमरा कर रहे थे। भूखों का झुंड गिरते-पड़ते चला जा रहा था मुफ़्त भोजन केंद्र की ओर। तूफ़ान के पाँच दिन बाद पहली बार पकाया हुआ खाना दे रही थी कोई दाता संस्था। खदबद उबल रहे चावलों की महक चारों ओर फैल रही थी। मुर्दों की गंध काट कर भूखी अंतड़ियों को मथ कर आवाज़ फैल रही थी—"दो, मुट्ठी भर दो...मुट्ठी भर दो...!"

छिः क्या वह कोई भिखमंगी है? आदमी का वंश डूबने पर क्या बुनियाद डूब जाती है? नअंक दुर्भिक्ष के समय कहा करते थे अन्नछतर। वहाँ जो खाता, वह जात-पांत से कट जाता। घर में उसे कोई जगह नहीं मिलती थी। उस अकाल पर कान्हुचरण महांति का उपन्यास 'हा अन्न' पढ़कर रात भर आँसू बहाती रही गिरिमा। उस अकाल में लोगों के मरने की कहानी जब याद आती है, गिरिमा की आँखें भीग जाती हैं। अब 'छतर' कहने के बजाय 'मुफ़्त भोजन केंद्र' कहते हैं। भाषा बदली है, भाव तो वही—हाथ उठा-उठा कर दान दया का है। छतर में खाकर अनेकों ने उन दिनों जाति, गोत्र, समाज, गंवाया। 'छतर खाया' कहलाये। अब इन्हें मुफ़्त खाना उतना घृण्य नहीं लगता, क्योंकि ऊपरी खाने का लोभ सबको

ग्रस चुका है। मगर, ऊपर सब बदलने जैसा दिखने पर भी भीतर उतना नहीं बदला। सन् 1866 ई. की बात ही है—केवल एक सौ तेंतीस वर्ष पहले की घटना। सौ-सवा सौ वर्ष में किसी जाति का वेष बदल सकता है। मानसिकता नहीं बदली, वह बदलने में हज़ारों साल लगते हैं। बाप-दादा से नअंक की बातें सुन-सुन कर अंदर अक्षर छपने की तरह अंकित हो गई। गाँवों में नियम तोड़ने पर, राह छोड़ बेराह चलने पर 'छतर में जा' जैसे शाप की बात नअंक अकाल के बाद से चली आ रही है। अब भी लोग शाप में कहने लगे, ''इस सत्यानाशी तूफ़ान ने सबको 'छतर खाया' बना डाला।'' महातूफ़ान से घर बार, पेड़-पौधे ही नहीं टूटे, हज़ारों वर्ष की परंपरा भी टूटी। मृतकों के क्रिया कर्म की किसे फिकर थी? उनकी लाशों को संस्कार न कर सड़ते देख रहे, आत्मीयजन भूख में विकल हो पास बैठे रिलीफ़ पैकेट खोलकर खा रहे हैं। जिस पानी में लाशें उतरा रही हैं, उसी में लोग नहा रहे, मुँह धो रहे, उसे पी रहे। भूख राक्षसी, प्यास दानवी! उनके प्रहार से आदमी गंध, स्वाद, सब भूल जाता है। आदमी में कितनी आग भरी है! आदमी उसे सँभाल लेता है। पर भूख की आग नहीं सँभलती। वह आग सब कुछ निगल जाती है। इस आग के सामने अभक्ष्य जैसा कुछ नहीं होता।

सर्वहारा जन भोजन केंद्र से खिचड़ी अपनी अंजुरी में ले-लेकर भर-भर कर खा रहे हैं। पगली पल्लू फैला जाती थोड़ी-सी खिचड़ी रखे थी। मुँह में लेते न लेते आँसुओं में ग्रास भींग जाता है। ग्रास हाथ से नीचे गिर जाता है। ''मेरे बच्चे, लाडली बिटिया कहाँ गए? खिचड़ी बहुत चाव से खाते। इतना भर खाने के लिए वे जीवित नहीं रहे। शायद कहीं जी रहे होंगे! भूख में छटपटा रहे होंगे। कहाँ हो, थोड़ी खिचड़ी खाकर ही मरो। मुझे यों क्यों परेशान कर रहे हो... ?'' इसी प्रकार बिसूरती रही। खिचड़ी गँठियाकर चाबी का गुच्छा पल्लू में गाँठने की तरह कस लिया। ''बना...सना...बेंग..रंग.. आओ चलो रे...खिचड़ी खानी है...'' चिल्ला कर लाशों भरे खेत में दौड़ने लगी। लाशों के चेहरे देख बेटी-बेटों को पहचानने की कोशिश में निराश होती रही। फिर ज़ोर-ज़ोर से गाली देने लगी विधाता को। खुद पागल बन आत्मीयजनों को खोजते लोग ''उफ, पगली!...बच्चे कहाँ पायेगी बिचारी!'' कहते हुए संवेदना प्रकट करते। फिर अपने दु:ख में आँसू बहाते।

ऊपर से गिरे खाद्य पैकेट लेकर बच्चे को खिला रही थी एक माँ-बेटी ने माँ से पूछा—''फिर किस दिन और कब तूफ़ान आएगा माँ? बहुत अच्छा होता! ऊपर से ऐसे केक, बिस्कुट, हलवा गिरते, खिचड़ी पकती...इतनी बढ़िया चीज़ें खाते। कितना मज़ा आ रहा है। भगवान इतनी अच्छी-अच्छी चीज़ें रोज़ क्यों नहीं बरसाते?''

"कुलक्षणी! मरती क्यों नहीं...तूफ़ान में...तू बाप, भाई सबको खा गई। केक-डबलरोटी भकोसते वक्त उनकी याद नहीं आती? और तूफ़ान की मनौती करती है... ?" माँ ने निष्फल क्षोभ बच्चे पर उँड़ेला और आँसू बहाये। बच्चा...आँसू-लार मिला खाद्य खा रहा था और, कह रहा था—"सब याद आते हैं माँ, मगर पेट में भूख जो जला रही। कितने अच्छे पदार्थ दे रहे हैं। कभी नहीं खायी ये चीज़ें! वे ये सब खा नहीं सके, इसमें मेरा क्या कसूर है?" बेटे ने खाद्य निगला, माँ ने आँसू पीये।

गाँव ढूँढ़-ढूँढ़ कर अभागिनी दिशाहीन धरती पर अपने दुःख में पत्थर बन गई, पर दूसरों के दुःख में पिघल कर समूची आँसू बन गई। अपने सिवा सबको गँवा चुकी है। इस महातूफ़ान और अजगर के मुँह से भगवान ने उसे बचाया है क्या केवल दुःख भोगने के लिए?

जब किसी योद्धा की सख्त बाहु में उसके हाथ जकड़ गए, उसे क्या पता कि वह अजगर की पूँछ पकड़ बह रही है। अजगर भी जान बचाने के लिए बहता रहा। जान बचाने को सांप को जकड़ कोई उसके साथ खिंच गया, उसके घेरे में बंदी हो गया तो उसका क्या दोष?

उस दिन आँख खुलते ही अजगर के वलय में खुद को देखकर अभागिन ने अपने जीवन की आस छोड़ दी। परंतु अजगर इतना सुस्त हो गया था कि उस पर पांव रख खुद को उससे छुड़ा कर फिर पानी में भँवर में पड़ी बहते-बहते उसने जाकर एक कांटे की झाड़ी पकड़ ली। हथेली छिल गई। फिर होश चले गए। होश आया तो जाना रात भर कँटीले बाँस का झुरमुट थामे खड़ी रही। सुबह होने पर भी खड़े रहने के अलावा उपाय न था। बैठी तो डूब जाएगी। तूफ़ान के अगले दिन शनिवार सुबह से सांझ तक खेत में पानी भरा रहा—अभागिन खड़ी रही। पानी में दूर से गाँववालों की आवाज़ आ रही थी—"माँ, मौसी, भैया, दीदी...जो जहाँ हो, आओ, आवाज़ दो।" पानी में विवस्त्र खड़ी थी, नासपीटी को यह भी होश न था, लोगों की पुकार सुनकर उसे होश आया। खुद को देखा। मानव देह, तुच्छ है। माटी का पिंड है, जीवन तो पानी का बुलबुला है...यह सब खूब समझ चुकी थी। सामने हज़ारों नंगे शव देख चुकी। समझ चुकी है कि यह देह तो मात्र ढाँचा है, जीवन इसमें रहकर एक नाटक होता है, ऊपर से बुलावा आने पर जो देह संग इतना भाव जमाते हैं, उसे पल भर में आत्मा छोड़ चली जाती है दूसरे लोक में— देह पड़ी रह जाती है धरती पर, माटी में मिलने।

जबकि इसी देह के लिए इतना नाटक! पेट को दाना, तन को कपड़ा, तेल,

हल्दी, अलता-सिंदूर, गहने-गाँठी। जीवन प्राण-रस है, देह एक खोल, उस देह पर एक और खोल है साड़ी, ब्लाउज़, कमीज, पैंट। कितनी तुच्छ है देह! उससे भी तुच्छ है यह पोशाक। तुच्छ कैसे? पोशाक तो एक संस्कार है। उस संस्कार को दुःशासन ने द्रौपदी से छीना, कुरुवंश नाश हो गया। कौरव-पांडव युद्ध हुआ। द्रौपदी ने दुःशासन के खून से वेणी बाँधी। तूफ़ान के अविवेकी हाथों ने उस दिन गिरिमा की देह से साड़ी-ब्लाउज़ उतार दिये। वह कमर तक पानी में खड़ी थी बाँस के झुरमुट में छाती छुपाये। किनारे तक जा नहीं पाती लाज से। मरण द्वार पर खड़ी केवट बाला की इस तुच्छ देह में इतनी लाज! लाज नहीं, यह है संस्कार। दुःशासन ने वह इज़्ज़त उतारी तभी तो उसका नाश हो गया। मर जाती तो बिलकुल निर्वस्त्र पानी में उतराती। सब उसे डबडबाई आँखों से देख आहा-आहा करते। पर मौत के मुँह से जीवन को बचाकर लायी, निर्वस्त्र किनारे तक जाती, तो लोग आहा-आहा ज़रूर करते। मन-ही-मन छि-छि भी करते। खुद भी तो लाज से मर जाती। गाँव में सिर उठा चल न पाती। उन भावों में डूबकर वह शब्द नहीं दे पा रही। कहीं कोई देख न ले, ठंड में थर्रा रही थी पर किसी से मदद नहीं माँग रही थी। लोग उसे दूर से देख डोंगी लेकर पास आने लगे तो, वह चीख उठी—"इधर मत आना। भाइयो मत आना। मुझ पर कपड़े-लत्ते नहीं।" डोंगी रुक गई। सभी अमानुष नहीं होते। उन्होंने साड़ी फेंक दी उस पर। साड़ी लपेट कर उसने आवाज़ दी—'मुझे निकालो! मेरे हाथ-पाँव नहीं चलते। ठंड में जकड़ गये हैं!" लोगों ने तुरंत बचा लिया। गरम सेंक देकर उसे ठीक किया। कुछ खाना देकर पूछा—"तू किस गाँव की है? तेरे भाई-बाप कौन हैं? कोई जीवित हो तो ठीक है, वरना सरकार ने अनाथ और आश्रयहीनों के लिए व्यवस्था की है, वहाँ चली जा।" उसके बाद अभागन अपने परिचितों को तलाशने अपरिचित अनिर्दिष्ट पथ पर चल पड़ी।

उसके जैसी कई अनाथिनी अपनी देहरी ढूँढ़ रही थीं। उसने स्वयं को उनके साथ मिला दिया। मुफ़्त भोजन केंद्र पर पत्तल बिछा भर पेट खिचड़ी खायी। वह रिलीफ़ कैंप के पास बैठकर थकान मिटाने लगी।

उसने अपने प्रिय एरसमा बाज़ार को पहचान लिया। मगर बाज़ार का रूप बदल गया था। रिलीफ़ पर्व चल रहा था। सहायता करने वालों के दातापन की तरह-तरह की ध्वजा लहरा रही थी। कहीं मृतकों के लिए कोई रोना-धोना सुनाई नहीं। फ़ौजियों को देख परिचित चेहरा ढूँढ़ने लगी। सोचा—ठीक है देश के लिए काम करते-करते पाकिस्तानियों के हाथों शहीद हो गया। एरसमा का नाम रखा। अगर वो फ़ौजी विक्रम बलवंतराय दशहरे पर गाँव आता, तूफ़ान में पड़ जटाधारी

मुहाने में समा जाता। वीर विक्रम होने पर भी महातूफ़ान के आगे मानव तुच्छ है। अत: हज़ारों लाशों में पड़ा होता। उसे शहीद न कहकर 'बेचारा अभागा एरसमावासी' कहते। ईश्वर जो करते हैं, ठीक करते हैं। सोचकर खुद को सांत्वना दी अभागिन ने। मरने के कितने रूप, कितने अर्थ! तूफ़ान से जूझकर मरना और देश के दुश्मनों से लड़कर मरने में काफ़ी फ़र्क है। अपने को बचाने के लिए किसी से लड़कर प्राण देना, देश के लिए लड़-लड़ प्राण देने में जो मरण महान है उसे चुना था विक्रम ने। अत: मरनेवालों में भी गाँव के हज़ारों जवानों से बढ़कर भाग्यवान है विक्रम। अपने अभागेपन में भी उसे भाग्यवान सोच आँखें छलछला आयीं। इतने फ़ौजियों में क्या कोई वीरविक्रम को पहचानता था? किसे पूछे कि खबर मिले। फिर सोचा, 'उसकी मरने की खबर मिलने के बाद बाकी की सारी खबरें व्यर्थ हैं। इस हाय-फाय में कौन किसे पहचानता है? कौन किसकी खबर रखता है?' अब वह किसी को नहीं खोजती? अपनी बह गई कविता कॉपी या स्वप्न या भविष्य किसी को नहीं खोज रही। अब किसके लिए कविता? किसके लिए सपने और भविष्य?

जहाँ माटी भी अपरिचित हो गई, वहाँ सब अपरिचित बन जाने पर दु:ख से मुक्ति मिलने की सोचकर वह कोलाहल से दूर हटकर चलने लगी। हंसुवा नदी के किनारे-किनारे, तट की बालू पर अपने लोगों के मिटे पदचिह्न खोजने की कोशिश न कर शून्य क्षितिज पर निगाह टिकाये चल पड़ी। जाकर सूने में सागर किनारे एक जगह रुकी। जहाँ नाव-डोंगियों का नसीब फूटा था। टूटे-फूटे टुकड़ों को समेटते-समेटते समझ गई कि वह खोये दिन और खोये भाई-बापू को समेट रही है। वे भी इन डोंगी के टुकड़ों की तरह कभी साबुत नहीं हो सकेंगे। हाथ जोड़ समुद्र को प्रार्थना की, "मेरे बालपन और कैशोर को लौटा दो, मेरी जान से भी प्यारे बप्पा को लौटा दो, हे देवता!!!"

समुद्र लौटा देता है। किसी का रखता नहीं। उदार दानीकर्ण है समुद्र। समुद्र को हाथ जोड़कर अर्पित करने पर भी घू-घू कर उसे लौटा देता है। किनारे पर लाकर पटक देता है। इस हाथ से लेता है, उस हाथ से वापस कर देता है। कोई छोटी चीज़ फेंक देता, समुद्र उसे लेकर फिर वापस लौटा देता भीगी रेत पर। जूड़ा खोल कितनी श्रद्धा से फूलों का गुच्छा समुद्र की ओर फेंककर कहा—"समुद्र! तेरे गले में वरणमाला डाली। तू मेरा वर है। ये फूल तेरे हैं। मुझे लौटा दिये तो रूठ जाऊँगी। ब्याह नहीं करूँगी तुझसे। तूने हमें रोटी-कपड़ा, भाग्य और भविष्य दिया। यह फूल मेरी कृतज्ञता है! गरीब केवट की बेटी हूँ, तुझे क्या दे सकती हूँ? तेरे पास रत्नों

का भंडार है। तूने जन्म दिया है माँ लक्ष्मी को! अन्नपूर्णा हैं। जगत जननी, अन्नदात्री। तुझे क्या अभाव? मेरे पूजा के फूल ग्रहण कर, तुझे मेरी सौगंध।'' पर ना...वे फूल भी वापस फेंक दिये भीगी रेत पर, छिन्न-भिन्न कर। तुच्छ समझकर।

उस दिन पाँव पटक कर खूब रोयी थी। सोचा था किसी से कुछ न लेना समुद्र का अहंकार है। फिर भी उस अहंकारी से प्रेम करती थी।

समुद्र किनारे के गाँव में जिसका जन्म है, समुद्र बहा ले जाता है, यह जानकर भी क्या उसे प्रेम किये बिना कोई जी सकता है? आदमी जानता है वह माटी में मिल जाएगा, तो क्या धरती से प्रेम नहीं करता?

~

कुछ दूर कोई पगली बाल बिखेरे बैठी थी। भीगी रेत पर आँसू टपका रही थी। समुद्र तट पर बालू तो अपने दुःख में खुद भीगी है—भीगने के लिए वह किसी और के आँसू की प्रतीक्षा नहीं करती। भीगी रेत पर रेखाएँ खींच-खींचकर मानो वह अपनी कुंडली बना रही थी। गुनगुन नहीं, ऊँचे स्वर में सबको बता रही है—''समुद्र, मेरा विश्वास है, तू मेरे बच्चे को, मेरे पति को लौटा देगा। जैसे मुझे खींच लिया, फिर छोड़ दिया। वैसे मेरे जिन लोगों को खींच ले गया है, सबको छोड़ देगा। वरना मैं यहाँ से नहीं उठूँगी। यहाँ बैठी-बैठी तेरे नाम पर भूखी-प्यासी मर जाऊँगी।''

पगली को देख लोग अहा-अहा करते रहे। तूफ़ान के बाद वह एक जगह बैठ समुद्र से बस एक ही मिन्नत कर रही थी। लोग आपस में बतियाते।

''पगली, भोजन केंद्र में पंगत लग चुकी है। लोग धक्का-मुक्की कर ले जायेंगे। खाना है तो जल्दी चल,'' किसी ने कहा।

पगली ने सिर नीचा कर कहा—''तुम लोग जाओ। बेटा आयेगा, आ रही हूँ। उसे किसके ज़िम्मे छोड़ जाऊँ?'' लोग आह भर चले गए। उधर भात-दालमा खत्म हो गए तो फिर उनके लिए कोई दुबारा हाँडी चढ़ाने वाला नहीं।

तभी 'माँ-माँ' की तुतली बोली तट पर गुंजाता एक बच्चा दौड़ा आया। यों तो कई अनाथ बने बच्चे डोल रहे थे। उन्हें ले जाकर सरकार ने एक गोबाड़े में रखा है। उसका नाम दिया 'ममता घर'। सिर पर छत है, सोने को भीगी ज़मीन का फ़र्श है। खाने को भात-दाल,आलू है। बस ममता नहीं। जहाँ माँ-बाप नहीं, ममता कहाँ से आयेगी?

पगली ने सिर नहीं उठाया। ऐसी अनाथ रुलाई से वह परिचित है। उसके

बच्चे की रुलाई नहीं। वह तो अमृत-सा मधुर है।

"माँ...माँ...मेरी माँ" तट को कलरव में भर, हृदय को भर बच्चा दौड़ आया। आँसू लार से धुली अपनी नंगी देह लिए पगली की पीठ पर लिस गया घुले चंदन की तरह! दोनों हाथ गले में बाँध लिये अभेद बंधन में।

पगली ने बच्चे की महक हृदय के गहरे तक भर ली। चेहरा देख बच्चा पहचानना ज़रूरी न था। वही चेहरा, वही लार, वही सिसकियाँ बचपन की, वही आँसू, बचपन की, वही भूख, प्राणों में वही आकुलता। छाती में वही अनाथ भाव...वही विकल हो 'माँ-माँ' की पुकार! पगली ने आँख खोले बिना ही बच्चे को सामने की ओर खींच लिया। बच्चे को छाती में भींच उसके मुँह में स्तन भर दिया। इतने दिन का संचित स्नेह उसके चेहरे पर उंड़ेल दिया। उफ़, इतने दिन का सहेजा अमृत, बह गया बच्चे के मुँह में। वही तरीका, बच्चे का वही कौशल, होंठों से भींच कर दूध पीता रहा वह, खूँटे से खुले बछड़े की तरह!

"आह...अनाथ बच्चा!" किसी ने कह दिया। श्मशान चंडी की तरह अधनंगी उठ गई पगली। दाँत किटकिटा कर उधर बढ़ चली। मुट्ठी भींच कर चीखी—"रे...मुए...डायन खाए, सत्यानाशी, क्या मेरा बेटा अनाथ है! क्या मैं मर गई?"

"उफ, पगली...पता नहीं किसका बच्चा है...अपना कहती है..."

"हाँ, किसी के पति को दबोच कर कहेगी मेरा पति!" हँसी में नहीं, करुणा में भर किसी ने कहा। उन सबकी परवाह न थी पगली को।

बच्चे को गोद में लिए, चुंबन देकर चली जा रही बालू ही बालू—सागर तट पर। किसी सुरक्षित गाँव की तलाश में, जहाँ उसका चूल्हा होगा, घर, घर पर छप्पर होगा, उस पर तोरई की बेल होगी, हाँडी में भात होगा, छींके में सूखी मछली, बाड़ी में हरीमिर्च...भूख से प्राण निकल रहे थे उसके! भूख। मछली गोदाम से लौट रहा होगा उसका पेटू पति। अपनी भूख को कौन पूछता है? पर किसी दिशा में गाँव नहीं दिखता! लगता है समुद्र के भय से गाँव दूर ही दूर खिसक गए हैं। पर उसकी फ़िक्र नहीं थी पगली को। जब बच्चा मिल गया, तो गाँव बिना मिले कहाँ जायेगा।

हवा के झोंके ने पगली के चेहरे से बालों की लट उड़ा ली। बुझे दीप की अधजली बाती-सी मुरझायी देह, पीतल के दीये के आधे काले, आधे चमचमाते पान के पत्ते जैसा आशा-निराशा भरा चेहरा! हर्ष-विषाद में सौंदर्य का अविस्मरणीय आभा भरा चेहरा दिख गया माझी छोकरे कार्तिक को। बालू ढूह पर अनमना-सा कुछ ढूँढ़ रहा था। आकुल प्यार भरे स्वर में उसने आवाज़ दी—"पद्मा...पद्मा

री...मैं लौट आया। तेरा कार्तिक हूँ...मैं भी तलाश रहा हूँ अपने हृदय के दोस्त तेरे पति भाग्यधर को। वह अब और नहीं रहा पद्मा! किसी पगली को बचाने जटाधारी मुहाने से समुद्र में छलाँग लगा दी। बैकुंठ तरई ने अपनी आँखों से देखा है। यह दुःख अकेले तेरा नहीं है। कई बहू-बेटियों के माथे से सिंदूर पोंछ गया है समुद्र। तू हिम्मत कर। तेरे बेटे का पिता मैं बनूँगा। मैं तुझ से ब्याह करूँगा। उस दिन मना कर दिया इस बात पर आज अविश्वास मत कर।'' फफक उठा कार्तिक। करुणा से विगलित हो वह अपना प्रेम भूल गया। रेणु का चेहरा धुँधला पड़ गया पद्मा के लिए करुणा-सहानुभूति के जल कण से।

पगली रुककर खड़ी रह गई। आँखें तरेर कर कार्तिक की ओर देखा। उपेक्षा करते हुए बोली—''मुझसे ब्याह करेगा? मेरे पति और बाप-भाई के मरने के लाख रुपये मिलेंगे, अतः मुझ पर नेह उमड़ रहा है? तुझसे ब्याह के लिए किस दिन सिर पीटा था मैंने जो आज रो रही हूँ? छिः...चारों ओर वंश-कुटुंबियों की लाशें बिछी हैं। श्मशान में खड़े होकर सेहरा बाँध रहे हो पैसों के लालच में? ऐसे अमानुष हो!''

''नहीं...नहीं पद्मा! ऐसा मत कहो! मेरे माँ-बाप के मरने के रुपये भी मुझे मिलेंगे। क्या होगा इतने रुपयों का? तेरी हालत देख मैं खुद को दोषी मानता हूँ। मेरे साथ तेरा ब्याह तय हुआ था। मैंने मना कर दिया, भाग्यधर के संग हो गया। मेरे संग होता तो तेरा सिंदूर नहीं पुँछता, पद्मा...यही सोच कर कहा है मैंने—मेरे मन में तेरे लिए यह दया क्या अपराध है?''

''क्या कहा? दया! तू दया कर ब्याह करेगा? मेरे बेटे का बाप बनेगा दया कर? अब तक इतना दयावान कहाँ था? चल हट...मेरे रास्ते से...वरना गला मरोड़ कर खा जाऊँगी!''

बच्चे को छाती पर झुला अनजान गाँव की तलाश में आगे बढ़ गई वह पगली। कार्तिक ने मुँह पीछे मोड़ लिया। ना, पद्मा दया की पात्र नहीं। दया का पात्र तो कार्तिक है!!

बच्चा निरंतर रोये जा रहा था। दिशाहीन शून्यता में पगली के पीछे अनजान दिशा की तलाश में दौड़ रही थी एक और पगली...''पद्मा भाभी-पद्मा भाभी'' पुकारती दौड़ रही थी। पर पद्मा ने मुड़कर नहीं देखा। मानो कोई पवित्र संकल्प लिए लक्ष्य पथ पर चली जा रही थी। ठीक है चले—पथ कभी अनंत नहीं होता। पद्मा को गाँव मिले तो गिरिमा को मिलेगी पद्मा और उसका गोद का बच्चा, इसमें संदेह नहीं। एक और अनाथ बच्चा गीली बालू पर बैठा समुद्र की छाती को

देख उस पार अपने माँ-बाप को पुकार रहा था। गिरिमा ने आगा-पीछा देखे बिना गोद में उठा लिया और चल पड़ी। आग में पानी की तरह बच्चे का रोना धप से बंद हो गया। बौरायी आँखों से गिरिमा के नेह भरे मुँह को देखने लगा। बच्चे के आँसू-लार भरे मुँह पर चुंबन पर चुंबन देती रही गिरिमा। जिसके पेट से कभी बच्चा नहीं जन्मा, वह यकायक माँ बन गई!

महातूफ़ान माँ-बाप से झटक कर इधर-उधर फेंक गया था अनेक बच्चों को। इधर-उधर से उठा दस-दस को गोद ले चुकी है गिरिमा। सूनी जगह नदी की धार के किनारे कुछ ठूँठ पेड़ों की नंगी छाँव का भरोसा कर गाँव बसाने का मन बना रखा है। पद्मा भाभी कभी पगली तो कभी गृहिणी बन जाती। बच्चों की संख्या बढ़ने पर उसे पगलाने की फ़ुर्सत नहीं मिलती। ननद भौजाई जी रही हैं। मिलकर जीने की शपथ कर रखी है। प्रलय तांडव में इतनी बात भी कम न थी।

रिलीफ़ के चावल-दाल से सारी ज़िन्दगी नहीं कटती। माँग लाये साग में औरतें संतुष्ट नहीं होतीं। होंगी कैसे? साग-सब्ज़ी में जहाँ छौंक की महक नहीं, खदबदाते भातों में जहाँ महक खिल नहीं रही, मछली-केकड़े को पकाने की महक जहाँ नहीं उठती, वह कोई घर है? घर बिना औरत क्या है? मानव शिशु क्या कोई कुत्ता-बिल्ली के पिल्ले हैं? जीवन क्या माँगता है सिर्फ़ पेट के लिए दाल-भात या खिचड़ी? मुफ़्त भोजन केंद्र पर बने खाद्य पर कितने दिन भरोसा कर आदमी जी सकेगा? अत: उस दिन बच्चों के लिए भात पकाने का मन कर गिरिमा रिलीफ़ केंद्र से डेगची, कड़ाई, चावल-दाल लायी थी। वहाँ एक रिलीफ़ अफ़सर सबका भला-बुरा पूछताछ रहे थे। गिरिमा कह आयी—''हम अब मुफ़्त नहीं खायेंगे। मेहनत कर खायेंगे। अपना गाँव बसायेंगे। हमें काम दें। बदले में खाद्य दें।'' अफ़सर खुश! सड़क बनाने के काम में शामिल होने पर बदले में पारिश्रमिक के दाल-चावल मिलेंगे यह प्रतिश्रुति दी। गिरिमा धीरे-धीरे लौटने लगी। देखा पीछे अनाथिनियों की कतार! उनकी गोद में बच्चे! किसी की गोद में अपना बच्चा है। कोई अनाथ को गोद में लिए है। 'ममता घर'—यह सरकारी संस्था—जो गोबाड़े में चल रही है, अपने आप उजड़ जायेगी इसमें कोई संदेह नहीं।

~

आँधी का बवंडर हर साल आता और छान-छप्पर उड़ा देता। उसके लौटने के बाद गाँव-गाँव में कतार के कतार भूतों की आवाजाही होश सँभाला तब से

कभी नहीं सुना। इस जानलेवा वात्या ने गाँवों को इतना हीन कर डाला कि रात होते ही गाँवों में झुंड के झुंड भूत-प्रेत फिरने लगे। ढेरों लाशों के बीच जीवित लोग हताशा भरे दिन काट चुके हैं। भूखे पेट में, सब गँवा देने की हताशा में भूत-प्रेत भी डरा नहीं पाते। पर धीरे-धीरे सब ठीक-ठाक होने लगने के बाद भूत सड़े-गले शवों से उठ कर चल फिर रहे हैं। रात होते ही पहाड़-जैसे पेड़ों के ढेर से लकड़ी काटने की आवाज़ सुनाई देती है। कभी-कभी हाथ-पाँव तोड़ शवों को चिता पर सुलाने की आवाज़ भी सुनाई पड़ती है। हाय-हाय, रोना-धोना सुनाई देता है। प्रेतों की किलबिलाहट सुनाई पड़ती है। कभी-कभी दूर से चिता जलती दिखाई देती।

लोग चर्चा करने लगे कि अमोक्ष आत्माएँ लाशों से निकलकर अपना दाह कर्म कर रही हैं। सरकारी तंत्र, गैरसरकारी संस्था, धर्मसंस्था के स्वयंसेवक मुर्दों के सिर गिन-गिन वाहवाही ले रहे हैं। फिर भी हज़ारों मुर्दे इधर-उधर बिखरे पड़े हैं। अपना दाह खुद न करें तो भूतों के पास चारा क्या है? इधर बचे हुए लोग तूफ़ान के कोप से रक्षा पाकर जीने की हिम्मत जुटा रहे हैं, पर भूतों के डर से, रात में नींद नहीं आती। अब इसका सरकार क्या करे? पुलिस-दरोगा क्या करें? जो चोरों को सीधा नहीं कर सके वे भूतों को क्या सीधा करेंगे? फिर भूत-प्रेतों को पकड़ हथकड़ी लगाना न सरकार का काम है और न पुलिस-दरोगा का। भूतों के लिए रिलीफ़ की व्यवस्था न होने से अपना मांस उन्हें खुद खाते देख कई लोगों को भय से दस्त-उल्टी हुई, सूखा रोग होकर कई लोग मर गए। भूतों से भेंट होने पर कई पागल, अधपागल हो फिर रहे हैं। बाकी कुछ छोकरे-छोकरियों पर भूत सवार होकर उपद्रव कर रहे हैं। रिलीफ़ चावल-दाल खाते-खाते भूतों को भी शायद उबकाई होने लगी। लोगों को अपने वश में करके माँगते हैं—"मुझे बकरी मांस की तरकारी दे। मुर्गे का शोरबा दे, मछली का सिर दे, वरना सबका सिर मरोड़ खाऊँगा।"

इस अकाल में अभागे कहाँ से लायें मछली का सिर? गाँववालों ने मिलकर भूत लगे लोगों को मांस खिलाया। पर भूत क्या सहज ही छोड़ता है? ऐसे कई दुःख, भय, आतंक में दिन बिता रहे थे। किसके पास है ऐसी विपदा का निदान?

बाबा, माताजी वगैरह मन के मन घी-उंड़ेल जगह-जगह विश्वशांति यज्ञ करा रहे हैं, फरफर पताका फहरा रहे हैं। वेश बना कर बाबा, माताजी, झांझ कीर्तन, मृदंग, करताल लेकर पधारते हैं, भक्तों के बीच। अखंड प्रसाद सेवन चल रहा था। पर वहाँ इन गाँववालों को जगह नहीं थी। वे दूर से सिर टेक कर लौट जाते

हैं। उनके लिए ही दूर-दूर से आकर विश्वशांति यज्ञ करते हैं। गाँववाले शुद्ध नहीं हुए। दाढ़ी-वाढ़ी बढ़ाकर अशौच रहकर—यज्ञ परिसर में प्रवेश करने पर यज्ञ अपवित्र हो जाएगा। यज्ञ का फल नहीं मिलेगा। भूत-प्रेत और अधिक उत्पात करेंगे। जीवित लोग भी भूत बन जायेंगे। सारा राज्य भूतों का इलाका बन जायेगा। निरीह लोग यज्ञफल की आस में दूर से ही दर्शन कर प्रणाम कर रहे थे। पर यज्ञफल कहाँ? फल मूल इकट्ठा कर बाबा, माताजी विश्व भ्रमण के लिए दूर चले गए। पर भूत-प्रेत अपने प्रिय गाँव को छोड़ने को तैयार नहीं।

उजाड़ यज्ञकुंड को डबडबाई आँखों से देख गिरिमा प्रार्थना कर रही थी, "सभी भूत-प्रेतों को मोक्ष दो प्रभु!" उन्हें ज़्यादा छटपट न करो। बस, मेरे बप्पा की आत्मा को मोक्ष होने से पहले उसके भूत से एक बार मेरी भेंट करा दो। तब जाकर विश्वास करूँगी अजर-अमर होने लायक आदमी उद्धव मंगवाल जो मेरे धर्मवान बप्पा, अब नहीं रहे। टहली महांति, नरकू, घड़ी बारीक जैसे टाउटर बच गए, मेरे बप्पा, काका गोलमस्ता, भैरव मौसा, बांछू मौसा, गाँधी काका, भारत ताऊ जैसे भले लोगों का चुन-चुन कल्कि अवतार ने संहार किया है, ये कैसा न्याय तुम्हारा?"

उद्धव मंगवाल के बेख़ौफ़ भूत के मंडराते रहने की चर्चा हो रही है। कई लोग देख चुके हैं। अंधेरे में वह डोलता है। फिर गुम हो जाता है टूटे पेड़ों की ओट में। किलकिलाहट के साथ पेड़ तोड़ता है। ठक-ठक कर लकड़ी काटता है। रात में उधर से आग दिखती है। बिजूलिया नदी के किनारे से और भी कई भूत निकलते हैं। फिर सुनाई देती है—कुल्हाड़ी की चोट—सुनाई देती है उद्धव के भारी स्वर में 'घोड़ानाथ' के गीत का उतार-चढ़ाव। गिरिमा का विश्वास है उतार-चढ़ाव में गाने वाले भूत और कोई नहीं, मेरे बप्पा का भूत है। घोड़ानाथ गीत गुनगुनाते तो बप्पा भूत सवार होने की तरह नाव खेते, सारे काम करते छोकरों को साथ लेकर। पर मैं अभागिन ऐसी कि बप्पा का भूत एक बार भी देख न सकी। खैर न देखा न सही, वे मज़े में रहें। पर गिरिमा जानती है मरने पर भी बप्पा अपने बेटी-बेटे, पोते-पोती, घर-घरवाली को याद करते होंगे। जीते-जी किसी ने उनके आँसू नहीं देखे। लेकिन गिरिमा को साफ़ लगता है कि मर कर जार-जार रोते होंगे आँसू बहाते होंगे। गिरिमा ने यज्ञकुंड पर माथा टेका—"हे प्रभु! मेरे बप्पा को मोक्ष न दिया, न सही, उसे रुलाना मत। वे भूत बनकर अपने प्रिय गाँव, नदी, समुद्र, वन-जंगल में चलते-फिरते रहें। गिरिमा से आज नहीं तो कल भेंट होगी ही। बप्पा भूत बनकर भी किसी का अनिष्ट करने वाले नहीं वह जानती है। अब बप्पा इस इलाके के

दयावान, स्नेही भूत हैं। बप्पा जैसे आदमी भूत होने के बाद आदमी के मंगल के लिए अलौकिक कांड करते हैं, असाध्य साधन करते हैं।''

बापू का स्वर याद आया। वे काम करते समय केवल घोड़ानाथ का गीत नहीं गाते। सांस-सांस में भागवती वाणी गुनगुनाते। मानो बापू गा रहे हैं—

भक्ति विवेक कर्म बले। मरण जिणि पार हेले।।

(भक्ति विवेक कर्म के बल पर मरण भी सहज ही जीता जाये।)

गिरिमा की आँख से आँसू झरने लगे।

प्रार्थना कर रही है—''मेरे बप्पा को प्रभु जीवित कर दें! जिला दें मेरे परिवार को, शत्रु-मित्र का भेद किये बिना गाँववालों को, पेड़-पौधों समेत समूचे गाँव को जिला दें। आपके लिए क्या मुश्किल है? ऐसा गाँव कहाँ मिलेगा?''

यज्ञ की पूर्णाहुति देकर सभी अपनी-अपनी राह जा चुके थे। राख से आग दिख जाती—मानो घोर निराशा में आस की झलक। घने वन में राह तलाशने को वह रोशनी की झलक काफ़ी है। गाँव का हाड़-मांस खाकर नमकीन हुए खेत से पुआल लाकर गिरिमा ने एक गोला बनाया और उस पर बुझे यज्ञ कुंड से जलता अंगार रखा। उसे लगा जैसे बिना दाह-संस्कार वाले गाँव के सबकी मुखाग्नि गिरिमा ने दे दी बस? मरे लोगों को बिसूर कर लाभ नहीं, पद्मा भौजी के पास उन अनाथ बच्चों को थमा कर आयी थी ज़रा-सी आग कहीं से लेने। आग मिलने पर लगा सब मिल गया। आज चितपटांग पड़े गाँव में ज़रा-सी उसे अनमोल लगी। लुआठे को धीरे-धीरे हिलाती हुई घर लौटी। घर! हाँ, घर! जहाँ औरत के हाथों चूल्हा जलता है, वहीं घर बस जाता है। जहाँ बच्चों की किलकारी, हँसी-खुशी सुनाई दे वहीं गाँव बस गया। जहाँ औरतें भात-दाल पकायें उधर खून की लता पसर गई। वहीं खून का रिश्ता बन गया। आदमी की पीढ़ी शुरू हो गई। फिर चिंता कैसी?

~

ब्रह्मा-विष्णु-महेश, सृष्टि-स्थिति-प्रलय!

प्रलय शेष नहीं, नया आरंभ है। ब्रह्मा, विष्णु महेश लिखने के बाद फैल जाते हैं अक्षर पर अक्षर! उसके बाद आकार ईकार, ओकार, फिर, फिर-ह कार-उकार-संयुक्ताक्षर-'रामायण', 'महाभारत', 'भागवत', 'पुराण'...फिर ओडिशी...छंद...चंपू...चौंतीसा। ऐसी तमाम बातें सोच रही थी गिरिमा।

खलनाशक है पताका मेरी। नीर को अमृत करेगी।

'भागवत' (जगन्नाथ दास विरचित) गुनगुनाती रही स्मृति से, नदी के गँदले

पानी से भात पकाती हुई। भात की महक में गँदले पानी की गंध ज़रा भी न थी। उसमें तो महकता था नया जीवन! बच्चे पत्तल बिछाए बैठे हैं। अभागिनें परोस रही हैं भात-दाल। अन्न ब्रह्म को देख गिरिमा सोच रही थी—'बच्चे केवल भात-दाल खा, पुराने पैंट-शर्ट पहन अनाथ कहा कर जीयेंगे क्या? पढ़ाई-लिखाई नहीं! इस सरकार ने क्या समझ रखा है यहाँ के बच्चों को। गाय-बैल...जानवर? पेट को दो मुट्ठी दे दिया, बस? ''ममता घर'' नाम के गुहाल खड़े कर दिये। बच्चों के स्कूल कहाँ? ईंट-सीमेंट के जो स्कूली मकान बचे हैं, वहाँ आश्रय ले रखा है आश्रयहीन लोगों ने। कहाँ जायें? अब तक घर ढहने का हर्जाना भी नहीं मिला। सरकारी आवास योजना में तूफ़ान से क्षतिग्रस्त इलाके में कई घर दिये हैं—सरकार घोषणा कर रही है। सुनकर एरसमावाले रोने के बजाय हँसते हैं। क्या करें? कैसे जीयें? कोई रास्ता नहीं दिखता। सरकारी सहायता की आस में आधे तो आँख मूँद चुके हैं। आधों की आँख का पानी सूख गया। मार गोली सरकार को!'

आंबीकी से नीचे की ओर तीन कि.मी. दूर जो गाँव था, वहाँ लटका था एक साइनबोर्ड। दो लाख रुपये खर्चकर खाद्य के बदले काम योजना में सड़क बन जाने का बोर्ड कभी किसी ने लटका दिया था। गिरिमा, पद्मा, रेणु किसी को नहीं दिखा। वरना उनका गला छेद यहाँ की औरतें खून पी जातीं। इतनी प्रपंची! यहाँ न खाद्य, न काम और न सड़क है!

मिट्टी-गारा बना घर खड़ा किया है औरतों ने। पॉलीथिन, बोरे, छप्पर दिए हैं स्वयं सेवी संस्था ने। वह गाँव जैसा लगता है। ऐसे अपनी चेष्टा से छोटे-छोटे गाँव सिर उठाने लगे उत्साही युवकों के उद्यम से। गिरिमा ने सुना है अभयपुर, लवणीपुर आदि आंबीकी पंचायत के तबाह हो चुके गाँवों में लाशों से पटी धरती पर नयी पृथ्वी बन रही है। घर बन गये हैं। पर पता नहीं स्कूल बनाया या नहीं, कोई कह नहीं पा रहा है। हर सुबह तो अन्न की फिकर। स्कूल की चिंता किसे हो, गिरिमा के सिवाय!

गरीबों के घर बरसाती कुकुरमुत्ते की तरह अपने आप बनते हैं। फिर एक चोट में छिन्न-भिन्न! इसका किसे डर? साल भर बने रहें यही बड़ी बात है! अगले साल ठाकुरजी का भरोसा! बड़े आदमी, मध्यम वित्त वालों के लिए ज़रूरी है दूसरों का श्रम, पसीना। अत: उन्हें बड़ी मदद चाहिए। गरीब को कौन पूछता है? कल तक जिनके पास थोड़ा-बहुत था, आज हैं वे सब सर्वहारा!

गिरिमा की नज़र इस छोर से उस छोर तक तैर गई। सूख चुके हैं खेत। खेत में अब मेड़ नहीं रही, बिलकुल समतल हैं। पट्टी वगैरह कुछ नहीं बची, सब

बह गए। फ़सल नहीं है, तेरा-मेरा झगड़ा नहीं है। हर तरह से मंगलकारी है।

गिरिमा और अन्य लोग बच्चों को अक्षर सिखाते हैं। पहाड़े याद कराते हैं। बच्चे उमर के अनुसार मास्टरजी से ज़ुबानी पढ़ाई कर रहे हैं। स्लेट-चॉक, कागज़-पेंसिल कुछ नहीं। सरकार की बात छोड़ो। यहाँ अनाथ के ठाकुर भी सहायक नहीं। अनाथ के अनाथ ही सहायक हैं। गिरिमा किसी के आगे हाथ पसारने वाली लड़की नहीं।

'खाद्य के बदले काम' योजना में सांपलिया नदी के किनारे नाव बन रही थीं। गिरिमा ने मजूरी पकड़ ली। वह उद्धव मंगवाल की बेटी है। उसने नाव तो नहीं बनाई। मगर देखा तो है, सुना तो है। शहर से नाव बनानेवाले मिस्त्री आये, वे नेताजी की सिफ़ारिश पर ठेकेदार को फ़ायदा कराने के लिए काम कर रहे थे। यह बात वह अच्छी तरह जानती थी। ये जो काम चल रहा है इससे नाव डूब जाएँगी। बहाने के लिए पानी तक जाने की नौबत नहीं आयेगी। लकड़ी की जुड़ाई हुई अंड-बंड। पानी भरेगा नाव में, जुड़ाई वाले पट्टे सूख कर साँस बनाने लगे हैं। नावें बेकार पड़ी हैं श्मशान की हाँडियों की तरह। ठेकेदार अपना पैसा ले कर जा चुका है। लोग नाव लेकर आसमान की ओर ताक रहे हैं। नदी-समुद्र में मछलियाँ आ गई हैं। पर नाव खींसें निपोरकर पड़ी हैं। गिरिमा ने सोचा—'विक्रम बलवंतराय जैसा उद्दंड छोकरा जीवित होता, चाहे गिरिमा का पति न होता, पर इस इलाके का भरोसा बन खड़ा तो रहता। अब उसके बारे में सोचकर क्या लाभ? अपने हाथों अपना काम करना होगा। पर उसके साथ की औरतों और उनके बच्चों को अनाथ के रूप में परिचित होने उस अस्नेही 'ममताघर' में कभी नहीं छोड़ेगी।'

वैसे देखें तो इतनी अनाथिनियों के बीच गिरिमा भी अनाथिनी है। पर मन में कहीं अनाथ भाव नहीं। सोचती—'मैं क्यों अनाथ हूँ? मेरा गाँव है—नदी है —समुद्र है—ठाकुर-देवता हैं—पूर्वजों के भूत-प्रेत हैं—आस-पास के गाँव के अनेक जाने-अनजाने लोग हैं। थकान में कहीं-कहीं पड़े हैं। कमर सीधी कर सब खड़े होंगे। आगे बढ़ेंगे, जीवन सहज होगा। हालाँकि दुःख के घाव नहीं सूखेंगे। अतः वह गाँव छोड़ कहीं नहीं जाएगी। जाए कहाँ? पता नहीं, षंढकुद गाँव का वह गबरू जवान शत्रुघ्न ज़िंदा है या नहीं। जिसके बाप भाई नहीं, उसे कौन याद करेगा? स्वार्थी समाज में लड़की का मोल ही क्या है? उससे ब्याह के लिए कौन बैठा है?'

ब्याह गिरिमा के लिए सपना न था। जहाँ मन लायक वर मिले, उसी के झूले पर कुँवारी के सपने झूला झूलते हैं। गिरिमा को यह आशा न थी। अतः सपना न था। पर केवल ब्याह के लिए औरत को मरद की ज़रूरत नहीं होती। पुरुष की

ज़रूरत होती है जीवन के हर मोड़ पर, चौराहे पर, चबूतरे, चौक, बरामदे, आंगन में। 'पति-पत्नी' के संपर्क से ऊपर कई-कई रिश्तों की डोर होती हैं स्त्री-पुरुष के बीच। पिता, भाई, चाचा-ताऊ, फूफा, नाते-रिश्तेदार एक-एक अलंघनीय संपर्क। इन संपर्कों के अलावा कोई अलग महिला 'प्रेमिका राज्य' बनाना गिरिमा का लक्ष्य नहीं। नारी-पुरुष, पति-पत्नी न हों, जीने के लिए एक-दूसरे की ज़रूरत होती है। कुछ दिन पुरुष बिना संसार बनाकर देख लिया। पुरुष एक अलग शक्ति है जो नारी शक्ति से छोड़कर मिलकर समाज बनाने के लिए ज़रूरी है। केवल नारी शक्ति अधूरा गाँव, अधगढ़ समाज खड़ा कर पाती है। पूर्णता के लिए पुरुष चाहिए। ठीक वैसे जैसे नारी शक्ति को छोड़कर परिवार, समाज, देश गढ़ना विकलांग बच्चा पैदा करने के समान है। घर में साँस आये तब तो गिरिमा खोजेगी भाई, बंधु, काका-ताऊ, मौसा-फूफा? इतने पेट की भूख सँभालते-सँभालते दिन-रात कैसे गुज़र जाते हैं, पता ही नहीं चलता। ज़रा टिके तब तो गाँव अपना कर भाई-बंधु को खोजे। केवल माँ के पेट से जन्म लेने पर ही भाई नहीं होते। कृष्ण, अर्जुन, राम-लखन, भरत-शत्रुघ्न क्या एक माँ के जाये थे? तो गाँव भी एक माँ नहीं है क्या? गाँव के पास जो गाँव हैं, होली के मेले में, चैती परब में, दुर्गा पूजा में...एक हो जाते हैं गाँव। वे सारे गाँव माँ या मौसी नहीं हैं? अत: सभी गाँव के लोग भाई-बहन से भी बढ़कर हैं। उनके सहयोग के बिना कोई कैसे जीयेगा?

अपनी बात छोड़ो—ये जो बेटी-बहू, औरत-खसम, बाप-भाई सब खो-खो कर बेसहारा हो गए हैं। गिरिमा उनका सहारा नहीं बन सकती। उनके लिए घर खड़ा करने पर वह घर नहीं कहलायेगा, बस सिर छिपाने का ठिकाना कहलाएगा। तभी उनके लिए घर के साथ वर भी चाहिए। पुरुष के बिना नारी का जीवन कितना अधूरा है!

~

निराशा की लू-लवार बह जाने दो—मानसून आने पर दु:ख और हताशा से दरका मन भीगेगा, कोमल माटी से आशा का अंकुर फूटेगा। तब रेणु, सरला, प्रेगा, ज्योत्स्ना, लवनी, कांवरी, सुदशा, कौड़ी, झोटी, भगवती, निहारी, पहेली, झूलणा, कोयलिया, रंगनी, फातिमा, नूरजहां, रोशनआरा, नज़मा, रज़िया, मुमताज वगैरह पति खो चुकी जवान लड़कियों का फिर से ब्याह करना, धर्म औरत का दुबारा ब्याह करना कोई पाप नहीं। यह भी प्रथा से बाहर की बात नहीं। इस इलाके की यह नई बात नहीं। पर वह समय आने दो। टूटे मन की शाखाओं में कोंपले फूटने में

और टूटे मन में कली खिलने में काफ़ी समय चाहिए। खट्टे दही को मथ कर मक्खन निकालना और दुःख घोंट कर उससे सुख निकालना मनुष्य की शक्ति ही नहीं, जीने की भी कला है।

पूर्वजों को पिंड देना, तर्पण करना, औरतों का काम नहीं, यह पुरुष का काम है। बहू पकायेगी, बेटा श्राद्ध में कौए को खिलाएगा, घर में जब स्वादिष्ट भोजन पकायेगा तो पिछवाड़े पत्तल बिछा कर पूर्वजों को परोसेगा। न तो बेटी पकायेगी और न ही परोसेगी। बहू पकायेगी। बेटी पराया धन! पता नहीं ऐसा शास्त्र किसने लिखा? बेटी के हाथ से नहीं खायेगा तो बाप किसके हाथ से खायेगा? बेटे की देह में माँ-बाप का खून बहता है। बेटी में क्या ससुराल का रक्त बहता है? या बेटी का खून गाढ़ा नहीं, पानी है?

गिरिमा ऐसे शास्त्र को शुरू से नहीं मानती। अकाल में कोई नियम नहीं चलता।

बच्चों के झुंड के लिए भात-दाल पकाते समय उसे 'बप्पा' बहुत याद आते। गिरिमा रसोई में पाँव भी नहीं रखती थी—तभी माँ हमेशा बड़बड़ाती रहती—''ठीक है किस लाट सा'ब के घर जायेगी, देखना है। वहाँ भात-साग नहीं बनायेगी! सूखी मछली नहीं बनायेगी। केवल गीत लिखेगी। हिंडोले में बैठी झूलती रहेगी? कहे देती हूँ—खास इसलिए ससुराल से धक्के खा लौटेगी, तरई घर की उस रेणु की तरह। साल भी नहीं बीतेगा। तब समझोगी औरत मास्टरानी हो या मंत्राणी हो चूल्हे के पास जाना ही होगा।'' गिरिमा माँ की बात सुन हँस-हँसकर लोटपोट हो जाती। उद्धव मंगवाल बेटी की तरफ़ से कहता—''ओह! रसोई! मानो कोई नाव बनाना हो गया। इतना बड़ा काम है! मेरी बेटी विद्या-बुद्धि वाली है। ब्याह पक्का हो जाये, खुद रसोई में जायेगी। भात-साग पकाकर पहले मुझे परोसेगी। बंदर गाँव में मेरी माँ की तरह स्वादिष्ट रसोई बनायेगी। तुम अच्छी रसोई बनाती हो। पर 'बेल' बुढ़िया भी पक्की रसोईवाली थी। तू भी। मगर मेरी माँ के हाथ का बनाया ज़्यादा रुचता। तेरा पकाना खूब सरस होता है। पर मेरी बेटी एक बार पका कर परोसेगी, तेरा पकाया इस घर में पीछे छूट जायेगा। समझी—मेरी बेटी तो महानदी की बेटी है—उसके हाथ का 'मछली बेसर' बहुत स्वादिष्ट बनेगा। मैं देखता हूँ, किस दिन ये बेटी मछली बेसर परोसेगी और मैं थाली भर भात डकार जाऊँगा!

षंडकुद में महाप्रसाद देने-लेने कर बात पक्की हो गई थी। फिर भी गिरिमा रसोई में नहीं गई। अपनी माँ को कह दिया—''यदि आज से बप्पा को मेरे हाथ का खाना चखाऊँगी, तो बप्पा मेरे ससुराल नहीं जायेंगे! एक बार जाने पर दुबारा

नहीं जाएँगे। गौने के लिए तैयार कर ससुरालवाले बप्पा के साथ विदा कर देंगे। कहेंगे—'जा, रसोई बनाना सीख कर आ।' बस, मुझे यही चाहिए। अपना गाँव, घर, बप्पा को छोड़ ससुराल में रह न सकूँगी? वापस लौट कर रसोई सीखने के बहाने साल-छः महीने रह जाऊँगी। बप्पा को यह बता दो।''

खैर छोड़ो। अब ब्याह, गौना, बप्पा, माँ, ससुराल कुछ नहीं। पर गिरिमा भात-दाल पका रही है। पीठा-मीठा की बात दूसरी है। भात-दाल लड़कियों के लिए बिना पढ़ाया पाठ है। हाँडी में से दाना लेकर गिरिमा जान लेती है कि भात पका या नहीं। मांड निकालती है। बेसर पकने पर छोटी मछली डाल देती है कड़ाही में। महक से जान लेती है कि तरकारी पकी या नहीं। शास्त्र-पुराण बिना जाने गिरिमा पिछवाड़े में पत्तल बिछा भात-साग परोस देती है बप्पा के लिए और यहाँ की समस्त अमोक्ष आत्माओं के लिए। गले में पल्लू डाल माथा टेकती है। दो बूँद आँसू सूखी धरती को गीली कर देते हैं। आधी रात तक बैठी देखती है पर कहीं बाबा की छाया तक नहीं दिखती। सुबह तक परोसी पत्तल, भात-साग सहित वैसे ही पड़ा रहता है। कुत्ता, बिल्ली, चूहा, छछूंदर, चिड़िया, कौवे, मुर्गा कोई नहीं, कौन खायेगा परोसी पत्तल? बप्पा के भूत को देखने के लिए आँख का पानी सूख गया। भूत-प्रेत की छांव भी न दिखी। अब भात-साग परोस कर क्यों एक पेट का भोजन नष्ट करे?

उस दिन गिरिमा ने सबसे कहा—''हमने अब तक सारे मुर्दों का दाह संस्कार किया नहीं। लाशों में रह आत्मायें छटपटाती होंगी। भूत-प्रेत हो तो तर्पण कैसे स्वीकार करेंगे? चलो आज सूखे ताड़ पत्तों की ढेरी बनाकर आग लगा दें। माथा टेक कर कहें—'जो जहाँ सड़ रहे, हम सबका दाह संस्कार कर रहे हैं!' इसके बाद सिर धोकर स्नान कर लें। बाद में भात-साग पका, परोसें। पितृ पुरुषों के लिए ये हमारा कर्त्तव्य है।''

सूरज डूबने वाला है। धक-धक कर आग जल उठी, आकाश तक उठ गईं लपटें! औरतें, बच्चे सबने माथा टेका। सब अपने-अपने काम में लग गए। गिरिमा गाल पर हाथ रखे दीवार से टिकी बैठी थी। आग बुझते-बुझते तो रात बीत जाएगी। फिर पितृ पुरुषों के लिए स्नान! अब आँख में आँसू न थे। दुःख घना हो तो आँसू गाढ़े हो जाते हैं। आँखें सूख कर उजाड़ खेत बन जाती हैं—जहाँ आस की पौध नहीं अंकुरायी, वहाँ सपना भी नहीं अंकुराता।

चौदह

कभी-कभी करुणा भी कष्ट देती है। कितना दयनीय और लाचार बना देती है आदमी को। दूसरों की करुणा का पात्र बन जीने में किसे सुख मिलता है। कौन औरों के आगे हाथ पसार कर खाना चाहता है? पर प्रलय के बाद दया, दक्षिणा, करुणा पर निर्भर करने के सिवा जीने का उपाय न था। जो रिलीफ़ का पैकेट पाने के लिए कतार बाँधे खड़े थे, ''दो-दो'' करके चीख रहे थे, वे कोई भी भिखारी या मंगते न थे। अनेक सरकारी कर्मचारियों की तरह वे ऊपरी खाऊ भी न थे। कल तक उनका सब कुछ था। धान, पान, मीन लेकर मेहनत कर खाते-पीते घरों के लोग थे। गरीब-गुरबा के वे माँ-बाप थे। उनके दरवाज़े से भिखारी खाली हाथ नहीं लौटता। उनके घर से अतिथि-अभ्यागत बिना खाये नहीं जाता। बंधु-कुटुंबियों की चहल-पहल बनी रहती। ओड़िया घर में बारहों महीने पर्व-त्यौहार! उन पर पीठा-मीठा, भोग-भाग, देन-लेन, खाना-पीना सब चलता। चौदह पीढ़ी से चली आ रही है यह परंपरा। वे सब बुनियादी धरती के संपन्न लोग थे। महातूफ़ान ने बेघर कर दिया। धन बह गया, मन नहीं बदला।

आज वे ही बुनियादी लोग, बच्चों से बूढ़े तक जब देह पर कपड़ा, पेट को दो कौर के लिए कतार में खड़े हैं, उनका आहत स्वाभिमान कैसे खून झराता है, रिलीफ़ बाँट रहे अनेक दाता नहीं जानते। तभी वे पीड़ितों के हाथ में कुछ चावल या कपड़ा कोई बाँटते समय फ़ोटो खिंचवाते। अखबारों में छपाते। मुफ़्त भोजन केंद्र के फ़ोटो छपे। मगर उनमें कोई कंगाल या भिखमंगा न था। अब लोगों को मुफ़्त खाद्य या कपड़े नहीं चाहिए। उन्हें अवस्थापन चाहिए। खाद्य के बदले काम चाहिए। पहले सुना गया कि पंद्रह दिन में मुफ़्त खाद्य केंद्र बंद होंगे। अब सरकार ने घोषणा की है साल भर चलेंगे। तब तो ये छोकरे कोढ़ी बन जायेंगे। बैठ कर खाना अपना अधिकार मान लेंगे। लोग कहने लगे—''यह तूफ़ान सहायता भोजन केंद्र नहीं।

चुनावी भोज केंद्र है! तूफ़ान के महीने भर बाद विधानसभा चुनाव है।" टेक्सास से आये बासमती या टेक्सामती चावल, विदेशी कंबल वगैरह की एक-एक रिलीफ़ किट का दाम दस हज़ार था। बीच में ही सब गायब हो गए। लाखों रुपये की पॉलीथिन गायब। यह सब देख लोग चर्चा करने लगे—"तीन महीने में यह सरकार चली जायेगी। अतः जो अच्छी-अच्छी चीज़ें आ रही हैं, अब तो नेताओं के काम आएँगी। जो गंधाता चावल, सड़ा आटा, फटे पुराने कपड़े, कंबल आ रहे हैं, वे हैं गंवार लोगों के लिए असल रिलीफ़ द्रव्य।"

महातूफ़ान नहीं सर्वनिगलने वाली राजनीति ही लोगों के आगे महाविपदा बन खड़ी है। जब लोग खुले आकाश में बरसा, ओस में भींग रहे, सिर पर छत की बात छोड़ो, सिर ढाँपने को एक भी पॉलीथिन नहीं था। मगसिर, पौष, माघ की ठंड से बचने को एक-एक कंबल तक नहीं था। ऐसे समय में सब कुछ गंवा चुके अभागे लोगों के मन का संतुलन बनाने सहारा बनने की बजाय सरकार चुनावी तैयारियों में उलझ गई। तूफ़ान पीड़ितों को दी जाने वाली रिलीफ़ सेवा चुनाव प्रचार में मदद करेगी। अतः चुनावी प्रतियोगिता में सब दल उतर गए।

उद्धव का भूत टूटे पेड़ों की ओट में खड़ा हो सब देख रहा था। सोचता—विधानसभा चुनावों ने तूफ़ान पीड़ित इलाकों को बचा लिया। वरना नेता लोग अपने इलाकों में एक कदम भी न डालते। अब अपने चुनावी एरिया में चारों ओर से जो मिला पोंछ-पाछ उठाकर जैसे कि कचरा भी सहेजने में पीछे नहीं। जो सरकारी-गैरसरकारी संस्थाएँ राज्य के भीतर-बाहर से रिलीफ़ लेकर ट्रक से आ रही हैं, नेता गण बीच में अपने एरिया की ओर मोड़ लेते हैं। स्वयं नेतृत्व लेकर रिलीफ़ बाँट रहे हैं। कहाँ से आया है, बिना जाने ही। रिलीफ़ ट्रक देख लोग सोचते हैं—ये दाता कर्ण हैं! राजनैतिक दलों में खींचतान कर रिलीफ़ को रास्ते से ले जाने पर मारपीट हिंसा तक की नौबत आ जाती। जिसकी लाठी उसकी भैंस। जिस दल में ताकत होती—उनके चुनाव क्षेत्र में रिलीफ़ की बरसात होती थी। ज़्यादातर लोग जहाँ तूफ़ान की भेंट चढ़ गए, वहाँ न ट्रक जाता है न नेता। क्योंकि वहाँ वोट देने वाले कोई नहीं। रिलीफ़ बाँटने में भेदभाव के चलते गाँव-गाँव का सद्भाव नष्ट होने लगा। आपसी ईर्ष्या-द्वेष बढ़ने लगे।

~

कोई नेता उस दिन एरसमा ब्लॉक ऑफ़िस में उतरे। गले में कलकतिया गेंदे की माला। लोग फुसफुसा रहे थे—"कोई मंत्री हैं! अब चुनावों की घोषणा

होने वाली है। राष्ट्रीय नेताओं की भीड़ लगेगी। प्रधानमंत्री, फिर दूसरे मंत्री। विपक्षी नेता दिल्ली दरबार से एरसमा का ध्वंसस्तूप परिदर्शन करने आ रहे हैं। अतः हफ़्ते भर रिलीफ़ बँटना बंद रहेगा। नेताजी के स्वागत में सब लगे रहेंगे—रिलीफ़ अफ़सरों को निर्देश आये हैं। अतः परिवेश निर्मल रखना ज़रूरी है। वरना दिल्लीवाले गलत धारणा लेकर लौटेंगे। फिर, लाशों के बीच वे उतरेंगे कैसे?"

भूखे-प्यासे लोग गिरते-पड़ते एरसमा पहुँचे, ब्लॉक में पता चला—रिलीफ़ देना बंद है!

यह मौका पाकर विरोधी दल ने ब्लॉक ऑफ़िस के आगे आंदोलन छेड़ दिया। गड़बड़ी मचा दी। नेता आने पर रिलीफ़ बंद को अविवेकपूर्ण कार्य कहा। नारे लगाये। रिलीफ़ शुरू न करने तक आमरण अनशन की धमकी और कुछ नेता पालथी मारकर बैठ गए। आगे चुनाव है। ये मौका हाथ से जाने नहीं देंगे। मानो उनमें दम होता तो तूफ़ान की भरपाई एक दिन में कर देते।

अनशन करने वाले के आगे विक्रम खड़ा था। पीछे था स्वयंसेवकों का दल। उन्हें 'अभयवाहिनी' कहते हैं। दृढ़ स्वर में कहा—"बंद करो! यह रिलीफ़ नाटक! लोगों को काम दो। हल-बैल दो। नाव दो-जाल दो। कुदाल-गैंती दो। वे मेहनत कर खायेंगे। मुफ़्त भोजन केंद्र बंद करो। खाद्य के बदले काम दो। कब तक बुनियादी आदमी भीख पर जीयेगा?"

भूदान नेता की ओर दौड़ा। गले से गेंदे की माला छीन ली। उसे सामने ठूँठ पेड़ की डाल पर लटका दिया। पुलिसवाले उधर लपके। वह चीखा—"अपने मंत्री से कहो—ठूँठ से सीखें। पेड़ फूल खिलाता है औरों के लिए। फल देता है औरों के लिए। वंश फैलाता औरों के लिए। पेड़ खुद माला गूँथ कर नहीं पहनता। इन पेड़ों के गले में माला डालने का समय आया है। अब हमें इनकी तरह आत्मशक्ति से उठना होगा। पेड़ की तरह परोपकारी को नेता मानना होगा। आप सब यहाँ से जायें, बहुत नाटक हो चुका...और नहीं चाहिए।"

मंत्री जी के गले में तब तक दो-चार माला और आ चुकी थीं। बड़ों से सीखकर 'फूलों के मुकुट के फूल दो' चिल्लाते बच्चों में बिस्कुट बँटे थे। मंत्री जी ने माला निकाल बच्चों को पहना दी। जैसे प्रभु जगन्नाथ के फूलों के मुकुट के फूल छीन झपट लेते हैं भक्तगण रथयात्रा के समय। वैसे ही वे अभागे बच्चे मंत्री की माला के फूल झपट ले गए।

भूदान दास चिल्लाया—"कौन हो? अपने को जगत का नाथ जगन्नाथ समझ लिया? तुम्हारी पहनी धोती हमारे पहनने जैसी है, तुम्हारे गले की उतारी माला

हमारे गले में क्यों पड़ेगी। इनकी ज़ुबान बंद है। तो इन्हें बकरा बना रहे हो? देखो, ये एक-एक बुनियादी धरती के आदमी हैं। तुमसे कोई कम नहीं, इसमें हमारा अपमान नहीं, तुम्हारा अपमान है। क्या यही संस्कार हैं? दूसरों के लिए यही आचरण है?''

तब तक माला फेंकते मंत्री जी की फ़ोटो खिंच चुकी थी। साकुला महांति ने एक के हाथ में से कैमरा छीन लिया। कहा—''मंत्री का फ़ोटो क्यों? क्या यहाँ उसने हल चलाया? अब तक कहाँ थे? आज लोगों का दु:ख समझने नहीं आये हैं। प्रधानमंत्री के आने से पूर्व स्टेज रिहर्सल के लिए आये हैं। इनकी सरकार दुबारा आनी चाहिए। यह बात सबको समझनी है। इतने दिनों बाद तूफ़ान पीड़ितों के लिए इनके प्राण रोये हैं। है ना-जाओ—यहाँ से भागो सब! हमें खुद लड़ने दो अपनी तकदीर से। हम जगतसिंहपुर वाले हैं, अमरबेल बन जीना नहीं जानते।

तब तक विक्रम के इशारे पर अभयवाहिनी वाले छोकरे स्वयंसेवी संस्था और धर्म संस्था के बैनर उखाड़कर फेंकने लगे। इस बीच कुछ असामाजिक राजनीति वाले भूखे लोगों को लगाकर रिलीफ़ गोदाम लूटने लगे। विरोधी दल वाले रिलीफ़ ट्रक में पहुँच गए। उन्होंने फटे जूते लेकर मंत्री के गले में माला डाल देने की कोशिश की।

विक्रम ने हाथ जोड़ सबसे विनती की—''भाइयो! मैं एक फ़ौजी हूँ। अनुशासन और कर्त्तव्यपरायणता मेरे रोम-रोम में है। जैसे पाप की राह चलकर पुण्य नहीं कमा सकते, वैसे अनुशासन और नियम तोड़कर कोई काम हासिल नहीं हो सकता। हम अपनी पवित्र जन्मभूमि से जितना प्रेम करते हैं, देश को भी उतना प्रेम करना चाहिए। देश के संविधान के प्रति हमारा पवित्र कर्त्तव्य है। मंत्री एक संवैधानिक नेता हैं, उनके गले में जूते की माला डालना संविधान का अपमान है। वैसे हमारे माननीय मंत्रीजी समझ गए हैं, आदमी के दु:ख-दर्द को पूँजी बना राजनैतिक फ़ायदा उठाना अब नहीं हो सकता। इस इलाके की दुर्दशा को लेकर अनशन, हड़ताल, विज्ञापन, नाटक, गीत कहानी का प्रहसन चल रहा है। इससे हमारा दु:ख इंच भर भी नहीं घटने वाला। यहाँ की लाशों को लेकर एक म्यूज़ियम और ज़िंदा लोगों से चिड़ियाखाना बन गया है। आज से रिलीफ़ बंद, कल से चलेंगे खाद्य के बदले पुनर्निर्माण के काम। लोग अपना गाँव खुद बनायें। उजड़ा संसार बसायें। समाज के साथ जीना हमारा मानवीय अधिकार है। यह रिलीफ़ का शोरगुल बंद करो।''

लोग जड़ी सूँघने की तरह शांत हो गए। 'विक्रम बलवंतराय ज़िंदाबाद' का नारा उठा।

मंत्री ने अपने खास आदमी से पूछा—"ये छोकरा कौन है? लोग इसे देवता मानते हैं! इसे दल में हम ले लें तो बस पौ बारह! यहाँ की एसेंब्ली सीट इसके ज़रिये हासिल कर लेंगे। चुनाव प्रचार में ऐसे बोलने वाले की हमें खास ज़रूरत है।" एक उनमें से आगे बढ़ा। आदरपूर्वक कहा—"तुम कौन हो, भैया! घर कहाँ? क्या नाम? करते क्या हो? मंत्रीजी जानना चाहते हैं। यह तुम्हारा भाग्य है!" विक्रम ने शांत स्वर में कहा—"अब कहाँ गाँव, कहाँ घर, कहाँ माँ-बाप रहे जो अपना परिचय दूँ?"

भूदान ने हँसी में कहा—"इसे नहीं जानते? मंत्रीजी भी नहीं? कैसे जानेंगे! वो तो बेचारा शहीद हो न सका। होता तो मंत्रीजी ज़रूर जानते! क्योंकि डेड बॉडी पर फूल चढ़ाने आते। फ़ोटो छपती। जनता देखती। अभागा कारगिल में लड़ते-लड़ते गुम गया। भाग्यवश लौट आया अपने गाँव। यहाँ जान की बाज़ी लगाकर गाँव के लिए काम कर रहा है। ऐसों को मंत्रीजी कैसे पहचानेंगे?"

कार्तिक ने मज़ाक में कहा—"जिस देश में तूफ़ान विपन्नों के सिर पर छत जैसी पॉलिथीन ही नहीं, कारगिल के शहीद जवानों के कॉफ़िन हजम कर चुके हैं, ऐसा लोगों का विश्वास है। उस देश के राजनेता वीर जवानों को पहचानने के बदले कॉफ़िन को ही पहचानते हैं। अत: हमारे मंत्रीजी विक्रम बलवंतराय को न पहचान सके तो ताज्जुब नहीं। इसमें दु:ख की बात भी नहीं। कौन निर्भर करता है सरकार के पहचानने या न पहचानने पर।"

मंत्रीजी शांत भाव से आंदोलनवालों की कटु चर्चा सुन रहे थे। मानो स्थितप्रज्ञ संन्यासी हैं। पास वालों में एक ने किसी स्थानीय नेता से कहा—"अब ये देहाती भी राजनीति सचेतन होने लगे हैं। देश के भले-बुरे की खबर इन्हें है। इस कारगिल छोकरे को दल में शामिल कर लो। ज़रूरत पड़ी तो टहली महांति की जगह इसे टिकट दे देंगे। इसे गाड़ी में बिठा कैपिटल ले चलो। इन लोगों को वश में करने में कितनी देर लगती है?"

"पर यह छोकरा तो थल सेना में है। दल में कैसे लेंगे?" स्थानीय नेता ने कहा।

"फिर एक बार क्यों मौत के मुँह में जायेगा? पहले पता करो कि नौकरी कितने दिन बची है? कुल कितना वेतन, कितने अन्य आर्थिक लाभ पाता है नौकरी से? उससे ज़्यादा दे दो, खुद गाय के पीछे बछिया की तरह चलता है या नहीं देख लेना!"

एक ने कहा—"यह छोकरा कहता फिरता है—बाकी जीवन गाँव की सेवा करूँगा!"

"तब तो मन में राजनीति अंकुरा रही है। तूफ़ान के बाद सारी अव्यवस्था के कारण हमसे आस्था उठ गई। अब पार्टी खतरे में है। ऐसे छोकरे ज़रूरी हैं।"

नर्कू राउतराय पाँच साल से क्षमता से बाहर हैं। इस बार लोकसभा चुनावों में शासक दल बुरी तरह हारा है। राज्य में तूफ़ान के बाद तीन महीने में तीन-तीन मुख्यमंत्री बदले! अतः प्रशासन लड़खड़ा गया। विधानसभा चुनाव में शासक दल की नैया डूबने वाली है। अतः नर्कू एवं टहली महांति को यहाँ से टिकट न देने की बात सुनाई पड़ रही है। अपने दल से टिकट का पक्का आश्वासन मिला तो दल बदल ज़रूरी नहीं। अपने दल ने दगा दिया, तो विरोधस्वरूप नया दल बनने की योजना बन चुकी है। नर्कू राउतराय सोच रहे हैं—इन सब जानकार छोकरों को हाथ में रखकर नया दल बनेगा। तभी मंत्री के पास वाले एक ने कहा—"सर, पार्टी ऑफ़िस में बैठ फ़ैसला करना ठीक होगा। आप इस इलाके के लिए निश्चिंत रहें। मेरे लिए यह कोई बड़ी बात नहीं। इनकी नब्ज़ देखते-देखते मैं बूढ़ा हो चला!" मंत्री ने घोषणा की—"साल भर रिलीफ़ चालू रहेगी। मुफ़्त भोजन केंद्र भी रहेगा। मृतकों की गिनती जारी रहेगी। मृतकों की सूची जितनी लंबी होगी उतना लाभ है। केंद्र से ज़्यादा मदद मिलेगी! केंद्र सरकार मजबूर होकर महातूफ़ान को राष्ट्रीय विपदा घोषित करेगी। पीएम के इस इलाके के दौरे पर आते समय एक भी लाश इधर-उधर सड़ती वायुमंडल प्रदूषित करती न मिले। इसमें भला है तूफ़ान से बचे लोगों की बजाय ये मुर्दे ही हमारी सरकार के निकम्मेपन का नगाड़ा ज़्यादा पीटते हैं। समुद्री ज्वार में बहे लोग घूम-फिर आकर दो-तीन महीने बाद गाँव पहुँचते हैं। कुछ जेब गरम कर उन्हें मृत घोषित कर सर्टिफ़िकेट बना मुआवज़ा ले गए हैं कई आत्मीय। इसमें सरकार का कसूर क्या है? अब मृतक का पता न लगाने तक मुआवज़े पर रोक लगेगी। सरकार हर्जाना देने में कुंठित नहीं। पर झूठ, घूस, दुर्नीति का दमन करने के लिए महातूफ़ान से अधिक भयंकर कदम उठायेगी।"

ज़िंदाबाद! निनादित हो उठा अपने चेले-चामुंडा की पंचम तान में। मंत्री की कार भुवनेश्वर की ओर मुड़ी। मंत्री आगमन से तूफ़ान विध्वस्त अंचल धन्य हो गया, यह सरकारी दल कहलाए जाने पर भी अन्य लोगों को परवाह नहीं थी।

~

"मरे लोगों को गिनने का वक्त अब नहीं था, अब जीवितों की गिनती करो। मृत्यु मनुष्य की नियति हो सकती है, मगर लक्ष्य नहीं, लक्ष्य तो जीवन है। मृत्यु को मुट्ठी में बाँध जीवन की तलाश थी। मृत्यु कोई व्याधि नहीं कि मुर्दे गिनकर

उनमें मलहम लगाने पर मरे लोग जीवित हो जायेंगे। मृत्यु का न तो इलाज है न ही क्षतिपूरण। घाव पर दवा लगाओ, घाव भर जाता है। मृत्यु के लिए मुआवज़ा मिलने पर भी क्षतिपूर्ति नहीं होती, दुःख का घाव भी नहीं भरता। घाव अपनी जगह रहता है। छाती के घाव को श्रद्धा सहित धारण कर आदमी जीवन को आगे बढ़ाता है। जानता है कि एक दिन मरेगा, मरने से जितना भी भय हो, विराग हो, सदा जीवित नहीं रहेगा यह जानकर भी दीर्घायु की कामना करता है आदमी। क्या मृत्यु कोई संक्रामक रोग है कि सफ़ेद चादर से मुँह ढक देने से और कोई नहीं मरेगा? मरे का मुँह ढक देने से क्या दुःख ढक जाता है? यहाँ जितने मरे हैं, उतनी चादर कहाँ से आयेंगी? अतः धरती माँ दया करके, अपने नमकीन आँसू से माटी लपेट ढक देती है काली चादर लाशों पर। उन लाशों को महीनों तक गिन-गिन कर दाह करते रहते हैं स्वयंसेवक दल। अब जीवन खोजें या मृत्यु? हम सब इधर जीयेंगे या नहीं!'' विक्रम ने पालथी मार मसजिद के बरामदे में बैठ दम लिया। फिर कहा—''हमारे आत्मीय मरे। उनकी गिनती कर सूची तैयार की। इसमें प्रशंसा कैसी? जहाँ घूस-झूठ में तूफ़ान मदद, घर टूटने की मदद, इंदिरा आवास योजना, मृतकों के नाम हर्जाने के पैसे दिये जाते हैं, जहाँ लाश की पहचान होना न होना एक है। यह जो प्रलय तांडव हुआ, स्वयं भगवान स्वयंसेवी दल लेकर पहुँचते तो भी सारी लाशें गिन न पाते। उनका दाह-संस्कार कर न पाते। ना! अतः भूल जाओ लाशों की बात! चलो ज़िंदा लोगों को गिनें। तब जाकर पुनर्निर्माण शुरू हुआ समझो।''

सब बैठे थे अटूट मस्जिद के बरामदे में। एकमात्र आश्रय स्थल जाति, धर्म, वर्ण से परे सबके लिए गोद खुली है। वहाँ बैठ विचार-विमर्श कर रहे हैं। तबाह हो चुके आंबीकी पंचायत के पंद्रह गाँवों में गिने-चुने बचे हुए जवान लोग।

गाँव के श्मशान के किनारे काली मंदिर भी अक्षत बचा था, पर प्रलय की उदारता एवं समानता वहाँ न थी। कुंडल पंडा का बेटा पंचुक पंडा वहाँ पूजा-पाठ शुरू कर चुका था। फिर से मंदिर के बरामदे में असवर्णों का प्रवेश निषेध हो गया! फिर से नियम का कड़ाईपूर्वक पालन हो रहा है। तूफ़ान के समय जाति-धर्म, वर्ण की रोक हट गई थी। आतुर लोगों ने बरामदे में शरण ली थी। इस कारण काली मंदिर और आस-पास वाले कई मंदिर अपवित्र हो गए थे। यज्ञादि कर इस बीच मंदिरों की पवित्रता बहाल कर दी गई थीं। पर पाकिस्तानी टोला के मुसलमानों द्वारा बनाई गई मस्जिद में छुआछूत नहीं थी। गाँव के बीच बरगद तले चबूतरा टूट कर कई जगह दरारें पड़ गई थीं। वहाँ ग्राम सभा बैठक संभव न थी। पहली

ग्राम सभा बैठी मस्जिद के बरामदे में।

इन मुट्ठी भर आशावादी युवकों के बीच थे वयोज्येष्ठ द्रोणमास्टर जी! पर वे भीष्म पितामह की तरह दुःख में शरशय्या पर लेटे मुँह बंद किये सब देख रहे थे। इन छोकरों ने तलाश कर राह पा ली है, इसमें संदेह न था। राह पाने पर लक्ष्य तक पहुँचना अनिश्चित भले ही हो, मगर लक्ष्य पथ पर चल पड़ना शुभ सूचना है। राह पर चले बिना ही सोच लें कि राह खत्म नहीं होगी—यह अकर्मण्य लोगों की सोच है। महातूफ़ान ने कई कारणों से कई लोगों को भाग्यवादी और निकम्मा बना डाला। फिर भी लड़ाके वीर विक्रम केशरी बलवंतराय के नेतृत्व में कुछ छोकरों ने आत्मशक्ति जगा कर अपना घर खुद ठीक करने का फ़ैसला किया। जाति-धर्म के विचार बिना कई लोगों को बुला कर यहाँ आश्रय दिया था शेख गुलाम मुस्तफ़ा ने। किन्तु वे अपने पेड़ का आसरा लेकर, छत का आसरा लेकर सपरिवार बह गए समुद्र के गर्भ में। वही मस्जिद आज बचे लोगों का तीर्थ बन गई।

विपिन ने कहा—"जीवन की गिनती क्या करें! हम जितने यहाँ हैं, वे ही तो इस गाँव के जीवित लोग हैं। हमने ही दुःख-मुसीबत का सामना करने के लिए कमर कसी है। शायद ही कहीं कोई और भी बचा होगा। बचा होता तो खोज-खाज कर अब तक गाँव लौट नहीं आता! हम मुट्ठी भर लड़के क्या कर सकते हैं?"

"देश में कितने लोग महात्मा गाँधी पैदा हुए थे? कितने लोग राम, कृष्ण, ईसा, मुहम्मद, नानक, कबीर, सारला दास, मधुसूदन बाबू पैदा हुए इस धरती पर? गाँधी के पीछे जैसे कुजंग गाँधी, एरसमा गाँधी, आंबीकी गाँधी की कतार लगी थी। राम के पीछे जैसे बाली, सुग्रीव, हनुमान, अंगद, जामवंत और वानरसेना की लंबी कतार थी। वैसे अभी द्रोण मास्टर को गाँधी मान हम वानर सेना बन कतार लगा देंगे। देखना हमारे पीछे कतार खूब लंबी हो जायेगी। अच्छे काम में पीछे कतार लंबी हो जाती है। शवयात्रा देखने लोग किवाड़ खोल बाहर आते हैं। बाद में फिर घर में घुस किवाड़ बंद कर लेते हैं। पर ठाकुरजी की पालकी के साथ कीर्तनवालों का दल चलता है तो पीछे-पीछे गाँव के एक छोर से दूसरे छोर तक कतार लग जाती है। देखते रहो हमारे साथ कितने गाँव के कितने लोग आकर मिलते हैं। काम के लिए कमर कसते हैं। यदि ईश्वर पर विश्वास है, तो आदमी से विश्वास खोना ठीक नहीं। क्या ईश्वर खुद कुछ करते हैं? आदमी से ही सब कराते हैं।" भागवत में कहते हैं—

"करि कराउ थाए मुंहि। मो बिनु अन्य गति नाहिं।।"

(करता कराता मैं ही हूँ। मुझ बिन अन्य गति नाहीं।)

औरों ने दुहरा दिया। विक्रम खुश हो गया। कहा—"देखो! जैसे तुमने भागवत पद पर साथ दिया, वैसे ही अच्छे काम में खुद सहयोगी बनेंगे लोग! इसमें कुछ वक्त ज़रूर लगेगा।"

"कल से हम क्या करेंगे?" बैकुंठ ने पूछा।

"कल की बात छोड़ो। आज नियम लें! जो करना है आज से करें। अब...इसी रात से..." मंत्री मल्लिक ने कहा।

विक्रम समर्थन में हँस पड़ा। कहा—"मंत्री मल्लिक हमारा नेता है—आज से कर्म पथ शुरू करें। पहले इस आंबीकी पंचायत में घूमकर मरे हुओं को एक ओर करके ज़िंदों को गिनें। ममतागृह से अपनी माँ-बहनों को और अनाथ बच्चों को लायें। गाँव बसायें। घर खड़ा करें। अपने को खुद स्थापित करें, जीने के लिए दूसरों के दान पर कब तक निर्भर करेंगे। गाँव में 'अनाथ-निराश्रय' जैसा शब्द नहीं रहेगा। मैं रिलीफ़ कमिश्नर को दरखास्त दूँगा। तुम उस पर दस्तखत करना। हाँ, पढ़, समझ कर दस्तखत करना। तुम सब हस्ताक्षर करना—हम इतने पढ़े-लिखे हैं। बाकी जो अनपढ़ हैं, उन्हें पढ़ायेंगे। इस नये गाँव में कोई अनपढ़, बेरोज़गार नहीं रहेगा। सब होंगे साक्षर, सक्षम, आत्मनिर्भरशील।"

"हाँ, हम सब दस्तखत करेंगे, इस इलाके में अब तक कोई रिलीफ़ ट्रक नहीं आया है। मिलजुलकर अपनी सड़क मरम्मत कर चुके हैं। गाँव में ट्रक आने में कोई रुकावट नहीं। कितनी भाग-दौड़ करेंगे दो मुट्ठी रिलीफ़ के लिए ब्लॉक ऑफ़िस तक," विक्रम खड़ा हो गया सबके बीच। "तुमने यही समझा? हम हमेशा दूसरों के आगे हाथ फैला कर ज़िंदा रहेंगे? अब हम मेहनत करेंगे, खायेंगे। गाँव बसाएँगे, स्कूल खड़ा करेंगे। वे कल से रिलीफ़ नहीं खाद्य के बदले काम दें। रिलीफ़ अफ़सर को काम देने के लिए दरखास्त करेंगे। सब मुफ़्त भोजन केंद्र का घेराव करेंगे। भात-दाल उलट देंगे। भोजन का वर्जन करेंगे। देखेंगे हमारे गाँव के छोकरे कैसे भूखे रह टूटी दीवार के सहारे टिक कर बाहर सड़क पर बैठ ताश पीट ईश्वर प्रदत्त बल-बुद्धि नष्ट करते हैं? पेट जलेगा तो वे सब हाथ मलते हुए खुद आयेंगे हमारे संग। तुम सहयोग करोगे तो कुछ असंभव नहीं रह जायेगा।"

तभी अंधेरा भेदकर सुनाई पड़ा—

धर्म कार्पण्य सेवा बले। किबा असाध्य महीतले।।

(धर्म कार्पण्य सेवा के बल। क्या असाध्य है मही तल पर।)

सबने अंधेरे में चौंक कर देखा। इस बीच घड़ी भर चाँद चढ़ चुका था, किसी

को होश न था। कोई काली छांव दिखकर अचानक अदृश्य हो गई।

''भूत! भूत!'' कुछ घबरा गए।

''फालतू बात। भूत क्या भागवत पढ़ता है? ये तो उद्धव मौसा की आवाज़ है। उनका भूत हमारे कार्यों पर नज़र रखे है!'' भूदान ने कह दिया।

''ना-ना...भूत नहीं, उद्धव मंगवाल की आत्मा तुम पर नज़र रखे है। वह दुष्टात्मा नहीं, पुण्यात्मा है। अतः तुम्हारे ऊपर सवार होकर काम करा लेने को उकसा रहे हैं। जैसे नवघन दास को मछली का भूत लगा तो रातों में नदी-पोखर खँगालकर मछली पकड़ता, फिर वैष्णव भूत लगने पर जाल फेंक कर माला फेरने लगते—मछली या सूखी मछली छोड़, भोग, प्रसाद चरणोदक में जीवन बिताए। अतः डर कैसा? भूतों में भी भले-बुरे होते हैं,'' भार्जन मल्लिक ने कहा।

''तो बुरे भूत भी कम न होंगे यहाँ। सब तो अमोक्ष फिर रहे हैं। यहाँ कैसा काम होगा भूत-प्रेतों के बीच? पहले ओझा बुलाओ, इलाका शोधन करेगा, भूत-प्रेतों को कीलेगा।''

''पर ओझा कहाँ? सारे ओझाओं को तो तूफ़ान चाट गया। अब ओझा के बगैर भूत-प्रेतों के आहार बनेंगे?'' यों चर्चा चल रही थी। अंधेरे से अट्टहास सुनाई पड़ा। लालटेन धपधपा कर बुझ गई। फिर सब घबरा गए। विक्रम बलवंतराय ने माचिस जलाकर लालटेन ठीक की—''अच्छा हुआ इलाके से ओझा साफ़ हो गए। ओझा तो भूतों से भी भयंकर और समाज के क्षतिकारी हैं। अब गुणिया (ओझा) नहीं खोजना। गुणी खोजेंगे। भूतों का पता लगाना मेरा काम है। जिधर रात में कड़-मड़ सुनाई दे, लकड़ी काटने की आवाज़ सुनाई पड़े, मैं एकाकी जाऊँगा। मेरे कब्ज़े से खिसकना भूत के लिए संभव नहीं। रात-दिन युद्ध कर पाकिस्तानी भूतों के बीच से ज़िंदा लौट आया हूँ! मुझ पर भरोसा करो!''

विपिन ने कहा—''तुझ पर भरोसा किया तो हम फिर दरिया के बीच होंगे। तू सरकारी आदमी है। वीर सैनिक! तेरी हुई है पदोन्नति। पुरस्कार मिला है, वेतन बढ़ा है। रिलीफ़, भोजन केंद्र, बंद कर, ओझा-गुणिया भगाकर, भूतों को उकसा कर, तू अपनी नौकरी पर लौट जायेगा। तुझे चिंता क्या या कमी क्या? हमारी तरह सर्वहारा तो है नहीं...तेरा इस गाँव में कौन है जो यहाँ पड़ा रहेगा...?''

विक्रम ने कड़क कर विपिन की ओर देखा। लालटेन के उजाले में भी आँखें लाल सुर्ख दिख रही थीं। गला रुँध गया मान में, दुःख में। कहा—''क्या बोले? मुझे कमी क्या है? फिर कहा कि गाँव में मेरा कौन है? मेरा अभाव गाँववाले दूसरे चाहे न समझें! पर तुझे क्या समझाना होगा कि तेरे-मेरे अभाव में फ़र्क नहीं? कहते

हो गाँव में मेरा कोई नहीं—अतः गाँव में मैं नहीं रहूँगा। यहाँ जितने लोग इकट्ठे हैं, आधे से ज़्यादा लोगों का गाँव में कोई नहीं। तो फिर गाँव छोड़ चले क्यों नहीं जाते? धरती पर और कोई गाँव नहीं जहाँ बाढ़, आँधी, समुद्र नहीं, ऐसे गाँव में लौट जायें तो मेहनत करो, खाओ, चैन से जियो। अरे! तुम लोग मेरे कुछ नहीं? आदमी-आदमी के बीच खून का संपर्क ही सब है? और जो संपर्क हृदय की जड़ तक गया है, बरगद की जटा-सा पीढ़ी-दर-पीढ़ी भाव जगत में फैल गया है, वह कुछ नहीं? उद्धव मंगवाल, भैरव माझी, गोलमस्ता के संपर्क से बड़ा संपर्क यहाँ किस भाई-भाई में है, दिखा दे। जितनी बाड़-मेड़, दीवारें बनती हैं सब तो खून से खून को अलग कर उठती हैं। यदि रक्त संपर्क तेरे लिए इतनी बात है, तो बता पति-पत्नी का संपर्क रक्त संपर्क न होकर इतना दृढ़ कैसे होता है? कैसे लोग सुख-दुःख में साथी बन एक जन्म एक साथ जीते हैं? खैर, इस गाँव में मेरी रक्त डोर नहीं। पर क्या इस धरती से कोई रिश्ता नहीं? यह धरती मुझे बाँधने में यथेष्ट नहीं? भाई-बंधु, कुटुंबी मर-मिट गए तो आदमी के संपर्क की डोर टूट जाये, आदमी का गाँव, देश जैसा कुछ नहीं रहेगा? सब कान खोल कर सुन लें। यह गाँव मेरा-धरती मेरी, इस पर मेरा हक है। जो यहाँ बचे सब मेरे कुटुंबी हैं। सब अपने हैं। मैं तुम सबको छोड़कर कहीं नहीं जाऊँगा। हम मिलजुलकर गाँव का पुनर्निर्माण करेंगे। देश को शत्रु के हाथों से बचाने के लिए जैसे मैं जीवन देने को तैयार था, गाँव को बाढ़, अकाल, तूफ़ान, अशिक्षा, अंधविश्वास और भ्रष्टाचार से बचाने के लिए वैसे ही इस जन्म माटी के लिए भी निछावर की प्रतिज्ञा ली है।''

''तेरी नौकरी! सिपाही से उठ-उठ तू ऊँचे पद पर पहुँच गया। इसी तरह—अफ़सर होने में कितना रहा? बड़ी नौकरी, वेतन, ठाठ, मान-मर्यादा तू सब गाँव के लिए बिसार देगा? तू तो हमारे इलाके का होनहार बेटा है। हमारा गर्व-गौरव है। क्या हम चाहेंगे कि चाकरी को लात मार हम जैसे अभागों के संग यहाँ पड़ा रहे दु:ख-पीड़ा सह कर? हम सबको क्या इतना स्वार्थी समझ लिया है?''

विक्रम की आँखें सिकुड़ीं। दूर क्षितिज की ओर देखकर कहा—''किसके लिए वेतन? भोग करने वाला कौन है? मेरे अफ़सर बनने पर खुशी में उछलने के लिए माँ-बापू, भाई-बहन कोई नहीं। संगी-साथी, कुटुंबी बचपन का साथी भाग्यधर, उसके पिता, भाई, बहन...'' कहते-कहते विक्रम रुक गया। विपिन समझ गया कि भाग्यधर की बहनें तरु या मरुवा नहीं...वह है गिरिमा। गहरी सांस छोड़ कर कहा—''उद्धव मंगवाल के वंश में कोई नहीं। केवल है तो भैरव माझी की बेटी, भाग्यधर की पत्नी पद्मा! वह पगली बनी फिर रही है!''

विक्रम ने कहा—"चाकरी का मोह क्यों? सच कहता हूँ, मैंने अपने फ़ौजी काम को कभी चाकरी नहीं समझा, बस, देश सेवा समझा है। नौकरी ठुकराना कोई बड़ी बात नहीं। देश सेवा को कैसे ठुकराऊँ? आवेदन किया है समय से पहले ही रिटायरमेंट के लिए। देखें क्या होता है?"

अंधेरे से ताली बजने की आवाज़ आई।...भूत! भूत! सब घबरा गए। अगले क्षण भूत की तालियों के साथ ताली मिलाई विक्रम के संकल्प का समर्थन कर। डर भय शंका दूर हो गए। अंधेरे में दूर से आलोक दिखाई पड़ा—आलोक या आग?

विक्रम ने कहा—"रात बीते, लाशें लाँघ कर ज़िंदा लोगों को तलाशेंगे, इकट्ठे होंगे। अकेले-अकेले प्रलय टालने की शक्ति केवल ईश्वर में होती है। आदमी में नहीं। पर साथ हों तो एक-एक प्रलय आदमी टाल सकता है। पृथ्वी पर प्रलय टालने के अनेक उदाहरण हैं। प्रलय नई बात नहीं।

"रात बीतने दो। जब तक सूरज है सुबह तो होगी ही," द्रोण मास्टर ने सिर उठा कर कहा। वे आँखें मूँदे भविष्य देख रहे थे।

~

उस पुर से लौट कर कितनी बिन रौंदी धरती छानबीन कर अपनी जन्मभूमि का पता लगाया सारला दास मंडल ने।

आंबीकी हाट के पास वह बालू का ढूह अब नहीं था। हाट के दिन वहाँ हाट भी नहीं लगती। फिर भी जिस धरती पर उसने पहली बार कुआँ-कुआँ की थी, छोटे से बड़ा बना था, घर संसार बसाया था, वह धरती तलाश ली। समुद्र उसे पता नहीं कहाँ बहा ले गया था निर्दय हो या दयालु बन कर। कहाँ से कहाँ ले जाकर पटका पता नहीं। होश आने पर नींद में चलने की तरह पता नहीं कैसे चल-चल कर कितने दिन बाद गाँव की ज़मीन पर खड़ा हुआ, उसे कुछ नहीं पता। उत्कलमणि मंडल का महान बलिदान, चरम त्याग, अलौकिक साहस, अनुकरणीय परोपकार के बारे में कितनी ही बातें सुनीं। भारत मंडल के बेटे उत्कलमणि मंडल ने गाँव के 50-60 लोगों की जान बचाई, इसी में उसके अपने बाल-बच्चे कैसे भंवर में पड़ कर चले गए। और फिर खुद जटाधारी मुहाने के मुँह में चला गया—सारी बातें सुनीं। सुना कि चक्रवात में अपने वंश के सभी पिस गए हैं—इसी धरती में कीच-गारा बन गए। उत्कलमणि की पत्नी मंदोदरी तूफ़ान से बच गई, पर बच्चों और पति शोक से बच न सकी। गाँव के बीच चबूतरे के पास अकड़ कर खड़े बरगद की डाल में रिलीफ़ की साड़ी गले में फांस देकर लटक गई। लोग कह

रहे थे—''उत्कलमणि का बांग्लादेशी शरणार्थी होते हुए भी ओड़िया लोगों को बचाना और अपने बाल-बच्चों की बलि देना कम बात नहीं। शायद उसके पिता भारत मंडल ने बेटे का नाम उत्कलमणि मंडल दिया, तो उत्कलमणि पंडित गोपबंधु दास की आत्मा उसमें आकर उसे इतना बड़ा परोपकारी बना गई। वरना बांग्लादेशी होकर...'' और...सारला दास ने आँखों से आँसू पोंछने की बजाय कान बंद कर लिए।

भारत मंडल का जन्म हुआ अखंड भारत में—दुर्भाग्य से वह बांग्लादेशी बना, वहाँ से भाग आया, आंबीकी पंचायत में रह भारतवासी बना। उसके बच्चे जन्मे नेहमयी ओडिशा के गाँव में। ओड़िया पाठशाला में ब्रह्मा-विष्णु-महेश लिखना सीखा—मधुसूदन राव का व्याकरण पढ़ा—ओड़िया में जगन्नाथ दास का भागवत, बलराम दास की रामायण, सारला दास का महाभारत पढ़ा। ओड़िया में बातें करना शुरू किया, गीत गाये। ओड़िया पीठा-पना, पखाल भात, डालमा, कांजी, संतुला, पठापोड़ा खाये। अल्पना, पर्व-त्यौहार सब अपनाये। ओड़िया को बंधु-कुटुंबी बनाया। ओडिशा में वोट देकर एम. एल. ए. मंत्रियों को जिताया। ओडिशा के सुख में हँसे, दुःख में रोये। उसके कुटुंबी मरे तो इसी माटी में मिले। उसके भाई उत्कल मंडल ने गाँववालों के लिए जी-जान एक कर दी, फिर भी वह बांग्लादेशी ही रहा? उत्कलमणि गोपबंधु की आत्मा ने उसके भाई को परोपकारी बना दिया? तो मानव के रूप में, खास कर भाई का कोई अपना महत्त्व नहीं? इतनी बड़ी प्रलय के बाद वह स्वयं बांग्लादेशी होकर इस धरती पर किसे खोज रहा है? तो यहाँ मेरा अब कोई नहीं रहा? मेरा इस धरती से कोई रिश्ता नहीं रहा? अनमना-सा खड़ा था सारला दास मंडल। उसकी दाढ़ी मूँछ बड़ी होने के कारण कोई पहचान नहीं रहा। किसी ने कहा—''क्यों भई! यहाँ किसे ढूँढ रहे हो? उधर रिलीफ़ कैंप की ओर जाओ!''

''किसे खोजूँगा? स्वयं को ही खोज रहा हूँ। मैं कौन हूँ? मेरा गाँव कहाँ है? मेरी जन्मभूमि कहाँ है?'' सारला दास ने रुआँसे स्वर में पूछा।

''यह एकदम पागल हो गया है, अपने घरवालों को गंवा कर। ऐसे कई लोगों के दिमाग खराब हो गए हैं,'' किसी ने टिप्पणी की। सारला दास अपने पर हुई इस टिप्पणी से दुःखी न था। क्योंकि इस बात में माटी के संग गोबर की तरह स्नेहहीनता में चुटकी भर सहानुभूति मिली हुई थी। सूनी हाट में खड़े एक बटोही से पूछा—''सुना है कि गाँव के कई लोग समुद्र में बह गए! इस पंचायत से सबसे ज़्यादा लोग तूफ़ान के शिकार हुए। बहुत दुःख की बात है!''

"गाँव के अनेक बह गए—यह किसने बताया?"

"उड़ती खबर सुनी होगी तुमने किसी से। गाँव से तूफ़ान में सिर्फ़ दो आदमी मरे हैं," उसने कहा।

"पर मैंने सुना समुद्र किनारे वाली बस्तियों के सैकड़ों लोग बह गए..." अवाक् सारला दास ने कहा।

"ओह! तुम उन बांग्लादेशी शरणार्थियों की बात कहते हो। वे तो एकदम साफ़ हो गए हैं। धर्म कब तक सहता? हमारे जंगल काट मैदान बना डाले। हमें खतरे में डाला। समुद्र ने उन्हें सपाट कर दिया। जैसे को तैसा। वे क्यों हमारे गाँव के आदमी होंगे?" बटोही नदी किनारे की ओर चल दिये। सारला दास की छाती में दुःख की ढेंकी की चोट-सी पीड़ा याद करा रही है—वह यहाँ एकाकी है! उसका अब कोई गाँव-फांव नहीं। पर अब वह जाये कहाँ? उसका कहाँ है देस? निराश पृथ्वी पर, लक्ष्यहीन भाव से पता नहीं किधर कदम उठ गए। क्षितिज के उस पार शायद उसका गाँव या देश मिल जाये। उससे पहले नहीं। चलते-चलते अनेक अधजली लाशें, अधजले पिंड, बिखरे खप्पर, टूटे हाथ-पाँव मिले। उनमें बांग्लादेशी, पाकिस्तानी हैं या हिन्दुस्तानी ओड़िया लाश कुछ पहचान नहीं पड़ता। उनका देश कहाँ, कहाँ है गाँव पता ही नहीं। पर वे मिल-जुल माटी में मिल जा रहे थे। क्रमशः इस गाँव की माटी के ही हिस्से बन जायेंगे। फिर भी उत्कलमणि मंडल, सारला दास मंडल, उनके पिता भारत मंडल वगैरह बांग्लादेशी के रूप में पहचाने जाते रहेंगे। इस चिंता में थक कर एक जगह बैठ गया सारला दास मंडल। गाँव मिल जाने का उत्साह अब उसमें न था। देखा वहाँ पर चार-छः अधजली खोपड़ियों में से बत्तीसी दिखाते वे मुर्दे उसे ताकते हुए हँस रहे हैं। सारला दास में भूत भय न था। अतः इस दृश्य से डर की जगह दुःख हुआ। कुछ दिन पहले ये खोपड़ियाँ किसका चेहरा रही होंगी? कितने अपने थे, आज सब भूत-प्रेत कह डरते हैं इनसे! क्या इनमें माँ-बप्पा या भाई नहीं होंगे! पर इन्हें ले जाकर गाँठ का धन नहीं बना सकता। कैसा अजीब मानव जन्म है!

तभी कोई छाया धप से छलांग मार पास आ गई। उसे कटकटा कर देख सामने खड़ी हो गई। सारला दास मंडल खड़ा हो गया। बड़ी संपदा मानो मिली! कहा—"मंत्री, तू!"

स्वर पहचान लिया मंत्री ने। बाँहों में भर कर कहा—"सारला दास भाई! इतने समय था कहाँ तू? हमने सोचा कि तू नहीं रहा। तुम्हें मुझे पहचानने में कोई

दिक्कत नहीं हुई। मैं श्मशानवाला हूँ। अतः मेरा रूप या वेश नहीं बदला। पर तू तो एकदम श्मशानवाला बन गया है! अरे भई यहाँ तो सब श्मशानवाले बने फिर रहे हैं। पहचानना कठिन है। खैर! तू मिल गया—तेरे जैसा हमारे गाँव का आदमी हमारी सूची में आ गया। आज का दिन शुभ है! विक्रम बलवंतराय की मुट्ठी और मज़बूत हुई। अब चल!"

"किस सूची में नाम चढ़ा! मृतक या जीवित? मेरा कोई देश नहीं, गाँव नहीं, मैं तो बांग्लादेशी शरणार्थी हूँ। अतः किसी सूची में नाम नहीं चढ़ेगा।" वह फफक उठा। मंत्री ने सारला दास मंडल को बाँहों में भर लिया—"देख, इन खोपड़ियों को। इनकी देह माटी में मिल चुकी हैं। यह था बंगालीपड़ा! इसके उस ओर पाकिस्तानी बस्ती था। वहाँ भी ढेर-के-ढेर मुर्दे सड़कर माटी में मिल गए। यह सच है, जो देश छोड़ता है उसे देश नहीं मिलता। पर उसे धरती मिलती है। पृथ्वी की जिस जगह भी हो, माटी उसे इनकार नहीं करती। माटी ईश्वर ने बनाई—जिसे देश कहते हैं—वह बनाया है मानव ने। तभी देश भेद रखता है, माटी में पराये-अपने का भेद नहीं होता। तुम्हें यहाँ माटी मिलेगी, नई पृथ्वी मिलेगी। देश न मिले न सही। चिंता क्यों? हमने नई पृथ्वी गढ़ने की शपथ ली है। विक्रम बलवंतराय तुझे सारी बात समझा देगा। मैं इतने गहरे में जा न सकूँगा। अब तू चल मेरे साथ। उससे ही सुनना बाकी की बातें।"

चल पड़ा सारला दास एक नई दुनिया की तलाश में मंत्री के पीछे-पीछे।

~

केवल फूल में सुगंध नहीं होती। नई कोंपल में भी एक तरह की सुगंध होती है—विश्वास की सुगंध—जीवन की सुगंध। टूटे पेड़ों से नई कोंपल की वह सुगंध बह आती है, मेरुदंड टूटे मानव-वृक्ष में नई आस की शाख-शाख अंकुरा रही हैं। मानव, सच एक वृक्ष है, आस की एक शाख टूटे तो दूसरी अंकुरा जाये। पर मानव तो वृक्ष-सा महान नहीं—उसकी आस की शाखायें पेड़ की शाखाओं-सी निःस्वार्थ या परोपकारी नहीं। पर आदमी समूचा वृक्ष न होने तक सतयुग की पवित्र माटी नहीं मिलेगी। नहीं मिलेगा सबके सिर पर अमराई में छांव-सा भेदभाव रहित गाँव।

कुरुक्षेत्र समाप्त हो गया। कुटुंबियों के शव माटी पर बीज की तरह बिखरे हैं। शरशैया पर लेटे इच्छा-मृत्यु वरण करने की तरह गिनती के कुछ अभागे दुःख और संताप की शरशैया पर लेटे सोच रहे हैं—ऐसे जीने से मरना भला, यह कितना यंत्रणा भरा है!

निर्विकार धरती के निर्लिप्त क्षितिज के शून्य वलय के बीच खड़ा धरती का भाग्यचक्र निरख रहा था विक्रम। यहाँ जितने गाँव थे, उन सबकी सीमा-सरहद पोंछ ली समुद्र ने, क्यों? केवल पागलपन में? नहीं—ये गाँव केवल उसके ही नहीं, सब मिलकर समूचा भारत, पाकिस्तान, बांग्लादेश इन गाँवों के हिस्से हैं। ना...ना यह गाँव एक पृथ्वी है। यही जतलाने यह प्रलय आई थी। देखो—चारों ओर कुछ नहीं। न गाँव से गाँव को अलग कर पहचानने के लिए कोई पेड़ या मंदिर है, न बिलबाबा के बाँबी, माटी का पूजा मंडप है। न छान-छप्पर, गारे की चिनाई वाला स्कूल घर। सब पुँछ गया। जिधर देखो गोलाकार सूना क्षितिज! सुख-सौभाग्य की सीता को समुद्र का रावण हाथ खींच ले गया तूफ़ान के मरण यान में बिठा कर। द्रौपदी के केश पकड़ दुःशासन के हाथ राजसभा में खींचने की तरह, बरगद की जटा खींच ले गये समुद्र के हाथ। बड़ा वीभत्स, करुण दिखता है वह पुराना पेड़। पेड़ को जड़ से न काटो तो पता नहीं किस पर गिरे-प्राण ले ले। तूफ़ान से बच गए आधे पेड़ों का यही प्राणघाती रूप है।

सरकार टूटे पेड़ों को काट कर गाँववालों को सुरक्षित ज़मीन और आकाश दे न सकी, अतः घोषणा करा दी—"सारे टूटे पेड़ काट लो।" लकड़ी माफिया के तो पौ-बारह हो गए। टूटे पेड़ के साथ ही अक्षत पेड़ों को भी काट लिया गया। लाखों-करोड़ों का कारबार। अक्षत पेड़ों पर हाथ क्यों डाला, कहने वाला कोई नहीं। कोई कुछ कहे तो उसकी परवाह किसे है? एक विशृंखल पृथ्वी में तब्दील हो गया, अब तक अनुशासन में जी रहा बुनियादी इलाका।

विक्रम ने क्षितिज की ओर देखकर कहा—"देखो—यह किताब में पढ़ा कि पृथ्वी गोल है। अब आँखों से देख लो। यह हमारा गाँव नहीं, हमारी पृथ्वी है—सत्य युग की नई पृथ्वी! हमें नया आकाश नहीं चाहिए, नये सूरज-चाँद नहीं चाहिए, नई माटी चाहिए, नई पृथ्वी चाहिए। इस धरती पर हम जो जी रहे हैं यहीं मरकर फिर से जन्मे हैं। हमारे माँ-बाप कौन हैं? कोई तो नहीं? हमारे बाप-दादा, काकी-माँ, भाई-बंधु के हाड़-मांस से लिपी-पुती शोधन हो गई यह धरती। यही धरती हमारी माँ है—सृष्टिकर्ता पिता हैं। हम एक जात हैं—एक परिवार होकर मिलजुलकर जीयेंगे तो प्रलय टल जायेगी। वरना अपने दुःख में डूबकर मर जायेंगे। दाह-संस्कार के लिए भी मानवीयता का कोई हाथ न होगा। बोलो—नई पृथ्वी बनायें या यों ही यहाँ सड़ जायें।" विक्रम अपनी भावना व्यक्त कर चुका था।

सारला दास मंडल ने कहा—"हाँ...हाँ हमें नई पृथ्वी चाहिए। नई माटी से बनेगी वह पृथ्वी। पाकिस्तानी, बांग्लादेशी, ओड़िया, बंगाली, क्रिस्तानी, हिन्दू,

मुसलमान सबके हाड़-मांस की उर्वर माटी में उठेंगी दीवारें—उसी माटी पर पैदा होगी नई फ़सल। हम सब हैं तेरे साथ। हमें बीच राह में छोड़ न जाना, बस!''

''जाऊँगा कहाँ? यदि देश का बुलावा आया तो फिर जाना होगा। पर लौटूँगा यहीं। वचन दे कर कह रहा हूँ,'' विक्रम ने कहा।

''इस माटी में क्या दूब उगेगी, विश्वास नहीं होता,'' विपिन ने कहा।

''दूब नहीं उगेगी न उगे! उगेंगे महाद्रुम! बस, खुद को ज़रा सँभाल लो। बाहर के मुनाफ़ाखोर लोग हमारे बीच घुसकर झूठे हिमायती बन हमारे बच्चों को उनके दुःख के अथाह जल से ऊपर उठने नहीं देते,'' अख्तर मियां ने कहा। वह गोलमस्ता का भतीजा है।

''यहाँ हम सबकी गिनती केवट जात में होती है। सबने मछली पकड़ी है, घेरी बाँधी है, मछली का व्यापार कर समुद्र को घर में बुलाया है। अब सब अकूत पानी में बह रहे हैं। कौन सँभालेगा? भगवान को प्रलय काल में केवट ने सँभाला था। क्या हम केवट होकर स्वयं को नहीं सँभाल सकते?'' विक्रम ने कहा।

''हाँ, हम केवट परंपरा के वाहक हैं। हम प्रलय टालेंगे, नई पृथ्वी पर नये परमेश्वर को स्थापित करेंगे। सबका एक ईश्वर होगा। क्या हम सब राज़ी हैं?''

विक्रम के प्रश्न के समवेत उत्तर से दिशा-दिशा चमक उठी, ''हम राज़ी हैं...हम राज़ी हैं,'' चारों ओर से उत्तर गूंजा। तभी दो साबल लेकर प्रलय की तरह गरजते आये बाप-बेटे—भार्जन मल्लिक और मंत्री मल्लिक। भार्जन ने कहा—''कौन कहता है कि भगवान को स्थापित करेंगे? भगवान-फगवान हमें नहीं चाहिए। किस भगवान ने हमें बचाया। उलटे जितनी प्रलय होती हैं सबकी जड़ में होते हैं ये भगवान! ये सारे भेदभाव उन्हीं के कारण हैं। मार-काट, हिंसा...क्या नहीं होता ससुरे भगवान के कारण? इन भगवान के कारण पंचुकी पंडा ने मंदिर की सीढ़ी पर पाँव नहीं रखने दिया मुझे। फिर मैं गया था अपने घरवालों के मरण के कारण हर्जाने के रुपये पाने पर उसके बेटे देबू को आधा देने की बात कहने। अपने बच्चों को पानी में फेंक देबू को मैंने बचाया था, उससे मेरा लगाव है। जबकि पंचुकी पंडा ने कहा—'अरे, मेरे बेटे को प्रलय से बचाया तो क्या बाभन बन गया? तू दुसाध धरम-करम भूल-भाल दमादम मंदिर पर चढ़ आया है? कलिकाल में मनुष्यों ने जात-पांत न मानी तभी तो महातूफ़ान हुआ—समुद्र चढ़ आया। एक और प्रलय करने का मन है? चल...निकल—अपनी सीमा में रह!' ''

''ओह!'' द्रोण मास्टर ने कहा। गुन-गुन कर बोले—

''सर्प ने जन्म दिया मुझे, स्वभाव छोड़ूँगा कैसे?''

मंत्री मल्लिक ने कहा—"चलो इस इलाके में जितने मंदिर हैं, सब तोड़ें। इस मस्जिद को भी हटा दें! ईश्वर कहाँ या अल्ला...ठाकुर-देवता के नाम का कोई घर यहाँ नहीं रहे! मानव के लिए ही हम घर बनायेंगे। ठाकुरजी का नाम लेकर कुछ ने अखाड़ा जमाया है—व्यापार चला दिया। ये समाज के गले में बोझ हैं। लोगों को बहकाकर पैसे लूटते हैं। इससे तो अच्छा ढोल बजाकर चोरी-डकैती करें। कितने ही हिंसा कांड खासकर इन ठाकुर-देवताओं के नाम पर करते हैं। पहले इन सारे ईश्वर का नाम मिटा दें, तब जाकर कोई बात होगी।" भार्जन के हाथ से साबल छीनकर विक्रम ने कहा—"कहाँ मिला यह अनमोल द्रव्य! इस इलाके में घूम-फिर आओ, फावड़ा, कुदाल देखने को भी न मिले। समुद्र सब खींच ले गया। अच्छा हुआ। इस साबल से शुरू होगा मंदिर निर्माण—देवता के लिए नहीं, मानव के लिए। ओस-बरसा में भींगते मानव के सिर पर छत बना सके तो वही होगा मंदिर। हाँ मंदिर हो या मस्जिद—यहाँ कुछ तोड़-फोड़ नहीं होगी। ईश्वर की हत्या नहीं होगी। न ये ईश्वर को जन्म देंगे। यहाँ केवल निर्माण चलेगा, निर्माण! ध्वंस की बात यहाँ नहीं करेंगे हम कोई।"

"ईश्वर को जन्म देंगे हम?" किसी ने पूछा।

"हाँ, विवेक के अंदर चैतन्य—वही है हमारा ईश्वर, विपदा में हम ईश्वर को खो बैठे। उसे फिर से स्वयं में जन्म देंगे। ईश्वर कभी सांप्रदायिक नहीं होता। आंचलिक नहीं, ध्वंसात्मक नहीं। ईश्वर हैं सार्वजनिक, सर्वमंगलमय, सर्जनात्मक शक्ति। प्रलय भी ईश्वर की सर्जना है। कलियुग के अंत में सतयुग की परिकल्पना है, हर प्रलय का लक्ष्य," द्रोण मास्टर ने कहा।

"तो नई पृथ्वी पर किसकी पूजा करेंगे?"

"मानव में है ईश्वर—मानव की सेवा ही होगा ईश्वर पूजन!"

अंधेरे में भागवत वाणी सुनाई दे रही थी—

"जे सर्व समान देखई। ताहार शत्रु मित्र नाहिं।।"

(जो सबको समान देखता है। उसके शत्रु-मित्र नहीं होते।)

"कौन? उद्धव मंगवाल? यदि जीवित हो, तो आओ बच्चों को राह दिखाओ। अगर मर चुके हो, फिर से यहीं जन्म लो—हमें तुम्हारी ज़रूरत है," द्रोण मास्टर ने कहा। भार्जन मल्लिक ने अंधेरे की ओर हाथ जोड़ लिए। प्रणाम कर कहा—"हमारे भगवान, उद्धव मंगवाल—गोलमस्ता मियां, भारत मंडल। ब्रह्मा-विष्णु महेश्वर!"

"सकल घटे नारायण! बसते अनादि कारण...!"

(हर घर में नारायण। निवास अनादि कारण।)

अंधेरे में वही स्वर सुनाई पड़ा और अंधेरे में लीन हो गया।

द्रोण मास्टर ने कहा—"यहाँ, मस्जिद के चबूतरे पर हर सांझ एक अध्याय भागवत बाँचा जायेगा। उद्धव मंगवाल की आत्मा को शांति मिलेगी। यही होगी सत्ययुग के गाँव की शुरुआत..."

"एक अध्याय 'कुरान' भी पढ़ें," विक्रम ने कहा।

"ठीक है, दोनों को एक गद्दी पर रख पूजेंगे," भूदान ने कह दिया। फिर आँखें पोंछ कर कहा—"बप्पा होते तो कितने खुश होते!"

"वाकई, गाँधी दास की आत्मा प्रसन्न होगी!" अख्तर मियां ने कहा।

~

'गाँधी जैसे लोग दुःख की दुनिया में जन्म लेते हैं। सुख देखने के लिए ज़िंदा नहीं रहते। वे मानव मुक्ति के लिए लड़ते-लड़ते अपने बंधन की परवाह भी नहीं करते। वरना गाँधी दास ऐसी मौत नहीं मरते!' विक्रम ने सोचा। अंधेरे आकाश में अकेला तारा चमचमा रहा था।

फूल के पौधों की कोई माला नहीं चढ़ाता, बल्कि उन्हें तोड़कर, पौधे की साधना से मिली एक-एक उपलब्धि की माला बना दूसरों के गले में डालना आदमी की ही बनाई रीत है। फिर भी पौधे में फूल खिलते हैं। फूल की माला, तालियाँ, लाभ या हानि की प्रतीक्षा न कर, फूल खिलना पौधे का धर्म है! आदमी यह देखता है, सीखता नहीं है?

विक्रम का मन कर रहा था यदि पेड़ों पर फूल और कलियाँ होतीं तो वह पेड़ से तोड़कर माला बना पहनाता मंत्री मल्लिक के गले में, जो सबसे ज़्यादा पसीना बहा एक-एक घर खड़ा कर चुका है। उजाड़ धरती पर सुन्दर गाँव का चित्र उकेरने में सबने अपनी शक्ति मुताबिक रंग-तूली उठायी थी। विपिन, बैकुंठ, अलवर, अख्तर, रफीक, शफीक, कैवल्य, सारला दास, कार्तिक, भूदान, कटक के कॉलेज से कानून पढ़कर लौटा रणवीर माइती का बेटा निर्मल माइतीं एवं अन्य कई। यहाँ तक कि उमर की परवाह न कर भार्जन मल्लिक और उसके जैसे कई वयोज्येष्ठ लोगों ने श्रमदान किया था घर बनाने में।

विक्रम का आनंद फिर भी आधे चाँद-सा अधूरा था। कुछ लोग काम करते हैं, कुछ हेकड़ी छाँटते हैं। रिलीफ़ कैंप में मिलने वाला खाद्य खाकर बरामदे में बैठे ताश पीटते हैं। मानो राजा-ज़मींदारों की बेगार में लगे हैं। केवल लड़के ही

नहीं, कई वयस्क भी हैं जो ताश के अड्डे में भाग लेकर दुःख भुलाने की चेष्टा कर रहे हैं। विक्रम वहाँ गया, उन्होंने विक्रम को ताश खेलने को आमंत्रित किया। विक्रम ने कहा—''मैं खेला तो जीत लूँगा। मगर मैं जर्जर बरामदे में नहीं। नये घरों में मज़बूत बरामदा बनने पर सब बैठेंगे। वहाँ ताश खेलकर रात बितायेंगे। तुम सब आओ। यह गाँव हम सबका है। किसी की ज़मीन का पट्टा-पावती नहीं। मेढ़-बाड़ नहीं। पट्टा बनने तक यहाँ तेरा-मेरा भूल न गए तो जीयेंगे कैसे?''

''क्यों, सरकार कहाँ गई? हमने उन्हें वोट दिये हैं। विपदा में वे ही हमारी रक्षा करेंगे,'' एक ने ताश से नज़र उठाये बिना बेपरवाह-सा कहा।

विक्रम में खीझ न थी, व्यथा थी। इन्हें अमरबेल बना रखा है यहाँ के नेताओं ने। इनके कंधे पर बंदूक रख निशाना साधना उन राजनैतिक नेताओं का खेल है। इन्हें असल बात समझा देने पर ये राह पर आ जाते हैं। अनबूझ बैल भी जब मन कर लेता है, आदमी क्यों नहीं मन बनायेगा। विक्रम उनके पास बैठा। पूछा—''कोई तुम्हारे हाथ में कटोरा थमा दे, तो तुम क्या भीख माँग पेट भरना पसंद करोगे?''

''भीख क्यों माँगेंगे? क्या मान, इज़्ज़त वंश की बुनियादी हममें नहीं? अब एक दैवी-संकट में पड़ गए तो रिलीफ़ द्रव्य, मुफ़्त भोजन पर निर्भर करते हैं। सरकार हमें स्थापित कर दे, हम अपना घर सँभालेंगे,'' एक ने कहा।

विक्रम ने कहा—''मुझे तुम्हारे आत्मसम्मान बोध पर बहुत गर्व है। दैवी आपदा आने पर तुरंत रिलीफ़ व्यवस्था करना सरकार का कर्तव्य है। पर एक सीमा में रिलीफ़ काम समाप्त करने की भी विधि है। क्योंकि रिलीफ़ ज़्यादा दिन चालू रहने पर लोगों की बहुत क्षति होती है। अपनी आत्मशक्ति विसर्जित कर दूसरे पर आश्रित हो जाते हैं। इससे प्रलय से भी ज़्यादा भयंकर परिस्थिति बन जाती है। सब जानते हैं कि यह रिलीफ़ का तमाशा हमेशा चलने वाला नहीं। एक दिन बंद होगा। हमें अपने भाग्य पर छोड़ सब अपनी राह चले जायेंगे। तब तक हम ऐसे आलसी और परजीवी बन चुके होंगे कि बाध्य होकर भीख की झोली लिए फिरेंगे। तभी अंग्रेज़ों ने 'नौ अंक' अकाल के समय एक समय सीमा के बाद रिलीफ़ बंद कर दी थी। तब लोग इतने पढ़े-लिखे न थे, पर उनमें मान-सम्मान खूब था। मुफ़्त भोजन केंद्र को 'छतर' कहते। जो छतर में खाता था उसे गाँव निर्वासित कर देते। अलग-थलग निंदित जीवन बिताते। उन दिनों खाद्य के बदले काम की योजना में उन अनपढ़ों ने रेवेंशा कॉलेज जैसा भारत प्रसिद्ध विशाल कॉलेज खड़ा कर दिया। वहाँ से हमारे राज्य के विद्वान, पंडित, वैज्ञानिक निकले। हम क्यों महीनों 'छतर'

में खायें। हाथ फैला, नये-पुराने कपड़े ग्रहण करेंगे हम अपना घर खुद न बना, सरकार पर निर्भर करें?''

छोकरे ताश हाथ में रख विक्रम की बातों में रुचि ले रहे थे। एक ने पूछा—''इतना बड़ा रेवेंशा कॉलेज 'नौ अंक' जैसे अकाल में खड़ा हो गया, तो हम यहाँ रेवेंशा कॉलेज से सौ गुना बड़ा कॉलेज क्यों नहीं खड़ा कर सके? हमारे बच्चे वहाँ सीट न पाकर अधपढ़ क्यों रहे?'' विक्रम खुश हो गया! कहा—''हमारा यही लक्ष्य है। पर पहले सिर पर छत हो, पीठ पर कपड़ा और पेट में दाना, तब जड़ जमेगी। ऊपर उठ सकेंगे।''

''पर हमारे पास अब बचा ही क्या है? था भी क्या? कच्चे मकान, नदी नाले, समुद्र, नाव, खेत-खलिहान—अब बाहर से लाओ तो चूल्हा जले, आधे से ज़्यादा लोगों के घर बह गए। हर साल बाढ़, अकाल, तूफ़ान क्या है! किस दिन यह पृथ्वी हमें ऐश करने देती है? वरन महातूफ़ान में सब नष्ट-भ्रष्ट होने पर भी, कुछ दिन हम ऐश जान सके। केवल नेता ही हाथ पर हाथ रख ऐश करें, हम मेहनत कर गधे बनें! हमारे ऐश पर क्यों नज़र है तुम्हारी? नेताओं की तरफ़ आँख मूँद लेते हो!'' एक ने कहा।

विक्रम हँस पड़ा। शांत स्वर में कहा—''नेता की मेहनत कम नहीं। चैन से सो भी नहीं पाते। गद्दी पर न हों तो गद्दी हासिल करने की चिंता। गद्दी पर बैठे हों तो गद्दी बचाने की चिंता। इसी में बेहाल रहते हैं! वरन हम कितनी शांति-चैन से थे—हँसी-खुशी में दिन बिताते थे!''

एक ने आगे बढ़कर कहा—''तुम नेताजी से भी अच्छा भाषण देते हो। अगले चुनाव में खड़े हो रहे हो क्या?''

भूदान ने आगे बढ़कर कहा—''होते तो अच्छा रहता। ऐसे नेता हमें चाहिए। निःस्वार्थ, निष्कपट, साहसी, सच्चे, परोपकारी, देश प्रेमी...''

''बस-बस'' विक्रम ने उस प्रशंसा पर ध्यान नहीं दिया। तब ताश छोड़ सब विक्रम की बात सुनने को आग्रही हो गए थे। अवसर देख विक्रम ने उनके कंधे पर हाथ रख स्नेह से कहा—''भाइयो, हमने कभी सोचा है कि यह पृथ्वी, यह धरती हमारे लिए क्या सहेज रखे है, भविष्य के लिए क्या रखे है? हमारे पूर्वजों ने कितना कष्ट उठाया हमें सभ्यता, संस्कृति, परंपरा, धर्म-विश्वास, साहित्य, संगीत, विज्ञान आदि देने के लिए? वो सब तो बहा न सका समुद्र! मानव संस्कृति की जड़ें समुद्र में नीचे ही नीचे चली गई हैं उस पार तक। वैसे देखा जाए तो तूफ़ान ने हमारा कुछ नहीं उजाड़ा। जो उजाड़ा जैसा लगता है वह उजड़ना नहीं,

सजना है। जैसे फूटा-टूटा घड़ा नया बनाते हैं, वैसे ही। ये मजूर, स्वयंसेवक, फ़ौजी, पुलिसवाले हमारे लिए राह बना गए हैं, बिजली के खंभे सीधे कर गए हैं, हमारे लोगों को बचाया है, पका कर इतने दिन खाना खिलाया, वे क्या हमारे रैयत हैं, हम क्या ज़मींदार हैं? एक गाछ लगाता चले, दूसरा बैठे-बैठे फल खायेगा। ये कैसी बात है?''

विक्रम ने देखा—सब उसकी बात सुन रहे हैं। अब उसने थोड़ा उत्साहित करते हुए कहा—''हमारे पूर्वजों ने हवा-पानी-माटी के साथ लड़-लड़ कर जो कमाया, जो बनाया, जो सहेजा सब छोड़ गए हमारे लिए। देखो, हम कितने जाने-अनजाने मुर्दों पर पांव रख प्रलय जल से निकलकर थल पा सके हैं। उन्होंने तो हमें कीच-गारे में नहीं दबाया, उनके प्रति क्या हममें कृतज्ञता नहीं? वे जो जीवन अधूरा छोड़ गए, उसे पूरा करना ही है उनके प्रति कृतज्ञता ज्ञापन। गाँव डूबने पर उनका नाम भी जायेगा। हम क्या यही चाहेंगे? इसमें उनकी आत्मा शांति पायेगी?''

दीवार के सहारे टिककर कर्तव्यशून्य बैठे कुछ अधेड़ फफक उठे। गाँव के एक दरदी छोकरे के आगे दु:ख उंड़ेल दिया। एक ने कहा—''हमारे सारला दास ने कुरुक्षेत्र युद्ध नहीं देखा, पर कल्पना नेत्रों से जो देखा, लिखा, वह हमारे जीवन में फलित हुआ। राजा दुर्योधन ने अपने पुत्र की लाश पर बैठ रक्त नदी संतरण किया! हम वैसे ही कितने शवों पर बैठ प्रलय पारकर प्रलय से उठकर आये हैं। उनमें हमारे बाल-बच्चे भी होंगे—देखने को किसे समय था। तबका हर पल था खुद को बचाने के लिए जी-जान से कोशिश करना। जान बचाने के बाद बच्चों के लिए कलेजा कसमसाया। कितना स्वार्थी है आदमी?''

सबने चुपचाप दुर्योधन के रक्त नदी संतरण के दृश्य को कल्पना की आँखों से देखा। हस्तिनापुर राजकुमार की जगह अपने बेटे-बेटी का चेहरा दिखा। बच्चों के चेहरे खोने पर भी क्या भूल सकते हैं?

विक्रम ने प्रसंग बदला—''सामने विधानसभा के चुनाव आ रहे हैं। हमें उपयुक्त नेता चुनना होगा।''

''ओ! तो यह वोटों का प्रचार था! शुरू से यह बात क्यों नहीं कही? ठीक है तुम्हें वोट देंगे। पहले हमारा घर-बार बना दो। गाँव बसा दो। ज़मीन के पट्टे ढूँढ़कर ज़मीन में मेढ़ बना दो। तब तो हम खेती करेंगे। वरना पराये खेत में हल चलाने से क्या लाभ?'' अधेड़ ने कहा।

''अपनी ज़मीन अपनी संपत्ति सँभालने से कौन रोकता है? अभी विपद पड़ी

है, कहते हैं—'अकाले नियम नास्ति!' अत: तेरा-मेरा भूलकर, पट्टा पावती छोड़ कर काम करना होगा। सरकार पर निर्भर करने पर ओस और ठंडे में पड़े रहो। अगले साल नमकीन पानी में डूबी ज़मीन खाली मैदान रहेगी। खाओगे क्या?" विक्रम ने कहा।

"लगता है तुम मंत्री बनोगे। तुम क्यों नहीं सब कर दोगे?" उद्दण्ड छोकरे ने कहा। विक्रम ने कहा—"मैं भी तुममें से एक हूँ। मामूली आदमी हूँ। मुझे मंत्री कौन बनायेगा? मंत्री न बनकर भी अपने गाँव को कैसे स्थापित करें, यही इच्छा है।"

एक ने आगे बढ़कर कहा—"तुम कैसे टिकट पाओगे, इसकी व्यवस्था हम करेंगे। वरना स्वाधीन प्रार्थी बनकर लड़ोगे?"

विक्रम ने हँसकर कहा—"ठीक है, स्वाधीनता तो चाहता हूँ। वह समय आने दो।"

तभी मंत्री मल्लिक कहीं से अचानक बगूले-सा आ धमका और बोला—"तुम विक्रम भाई को नहीं जानते? उसने कारगिल युद्ध में लड़कर भारत को जिताया! जिस दल से भी लड़े, जीत उसकी है। पर बात यह कि उसका कोई दल-वल नहीं। अत: बेचारा राजनेता की लड़ाई में टिक नहीं सकेगा। मूलत: फंद-फिकर, चोरी-नारी उसे कुछ नहीं पता। वह हमारा वीर शहीद है। इन छोटे छछूंदरों से वह लड़ेगा? इन नन्हे जीवों के साथ लड़ेगा? क्या उसके हाथ से गंध नहीं आएगी?"

"अरे ये तो अभी जीवित है! शहीद वीर कैसे कहते हो?" एक लड़का 'ही-ही' कर हँसता रहा।

भूदान ने कहा—"मंत्री तो अनपढ़ है। मगर उसकी बातों में एक गूढ़ अर्थ भी है। विक्रम भाई शहीद होते-होते रह गया, ज़रा-सा। शहीद होने लायक वीर है वह।"

"तब तो चुनावों के लिए झूठी कहानी गढ़नी नहीं होगी। हम वीर गाथा गायेंगे तो लोग प्रभावित होंगे।"

विपिन ने कहा—"तुम लोग प्रभावित नहीं हुए, तो और लोग क्यों उसकी बात से प्रभावित होंगे? लोग तो केवल वोट के बदले नोट जानते हैं। एक तो वैसे ही विपदा में पड़कर दूसरों के आगे हाथ फैलाने में तुम सबसे संकोच नहीं करते। तुम सब अगर हमारे साथ मिलकर दल न बना लो तो विक्रम भाई के जीतने की बात कहाँ?"

सबने ताश फेंक दिए। कमर में अंगौछा कसकर कहा—''गाँव में सबका पक्का घर होगा। विक्रम भाई वादा करें।''

''पक्का घर होगा पर पहले माटी पर भरोसा करो। माटी से ईंट। पक्के घर की नींव है माटी। पहले सिर छुपाने को माटी का घर तो होने दो।''

''अरे! हम यदि घर बना देंगे, तो पोषक पिता बहक जायेंगे। यहाँ तो एक-एक ज़िले को भिन्न-भिन्न राज्य सरकारों ने पोष्य पुत्र बना लिया है। हमारी तरफ़ तो कोई पोष्य पिता नज़र नहीं आते। बस ताश खेलना छोड़ पोष्य पिता ढूँढ़ने चलें।'' पान चबाते हुए एक छोकरे ने कहा।

मंत्री मल्लिक ने पूछा, ''इस इलाके में तो एक भी पान का झुरमुट नहीं है, तुम्हें इस तरह पान खाने की आदत कहाँ से लगी?''

''क्यों, क्या 'केवल केतकी पान की दुकान' पर ही पान के बीड़े मिलते हैं?'' अब न केतकी (एक तरह की तंबाखू) रही और न पान रहे इस इलाके में। तो क्या हम पान खाना छोड़ दें? हमारे घर में धान-चावल नहीं तो क्या अन्न खाना छोड़ देते हैं? एक बाबू से माँग कर पान खाया है। इसमें किसी का क्या नुकसान हुआ?''

मंत्री मल्लिक ने बायें हाथ का थप्पड़ जड़ दिया उस कच्ची मूँछवाले छोकरे के गाल पर। कहा—''पराये के आगे हाथ पसार भात खाये, क्योंकि उससे जान बची। पराये का उतरा कपड़ा पहना, क्योंकि उससे लाज ढँक सके। मगर पराये मुँह का पान क्यों खाया? तुम जैसे निखट्टू लोग पोष्य पिता ढूँढ़ते हो अपना घर खड़ा करने के लिए। तुम रावत के घर के छोटे बेटे होना ना? तुम सब किसी काम के नहीं, गाँव छोड़ निकल जाओ, दूर जाओ, जितनी दूर जा सको। हम यहाँ पवित्र गाँव बनायेंगे, अपने पसीने में माटी भिगो कर। यहाँ कोई सरकार पोष्य पिता बन कर आती है, या मर्द बच्चा आता है, हम लड़कों को अनाथ समझकर पोष्य बना लेने, तो सिर फोड़ दूँगा और बाहर कर दूँगा।'' मंत्री मल्लिक की लाल-लाल आँखें चक्र-सी घूम रही थीं। विक्रम ने थपथपाया। शांत कर कहा—''क्या यह मार-पीट या फ़ौजदारी का वक्त है? तुम अपना काम करो। मंत्री, किसी ने क्या किया, नहीं किया यह मुझ पर छोड़ दो। इन सबने इसी धरती पर जन्म लिया, माटी के प्रभाव से सब मंदिर बनाने में सिर खपायेंगे। तुम ज़रा सबर करो। रात को पेड़ लगाकर, सुबह किसी को फल तोड़ते देखा है?''

''ठीक है, तुम जाओ यहाँ से, तुम किसी काम के नहीं। सिर्फ़ बातें बनाते हो! ये बाज़ी मार खा गई। शांति से ताश खेलने नहीं देंगे ये लड़के। अरे, हमारी

जिसे मर्ज़ी उसे वोट देंगे। गारे-माटी से पराया घर खड़ा करें हम, परायी ज़मीन की खेती करें हम, आदर्श गाँव बसायेंगे और फालतू भाषण सुन तुम्हें वोट देंगे, यह कैसे सोच लिया?''

''अरे भई, नेता बनने के लिए चुनावी प्रचार की भी ट्रेनिंग लेनी पड़ती है। तेरी सूखी बातें सुन कोई तुझे वोट क्यों दे!'' उसके पीछे-पीछे एक और ने कहा। सब फिर से ताश फेंटने में लग गए।

विक्रम ने दिशा बदली, लक्ष्य नहीं बदला। सूरज-चाँद रोज़ दिशा बदलते हैं, लक्ष्य तो वह एक है—रोशनी, ताप और जीवन। हवा दिशा बदलती है, लक्ष्य तो वही है—जीवन। बरसा दिशा बदलती है मगर लक्ष्य तो एक ही है—हरियाली, प्यास बुझाना। कितना सुन्दर है यह जीवन, कितना काम्य, दुर्लभ! जबकि हज़ारों लोग आधी उमर में चल बसे! उनके अधूरे जीवन को पूरा करना होगा, बचे हुए आधे लोगों को। विक्रम उन्हीं आधे लोगों में एक है। एक क्यों? विक्रम जैसे आदमी के पीछे है नये लोगों की कतार। ताश की बाज़ी छोड़ ये भी एक दिन शामिल होंगे इस महास्रोत में। नदी बहने पर स्वतः प्रशस्त होती जाती है। जीने के लिए बहना होता है। आज यही सबसे ज़रूरी है।

धान, पान, मीन खेती की तरह चुनाव भी एक खेती हो गए हैं। नोट दो, वोट लो—बस फिर बात खत्म! फ़सल काटने के पाँच साल बाद तक रोपाई की ज़रूरत ही नहीं। गन्ने की खेती की तरह एक बार रोपने पर वर्षों तक काटते रहो।

दुकान पर विज्ञापन झूल रहा है—''महातूफ़ान महारियायत'' मगर रियायती दरों पर खरीदे कौन? यह भी राजनीति है। सत्ताधारी दल कहता है लोगों की सुविधा के लिए दुकान पर वस्तुएँ सुलभ कराई गई हैं उन्हीं के कहने पर। विपक्षी दल के प्रार्थी साथ में झांझ, कीर्तन दल लेकर गाँव-गाँव में तूफ़ान-कीर्तन कर रहे हैं। तरह-तरह से तूफ़ान नौटंकी, तूफ़ान विचित्रा, तूफ़ान कीर्तन लिखे हैं कवियों ने।

कीर्तन दल आ रहा है प्रलय से सिर उठा रहे गाँव की ओर। प्रार्थी नकू राउतराय के गले में गेंदे की माला, हाथ जोड़े, होंठ फरकाते मुस्करा रहे हैं, विनती कर रहे हैं जनता के आगे।

अभयवाहिनी हाँ, हाँ करती बढ़ गई कीर्तनियों की ओर। जुलूस को रोका, विपिन ने कहा—''हमारे गाँव में न घुसो। यह है पवित्र धरती, क्योंकि अब तक इस पर किसी मंत्री, एम.एल.ए. के कदम नहीं पड़े। कोई रिलीफ़ ट्रक इधर नहीं आया। किसी स्वामी-स्वामिनी ने यज्ञादि नहीं किया यहाँ। हमने यहाँ कर्म यज्ञ

शुरू किया है। हम सब चासी, मछुवारे, कामगार लोग हैं। चुनाव के जाल में पड़ने को हमारे पास समय नहीं।''

''पर चुनाव में भाग लेना आपका अधिकार है। वोट दान का आपको अधिकार है। अधिकार को क्यों छोड़ें ?'' नर्कू राउतराय ने कहा।

भूदान ने सिर से साफ़ा उतारा, पसीना पोंछते हुए कहा—''कौन अधिकार हमें मिला है ? तुमने तो पाँच बरस राज किया है अतीत में। कौन-सा अधिकार दिया किसी को ? इस इलाके के बच्चों को पढ़ाई का अधिकार क्या अब तक मिला ? तुम शिक्षामंत्री थे तो मकान पर मकान खड़े किये, क्या स्कूल का मकान बना इधर ? जाओ, जाओ, हममें भी कुछ विद्या-बुद्धि दी है भगवान ने। किसे वोट दें, यह भी हमारा अधिकार है। तुम हमें भुलावा दो क्या यह तुम्हारा अधिकार है ?'' कीर्तन दल ने दिशा बदल ली। इस छोटे गाँव में प्रचार करने से कोई लाभ नहीं। जहाँ पर विक्रम जैसे बुद्धू छोकरे नेता बने हैं, वहाँ वोट की आस करना बाढ़ के पानी में जाल फेंकने जैसा है। नर्कू राउतराय बाहर ही बाहर लौट गए।

विक्रम राउतराय वीर होगा, पर बुद्धिमान नहीं। यह चर्चा ब्लॉक ऑफ़िस में कुछ शहरी नौकरीवाले और कुछ राजनीति वाले बेकार लोग बतिया रहे थे। नेताओं के बार-बार तूफ़ान इलाकों में चुनावी तैयारी के लिए आने पर पुनःस्थापना और पुनर्निर्माण कार्य में बाधा हो रही थी। अफ़सर लोग दुर्गतों की बात पीछे फेंक नेता और नेताओं के पार्षदों की सेवा में स्वयं को नियोजित कर रहे थे।

यह अफ़वाह ज़ोरों पर है कि विक्रम का स्वेच्छाकृत रिटायरमेंट का आवेदन स्वीकृत हो चुका है। सचमुच स्थानीय नेता क्षमता दल की ओर से प्रस्ताव लेकर आये। विक्रम को गाड़ी में बिठाकर ले गए थे जगतसिंहपुर डाकबंगले में। विक्रम आग्रह सहित वहाँ गया। कम-से-कम बड़े मंत्री से सीधे भेंट होगी, बीच में लूट के लिए पंडे-पढ़ियारी न होंगे। एकांत में चर्चा का अवसर मिलेगा। इस इलाके में कैसी लूटमार चल रही है, उसकी वास्तविक तसवीर रख सकेगा।

बड़े मंत्री के सामने सिर उठाकर खड़ा हुआ निर्भय जवान। मंत्री ने कहा—''बैठो।''

''बैठने का समय यह नहीं, एक दिन का काम खराब कर आया हूँ।''

''तुम्हारा काम क्या है ? तुमने तो आर्मी से वालंटरी रिटायरमेंट ली है— ऐसा पता चला है।''

''देश सेवा से रिटायरमेंट कहाँ, सर ? यहाँ गाँव की सेवा का संकल्प लिया है—यह भी देश सेवा है, अवैतनिक है,'' विक्रम ने कहा। मंत्री ने भौंहें सिकोड़

कर कहा—"गाँव कहाँ जो सेवा करते हो? तुम्हारे इलाके के गाँव तो सब साफ़ हो गए हैं। मैं महातूफ़ान के समय गद्दी पर न था। होता तो वहाँ कुछ सतर्कता संबंधी व्यवस्था की जाती। कम-से-कम इतने लोग बह न जाते। छोड़ो—ओडिशा का दुर्भाग्य है!"

विक्रम ने विनम्रता से कहा—"आप अब तो हैं। बहुत आस है आप से।"

"हमारा दल क्षमता में आये, मैं मुख्यमंत्री बना तब पुनर्निर्माण और स्थापन का कार्य तेज़ हो सकेगा। इस लक्ष्य के लिए तुम्हारी सहायता चाहिए, तुम पर तुम्हारे इलाके के लोगों का भरोसा है। तुम हमारे दल में मिलो। हम तुम्हें हमारे दल से एम.एल.ए. का टिकट देंगे। तुम जीतोगे, यह खबर हमारे पास है। हमारा दल बहुमत हासिल करता तो हमारे राज्य की उन्नति होगी। क्या तुम राज़ी हो?"

"पर मैं तो इलाके में नवनिर्माण कार्य के लिए व्रती हूँ। राजनीति के लिए समय कहाँ?" विक्रम ने कहा। बड़े मंत्री के पासवाले ने ठहाका लगाया। कहा—"तुम कैसा नवनिर्माण करोगे? सरकारी सहायता बिना तुम क्या कर सकोगे?"

"चिड़ियों ने ठूँठ पेड़ों पर घोंसला बना लिया। चींटियों ने भी समुद्री पानी खायी माटी में बिल बना लिये हैं। गिर पड़े पेड़ों की टूटी शाखाओं से शाखा-प्रशाखाएँ फूटने लगीं, कोंपलें निकल चुकी हैं। कौन-सी किस सरकार ने मदद दी? वैसे हम अपने इलाके वाले आगामी ठंड से बचाव के लिए झोंपड़े बाँध चुके हैं। आपने वह सब नहीं देखा।"

"देखने की ज़रूरत नहीं। दूर दृष्टि संपन्न लोग तो चीज़ पास जाकर नहीं देखते। ये घर चिड़ियों के घोंसले हैं—यह साफ़ दिख रहा है। झड़ी लगी तो एक ही बरसा में ये सब उड़ जायेंगे। तुम्हें क्या पक्का घर नहीं चाहिए? आश्रय स्थल नहीं चाहिए? गाँवों की रक्षा के लिए समुद्र बाँधने की ज़रूरत नहीं? कितनी ही हमारी योजनाएँ हैं। राम ने भी तो समुद्र पर सेतु बाँधा था। हमारे लिए क्या असाध्य है? बस सत्ता में रहने की ज़रूरत है।"

"सुनकर मन में खुशी हो रही है," विक्रम ने कहा।

"पर कर्तव्य न कर खुश होने से फल स्थायी नहीं होता। अतः हमारे बड़े मंत्री के परामर्श के अनुसार तुम काम करो। फल मिलेगा," पासवाले ने समझा दिया।

"तुम्हें हमने विधानसभा का प्रार्थी बनाया है। चुनाव का सारा खर्च हम देंगे," बड़े मंत्री जी ने वचन दिया।

"गुंडागर्दी का खर्चा भी पार्टी देगी," पासवाले ने बताया।

“मगर राजनीति में हमारे इलाके में इतने पुख्ता लोगों के रहते मुझ जैसे नौसिखिया पर यह मेहरबानी क्यों?”

“क्योंकि तुम्हारी उज्ज्वल भावमूर्ति है। फिर तुम्हें इस इलाके में युवा कवि के रूप में लोग मानते हैं। वे कविता-फबिता पढ़ते नहीं। पर कवि-लेखक को मंत्री, मुख्यमंत्री पाकर गर्व मानते हैं। बड़े मंत्री कवि लेखक नहीं। पर इस चुनाव से पहले वे कविता, कहानी, रम्यरचना लिखने का संकल्प ले चुके हैं।”

“मनुष्य चेष्टा करे तो धरा पर क्या असाध्य होये।”

अपनी बात पर स्वयं प्रशंसित हो पासवाले पुलकित हो उठे।

बड़े मंत्री मुस्कुरा उठे—“हम अपना अखबार और एक साहित्य पत्रिका प्रकाशित करने की चेष्टा कर रहे हैं। तुम्हें इसमें जगह मिलेगी। तुम भाषण देकर लोगों को प्रभावित कर सकते हो। कविता लिख लोगों को मुग्ध कर सकते हो। प्रार्थी होने की सारी योग्यता तुममें हैं।”

विक्रम ने सहज स्वर में कहा—“क्षमा करना, मैं प्रार्थी बनना स्वीकार नहीं कर सकता। क्योंकि इसके लिए मेरी असल योग्यता नहीं।”

“वह योग्यता क्या है?”

“जी, मैंने देश की रक्षा के लिए युद्ध क्षेत्र में आदमी मारे हैं। पर इसके लिए मुझे जेल दंड के बदले पुरस्कार मिला। अत: मैंने जेल नहीं भोगी, मेरे नाम पर कोई फ़ौजदारी मुकदमा नहीं! कुल मिलाकर खूनी, दागी, अपराधी की सूची में नहीं, यह मेरी अयोग्यता है। अत: चुनाव लड़ने के लिए खुद को अयोग्य पाता हूँ।” बड़े मंत्री को फ़ौजी कायदे में सेल्यूट मार मुँह फेर बाहर निकल आया विक्रम। उनकी प्रतिक्रिया जानने का आग्रह या आवश्यकता नहीं थी।

“तब तो वह दागी नर्केश्वर राउतराय ही अपने इलाके से जीतेगा। विक्रम बलवंतराय के सिवा उसको कोई टक्कर नहीं दे पायेगा। पिछली बार दल बदल कर वह विरोधी दल का प्रार्थी बनकर हार गया। अबकी बार उसकी जीत निश्चित है। क्योंकि रिलीफ़ ट्रकों को गुंडे लगाकर मुख्य रास्ते से हटा कर अपनी चुनाव मंडली की ओर रिलीफ़ की आँधी बहा दी। उसके इलाके के छोकरे मुफ़्त भोजन केंद्र में खाकर रिलीफ़ सामग्री से घर भरकर केवल ताश खेलकर दिन काटते हैं,” मंत्री चिंतित थे।

“छोकरे को कितने में खरीद सकते हैं?” मंत्री के खास आदमी ने स्थानीय राजनीति करने वाले से पूछा।

“ये बिकाऊ छोकरा नहीं। नौकरी से रिटायरमेंट बेनिफ़िट में जो पायेगा, सब

गाँव में 'नव निर्माण' कार्य में लगायेगा। यह बात ठाकुरजी की माला छूकर शपथ लेकर कही है। माँ-बाप की मृत्यु का हर्जाना भी वह गाँव के लिए खर्च करेगा। सरकार उसे पंद्रह एकड़ ज़मीन देगी। वह इसी गाँव में ज़मीन के लिए आवेदन करेगा और कोई बड़ी संस्था बनायेगा। इसकी योजना है," स्थानीय राजनीति वाले ने कहा।

"क्या वह बाबाजी बन जायेगा? अपनी कोई इच्छा नहीं उसकी? यह तो एकदम अयोग्य है। पूरी तरह निःस्वार्थ लोग सब कार्यों को निर्मल करने को दूसरों की धुलाई करते-करते देश की प्रगति बाधित है, यह कौन नहीं जानता? ठीक है— ग्रह कट गया," बड़े मंत्री ने कहा।

~

यज्ञ हो या चिता, आग ऊपर उठती है। मृत देह से आत्मा उड़ जाती है, वैसे आग उड़ती है, शून्य में मिल जाती है, बुझ जाती है। पड़े रहें लकड़ी के जले-अधजले टुकड़े, कोयले, जल चुके अतीत की तरह, भस्म हो चुकी देह की तरह। पर अतीत के अवशेष व्यर्थ नहीं जाते। बीते दिनों की राख, कोयले बुनियाद को उर्वर करते हैं। स्मृतियाँ बन जाती हैं संस्कार, परंपरा में मिल आगे की राह दिखाती हैं। दुःख के पहाड़ से भी जीवन की नदी निकलती है। सृष्टि में प्रलय से अगर एक भी बच जाता है तो, जीवन थम नहीं जाएगा।

कितनी ही चितायें जलीं, कितने यज्ञों की पूर्णाहुति हुई, आग समा गई शून्य में। पर यहाँ जीवन बहता है, ऐसा नहीं लगता।

~

विधानसभा के चुनाव हो गए। वायदे सारे बुलबुले-से लीन हो गए। जो चुनाव से पहले रिलीफ़ ट्रक मोड़ लाया करते, जीतने के बाद उनके पाँव चुनाव क्षेत्र में नहीं पड़े। रिलीफ़ ट्रकों का मोड़ अब उनके बंधु-कुटुंब वालों के घर की ओर हुआ। घर टूटने का हर्जाना, सड़कों की मरम्मत, स्कूल भवन बनाने का वादा, सब हवा में उड़ गए। उलटे उन विजयी नेताओं के पास वाले नेताओं ने जनता को लूटा, शोषण किया, हर काम में बिचौलिया बन हाथ चिकने किये, फिर भी सहायता न मिली। ज़िलों को विभिन्न राज्यों के 'पोष्यपुत्र' बना कर सरकार ने पुनर्निर्माण की वाहवाही लूटी। देश-विदेश से सहायता माँगने में राज्य सरकार ने कसर नहीं रखी। जितनी भी सहायता मिली, पर अभयपुर, चंदनपुर आदि समुद्र

तट वाले गाँवों तक किसी के पाँव नहीं पड़े।

अब मुफ़्त भोजन केंद्र न थे, चुनावी भोज-भात, यात्रा-नौटंकी नहीं थे। फिर भी कुछ निकम्मे छोकरे टूटी दीवार पर टिक चाय-मूढ़ी खा ताश खेल रहे थे।

''ताश के पत्तों में आग लगाऊँगा,'' कहकर मंत्री मल्लिक माचिस ढूँढ़ रहा था। शोर मचा—''घर जल गया, घर जल गया...दौड़ो...घर जल गया...''

पीछे से बाढ़ का पानी आ जाने क़ी तरह लोग जी-जान लगाकर उस ओर दौड़े। दौड़े, सब लपटें देख वैसे ही दौड़े। ताश छोड़कर निठल्ले छोकरे भी दौड़े। इनके पाँवों में इतना बल कहाँ से आया? फिर गाँव और घर सहेजने में पराये पर इतने निर्भर क्यों? फ़ौजी बलवंतराय खेत ही खेत दौड़ रहा था आग की ओर। समुद्र के पास और कोई गाँव है या घर है, जो ऐसी आग में जल रहा है?

आग के पास आया तो विक्रम ने दम लिया। सबने साँस ली। साँस थोड़ी धीमी होने पर विक्रम ने ठहाका लगाया। सबको चौंकाते हुए बोला—''हम भी खूब भोंदू हैं। यहाँ कौन-सा घर है जो आग लगेगी?'' सबने आग की ओर निगाहें की। सामने कुछ झोंपड़ी, गारे की दीवारें, ऊपर पॉलीथिन। हाँ एक बस्ती कह सकते हैं। गाँव, घर परिवार खो चुके अभागे लोग, जहाँ जो पा गया मिल-जुल ऐसे ही पड़े हैं इस आस में कि सरकार घर बना देगी। गाँव बसायेगी, स्थापित करेगी। एरसमा इलाके में यह है गाँव का चित्र। बस्ती के उस ओर टूटे पेड़ों के सूखे पहाड़ पर किसी ने आग लगा दी। गुस्से में या दु:ख में? फ़ायदा क्या? आग बुझ रही है। धुआँ सुलग रहा। क्षितिज का मुँह लाल दिखता है।

सब लौटने लगे। विक्रम ने पूछा—''अच्छा, भई किसने हल्ला मचा दिया कि आग लगी है! दौड़ो आओ...काम छोड़, ताश छोड़ भाग आए! क्यों? जिसका घर जले, जाने दो, वह बुझायेगा। न बुझाये तो उसका घर-गाँव राख बने। तुम क्यों वीर बनकर दौड़े आग बुझाने? क्या तुम्हें कोई मूल-मंजूर देता?''

एक लड़के ने कहा—''वाह! अच्छी बात कर रहे हो तुम! गाँव में घर जले तो, सब मिल कर बुझाते हैं। पास के गाँव में हो तो भी आस-पास के दस गाँव वाले बुझाने दौड़ते हैं। शत्रु, मित्र, जाना-अनजाना, जात-बेजात तब कोई नहीं देखता। यह हमारे गाँव के जीवन की परंपरा है। क्या मजूरी, मोल-भाव कर कोई आग बुझाने जाते हैं?''

''क्यों—सरकार फिर क्या करेगी? दमकलवाले किसलिए हैं? खबर पाकर दमकल की गाड़ी आ रही होगी।''

"दमकल की गाड़ी आने तक आग छान-छप्पर खाकर, दीवार चाट कर, घर की नींव चाट चुकी होगी। दमकल की प्रतीक्षा का मतलब घर की आग को उकसाना ? ऐसा कहीं होता है ?" एक और छोकरे ने कहा।

विक्रम ने एक के बाद एक को बाँहों में लिया। खुशी से गद्गद हो गया। कहा—"तुम ही असल शक्ति हो! तुममें गाँव और गाँववालों के लिए जो भावना है वही मिलजुलकर काम करायेगी। नया गाँव, नया घर बनेगा तुम लोगों की आत्मशक्ति के बल पर। घर जलने पर दमकल की प्रतीक्षा करना जो, पुनर्निर्माण के लिए सरकार की प्रतीक्षा करने-सा है।"

"ऐसी सरकार रहने से न रहना भला। हम सरकार की प्रतीक्षा नहीं करते। सरकार जान ले कि इस इलाके का भी मान-इज़्ज़त है।"

"शाबाश...शाबाश!" ताली बजाकर मंत्री मल्लिक कह उठा।

भूदान ने कहा, "भाइयो, हाथ मिलाओ, हम अपना गाँव खुद बनायेंगे! इस छोटी पृथ्वी पर हम जन्म देंगे जाति, धर्म, ऊँच-नीच के भेद बिना एक बड़े गाँव को। प्रलय के बाद पहला गाँव तुम लोगों की प्रतीक्षा में था अब तक। कल से शुरू होगा कर्मयज्ञ! एक भी हममें से दूसरों पर निर्भर रहने तक गाँव का निर्माण पूरा नहीं होगा।"

"ठीक है-ठीक...गिलहरी की तरह धूल कण झाड़ने को," एक ने कहा।

"गिलहरी नहीं, हम सब होंगे वानर सेना, महात्मा गाँधी के या रामचंद्र के," कहा अलवर मियां ने।

विक्रम ने सबकी पीठ थपथपायी। कहा—"तुम लोग चलो। मस्जिद के बरामदे में कल सांझ हमारी ग्राम सभा बैठेगी। मैं देखता हूँ बिना कारण किसने लकड़ियों में यों आग लगा दी! आगे लकड़ी भी ज़रूरी है। पता नहीं कितनी, हम गाछ रोपेंगे, टूटे गाछ की लकड़ी पुनर्निर्माण के काम में लगायेंगे। लकड़ी माफिया अब तक नहीं आये, यह हमारा सौभाग्य है।"

~

किसी फले कटहल के पेड़ की तरह पद्मा बैठी थी, कुछेक बच्चों को गोद में लिए। छाती से चिपके थे दो दूध पीते बच्चे। बाल खुले, कटहल के घने पत्तों-सा सिर पर ओढ़ना। दूर से लग रही अनेक फलवाले कटहल के पेड़-सी, निकट से माँ-सी दिख रही।

'यहाँ तो एक दिव्य गाँव खड़ा हो गया! माँयें हैं, बच्चे हैं, छत, चूल्हे हैं। और क्या चाहिए?' सोच रहा था विक्रम बलवंतराय। पद्मा के पास आकर पूछा— "सूखी लकड़ियों में आग किसने लगा दी? क्यों लगाई? हम सबने सोचा कहीं घर जल रहा है!"

पद्मा या विक्रम एक-दूसरे को पहचान नहीं पाए। पद्मा ने आग की ओर हाथ उठाया—"उसने लगायी है, उससे पूछो।"

विक्रम एक कतार लाँघ कर आगे की ओर बढ़ा। कोई एक लंबी डलिया से कोंच-कोंच बुझ रही आग को उकसा रही थी। हट्टी-कट्टी तंदुरुस्त लड़की। साँवली, सिर के पीछे जूड़ा झूल रहा था।

"कर क्या रही हो? आग क्यों लगाई?"

"चिता ठंडी कर रही हूँ। पूर्वजों की। उनकी आत्मा के मोक्ष के लिए।" पीछे से आवाज़ पहचान में नहीं आ रही। उदास स्वर, अधभूले गीत के स्वर की तरह मधुर, कुछ जाना-अनजाना। सूखी डाल जलते-जलते लड़की के हाथ की ओर आ गई। उधर निगाह नहीं थी।

"हें...हें.. हाथ जल जायेगा!" विक्रम ने उसके हाथ से जलती लकड़ी खींच ली। उसने मुँह फिरा विक्रम की ओर देखा। विक्रम ने भी उधर देखा। बीच में उसके हाथ से आग जाकर विक्रम के हाथ में मशाल-सी जल रही थी।

क्या कहें ज़ुबान पर शब्द न थे। विश्वास नहीं होने वाले देवताओं के इस खेल के लिए भाषा कहाँ? दोनों की आँखों में विभोर तन्मयता, दोनों के हाथ में आकाश से फिसला चाँद। उधर थाली-सा और एक चाँद उग चुका है आसमान में। कौन जाने क्या तिथि है। आकाश का कपाल कभी खाली नहीं पड़ता।

पूर्णिमा सूत भर बाकी है।

पंद्रह

दुःख बढ़ जाये तो आँखों से नींद गायब हो जाती है, विक्रम जानता है। लेकिन सुख बढ़ने पर आँखों को नींद नहीं छूती, यह नहीं जानता। विक्रम की फ़ौजी छाती में दुःख होने पर भी नींद बैरन नहीं हुई थी। प्रलय के ध्वंसावशेष देख चेतना जब स्तब्ध हो रही थी, तब आगे कुछ सोच नहीं पाकर विक्रम सो जाता, पर अब इतनी खोजबीन पर भी गिरिमा नहीं मिली। इतने दिन बाद तर्पण की आग से जन्म ले साक्षात् खड़ी होने के बाद अचंभे की पुलक में ही विक्रम की रात बीत गई। सचमुच इतने दिन तक मरे चेहरों में से जीवित मुँह खोज रहे थे। इधर-उधर बिखरे लोगों में खोजबीन नहीं कर रहे थे। क्योंकि वे सरकार के शरणार्थी हैं। उनका दायित्व सरकार पर है। फ़ौजी विक्रम भी लाश जलाने के काम में काफ़ी दिन पागल रहा। पर अब जीवित लोगों को गिनने के समय केवल मर्दों को गिनकर इकट्ठा कर रहा था, कंधे से कंधा मिला काम करने के लिए। मानो औरतें सिर्फ़ बैठकर खाती हैं।

सब तो पड़े थे धूप बरसा में। औरतों को खोज-खोज लाकर कहाँ रखते? औरतें पेड़ के नीचे पड़ी हैं तो भी वहाँ गाँव बस जाता है, इसका प्रमाण मिला गिरिमा के हाथ की बनाई उस माटी-गारे से बनी अस्थायी बस्ती को देख। रेणु, पद्मा, गुलरुख, नज़मा, अकलीमा बीबी, चंपी आदि कई बहू-बेटियाँ, अधेड़, माँ-मौसी को कुछ दिन में एक साथ कर अपना लिया है गिरिमा ने। यह सोच कर आश्चर्य हो रहा विक्रम को। श्रीमंदिर में माँ लक्ष्मी न हों तो सब श्रीहीन! मुट्ठी भर अन्न भी न मिला प्रभु को। आग प्रज्वलित नहीं हुई। अग्नि बिना संसार कहाँ? मंत्री मल्लिक बेघर होकर भी यही कह रहा था, बोला—

"माली को बकरी की परेशानी होती है! हम धूप-वर्षा में काम करने को

राज़ी हैं, पर भात-दाल बनाकर परोसने के लिए औरतें तो चाहिए। औरत जात ऐसी होती है कि धूप में मिहनत करे, छांव में लोटे, हाट जाये, बाट जाये, फिर हांडी-कूंडा सँभाले। दस भुजा नहीं, सहस्र भुजा होती हैं!''

अच्छा हुआ। अब गाँव अधूरा नहीं रहेगा। सुबह सब जाकर माँ-बहनों को बुला लायेंगे। बच्चों को गोद में ले आयेंगे। समूह में खाना बनेगा। पंगत लगेगी। माँ-बहनों का बनाया भात-दाल मिलेगा। बच्चों का भी शोर-शराबा होगा। छाती से हताशा का भाव और खाइयाँ हटेंगी। दरद का एहसास कम होगा। घाव भर-भर आयेगा, दिन बीतते जायेंगे।

~

गिरिमा से भेंट होने के बाद विक्रम गुमसुम हो गया था। क्या कहता? यह कहता—''तू ज़िंदा है, मैं भी जी रहा हूँ। हमें छोड़ हमारे वंश में कोई नहीं बचा?'' गिरिमा भी जान चुकी कि उसका कोई नहीं रहा। गिरिमा का कोई नहीं? कार्तिक है, भूदान है, विपिन, बैकुंठ हैं। षंडकुद गाँव का शत्रुघ्न भी होगा। विक्रम खुद भी तो है।

यहाँ कोई किसी का नहीं, यह कहना कितना झूठ है! अहा! उद्धव मौसा बचे होते, केवल गिरिमा के ही नहीं, सबके लिए कितना बड़ा भरोसा होता! कुछ न करते, द्रोण मास्टर की तरह केवल बैठे रहते! समय-समय भागवत वाणी तो गा देते, छोकरे बढ़कर कितनी दूर पहुँच जाते! उद्धव मंगवाल ही तो था एक प्रेरणा, एक भरोसा, मूल्य बोध की जीवंत परंपरा! अब तक नदी में नाव नहीं खुली। डोंगी, नाव बनाने वाला कोई न रहा। सरकार ने नाव बनाने का प्रहसन किया, उससे तो मछवारे ज़्यादा हताश हुए। बाप अपने बेटों को उत्तराधिकारी बनाते समय सब बीत चुका होगा। उद्धव मौसा ने ज़रूर अपने बेटों को नाव बनाने की विद्या सिखाने के लिए नाव बनाई, पर पानी में उतारने से पहले ही तूफ़ान से नाव तहस-नहस हो गई, नाविकों में कोई एक भी तूफ़ान की मार से बच न सका।

इस इलाके में पहले खेती, फिर मछली—इन दो जीविका पर निर्भर रहते हैं लोग। अब क्या करें चिंता सता रही है। नमकीन पानी से भर गई धरती। फिर नाव, जाल, डोंगी बिना आदमी किस काम का?

लौटते समय विक्रम कह आया था—''हम सब कल आयेंगे। सबको बुला लेंगे। हम साथ मिलजुल कर गाँव बसायेंगे। अनाथों को भविष्यनाथ बनायेंगे। दूर-दूर रहोगे तो बीच में पानी-पवन घुस कर फिर कभी पीट देगा। पवन का यही

दस्तूर है। सटे-सटे घरों वाले गाँव में आग का डर होता है, पर यहाँ सूनी धरती पर अब जो गाँव बसेगा, वह ईंटों की दीवार और पक्की छत का मकान होगा। वंश-कुटुंबियों का खून पीये, हाड़-मांस निगली मिट्टी से बन रहा है पवित्र ईंटों का भट्ठा, शुभ दिन देख निकलेंगी भट्ठी से आदमी के शोक-दु:ख के ताप में पकाई गई सख्त ईंट। सबके मन एक होने पर छत पड़ेंगी। आग का डर न होगा। गाँव का रूप बदलेगा। बदलने दो—बदलना, रूपांतरित होना, अनुभव से सीख उन्नत होना ही तो सभ्यता के विकास का नियम है। तूफ़ान आश्रयस्थल भी बनेगा गाँव के छोर पर। धरती का आसरा लेने वाला आदमी इसे छोड़ कहाँ जायेगा!

रात भर भले ही नींद नहीं आई, पर सपने ही सपने थे। रात बीतने पर होगा संकल्प का दिन! संकल्प बिना सपने देखना भूख कूटना है।

आधी रात में विक्रम को किसी ने आवाज़ दी। नाम लेकर नहीं, आवाज़ कर, आधी रात में आवाज़ कर भूत बुलाते हैं। विक्रम नहीं डरा। बाहर निकला। चाँदनी में धुले घर-बार, पेड़-पौधे विहीन अपनी प्रिय धरती को अब तक नहीं देखा था उसने। चाँदनी रात में धरती हताशा भरी नहीं दिख रही थी, रहस्यमयी लग रही थी! कैसा रहस्य! रहस्य भेदने चला विक्रम—रात ही रात, चाँदनी ही चाँदनी में। डर-भय नहीं, था एक अद्भुत रोमांच। अपने अंदर की आविष्कार करने की सिहरन उसे बेचैन कर रही थी। यह सिहरन पार्थिव नहीं—वह समझ रहा था। स्वार्थ की नहीं परार्थ की सिहरन सब में फैलाना चाहता था। देह से देह, प्राण से प्राण, दु:ख और हताशा में मुरझायी माटी, पानी, आकाश, प्रकृति को सिहरित कर देने की घड़ी की वह अपने अंदर प्रतीक्षा कर रहा इतने दिनों से। सर्जन की सिहरन, सपने से जन्म लेती है—पर फैल जाती है चेतना में। चेतना के स्तर पर सब कुछ बन जाने के बाद, बाहर और कुछ टूटा-फूटा नहीं रहता। तब टूटे पेड़ का सूखा तना नहीं दिखता। अधकच्ची डाल से मुँह निकाल जुझारू किशलय, प्रलय जल में दिख जाते वटपत्र, वटपत्र में मुस्कुराती दिखती, एक सुमधुर क्रांति!

ठक-ठक आवाज़ आने वाली दिशा की ओर चल रहा था विक्रम। पर उसने दिशा बदली माँ-बाप खोये किसी बच्चे की अटूट रुलाई से! दु:ख की उस रुलाई को रंगकर भेद गया पृथ्वी की प्रथम और परम लोरी का स्वर...!

~

"जा रे पगले जा, जिस क्यारी में भरा मांडिया, उस क्यारी में सो जा।"

गिरिमा, पद्मा, नज़मा, अकलीमा, रेणु, चंपा किसी का भी हो सकता है

यह स्वर—वात्सल्य का स्वर पृथ्वी के किसी कोने से तैर आये, किसी भाषा में आये, किसी ताल-लय में आये, उसमें हृदय को स्पर्श करने की शक्ति होती है, अर्थ एक है—"मेरे लाडले, मेरे गलहार, मेरे चाँद के टुकड़े, पाँव में काँटा न चुभे, तेरी हज़ार वर्ष की उमर हो, मेरे प्यारे—सो जा रे, मेरे रहते तुझे काहे का डर रे... !"

विक्रम को अपनी माँ का चाँद-सा चेहरा दिख गया। उसकी पथरायी छाती में सिसकी उभर आयी। माँ-माँ कह वह सुबक उठा। धरती पर घुटने टेक आँसू बहाने लगा। फिर खुद को सँभाला। उसे लगा यह लोरी उसकी छाती से ही निकल रही है। लोरी का स्वर धरती में से उभर कर आ रहा है, जिस धरती में उसकी माँ सहित वे सारी माँएँ समा गई हैं, बच्चों को अनाथ कर, समूचे गाँव को अनाथ कर!

जब धरती के अंदर से गीत सुनाई देता है ? तब फिर मानव संतान वहाँ से हट नहीं पाती।

~

इधर चाँद डूबा। उधर सूरज निकला। विक्रम ने देखा माँएँ नहाने के बाद बच्चों को गोद में लिए पोटली सिर पर रखे विक्रम के सपने के गाँव की ओर चल पड़ीं। सबसे आगे गिरिमा! गोद में बच्चा! विक्रम को देखकर कहा—"धूप चढ़ आने से पहले बच्चों को लेकर गाँव पहुँच जाना ठीक होगा। ये कमज़ोर बच्चे धूप सह नहीं पायेंगे।"

विक्रम ने कहा—"तुमने पहले जहाँ चूल्हा सुलगाया, भात पकाया, वही होगी हमारे गाँव की सीमा रेखा। इस स्थान पर समुद्र का भय ज़्यादा है। यहीं से समुद्र बाँध देंगे।"

गिरिमा आँख फाड़ देखने लगी समुद्र को—सोचा, इस फ़ौजी का इतना अहम्! समुद्र का पराक्रम इसने नहीं देखा। मैंने देखा है। मुँह खोलकर कुछ नहीं कहा। समुद्र की ओर पीठ करके कदम आगे बढ़ाया है।

~

छाती भर दुःख में डूबे सब खड़े थे। तो क्या अँगुली की पोर जितना सुख टाल सकते हैं? माँ, बहन, मौसी, काकी, ताई, बच्चे पहुँचने पर सबको लगा जैसे महातूफ़ान की खबर तो कोई उड़ती खबर थी। तूफ़ान आया, ऊपर ही ऊपर उड़ गया। इतने अपने लोग हैं—किचर-मिचर करते बच्चे हैं, यानी तूफ़ान ने सत्यानाश नहीं किया।

इतने दिन पर कई लोगों से भेंट मुलाकात हुई। रोना-धोना हुआ। औरतों ने बिसूरा, मर्दों ने आँखें पोंछ लीं। फिर सब चुप हुए। बच्चों के खाने-पीने के इंतज़ाम में लग गए।

बड़ों ने कहा—"इस गाँव की लक्ष्मीवंत बहू-बेटियाँ जाने-अनजाने सब मृत लोगों का दाह-संस्कार कर लौटी हैं। अमोक्ष आत्माओं की मुक्ति के लिए आज से ग्यारह दिन आमिष वर्जन। मृतक छूत पालन करेंगे। दस दिन में दशाह कर्म होगा। घाट पर सब मुंडन कराएँगे, तूफ़ान में मरे सबके लिए। ग्यारहवें दिन समूह शुद्धि! फिर पूरे दम से शुरू होगा निर्माण कार्य।" बात सबके मन को भा गई। क्रियाकर्म के नियम मानकर उस दिन से सब दिन में एक बार शाम को भोजन करने लगे।

शाम को भात-दाल बनाया। सबने मिलकर खाया। मंत्री मल्लिक ने कहा—"दस दिन तक मृतकों के लिए श्मशान में हाँडी देंगे। ये काम मेरा है।"

भार्जन मल्लिक ने कहा—"तू बाप के होते आधी रात में श्मशान क्यों जायेगा?" मंत्री ने इतने दिन बाद बापू की बात मानी।

आधी रात में भात की हाँडी लेकर भार्जन मल्लिक हाँडी रखने के लिए बरगद खोजने गया। न जाने कहाँ मृतक-हाँडी भात रख आया। ग्यारह दिन में क्रियाकर्म खत्म हो गए। पर भार्जन की ज़िद थी—"यहाँ महीने भर पत्तल परोसा जाये। मृतकों के लिए। पूरे एक महीने। तब सबकी आत्मा मोक्ष पा सकेंगी। फिर आत्माओं के लिए पत्तल परोसने की ज़रूरत नहीं पड़ेगी।"

"इतनी बातें किस पुरोहित ने बतायीं?" भूदान ने पूछा।

भार्जन ने कहा—"यहाँ हम सब पुरोहित हैं। जो दूसरों का हित चाहता है, वही है पुरोहित! ऐसा मास्टरजी ने कहा है। मगर मुझे मेरी घरवाली ने सपने में कहा है—महीने भर पत्तल होगी मृतकों के लिए।" मंत्री मल्लिक ने सोचा—'बहरहाल, माँ की प्रेतात्मा ने सपने में जो कहा, उसे बापू ने तिल-तिल कर पालन किया। ख़ैर, इतने में मेरी दुखियारी माँ शांति पायेगी।'

"जिसके लिए भी पत्तल परोसें, लौट आये कौवे और चिड़ियाँ दो चार दाने तो लेंगे। धर्म का काम है!" अख्तर मियां ने कहा।

शुद्धीकरण होने के बाद ईंट के भट्टे में आग लगाने की बात तय हुई थी। विक्रम ने एक अड़ंगा लगा दिया—"ऐसे समय में रीति-रिवाज़ कुछ नहीं होता। हमने दुर्भाग्य में पड़ कर यही किया। अब हमारी जात-पांत कुछ नहीं। पहले हमें अपनी जात में लौटना होगा। जात न होने तक काम नहीं हो सकता।"

इतना सुनकर भूदान बिगड़ उठा। कहा—''एक शुभ काम के लिए इतनी भूमिका क्यों? सर्वमंगल जगन्नाथ! यह कहकर आज ईंट भट्टे में आग सुलगाते हैं। तू तो फ़ौजी है। तू कहता था कि फ़ौजी जात-गोत्र कुछ नहीं मानता। कहता था कि कारगिल युद्ध हो जाने के बाद गाँव लौट कर एक संस्कार लायेगा! कहाँ है यह संस्कार? हम सब राज़ी हुए हैं कि यहाँ पर जात, पांत, धर्म, भाषा वगैरह के भेद बिना एक गाँव खड़ा करेंगे। फिर यह जाति में लौटने का मतलब क्या है? हमने कौन-सा नीति-नियम तोड़ा है कि हमारी जाति चली गई? फिर यहाँ कौन किस जात में लौटेगा?''

विक्रम ने कहा—''हम सबने परायों के आगे हाथ फैलाया। पराया दान ग्रहण किया। रिलीफ़ हड़प कर चरित्र गिराया। हमने वंश-कुटुम्ब की लाशों का दाह-संस्कार न कर बाहर से आये अनजान लोगों के हाथों से संस्कार कराया है। अपना रास्ता साफ़ न कर हमने अन्य राज्यों से आये अतिथियों के हाथ में झाड़ू-टोकरी थमा दी! इतना ही नहीं, हमारे बच्चों को अनाथ कह हम दूसरों से भीख माँगते हैं! मुआवज़े के रुपये के लिए हम झूठे सर्टिफ़िकेट दे रहे हैं! घर बनाने की मदद लेने हेतु घूस दी है! कुछ रुपये पाने के लिए माँ-बाप से अलग हो गए! कितना हिसाब दूँ? केवल जात ही नहीं डुबोई, हमारा चरित्र भी डूबा है! सारी दुनिया में हमारी ठगाई, स्वार्थीपन, पराया धन लेने की इच्छा, प्रलोभन और निष्करुणता का ढिंढोरा बज रहा है! सच है या झूठ?''

सब चुप! क्या उत्तर दें? सबने किसी-न-किसी तरीके से थोड़ी बहुत जात खोयी है। अत: जाति में लौटने की बात सर्वसम्मति से स्वीकृत हुई। पर किस जात में मिलें? सबके मन में सवाल था। सारला दास मंडल ने कहा—''इस इलाके में अधिकतर जात केवटों की है।''

''यहाँ सबसे ऊँची जात है ब्राह्मण!'' पंचुकी पंडित के भतीजे दिवाकर पंडा ने कहा।

''तो हम कहाँ जायें?'' अनवर मियां ने कहा।

''कोई कहीं नहीं जायेगा। हम यहीं रहेंगे। यहाँ की सबसे अधिक और सर्वश्रेष्ठ जाति में मिलेंगे,'' विक्रम ने कहा।

''ये गणित नहीं मिलता। अधिक संख्या और सर्वश्रेष्ठ! ये दो तो भिन्न जात हैं,'' एक ने बताया।

''मैं यहाँ एक ऐसी जात देख रहा हूँ जिसमें हम सभी हैं, बाहरी कोई नहीं।

वही मूल जात है, श्रेष्ठ जात है!'' विक्रम ने दंभ के साथ कहा।

''कैसी जात? ब्राह्मण या केवट?'' भार्जन मल्लिक ने पूछा। उसके मन में शंका हो रही थी, शायद बाप-बेटे नये बन रहे गाँव के बाहर फिर से अस्पृश्य जात बनकर रहेंगे।

''तो सुन! न ब्राह्मण न केवट! वह जात है मानुष जात। हम मानुष जात के हैं या नहीं?''

''हाँ...हम मानुष जात में पैदा हुए हैं!''

''मनुष्य ईश्वर की सर्वश्रेष्ठ सृष्टि हैं या नहीं?''

''हाँ...हाँ...!''

''तो हम सर्वश्रेष्ठ और सर्वाधिक बड़ी जात हैं!''

''हाँ ..आं...''

''तो तोड़ दो यह जनेऊ! तोड़ दो यह तुलसी की माला...''

''रुको...रुको...उसमें ब्रह्म का निवास है!''

''क्या जनेऊ नहीं होने से ब्राह्मण की चेतना में ब्रह्म नहीं होता?''

''सो तो है। ब्रह्म बिना ब्राह्मण कैसा?''

''ब्रह्म सब में है। ब्रह्म बिना ब्राह्मण नहीं। केवल बाभन के गले रस्सी क्यों? खुद को अलग करनेवाले चिन्हों को मिटा देंगे!''

''मिटा देंगे! ये दिखावे हैं! तिलक, छापा, तुलसी, रुद्राक्ष, गेरुवा वस्त्र, पगड़ी, टोपी, इन चिन्हों को पोंछ देने पर भी ईश्वर हममें हैं।''

''अल्लाह भी!''

''एक ही बात है...''

''हाँ ईश्वर अल्लाह तेरे नाम...सबको सन्मति दे भगवान...''

स्वर में स्वर मिल गया। ईंट के भट्टे में आग सुलगी।

''बरसात आने से पहले सिर पर छत हो''—सबने संकल्प लिया।

~

अक्षय तृतीया गई। बीज नहीं, अत: एरसमा के किसान खेती का श्रीगणेश कर नहीं सके। किसान के हाथ से बीज छीना है समुद्र ने, माटी पर फैल गया नमकीन ज्वार! यह साल जैसे-तैसे भूखे-प्यासे बीत गया। हमेशा आदमी बीपीएल चावल पर निर्भर नहीं रहता। रिलीफ़ सहायता पर निर्भर कर काम करने वाला आदमी जीवन नहीं गुजारता। अगले साल इन दिनों रिलीफ़ आयेगी कहाँ से? क्यों आयेगी?

आगामी खरीफ़ खेती पर से उसका भरोसा डूब गया है। इसका उपाय क्या?

माटी में उदारता की कमी नहीं। सिर्फ़ अनुर्वर हुई है। किसान के मुँह से सिर्फ़ हँसी ही नहीं छीनी है, आहार भी छीना है समुद्र ने पाँच बरस के लिए, पाँच बरस ही क्यों? अब इस माटी में दूब उगने का भरोसा नहीं। बुद्धि-ज्ञान खो गया है किसान का। कृषि बाबुओं के गाँव में कहीं दर्शन नहीं। सरकार की तरफ़ से बीज, हल, बैल, खाद उपलब्ध कराने का वादा हुआ था। सब चुनावी-हवाई बातें थीं। हाथ में बीज होता तो भी क्या करता? हल-बैल कुछ नहीं किसान के पास। इधर नब्बे प्रतिशत लोग खेती पर जीते हैं। सब किसान हैं, केवट हैं यहाँ। समय पर ज़मीन को न सँभालें तो भविष्य में किसान क्या भीख माँगेंगे? जब सबके हाथ में होगा भिक्षा पात्र, तो भीख देगा कौन?

इधर नदी, समुद्र की कमी नहीं। पर नब्बे प्रतिशत खेती गैर सिंचित है, अतः इंद्र देव की दया पर है। बरसात में भी ज़मीन से पानी बाहर निकालने की व्यवस्था सरकार ने नहीं की है।

''जल बिना सृष्टि नाश, जल बहुत तो सृष्टि नाश।।''

शायद इसी ज़िले का भाग्य पढ़कर कवि ने लिखा है! इलाके में 200-250 कि.मी. एरिया में नमकीन ज्वार रोकने के लिए बने घेरी बंधों को महातूफ़ान ने पोंछ लिया। उस घेरी बंध के निर्माण का चुनावी वादा सरकार ने नहीं किया। पिछले तूफ़ान के समय तीन-तीन नये मुहाने खुल गए थे। सांय-सांय करता समुद्र चढ़ आया। समुद्र का मुँह वैसे ही खुला पड़ा है। मानो सदा लील जाने को तैयार बैठा है। आगामी खरीफ़ पर ऐसे कई खतरे मुँह बाये हुए हैं। ऐसे विपदा के घेरे में रहकर गाँव क्यों बसायें? फिर दुबारा सागर के पेट में जाने के लिए?

ईंट की दीवार बन रही थी। साथ में आशंका और उद्वेग का पहाड़ भी उठ रहा था! यह घर, यह श्रम किसलिए? मरने के लिए? प्रश्न, उत्तर, तर्क-वितर्क के बीच काम रुक नहीं रहा।

पहले घेरी बंध बँधना चाहिए। फिर माटी को जगाना होगा। ''केवल कतार की कतार घर खड़े कर देने से क्या होगा? सरकार पर निर्भर किये मरो, ना किये मरो! उससे बेहतर सड़क पर मजूरी-मिहनत कर रहो, न समुद्र का डर, न भूख-प्यास की चिंता!'' कार्तिक ने कह दिया।

विक्रम ने तुरंत कहा—''काम आज यहीं बंद हो। सांझ हुई। अंधेरे में कैसा काम?''

"हूँ-अंधेरा कहाँ? माँ-बहनों ने चूल्हा जला लिया। भात उबालेंगी, तरकारी छौंकेंगी। तब फिर पंगत! आज शाम ग्राम सभा बैठेगी। पाँच मन एक साथ बैठेंगे— तब तो आगे उजाला खुलेगा..."

~

काम चलता रहा। बातों में मेहनत के कष्ट का पता नहीं चलता। "चाँद घड़ी भर आता है, केवल मिट जाने नहीं, अगले पक्ष में पूर्ण होने के लिए। चाँद की यह एक साधना—कर्मयोग है। रातोरात दूज का चाँद पूर्णिमा का चाँद नहीं बन जाता। प्रलय भी कर्मयोग है।

यह जो प्रलय आयी, पहली प्रलय न थी। शेष प्रलय भी नहीं। मानव-वृक्ष प्रलय लाँघ कर उठेगा। असीम आकाश में शाखा फैलायेगा, फूल-फल पत्तों से भरेगा मानव-संस्कृति और जीवन परंपरा को। भविष्य की प्रलय के साथ ज़ोर आज़माइश के लिए अतीत की यह प्रलयानुभूति राह दिखायेगी। नये गाँव होंगे, नये सपने सच होंगे। सारा भय, आशंका, द्वंद्व दूर होगा। जीवन है पहाड़ से झरकर आ रही एक जलधारा! धारा के सामने पत्थर आये तो अपने में शामिल कर वह नीचे बहा ले जाती है। आखिर में पत्थर को पीछे छोड़ वह आगे बढ़ जाती है। वरना कर्मयोग की विभूति में घिस-मांज कर पत्थर को बालू की कंकरी बना देती है। मैंने कारगिल में काम किया है। बर्फ़ पिघलती नदी बहते देखा है—बाधा, प्रतिबंधक, संघर्ष सब नदी की धारा को प्रखर होते देखा है। ये जो प्रतिबंधक हमें बीच-बीच में रोक देते हैं, उसको सोच लो कि बस धारा के आगे पत्थर हैं। हम प्रखर होकर बहें, वे सब बाधायें प्रवाह के आगे पत्ता बनकर कहीं बह जायेंगी।

"प्रखर होंगे क्या भूखे पेट में? मुँह बाये खुले मुहाने से सनसनाता समुद्र चढ़ आने से घेरीबंध बिना ये गाँव प्रखर धारा में बहकर कर्मयोग से प्रखर हो समुद्र में ही तो मिलेंगे। क्यों?" विक्रम बलवंतराय का भाषण सुनकर कैवल्य मिश्र ने कह दिया।

अशांत युद्धभूमि पर शांत रहना फ़ौजी का धर्म है, जिसने विक्रम के व्यक्तित्व को निर्लिप्तता की विभूति से प्रशांत कर रखा था। यह तो एक युद्धभूमि है। अशांत होने पर लक्ष्य भ्रष्ट हो जाता है। स्वभाव सुलभ शांत स्वर में विक्रम फिर एक बार भाषण देने को तैयार हुआ। कहा—"हम युद्धभूमि पर खड़े हैं। एक ओर नहीं, चारों ओर विपदा, बैरी, बाधा, प्रतिबंधक, कभी-कभी अपना मन भी बैरी बन जाता है। यह संकट कारगिल संकट से बढ़कर है, क्योंकि यहाँ बिना प्रशिक्षण के हम

युद्धभूमि पर उतरे हैं। लड़ते-लड़ते प्रशिक्षित हो जायेंगे। जैसे बिना प्रशिक्षण के शिशु चलना सीख जाता है। युद्धभूमि पर तैनात जुझारू सैनिक मरने से नहीं डरता, हारने से डरता है, पीछे हटने में डरता है। क्या हम पीछे हटेंगे? क्या हम सड़क पर भीख माँगेंगे?''

''न...न, ऐसा कौन चाहता है? लेकिन यह सरकार रहे तो क्या, न रहे तो क्या! हमने वोट दिये, किसलिए? नेताओं की हवेली बनाने के लिए?'' एक ने कहा।

मंत्री मल्लिक ने थूकते हुए कहा—''हमने संकल्प किया है कि सरकार का नाम नहीं लेंगे। जो थूका, उसे नहीं चाटना।''

विक्रम ने कहा—''मुझे जापान की बात याद आती है। कितना छोटा, मगर ठोस देश! हर साल भूकंप आता है। घर टूटते हैं। आदमी नहीं टूटते। वहाँ की बात सुन लो...यह एक देश के स्वाभिमान की बात है। कई वर्ष पहले वहाँ के किसी इलाके में प्रलयंकर भूकंप आया था। एरसमा महातूफ़ान से भी बढ़कर। सहसा विदेशों से मदद के हाथ बढ़ आये। खाद्य सामग्री, दवा, कपड़े, पुनःनिर्माण और पुनःस्थापन के लिए बाहरी देश कमर कस कर आगे आये। जापान सरकार ने विदेशी राष्ट्रों को धन्यवाद दिया। विनम्रता से कहा—'मदद की ज़रूरत नहीं है। हमारे देश का पुनर्गठन हम करेंगे। हमारे पास जो कुछ बचा है उससे हम अपने उजड़े घरों को सँवार लेंगे। बाहरी देश से सहायता लेने पर हमारे बच्चों के चरित्र में दूसरे पर निर्भर रहने की बीमारी आ जायेगी।' सचमुच अपने हाथ से मेहनत कर जापान छोटा-सा देश आज कितना आत्मनिर्भरशील और उन्नत है!''

''हमारे यहाँ देश-विदेश की सहायता जमा कर करोड़ों करोड़ रुपये निवेश की बात खाते-खतियानों में दिखाते चल रहे हैं। वे रुपये कहाँ निवेश हुए, यह किस सरकार से पूछें? महातूफ़ान के बाद राज्य ने तीन-तीन सरकार देखीं। तीन सरकारों की महाराजनीति में घुसने को धूप-वर्षा में पड़े लोग समर्थ नहीं,'' विपिन ने रोष में कहा। वह इंजीनियर है। धूप में खड़ा काम देख रहा है।

''नर्कू राउतराय मंत्री बनने के कुछ दिन में ही भैंस सा फूल गया। शरीर ही नहीं छाती, मन, गर्दन, गुमान सब मोटा है। किसी का ज़ोर नहीं वहाँ तक, जैसे महातूफ़ान रोकना वश से बाहर था, अब राजनीति में भ्रष्टाचार के तूफ़ान को रोक पाना गाँववालों के वश के बाहर है।''

नर्कू राउतराय की जड़ कहीं है, डाल कहीं और है। मूल दल को छोड़ जिस दल में मिले, उसने सरकार बनायी। नर्कू राउतराय बने अर्थ मंत्री। लोगों ने सोचा—

अब हमारा दु:ख मिटा। घर टूटने की मदद, ऋण आदि सब होगा। पर अर्थ कहाँ? केवल अनर्थ ही अनर्थ! नर्कू राउतराय के दर्शन फिर नहीं मिले। वे राजधानी में दरबार लगा कर दर्शन देते हैं। 'हुंडी' रखी है। हुंडी में डालो। दर्शन का लाभ उठाओ। चरण पादुका का पानी पाओ, भाग्य में हो तो मोक्ष मिलेगा, इस प्रकार मन को दिलासा देकर लौटो। हुंडी में डालने का बल यहाँ किसी में है क्या?''

''अब रोने का वक्त नहीं, हाथ जोड़ माँगने का वक्त भी नहीं। केवल पापियों को तपता शाप देने का वक्त है!''

''आदमी के शाप फलीभूत होते, तो दुनिया में न पापी होते, न पाप होता!''

बातों के उत्तर-प्रत्युत्तर में विक्रम ने कहा—''बीज नहीं, हल-बैल नहीं। माटी खराब हुई—सब मानता हूँ। सरकार होना-न-होना बराबर, यह भी मानता हूँ। पर मेरी बात ध्यान से सुनो! तुम सबसे ज़्यादा देखी है मैंने दुनियादारी। एक-एक युद्ध भी लड़ा है। अनुभव की कई बातें सीखी हैं। मुझे बोलने दोगे या नहीं। मेरा भाषण नहीं, सपने का मानचित्र है। कैसे जीयेंगे सुन लो—''

''ठीक है, बोलो।''

~

''कंधे से कंधा मिलाकर खेती करेंगे। फ़सल काटेंगे, बाँट मिलकर खायेंगे, मिलजुल, दु:ख-सुख में जीयेंगे, महानदी के किनारे-किनारे जगतसिंहपुर ज़िले के समुद्र किनारे वाले गाँवों में कोई नई बात नहीं, पुरानी परंपरा है। बाप-दादा के चौदह पीढ़ी से 'कंधा चास' इस इलाके में जात, पांत, गाँव, पंचायत आदि की विभेदक रेखा पोंछकर चली आ रही है। इसे आज कल लोग कहते हैं—'समवाय खेती'। सच कहें तो कंधे से कंधा कर खेती नहीं, प्राणों से प्राण, आत्मा से आत्मा मिला कर खेती होती है। यह है इलाके में कृषि परंपरा का महनीय रूप। केवल अपने गाँव का खेत नहीं, आस-पास के कई गाँव के दूर-दूर के खेत मिलाकर बन जाता है 'कंधाफारम'। इस समूह फ़ार्म में यहाँ कोई किसान नहीं। सब हैं मालिक, सब हैं श्रमिक। श्रम, पसीना, सपना धरती पर बहाकर एक होने पर ही धरती जाग उठती है। फ़सल ढेरों होती है। आत्मस्वार्थ के छोटे-छोटे सपने मिलकर जब समूह स्वार्थ को महास्वप्न में परिणत करते हैं, तब 'कंधा खेती' का लक्ष्य पूरा होता है। 'कंधा चास' की पवित्र परिधि में बाँध, बाड़ न रहकर भी मिलकियत स्वत्व खत्म नहीं होता। किसकी कितनी ज़मीन है यह दिमाग में रहता है, ज़मीन के रिकॉर्ड में रहता, ऑफ़िस के कागज़ों में रहता। मगर आँख फैलाओ तो दिखे एक विशाल, श्यामल

अति अपना खेत। जिस कोने में धान के फूल खिलें, दूध भरें, बाली निकले, मांडिया खेत पर बादामी रंग फिर जाये, मूँग, उड़द पकने लगें। सबको लगता है—हमारी धरती माँ, हमारा खेत, हमारी फ़सल, हमारा धान, हमारा मांडिया, उड़द, कुल्थी—हमारा साल भर का अन्न, हमारा जीवन है। खेत में श्री देखकर तेरी-मेरी जैसी ओछी भावना मन में नहीं रहती। लगता है कि एक कुटुम्बी, एक साथी परिवार, एक अभिन्न पैतृक भंडार। कई-कई कंधा फारम हमने देखे हैं। तीस, चालीस, पचास, सौ, पाँच सौ एकड़ ज़मीन में 'कंधा खेती' कर हमारे बाप-दादा, पूर्वज चैन से खेती करते थे। उसका लाभ उठाते थे। कभी हल चलाने, फ़सल बाँटने, मेहनत करने को लेकर कलह नहीं हुई। हिस्से की ज़मीन के अनुसार हल-बैल, श्रम का बँटवारा, फ़सल बटाई आपस में हो जाती। इसमें सबको सौ में सौ भाग लाभ था।''

''सौ में सौ भाग लाभ! कैसे?''

''यहाँ कोई एक बैठकर नहीं खाता कि कोई एक मेहनत नहीं करता। कंधा चास में छोटा अंश-बड़ा अंश होता, तो भी छोटे-बड़े क़ा भाव नहीं होता। जो श्रम में विमुख होता उसे दंडित होना पड़ता। हर्जाना देना पड़ता। कंधा चास में जाति भेद, ऊँच-नीच, धनी-गरीब का भेद भी लोप हो जाता। पाण, बाभन एक साथ खेती करते। एक साथ पसीना बहाते धरती पर।

''हमारी कल्पित कंधा चास में गत्रतंत्र ही होगा मूल नीति। यहाँ समूह विरोधी या व्यक्ति विरोधी नीति नहीं रहेगी। ज़मीन पर कम-ज़्यादा स्वत्व होने पर भी, श्रमदान में साम्यनीति ही कंधा चास की विशेषता है। अपनी उमर, स्वास्थ्य के अनुसार शारीरिक शक्ति का पूरा विनियोग करने का नियम है। ज़मीन मालिक बैठ कर खाये, बटाईदार मेहनत कर खाये। इस नीति पर कंधा खेती नहीं होती। हमारी नई दुनिया की कृषि नीति भी नहीं चलेगी।''

''तो भूमिहीन क्या करेंगे? मेहनत करें, फ़सल में हिस्सा न रहे?'' भूदान ने पूछ लिया।

''हमारी नई दुनिया में 'भूमिहीन' शब्द नहीं रहेगा। जिसकी भूमि नहीं उसे अपने-अपने अंश से सब कुछ-कुछ ज़मीन देंगे। सबका इस धरती पर हक है। इस धरती से उत्पन्न अनाज में सबका अधिकार है। धरती की मिलकियत लेकर आदमी जन्म नहीं लेता। आज जिसकी ज़मीन नहीं, कभी उसकी भी ज़मीं थी। उधार-कर्ज़ में डूबकर अँगूठे का निशान लगाया, ज़मीं हाथ से गई। साहूकार बना ज़मींदार। उनका पेट बढ़ा। धन बढ़ा। ज़मीं बढ़ी। हमारी नई दुनिया में अँगूठा छाप के लिए जगह नहीं। बैठकर ठाले खायें, उन्हें भी छोड़ना नहीं, बूढ़े-जवान

मेहनत करेंगे, खायेंगे, पढ़ेंगे खा-पी पहनकर, आदमी की तरह जीयेंगे।''

''किसी के खेत में भरपूर फ़सल, किसी के खेत में चार आना फ़सल हो, कहीं फूल झर जायें। उसका दायी कौन? मेहनत कर कोई भरपूर काटे, कोई सूना रहे! यह कैसा न्याय?'' किसी ने पूछा।

''किसकी कितनी ज़मीन, यह पता है, कौन-सी किसकी, यह लिखा नहीं होता। अतः धान हो, फ़सल हो, भाग्य-अभाग्य सबका प्राप्य होगा। ऐसी खेती में व्यक्तिगत प्रयास और सपना तो होता है, मगर व्यक्तिगत अधिकार और व्यक्तिगत स्वार्थ को जगह नहीं।''

''मगर नेता लोग तो सरकारी ज़मीन को दबा कर कंधा फारम में बड़े हिस्सों के मालिक बनते हैं। नेता मेहनत नहीं करते, केवल हिस्सा लेते हैं। यह बात सब जानते हैं।''

''गैरकानूनी दखल की ज़मीं हमारी सीमा में न रहे। कोई नेता हमारे फारम में अंशीदार नहीं होगा। नेताओं को मौका देते हैं हमारे किसान भाई। गैरकानूनी दखल कर मामले में फँसते हैं, नेता की शरण जाते हैं, नेता, जंगल विभाग, पुलिस सबके हाथ चिकने होते हैं। कुछ मेहनत करते हैं, डरते-मरते जीते हैं, कुछ पाँव पर पाँव धर डरा-धमका ऐश कर जीते हैं। हमारे फारम में मामला उपजे तो हम करेंगे उसका समाधान। कोर्ट-कचहरी के दरवाज़े हम नहीं जायेंगे। आज प्रतिज्ञा करें।''

''मगर कंधा चास की बात यहाँ क्यों? हमारी समस्या दूसरी है,'' कैवल्य मिश्र ने कहा।

''खेती को लेकर हमारी जितनी समस्या अभी उपजी हैं, कंधा चास उसका तत्काल समाधान है।''

''कैसे?''

''यहाँ की माटी और मगज उर्वर है, अतः लोग मुक़दमेबाज़ होते हैं, ऐसी बदनामी है। घर-घर में वादी, प्रतिवादी हैं। मगर महातूफ़ान हज़ारों सिर तोड़ खा जाने पर अब वादी है तो प्रतिवादी नहीं, प्रतिवादी हैं तो वादी नहीं। कहीं न वादी है न प्रतिवादी—कोई नहीं। कहीं वादी-प्रतिवादी हैं तो गवाह नहीं। अतः जितने मामले कोर्ट-कचहरी में थे, प्रकृति अपने तरीके से उनका समाधान कर रही है। हमें उन मामलों को नेस्तनाबूद कर देना चाहिए। आत्म स्वार्थ की दृष्टि से बीच में खल लोग घुस गवाह का जुगाड़ करने की तरह प्रतिवादी का भी जुगाड़ कर मामले चालू रखने में लग जाना विचित्र नहीं। हममें भी मामलों में फँसे लोग हैं, विवादों के घेरे में पड़ी काफ़ी ज़मीन है इस इलाके में। वाद-विवाद भूल एक

मन हो आज लग न जायें तो तीन पीढ़ी तक उठ न सकेंगे।''

अब मेढ़ बह गई। ज़मीन पर नमकीन पानी फैल गया। बालू फैल गई। हल, बैल, बीज कुछ नहीं। एक साथ मिलकर सबके खेत सब हल न करें तो धरती परती पड़ी रहेगी। जो बूढ़े-बूढ़ी, जवान को खो चुके, जो बेटी-बहू, बाप-भाई, पति गँवा चुकी हैं, जो बच्चे अनाथ हो गए हैं, उनकी ज़मीन पर खेती कौन करेगा? क्या वे मरेंगे? नहीं उनकी ज़मीन, हमारी ज़मीन का भेद भूलकर हम कंधा चास की प्रणाली में खेती करेंगे। उनके लिए श्रमदान करेंगे। श्रमदान का मोल नहीं माँगेंगे। सब खा-पी कर जीयेंगे। कमर में ज़ोर हो, तब सोचेंगे कि मेढ़, बाड़ खड़ी करें या नहीं। ज़मीन के पट्टा-पावती सागर बहा ले गया। अब किसकी ज़मीं कहाँ है, यह बताने वाले बूढ़े-बड़ेरे भी नहीं रहे। तो क्या ज़मीन खाली परती पड़ी रहे? आदमी चोरी क्यों करता है? एक खाता है, दूसरा ताकता रहे इसीलिए तो? सबका पेट भरे तो फिर चोरी किस पेट के लिए?

अलवर मियां ने कहा—''कंधे से कंधा मिला खेती तो करें, पर शुरू करने को बीज कहाँ?''

भार्जन मल्लिक ने पूछा—''पहले घेरी बाँध बनाना होगा वरना जो फ़सल उपजेगी उसे समुद्र चटकर जाएगा।''

विक्रम ने उत्साह में कहा—''बीज का जुगाड़ होगा। घेरी बाँध भी होगा!''

''कैसे?''

विक्रम ने कहा—''सरकार को उचित जवाब देंगे। अंतर्राष्ट्रीय एन.जी.ओ. और हमारी सरकार मिलकर उपकूल के तूफ़ान आने वाले इलाके में बांग्लादेश की तरह तूफ़ान विरोधी व्यवस्था करने का उद्यम कर रही है। बांग्लादेश में भी समुद्र ज्वार निरोधी कदम नहीं उठाये जाते। तूफ़ान की सूचना मिलते ही लोगों को सतर्क करा देते हैं। लोग अपना कीमती सामान गहरे गड्ढे खोद उनमें गाड़ देते हैं और सुरक्षित जगह चले जाते हैं। तूफ़ान के बाद गाँव लौट धन-संपदा निकाल काम में लगाते हैं। गड्ढे खोद-खोद, भाग्य पोतते चलते हैं जीवन भर।''

''वाह! कैसी प्रजारंजक सरकार है!'' सारलादास मंडल ने क्षोभ में कहा।

विक्रम ने पीठ थपथपाई, कहा—''हम ऐसा नहीं करेंगे। हम हॉलैंड देश में सामुद्रिक ज्वार निरोधी जैसी व्यवस्था करेंगे। यदि हॉलैंड देश कर सका, तो हम क्यों नहीं कर सकेंगे?''

सब विक्रम की ओर उत्सुकता से देखने लगे। तभी लालटेन जलाकर सभा के बीच रख कर गिरिमा चली गई। इसका मतलब अभी रसोई का कार्य खत्म

नहीं हुआ। रसोई बनने पर बच्चों की पंगत पहले, बड़ों की पंगत बाद में।

विक्रम ने लालटेन तेज़ कर दी। हँसकर बोला—"हमारे इस अंधेरे मुलक राज्य के लिए लालटेन ठीक है। बिजली पर भरोसा नहीं। वैसे भी यह इलाका अंधेरे में था—तूफ़ान के बाद सरकार को बहाना मिल गया। छोड़ो, हॉलैंड की बात सुनो। मन को जँचे तो कमर कस लेना। हॉलैंड देश समुद्र पत्तन से तीन मीटर नीचे का देश है। वहाँ भी तूफ़ान आता है। मगर तूफ़ान में लोग घर-बार छोड़ कर नहीं जाते।"

"तब तो बात खत्म। अब वहाँ लोग होते हैं या नहीं?" उत्सुक हो दीना बेहरा ने पूछा। विक्रम ने सबकी ओर देखा। देश-विदेश की बात, अनजान राज और अनजान आदमियों की बात सुनने के लिए सब आग्रह में बैठे हैं।

विक्रम ने हँसकर कहा—"ऐसे-वैसे आदमी नहीं, पढ़े-लिखे आदमी हैं वहाँ। वह देश भी खूब उन्नत है।"

"तूफ़ान हो तो समुद्र उफनने लगता होगा?"

"समुद्र अपनी आदत छोड़ेगा? मगर गाँव-गली, शहर में घुसना समुद्र के वश से बाहर है। वहाँ सरकार ने समुद्र उपकूल पर बाँध बना कर लोगों को निश्चिंत कर दिया है!"

"पर हमारी सरकार घेरी बँधा की बात पीछे कर दीघा से गोपालपुर तक तटीय राजपथ की चिंता कर रही है। किससे कहें?" भूदान ने क्षोभ में कहा। एरसमा हाट से वह तटीय राजपथ की बात सुनकर आया है।

"तटीय राजपथ पर इतनी हड़बड़ी क्यों? पहले आदमी ज़िंदा रहे। फिर राजपथ पर चलेगा। घेरी बंध पीछे कर राजपथ क्यों?" कार्तिक ने पूछा।

"क्योंकि तटीय राजपथ में खर्च ज़्यादा है, कमीशन अधिक है। मंत्री, अफ़सर, इंजीनियर, सबके लिए लाभकारी योजना है!" विपिन ने कहा—"छोड़ो, दूसरों में कमी खोजने की जगह हम अपने जीने की फिकर करें।"

"हम सरकार के आगे आमरण अनशन करेंगे। तट बंध होगा—उन्होंने यह वादा किया था। बाँध का फ़ैसला होगा, तब उठेंगे," धड़ी बारीक ने कहा।

विपिन हँसा—"वादा तो एक दिन में होगा। मगर नौ मन तेल होगा तब राधा नाचेगी? सरकारी योजना लागू होने तक एक-दो महातूफ़ान आ जाएगा। हम सबको पोंछ-पांछ समुद्र को सौंप देगा। फिर न सिरदर्द रहेगा, न सरकार की समस्या।"

"अब क्या करें!" सबने शोर मचाया। विक्रम ने विपिन की पीठ थपथपा कर कहा—"हमारे विपिन एक इंजीनियर हैं। हम सब जितने गाँव यहाँ इकट्ठा

हुए हैं, उतने गाँव समुद्र के चक्कर से बचाने के लिए देवी नदी, जटाधारी मुहाने से लगा कर तीस कि.मी. उपकुल में 30-40 फुट ऊँचा घेरी बंध बाँध दें, हम सब समुद्र से जाएँगे। यह हिसाब विपिन का है। हम लोगों को एकजुट करेंगे। सरकारी मशीन के बजाय लोकबल ज़्यादा भरोसे का है, यह सब जानेंगे। क्यों, क्या कहते हो?''

''इतने लोगों को इकट्ठा करना मुश्किल काम है!''

तभी गिरिमा ने पीछे से कहा—''हम माँ-बहन मिलकर गाँव-गाँव जाकर मिन्नतें करेंगी। मुझे विश्वास है कि लोग हमारे साथ शामिल होंगे। इतनी बड़ी प्रलय देखने के बाद अपनी सुरक्षा अपने हाथ में न लेकर क्या सरकार पर छोड़ दें? सरकारी 'ममता गृह' में बच्चों को मैंने क्यों नहीं छोड़ा?''

औरतें एक स्वर में कहने लगीं—''हम करेंगी—लोगों को एकजुट। हमारे लोग निकम्मे नहीं हैं। इस इलाके की इष्ट देवी हैं माँ सारला। माँ-बहनों को इज़्ज़त देने में हम पीछे नहीं रहेंगे।''

खुशी से शोर मच गया। बड़े लड़के कहने लगे—''हम तुम्हारे साथ गाँव-गाँव जायेंगे। हमें साथ नहीं ले जाओगी?''

विक्रम ने कहा—''यहाँ केवल घेरी बंध नहीं बनेगा, केवल कंधा चास में जीवन सीमित नहीं रहेगा। मुझे जो पंद्रह एकड़ ज़मीन मिलेगी उसमें निर्माण कार्य होगा, स्कूल-कॉलेज, कंप्यूटर की पढ़ाई, टेक्निकल शिक्षा, रणकौशल तालीम केंद्र, उन्नत कृषि की तालीम का केंद्र और कई बातें...। केवल कृषि की उन्नति होने से नहीं चलेगा। किसान की भी उन्नति होगी। मत्स्य खेती की तालीम लेकर मछली सेठों को धन्नासेठ करना हमारा उद्देश्य नहीं। केवट की भी उन्नति का उद्देश्य है।'' विक्रम का स्वप्न स्वर्ग, मर्त्य, पाताल तक डाल पसारे था। ''सौ में पाँच स्वप्न सच हों तो लक्ष्य पूरा हुआ मानना होगा। यह कहाँ तक संभव होगा, यह बड़ी बात नहीं है। बड़ी बात है, लोगों में आत्मबल जगाकर निकम्मेपन से बाहर निकालना। सरकार निवाला बनाकर खिला दे, यह किसी देश में नहीं होता।'' विक्रम की तरह विपिन इतना आशावादी नहीं, फिर भी मन में और निराशा न थी।

''अब पंगत शुरू हो,'' मंत्री मल्लिक ने घोषणा की।

विक्रम ने कहा—''आज भूख नहीं है।''

''सपने से पेट नहीं भरता। पेट दाल-भात से भरता है। जीवन का निष्ठुर सत्य सपनों को चूर-चूर कर देता है,'' कार्तिक ने कहा।

''सच है, सपने देखने की यह घड़ी नहीं। इतने सारे अनाथ बच्चे कैसे खा-

पी, पढ़-लिख कर आदमी बनेंगे, इतना ही है मेरा सपना और वास्तविकता। दाल-भात ठंडा हो रहा है, चलो,'' गिरिमा ने कहा।

'दाल-भात से ऊपर एक और जीवन काम्य है आदमी का। इसके लिए सपना देखना पड़ता है। सोते, जागते सपना न देखने वाला कोई आदमी नहीं इस धरती पर,' विक्रम सोच रहा था, पर बोला नहीं।

पत्तल पर परोसे भात से भाप और महक उठ रही थी। आज भात आदमी का सबसे बड़ा सपना है। इसी सपने में कई-कई रात बीत जाती हैं देहाती लोगों की। फिर भी दुर्लभ मानुष जन्म पाकर दुर्लभ सपना देखने से कोई किसी को रोक नहीं सकेगा।

सफ़ेद मोटे भात पर पीली दाल, पास में आलू का भरता। परोसे हुए भात पर नज़र डाल विक्रम भूख भूल गया। भात पर बहती दाल पर नज़र कर भावविभोर विक्रम देख रहा था अन्न-ब्रह्म में अखंड, समृद्ध, ग्राम्य भारतवर्ष का मानचित्र। सब्ज़ सुन्दर सुनहली फ़सल से भरा स्नेहमय गाँव-गाँव मिला अखंड अभेद्य, अभय भारत-गाँव-ब्रह्मांड-गाँव का समर्थ अंग। उस गाँव के आकाश में उड़ती होगी नीलचक्र पर फरफर पताका, नहीं-नहीं, इस उत्कल धरती पर चंडाशोक से धर्माशोक बने सम्राट के अशोक चक्र पर उड़ती होगी हँसते-खेलते आदमी की तरह जीने के विश्वास की पताका। नीचे एकाकार भागवती मिट्टी। वहाँ सब एक-एक उद्धव मंगवाल, जो एक-एक प्रलय टाल अथिर पृथ्वी के होंगे कर्णधार।

चंदनपुर गाँव के जंवाई उद्धव मंगवाल को बचपन से देख-देख विक्रम के मन में निर्मित हो गयी थी प्रलय काल में भरोसा दिलाने वाली एक मज़बूत मूर्ति, जो मरकर भूत होने पर भी बन सके कर्णधार, जो सब टूट जाने पर भी केवल गढ़ता और गढ़ता रहता है। ऐसे कई लोग जन्मते हैं इस धरती पर, जो मरकर भी जीते हैं, अगली पीढ़ी को आगे राह दिखाते हैं, ठीक गाँधी महात्मा की तरह। गाँव का निर्माण कार्य होने के बाद बीच गाँव में उद्धव मंगवाल और गोलमस्ता मियां की मूर्ति बनेगी—बच्चे वहाँ नित फूल चढ़ायेंगे—सिर नवायेंगे—मूर्ति भी बोलती होगी। मूर्तियाँ और क्या हैं? एक आदर्श और मूल्यबोध की छवि ही तो! विक्रम की बायीं ओर बैठ कर खा रहा था भूदान। पास में मंत्री मल्लिक। विक्रम की अन्यमनस्कता तोड़ भूदान ने कहा—''हाथ रोके, किसके बारे में सोच रहे हो?''

''किसी के बारे में नहीं? कई बातें हैं।''

''उनमें भी तो कई लोग होंगे।''

''हाँ,...हैं!''

पद्मा, गिरिमा, नज़मा झुके हुए भात-दाल दुबारा परोसती आ रही थीं। भूदान ने पूछा, ''कौन है वह ? जिसके बारे में सोचकर भात खाना भूल गए! मेरे तो भूख से प्राण कंठ में आ गए हैं।''

''मेरे भी!...मगर जिसे याद कर रहा है, वह याद आ जाए तो पेट भर जाता है,'' पद्मा के पाँव ठिठके, गिरिमा उधर देखती रही और सोचा—

'ऐसी कौन बाला है इस पथरीले योद्धा की ?'

पत्थर-से बैठे विक्रम ने कहा—''उद्धव मौसा की याद आने पर कोई भी अपनी भूख-प्यास भूल जाता है। देह में सिंह-सा पराक्रम भर जाता है।''

''खाते समय मुझे भी बप्पा याद आते हैं। वे मेरे हाथ का परोसा खा नहीं पाए,'' गिरिमा आँसू नहीं रोक सकी।

विक्रम ने दबे स्वर में कहा—''उद्धव मौसा किसी को रुलाने वाले आदमी न थे। तुम मेरी बात पर रोयीं—कसम है मेरी, पोंछो आँसू। आगे बहुत काम है—गढ़ने की बेला में रोना मना है।''

''छि...छि...कसम क्यों ? औरतों की तरह कसम खाना मना है यहाँ। फ़ौजी होकर बात-बात में कसम!'' गिरिमा ने कहा।

''कसम का क्या मतलब है बोलो तो ? एक प्रतिश्रुति, एक प्रतिज्ञा। तुमने उस दिन कहा था, और रोओगी नहीं। आज अन्न छूकर प्रतिज्ञा करो कि हमारे गाँव के निर्माण के समय बच्चों को छोड़ और कोई नहीं रोयेगा,'' विक्रम ने नेह भरे स्वर में कहा।

गिरिमा ने उत्तर दिया—''औरतें रो-रो कर कितना बोझ उठाती हैं, कितना गढ़ती चलती हैं, मर्दों को इसका कोई पता नहीं चलता। आँसू है औरतों की छाती की मलहम।'' गिरिमा ने भात पर और एक चमचा दाल डाली, आँख से आँसू पोंछ डाले।

एक लय में गिरिमा का झुका मुँह देखता रहा विक्रम। उसका पेट और भर गया। यों आँख में आँख डाल सीधे आज तक किसी युवती को नहीं देखा था उसने। गिरिमा के सांवले चेहरे पर रंग खिलता है या नहीं, उस हल्के अंधेरे में पता नहीं चला। दाल परोसती हुई वह आगे बढ़ गई।

विक्रम को कोहनी से धकिया कर भूदान ने मज़ाक किया—''क्या देख रहे हो मेरी बहन के चेहरे पर? देख तो नहीं रहे थे, पी रहे थे!''

भूदान को विक्रम ने चुप कराते हुए कहा—''मैं तो देख रहा था एक भरा-

पूरा गाँव, देख रहा था भारत का एक हरा-भरा खेत, देख रहा था नारी का अन्नपूर्णा रूप...!''

आगे विक्रम और कुछ कहता, भूदान ने तुरंत कह दिया—''धत्! फालतू बेरसिक है तू! हिमालय-सा बर्फ़ का शिलाखंड! तुझे तो सदा फ़ौजी बने रहना ही फबता है। अच्छा...खा...खा!''

''हिमालय में भी पेड़-पौधे, हरियाली है। वहाँ बर्फ़ पिघल नदी बनकर बहती है। पवित्र गंगा की बात नहीं जानते हो?'' हँसकर विक्रम ने कहा।

''भाषण छोड़! भात खा! ठंडे हो रहे हैं।'' विक्रम भात खाने लगा। आगे बढ़कर भार्जन मल्लिक के पत्तल में परोसते हुए गिरिमा ने पूछा—''फ़ौजी विक्रम भोजन पर बैठे मेरे बप्पा को क्यों याद कर रहा था?''

''क्योंकि तेरा बप्पा सिर्फ़ एक बप्पा न था—वह असल मंगवाल था।'' फिर एक बार गिरिमा की आँखें गीली हो आयीं।

~

जो पक्षी गाँव छोड़कर उड़ गए थे, वे लौट आए हैं। भाग्य स्वीकार कर दाँत दिखा हँसती टूटी डाल पर तिनकों का संसार बसाने लगे हैं। सरकार पर पक्षी निर्भर नहीं रहते। पेट के लिए दाना या सिर पर छत के लिए, किसी बात के लिए किसी पर निर्भर नहीं। आदमी से पक्षी इस एक दृष्टि में बुद्धिमान हैं, आगे हैं। घर उजड़ा आदमी सरकार पर निर्भर होकर ओस में भीगा है, बारिश की मार भी खाता, अगर अपने बल पर सब एक साथ न होते इस संकट का सामना करने को। पक्की ईंटों के घर की दीवार खड़ी हो गई है। सिर पर छत बाकी है। 'खाद्य के बदले काम' योजना में छत भी पड़ेगी। सिर पर छत के लिए नारियल की डाल भी नहीं। झोंपड़ी पर पॉलीथिन डालकर रहने लगे हैं सब। अपनी मेहनत से पसीने बहाई धरती पर एक-एक ईंट उठने लगी ऊपर, ठीक सरक-सरक कर कमर सीधी करते मन की हिम्मत की तरह।

द्रोण मास्टरजी टिमटिमाती आँखों से नज़र रखे हुए हैं। कहाँ टेढ़ा हुआ, कहाँ सीधा होना है, अँगुली दिखाकर इशारा कर देते हैं। यह भरोसा तोरई लता के टिकने की लकड़ी की तरह था। विक्रम का सपना लिपट कर ऊपर उठ गया है इस बेल के टुकड़े की तरह।

एक कमरेवाला घर, बरामदा, बरामदे के उधर कोने में रसोई के लिए ज़गह है। इतना काफ़ी है। कुटुंब परिवार अब कहाँ रहे? सत्यानाशी तूफ़ान तो सबको

ठूँठ बना गया है। ठीक है—टूटे पेड़ पर पत्ते अंकुराने की तरह समय पाकर परिवार भी खिलेगा। छोटा परिवार, स्वस्थ सुन्दर परिवार। सबके पेट में दाना, देह पर कपड़ा। सब पढ़ सकने लायक जगन्नाथ दास की भागवत, बलराम कृत रामायण, लक्ष्मी पुराण, सारला दास कृत महाभारत, चंडीपुराण। घर में पुराण और पर्व-त्योहार के गीत। इसके अलावा भीमभोई, फकीरमोहन, राधानाथ, गंगाधर, गोपीनाथ को पढ़ना ठीक होगा। ठीक क्या होगा, पढ़ना चाहिए। गाँव के छोर पर पुस्तकालय के लिए भी दीवार उठ रही है। विक्रम को ज़मीन मिल जाने पर स्कूल, कॉलेज, बहुत कुछ हो जायेगा। अंग्रेज़ी, हिन्दी, जो पढ़ना है पढ़ो, जितना पढ़ना है पढ़ो। ऐसा संस्थान होगा कि लड़के एरसमा से कटक न जाकर उल्टे कटक के बच्चे ऊँची पढ़ाई और व्यावसायिक विद्या पाने यहाँ आयेंगे? क्यों नहीं आयेंगे? कुछ बरस पहले कलकत्ता भी तो केवल तीन गाँव था, आज इतना बड़ा शहर है! अमेरिका की भी तो तीन सदी पुरानी बात है। देखो उसकी धन-दौलत, विद्या, पराक्रम! हमारे ज़िले से क्यों, ओडिशा से, भारत से कितने बड़े-बड़े मगज वालों को खरीद रखा है! ऐसा दिन आयेगा, अमरीकी मगज वालों को हम खरीदेंगे। खरीदेंगे या नहीं? निराशा में मुरझाये माटी में मिलने जा रहे लोगों का यह उत्साह ही विक्रम के सपने को सच कर देने-सा लगता है!

गाँव के छोर पर दानकर्ण मिसिर के बेटे कैवल्य मिसिर का घर है। वह तूफ़ान में बहकर किसी पठान की बाड़ी में अटक गया था। सख्त बीमार होकर दो महीने रहा पठान के घर। बाप के मरने की खबर भी नहीं मिली। बेटा बच गया। यह दानकर्ण मिसिर नहीं जान पाये। ऐसी हृदय विदारक स्थिति कर दी है तूफ़ान ने, सबके जीवन में। कैवल्य के घर से सटकर भार्जन मल्लिक और मंत्री मल्लिक का घर है। पास में है अलवर मियां का घर, उसके पास कार्तिक माझी का घर बन रहा है। विपिन और बैकुंठ के घर उससे सट कर हैं। उसके निकट है गिरिमा बेहरा, पद्मा बेहरा, रेणु देई, मैना मंडल, उनके साथ हैं दस-बारह बच्चे। एक-एक माँ ने एक-दो बच्चे बाँट लिये हैं। जो बच्चा जिस माँ को स्वीकार हो गया, वह बच्चा उसका, उसके लिए एक घर। बच्चे जानते हैं कि उनका परिवार है, घर है। कुछ अनाथ बच्चों को लेकर एक गोबाड़े-सा लंबा घर से जगह नहीं बनाई गई है इस नए गाँव में। सबमें वे अपनी जगह बना रहे हैं। उनमें से अनाथपन खोता जा रहा है। गाँव की गोद में लौटे पक्षियों की किचर-मिचर की तरह माँ की गोद फिर पाने वाले बच्चों में ज़िद, रूठना, रोना-मनाना सुनाई पड़ने लगा है। पवित्र शंख ध्वनि, हर्ष ध्वनि की तरह वे शब्द मन का खाली स्थान भरने लगे

हैं। तरह-तरह के फूलों की डलिया की तरह सब बच्चों के मिले-जुले चेहरे सुन्दर दिख रहे हैं, ताज़ा दिख रहे हैं।

कौवे की कांव-कांव से पहले ही बच्चों के ककहरा रटने का स्वर सुनाई देने लगता है। समवेत प्रभात फेरी की आवाज़ की तरह पहाड़े याद करने की आवाज़ भोर में आलस भरी नींद तोड़ देती है। भोर से पहले बच्चों को पढ़ा-खिला-पिता बड़े-बूढ़ों के ज़िम्मे देकर माँ वगैरह गाँव-गाँव घेरी बंध निर्माण के काम के लिए लोगों को एकजुट करने निकल पड़ती हैं। विक्रम, विपिन वगैरह कर्मठ लोगों के सपने माँ-बहनों के नेह वंदना से सफल होने जा रहा है। शुभ संकल्प के पीछे सबका नेह, लाड़, आशीर्वाद रहे तो मंदिर का कंगूरा बिठाना सहज है।

इधर बीजों का अभियान चल पड़ा। विदेश से आ रहा सरकारी बीज तो एक बच्चा पैदा करने जैसा है। उस बीज की तोरई फूल जैसी उम्र है। किसान को सदा के लिए सरकारी बीज पर निर्भर करने का षड्यन्त्र है! फारम अंडा और फ़ारम बीज साल भर तो खूब हो, फिर बेकार! बाप-दादा चौदह पीढ़ी से चले आ रहे ग्राम्य बीज केवल अक्षत बीज नहीं, अमृत बीज हैं। वह बीज पीढ़ी-दर पीढ़ी बुआई करते रहो, फ़सल काटते रहो! पर कुछ पुराने लोगों को छोड़ दें तो, बीज संचय करने वाले भी कहाँ रहे इस ज़माने में? पर उन्नत बीज मिलें तो उन्नत प्रणाली से खेती करने में किसी को आपत्ति नहीं।

मारे गए लोगों के पेटी-बक्से, गठरी, लूट लिए हैं तस्करों ने। पैसा-कौड़ी, सोना-चाँदी, लूटकर बक्से फेंक कर भाग गए हैं। मंत्री मल्लिक खेत ही खेत, मशान गोचर जगह आदि की परवाह किये बिना रात-दिन एक कर सब जगह बक्सा-पेटी ढूँढ़ रहा है। कहाँ-बीज का कहीं नामोनिशान नहीं।

उस दिन काम पूरा कर मस्जिद के बरामदे में कुछेक लोग बैठ कर हवा में पसीना सुखा रहे थे। कार्तिक माझी ने कहा—"सारा काम योजना मुताबिक हो रहा है। पर असल काम की योजना कहाँ?"

"असल काम?"

"हाँ, क्या यहाँ एक मठ बनाने की बात सोच रहे हो? क्या सब बाबाजी, माताजी बन, जीवन बितायेंगे? दीवार पर छत पड़ जाने से वह, घर नहीं कहलाता। घर को घर जैसा लगने के लिए परिवार की नींव रखने की ज़रूरत है या नहीं?" कार्तिक ने कहा।

विक्रम सहित सब चुप रहे। मौन सहमति का लक्षण है! मगर बरगद के पत्ते में पीपल का पत्ता जमाना अभी इतना सहज नहीं। टूटा मन पहले रास्ते पर

तो आये। विक्रम ने सोचा। बात खोल कर कह दी—सबको।

"सो तो सच है। पर जितने लोगों का मन सँभल गया, उनको शुभ दिन देख समवेत विवाह का आयोजन कर गाँठ बाँध देने में हर्ज क्या है," विपिन ने कहा।

"ठीक है, सूची बनाओ, कौन किसके संग जीवन में गाँठ पक्की गठियायेगा। यह तय करो। मगर इकतरफ़ा नहीं। वर-कन्या दोनों का एक-दूसरे को रसना और चाहना ज़रूरी है," विपिन ने बात स्पष्ट कर दी।

'अभी रसने का वक्त कहाँ? केवल चाहने की बात है,' विक्रम ने सोचा। कहा—

"मगर जात-पांत, दान-दहेज, जन्मपत्री की बात नहीं उठेगी।"

"अरे दहेज, पैसा कहाँ? यहाँ किसी की जन्मकुंडली कहाँ? किसी की जात भी कहाँ रही? जो हुआ, अच्छा हुआ," कैवल्य मिसिर ने कहा।

"पंचकी भैया की तरह कुछ लोग मीनमेख निकालेंगे," कार्तिक मल्लिक बोल उठा।

"उनका तो हम हुक्का-पानी रोक चुके हैं। उन्हें गाँव से अलग किया है। ऐसे लोग इस नए गाँव के नहीं बन सकते, चिंता क्या?"

"तो धड़ी बारीक है नारद मुनि भाई! कभी इधर है, कभी उधर। वह केले का पटुका है। जिस फूल को गूंथो, उसी की महक आएगी। पर एक निश्छल आदमी—वह हमारे साथ रहे," भूदान बोला।

"ठीक है! यह बाद की बात है। अभी उधर ध्यान मत दो। पहले खेती-बाड़ी कर दें," विक्रम ने कहा।

कार्तिक ने कहा—"तो आज दो ब्यांह पक्का कर दो। शंख फूँको हर्ष ध्वनि करो, शुभारंभ समझो। इतना झंझट क्यों?"

भूदान ने कार्तिक की ओर आग्रह से देखा।

"विपिन और बैकुंठ की बहन रेणु से मैं दूजा ब्याह करूँगा। पहले वह निराशा में टूट गई थी। अब राज़ी है। उसे पूछकर पता कर लें," कार्तिक ने निस्संकोच कहा।

"मेरे कारण भाग्यधर की स्त्री अभागिन बनी। मैं उस रात झींगा घेरी के लिए भागू को न लेता तो भाग्यधर बच जाता। पद्मा को ब्याहने में मुझे आपत्ति नहीं। उससे पूछकर देख लें," विपिन ने कहा।

भूदान ने विक्रम की ओर ध्यान से देखा। पूछा—"क्या केवल दूजा ही ब्याहेंगी इस गाँव में। कंवारे-कुँवारी के हाथ में गाँठ नहीं पड़ेगी? कारगिल पहाड़

से तू लिखा करता था कि गाँव लौट कर कोई सुधार लाएगा?''

विक्रम ने आश्वस्ति व्यक्त कर कहा—''वह बात रुकी कहाँ? वह सुधार तो शुरू कर चुके हैं कार्तिक और विपिन। पहले टूटे घर जुड़ें, फिर नये घर बसेंगे।''

''उजड़े घर क्या नये घर का रास्ता रोकते हैं? हमारे यहाँ कई लड़कियों, कई लड़कों की ब्याह लायक उमर हो चुकी है। दायित्व हमारा है या नहीं? किसी के तो बाप, भाई, मुखिया नहीं रहे। नज़मा, शबाना, अलवर, रजाक, हकीम, मैना, गेली, गिरिमा, भूदान, कैवल्य...'' विपिन की सूची पूरी होने से पहले ही विक्रम बोल उठा—''लगता है पहले हम इस काम में लगें! बड़े-बड़े संकल्प साधन करते समय छोटे-छोटे सामाजिक दायित्व आगे-पीछे हो जाते हैं। सुना है कि उद्धव मौसा गिरिमा की सगाई कर चुके थे। ऐसे कई और बेटे-बेटी यहाँ हैं। उन पर सोच-विचार कर आगे बढ़ना चाहिए।''

''हालाँकि बिना कारण उनकी सगाई की उपेक्षा करना पाप होगा,'' कैवल्य ने कहा।

''सच-सच-सच,'' इसी समय दीवार पर चिपकी छिपकली ने बात की ताल में ताल मिलायी। तब तक घर-घर में लालटेन जल चुकी थी। द्रोण मास्टर के चारों ओर बैठे बच्चे संध्या प्रार्थना गाने लगे थे—

''अखिल ब्रह्मांड पति मेरे जीवन स्वामी।
हे परम पिता माता प्रभु अंतर्यामी।
धन्य करुणा तेरी
हे करुणा सिंधु, नहीं उसका पारावार...
धन्य करुणा तेरी...''

(विक्रम ने आँख बंद करके सुर में सुर मिलाया।)

''धन्य करुणा तेरी...''

~

सुख में दुःख में, सुहागन सुलक्षणी के माथे में सिंदूरी बिंदी की तरह आकाश की दिग रेखा पर सिंदूर लगा भोर उभरता है। सांझ भी डूबती है। पर मेघ, पवन, आँधी, तूफ़ान कभी आकाश के माथे से सिंदूर पोंछ नहीं पाते। केवल यह निष्ठुर समाज ताक में रहता है सुहागन के माथे से सिंदूर पोंछ कर बाकी जीवन उसे श्रीहीन बनाने के लिए।

रेणु, पद्मा आदि अभागिनियों ने माथे से सिंदूर पोंछ दिया था खुद, क्योंकि माथे से सिंदूर पोंछने के लिए कुटुंब में कोई ज़िंदा हाथ नहीं था। मगर और कई अभागिनों ने सिंदूर पोंछा न था, चूड़ी उतारी न थी। वे एक लय में पतियों के आने की राह ताकती रहीं। जिनकी लाश किसी ने नहीं देखी, वे तूफ़ान जाने के इतने दिन बाद भी नहीं लौटे तो घरवाली ने जब अग्नि को साखी रख हाथ पकड़ा था, कैसे मान ले कि घरवाले अब और नहीं रहे? हालाँकि कुछ की लाश दूसरों ने देखी, पहचान की, मगर पत्नी ने अपनी आँखों से नहीं देखी तो माँग से सिंदूर क्यों पोंछे! कल अगर आदमी घूम-फिर हँसते हुए गाँव आ पहुँचे, तो पत्नी का प्रेतनी रूप देख उसके प्राण छूट नहीं जायेंगे! प्राण छोड़ते समय सोचेगा...''शायद ये औरत मेरे मरने की कामना करती थी। वरना खोज-खबर न लिये बिना ही माथे से सिंदूर क्यों पोंछ डाला? किसके लिए पोंछ डाला?''

अब रेणु और पद्मा भी माथे पर सिंदूर लगाने लगीं। सधवा रूप में रहकर कहतीं—''पति का मरा मुँह देखे बिना कैसे जीवन से उसका नाम मिटा दें?''

अधेड़, बूढ़ी, अनुभवी औरतें दया में आह, ओह करतीं—''ओ बिचारी अधपगली हो गईं। जो करती हैं, करें! कौन हाथ बढ़ा माथे से निरर्थक सिंदूर पोंछे? कम निष्ठुर नहीं यह काम!''

विक्रम ने इस ओर कैसे अब तक ध्यान नहीं दिया? शायद यह कारण हो—विक्रम के लिए स्त्रियों की श्री केवल माथे का सिंदूर नहीं। श्री यानी कितनी तरह से श्रीमती। कौन जनानी श्री बिना धरती पर आती है? और कुछ न हो, केवल भित्तिचित्र बनाते हाथ, गोबर लीपते, ढेंकली कूटते पांव, बच्चे के मुँह में अमृत देती छाती होने पर तो औरत श्रीमती ही होती है।

बरसा के दिनों से पहले समूह विवाह का काम निपटाना ठीक होगा। गिरिमा बच्चों को लेकर ऐसे जंजाल में पड़ी है, उसके आगे ब्याह की बात छेड़ते ही खाने को दौड़ती है। रेणु अपने भाई विपिन के आगे सब बता रही थी। तो क्या वह 'माताजी' बन कर रहेगी?

दुपहर ढल रही है। भूदान काम छोड़कर चला आया। गिरिमा के मन की कौन समझे? एक समझता था—उद्धव मौसा। वह चला गया। उसका मरा मुँह भी किसी ने नहीं देखा। दाह-संस्कार की बात छोड़ो। गिरिमा के मन में दुःख इसी बात का है। भूदान के आगे रो-रोकर कहा—''गाँवों से हज़ारों लोग मरे। अनेक धर्मात्मा लोग भी नहीं बच सके। मेरा बप्पा धर्मात्मा था, समुद्र उसे छोड़ ही देता—यह नहीं कहती मैं। पर उसका शव तो पता लगता। कहीं ढूँढ़ नहीं सकी। गाँव भर में ढूँढ़ कर पहुँची

तो पता चला कि शव आधे आनंदमार्गियों के हाथ में हैं, आधे फ़ौजियों के हाथ में। कैरोसिन, साइकिल के टायर की मदद से जल चुके हैं। बाकी सड़-गल कर माटी में मिल गए। कैसे सोचूँ कि बप्पा का दाह संस्कार हो गया है? मेरे भाई गए हैं, बप्पा की अन्य बेटियाँ, दामाद बेटी, दोहिते-दोहिती सब गए। अकेली मैं बची। क्या बप्पा का संस्कार करना मेरा कर्तव्य नहीं था? वह कर्तव्य भी भाग्य में नहीं आया! बापू के मरने के दुःख से बढ़कर दाह-संस्कार न कर शुद्धि क्रिया न होने का दुःख ज़्यादा सालता है मुझे।'' गिरिमा लाडली बेटी थी। बाप न रहा, बेटी के मन की बात भाई के रूप में भूदान ही समझ लेता तो अच्छा होता। हाट से यह सोच गिरिमा को खोजते-खोजते भूदान पिछवाड़े पहुँचा। कुछ दिन से गिरिमा फावड़ा लेकर खुद क्यारी बना रही थी। हाट से साग, मिरच, पोई, तोरई, कुम्हड़े के बीज लाकर लगाये हैं। बच्चों की देखभाल करने की तरह क्यारियों का पूरा ध्यान रखती है। गिरिमा वहाँ न थी। माथे पर सिंदूर लगाये ग्रामदेवी की तरह वहाँ बैठी थी भाग्यधर की विधवा पत्नी पद्मा। भूदान ने तुरंत पूछा—''विपिन तरई तुमसे ब्याह करने की बात कह रहा है। सामने इतना बड़ा जीवन पड़ा है। विपिन अच्छा लड़का है। शिक्षित है। भाग्यधर का दोस्त है। क्या कहती हो?''

पद्मा ने कहा—''कोई रुपयों के लोभ में, कोई दया में विगलित हो दूजी बनाने की बात कहते हैं। दूजी होना क्या ज़रूरी है?''

''दया में नहीं, स्नेह में प्रस्ताव दिया है विपिन ने। वह तुझे मज़े में सुख से रखेगा।''

''और मेरे बच्चे! तीन बच्चे मेरे साथ हैं!''

'' बच्चे दोनों के हैं। विपिन राज़ी है। विपिन हमारे सेतुबंध का कारीगर है। इस गाँव का मुकुट मणि है। तेरा नसीब है!''

''बस-बस मेरे नसीब पर नज़र न डालो। मेरा नसीब मेरे सिवा और कौन भोग रहा है?'' फफक कर पद्मा ने कहा।

''तेरा भाग्य लौटेगा। माँ सारला हैं तेरे लिए।''

''ठीक है, माँ की इच्छा!'' पद्मा ने कह दिया।

भूदान ने पूछा—''गिरिमा कहाँ है?''

''वो उधर क्यारी के पास नंगे नारियल पेड़ के नीचे बैठी सुबह से रो रही है। न कुछ खाया, न पीया।''

''रो क्यों रही है? किस नये दुःख ने उसे रुलाया?'' भूदान घबरा गया। पद्मा ने चिड़चिड़े स्वर में कहा—''वो कुछ बताये तब तो कोई समझे? पूछ-

पूछ कर मैं तो थक गई। बस रोये जा रही है!''

भूदान झट उधर गिरिमा के पास जा पहुँचा। सूने खेत की ओर सूनी आँखों से ताकते बैठी है—एक सूने नारियल पेड़ से टिक कर। आँसू सूख चुके हैं। भूदान को देख फिर रो पड़ी।

''क्या हुआ? क्या हुआ? बता गिरिमा! क्यों रोये जा रही हो? हमारे रहते-रहते तू अकेली दुःख झेल रही है? यह सोचा कैसे?'' भूदान पास बैठा। अब वह सिर नीचा कर रोती रही। जितना पूछा तो भी भूदान की बात का उत्तर नहीं दिया। भूदान ने चिढ़कर कहा—''उद्धव मौसा नहीं हैं कि तेरे सुनहले आँसू गिरने न देंगे। हाथ फैला खड़े रहेंगे। हम काम करें या औरतों के रोने-धोने पर निगाह रखे बैठेंगे?'

तब भी गिरिमा ने ऊँ-चूँ ज़बान नहीं खोली। उस दिन सुबह द्रोण मास्टर ने धड़ी बारीक के हाथों गिरिमा के भावी ससुर को खबर भेजी—''गिरिमा बच गई है। उद्धव मंगवाल प्रभु जगन्नाथ का महाप्रसाद बीच में रखकर सगाई कर गया था। महाप्रसाद की साखी को मानना होगा। गिरिमा के बापू, भाई नहीं रहे। पर गाँव के भाई-बंधु, कुटुंब तो हैं। ब्याह जैसे होता है, होगा। यदि महाप्रसाद विरोधी होना नहीं है, तुरंत आकर दिन तै करें।'' द्रोण मास्टर ने चिट्ठी लिखवाई थी। विपिन ने सुन्दर अक्षरों में लिखा था, शाम तक धड़ी बारीक का उत्तर लेकर लौटने की बात थी। सब प्रतीक्षा में थे। एक साथ आठ-दस बेटियों का ब्याह करें, झमेला कम होगा। एक भोज में काम निपट जायेगा।

पर गिरिमा रोयी क्यों? उसका दुःख कहाँ? भूदान जाकर बुला लाया विपिन, बैकुंठ, कार्तिक, विक्रम, अलवार, कैवल्य आदि कर्मठ भाइयों को। गिरिमा ने इतने लोगों को देख आँखें पोंछ लीं...रो-रो कर फूली बड़ी-बड़ी आँख से सबको देखा। कहा—''मेरा मन हुआ, रो पड़ी। क्या रोने के लिए यहाँ दुःखों की कमी है? इतने लोग क्यों चिंता कर रहे हैं? यहाँ किसी को शांति से रोने भी नहीं देंगे?''

विक्रम गिरिमा के सामने खड़ा हो गया। अभियोग भरे स्वर में कहा—''यहाँ तुम जैसे शांति से रोना चाहती हो, वैसे ही हम सब शांति से काम करना चाहते हैं। हममें से कोई रोने लगे, हम काम कैसे करेंगे?''

गुस्से में रोना छोड़ उठी गिरिमा। कहा—''जीवन भर कितनी तरह आदमी का अंतर रोता है। हर रुलाई बाहर नहीं, दिखती। काम बंद करने नहीं, इतना काम कर कोई फ़ायदा नहीं, यह सोच कर रो पड़ी। ठीक है, मेरा दुःख मेरा है—और नहीं

रोऊँगी!'' गिरिमा ने सबको काम की ओर विदा कर दिया। विक्रम उसके सामने वैसे ही चट्टान-सा खड़ा रहा। सोचा–'गिरिमा तो जड़ हो गई थी, फिर तरल कैसे हो गई? गिरिमा ने आशा खो दी तो इन औरतों और छोकरों को कौन सँभालेगा?

सब जा चुके हैं। गिरिमा सूनी आँखें क्यारी की ओर किये बैठी रही। विक्रम सामने है, उधर ध्यान नहीं। विक्रम ने पूछा—''पत्थर तोड़ पानी क्यों झरा, जब तक यह नहीं बताओगी मैं काम पर नहीं लौटूँगा। हमारे गाँव में कोई किसी के मरण में भागी नहीं होगा। दुःख में तो भागी बन सकेगा। तुम दुःख न खोलोगी तो कल से काम बंद! सच, इतनी मेहनत का क्या मोल, अगर आँख से आँसू न सूखे!''

गिरिमा ने अभियोग भरे स्वर में कहा—''किसी और को न दिखा, न सही, मेरा दुःख तुम्हें भी नहीं दिखा, यह मेरे लिए सबसे बड़े दुःख की बात है।''

''सच कहता हूँ, औरत के मन की जानने में मैं एकदम अनाड़ी हूँ!''

''जहाँ सर्वनाश हो गया, वहाँ औरत के मन को कौन पूछता है? धरती के मन को जानना तो यहाँ सबसे बड़ी तपस्या है। सिर पर छत हो जाने से क्या होगा? धरती पर तो साग-पात भी नहीं उगा! एरसमा हाट से लाये बीज से कितने सुन्दर अंकुर निकले! लाल-लाल पत्ते बढ़ेंगे, सोचा था। आज देख रही हूँ सारे अंकुर सूख गये हैं! यहाँ जितने लोगों ने जो बुना, सबकी एक ही दशा है। माटी मर गई! माटी मरी तो आदमी हवा-पानी पीकर जीयेगा? मेरे बच्चे कैसे जीयेंगे? इतनी उम्मीद की थी। उम्मीद मर गई। रोऊँ नहीं?'' गिरिमा की आँखें डबडबा आयीं।

विक्रम की छाती हल्की हो गई। उसने सोचा था कि गिरिमा का दुःख ऐसा पहाड़-सा होगा कि जिसका उपचार किसी के पास न होगा। पर आज देखता है—गिरिमा का दुःख विक्रम का सुख है। माटी के लिए इस लड़की में इतना स्नेह है, तो माटी से नमकीन कट जायेगा। अमृत फ़सल उपजेगी, आज नहीं तो कल। विक्रम गिरिमा की क्यारी पर बैठ गया। माटी को सहला-सहला कर छुआ। स्नेह में भर्राया गला नरम पड़ गया। कहा—''मुझ पर भरोसा रखो। मैं क्षत्रिय का बेटा हूँ। युद्ध में योद्धा और शांति में किसान! मेरे बाप-दादा माटी की नब्ज़-नाड़ी सब पहचानते थे। मैं भी कुछ-कुछ जानता हूँ!''

अनंत शयन में सोयी है यह माटी, सोयी है आदमी के हाड़-मांस की परत-परत पीठ पर। मेघ दर मेघ माटी—से फैल कर आकाश से सहस्र फन फैलाये है शेषनाग। यह है योग निद्रा! प्रलय का अंत होता है, योगनिद्रा टूटती है, आदमी

मरता है, माटी कभी नहीं मरती। आदमी का अमृत हाथ मुट्ठी भर भस्म ले तो वह माटी बन जाता है। आदमी जहाँ जीवन उंड़ेलता है, वह डीह बन जाती है भीटामाटी (पूर्वजों की बुनियादी ज़मीन)। समुद्र मंथन का विष कट जायेगा। अमृत की महानदी बहेगी, इस धरती की हर क्यारी पर। सृष्टि की कल्पना में माटी मग्न हुई है। यह अनंत शयन नहीं, अमृत शयन है। इतना समझ न पाकर तुमने नाहक ही रो-रो कर परेशान कर दिया!''

गिरिमा मग्न हुई खड़ी रही, मग्न माटी को देखती। सोच रही थी यह समूची पृथ्वी है आदमी की। गोलमस्ता, मंडल, माझी, महांति, तरई, पंडा, मिसिर, मल्लिक भोई किसका इस माटी पर हक नहीं! कौन हटा सकेगा इन्हें इस माटी से? इनके हाड़-मांस से सख्त होकर बन रहे हैं कतार के कतार घर—जो चले गए उनकी देह मिली माटी से मुस्कुराएगी फ़सल!

उसके खोये विश्वास को लौटा देने वाले क्षत्रिय पुत्र विक्रम के प्रति गिरिमा मन-ही-मन कृतज्ञता से भर गई।

कहा—''ठाकुरजी की दुहाई, तुम अब और मेरे आँसू नहीं देखोगे। तुम जाओ! अरे! काम का कितना हर्ज़ हो गया!''

~

सबका घर बना। द्रोण मास्टर जी बेघर हैं! कहा—''अब मैं असली घर खोजता हूँ। इन झूठे घरों का क्या होगा? तुम सब बच्चे हो। तुम्हारे घर मज़बूत बनें। तुम लोग हज़ारों साल जियो। मेरी बात छोड़ो। आज इसके बरामदे में, कल उसके बरामदे में दिन काट लूँगा। दो जून दो मुट्ठी दाना तुम दे रहे हो। यहाँ खुले में लेट कर घर बनने की करामात देखना अच्छा लगता है। क्योंकि इन आँखों ने हज़ार-हज़ार घरों की तबाही का दृश्य देखा है।''

''पर तुम तो हमारी आशा के मझले खंभे हो। तुम्हारा घर नहीं तो हमारा कैसा घर?'' भूदान ने कहा।

''देश विभाजन के समय कितने ही लोग बेघर हो गये थे। सच कहा जाए तो उसी दिन से राष्ट्रपिता महात्मा गाँधी भी बेघर हो गए। वैसे मेरे बाल-बच्चों के सिर पर छत हो गई, मैं भी घरवाला हो जाऊँगा,'' द्रोण मास्टर ने कहा। गुड़ की चाय, सुड़क-सुड़क कर पीते हुए द्रोण मास्टर ने फिर कहा—''शुभ काम कर डालो। कौन जाने कब ऊपरवाले घर से मेरा बुलावा आ जाये!''

तभी सिर पर छाता लगाये षंडकुद गाँववाले केलू बेहरा आ पहुँचे। आगे-आगे था धड़ी बारीक। द्रोण मास्टर के पास चटाई बिछाई। केलू बेहरा बैठे। काँच के गिलास में गुड़ की चाय के साथ बिस्कुट रखे गए बंधु की खातिरदारी के लिए। बिना लाग लपेट के बेहरा ने सीधे कहा—"पता था कि उद्धव मंगवाल के घर से सब बह गए। मन टूट गया था। मगर धड़ी बारीक के हाथों पत्रिका भेजकर धर्म का कार्य किया मास्टरजी ने। वरना मैं महाप्रसाद द्रोही हो जाता। मेरी होनेवाली बहू गिरिमा के जीते-ज़ीते यदि अनजाने भी मैं अपने बेटे को अन्यत्र ब्याह देता तो पाप लगता। भगवान बड़े हैं, कितने बड़े धर्मद्रोह से बचा लिया। तो फिर ब्याह की तारीख क्यों न पक्की कर लें। मास्टरजी अभी तो सबके मुखिया हैं।"

"अकाले नियमोनास्ति! सर्व मंगल जगन्नाथ कहकर किसी दिन शुभ कार्य पूरा कर डालो।"

"शुभस्य शीघ्रम्! अगले शुक्लपक्ष में अच्छा दिन देख 'तोला कन्या' (कन्या को ले जाकर ससुराल में शादी कराना) कर बहू को ले जाऊँगा। इस मशान बस्ती में पालकी चढ़ मेरा बेटा क्यों आये? किसके घर आये? कितने निष्ठुर हैं विधाता!" केलू बेहरा ने कहा।

तब तक मर्द और औरतें जमा होने लगे। क्या सचमुच गिरिमा ब्याह कर षंडकुद चली जायेगी? गिरिमा के भावी ससुर के यहाँ सब कुशल हैं। गिरिमा को बहू बनाने के लिए राज़ी हैं। सबने कहा भाग्य की बात है। भूदान ने गिरिमा को आवाज़ दी—"ससुर को प्रणाम कर! अपनी मालकिन इस समय तू खुद है, इसमें हमें कुछ नहीं कहना। क्यों, तुम क्या कहती हो?" गिरिमा ने सिर पर आँचल रख कर प्रणाम किया। सरक कर खड़ी हो गई। मुँह नहीं खुला, सिर झुकाए खड़ी रही।

पद्मा सुहागन वेश में बेहरा के आगे खड़ी हो गई। प्रणाम किया। सम्मान से सरक कर खड़ी होकर कहा—"गिरिमा मेरी ननद है। उसके मन की बात मुझसे छुपी नहीं। यह गाँव कभी इसकी जन्मभूमि था। अब कर्मभूमि बन गया है। यह गाँव छोड़ना उसके लिए कठिन है। यदि इसे महीने में पंद्रह दिन आने की अनुमति दें तो वह महाप्रसाद द्रोही नहीं होगी!"

"ठीक है, मायके कौन बेटी नहीं आती? है ही कितनी दूर? यदि एक काम हाथ में लिया, वह काम पूरा करना पड़ेगा। फिर उत्तम कर्म है। कौन बाधा डालेगा?" बेहरा ने कहा।

"तुम क्या कहते हो विक्रम? किसी संस्कार की बात कर रहे थे," कार्तिक ने पूछा। गुमसुम खड़ा रहा विक्रम।

"माँ-बाप नहीं रहे, घर-बार नहीं रहा, फिर भी बिना दहेज के बहू बनाने आये हैं बेहरा मौसा। फिर बाप-भाई को मरे साल भर भी नहीं हुआ, किसी का दाह-संस्कार नहीं हुआ है। सर्वमंगल जगन्नाथ के विश्वास में ऐसा ब्याह तो एक बड़ा संस्कार है। हमारे इलाके में इतने हृदयवान लोग हैं, अब जाना। महातूफ़ान ने सबको हृदयहीन और स्वार्थी बना दिया—ऐसा इस इलाके को ही नहीं, सारे राज्य को बदनाम कर दिया। पर हमारे बीच तो ऐसे देवता हैं," विक्रम ने कृतज्ञता में कहा।

"बेहरा का मंगल हो। गिरिमा-सी सुलक्षणी को बहू बनाकर जाएँगे तो घर में लक्ष्मी-सरस्वती दोनों विराजेंगी। इसके सिवा हम और कुछ नहीं दे सकेंगे। यदि इसमें राज़ी हैं, हमें आपत्ति नहीं!" द्रोण मास्टर ने कहा।

"उद्धव मंगवाल होते तो दहेज की बात उठती। उन्होंने तो मरते भी दरसन नहीं दिये। खैर उनकी आत्मा तो देखती होगी कि उनकी आत्मा को समधी ने कितना सम्मान दिया।" धड़ी बारीक ने खुश होते हुए कहा। बेहरा ने तिरछे से पद्मा का सिंदूर देखकर कहा—"मैंने सुना था कि मंगवाल के पाँचों बेटे मर गए। तो छोटी बहू सधवा कैसे?" इस प्रश्न का उत्तर किसी ने नहीं दिया। घना अंधेरा घिर रहा था केलू बेहरा के गोल चिकने चेहरे पर। वे चिंतित से लगे। तो एक बेटा है हिस्सा बँटाने के लिए? गंभीर स्वर में कहा—"उद्धव मंगवाल जीते तो कौन सा दहेज देते? दहेज की बात अंत तक निपटाई नहीं। वे भले आदमी थे, यह मानता हूँ। पर बड़े चेमड़-पक्के कंजूस थे। बल्कि उनके मरने पर बहू काफ़ी पैसा लेकर मेरे घर जायेगी। भाइयों की मौत के रुपये उसे मिलेंगे या नहीं, बाद में देखेंगे। कुछ पैसे खर्च करने से सब कुछ संभव है। पर माँ और पिता की मौत के लिए क्षतिपूर्ति के डेढ़ लाख रुपये मिलेंगे। उससे ज़्यादा तो मंगवाल भी नहीं देते।" हवा मानो अब रुँधी-रुँधी लग रही है। सबका मुँह सूख गया। माथे पर पसीना झलक रहा। सब चुप। अब केलू बेहरा उठे। कहा—"पंडित को पूछ कर दिन पक्का कर खबर कर दूँगा।" तभी गिरिमा बच्चा गोद में लेकर बरामदे के कोने से उठकर सामने खड़ी हो गई, सिर पर आँचल। कायदे में कमी नहीं। पर सिर उठा कर साफ़ स्वर में कहा—"मैंने अपनी माँ और बप्पा की कसम लेकर प्रण किया है कि उनके मरण से मिलने वाले रुपये भोग नहीं करूँगी। वे पैसे इस गाँव के अनाथ बच्चों की पढ़ाई और उनके बसाने में दान कर दिये हैं। अत: उन पैसों पर मेरा कोई हक नहीं। मुझे नई साड़ी पहना कर विदा करने से और ज़्यादा संबल मेरी भावज के पास नहीं...!"

केलू बेहरा का अगला कदम रुक गया। छाता काख में दबा मुँह फिरा गिरिमा की ओर देखा। चक्रवात्या जैसी पुतलियाँ फिर रही थीं। बार-बार। मानो प्रलय में पल भर बाकी है। गिरिमा पर आँखें टिकाकर कहा—"इन बच्चों के लिए क्या सरकार नहीं है? इतनी दाता कर्ण? ऐसी मुखर लड़की को बहू बना कर लेता तो मेरे घर में आँधी आ जाती। अच्छा हुआ इतने लोगों के सामने मुझे इस लड़की ने जवाब दे दिया। अभी इसे बहू बनाने से इनकार करने पर कोई मुझे दोष नहीं देगा। गुरुजनों के लिए भक्ति नहीं, भय नहीं, लाज शरम नहीं, कुछ नहीं। इसमें क्या सोना झरता है जो बिना दहेज बहू बना ले जाऊँगा। कहे देता हूँ—कोई ऐसी उद्दंडी आवारा लड़की को बहू बनाने का प्रस्ताव नहीं देगा। प्रभु ने ठीक समय पर मुझे बचा लिया। कैसा सर्वनाश होने को था। इधर विधवा भाभी माथे पर सिंदूर लगा मुखिया बन रही है। ऐसे हैं इस घर के संस्कार?" केलू बेहरा और भी बकते। मंत्री मल्लिक एक लाठी लेकर दौड़ आया। गरज उठा—"चुपचाप गाँव छोड़ पार हो जाओ, वरना सिर फोड़ दूँगा। हमारा भाग्य अच्छा है कि हमारी बहू मगरमच्छ के कब्जे से पार पा गई।" केलू बेहरा डरने वाले नहीं। संपत्ति वाला आदमी है। बेटा नौकरी करता है। इन सर्वहारा की उसे खातिरी नहीं है। थाने में इत्तला देने की धमकी दे मुड़ कर देखे बिना बवंडर की तरह खेत ही खेत चले गए।

भूदान ने ज़ोर से कहा—"ये अपने लोभ में मरेगा इसमें ज़्यादा देर नहीं।"

"छोड़ो, पराया बुरा हम क्यों सोचें। गोविन्द सब देख रहे हैं। उनकी इच्छा से विपदा टल गई। यही बहुत है," द्रोण मास्टर ने कहा।

"खुदा की मेहरबानी!" अख्तर मियां ने कहा। विक्रम केलू बेहरा को जाते देख रहा था। गहरा अंधकार। समुद्र की लहरें टकरा रही थीं। गाँव से कुछ दूर-नदी के उस पार से तैर आती वही खटखट की आवाज़। काठ के तस्कर हैं या भूत?

"कोई हो, नदी में रह मगर से बैर? मरघट में घर बनाकर भूत से कैसा डर?" भार्जन मल्लिक ने कहा। विक्रम चुपचाप सोचता रहा—'आगे की राह किधर? किसके भरोसे इतने बड़े अधबने मंदिर को छोड़ कर जाऊँ? कँगूरा रखेगा कौन? मूर्ति स्थापित करेगा कौन? गाँववालों को कहने की हिम्मत नहीं हो रही थी कि विक्रम को वापस जाना है।

~

बच्चा होने पर उसके माँ-बाप ज्योतिषी को बुला कर उसका नामकरण करते हैं। गाँव जन्म लेने पर उसका नाम कैसे दिया जाये। कहाँ से आते हैं गाँवों के

तरह-तरह के नाम, किसी को यह पता न था। अतः जो गाँव प्रलय जल में से नये टापू की तरह उभर रहा है—उसका नाम भी क्या होगा, इस पर तर्क हो रहा था।

"तर्क रहने दो—गाँव का नाम-फाम कुछ न हो, पर नाम न हो तो पता नहीं मिलेगा—जगत के लोग कैसे जानेंगे इस गाँव को? यह गाँव ऐसा-वैसा गाँव नहीं। विश्व ब्रह्मांड में एक ही तो ऐसा गाँव होगा।" ऐसी चर्चा चल रही है तुलसी चौरा बनाकर संझाबाती जलने के दिन से। विक्रम पर सबको भरोसा है। वह फ़ौजी ही नहीं, कवि भी है। अनूठा नाम रखेगा वह। कवि के लिए क्या असाध्य है? सोचते-सोचते एक दिन विक्रम ने कहा—"हमारा यह गाँव है। अखंड भारत। यहाँ कोई शरणार्थी नहीं। यह पवित्र धरती सबकी है। अतः इस गाँव का नाम होगा 'भारतपुर'।" धड़ी बारीक ने कहा—"यदि भारत मंडल का नाम रहा तो उद्धव मंगवाल, शेख गोलमस्ता, भैरव माझी, गाँधी दास वगैरह क्या तेल लेने गए?"

"न...न यहाँ भारत मंडल की बात नहीं। हमारे देश के नामानुसार यह नाम चुना है।" विक्रम वितर्क की बात सोच हँस पड़ा।

"एक देश का नाम भी मानव जाति को अलग-अलग बाँट देता है। धरती पर रेखा खींचने में, आदमी की छाती पर छुरी की रेखा खिंच जाती है। यदि गाँव का नाम भारत देश के अनुसार रखा, तो पाकिस्तान, बांग्लादेश कहाँ गए? केवल अखंड भारत कह देने भर से तो नहीं चलेगा, हृदय में वैसा भाव भी होना चाहिए। हम सदा क्या भारतपुर गाँव में शरणार्थी बने रहेंगे?" वकील निर्मल मैती ने कहा।

"न-न आदमी केवल ईश्वर का शरणार्थी है और किसी का शरणार्थी वह नहीं, सरकार का भी नहीं।" घड़-घड़ स्वर में कफ़ निकाल द्रोण मास्टर ने कहा।

"तो नाम क्या होगा मास्टरजी, कहें!" एक ने कहा।

"कभी यह बड़ा गाँव था—अभयनगरी! बाद में बँटवारा होकर टूटा, छोटा गाँव चंदनपुर, अभयपुर, लवणीपुर, बंदाण, पाकिस्तानी पाड़ा, केतकीपुर, कियादा, आंबीकी। सब मिलकर कभी था एक फैलाव—अभयपुर। तभी अपना विक्रम इतना निर्भय वीर है। अभयपुरिया का चेहरा चमक उठा, बाकी सब मुरझा गए, वैसे तिरछी हवा में सांझ की दीया-बाती बांकी होकर मुरझाने की तरह।"

एक ने कहा—"अभयपुर का नाम तो बच गया, बाकी गाँवों का नाम डूब गया। चंदनपुर अब विक्रम की वीरता के लिए प्रसिद्ध है, उसे भी डुबो देने से कैसे होगा?"

कार्तिक ने कहा—"रहने दो, बच्चा धरती पर आने से पहले उसका नाम नहीं रखते। अशुभ होता है। पहले छत पड़े, देहरी से लक्ष्मी पाद अंदर चले जायें।

गाँव का नाम खुद आ जायेगा विक्रम के मगज में। व्यर्थ गोलमाल क्यों कर रहे हो? देखो मंत्री मल्लिक कोई मंत्री बना? या दानकर्ण मिसिर दाता कर्ण थे? नाम पर इतना ज़ोर क्यों देते हो?''

''अहा, क्यों पितृ पुरुषों की उपेक्षा करते हो? मिसिर तो आत्मा बन गए। देवता!'' विक्रम ने कहा। कैवल्य मिश्र को यह बात जमी नहीं। कहा—''मेरे पिता तो दान लेने वाले बाभन थे। हाथ उठाकर दान देने पैदा नहीं हुए।'' कार्तिक का नौटंकी डायलाग सुन मैं फालतू में कलह मोल लेने वाला नहीं। कार्तिक ने कैवल्य को गले से लगा लिया। गाल दिखाकर कहा—''भैया! दे मेरे गाल पर थप्पड़! अपनी गलती मानता हूँ! नकल में भी पितरों का अपमान पाप है! कैवल्य ने कार्तिक के गाल पर हल्के से थपकी देकर कर कहा—''ये भी नौटंकी हीरो का एक और डायलॉग है!''

सब जी खोल कर हँसे। सारे विवादों की मीमांसा हो गई। नाम कुछ भी हो, गाँव सबका है, माटी सबकी है। आसमान सबका है। पूरी धरती सबकी है। कोई कहीं भी घर बसाए। सब मानुष भाई हैं। आकाश पिता, पृथ्वी माता। पेड़-पौधे, पहाड़-डूंगर, नद-नदी, पशु-पक्षी सब मानव के भाई-बिरादर हैं, वसुधा कुटुंब हैं।

संझाबाती बुझते न बुझते सारे आकाश में अनबुझ दीप जल उठे। पंगत बैठ गई।

~

अमावस का अंधेरा, रात गहरा रही थी। भार्जन मल्लिक मृतक पिंड के भात लेकर पहुँचा तब आधी रात थी। आज भात-डालमा के साथ खीर भी थी। विक्रम बलवंतराय को चावल की खीर का बड़ा चाव रहता। आज तो एक भोज है!

हंसुवा नदी और समुद्र के बीचोबीच एक जगह रात में कुछ मृतक पिंड के भात रख वह दूर चला जाता है, टूटे पेड़ों की ओट में बैठ प्रतीक्षा करता भूत प्रकट होने तक, भूत से डर कर नहीं। भूत उससे डरकर शायद न आये, वह शायद पिंड के भात न खाये, इसी डर से छुप कर बैठ जाता है। भूत भात-तरकारी खा कर खत्म कर देता, फिर हाँडी तोड़ देता। मुँह फेर कर चला जाता जटाधारी मुहाने, बिजुलिया नदी की ओर। फिर हाड़-माँस चबाने की कड़कड़ाहट। लकड़ी काटने की ठक-ठक। भूतों की भूख भात से नहीं मरती। अमोक्ष आत्मा—कितनी भूख! भार्जन मल्लिक भी मरकर अमोक्ष फिरेगा। उसके जीवन में सब तो अपूर्ण है। केवल एक आश्वासन है कि मंत्री जीवित है। एक बेटा बचे रहने के सुख में, बाकी सारे बच्चे, पत्नी के

बह जाने के दु:ख की भरपाई नहीं होती। ऐसा कोई दिन नहीं गया कि बच्चों और घरवाली को नहीं बिसूरा। वह अकेला नहीं, सब बिसूरते हैं, बिसूर-बिसूर कर जीते हैं। एक दिन मरने के लिए भी तो जीना पड़ेगा। मरना अंतिम सत्य है, यह जानते हुए भी अपने को अमर समझ आदमी जीवन भर कितना उलझा रहता है!

भार्जन को भूत-फूत किसी का डर नहीं। यहाँ जितने मरे, सब तो भूत हुए होंगे। जहाँ पग रखो, मरघट है। माटी हटाते ही मिलेगा मुर्दे का कंकाल। कितने भूत वश में करें? शुरू-शुरू में भूत का भय सबको था। क्रमश: जीवन चल पड़ा, काम में जुट गए। यहाँ भूत रहेंगे, आदमी भी रहेंगे। सब मिलजुल कर चलेंगे। यही सोच भार्जन मल्लिक प्रतिदिन पिंड के भात ले मरघट में रख आता है। औरत ने महीने भर के लिए भात रखने को सपने में कहा था। उसके मन ने कहा, जब तक जीयेगा, रोज़ मरघट में भात रखेगा। यहाँ जितने मरे हैं सब एक-एक दिन पिंड पायें तो भी भार्जन के जीवनकाल में सब पिंड नहीं पा सकते। भार्जन कितने दिन जीयेगा? कम हो या ज़्यादा, क्या आत्मा पुरुषों के लिए दो मुट्ठी भात लाकर नहीं रख सकेगा? अब भात पकता है सबके लिए। रोज़ाना पर्व-सा लगता है। धीरे-धीरे सब ठीक-ठाक हो जाने पर सभी अपने-अपने घर खाना पकायेंगे। वह बाद की बात है। जब तक भार्जन मल्लिक की हाँडी में भात है, वह खायेगा, भूत भी खायेगा। जिस दिन नहीं, आदमी-भूत सब उपवास करें। मंत्री की तो भूतों के साथ काफ़ी दोस्ती है। वह क्यों इस झंझट में पड़े? मंत्री की इच्छा है गाँव पूरा बन जाये, गाँव के छोर पर मरघट भी बने, फिर मरघट में मुर्दा फूँकने वाला मरघट के किनारे रहेगा। उसका घर बसाने वाला कोई नहीं।

भार्जन सदा वही भूत देखता। कभी पाँच हाथ मज़बूत मर्द रहा होगा। अब भूत बन कंकाल हो गया। बाल बढ़ गए। दाढ़ी लंबी हो गई। कमर में कौपीन। खेत से अंधेरे में कुछ समेट रहा था। खेत में लंबी-लंबी पड़ी साड़ी चीरकर उनमें बाँध लेता है। भात के पिंड के पास आने पर भार्जन घबरा जाता है। गाँव की ओर दौड़ता है, मुड़ कर नहीं देखता। कोई कितनी ही डींगे हाँके, भूत से कौन नहीं डरता? पर भूत इतने प्रपंची नहीं, जितने प्रपंची ये आदमी हैं। तूफ़ान के बाद बचे लोगों ने जो उत्पात किया, ये भूत उतने उत्पात करते तो एरसमा इलाके के बाकी लोग भी मिट जाते।

भूत हर दिन प्रकट होता। दो दिन से नहीं दिखा। किससे पूछें? भार्जन का मन छटपट करता है। तो भूत ने खाया क्या? क्या पिंड रखने में कोई दोष रह गया? जिधर से ठक-ठक की आवाज़ आती, उधर आवाज़ भी नहीं। भार्जन उधर बढ़ा। एक भूत को पिंड मिले तो सबको मिल जाता है, वह संतोष अब कहाँ?

एक छाया सामने खड़ी हो गई। राह रोककर कहा—''उधर न जाओ। श्रीजगन्नाथ अधबने क्यों रहे, क्या भूल गए?''

''तुम कौन हो?''

''मैं भी एक भूत हूँ। आदमी पागल है। भूत क्या सचमुच खाते हैं? भूतों के नाम पर आदमी को कितना परेशान कराते यहाँ पर। तुम इतने दिनों तक आते रहे। भात-तरकारी परोसा। भूतों के लिए बहुत किया। अब ज़रूरत नहीं!''

भार्जन ने सोचा—'आदमी क्यों पागल होगा? यह भूत पागल है। यहाँ जो हृदय विदारक मरण हुआ, लोग मरे, इसमें भूत का पगला जाना भी विचित्र नहीं।'

पूछा—''यदि भूत पिंड नहीं खाता, इतने दिनों तक जो भूत पिंड खाता रहा, क्या यह बात झूठ है? खुद मैंने अपनी आँखों से देखा है।''

''तुमने कैसे जाना कि पिंड का भात भूत ने खाया या आदमी ने? यहाँ कितने भूखे आदमी फिरते हैं। हाथ फैलाकर माँगने में तकलीफ़ होती है। अतः रात में पिंड का भात खाना कोई अजीब नहीं। यहाँ पेट के लिए कितने तमाशे होते हैं। तुम क्यों रोज़ भात लाते और भूतों के माथे मढ़ देते? ये भूत क्या विदेश से आते हैं? सब हमारे ही कुटुंब परिवार के हैं। भूत सूक्ष्म शरीर में आने के बाद भात नहीं खाते-भात-दाल में आदमी का स्नेह पाकर मोक्ष को प्राप्त हो जाते हैं।''

''अच्छा भाई, तुम भूत हो या आदमी? काफ़ी विचारवान लगते हो?''

''क्यों सोचते हो कि भूत अविचार या अमंगल करते हैं? कितना भ्रम है!''

इसके बाद छाया उड़ती-सी दौड़ते हुए अदृश्य हो गई।

भार्जन मल्लिक ने उल्टी दिशा में पांव रखे मानो किसी ने बुला लिया, एक-एक डग भर कोई सेतु लाँघ कर समुद्र किनारे खड़ा था। समुद्र किनारे वाले गाँव में जन्म लेकर बूढ़ा हुआ, उसके लिए समुद्रतट पिछवाड़े का पोखर घाट है। उद्धव मल्लिक नाव बनाते समय उसका टहलुवा था; रात-रात भर समुद्र किनारे बीत जाती। उद्धव कहता—''परिचित समुद्र से डर कैसा?''

समुद्री रेत पर बैठ गया भार्जन। समुद्र और अंधेरा फेंटा-फेंटी होकर आँख के आगे आकाश भी समुद्र बन गया था। एक भी मछुवारे की नाव की लालटेन का उजाला दूर तक नहीं दिखता। वैसे कोई डोंगी तो नहीं, रोशनी कहाँ से आती?

उद्धव मंगवाल की बात को लोहे की लकीर मानता था भार्जन। आज मन में शोक की जो ज्वाला जल रही है, उद्धव मंगवाल होता तो बुझ जाती।

दुःख-सुख,' मन की अवस्था के लायक भागवत वाणी के पद याद रखे थे उद्धव ने। मानो घाव पर मलहम मल देता है।

अंधेरे में समुद्र साँय-साँय पीछे धकेलकर ले जा रहा था भार्जन को। जितने

दिन उद्धव के साथ भार्जन ने काम किया, उतने दिन वह अलग आदमी बन गया था। कहता था—"यह समुद्र है जन्म और मरण की जल छवि, खुशी से छलकता ज्वार है जन्म, अनजानी जगह को खिंचे चला जाता विषाद भाटा है मरण। लहरों का आना-जाना समुद्र का खेल मानव जीवन है। कुछ कहीं न जाता है, न आता है। ज्वार-भाटा सब जगह है। जल में, थल में। सिंधु में जन्म, सिंधु में लीन, इस पृथ्वी का, मनुष्य का, केवट का, और उद्धव का! महासिंधु में यह उद्धव था एक बिंदु, ना-ना बिंदु का एक अंश—प्रभु के पसीने के बिन्दु का एक अंश मात्र है मनुष्य, और अन्य अंश है अश्व, पशु, पक्षी, आदमी के घर-बार। केवल उद्धव का नहीं, सारे ब्रह्मांड का।" यत्न से नाव की दिशा मोड़ उद्धव मधुर कंठ से तान ले-लेकर गाया करता था—

"देख ये जेते नद-नदी, समस्ते मिलंति जलधि।"

(देख लो ये नद-नदी, सब समायें जलधि)

उद्धव का स्वर सुनाई दे रहा। मानो यहीं कहीं छुपा है। गा रहा है भागवत के पद। मानो उद्धव नहीं, साँय-साँय समुद्र का यह स्वर है अविरत गीत। भार्जन ने अनुभव किया, समुद्र उसके लिए जीवन नहीं, सिर्फ़ मरण है, मरण के सिवा कुछ नहीं। इसी ने प्रलय रची, सबको खींच लिया, उसे अकेला कर बिठा दिया। वह भी सबके साथ उस दिन मर जाता, मरना आश्चर्य की बात न थी, बच जाना आश्चर्य की बात है। वह इतने दिन न जीता तो क्या पृथ्वी पर कहीं कुछ रुक जाता? इतने लोग एक साथ मरे। कहीं कुछ रुका? सूरज निकलने से रुका या चाँद रुका? नदी, समुद्र, बरसा, ऋतु कोई रुका?

दोनों बेटों को समुद्र में छिटककर वह बच गया—बाद में पुत्र शोक में समुद्र में कूद भी गया होता। शंखधर की तरह। इस में किसका क्या आता-जाता? सूरज-चाँद गिर पड़ते? किसी का क्या बिगड़ जाता। ऋतुएँ बदल जातीं? समुद्र सूख जाता महा रसातल में जाता? नदियाँ पहाड़ पर लौट जातीं? कोई कहीं तिल भर न सरकता अपनी जगह से? भार्जन जैसे अनामधेय मनुष्य के जीने और मरने में—कोई फ़र्क नहीं पड़ता। ऐसी हताशा भरी भावना से भार्जन का गला रुँध रहा था। तभी विक्रम बलवंतराय जैसा प्रचंड जवान प्रकट हुआ। भार्जन ही नहीं, कई टूटते लोगों को उसने सहारा दिया, बत्ती लैंप-पोस्ट को सीधा करने की तरह। पता नहीं क्या जादू था उसकी बातों में! भार्जन ने जीने के लिए प्रण कर लिया।

विक्रम सबसे कह रहा था—"यह संसार अकेला नहीं चल रहा। सब मिल-जुल गढ़ने-तोड़ने का खेल खेल रहे हैं। कीड़े-मकोड़े, दीमक तो नगण्य जीव हैं, पर वे अकेले-अकेले घर नहीं बनाते। अकेले राह नहीं चलते।"

"मधुमक्खी अजीब जीव है—हाथ लगाते ही डंक मारती है। पर अकेले छत्ता नहीं बनाती। मिलजुलकर कितना कलापूर्ण छत्ता बना लेती है। बूँद-बूँद कर एक-एक छेद में शहद भर देती है—फिर समूचे को निचोड़े तो रस नहीं झरता—एक-एक छेद अलग कर निचोड़ने से नहीं झरता। एक आदमी कम हो तो दीवार बनाने के लिए एक ईंट कम हो जायेगी। धान का पुला उठाने के लिए एक सिर, पतवार थामने के लिए एक हाथ कम हो जायेगा। एक के न होने से न जाने क्या-क्या कम पड़ता है। मौत को न बुलाओ तो भी आती है। अपने ढंग से—अपने समय में। अतः भार्जन मल्लिक के ज़ीने पर कितनी बातें निर्भर करती हैं। यह पिंड भात कौन देता डर-भय भूल कर उसके बिना?"

उद्धव यही बात भागवत में गाता—

"ए देहो थिले सर्व पाई। जले जे सने चंद्र छाई।"

(यह देह हो तो सब मिले। जल में जैसे चंद्र छाया)

अरे समुद्र को तो अमावास घेरे है। चंद्र की छाया कहाँ से आये? कोई विश्वास नहीं समुद्र के इस नशे का। उसे पूनम में भी नशा होता है। अमावस-पूनम समुद्र के लिए एक ही नशा है। फिर खुद उतारता है नशा अपने पर। समुद्र की गहराई का अंदाज़ किसे है?

उद्धव मंगवाल के गायब होने के दिन से भार्जन का समुद्र किनारे क्या काम है?

अब भूतों की छाया नहीं थी, न ही ठक-ठक, कड़-मड़ की आवाज़। पर भार्जन भात लेकर आयेगा, क्योंकि मशान की सत्य धरती पर, आधी रात का अंधेरा उसके दुःखों को ढाँप देता है, समुद्र की साँय-साँय पुकार उसकी छाती का रोना चुप कर देती है। कहती है—सबको तो जाना है, जहाँ सब गए हैं—फिर दुःख कैसा?

"महीरे थिब जेते दिन। आनंद करु थिब मन।।"

(धरती पर हैं जितने दिन। आनंद करता रहा अपना मन) यह पद कान के पास मानो पवन गा गया।

भार्जन ने अंधेरा हटाकर मुट्ठी में आँसू भर लिये। सिर पर समुद्र जल छिड़का। इसी जल में सब घुल गए हैं। गाँव-गली, बंधु-परिवार सब लोग। वह भी एक दिन घुलेगा इसी पानी में। आज नहीं तो कल, चिंता कैसी?

पर भूत ने आज भात नहीं खाये। इस बात ने चिंता में डाल दिया उसे। भूत के लिए भी भार्जन के मन में कसमसाहट भर गई। कितना सीधा भूत। गया किधर?

~

समुद्र से विदा लेना सहज नहीं। हिमालय की पुकार की उपेक्षा आसान नहीं। समुद्र तट पर सिर पटकेगा। साँय-साँय बिसूरेगा—गोद में लेने के लिए हँसते हुए आते-आते धीरज खोकर टूट जाएगा, लौट जाएगा, फिर उतावला होगा। ऐसे ही चलता रहेगा मान भरी हँसी-रुलाई का ज्वार-भाटा, वह लौट आने तक। वह कब फिर लौटेगा? लौटेगा या नहीं लौटेगा? फ़ौजी के जीवन में लौटना अनिश्चित है। आहत विजयी वीर की अग्निमशाल भी लौटती राह में बुझ सकती है। वह लौटने का वादा किसी को नहीं कर सकता। समुद्र को भी नहीं। समुद्र मान करेगा। हिमालय का तो अकाट्य निर्देश है। युद्ध की पुकार नहीं, देश की पुकार है। गाँव से देश बड़ा है।

एक तार से बनी भौगोलिक सीमा को लेकर इतना युद्ध—इतनी मृत्यु, इतनी नाहक हत्या। जीवन, यौवन, स्वप्न और मानव का इतना अपव्यय?

फ़ौजी का हृदय सीमा के उस पार के आदमी की हत्या करते समय रोता नहीं, पत्थर बन जाता है। विवेक तो अधीनता स्वीकार कर चुका होता है देशभक्ति से। अत: मूक मरना-मारना कौन चाहता है? विक्रम सोच रहा था यदि अलवर मियां, अख्तर मियां, रफीक, शफीक वगैरह भूगोल की निर्दय काँटे की बाड़ के उस पार लौट जायें, तो देवदूत कहलाने वाला कारगिल वीर के रूप में गाँव-गाँव में गर्व-गौरव का अधिकारी और हिन्दू-मुसलमान भाई-भाई कहता विक्रम बलवंतराय उनकी शत्रुताहीन छाती को बिना विचारे गोली मार कर वीरचक्र की उपाधि हासिल कर सकता है। जबकि उनके बाप-दादा इस देश को स्वाधीनता देने के लिए खून बहा गए हैं। प्राण न्यौछावर कर गए हैं। यह देश किसका है? केवल विक्रम बलवंतराय का? अलवार मियां का नहीं—अख्तर, रजाक, रफीक वगैरह का नहीं?

आदमी के भाग्य में अकारण मृत्यु और संसार उजड़ने के दु:ख के लिए क्या मौके की कमी है? प्रकृति ने तो एक के पीछे एक कितने संकट जोड़े हैं। सामुद्रिक चक्रवात, दुर्भिक्ष, भूकंप, ज्वालामुखी, दुर्घटना, महामारी...। नित नयी-नयी विपदायें —जीवित रहना मानो आकस्मिक घटना है—विस्मय है। फिर नरसंहार के लिए आदमी इतना निष्ठावान, निष्ठुर योजना क्यों बनाता है? किसका लाभ है? इस देश का या उस देश का?

पर इतने विचार क्यों? इससे क्या लाभ! युद्ध का निर्णय तो विक्रम या अलवर आदि लोगों के हाथ में नहीं होता। विक्रम के वश में भ्रष्टाचार का नियंत्रण भी नहीं। तूफ़ान-बाढ़, सूखा नियंत्रण भी नहीं। युद्ध नियंत्रण नहीं, पर खुद को नियंत्रण करने का अधिकार उससे छीन नहीं लिया गया। देश के उत्तरदायित्व के समक्ष वह बंधक पड़ा है। पर भावुकता के पास हृदय को कभी बंधक नहीं रखा। उसके

लिए देश की रक्षा हमेशा आत्मरक्षा से बड़ी है। देश प्रेम के आगे बाकी सारे प्रेम गौण हैं, उन्हें देशप्रेम पर बलि दे सकते हैं। देश की सुरक्षा के लिए हिमालय की पुकार को अनदेखी करने का सवाल कहाँ?

समुद्र उसे प्रिय है। हिमालय भी। समुद्र से हिमालय का जन्म। गाँव-गाँव मिल कर देश का जन्म हुआ। खून का रिश्ता, नहीं-नहीं देश संग आदमी की आत्मा का रिश्ता। समुद्र इस बात को समझेगा। जब इस गाँव में सब थे, वह युद्ध के लिए बुलावा पाकर गया था—तब इतना कष्ट नहीं हुआ। आज रक्त की डोर में बाँधे रखनेवाला उसका कोई इस गाँव में नहीं, जबकि देश के बुलावे पर जाते समय इतना कष्ट होगा, सोचा भी न था। तब रक्त डोर से खींचते थे माँ-बप्पा, भैया, भौजी, बस पाँच-सात जन थे। आज हृदय की डोर से माटी, नदी, नाला, समुद्र, पेड़-पौधे, मरघट, यहाँ तक कि भूत-प्रेत भी पीछे खींच रहे हैं।

निर्जीव ईंट की दीवार-घेरी बाँधने के लिए जमा पड़े पत्थर, सबकी हृदय डोर उसे उलझा रही है।

समुद्र में से सूरज छलाँग लगा गए पलक झपकने को। पूछ रहे हैं—"संकल्प अधूरा छोड़ किधर चले?"

"दिन के बीच में मेघ ढाँप लें तो दिन आधा रहता है क्या?"

"तुम चले गए, तो कौन है गाँव में संकल्प पूरा करनेवाला?"

"सूरज ढलने से क्या चाँद नहीं रहता आकाश में? क्या तारे कम होते हैं?"

पाँव के नीचे नन्हे लाल केकड़े ने छिगुनी अँगुली पकड़ी। पूछा—"इतने मरते हुए देखकर भी संतुष्ट नहीं! जो फिर आदमी मारने चले?"

"आदमी मारने नहीं, युद्ध रोकने चला।" केकड़े को पाँव से आहिस्ते छुड़ा दिया विक्रम ने, ताकि केकड़े के नरम पांव टूट न जायें। केकड़ा छटपटा उठा। इस केकड़े के साथ भी विक्रम का गाढ़ा रिश्ता है। हँस कर बालू पर छोड़ दिया केकड़ों को। टक-टक कर केकड़ा चल पड़ा उसके पीछे-पीछे केकड़ों की पलटन। ये भी युद्ध क्षेत्र के फ़ौजी हैं। संघर्ष और संग्राम बिना कौन जीवन जीता है? मनुष्य के संग्राम से किसी अर्थ में कम नहीं इनका संग्राम। प्रकट होने के लिए माटी को विदीर्ण करने से पहले खुद को विदीर्ण करना पड़ता है बीज को। अंकुराना भी एक महान संघर्ष और संग्राम है, एक अमृत क्रांति है।

विक्रम का मन हल्का हो उठा। चिड़िया खिलखिलाकर उड़ते हुए पूछ रही है—"कब लौटोगे?"

"प्रतिदिन!"

"कैसे?"

"मैं जा ही कहाँ रहा हूँ ? मैं तो हूँ—रहूँगा—अपना हृदय बंधक रखे जा रहा हूँ समुद्र के पास। यह जाना नहीं, रहना है।"

समुद्र में डुबकी लगाई, सूरज को अंजुरी भर जल दिया। केकड़ों की अनुशासित कतार सतर्कता से लाँघकर गाँव की ओर चल पड़ा। गाँव में तार आने पर किसी से कुछ छुपा नहीं रहता। सब जान गए हैं कि विक्रम को आज ही लौटना होगा। देह में ताकत रहने तक फ़ौजी सदा फ़ौजी रहता है। फ़ौजी की सेवानिंवृत्ति कैसी ? आदमी तो अविश्रांत फ़ौजी है। आदमी का नियत संग्राम जन्म से पहले शुरू हो जाता है—उसका अंत कहाँ ?

~

वह थी अलौकिक सुबह! हंसुवा नदी के किनारे लोगों ने भीड़-भड़क्का किया था। विक्रम के पाँव थम गए। लोग 'सत्ययुग' को घेरे आनंद से कलरव कर रहे थे। औरतें हर्ष ध्वनि कर रही थीं। मंत्री मल्लिक कहीं से शंख लाकर अटूट लहर में फूँक रहा था, आँख से पानी बहने तक।

घाट पर बँधी है एक नाव। भोर की हवा में झूम रही है, आधी पानी में, आधी माटी पर। मानो महाकाल के स्रोत में आदमी है, जीवन और मृत्यु दोनों को जकड़े डोलती एक नाव—यही घोषणा कर रही है। वहाँ नाव का मालिक, महारणा (बढ़ई) या मार्फतदार कोई नहीं था। नदी के उस पार कंकाल-सी एक छाया उकड़ूं बनी क्षितिज की ओर देखते यों बैठी है मानो किसी निर्लिप्त बिंदु तक पहुँच गई हो। जहाँ से फिर लौटना नहीं था। पृथ्वी पर जो कुछ हो रहा है, उसके साथ मानो इसका कोई संपर्क नहीं। निर्माया, अबोध, निरीह एक आदमी, होश खोया-सा चेहरा और आँखें। तूफ़ान के बाद सर्वस्व खो चुके अनेक लोगों की यही हालत है।

"नाव हमारे घाट पर लगी है। विश्वकर्मा के सिवा ऐसा दान और किसका होगा ? यह हमारे गाँव की प्रथम धर्मनाव 'सत्ययुग' है। उद्धव दादाजी ने ऐसा नाम दिया था अपनी नाव का। इसे उद्धव दादाजी के भूत ने बनाया—या फिर विधाता ने!" मंत्री मल्लिक ने कहा।

"शुभ घड़ी देख पानी में उतारेंगे," सारला दास मंडल बोला।

विक्रम टूटी मटकी के ठीकरों में रखी पुराने कपड़े में बँधी पोटली उठा लाया। छोटी-छोटी पाँच पोटली, एक डोरिया साड़ी में बँधी बड़ी पोटली बनी है। विक्रम पवित्र स्नान कर लौटा था। पोटली लेकर आगे-आगे चल पड़ा। पीछे सारे लोग। क्या होगा इनमें ?

"सोना, चाँदी, अशरफी, रुपया पैसा ?"

इस अलौकिक नाव में अलौकिक पूँजी क्या होगी?

द्रोण मास्टर जी के सामने पोटली खोली गई। मास्टर ने कहा—"पवित्र बीज! फारम बीज नहीं, बुनियादी घर के बीज हैं। धान, मूँग, उड़द, मांडिया, कुल्थी, पंच शस्य। पंचानि, सप्तानि, कुशलानि वार्ता—शुभ घड़ी आ गई। अशुभ का राज भी खत्म होता है। यह केवल शस्य नहीं—इस शस्य बीज में ब्रह्म ही विराजमान है। अब हम सबका भाग्य लौटेगा।"

विक्रम ने पोटली फिर यत्नपूर्वक बाँधी, पवित्र बीज। किसके हाथ में दें? कौन शुद्धपूत होकर, पवित्रता एवं निष्ठा सहित रखेगा यह देवदुर्लभ पवित्र बीज? धरती को उजागर करने के लिए इस बीज में है ब्रह्म। अब इस धरती से लौटने का दिन नहीं, यहाँ वापस लौटने का दिन है। उसने सब पर नज़र डाली। बिन नहाये, बिन मुँह धोये, सुबह की घड़ी का गाँवली आलस का कोहरा छाया था। मैले, उदास चेहरे।

केवल गिरिमा नहा-धो कुंभ वाली किनारीदार साड़ी पहन तुलसी चौरे पर जल चढ़ाकर आ रही थी। रोज़ की आदत है। आँखों में झलकता आग्रह।

"हिफ़ाज़त से रखना होगा, बोने वाले दिन तक। यह पवित्र बीज नहीं, अखंड भाग्य है," विक्रम ने तुलसी चौरे पर चढ़ाये पंचपँखुड़ी वाले लाल मंदार पर दृष्टि डाल कर कहा।

"कहाँ मिली यह अमूल्य निधि?"

गिरिमा ने दोनों हाथ उठा दिये अदृश्य के इंगित में। पंचशस्य की पोटली विक्रम के हाथ से ले ली। पहचान ली अपनी माँ की आखिरी रात में पहनी साड़ी। रुआँसी हो गई। यत्न से थामा, नन्हा शिशु लेने की तरह। छलछलायी आँखों से द्रोण मास्टर से पूछा—"मेरा मन कहता है मेरे बप्पा जीवित हैं। तो फिर दिखाई क्यों नहीं देते? मैंने उनका क्या कसूर किया है?"

द्रोण मास्टर ने निर्लिप्त स्वर में कहा—"पेड़ जानता है वह कब ठूँठ हो जायेगा, मर जायेगा और उसकी छांव में झाँकते पौधों पर प्रकाश पड़ने देगा। तब खाद-पानी देने पर भी पुराना पेड़ फिर से अंकुराता नहीं। एक पेड़ अगर अमर हो खड़ा रहता है, क्या धरती बंजर नहीं हो जाती है? उद्धव मंगवाल तो आदमी न था, एक निःस्वार्थ भागवती आत्मा था। फल देकर, खुद छाया बन जाना उसके लिए विचित्र नहीं।"

पता नहीं गिरिमा मास्टरजी की बात का गूढ़ अर्थ समझी या नहीं—विक्रम से पूछा—"मुझे क्यों दिया?"

"तुम्हारी आँखों में देखा श्रद्धा है धरती और बीज के लिए!"

"मुझसे क्यों लिया?" विक्रम ने उल्टा सवाल किया।

"तुम्हारी आँखों में देखा इस माटी पर विश्वास। यह बीज व्यर्थ नहीं जायेगा," गिरिमा ने सरस स्वर में कहा।

द्रोण मास्टरजी ने कहा—"धर्म नाव, धरती और बीज है अमृतचक्र। चक्रीय तूफ़ान आता रहेगा, जाता रहेगा। अमृत जीवन को प्रवाहित करता रहेगा अमृत चक्र। यही है ब्रह्म संकेत!"

"अब बप्पा को ढूँढ़ेगे!" गिरिमा ने कहा।

द्रोण मास्टर ने कहा—"यह खोजना ही मूल बात है। बिना खोजे कोई जी सकता है दुनिया में? तुम लोग मिलजुल कर यह बीज बुवाई कर फ़सल की क्यारी में खोजो, नाव उतार कर समुद्र की लहरों में खोजो, जिस रूप में हो वह मिल जायेगा। मैं तो उसे पा चुका हूँ।"

"कहाँ? किस जगह?"

"ये तुम लोगों में तो खड़ा है, मुझे दिख रहा है।"

सब एक-दूसरे को देख खोजने लगे। ग्रामदेवी-सी दिख रही गिरिमा की छाती से सटी उस शस्य पोटली को प्रणाम किया।

~

"अब सर्व शुभ हो!" द्रोण मास्टर जी ने अदृश्य ब्रह्म की ओर हाथ जोड़ लिए।

मंत्री मल्लिक ने याद करा दिया—"शुभ घड़ी जा रही है। तेरी बस छूट जायेगी, रे विक्रम!"

"ऐसा मत कहो!"

विक्रम तत्पर हुआ। पद्मा ने रोटी और गुड़ लाकर रखा। रेणु ने लाकर रखा दही। सालबेग की घरनी अकलीमा बीबी ने लाकर मछली भाजा रखा। कहा—"यह शुभ है! माँ-मौसी, बहनों ने कितनी तरह से ज़रा-ज़रा स्नेह लाकर रखा है। कितना खाएगा?"

जल्दी-जल्दी खाकर गटागट पानी पीकर, हाथ-मुँह धोकर, द्रोण मास्टर को प्रणाम किया विक्रम ने।

तुलसी चौरे का सिंदूर लाकर नज़मा ने विक्रम के माथे पर लगाया।

मंत्री मल्लिक ने छाता तान कर कहा—"जल्दी चल, वरना बस निकल जायेगी!"

"काली जुबान तेरी!" विक्रम ने छाते के नीचे सिर किया। बारिश की बूँदें गिरने लगीं।

कुछ दूर जाकर विक्रम रुक गया। मुड़कर पीछे देखा। आँखें भर कर देखा सपनों के गाँव को। तुलसी चौरे के चबूतरे से टिकी औरतें लग रही थीं भगवान के फूल माले की तरह और उनके बीच पंचशस्य की पोटली लिए लॉकेट-सी गिरिमा, विक्रम के जाने की राह निहारती। पंचशस्य की पोटली है गिरिमा। तीनों बच्चे गिरिमा की कमर में बाँहें डाल लटके हुए हैं, गरदन घुमाकर देख रहे हैं। दिख रहे हैं गिरिमा की पतली कमर में फूल की करधनी की तरह, मानो किसी ने पहना दी है। गिरिमा लग रही है वसुमती माता-सी!

झट पाँव लौटाये विक्रम ने। छाता मंत्री के हाथ में। विक्रम के चेहरे पर आशीर्वाद रेखा की तरह एक धार धूप चिलक उठी बादल हटाकर।

"क्यों शुभयात्रा को बिगाड़ा? क्या कुछ भूल गए बेटे?" अकलीमा बीबी ने उत्सुक होकर पूछा।

"भूला नहीं—याद आ गयी!"

"इतनी बड़ी क्या बात थी जो उल्टे पाँव लौट आया शुभ यात्रा से?" पूछा द्रोण मास्टर ने।

"पाँव नहीं लौटाए। पद पूरा करने रुक गया—कविता याद आ गई तो उसे रोक नहीं पाया।"

"कौन-सी कविता?" उत्सुक हो पूछा भूदान ने। गिरिमा का चेहरा चमक उठा।

ढिंढोरा पीटने की तरह ऊँचे स्वर में विक्रम ने कहा—

"पृथ्वी पर इस प्रथम गाँव का नाम होगा वसुमतीपुर!!"

❑❑❑